Peter Berling

DER CHAUFFEUR

EUROPAVERLAGBERLIN

Inhalt

II Das Fell 117

III Der Hintern 265

IV Das Loch 417

DER CHAUFFEUR
Dramatis Personae

Max Wittacher • *das Murmeltier*
Charlotte Rueggli-Panchaud • *Charlot, Vollwaise*
Adelheid Panchaud • *Addy, ihre Zwillingsschwester*
Reinhard Tristan Heydrich • *Hohes C, Chef der NS-Sicherheitsdienste*
Walter Schellenberg • *Leiter des SD-Ausland*
Antoinette de Rives • *ambitionierte Baronin, Polaire*
Grete von Urbanitzki • *Wiener Journalistin*
Otto Rahn • *Gralsforscher*

Berlin

Katharina Zammit
Pensionswirtin des Salon Kitty

Erwin Schultze
Hausmeister im Salon Kitty

Prof. Alfred Schmid
Le Grand Forgeron,
Görings Uniformschneider

Julius Obwasser
Spitzel

Dr. Felix Kersten
Himmlers finnischer Leibmasseur

Ernst Udet
Fliegerheld

Admiral Wilhelm Canaris
Seekriegsheld des I. Weltkriegs
später Chef der Abwehr

Frankreich

Fernande Gräfin Poujol-Murat
Schlossbesitzerin im Ariège

Christian Bernadac
Vater und Sohn,
Fremdenführer im Ariège

Antonin Gadal
Heimatkundler und Höhlenforscher
Katharer-Spezialist

Paul Alexis Ladame
Okkultist, Polaire

Maurice Magre
Schriftsteller, Polaire

Gaston de Mengel
Grand Supérieur Inconnu
Heimlicher Großmeister Polaires

Schweiz

Karl Ernst Krafft • *Sprachgeist*
Kosmobiologe und Personalberater

Carl Gustav Jung
Psychiater

Raul Ferraud
Völkerbund, Freund Otto Rahns

Carl Jacob Burckhardt
Historiker und Diplomat
CRI Croix Rouge Internationale

Marguerite Panchaud
Genfer Porzellan-Manufaktur
Tante der Zwillinge

Dr. Maximilian O. Bircher-Benner
Gründer Bircher-Benner-Klinik

Beatrice Neuner
Diätberaterin,
Bircher-Benner-Klinik
Mutter von Max

Sonstige

Anna van der Koppeln
holländische Ehefrau des
K.E. Krafft

Theodore Chapellier
Brüsseler Verleger K. E. Kraffts

Keun Baron van Hoogerwoerd
holländischer Astrologe

Louis de Wohl
ungarischer Astrologe,
sein Schüler

Emil Travnicek
tschech. Oberförster auf
Jungfern-Breschan

Virgil Tilea
rumänischer Diplomat

Captain George Best
britischer Geheimagent

Otto Vogelsang
Freiburger Verleger Otto Rahn

NS/SS

Heinrich Himmler
Reichsführer SS
Karl Wolff
Chef des Stabes RFSS
Lina von Osten
Ehefrau Heydrichs
Dr. Joseph Goebbels
Reichspropagandaminister
Magda Goebbels
seine Ehefrau
Hermann Göring • *Reichsmarschall, Oberbefehl Luftwaffe*
Adolf Hitler
Führer und Reichskanzler
Rudolf Heß
Stellvertreter des Führers
Albert Speer • *Architekt, später Reichsrüstungsminister*
Karl Maria Wiligut *gen. Weisthor*
Leiter der SS-Stiftung Ahnenerbe
Dr. Hiltgund Schlarb-Boeringer
Sekretariat Stiftung Ahnenerbe
Otto von Skorzeny • *SS-Mann, später Mussolini-Befreier*
Heinrich Müller • *Gestapo-Müller*
Chef Geheime Staatspolizei

Zeitgenössische Prominenz

Marlene Dietrich
Schauspielerin und Sängerin
Ernst Jünger
Schriftsteller
Hermann Graf Keyserling
Schule der Weisheit
Elly Ney
Pianistin
Arno Breker
Bildhauer
Henrik van der Nederlande
Prinzgemahl Königin Wilhelmina
Leni Riefenstahl
Lichtbildnerin
Charles Lindbergh
Flugpionier
Josephine Baker
Tänzerin
Oscar Niemeyer
Architekt
Elly Beinhorn
Fliegerin
Bernd Rosemeyer
Rennfahrer, ihr Ehemann
Yehudi Menuhin
Geiger

Das Pfeifen

Herbst 1942

Aufrecht sitzt das Murmeltier vor seinem Loch, aufmerksam auf den Hinterpfoten. Ertönt ein Warnpfiff von Artgenossen, verschwindet es blitzschnell in seiner Höhle.

Ich, Max Wittacher, kam 1912 in Colmar zur Welt – dem Jahr des Untergangs der *Titanic*, wie ich später erfuhr. Altersgemäß bekam ich vom Ersten Weltkrieg wenig mit, nur, dass wir danach zu Frankreich gehörten. Da meine Mutter aus einer reich gewordenen Familie stammte, die größere Weingüter im Kaiserstuhl erworben hatte, kam ich ohne Schwierigkeiten in Freiburg aufs Gymnasium. Das versöhnte meinen deutsch-nationalen Vater wenigstens etwas mit seinem Schicksal.

Schon zu der Zeit, Ende der zwanziger Jahren, wurde das Pfeifen lauter, und es untermischte sich mit unruhigem Trommeln: Ich dachte nicht daran, ins Loch zu springen, das die nahe Schweiz für mich bereithielt, sondern hüpfte – ich war 17 – auf den nächstbesten vorbeikommenden Wagen. Es war ein Luxusgefährt, das mich in eine völlig fremde Welt entführte, mich in Lebensumstände stürzte, die mir das Wort »Abenteuer« lachhaft erscheinen lassen. Ich wurde in Strudel gerissen, deren Wildheit mit dumpfen Abgründen wechselten und dessen schierer Wahnsinn noch heute meine Vorstellungskraft, meine gewiss nicht unterentwickelte Phantasie an ihre Grenzen wirft.

Und doch sitzt Max Wittacher nun, 13 Jahre später, in einem Märchenland wie Laurins Rosengarten, sitze ich in meinem Loch. Ich höre das Murmeltier pfeifen, in der Ferne leuchten die schneebedeckten Gipfel der Pyrenäen. Irgendwo in den Tiefen der Sowjetunion hat der Kampf um Stalingrad begonnen. Wenn ich den richtigen Sender erwische, kann ich das Krachen, Jaulen, Bersten hören. Ich erinnere mich plötzlich wieder der heimlich gelauschten Hörfunksendung *Oung Mong lässt seine schwarzen Heerscharen zur Entscheidungsschlacht antreten* – oder stand das für des Reichsführers blutbesudelten Orden? Gegen die geballte Macht der Reinen, die vereinten Kräfte der guten Geister aus der Tiefe von Agartha? Die Auflösung des düsteren Enigmas, das mir schon als Knabe Schauer über den Rücken jagte? Ich will es nicht weiter hören, ich schreibe, dem hier herrschenden Frieden kaum Glauben schenkend, was geschah, bis ich hier wie aus einem aberwitzigen Rausch einer höllischen Droge erwachte, von dem ich mir immer noch nicht sicher bin, ob er tatsächlich ausgestanden ist.

Es hat lange gedauert, die Ewigkeit von 13 Jahren, dann hatte es auch mich erwischt, ein Zipfel vom Leid der Millionen, deren einzige Schuld darin bestand, dem arischen Rassenwahn nicht zu entsprechen. Ich musste am Leib von lieben Freunden erfahren, was es heißt, wider den Stachel zu löcken, wenn der Gestapo heißt.

So war ich dem Gralsforscher Otto Rahn als Fahrer zu Diensten, bin dem gefürchteten Reinhard Tristan Heydrich näher gekommen als wohl irgendein anderer Zeitgenosse – seine Frau wohl eingeschlossen. Wenn Heinrich Himmler, der allmächtige *Reichsführer SS*, mich jetzt in die Finger bekommen sollte, er würde mich ausquetschen bis aufs Blut und mich bei lebendigem Leib häuten lassen – auch wenn er nicht dabei zuschauen könnte, denn ihm wird sofort speiübel angesichts von spritzendem Blut, gleich welcher Rasse. Aber dafür hat er ja seine *harten Kameraden*.

Heydrich ertappte ich, gerade als ich den *Leiber* C, unseren Raum für die Leibesertüchtigung des *Hohen* C, ohne anzuklopfen betreten wollte, wie er voller Hass kreischte: »Hab ich dich endlich, Canaille!«, ein knallend lauter Schuss und das Klirren von schwerem Glas. Ich riss die Tür auf: Da stand Heydrich in seinen weißen Boxerhosen und starrte auf die zersplitterte riesige Spiegelwand unseres Physiotherapiestudios. Er hatte, die Mauser PPK noch in der Hand, in Kopfhöhe auf sein Spiegelbild geschossen! Und ich war der einzige Zeuge.

Dieses – nie verlangte – Privileg blieb mir, wie mit dem Brandeisen auf den Pelz gebrannt, bis zum Bersten jener Bombe, die Reinhard Tristan Heydrich schließlich den Tod brachte, ihm, der sich unverletzbar fühlte, der mit einem einzigen Federstrich Hunderttausende eiskalt zum Genickschuss in die Grube schickte, der Juden wohl genauso wenig hasste wie Murmeltiere und ihnen doch millionenfach das Fell über die Ohren zog, erbarmungslos den verbrecherischen Befehl ausführend, den er selbst mit zu verantworten hatte.

Nie vergesse ich das Bild: Der Wagen vor mir rauschte auf die Haarnadelkurve zu, der Fahrer drosselte die Geschwindigkeit, schaltete runter in den zweiten Gang – da warf ein unbeteiligt am Wegesrand stehender Mann den Staubmantel ab, den er über dem Arm trug, und darunter kam eine Sten-Gun zum Vorschein. Er richtete sie auf Heydrich, zog den Abzug durch – kein Schuss löste sich! Er schleuderte sie zu Boden.

Der Fahrer, anstatt Vollgas zu geben, bremste abrupt. Heydrich richtete sich auf, riss seine Dienstpistole aus dem Halfter und schoss auf den flüchtenden Attentäter. Zwei weitere Leute sprangen plötzlich nach vorn. Der eine nestelte an einem Gegenstand, der aussah wie eine Bombe, der andere, der Jüngere, riss sie ihm ungeduldig aus der Hand und warf sie in Richtung Wagen. Sie explodierte vor meinen Augen neben dem Hinterrad. Heydrich sackte zusammen. Instinktiv hatte ich mich über den leeren Beifahrersitz meines Wagens geworfen, um an die Dienstwaffe zu gelangen, die im Seitenfach der Tür mitgeführt wurde. Während ich mich noch aufrichtete und meine Augen über den Rahmen des offenen Wagenfensters glitten, blickte ich in ihr Gesicht: Ein tizianrot gelockter Racheengel! *Sie* war die Bombenwerferin!

Mit den Augen versuchte ich ihr den verzweifelten Wink zu geben, sofort zu verschwinden, auf der Stelle. Verdammt noch mal! Ich sprang aus meinem Wagen und rannte vor zum Mercedes. Heydrich lag blutend über der Kühlerhaube. Passanten hatten bereits einen Lieferwagen angehalten, um den Verletzten ins Hospital zu bringen. In meiner seltsamen weißen Uniform, mit der Pistole in der Hand fuchtelnd, befahl ich schreiend, den Reichsprotektor mir zu überlassen. Ich half selbst noch mit, den Blutenden in den Fond meines Wagens zu bugsieren, dann brauste ich los.

Gibt es jüdische Murmeltiere oder solche, die den Erlöser verehren, die Große Mutter, die Ewige Jungfrau? Ich hoffe insgeheim, das Murmeltier neigt den Lehren Buddhas zu.

I Die Pfoten

Auf Schweizer Art

1929

Ich schaute auf den Zürisee hinaus. Die leichte Spätsommerbrise kräuselte die Wellen, und ich blätterte durch die *Weltwoche*.

»In 21 Tagen hat das deutsche Luftschiff *Graf Zeppelin* den Erdball umrundet –«

Da konnte man schon stolz sein, insbesondere, wo nur wenige Wochen zuvor die *Bremen* für die schnellste Überquerung des Atlantiks *Das Blaue Band* errungen und eine Junkers W 33 den Höhenrekord auf phantastische 12 739 Meter geschraubt hatte.

In einiger Distanz von meinem gestreiftgepolsterten Sitzplatz unterm Sonnenschirm beendeten zwei Vierer ohne Steuermann ihr lautloses Wettrennen im Schlussspurt, erkennbar nur am abgehackt rasanten Eintauchen der Ruderblätter – wie ein Schweizer Uhrwerk! Ich warf einen Blick auf die *Bucherer* an meinem Handgelenk, ich musste gehen, schleunigst!

Ich kippte den letzten Schluck meines Cynar »gespritzt mit Passugger« hinunter und verließ die Terrasse des *Baur au Lac*, zumal jetzt die beiden Boote auf den Steg zuhielten. Jubelschreie eilten ihnen voraus.

»Hipp, hipp, hurra!« Unbekümmert ließen die Sportler den Sieger hochleben. Das musste ich mir nicht noch antun – Engländer!

Das Durchqueren der Hotelhalle ließ ich mir trotz der Eile nicht nehmen. Ich liebte diese Atmosphäre von exotisch-pompöser Tradition, untermischt mit dem frischen Reichtum der Moderne. An der Rezeption lehnte eine, wahrscheinlich blonde, junge Frau – ihr Bubikopf verbarg sich unter einer glatt anliegenden Pilotenhaube. Irgendwie kam sie mir bekannt vor.

Als ich zur Glastür hinaustrat, sah ich den grünen Bugatti, lässig quer vorm Eingang abgestellt, die Schlüssel steckten: Das war Tamara de Lempicka! Dem Selbstporträt der amerikanischen Malerin am Steuer ihres Luxusboliden konnte man gar nicht entgehen seit ihrer Ausstellung im Kunst- und Gewerbe-Verein. Der Schick des Mondänen in Person.

Ich trabte schräg durch die Grünanlage, hinüber zur Bahnhofstraße. Eigentlich hatte ich vorgehabt, noch am Bellevue vorbeizuschauen, weil ich da auf meinem Weg vom Züriberg vor dem *Odeon* einen wahnwitzigen *Duesenberg Phaeton* hatte parken sehen, das allerneueste Modell! Es standen aber zu viele Leute um ihn gedrängt. Vielleicht eine berühmte Diva – oder sogar ein Hollywoodstar?! Oder war es dieser Traum eines Automobils selbst, der die Menschentraube anzog: sein überdimensional langgezogener Kühler mit den silberverchromten Ansaugstutzen und den feschen Weißwandreifen auf glitzernden Speichenfelgen!?

Leider hatte ich jetzt die Zeit nicht mehr, ich musste mich sputen.

Ich lief an den lockenden Schaufenstern der Zürcher Nobelmarken vorbei, ließ den Paradeplatz links liegen, kurz vorm *Juwelier & Horologier Bucherer* wechselte ich die Straßenseite. Beim unübersehbaren Riesen-Dreikant-Schoki-Riegel, der für die *Toblerone* warb, sich verführerisch langsam drehte und nachts von innen beleuchtet war, bog ich in die Schweizergasse, verschärfte mein Tempo – bis ich endlich vor meinem Ziel stand, dem Seiteneingang des gewaltigen Kaufhauses GLOBUS.

Ein verschwitzter Wuschelkopf sah mit seltsam vibrierenden Lippen so bemüht über die beiden adretten Mädchen hinweg, dass die schon kicherten. In Wahrheit überlegte ich krampfhaft, wie ich mich mit brummendem Motorengeräusch eindrucksvoll bei den Gleichaltrigen einführen könnte, so wie ich wahrgenommen werden wollte: *dynamisch, aber ausgeglichenen Gemüts – waghalsig und doch geschickt absichernd*; dabei zeitigte ich wohl eher eine Wirkung zwischen obszönem Spanner und komplett *gaga*!

»Brouuhououooh!« Mir war nichts Besseres in den Sinn gekommen als der Jungfernflug der zwölfmotorigen Do X, also sechs beidseitig ausgelegte Kraftwerke, das größte je gebaute Wasserflugzeug. – Da wurde ich abgelenkt: Im Hintergrund glitt ein Graugekleideter hastig durch die Glastür des Direktionstraktes. Kurz verweilte sein Blick auf den drei Wartenden, seine dunklen Augen wirkten durch das auffallend schmale Gesicht noch stechender. Wie ein Forscher – das tiefliegende Augenpaar gegen das Monokular seines Mikroskops gepresst – betrachtete er die Objekte seiner anstehenden Untersuchung. Nach diesem raschen Überblick verschwand der Schmächtige lautlos durch eine Seitentür des Besprechungszimmers. An der vorderen Tür, über unseren Köpfen, prangte im dezenten Messingrahmen ein Schild: *Karl Ernst Krafft*. Und darunter: *Graphologe und Charaktertypologie.*

Keiner außer mir hatte das Kommen des Personalberaters bemerkt. Meine Mimik war weiterhin mit der tongerechten Wiedergabe des anschwellenden Motorenlärms beschäftigt, wohl derart hingebungsvoll, dass die etwas Drallere der beiden vor Lachen nicht länger an sich halten konnte.

»Wie heißt denn dein Tretmobil?«, gluckste sie, um mit frivolem Biss noch anzufügen: »Und hat der tollkühne Pilot auch einen Namen?«

»Max!«, gab der schwarzgelockte Knabe mit den grünen Augen, so sah ich mich, selbstbewusst zur Antwort. »Max Wittacher! Und es handelt sich um kein Auto dieser Welt, sondern um die Do X!«

Und da die Reaktion der jungen Damen unbefriedigend ausfiel, setzte ich trotzig hinzu: »Ich habs gesehen, mit eigenen Augen – Riesig!«

»Ahh!«, sagte die andere, die etwas Feinere, freundlich.

Sie gefiel mir überhaupt besser als die Flachsblonde mit dem modischen Bubikopf – wie ein Stahlhelm! Meine sogleich erkürte Favoritin trug wesentlich dunklere, wie von einem Korkenzieher gedrehte Locken. Sehr apart. Sie umrahmten tizianrot ihr schmales Gesicht, die geringelte Mähne einer Löwin. Auf sie wollte ich mich gern einlassen.

»Meine Frau Mutter hat es mir zum Abitur geschenkt, dass ich eigens nach Friedrichshafen reisen durfte – dort auf dem Bodensee hab ich's miterlebt ...« – Ich redete immer schneller, geriet ins Sprudeln – »... wie das Ungeheuer heranbrauste, die Bugwelle vor sich herschob – Bis dann die Kufen sich ins Wasser krallten, die Woge zerrissen und die gewaltigen Schwingen sich erhoben. Er schwebte, Tyrannus Rex flog davon ... Brooah!«

»Toll!«, sagte die Dralle. »Ich heiße Addy, und das ist meine Schwester *Charlot* – Eigentlich heißt sie Charlotte, aber sie schwärmt für Chaplin ...«

Bevor wir noch ins Gespräch kamen, wurden die beiden auch schon nach nebenan zu Herrn Krafft bestellt, seines Zeichens allmächtiger Personalberater« des Kaufhauses GLOBUS. Ich konnte ihre Stimmen im angrenzenden Zimmer hören, und zwar durch die Schrankwand, in der nur wenige Bücher standen, Fachliteratur.

»Vater starb vor unserer Geburt ...« Das war das etwas dunklere Timbre von meiner Charlot.

»Diplom-Ingenieur Urs Rueggli!« Addy klang dagegen leicht trompetig. Alles drang in Fetzen, doch gut verständlich an mein gespitztes Ohr. »... hochgeschätzter Schiffsschrauben-Techniker – ... ging mit der *Titanic* ... – ... deswegen kümmerte sich Onkel Wilhelm ...«

»Canaris ...«, ergänzte Charlot. »Ein Freund von Mama ...«

»Schulbildung?« Das war das schartig schneidende Organ des Herrn Krafft. »Matura?«

Addy fühlte sich zu Unrecht attackiert. »Sollt' man ja wohl vorweisen können, heutzutage!«

Charlot milderte ab: »Lyceum de Genève, beide mit Auszeichnung.«

Der Schaden war aber schon entstanden. »Womöglich überqualifiziert für unser Haus ...«

»Tante Marguerite, Madame Marguerite Panchaud, die uns adoptierte ...«, bemühte sich jetzt Addy voller Eifer, »... hat Ihnen sicher schon gesagt: Wir machen alles!«

»Fast alles!«, schritt Charlot ein, mit bewundernswerter Nonchalance. »Unsere Mama verließ uns, als wir sieben–«

Der Inquisitor ließ sich zu einem Murmeln herbei, das der heimliche Lauscher als »Tut mir aufrichtig leid« einstufte. Ich hatte meinen Kopf mit dem einen Ohr so weit in das Regal hineingezwängt, dass ich mit der Nase bereits an die Bücher stieß. Sie stammten durchweg aus dem Verlagshaus Orell Füssli, wie mir auffiel.

»Wirklich bedauerlich ...«, bekräftigte Karl Ernst Krafft seine Beileidsbezeigung. »Die Kundschaft des GLOBUS ...«, er straffte seine Stimme, » ... bestreitet ihre Einkäufe zumeist aus mittleren, hart erarbeiteten Einkommen–«

»Wir etwa nicht?!«, fuhr ihm Addy empört in den Parcours.

Der Charaktertypologe hielt sich tapfer im Sattel. »Kleine Leute spüren genau, und jetzt in der Weltwirtschaftskrise erst recht, wenn jemand *Besseres* ihnen ihre Fränkli abknöpft. Und das trifft nun mal auf die jungen Damen zu. Glücklicherweise!«

Drinnen im Sitzungszimmer war Schweigen eingetreten. Dann Türenklappern, schließlich absolute Stille. Offenbar hatten alle drei das Büro verlassen.

Eine halbe Stunde später schwebte, na ja, rutschte ich auf meinem Bauch – unter mir glitt der auf Hochglanz polierte Handlauf der feudalen Treppe hinweg. Hinter mir ließ ich einen perplexen Herrn Krafft zurück.

Er hatte mich dabei ertappt, das gehörte auch wohl zu seinem feingesponnenen Netz, wie ich in »seinem« Bauhaus-Sessel fläzte und ungeniert in den handschriftlichen Notizen blätterte, die sich der Charaktertypologe gemacht hatte. Mehr aus Langeweile hatte ich mich in sein Büro geschlichen.

Statt mich zu entschuldigen oder irgendeine Erklärung abzugeben, empfing ich ihn forsch: »Haben Sie Kopfweh?!«

Der schmalgesichtige Mann mit ungesunder Hautfarbe und tief in dunklen Höhlen flackernden Augen gestand sogleich: »Immer wieder ... – Jetzt besonders.«

»Ich mach Ihnen die weg!« Ehe sich Karl Ernst Krafft versah, hockte er in seinem Direktionsfauteuil, und ich stand vor ihm und griff nach seinem Kopf. Wie in einen Schraubstock nahm ich seine durchgeistigte Stirn in beide Pranken. Meine Daumen hielten die Schläfen, während die Kuppen meiner Ring-, meiner Stinke-, meiner Zeigefinger zielsicher auf den Akupunkturpunkten der Kopfhaut aufsetzten. Sein Haar war schütter. Für mich ein so oft geübtes Spiel, dass ich mich zur Konzentration zwingen musste, den Druck auf der Schädeldecke unerbittlich konstant zu halten, um das gleichmäßige Fließen des Stroms nicht zu unterbrechen. Ich keuchte vor Anstrengung, ihm erlaubte ich nicht mehr als ein leises Stöhnen.

Dann steigerte ich das Pressen meiner Fingerkuppen, bohrte sie so tief in die Schädeldecke, wie es mir in seinem Fall vertretbar erschien. Ich schnaufte und röchelte – das gehört dazu! –, dann löste ich abrupt meine Finger, riss sie in die Höhe, führte meine Hände in weitem Bogen über ihn hinweg – und schüttelte sie aus: »Weg mit dem Schmutz!«

Krafft sah mich ungläubig an. »Tatsächlich wie weggeblasen!«, japste mein unfreiwilliger Patient. »Die Migräne! Was haben Sie –?«

Ich lächelte überlegen. »Purer Magnetismus«, sagte ich trocken. »Hat man oder man hat's nicht! Uraltes attraktorisches Mittel – kombiniert mit der Weisheit des Konfuzius ...«

Herr Krafft war schwer beeindruckt.

Ich erhob mich langsam, schritt über den weichen Velours des von farbigen Milchglas gedämpften Dämmerlichtes des Treppenhauses. Nichts wie raus hier! Ich hätte auch den Aufzug in der Ecke nehmen können, stattdessen hatte ich mich in die lustvolle Herausforderung einer Rutschpartie durch die Eingeweide dieser riesigen Purpurschnecke geworfen. Natürlich wollte mich dieser Herr Krafft in das Personal des GLOBUS aufnehmen, er bot mir sogar die Stelle eines »Direktions-Assistenten« an, ich könnte sofort anfangen. Nur Beatrice zuliebe hatte ich mich überhaupt darauf eingelassen, mich dort als »Praktikant« zu bewerben. Beatrice, meine besorgte Mutter, Anthroposophin und Diätberaterin in der Klink von Dr. Bircher-Benner, war sehr daran gelegen, mich aus Deutschland fortzubekommen, wo ich gerade in Freiburg mit Ach und Krach das Abitur auf dem dortigen Gymnasium bestanden hatte. Durch ihre guten Beziehungen erhielt ich sogar einen Pass als Schweizer Bürger, obgleich ich in Colmar geboren bin, also Elsässer, eher Franzose als Deutscher, aber gewiss ohne jeden Anspruch auf das kostbare Recht, der *Confoederatio Helvetica* anzugehören.

»Wer weiß, wozu das mal gut sein kann!«, war ihre ängstliche Devise. Sie war als Rebecca Neuner im Rheintal geboren, die Familie besaß gute Weinlagen am Kaiserstuhl und war jüdisch. Das hatte sie fortgetrieben aus Colmar und aus der Ehe mit Beat Wittacher, der am Ort mit ihrem Geld eine Schaumwein-Klitsche aufgebaut hatte. »Champagner« durfte er das Gesöff nicht nennen; und so war die Nobelmarke »Beatrice Wittacher« (sprich: *Beatriz Ouittaché*) in der Wirtschaftsdepression erst in den Keller, dann in den Bankrott gesaust – Antisemitismus wird auch eine Rolle gespielt haben. Mein Herr Vater, konservativ und streng deutsch-national, rief sein Weib im vorauseilenden »völkischen« Bewusstsein schon seit langem nicht mehr mit ihrem verräterischen Namen *Rebecca*.

Die Weinberge, ihre Mitgift, kamen ebenfalls unter den Hammer. Um den Zorn der – zu Unrecht gegen Madame Ouittaché aufgebrachten – Arbeiter zu entgehen, flüchtete meine Mutter erst nach Dornach, ins Goetheanum des Dr. Steiner, dann nach Zürich. Mich ließ sie bei meinem verbitterten und verständnislosen Vater zurück. Beat Wittacher hatte wohl nie auch nur den geringsten Dunst von Sektproduktion oder überhaupt etwas vom Geschäft verstanden. Schließlich ergatterte er den Job eines »Expedienten« beim Freiburger Urban-Verlag. Mein Schulgeld überwies die Klinik Dr. Bircher-Benner, wo meine Mutter eine Anstellung als Diätberaterin fand.

Unversehens glitt ich in die Rolle des verhätschelten Sohnes zurück.

Sie, Beatrice, hatte als Erste meine Fähigkeiten entdeckt, das Geheimnis meiner Hände. Meine Mutter liebte es, mir zärtlich durch die Locken zu fahren. Es war ihre Art, mich zu liebkosen, nachdem sie wohl gespürt haben musste, dass ich ungern oder sogar widerwillig ihre Küsse auf mein Gesicht hinnahm, gar auf den Mund! Um ihre liebevolle Hingabe, ihre selbstlose Zärtlichkeit nicht unerwidert zu lassen, machte ich mich meinerseits daran, ihren Kopf zu streicheln, besonders, wenn sie an Migräne litt. Aus dem Kraulen wurde ein leichtes Massieren. Dr. Bircher-Benner, der uns einmal beobachtete, warnte meine Mutter, nicht süchtig nach der Berührung meiner Finger zu werden, auch Physiotherapie könne zu einer Art Ödipus-Komplex führen. Und mir riet er, mit meiner seltenen Gabe nicht herumzuspielen, sondern in Erwägung zu ziehen, sie zu meiner Berufung zu machen. Der gute, alte Herr Doktor gab mir dann mein erstes, mit seinen Notizen vollgekrickeltes Büchlein über chinesische Akupunktur. – So weit war ich also gelangt. Doch statt eines Praktikums im Kaufhaus GLOBUS beschäftigte mich nun, auf der Flucht über die gecarvte Mahagoni-Schiene, vor allem die eine Frage: Würde ich diese Charlot noch mal wiedersehen?

Ich bewältigte das herrschaftliche Hochparterre in Rekordzeit, stieß die Stahltür des Personalausganges zur Straße hin auf – und prallte mitten in zwei Damen! Nicht Charlot und Addy, wie ich zunächst erhofft hatte. Die hochgewachsene, leicht Hagere hatte die Ältere, eine zarte Greisin, untergegriffen, und die stützte sich auf ihren schwarzen Krückstock mit elfenbeinernem Löwenknauf. Den nahm ich erst wahr, als ich ihn mit hochrotem Kopf vom Gehsteig aufhob, wohin ich ihn in meinem Ungestüm geschleudert hatte.

»Ich bitte zutiefst um Verzeihung ...«, druckste ich mit echt schlechtem Gewissen hervor, »... hoffe, Ihnen ist kein Leid geschehen.« Und unbedacht schob ich noch die Floskel nach: »Kann ich etwas für Sie –?«

Meine Augen wanderten an den beiden vorbei, hinter ihnen erhob sich die prächtige Seitenansicht eines altmodischen Rolls-Royce Convertible. Vor dem standen die Damen mit bekümmerter Miene. Der Grund war schnell entdeckt: Der Vorderreifen war platt.

»Oh!«, entfuhr es mir, und die beiden Damen richteten erwartungsvoll ihren Blick auf mich. Hoffnung keimte im eingetretenen Schweigen. Der Schwarze Peter war beim blauäugigen Max, dem Murmeltier.

»Der Chauffeur?«, folgerte ich klug.

»Ein unbescholtener, braver Bursch, Sizilianer ...«, seufzte die zierliche Greisin bekümmert.

»... entdeckte ausgerechnet hier, inmitten der biederen Schweiz, sein Herz für den Sozialismus«, ergänzte ihre Begleiterin sarkastisch, »und so unbescholten war er vielleicht auch nicht.« Sie lächelte Max zu. »Denn als die Gräfin darauf bestand, über italienisches Staatsgebiet, also über Ventimiglia heimzufahren, drehte er durch.«

Jetzt sah auch ich das *corpus delicti*: In den Weichteilen des Weißwandreifens stak die abgebrochene Klinge eines Schweizer Taschenmessers.

»Und nun ...?«, wand ich mich.

Die Hagere, eine eindrucksvolle Persönlichkeit, in gewisser Weise sogar würdevolle Schönheit, nickte bestätigend, »... ist er fort!« Ich hatte begriffen. »Den Ersatzreifen will ich ihnen gern aufziehen.«

»Das ist aber wirklich nicht –« Die zierliche Greisin benutzte ihren Krückstock, um mit dem Löwenkopf auf den seitlich montierten Reifen zu klopfen. »Das finde ich ganz reizend von Ihnen ... Wie heißen Sie?«

»Max Wittacher!«, sagte ich, erfüllt von neuem Selbstbewusstsein, sprach den Familiennamen jedoch mit Rücksicht auf die offensichtliche französische Nationalität der Damen »Ouittaché« aus. Vorsichtig legte sich meine Hand an den außen neben der Motorhaube aufragenden Weißwandpneu, ein verchromter Bügel hielt ihn. Warum musste ich bei diesem Anblick an Charlot denken? Ich spuckte in die Hände ...

»Max, Sie sind ein Engel!«, raunte die immer noch recht attraktive Begleiterin der alten Dame. »Ich heiße übrigens Antoinette.« Ihr Blick glitt mit unverhohlenem Gefallen über die breiten Schultern des verschwitzten Reparateurs. »Meine liebe Freundin hier ...«, sie wies auf die Weißhaarige, »... ist die Gräfin Poujol-Murat.«

Die zierliche Greisin benutzte ihren Krückstock diesmal, um mir anerkennend auf die Schulter zu klopfen – ein Ritterschlag. »Sie können den frei gewordenen Posten einnehmen, Herr Max!« Die Gräfin sprach Klartext: »Der Lohn ist ordentlich, weit über dem üblichen Tarif. Dazu kommen Kleidung, Kost und Logis, ein eigener Pavillon im Park des Schlosses – Sie sind doch unverheiratet?«

»Sicher«, entgegnete ich rasch, »aber dennoch muss ich erst um Erlaubnis fragen – Herrn Doktor Bircher-Benner!«

»Die Gräfin zahlt Ihnen ein Handgeld von tausend Franken«, zog Antoinette die Verhandlung an sich, »wenn Sie sich auf der Stelle entscheiden. Ich lege noch fünfhundert drauf ...«

Sie hielt mir lockend die Hand hin. Ich schaute ihr tief in die Augen und umschloss ihre langen Finger mit kräftigem Druck. Dann deutete ich eine Verbeugung vor der Gräfin an und riss den Schlag zum Fond auf. Erleichtert nahmen die Damen Platz. Geschickt verbarg ich den Genuss, den es mir bereitete, das kostbare Gefährt komplett zu umrunden. Ins Auge stach mir die ungewöhnliche Kühlerzier. Sie prangte unter der – für diese Nobelmarke typische – vorangleitenden Nymphe: Ein strenges Emblem, das ein verchromtes, geschwungenes >M< zeigte, von einem Halbmond aus schwarzer Emaille dominant beherrscht. Welch Extravaganz! Ich schielte hinüber zum matt polierten Armaturenbrett aus Wurzelholz, die Schirmmütze meines Vorgängers war über den Innenspiegel gestülpt. Dann glitt ich auf meinen neuen Arbeitsplatz, lederbezogen, alles duftete ...

»Genève!«, befahl die Gräfin.

Ich zwang mich, nicht zu grinsen, als ich mir die Schirmmütze in die Stirn schob, während meine Augen unauffällig im Chromgewimmel den Startknopf des Anlassers suchten. Doktor Bircher-Benner fuhr ein ähnliches Modell, wenn auch neueren Jahrgangs, ich besaß also Erfahrung mit dem Kutschieren solcher Karossen. Im frei gewordenen Rückspiegel blickte ich in das Gesicht von Madame Antoinette. Sie nickte mir zu, ich ließ den Motor anspringen, ein leises Blubbern nur.

Adieu, rätselhafte, kapriziöse Charlot, ciao, kesse Addy!, seufzte ich still, während sich der Wagen in Gang setzte.

Zum Lac Léman ging's über Bern. Doch bald schon spürte ich mehrere, erst zaghafte, dann heftigere Stöße des Krückstocks zwischen meinen Schulterblättern. »Wir haben die Suburbia der Stadt Zürich«, auch die Stimme der Gräfin war jetzt spitz, »seit einiger Zeit hinter uns gelassen, Monsieur Ouittaché! Sie können jetzt die Vitesse erhöhen, ich will nicht zu nachtschlafender –«

Ich sah im Rückspiegel, dass sich die Gräfin ihren Strohhut mit einem Seidenschal festgezurrt hatte, auch Madame Antoinette trug inzwischen Kopftuch. Schuldbewusst senkte ich die Nase und drückte das Gaspedal tiefer.

Ich konzentrierte mich jetzt bei erhöhter Geschwindigkeit auf den Verkehr. Kurz hinter Aarau hatte ich bereits das Verdeck schließen müssen. »Es wird zu kühl«, beschied mich Madame Antoinette. »Und Sie sollten sich jetzt sputen!«

Ich beschloss spontan, von nun an Tagebuch zu führen. Das, was vor mir lag, würde ein völlig neues Leben sein.

~

Madame Marguerite Panchaud, eine resolute Matrone, rötlichblondes Haar, sorgfältig nachkoloriert, führte ihre Porzellan-Manufaktur in Genf mit einem ausgesprochenen Goldhändchen, darüber sollte ihr bäuerlicher *Muttchen*-Eindruck vielleicht hinwegtäuschen. Ihre bunt und fröhlich handbemalten Gedecke, Becher und Wandteller, gedacht für die Landsitze reicher Leute, gingen weg wie ofenwarme Croissants. Sie wurden in den Luxusabteilungen ausgewählter Kaufhäuser geführt, so im Pariser *Printemps*, beim Londoner *Harrods*, im Berliner *Kaufhaus des Westens* oder im Zürcher GLOBUS. Daher auch ihre Bekanntschaft mit Karl Ernst Krafft, den sie schätzte und für den sie in ihren Verkaufsräumen auch Vorträge organisierte. Sie liebte es, wenn er vor gebildetem Publikum über *Charakter-Typologie, Kosmos und Sprachgeist* dozierte. Und gut fürs Geschäft war's gleichermaßen. Sie kümmerte sich gern um alle und alles. So hatte sie ihm auch voller Vertrauen ihre Nichten Adelheid und Charlotte geschickt und war nun leicht verwirrt, dass er beide so harsch hatte abblitzen lassen. Auch wenn Krafft gleich zugesagt hatte, für Charlotte eine Stelle als *Au-Pair* bei guten Freunden in Paris zu besorgen, darauf könne sie sich verlassen, felsenfest, garantiert!

Blieb noch die Sorge, Adelheid ordentlich unterzubringen. Sie dachte an ein Praktikum als Krankenschwester in Zürich in der berühmten Klinik von Dr. Bircher-Benner, aber dort war die Liste der Anwärterinnen zu lang. Marguerite Panchaud griff zum Telefon und wählte die Nummer von Wilhelm Canaris – ein guter alter Freund der Familie, der lange Zeit ihrer verwitweten Schwester den Hof gemacht hatte, der Mutter der Zwillinge Adelheid und Charlotte. Für die beiden war er der »Onkel Wilhelm«.

Es tutete irgendwo im Norden Deutschlands, wo der Admiral sich niedergelassen hatte, aber niemand hob ab. Also würde sie dem Seebären jetzt einen Eilbrief schreiben mit Nachsendeauftrag – und zusätzlich ein Telegramm schicken.

~

Der ständige Personalberater, Graphologe und Spezialist für Charakter-Typologie des Kaufhauses GLOBUS in der Zürcher Bahnhofstraße hatte die Mappe mit seinen Notizen zu den begutachteten Kandidaten mit sich nach Hause genommen. Er wollte alle Beurteilungen noch einmal durchgehen, ob ihm nicht doch ein Fehler, ein zu hartes Verdikt unterlaufen war. Gemeinhin täuschte er sich nicht im Eindruck, den sein erster Blick ihm vermittelte. Hatte er je nennenswerte Korrekturen an seiner Einschätzung des Charakters und der Zukunftsaussichten der von ihm examinierten Personen vornehmen müssen? Er schüttelte in Gedanken den Kopf. Die Nichten von Marguerite Panchaud, die Zwillinge Adelheid und Charlotte, ließen ebenfalls keine wirklichen Zweifel bei Karl Ernst Krafft aufkommen. Er blätterte in seinen Unterlagen. Da standen die beiden lebenshungrigen Mädchen vor ihm, zusammengeschnurrt im klaren, knappen Urteil des Fachmanns und erfahrenen Experten:

Charlotte R., 17 Jahre
(besteht auf Rueggli, *dem Namen des Vaters)*
sensible Romantikerin, unstet, ambitioniert, rebellischen Geistes

Adelheid P., 17 Jahre
robust, kaltschnäuzig, fürsorglich, mit Tendenz, sich zu unterwerfen

Eine gewisse Frivolität ist diesen eineiigen Zwillingen eigen, ein Hang zum riskanten Spiel. Das Bewusstsein ihrer erotischen Attraktivität bei beiden (noch) nicht voll ausgebildet

Dennoch: Ungeeignet für die vorgesehene Aufgabe!

Da war nicht dran zu rütteln! Andererseits konnte – und sollte – er eine solche Zurückweisung Madame Marguerite nicht antun, auch wenn sie es mit Fassung aufgenommen hatte und sofort bereit war, die patentere Addy einem alten Freund der Familie aufs Auge zu drücken. Für die angemessene Unterbringung der wesentlich kapriziöseren Charlotte hatte er sich allerdings verbürgt. Seufzend griff Karl Ernst Krafft zum Telefon. Um diese Uhrzeit vielleicht etwas ungehörig? Eigentlich kannte er diesen Monsieur Ladame nur flüchtig. *Paul Alexis Ladame* stand in gestochener Schrift auf der Visitenkarte, die ihm – anlässlich seines letzten Vortrags *Über den Sprachgeist* im Salon des Pariser *Printemps* – überreicht worden war, darunter nur eine Telefonnummer. An das Gesicht des Mannes konnte er sich gar nicht mehr erinnern, nur an die unterschwellig provozierende Aufforderung: »Wann immer ein Freund im Geiste –« Also bitte! Eine solche Extravaganz konnte er, Karl Ernst Krafft, sich leisten!

Die Verbindung kam rasch zustande, eine Frauenstimme meldete sich mit deutlich österreichischem Akzent.

»Ich hätte gern Monsieur Ladame gesprochen, am Apparat ist *Monsieur le Conseiller* Krafft aus Zürich!«

»Oh, Herr Karl Ernst Krafft!«, erwiderte die Dame aufgeregt. »Monsieur Ladame ist auf Reisen, in den Süden, ins Ariège genaugenommen. Kann ich Ihnen behilflich sein?«

Der Anrufer war verwirrt. »Kennen wir uns, gnädige Frau?«

»Ich kenne Sie – mein Name ist übrigens Grete von Urbanitzki, wir sind uns in Wien begegnet – ich glaube zusammen mit Madame de Rives?«

Karl Ernst Krafft fasste sich ein Herz, er wollte das Problem loswerden. »Also, wenn Sie Paul Alexis ausrichten könnten, ich habe Freunden in Genf zugesagt, eine junge Dame, 17 Jahre, Matura mit Auszeichnung, in Paris als *Au-Pair* unterzubringen, keine finanziellen Ansprüche, sehr angenehme Person ...«

»Schicken Sie das Mädchen her!«, entschied Grete von Urbanitzki ohne jegliches Zögern. »Dieser Junggesellenhaushalt, ein unordentlicher Schlag Tauben, von denen die meisten fortwährend irgendwo in der Gegend herumflattern, bedarf dringend einer weiblichen, fürsorglichen Hand, eine die ihnen die –«

»Damit wir uns nicht missverstehen«, unterbrach Krafft den hurtig dahineilenden alpenländischen Gebirgsbach, »die junge Dame ist nicht auf Brautschau.«

»Sagen Sie, Karl Ernst«, die Wienerin zog das Gespräch sofort wieder an sich, »handelt es sich vielleicht um die Nichte von Marguerite Panchaud, Adelheid?«

»Nein, Charlotte!«

»Wunderbar, abgemacht! Sie können das Mädchen sofort in den nächsten Zug setzen, ich kümmere mich ...«

»Mein Gott, Werteste, ich weiß gar nicht, wie ich Ihnen danken ...!?«

»In unserem Leben, lieber Krafft, ergeben sich immer wieder Situationen, wo Freunde gebraucht werden – Also servus, babá!«

Sie hatte aufgelegt. Na, bestens, die Sorge war er los, auf eigentlich recht elegante Weise.

~

Mit forschem Tempo ging es voran. Zügig durchquerte ich Murten, bei Moudon sah ich bereits den See unter mir. Den Damen schien es zu behagen, die Gräfin schlummerte, ihr Köpfchen an die Schulter von Antoinette gelehnt. Madame de Rives wandte ihren kühlen Blick der vorbeihuschenden Landschaft zu, als sie auf meine Augen im Rückspiegel traf. Die reichlich vorhandenen Krähenfüße standen ihr gut zu Gesicht. Vom Wesen her fühlte ich mich bei ihr auf rätselhafte Weise an meine Mutter Beatrice erinnert.

Vor mir lag jetzt nur noch Lausanne, die Abendsonne ließ den See kurz aufleuchten. Wir würden Genf gerade noch vor der einsetzenden Dunkelheit erreichen.

Die Verklärung des Montségur

1929/1930

»Ussat-Les-Bains!«, krächzte von irgendwoher die fast unverständliche Stimme des Zugschaffners. Schnaubend Dampf ablassend, brachte die Lokomotive den Konvoi der wenigen Waggons zum knirschenden Halt. Von der Person des Schaffners keine Spur, es stand auch niemand – entgegen klarer Absprache – auf dem Perron der Station. Otto Rahn, ein schmächtiger Mann, Typ Studienrat aus der Provinz, beeilte sich, sein Gepäck aus dem Netz zu stemmen und die Tür aufzureißen – er schwitzte aus Sorge, der Zug könnte weiterfahren. Außer ihm stieg hier niemand aus. Rahn wuchtete die zwei großen Koffer aus dem Abteil, ließ sie auf dem verschlafenen Bahnsteig stehen und hastete zurück, um den prallen Kleiderbeutel, die Hutschachtel und vor allem den Rucksack zu bergen. Seinen Handkoffer, den er vergessen hatte, reichte ihm die geschwätzige Mitreisende aus dem Fenster. Er blickte hoch, um ihr zu danken, da setzte sich der Zug auch schon mit grellem Pfiff in Bewegung. Gar nicht auszudenken, wenn er dieses letzten Reiseaccessoirs verlustig gegangen wäre: In seinen seidengefütterten Falttaschen befand sich sein Manuskript, die ersten Notizen für seinen Roman *Der Kreuzzug gegen den Gral*.

Otto Rahn wischte sich die Schweißperlen von der Stirn und besah sich den Haufen Gepäck: Bescheiden für einen Forschungsreisenden, doch eine rechte Bürde, wenn man keinen *Porteur* zur Hand hatte. Endlich schlurfte ein stämmiger, graubärtiger Gebirgler um die

Ecke, das musste wohl der angekündigte Bergführer und Höhlenexperte Bernadac sein.

»Sie sollten mich doch hier –«, ging Rahn den Alten vorwurfsvoll an, doch der winkte nur ab.

»Ich konnte doch George nicht allein lassen.« Er zeigte auf den Gaul, der jetzt unaufgefordert den Kopf um die Ecke des Stationsgebäudes streckte. Mit größter Selbstverständlichkeit zerrte das Tier das einspännige Fuhrwerk hinter sich her, bis zu dem kleinen Gepäckberg auf dem Perron. Der alte Bernadac warf die Stücke auf den Karren und ließ George wenden. »Sie können bei mir aufsitzen«, bot der vierschrötige Kerl freundlich an.

Otto Rahns Gestalt straffte sich. »Ich ziehe es vor, zu Fuß zu gehen, so empfange ich besser die Schwingungen des mir noch fremden Ambientes!«

Der alte Bernadac sah ihn erstaunt an, schnalzte, und George trottete los. Rahn hatte Schwierigkeiten, mitzuhalten. Er sandte ostentative Blicke nach oben, wo die wild aufragende schroffe Landschaft, weiße Kalksteinfelsen, sich gegen den blassblauen Himmel Okzitaniens absetzte. Das dunkle Grün knorriger Steineichen, vermischt mit schattenspendenden Esskastanien, zog sich an ihnen hoch, Klüfte und Schluchten nutzend.

Immer wieder musste der Kutscher den unwilligen George zügeln, um den schnaufenden Wanderer aufschließen zu lassen. Schließlich, ganz am Ende der Ortschaft, kam das Hotel *Les Marronniers* in Sicht. Der über die Stirnwand gemalte Schriftzug war verwittert, die Fensterläden verschlossen.

»Die Besitzerin will es verpachten«, ließ der Alte den Neuankömmling wissen. »Zu viel Mühe.« Er sprang vom Kutschbock, nestelte einen Schlüsselbund aus der Hose und schloss die massive Eichentür auf. Sie knarrte.

»Ist denn niemand da?«, fragte Rahn entsetzt. »Wie soll ich denn hier ... – ganz allein auf mich gestellt?«

Der *Experte für Speläologische Führungen durch die Welt der Tropfsteinhöhlen* griente. »Die Besitzerin hat versprochen, einmal am

Tag nach dem Rechten zu schauen«, sprach er dem Forschungsreisenden Trost zu. »Kochen müssen Sie natürlich selbst. Hier am Ort gibt's kein Restaurant für gehobene Ansprüche.«

Kurz dachte Otto Rahn daran, umzukehren, dann besann er sich. Er hatte eine Mission. Entschlossen zog er die Tür zu seinem neuen Heim auf, eine Welle von Moderduft schlug ihm entgegen. Wenigstens gab es elektrisches Licht.

~

Feuerrot glühten zur Wintersonnenwende die Fensterhöhlen des Montségur auf im magischen Schein des ersten Lichtstrahls. Blauschwarz standen die Silhouetten der beiden Männer gegen den schummrig düsteren Himmel der weichenden Dämmerung – kleine Figuren oben auf den mächtigen Mauern der ehemaligen Ketzerburg, dem *Munsalvaetsch* der Minnesänger.

Ergriffen legte Otto Rahn den Arm um die Schulter seines Gefährten. Beide trugen sie breitkrempige Schlapphüte und viel zu leichte Staubmäntel. Es war bitterkalt zu dieser frühen Stunde im Vorgebirge der Pyrenäen.

»Flammender Wimpernschlag des allmächtigen göttlichen Geistes!«, flüsterte der Deutsche erregt. »Diesen mystischen Augenblick an diesem, einzig dem Gral geweihten Ort erleben zu dürfen ...« Er zog seinen Freund noch dichter an sich.

»Das ist die dir gebührende Anerkennung«, sein französischer Begleiter nahm ehrfurchtsvoll den Hut ab, »durch die Gottheit des Geheimen Wissens«, er umarmte Otto mit großer Zärtlichkeit, ohne in seiner Rede innezuhalten, »für dein Forschen und Erklären, für die aufopferungsvolle harte Arbeit, die du für die Menschheit auf dich genommen hast.«

Die unausgesprochene Liebeserklärung mündete in einem lang ausgekosteten Kuss. »Mensch Otto!«, seufzte Paul Alexis Ladame, sich aus der Umarmung lösend. Rahn kannte den namhaften französischen Okkultisten noch aus gemeinsamer Studentenzeit in Paris. Durch Paul Alexis hatte er damals auch Maurice Magre kennengelernt, der – so munkelte man – eine einflussreiche Rolle in der französischen Freimaurerbewegung spielte. Magre hatte Rahn auf die vieldeutige Symbolik des Grals aufmerksam gemacht, auf die ins Auge springenden Analogien zum Parzival-Mythos und ihn so auf die Spur der Katharer gesetzt.

Daran musste Otto Rahn jetzt denken. Er sah sich als einsamen Kämpfer oben auf den Zinnen der Feste, letzte Zuflucht der von König und Papst verfolgten Sekte der *Reinen*. Wie der mächtige Ritterhelm eines Erschlagenen erhob sich die legendenumwobene Burg auf der Spitze des Felsens.

Sein Auge glitt über den Bergkegel, schlich sich fast furchtsam durch den dichten Wald, bevor es sich ins weiß leuchtende Geröllfeld hinauswagte, das die kahle Ruine wie die Halskrause eines Pyrenäengeiers umgab.

Dort oben auf den steil abfallenden Mauern, die kleine, zerbrechliche Figur: Das war er, er, der sich traute, dem allmächtigen, gesichtslosen Feind zu trotzen, gegen alle Neider und Ignoranten!

»Der Gral!«, murmelte Paul Alexis Ladame voller Ehrfurcht.

»Was immer er auch darstellt ...«, nahm ihm Otto die Zügel aus der Hand, »... kostbarer *Achmardi*, wie Eschenbach uns kündete, gleißender Stein, aus ferner Sternenwelt zu uns gesandt, oder Kelch von höchstem Wert, Gefäß des köstlichen Blutes ...«

Ladame half ihm wieder aufs Pferd. »... Gewissheit, dass der Gral hier auf dieser Burg verborgen gehütet, geschützt und verehrt wurde!«

»Und«, triumphierte der Reiter, »dass die Katharer, die Reinen im Geiste, seine Diener und Wächter waren! Er war der Hort ihres irdischen Daseins, das Versprechen auf eine andere, bessere Welt.«

Paul Ladame schaute bewundernd zu Rahn auf, der jetzt auf einer der Mauerzinnen über dem schroffen Abgrund balancierte.

»Für ihn gaben sie freudig ihr Leben, so dem Reich des Demiurgos entrinnend!«

»Nichts fürchteten sie weniger als den leiblichen Tod, wie die Scheiterhaufen bezeugen, die sie frohlockend bestiegen ...«

Paul Alexis schloss mutig zu ihm auf. Er schätzte es nicht, als Steigbügelhalter bereitzustehen.

»Wolfram von Eschenbach, der Verfasser des *Parzival,* hatte genügend Gelegenheit, sich mit Minnesängern der Provence auszutauschen.

»Dort galten – wie hier im Languedoc, in ganz Okzitanien – die Gesetze der Minne, die *Leys d'Amors.*« Otto kniete nieder, umarmte und küsste den verwitterten Mauerstein. »Heilige Liebe!«, stieß er verzückt aus. »Dir allein sei mein Leben geweiht!«

Paul Ladame ließ einen adäquaten Zeitraum verstreichen, drei, vier Herzschläge, bevor er trocken einwarf: »Unten auf dem *Camp des Crémats* wartet seit gut einer Stunde der arme Max auf unsere Rückkehr ...«

Otto Rahn zeigte sich einsichtig. Er kletterte von dem Sims herab, aber er war verschnupft. »Warten gehört ja wohl zu den Aufgaben, ja, den Pflichten meines Chauffeurs!«

Das mochte Paul Alexis Ladame dem Freund nicht durchgehen lassen: »Meines Wissens steht Monsieur Wittacher immer noch im Sold der geschätzten Gräfin Poujol-Murat!«

Otto Rahn folgte ihm jetzt – nicht wie ein geprügelter, aber doch in seine Schranken gewiesener Deutscher Schäferhund. Schmollend. Sie begannen mit dem Abstieg. Um nicht auszurutschen, mussten sie sich gegenseitig stützen. Das versöhnte sie wieder.

TAGEBUCH

Es hatte zu regnen aufgehört. Im Fadenkreuz meiner *Lunenoire* – so nannte Madame de Rives den Rolls ob des eigenwilligen Emblems auf der Kühlerhaube – tauchte endlich unser Ziel auf: das Anwesen des berühmten Seekriegshelden, ein weit ausladendes *Reetdach.* Dicke Lagen trockenen Schilfrohres, säuberlich wie mit einer Nagelschere gestutzt. Ich parkte unsere Prunkkarosse im Schutz einer mächtigen Rotbuche, im respektvollen Abstand zum Domizil des Admirals Wilhelm Canaris, und riss meiner Gebieterin den Schlag auf, an der Beifahrerseite. Antoinette de Rives hatte nahezu während der gesamten Fahrt auf den Sitz im Fond verzichtet und stattdessen neben mir Platz genommen. Sie führte mich auch jetzt nicht als ihren Bedientesten ein, sondern als »Mein junger Mann!« – Was immer das auch besagen mochte.

Wilhelm Canaris trug keinen Bart, er entsprach überhaupt nicht meiner Vorstellung eines von Wind und Wetter gegerbten Seebären. Glattrasiert, rosa-weiche Wangen, ähnelte er eher einem jovialen Firmenpatriarchen als einem draufgängerischen Marineoffizier. Dieser Part wurde derweil von einem jungen Oberleutnant zur See eingenommen, der gerade versuchte, seinen Nacken trockenzurubbeln, ohne dabei die störende, klitschnasse Uniformjacke auszuziehen. Ihn musste der kalte Regenschauer voll erwischt haben. Alle, also der Admiral und die Dame des Hauses, riefen ihn »Reini«, als sie den Derangierten aufforderten, sich meiner Herrin vorzustellen. Meine ausgestreckte Hand übersah er. Eine merkwürdige Type, dieser Reini: mit wölfischem Schädel, die kalten Augen gemahnten an Huskies, die ich lediglich von Photos über Polarexpeditionen kannte. Abschätzig fixierte er mich in meiner Chauffeurslivree. Ich wich seinem Blick aus, um ihm keine Gelegenheit zu bieten, mich weiter zu reizen.

Der souveräne Admiral zog die Situation an sich, indem er seinen frisch eingetroffenen Gast, Madame de Rives, ersuchte, von ihren Reiseeindrücken zu berichten. Antoinette nahm die Einladung routiniert an. Sie übersprang die Maginot-Linie, deren Ausbau wir im Lothringischem beobachten konnten, je mehr wir uns der Grenze zu Deutschland näherten, kam gleich auf die zügige Räumung des Rheinlands zu sprechen, den Abzug der letzten französischen Besatzer. Damit erntete sie zustimmendes Nicken, aber keinerlei Kommentare. Flugs überließ sie mir die Fortführung des Berichts, als Elsässer hätte ich eher Zugang zu den Ereignissen und Stimmungen in Deutschland. Aller Augen richteten sich erwartungsvoll auf mich.

»Da gibt es wenig zu erzählen«, wiegelte ich ab, »einige Aufmärsche im Kohlenpott …« Ich war stolz, mir diesen recht plebejisch anmutenden Ausdruck gemerkt zu haben.

Antoinette half mir auf die Sprünge. »Aufruhr in den Arbeitervierteln, kackbraun Uniformierte marschieren in militärischen Kolonnen, grölen *Die Fahne hoch, die Reihen fest geschlossen.*«

Der Admiral ließ sich von seinem Gast aus Frankreich nicht provozieren. »Das sind die Kampfbrigaden der Partei Adolf Hitlers«, sagte er beschwichtigend, eine Stellungnahme war daraus nicht herauszuhören.

»Das ist die *Sturmabteilung* des Führers!«, rief Reini erregt. »Ihr Kampflied, das sie sangen, ehrt Horst Wessel, einen Kameraden, den das rote Kommunistenpack heimtückisch ermordete. Nieder mit Rotfront!« Er schrie jetzt richtig.

»Aber Reini!«, ging die Herrin des Hauses dazwischen.

»Reg dich gefälligst ab!«, knurrte jetzt auch der Admiral. »Wir haben Gäste.«

»Spiel lieber für uns, für mich …« Frau Canaris war eine leidgeprüfte Mittlerin, doch keineswegs der Typ mütterlicher Ehefrau. Sie hielt das Feinsinnige im Hause des bärbeißigen Admirals hoch, und darin war sie Meisterin. Ihr zuliebe hatte Canaris den jungen Oberleutnant zur See, Reinhard Tristan Heydrich, in sein Heim gebeten, nachdem er auf dessen exzellentes Violinspiel aufmerksam gemacht wurde. Er wusste, dass er seiner Gattin damit eine Riesenfreude bereiten würde. Und der alerte Heydrich begriff die Chance, dem stumpfsinnigen, täglichen Drill der Kadetten-Anstalt zu entfliehen, wenn er der verehrten gnädigen Frau Admiral aus seinem Übungsrepertoire vorspielte. Außerdem hob ihn dieser vertraute Umgang mit dem renommierten Vorgesetzten von der Schar seiner Mitschüler gebührend ab. Also schnappte er sich seinen Geigenkasten, gerade als ich, törichter Störenfried, noch von der Fahrt durch eine typisch deutsche Stadt namens Osnabrück erzählte, wo die Braunhemden vor einem Vorstadtkino randalierten, die Scheiben der Schaukästen einschlugen.

»Im Westen nichts Neues«, kommentierte Canaris unaufgeregt.

Selbst in der neutralen Schweiz war mir nicht verborgen geblieben, welchen Wirbel dieser aufwühlende, niederschmetternde Roman verursacht hatte. Schonungslos wie ein Kettenpanzer war er durch die Schützengräben des jüngsten Weltkriegs gepflügt.

»Soll der nicht bereits diesen Winter als Film –?«, fragte ich.

»Eine Schande!«, geiferte Reinhard Tristan. »Und der Schreiberling des Machwerks, der Verunglimpfung unserer tapferen Soldaten, dieser Erich Maria Remarque –«

»Lass gut sein, Reini, spiel!«, beschwichtigte Canaris und warf mir einen auffordernden Blick zu, keinen weiteren Anlass zur Störung des zu erwartenden Kunstgenusses zu liefern. Heydrich schob sich die Violine unters Kinn, hob den Bogen zum Einstreichen. Noch bevor die ersten dissonanten Töne an mein empfindliches Ohr drangen, registrierte ich schon die komplett verkrampfte Haltung seiner Schulter, seinen verrenkten Hals …

Schmerzhaft wurden meine Gedanken hinweggezerrt über schroffe Berge und durch dunkle Forste, über Seen und Bäche bis hin ins schweizerische Zürich. Im Gartenpavillon der renommierten Bircher-Benner-Klinik traf sich zur gleichen Zeit ein festlich gestimmtes Publikum. Freunde und Anhänger des Karl Ernst Krafft hatten die *Internationale Liga zum Studium individueller Psychologie und menschlicher Typologie* gegründet und ihn gebeten, deren Präsidentschaft zu übernehmen. Krafft hatte sich nicht lange geziert und die Berufung angenommen. Endlich eine sichtbare Anerkennung seiner Arbeit! C. G. Jung hatte auf die Einladung nicht reagiert, aber aus London war der akklamierte Psychologe »Sir« Dr. Cyril Burt angereist, aus den Niederlanden der Baron Keun van Hoogerwoerd, ein bekannter Astrologe. Selbst der Begründer der *Schule der Weisheit*, Graf Keyersling, hatte sein Erscheinen in Aussicht gestellt. Die Wahl sollte heute, wie ich erfahren hatte, per Akklamation über die von Beatrice Wittacher, meiner Mutter, liebevoll geschmückte Bühne gehen. Als überraschenden zusätzlichen Schmuck war es Dr. Bircher-Benner gelungen, Yehudi Menuhin, einen blutjungen, gerade mal 13-jährigen Violinisten zu bewegen, in einem kurzen Gastauftritt eine seiner Solo-Sonaten zu Gehör zu bringen. In wenigen Tagen würde er nach Berlin reisen, um unter Bruno Walter und den Philharmonikern vor großem Publikum aufzutreten. Der prominente Arzt verdankte den Auftritt des »Wunderknaben«, wie meine Mutter mir mitteilte, der Vermittlung durch Grete von Urbanitzki. Die rührige Wiener Journalistin war dafür bekannt, dass es ihr immer wieder gelang, die unterschiedlichsten Leute zusammenzubringen. Das hob ihren Ruf, der bisweilen darunter litt, dass einige sie für eine äußerst talentierte Agentin hielten. Grete von Urbanitzki pflegte Freundschaft mit jedermann, das war ihr Erfolgsrezept. Erfolge ließen ihr bäuerliches Gesicht erstrahlen wie eine Sonnenblume. Strohblonde, zu Reifen gebundene Zöpfe betonten diesen gewollt biederen Eindruck. Sie glühte vor mütterlicher Fürsorge. So hatte sie in Zürich auch meine Mutter Beatrice kennengelernt und sofort in ihr Herz geschlossen.

Nun saß ich hier an der deutschen Ostsee in der Heidekate eines retirierten Kriegshelden und lauschte mit halbem Ohr dem Spiel eines jungen Marineoffiziers, der – nicht einmal übel – die Sonate in D-dur op. 78 von Brahms vortrug.

Wahrscheinlich schüttete meine Mutter gerade der Wiener Journalistin ihr Herz aus, dass sie eigens nach Frankreich telegraphiert habe, um mich, den geliebten Filius zu diesem Festakt auf dem Züriberg einzuladen. Das Telegramm war auf Schloss Poujol-Murat genau in dem Moment eingetroffen, als ich bereits den Rolls aus der Garage geholt hatte. Ich sagte meinen beiden Damen nichts davon, obgleich meine Mutter mich ausdrücklich und mit ihrer anthroposophischen Herzlichkeit darauf hinwies, dass sie sowohl Gräfin Fernande als auch Antoinette de Rives auf die Gästeliste gesetzt hatte. Mir stand aber der Kopf nach der Begegnung mit dem berühmten Admiral.

Dieser Reini beherrschte durchaus sein Instrument, entlockte ihm geschmeidig auch die schwierigsten Passagen, aber was tat er sich dabei an!? Mir entging nicht, wie der Herr Oberleutnant sein Gesicht immer wieder schmerzlich verzog. *Ein deutscher Offizier lässt sich nicht…!*. Plötzlich ließ Heydrich den Bogen sinken, die Geige glitt ihm unter dem geneigten Kinn weg. Er hielt sie fest umklammert, doch sein Kopf schien nicht mehr in der Lage, sich aufzurichten, das schiefe Gesicht war zur Maske, zur Grimasse erstarrt. Heydrich stöhnte auf wie ein waidwundes Tier, taumelte, ohne dass es ihm gelang, den Krampf zu lösen. In dieser grotesken Haltung ließ er sich mit letzter peinvoller Kraftentfaltung in einen Sessel gleiten, qualvoll mit anzusehen! Und mit einem Zittern schlossen sich die rollenden Augen.

»O Gott, o Gott!«, grämte sich die aufs Höchste besorgte Dame des Hauses. »Reini! Was ist –!?«

Keine Antwort. Schlaff ließen die feingliedrigen Hände das Instrument fallen.

»Hexenschuss?«, kommentierte der alte Canaris, wenig überzeugt.

Die Leiden des Herrn Heydrich berührten mich offen gestanden nur wenig, aber sie forderten mich heraus: Jetzt war der Moment zur Revanche gekommen!

»Ich kann Sie behandeln, Herr Oberleutnant!«, warf ich keck in die betretene Atmosphäre.

Heydrich starrte mich ungläubig an, während ich schon genüsslich aus meiner Livree schlüpfte.

»Sie müssten sich allerdings frei machen …« Ich deutete nonchalant auf die dunkelblaue Uniformjacke, die bislang die Differenz zwischen uns ausgemacht hatte.

»Ihr könntet ins Gästezimmer gehen«, riet die Hausfrau. »Das Bett dort ist eh hart wie eine Pritsche.«

»Ach, wozu!«, nölte der Admiral. »Ich will mir das anschauen, wie ein tollkühner Schweizer Gardist mit der Elite deutscher Seefahrer umspringt!« Er griente über beide Backen.

Ich sah mich gezwungen, meine Position klarzustellen. »Das ist kein Fight Mann gegen Mann«, sagte ich leise, »eher die Bergung eines Schiffbrüchigen: Einer rudert und steuert, der andere lässt sich gefälligst treiben.«

Dem Reini hatten inzwischen die Damen mit vereinten Kräften behutsam das Hemd über den Kopf gezogen. Darunter kam ein geripptes Sportlerleibchen zum Vorschein, das wollte auch ich ihm lassen. Stand nur noch die Frage meiner Entblößung offen. Ich warf einen verstohlenen Blick zu meiner Herrin hinüber. Sie tuschelte mit Madame Canaris. Die verschwand, um gleich darauf mit einer Art marineblauem seidenen Kimono zurückzukehren, der Größe nach zu schließen ein nachtintimes Kleidungsstück ihres Mannes. Der Admiral runzelte die Stirn, aber da hatte ich das weit geschnittene Gewand schon angelegt.

In meinem Kopf summte es gewaltig, die Berliner Philharmoniker stimmten an- und abschwellend ihre Instrumente. Heydrich hing in seinem Sessel, den Kopf seitlich geneigt, seine Violine auf dem Boden zu seinen Füßen. Ich trat ans Pult. Erwartungsvolles Schweigen trat ein, der Admiral räusperte sich noch einmal kurz. Ich trat hinter meinen Patienten, legte ihm sanft beide Hände auf die Schultern, am Halsansatz. Die Streicher setzten langsam ein, Johann Sebastian Bachs Violinkonzert in E-Dur, BWV 1042. Ich musste nichts ertasten, sondern lösen, lösen durch Dehnen. Jedesmal, wenn die Geige sich zum Solopart aufschwang, fügte ich ihm Schmerz zu. Dazwischen streichelte das Orchester meiner Fingerspitzen den Fechtboden ganz sanft, um dann wieder und wieder den Bösewicht, diesen *musculus trapezius,* zu fordern.

Stretching nannte Dr. Bircher-Benner das schmerzhafte Verfahren, das in Europa noch nicht konsequent angewandt wurde. Yehudi Menuhin, der göttliche Knabe vom Stamme Davids, fiedelte dem deutschen Offizier. Ich wünschte kurz, dass ihm Hören und Sehen verginge, ließ mich dann aber doch vom Wunsch nach Befreiung von dem üblen, so tückisch auftretenden Krampf leiten, diese Unart der Muskulatur, auf Kälte, Wind und Nässe in Form von verhärteter Kontraktur, mit bösartiger Starre zu reagieren. Der junge Zaubergeiger setzte zum Finale an. Heydrich konnte seinen Kopf wieder bewegen. Imaginärer Beifall rauschte auf.

Ich ließ von meinem Opfer ab. Reinhard Tristan verharrte regungslos, dann glotzte er mich an wie ein Krokodil – glückselig, weil es unter dem Sand am Ufer seine Eier wahrnimmt, das Fiepen der Jungen, die zu schlüpfen beginnen.

»Bewegen Sie jetzt langsam Ihren Kopf!«, befahl ich betont sanftmütig. Er gehorchte – und strahlte, Reinhard Tristan Heydrich strahlte.

»Max«, flüsterte er konspirativ. »Sie müssten immer bei mir sein!« Doch schnell kehrte er wieder den schneidigen Offizier heraus: »Ohne Unterlass, auf Schritt und Tritt!«

Ehe er sich weiter steigerte, schnitt ich ihn kurz. »Sie müssen lernen, mit Ihrem Körper zu leben« – *wie mit Ihrer Seele* lag mir schon auf der Zunge –»wie Ihre Geige ...« Ich sprach jetzt ganz leise, denn ich wollte ihn nicht bloßstellen. » ... so wie ihre Geige mit Musik umgeht!« Mir ging es darum, dass er mich und meine Worte ernst nahm, so wechselte auch ich in einen verschwörerischen Ton. »Nicht wie Sie, Reinhard Tristan Heydrich, in scharfer Attacke sich das Instrument willenlos unterwerfen!«

Ich ging ins Bad, um mich frisch zu machen, ich war völlig verschwitzt. Gerade hatte ich den seidenen Kimono abgeworfen, da stand Antoinette de Rives hinter mir.

»Bravo, Maestro«, war ihr knapp gehaltener Kommentar. »Dieses Dokument hier«, sie wedelte mit einem dicken Umschlag, »bringen Sie bitte nach Paris – ohne sich erwischen zu lassen!« Ich nickte ob des Vertrauens, wenngleich verwundert. »Ich ziehe es vor, mit der Bahn zurückzureisen.«

Ich wusste, dass sie überhaupt nur auf mein kindisches Drängeln hin sich dazu entschieden hatte, diese ungemütliche Fahrt durch Deutschland auf dem Beifahrersitz zu durchleiden – nur um mir den Knabenwunsch zu erfüllen, einmal dem legendären Admiral Canaris von Angesicht zu Angesicht gegenübergestanden zu haben.

»Sie fahren bitte gleich los, zum Bahnhof in Hamburg kann ich ein Taxi nehmen!«

Ich widersprach nicht, obgleich mir die Vorstellung, als junger

Mann im wehrtüchtigen Alter noch einmal die deutschen Provinzen durchqueren zu müssen, allein in einem Rolls-Royce, Unbehagen bereitete. Ich fühlte mich nicht als Deutscher und fürchtete, das würde auch jedes noch so tumbe Braunhemd sofort erschnüffeln. Also beschloss ich, um nicht angepöbelt zu werden, mich mit meiner *Lunenoire* auf kürzestem Weg über Belgien zurück in den Südwesten Frankreichs durchzuschlagen.

~

Das Schloss der Gräfin Poujol-Murat konnte sich vom Alter her nicht mit den berühmten Katharer-Burgen messen. Wie die meisten der noch nutzbaren feudalen Besitztümer verdankte es seine Entstehung noch den Machtkämpfen während der Hugenotten-Unruhen in der Region. Die adlige Familie der Poujol stammte aus dem benachbarten Katalonien, und der Zusatz *Murat* wies auf einen Angehörigen jenes Napoleonischen Generals hin, der es in Neapel bis zur Königskrone gebracht hatte, bevor er sein ominöses Ende vor einem Erschießungskommando fand.

Diese Vergangenheit focht die betagte Gräfin Fernande Poujol-Murat nicht weiter an. Die zum Schloss gehörigen Ländereien sicherten ihr einen beschaulichen Lebensabend, den sie dadurch etwas auffrischte, dass sie sich den *Polaires* öffnete: einer Freimaurergruppierung, die ihr einige unruhige, wenig konformistische Geister ins Haus wehte, gern auch mal Verteidiger abstruser, spiritistischer Ideen, geheimnisvolle Okkulte – so den *Grand Supérieur Inconnu*, der sich – höchst bourgeois – *Gaston de Mengel* nannte.

Gräfin Fernande interessierte sich nicht für die Ideen oder gar Ziele der *Polaires*, im Gegenteil: Sie fand die Vorstellung, dass sich die letzten elitären Überlebenden dieser Herrenrasse vom Nordpol aus, gleich einem höchst toxischen Pilzgeflecht, in die eisigen Tiefen des Himalajas geflüchtet hatten, höchst lächerlich: ein schneeweißes unterirdisches Reich von nobler Geistesgröße, umringt von todesmutigen Kämpfern, die dort ihrer Stunde harrten. Denn dort in düsteren Schründen gab es auch noch die schwarze Todesmacht *Oung*

Mong, die der Welt Böses wollte, auf ihr Verderben sann. Dem stellten sich die *Polaires,* weltlicher, aus naheliegenden Gründen unsichtbarer Arm der *Rasse der Reinen,* tapfer und weise entgegen.

Aus diesen Unterstützerkreisen war Fernande die Bekanntschaft der ebenfalls verwitweten, wesentlich jüngeren Antoinette de Rives erwachsen. Die anfängliche Stellung als Gesellschafterin der ziemlich einsamen Fernande geriet alsbald zu einer beide Frauen befriedigenden Liaison. Da sich ihr Verhältnis kaum an fleischliche Liebe klammern musste – diesen Bedarf hatten beide Damen in ihren Ehen ausreichend abgedeckt –, konnte es sich zu einer freien Geistesfreundschaft entwickeln. Daraus war längst eine handfeste, belastbare Symbiose entstanden. Die Gräfin war kinderlos, und es galt zwischen beiden Frauen als ausgemacht, dass die keineswegs mittellose Antoinette de Rives alleinige Erbin aller Besitztümer sein würde. Fernande hatte auf notarieller Beurkundung bestanden.

Im *Salon du Thé* des Schlosses erwartete die Herrin des Hauses den Besuch des jungen deutschen Forschers Otto Rahn. Die Gräfin unterstützte dessen ausgedehnte Erkundungen, war sogar gewillt, ihm weiterhin ihren Chauffeur Max samt dem komfortablen Rolls-Royce zur Verfügung zu stellen, nur musste dafür erst mal ihre Freundin Antoinette von ihrer Deutschlandreise zurückgekehrt sein. Ihre Ankunft erwartete sie noch am selben Tag. Um den wissbegierigen Otto eine besondere Freude zu bereiten, hatte sie den namhaften Heimatkundler Antonin Gadal zu dieser Soiree eingeladen. Der alte Gadal galt als die lokale Koryphäe für die Höhlen der Katharer. Manchen aufschlussreichen Fund im Musée de Foix, der Provinzhauptstadt, verdankte die Region seiner unablässigen, unbeirrbaren unterirdischen Spurensuche. »Ein bissiger Basset, der sich auch in die letzte Fluchtkammer der ehemaligen Schutzstollen der Verfolgten wühlt«, wie Antoinette angelegentlich gelästert hatte. »Ein scharfer Teckel wie Gadal wäre der Inquisition damals sicher sehr willkommen gewesen!«

Der knorrige Alte griff sich sogleich den eingetroffenen Otto Rahn.

»Bravo, mein jugendlicher Kollege, dass Sie sich den *Sepulgas,* unseren Grotten, zugewandt haben! Das zeugt von gedanklicher Reife, deren jeder wissenschaftlich arbeitende Speläologe bedarf – so er sich ernsthaft auf unsere von Lügen befleckte grandiose Vergangenheit einlassen will!«

Der Französisch sprechende Deutsche war perplex ob dieser Begrüßungsemphase. Eigentlich wollte er sich jetzt vor allem eine Zigarette anzünden, freute sich auf eine Tasse Tee, statt sich gleich derartig vereinnahmen zu lassen. Aber er wollte nicht abweisend erscheinen. »Sie haben völlig recht«, sagte er nachdenklich, »da auf dem eroberten Montségur nichts von außerordentlichem Wert gefunden wurde« – auch Rahn vermied es, das Schlüsselwort *Gral* fallenzulassen –, »muss es rechtzeitig in Sicherheit gebracht worden sein. Für mich kommt als Versteck nur eine dieser wundersamen Grotten infrage, vielleicht die riesige Tropfsteinhöhle von Ornolac?«

»Darüber würde ich gern mit Ihnen reden«, gab sich der Alte verbindlich, jetzt schon etwas respektvoller.

TAGEBUCH

Wie verabredet, hatte ich meine Herrin in Montpellier aus dem Genfer Zug geholt, um mit ihr zusammen die Reise nach Poujol-Murat abzuschließen. Ich berichtete ihr, dass ich ohne lästige Kontrollen Paris erreicht und den Brief bei der angegebenen Adresse abgegeben hätte.

»Haben Sie ihn Madame von Urbanitzki persönlich –?«

»Das nicht«, musste ich zugeben. »Ich wollte den Rolls nicht unbewacht auf der Straße stehen lassen«, erklärte ich ihr, »also habe ich mich mittels der Gegensprechanlage, über die das Etablissement verfügte, mit dem Apartment in Verbindung gesetzt. Die Stimme einer jungen Dame forderte mich auf heraufzukommen, es gebe einen Lift. Aber ich sagte, das ginge leider nicht!«

»Und?«, forschte die Herrin streng.

»Dann sollte ich den Brief unten bei der Concierge abgeben, man würde ihn sich holen.«

»Aha!«

»Das habe ich dann auch gemacht!«, beendete ich stolz meinen Bericht.

»So haben Sie, lieber Max, die Gelegenheit verpasst, ihre alte Bekannte Charlotte Rueggli-Panchaud wiederzusehen, mit der haben Sie wahrscheinlich sogar citophoniert.«

»Das wusste ich nicht –«

»Pech, mein Lieber!« Als sie mein Gesicht sah, besann sich die meist etwas schroffe, abweisende Dame. »Ihre Betroffenheit, Max, ehrt Sie. Diese Charlotte besitzt Qualität – eine bizarre vielleicht, aber nicht zu übersehen!«

»Das finde ich auch«, bedankte ich mich zurückhaltend und richtete den Blick auf die kurvige Straße.

»In den heutigen Zeiten moderner Telephonie und Telegraphie wird eine eigenständige Person wie diese Charlotte schon Mittel und Wege finden – wenn sie denn an Ihnen, Monsieur Max, interessiert ist!«

»Das will ich doch hoffen!«

Noch bevor wir das Schloss Poujol-Murat erreichten, ließ mich Madame am Rand der Schotterpiste halten, um ihren Platz im Fond wieder einzunehmen. Um uns herum die einsame Gebirgslandschaft der Pyrenäen. Ein kalter Wind kam auf. Anoinette de Rives stieg aus und verharrte regungslos.

»Hörst du das Murmeltier pfeifen!?«, flüsterte sie heiser und lauschte.

Ich räusperte mich verlegen. »Pardon, Madame: Das war ich!«

Antoinette drehte sich versonnen zu mir um, sie lächelte: »Max, mein pfiffiges Murmel!«

Wir setzten die Fahrt fort. Der leere Beifahrersitz zeigte mir an, dass die alte Distanz wieder hergestellt war.

Die Ankunft von Antoinette de Rives machte dem alten Gadal einen Strich durch die in seinem grauen Schädel gehorteten Notizen, die er unbedingt noch bei dem ihm seelenverwandten Otto Rahn abladen wollte. Aber die Dame, frisch von ihrer Reise an die deutsche Ostsee zurückgekehrt, wünschte nun ihren Erfahrungsbericht vor einer möglichst interessierten Zuhörerschaft loszuwerden. Dazu sollte vor allem der Deutsche Otto Rahn gehören. Und da sie gewohnt war, ihren Willen durchzusetzen, trat sie mitten in den Disput zwischen Gadal und dem Gralsforscher, indem sie diesen um Feuer für ihre Zigarette bat. Gleichzeitig eröffnete sie ihren Diskurs: »Ich weilte zu Gast bei einem berühmten Landsmann von Ihnen, lieber Otto ...« Damit hatte sie ihn unwiderruflich vereinnahmt, genüsslich inhalierte sie den Rauch ihres Erfolges. »Dem Fregattenkapitän der kaiserlichen Kriegsmarine Wilhelm Canaris!«

»Ja!«, mischte sich der Chauffeur Max Wittacher ein, was alle – außer Otto Rahn – ganz normal fanden. »Der famose *Admiral!*«

Madame de Rives quittierte den Einwurf mit wohlgefälligem Nicken. »Zu Besuch, eher eine dienstliche Aufwartung bei der Ehefrau eines renommierten Vorgesetzten, war ein junger Funkoffizier, Oberleutnant zur See, den alle im Hause Canaris nur *Reini* riefen. Er erfreute mit seinem wirklich exzellenten, feinsinnigen Violinspiel besonders die Dame des Hauses, Madame Canaris.« Maxens spektakulären Einsatz an Hals und Kinnlade des Interpreten überging Madame nonchalant. *Tant pis!* – »Bei gutem französischem Burgunder sprach man viel über diesen Adolf Hitler und sein aufsehenerregendes Buch *Mein Kampf* ... Ich werd's jetzt mal querlesen«, schob Antoinette de Rives nach, nahm einen Schluck Tee, den ihr der Chauffeur unaufgefordert gereicht hatte, was Otto Rahn nicht entgangen war.

Auch der zwischenzeitlich an den Rand gedrängte Gadal fand nun in den Kreis um die Erzählerin. »Dieses Büchlein, wohl eher ein Pamphlet, kursiert bereits in Paris, von gewissen Kreisen eilfertig übersetzt«, moserte der Alte. »Dabei hat es dieser Volksverhetzer im Gefängnis verfasst, wo die Behörden des Landes Bayern ihn zu Recht eingelocht hatten!«

Weder Otto Rahn noch Madame de Rives passte diese Einlassung, weswegen sie ihren Bericht energisch wieder an sich zog. »Dieser Reini, also Oberleutnant Reinhard Tristan Heydrich, hätte ihre Einschätzung, werter Antonin, sicher nicht geteilt. Der, ein schneidiges Bürschchen mit unangenehm, fast grausam wirkenden Augen – helles Blau, wie ein gekacheltes Schwimmbecken –, aber auch Wilhelm Canaris sehen in diesem Adolf Hitler die große Hoffnung für Deutschland.«

Antoinette de Rives hatte den Faden verloren. »Das Gespräch ging dann um die nächsten Olympischen Spiele, die nach Berlin vergeben waren und bei denen Reini sich unbedingt als Reiter oder Fechter hervortun wollte. Die bei Canaris versammelte Runde hatte unserem mitgebrachten Rouge ordentlich zugesprochen, die Flasche war plötzlich leer ...«

Antoinette de Rives war eine etwas fahrige Erzählerin, sie ließ sich, diesmal von ihrem Chauffeur, eine neue Zigarette anzünden. »Wohl mit einiger Regelmäßigkeit, zumindest behandelte man sie wie zum Hause gehörig, war an Wochenenden eine Schülerin der nahen *Kolonialen Frauenschule* zu Gast – dieser Heydrich bezeichnet sie schlicht als *Kolo*, ziemlich geringschätzig. Die blonde Elevin, eine junge Schweizerin aus Genf, die mir jedoch wie der Urtyp einer strammen teutonischen Maid vorkam, sie hieß Addy, wohl eine vulgärgermanische Verstümmelung von *Adelaide* ...«

»Adelheid Panchaud!«, platzte es da aus Max heraus. Der livrierte Chauffeur war völlig aus dem Häuschen, was diesmal die Gräfin zum Einschreiten veranlasste. Mit dem Löwenhaupt ihres zierlichen Krückstocks stocherte sie ihm zwischen die Schulterblätter. »*Un peu de contenance, Monsieur Ouittaché!*«

Max bekam einen puterroten Kopf, wagte niemanden mehr in die Augen zu schauen, besonders nicht der mit ungerührter Miene verharrenden Madame de Rives. Mit leichtem Vorwurf in der Stimme fuhr sie fort. »Diese Haushaltselevin Addy Adelheid Panchaud, wie wir jetzt wissen, wurde von Frau Canaris in den Keller geschickt, eine weitere Flasche aus eigenen Beständen heraufzuholen. Reinhard

Tristan Heydrich, ganz Kavalier, bot sich an, das Mädchen zu begleiten. – Ich würde jetzt auch gern einen Schluck unseres einheimischen Roussillon –?«, unterbrach sich die Berichterstatterin mit rauer Stimme, an Max gewandt. Der Chauffeur eilte pflichtgemäß aus dem Raum, um das Verlangte zu besorgen.

Kaum war er zur Tür hinaus, nahm Madame mit gedämpfter Stimme ihren Rapport wieder auf. »Als sie nach einiger Zeit immer noch nicht wieder aufgetaucht waren, bat mich Admiral Canarais, als Kennerin edler Tropfen den beiden mit meinem Rat beizustehen. Ich traf die jungen Leute heftig *a tergo* kopulierend und zog mich diskret zurück. Als sie dann endlich mit der Flasche erschienen, verkündete der Herr Oberleutnant beiläufig, er werde sich demnächst offiziell verloben. Offensichtlich betraf das aber nicht jene Adelheid, denn die wurde bei der Ankündigung ziemlich blass um die Nase. Reini hatte für das Mädchen jetzt nur noch ein höhnisches, eiskaltes Grinsen übrig.«

Antoinette kam zum Schluss. »Dieser Reinhard Tristan Heydrich war ein echtes Schwein!«

Liebes Schwesterherz

Adelheid Panchaud
z. Zt. Koloniale Frauenschule
Rendsburg,

Mlle Charlotte Rueggli-Panchaud
Chez Ladame
7, rue du Temple
Paris, IVème

den 30. Dez. 1929

Du musst wissen, dass hier auf der Kolo, die jungen Mädchen das Rüstzeug für Siedlung im Ausland *vermittelt, eine gründliche Schießausbildung gleich mit eingeschlossen ist. Malerisch am Kaiser-Wilhelm-Kanal gelegen, straff geführt von grauslichen Drachen, eher eine Art Straflager für engagierte Gegnerinnen aufgezwungener Jungfernschaft. Man kann den vorbeifahrenden Schiffen zuwinken, besonders beliebt die Kreuzer der einstigen Reichskriegsflotte mit ihren feschen* Blauen Jungs.
Übler Schock für meine Freundin Jutta, die sich mit diesem Reini, von dem ich Dir schon erzählt hatte, als »versprochen« betrachtete. Brutal erhält sie per Post, aus heiterem Himmel, eine auf Bütten gedruckte, förmliche Annonce: Oberleutnant zur See Reinhard Tristan Heydrich gibt sich die Ehre, seine Verlobung mit Lina von Osten anzuzeigen! *Die arme Jutta war derart von*

den Socken, außer sich vor Wut ob »dieser Schande!«, dass sie sich heulend bei ihrem – offensichtlich einflussreichen – Vater beschwerte. Mich überraschte dieses treulose Verhalten des Oberleutnants keineswegs – das kann ich der schnöde Sitzengelassenen natürlich nicht sagen. Reinis Einstellung zu Frauen ist mit »brunftiger Jungbulle!« kaum abzutun, sie zeugt schlicht von totaler Liebesunfähigkeit! Schnell und grell wie ein Blitz mutiert der schneidige Offizier zum säbelnden Metzgergesellen! – Roh und eiskalt! ...

Charlotte Rueggli-Panchaud
Chez Ladame
7, Rue du Temple
Paris, IVème Arr.

Mlle Adelheid Panchaud
Koloniale Frauenschule
Rendsburg / Deutsches Reich *Le 12 May, 1930*

Es ist ein äußerst bizarrer Freundeskreis, durch die Bank Freimaurer, der sich tagaus, tagein bei Paul Alexis Ladame trifft – wenn man nicht gerade stundenlang in den angesagten Cafés diskutiert, säuft, streitet und hurt! Bevorzugt in der Closerie des Lilas, *da sind die Klofrauen umgänglicher. Ich werde von niemandem als* Au-Pair *wahrgenommen, wahrscheinlich eher als frivole Geliebte meines ältlichen Wohnungsgebers, eine Extravaganz, die ich Paul Alexis gern durchgehen lasse, solange er mir nicht an den Schlüpfer will. Aber Ladame ist – wie die meisten Männer hier – wohl eher der Pädophilie zugeneigt. Kürzlich tauchte auch ein Deutscher auf, Otto Rahn mit Namen, betreibt Höhlenforschung im Languedoc, genauer im Ariège, schreibt eifrig an einem Buch, mit dem er der staunenden Welt Sensationelles vorstellen will: Es geht um das grandiose Geheimnis des Grals und warum Richard*

Wagner mit seinem Parsifal *völlig richtigliegt. Maurice Magre, ein rechter Spinner, ermutigt Otto, unbeirrt auf dem Weg fortzuschreiten. Ihm zufolge handelt es sich bei den übel verfolgten Katharern, diesen »Ketzern«, um die einzig legitimen Hüter und Bewahrer des Mysteriums. Bedauerlicherweise versteh ich zu wenig von diesen Dingen.*
Fortschritte in Richtung Bühne oder Film sind mir noch nicht beschieden, nicht mal bescheidene! René Clair hat mir – unter bestimmten Bedingungen, versteht sich – eine kleine Rolle in Aussicht gestellt, in seinem nächsten Film Zou-Zou, *immerhin mit Josephine Baker und Jean Gabin. Mit* Sous les toits de Paris *hat's leider nicht geklappt, aber vielleicht kann die großartige Marlene was für mich tun. Sie rauschte neulich um 5 Uhr morgens im langen Ballkleid durch das* Au Pied de Cochon, *Kneipe der Schweinehälften-Schlepper und kistenweise Artischocken-Verschieber, direkt bei* Les Halles. *Nahm ihren Coupe direkt neben mir. Aufregend! Vermisse Dich!*

Adelheid Panchaud
z. Zt. Koloniale Frauenschule
Rendsburg

Mlle Charlotte Rueggli-Panchaud
Chez Ladame
7, rue du Temple
Paris, IVème

den 17. Nov. 1930

Stürmisches Wetter. Weihnachten soll, im engsten Familienkreis, die Hochzeit von Reini und dieser Lina von Osten auf Fehmarn stattfinden. Ich bin natürlich nicht eingeladen, dafür aber Graf Luckner, der Seeteufel, *und sicher auch unser guter Onkel Wilhelm Canaris. Das Ganze hat sich so lange verzögert durch das Ehrengerichtsverfahren gegen Oberleutnant Heydrich, das*

mit seinem Rausschmiss aus der Marine endete. Jetzt ist der arme Kerl arbeitslos. Doch diese Lina, scheint's eine fanatische Nazisse, ficht das nicht an. Eisern klammert sie sich an den seiner zwei Sterne beraubten Marineoffizier a. D.
Von Canaris höre ich, dass der Geschasste durch Beziehungen bei Heinrich Himmler in München unterkommen könnte, einem Geflügelzüchter, der die Mannen der Leibwache für diesen Adolf Hitler stellt. Saal-Schutz! *Wie spannend!*
Aber als was soll Heydrich sich dort hervortun? Als Nachrichtendienstler? Wem er da wohl was funken will? Sonst hat Herr Heydrich nämlich nichts gelernt! Doch Onkel Wilhelm sieht ein schmählich brachliegendes Aufgabengebiet, das »Völkische«, dessen energisches Beackern allen national Gesinnten unter den Nägeln brennen sollte. Darin weiß er sich mit seinem Reini total einig: im Kampf um Blut und Boden, *gegen Juden und Bolschewisten, dem weltweit verbreiteten Freimaurergesindel.*
Du kannst Deine Freunde in Paris schon mal warnen, mein zärtlicher Puma! – im Übrigen hat Deine Addy von dem braunen Kanal die Nase gestrichen voll.
Ich beneide Dich aus tiefstem Zwillingsherzen ...

Charlotte Rueggli-Panchaud
Chez Ladame
7, Rue du Temple
*Paris, IV*ème

Mlle Adelheid Panchaud
Koloniale Frauenschule
Rendsburg / Deutsches Reich — *Le 20 Juin, 1931*

Lass mich das Wichtigste vorwegnehmen: Ich hab Dich diesem Otto Rahn in den glühendsten Farben geschildert: »Still, unauffällig, bescheiden und tugendsam! In Fleiß und Tüchtigkeit

übertrifft das Fräulein Adelheid ihre Schwester um Längen, denn es hat auf der Kolo alles gelernt, was eine deutsche Hausfrau ausmacht: Ordnung und Sparsamkeit, unermüdlich im Einsatz, dabei immer noch ein freundlich geschnurrtes Wort findend ...«
Mein liebes Kätzchen! – Von dem Schützentraining mit scharf geladenen Karabinern hab ich ihm nichts gesagt. Otto will nämlich im Ariège eine kleine Familienpension pachten und braucht dringend jemanden, der sich mit Haushaltsführung auskennt, das heißt, der für ihn die Arbeit macht. Er ist mit allem einverstanden, allerdings wirkt er auf mich zur Zeit etwas knapp bei Kasse, spricht immer von Vorschüssen auf sein neues Buch.
Es könnte also mal Engpässe geben.
Ich finde, Du solltest die Gelegenheit beim Schopf ergreifen, es ist zwar weder Paris noch eine geordnete Ausbildung zur Kinderärztin, aber vielleicht ein Schritt auf dem Weg dorthin. Hab ihm mal Deine Anschrift überlassen. Er freut sich sehr und ist übrigens ein ausnehmend netter Kerl, schüchterner Charakter.
Gib mauzend Laut, wenn's Dich interessiert ...
P.S.: Ich habe es verpasst, diesen Max Wittacher wiederzusehen. Er war tatsächlich in Paris, meldete sich über das Citophone, *doch er erkannte meine Stimme nicht, und ich reagierte nicht schnell genug. Als ich dann das Fenster aufriss, stieg er gerade in ein Luxus-Convertible, ich glaube es war ein echter Rolls-Royce. Ich winkte, aber er schaute nicht hinauf, sondern rollte von dannen.*

Adelheid Panchaud
– en voyage –
Abgestempelt: 17.09.1931
Bahnpostamt Appenweier
(Baden)

Mlle Charlotte Rueggli-Panchaud
Chez Ladame
7, rue du Temple
*Paris, IV*ème

Ich reise, sitze bereits in einem Abteil III. Klasse, zu mehr reichte der Betrag nicht, den mir der gute Admiral vorstreckte. Das heißt natürlich, alle naslang umsteigen. Bebra liegt bereits hinter mir. Kurz nur hatte ich anmaßendes Luder auf den Rheingold *spekuliert, doch der führt keine Holzklasse. So rolle ich in muffigen Eilzugwaggons der Deutschen Reichsbahn durch das Land, nächster Zugwechsel wird Straßburg sein, dann nur noch Lyon und schlussendlich Toulouse. Dorthin will mir der freundliche Herr Rahn seinen Chauffeur schicken.*
Ich bin ja sehr gespannt auf das liebevoll beschriebene Familienhotel Les Marronniers, »gediegen, in ruhiger Lage«. Klingt recht romantisch! Mir ist alles recht. Nach dem Abgang von Reini, dem Mistkerl, hielt mich nichts mehr am Kaiser-Wilhelm-Kanal, und Nachreisen geht ja wohl gar nicht!
P.S.: Das nächste Mal, wenn Dir die Göttliche wieder leibhaftig über den Weg läuft, bitte die Dietrich um ein Autogramm für mich. Ich verehre sie. Noch toller, stell ich mir vor, an ihrer Seite vor einer laufenden Filmkamera zu stehen! Ich drück Dir die Daumen ...

Unter Geistern und Rabauken

1932

In der tristen Umgebung wirkte der hoch aufgeschossene Blonde mit den schwarzen Schaftstiefeln wie ein funkelnder Meteorit von einem fremden Planeten. Gezielt trat er zu, dass es knackte. Es ging um das Genick des Rotfrontschlägers, der den am Boden liegenden jungen Kameraden vom Marinesturm der SA schon fast zu Tode gewürgt hatte. Reinhard Tristan Heydrich zerrte den Jungen hoch, zupfte ihm am Oberarm, das galt der verrutschten Hakenkreuzbinde. Rund um sie herum ein Prügeln und Stechen, Tritte in die Eier, Schläge mit Vierkant-Eisenstangen in die Fressen. »Vorwärts, Kameraden!«, brüllte der »Befreite« und stürzte sich aufs Neue in das Getümmel aus Braunhemden der Sturmabteilung und zornig auf die Nazis eindreschenden Kommunisten. Dovenhof hieß dieser Teil des Hamburger Scheunenviertels, und der frischgebackene SS-Sturmführer Heydrich war wild entschlossen, seinem kürzlich erworbenen Ruf der Blonden Bestie vom Dovenhof gerecht zu werden, seine »Frontbewährung« mit diesem Einsatz im Gau Niederelbe zu krönen.

Er ließ sein Schnappmesser aufspringen. Die blitzende Klinge nahmen seine kalt aufs Korn genommenen Gegner, blind vor Wut, Blut in den Augen, erst wahr – mit einem Erstaunen im stieren Blick –, wenn der kühle Stahl ihnen ins Gedärm drang ...

»Jetzt aber nichts wie weg!«, brüllte der kupferbärtige Aufrührer des Marinesturms. »Bevor die Polente hier –!« Mit dem Schaft des Fähnleins in den Fäusten bahnte er sich seinen Weg.

Es flatterte Schwarz-Weiß-Rot. Die ehemals kaiserliche Kriegsmarine hielt ihren Farben die Treue. SS-Sturmführer Heydrich fügte sich. Er wischte die Klinge sorgfältig ab, am Hemd eines Roten, bevor er sie in seiner Tasche verschwinden ließ. Das war »Fronteinsatz«, den musste man, als ehemaliger Nachrichtenoffizier, Schreibtischtäter und feiner Pinkel bestehen – oder verrecken! »Nur die Harten ...«

TAGEBUCH
Als Antoinette entdeckte, wie lange ich meine Mutter nicht gesehen hatte, stand ich auf verlorenem Posten. Der Verweis auf meine Chauffeursdienste für Herrn Rahn nutzte nichts, ich musste die Reise in die Schweiz antreten.

Ich entstieg dem *Wagon-Lits* des durchgehenden Nachtexpress Montpellier–Genf–Zürich und begab mich unangemeldet zum *Centre* des Dr. Bircher-Benner auf dem Züriberg, wo Beatrice Neuner, meine Mutter, als Leiterin der Diät- und Feinkostsektion arbeitete. Die Überraschung war groß, ihre Freude überwältigend. Fast schon bereitete sie mir ein schlechtes Gewissen. Nach einigen Tagen, in denen ich mich verwöhnen ließ, begriff ich wieder – relativ rasch –, warum ich mich seinerzeit auf das Abenteuer mit den zwei alten Damen und *Lunenoire* eingelassen hatte. Ich begann mich zu langweilen. Also stöberte ich in den Kellern der Klinik, in der vagen Hoffnung, auf irgendetwas zu stoßen, das mein Interesse erregen könnte.

Beatrice ertappte mich, gerade als ich die Tür zu einem Abstellraum im Souterrain öffnete. Im schummrigen Licht hatte ich nicht erkennen können, was sich hinter der eisernen Tür befand.

»Max«, ermahnte mich Beatrice, meine Mutter, »in dem Raum hat niemand etwas zu suchen, sagt der Doktor.« Um Verständnis bei ihrem wissbegierigen Filius werbend, fügte sie hinzu: »Eine Rumpelkammer misslungener Apparaturen, unausgereifter Gerätschaften, nichts als unvermeidliche Abfallprodukte einer zu schnell voranschreitenden ›modernen‹ Wissenschaft!«

Im Grunde genommen war Beatrice glücklich, dass es ihrem Filius gutging bei dieser reichen Gräfin im entlegensten Winkel des Südwestens Frankreichs, aber *Chauffeur?!*

Ihr Sohn war jetzt zwanzig. Höchste Zeit, dem eigenen Leben eine Richtung zu geben, dachte sie. Ihr heimlicher Herzenswunsch war, ihn hier in Zürich zu behalten, ihm eine Berufsausbildung zu ermöglichen. Für ein Studium an der Universität reichte ihr Einkommen nicht aus, aber vielleicht ließen sich Mittel finden ... Der Junge hatte doch so viel Talent, er könnte ein großer Arzt werden – vielleicht auch ein begehrter Naturheiler oder zumindest ein anerkannter Physiotherapeut!

»Wenn der Herr Doktor seinem Personal das Betreten generell untersagt hat«, wehrte ich mich, »kann er mich nicht gemeint haben!« Gehorsam zog ich die Tür wieder zu, nachdem ich mich vergewissert hatte, dass der Schlüssel von innen steckte.

»Max!«, rügte mich die hagere Frau mit dem brünetten Pagenkopf, einige Silbersträhnen durchzogen das Haar. »Vergiss nicht, du bist hier Gast auf dem Züriberg.«

Und doch stand Max bald darauf wieder in dem düsteren Raum. Licht drang nur durch die Ritzen der Jalousie vor dem Kellerfenster. Aber es reichte, um die Geräte in den Regalen, teils noch verpackt in Kisten, in Umrissen zu erkennen. Auf einem der Abstelltische stand ein Apparat mit Handkurbel, verbunden mit zwei sich gegenüberstehenden Metallstäben, an deren Ende Messingkugeln wie Klöppel schlaff herabhingen. Max drehte daran, erst vorsichtig, dann mutiger. Die Masten fingen an zu kreisen, die Messingklöppel hoben und senkten sich. Gewiss etwas zum Magnetisieren, *»Mesmerizing«*, kam ihm in den Gymnasiasten-Sinn. Über einen dicken Kabelstrang war ein Bakelitkästchen angeschlossen, mit Skala und Drehknöpfen. Eingesteckt war ein Kabel, an dem ein altmodisches Trumm von *Casque d'écoute* hing, samt Schädel überbrückendem Metallbügel. Max stülpte sich die Haube auf beide Ohrmuscheln – und kurbelte weiter.

Nichts geschah, kein Knistern, kein elektro-energetisches Kribbeln. Er drehte an dem vielversprechendsten, weil größten der Knöpfe – ein fernes Rauschen, unterbrochen von unangenehmem Knacken. Doch dann vernahm er eine ihn sofort erotisierende Frauenstimme, verrucht, rauchig, vor Spannung vibrierend.

»... grüßt euch, die ihr unter der größten gläsernen Kuppel des Erdballs, die sein unvergleichliches Genie erschaffen ...« Überirdische Harfenklänge untermalten lustvoll die Atempausen der Sprecherin. *»... exotisch üppige Blütenpracht umrankt euch den gesamten Lauf eines Lebens im und für den Orden ...«*

Wovon spricht diese unbekannte Schöne? Anders konnte Max sich das Zauberwesen aus dem Äther nicht vorstellen. Besuch einer Gartenschau, rätselte Max, Eröffnung eines neuen Gewächshauses? Doch schon fing die Stimme den heimlichen Lauscher wieder ein.

»Der Welt zugewandt, schreiten wir mit moderner Technik der Zukunft, unserer Zukunft entgegen ...«

Wieder versetzte die raffinierte Tonmalerei den Zuhörer in Bann.

»Unser Programm Tauch ein, flieg hoch! *zeigt euch heute schon die Wunderwerke, die euch, jeden von euch, morgen erwarten!«*

Max malte sich aus, wie stromliniengeformte, Rennwagen ähnliche Gefährte durchs Wasser glitten, Libellen gleich durch die Lüfte segelten.

»Doch um das Erreichte zu bewahren, das Zukünftige nicht zu gefährden...« – Die Stimme der Schönen war plötzlich unangenehm geworden, kalt und herzlos kam sie ihm nun vor – *» ... müssen wir wachsam sein. Unsere Feinde lauern ...«*

Während sich die letzten warnenden Worte bedrohlich im Hall verdoppelten, ertönten drei langgezogene Gongschläge. Dann trat eine sonore Männerstimme an die Stelle des verführerischen Weibes, mit souveräner Ruhe.

»... in endloser Reihe schreiten kahlrasierte Mönche das sanft ansteigende Hochtal empor, die Gewänder in den Farben der Sonne, vom hellen Gelb über sattes Orange zum tiefen Purpur ...«

Was ist das jetzt, fragte sich Max verwirrt, ein anderer Sender? Er drehte ratlos an den Knöpfen des Kastens. Es knackte und rauschte, aber da war wieder nur das männliche Organ des unbeteiligten Berichterstatters.

»Aus der Ferne betrachtet – der Blick schweift über die baumlosen Hügel bis hinüber zu den zerklüfteten Spitzen des Himalajas. Keine Diskrepanz zwischen Männern und Frauen, jung oder alt. Das Murmeln ihrer Gebete gleicht dem Fließen frischer Gebirgsbäche des uns umgebenden Hochgebirges.«

Max hörte noch schärfer hin, er vermochte es sich vorzustellen.

»Auf den Kuppen ...«, fuhr der väterliche Erzähler fort, *»die weißen Mauern der Klöster, tiefgezogen die bergenden Dächer im warmen Licht des niemals vergehenden Lebensspenders ...«*

Max träumte sich in die geschilderte Landschaft. Doch schon sprang wieder das Weib dazwischen mit seinem immer schrilleren Organ.

»Die silberne Mondsichel«, fauchte der schwarze Panther, *»das machtvolle Symbol unseres Ordens«* – Max begann das Weib zu hassen – *»geht glasklar auf über der von uns geschaffenen Welt der sich ewig ankündigenden, doch nie obsiegenden Nacht, taucht die unterirdischen Kathedralen der Macht, die breit ausufernden Paradestraßen in gleißendes Licht ...«*

Max ärgerte sich, aber er musste dieser lockenden Stimme folgen.

»Es dringt hinab in die Tiefen unserer Seen, in die Muscheln unserer trauten Heime, in die Korallenriffe unserer nie versiegenden Lust ...«

Holte denn diese Zauberin, diese Circe, niemals Luft!? Max schnaubte, er atmete schwer.

»Riesige Säulenkolonaden, Tempel unserer Ahnen, spiegeln sich in den schimmernden Wohlfahrtskanälen, heftiger Trommelwirbel kündet den baldigen Beginn des Großen Aufmarsches *...«*

Das harte Staccato ging durch Mark und Bein, Max bildete sich ein, deutlich Fanfarensignale gehört zu haben. Dankbar vernahm er das Dröhnen des gewaltigen Gongs, das ihm den Wechsel des Schauplatzes ankündigte. Doch dann trat tiefe Stille ein.

Enttäuscht drehte Max an den Knöpfen. Endlich, da war sie wieder, die vertraute Stimme!

»Immer mehr in Rot Gewandete ziehen in langer Prozession hinauf zu den Klöstern, zum alles überragenden Palast der Sonne. Glockenspiel erklingt, die Gebetsmühlen – beim Betreten in Gang gesetzt – tönen ohne Unterlass, ein gewaltiger schwellender und wieder abebbender Chorus. Schweigend nimmt die Menge auf dem Boden Platz, im Saal des Eins-Seins, versenkt sich, eng aneinandergerückt. Einige Sufis drehen sich lautlos, flatternd wie Schmetterlinge …«

Max folgte wie selbstverständlich der unausgesprochenen Forderung zur Meditation.

»Wenn wir in die Tiefen des Gebirges hineinlauschen …«, sprach der Kommentator, ohne seine Stimme im Geringsten zu verändern, *»… dann vermögen wir den Atem der Angst zu verspüren, der Verfolgten, der Gehetzten …«*

Die langanhaltende Pause war darauf angelegt, das Vernommene zu begreifen. *»Die Blumenpracht, die Schlingpflanzen, Fächerpalmen verbergen unter ihrem betörenden Blattwerk Klingendrähte der Hochspannungsgitter, hinter ihnen lauert fleischfressender Riesensonnentau …«*

Schrill geifernd schrie das Weib dazwischen, aufpeitschend: *»Vor euch Auserwählten steht ein hakennasiger Bastardsohn Davids!«* Max stockte der Atem. *»Keulen! Keulen!, kreischt das aufgebrachte Volk, und herab fährt die Zange, ein gigantischer Schläfenquetscher …«*

Ungerührt nimmt der Erzähler seine Anklage, eine Entlarvung des seltsamen *Schwarzen Ordens*, wieder auf: *»Wenn wir unser Ohr an die trügerische Oberfläche der stillen Seen legen, dringt das Todesröcheln der Verdammten qualvoll zu uns hinauf. Wir warten. Reißende Muränen zerren sie zu den Höhlen, schleimige Kraken würgen die Verurteilten hinab in die Tiefe!«*

Max hatte sich erst seine beiden Aurikulare von den Schläfen reißen wollen, als würde ein tödliche Stromstoß gleich sein Gehirn verbrennen, dann riss er sich zusammen und presste die dicken Gummischalen fest gegen seine Ohrmuscheln: Ein ums andere Mal zeterte das Weib. »*Vor euch Richtern des Volkes krümmt sich ein erbärmlicher Haufen Missionare Roms ...*« – »*Murä, Murä!*«, johlten die Massen der Einpeitscherin zu.

»*Murä! Murä! Murä!*«, brandete es blutrünstig in des Lauschers Ohr. Der Väterliche rettete mit seiner unerbittlichen Schilderung des Fortgangs. »*Und der stählerne Greifarm des Gerechtigkeitsbaggers bohrt seine Klauen in das lebende Bündel, schwenkt die Erfassten hoch, wertlose Lumpen, und versenkt sie in den schlammigen Schründen, den Abgründen des finalen Teiches.*«

»*Wir reinigen uns!*«, gellte die Propagandistin der Schwarzen dazwischen. »*Wir müssen, um der Macht Oung Mongs willen, alles, alles dem Sieg des Ordens vom sichelnden Mond unterwerfen! Er, er allein wird der Menschheit das langersehnte Heil bringen, um das uns Salomons Erbschleicher, die schmierigen Konsorten vom sechseckigen Blutstern betrogen haben!*«

Die hemmungslose Marketenderin des Bösen schockte selbst den selbstsicheren Max Wittacher, der sich gegen solche Schauermärchen gefeit gefühlt hatte. »*Wir müssen unsere Feinde vernichten!*«, schrillte es ihm entgegen. »*Auslöschen! – Für immer und ewig! Nur so, allein mit gnadenloser Härte, können wir siegreich in eine mondhelle Zukunft voranschreiten!*«

Wie in einem dunklen Traum drang die sonore Stimme des Alten an Maxens gepeinigtes Trommelfell.

»*... die Erkenntnis, dass alles im Kosmos in steter Bewegung, im Fluss des Lebens ist, bedeutet auch Kampf! Denn Stillstand führt unweigerlich zum leiblichen Tod! Wir wissen, was uns bevorsteht, die Unterwelt wird aus ihren modrigen Löchern quellen, die Gipfel zu stürmen, die Gipfel einer höheren Vollkommenheit des menschlichen Geistes. Die aus der Tiefe werden alles daransetzen, uns den Weg ins Nirwana zu versperren, ihn mit Flammenwerfern und Mordeisen aufzureißen ...*« Der Sprecher holte Atem. Das erste Mal, dass Max bei ihm eine Gemütsregung glaubte wahrnehmen zu können. »*Unser ist das Vertrauen in die Kraft, die heitere Gelassenheit!*« beschwor die Stimme.

Fanfarenstöße, Trommeln steigerten sich zum Wirbelsturm, dann der dumpfe Donner der Paukenschläge und wieder die grelle weibliche Stimme: »*Der Aufmarsch unserer Sturmtruppen beginnt, mit den Regimentern Baphomet und Wilkur, unter schwarzer Tunika, Schaftstiefel im Stechschritt, auf der gepanzerten Brust prangt stolz die silberne Mondsichel. Die Glatzköpfe der Liquidatoren unter Topfhelmen wie schwenkbare Panzergeschütztürme mit schmalen Schießscharten, hoch ragen die klafterlangen Stechlanzen, eine Phalanx des Todes!*«

Der Alte hielt unbeirrbar gegen die Agitatorin: »*Die weite Halle sieht jetzt auf lichtüberflutete Matten disziplinierter Kung-Fu-Kämpfer. Stumm – ohne jedes Kommando – fallen Hunderte von anonymen Streitern in die zeremoniellen Positionen, eine Choreographie des Mutes, der Bereitschaft, der Selbstbehauptung.*«

Dann, hell und rein, eine neue Stimme, die eines Mädchens, eines Kindes: »*Wir begrüßen aus dem fernen Nippon unsere Brüder, die uns zur Hilfe geeilt sind*«, verkündete sie bebend. »*Lautlos im Sprung erheben sich Dutzende von Samurai, lassen ihre rasiermesserscharfen Schwerter kreisen und wirbeln – ruhige Zuversicht strahlt der Weise. ›Wir Kriegermönche sind nicht allein!‹*«

Neue Fanfarenstöße, schrill bis an die Schmerzgrenze, die Kesselpauken wummerten mit krachendem Getöse. »*Die Todesschwadronen*«, jubelte die Einpeitscherin. »*Lilith, Kali und Gorgo! Taucherähnliche Kugelhelme verdecken die glühenden, steinharten Gesichter, Nachtgläser ersetzen die Augen, statt Haaren züngeln Schlangen des Hasses, tausend Häupter der Medusa! Spitze Schreie zündeln auf Kiehll, kiehll – kiehllll!*«

Der Alte übernahm: »*Der Ton des Alphorns schwebt in den Äther empor wie eine zornige Gewitterwolke. Auf den Mauern, die in weiten Ringen Tempel und Palast behüten, stehen schweigend die zur Verteidigung Bereiten. Alle starren in die Dämmerung, in die tiefen Schluchten, aus denen das Grauen emporsteigen will … Die unterirdischen Tore springen auf, wie eine schwarze Wand stehen die Knechte von Baphomet. ›Oung!‹, ertönt ihr Schlachtruf, ›Mong!‹, erwidern die Mannen von Wilkur dumpf, setzen sich mit knirschenden Schritten in Marsch. An ihnen vorbei traben im schnelleren Attack-Lauf die Verderben speienden Schwadronen der* Gorgo. *Ihr ›Kiehhl – kiehll‹! Kiehl treibt sie an, silberhell blitzen die Mondsicheln auf, ein Zischen wie von tausend Vipern, denn quer zwischen die Zähne haben sie jetzt ihre Entermesser genommen. Oung! – Mong!, dringt die Todesdrohung aus den Klüften, Oung Mong!, unterschnitten vom blutrünstig gefauchtem ›Kiehll – kiehll‹.*

Bewegungslos harren die Mönche, sie stehen in lockerer Reihe über die Zinnen verteilt. Zwischen sie treten nun Zen-Bogenschützen, legen in Selbstzeit bestimmter Bedachtsamkeit ihre Pfeile auf.

Drei Ninjas lassen sich an Seilen den Turm hinunter, der die Befestigungen am äußersten Rand begrenzt. Mit vereinten Kräften ziehen sie das schwere Eisengatter hoch. Der Sibirische Tiger springt mit einem Satz bis an die Kante der Felsenklippe, streckt seine Tatzen vor und dehnt sein mächtiges Kreuz, biegt es genüsslich durch. Sein Blick fällt auf die beiden Geier, die hoch oben im noch hellen Blau kreisen, da weiß er, es ist so weit.

Im Westen senkt sich die Sonnenscheibe in all ihrer Pracht, ihrem feurigen Nachtlager entgegen, sie lässt sich Zeit. Der Tiger weiß sich mit ihr in tiefem Einklang. Der König des Hochgebirges versteckt sich nicht. Auch er kann warten. Shambala ist bereit –«

Und dann war der Strom der seltsamen Meldungen plötzlich abgebrochen. Im Äther herrschte beklemmende Stille. Max Wittacher erwachte nur langsam aus seiner Trance. Wie wild drehte er an dem Regler, schüttelte wütend das Bakelitgehäuse. Nur noch ein Knacken, ferne, sehr weit entfernte atmosphärische Störgeräusche – Es war nichts mehr zu hören! Beschweren durfte er sich bei niemandem, gewiss nicht bei seiner Mutter Beatrice, die ihm das Betreten der Kammer ausdrücklich untersagt hatte. Max ließ noch einmal im stummen Protest die Stäbe mit den Messingklöppeln rotieren. Am besten war es, er würde das Gehörte auf der Stelle vergessen, aus seinem Erinnern streichen! Das konnte er, so wie er selber in der Lage war, sich leichtes Kopfweh mit dem Druck der eigenen Fingerkuppen aus dem Schädel wegzuzaubern. Er stand auf und verließ den Raum. Draußen war es Abend geworden.

TAGEBUCH

Es war gar nicht so einfach das Gehörte aus meinem Erinnern zu löschen, wie man mit haarfeiner Präzision eingravierte Tonspuren auf einer Wachsmatritze wegstreicht, als habe es sie nie gegeben. Es blieb, haftete, schob sich in den Vordergrund, wenn ich glaubte, mein Gedächtnis überlistet, die tief gestochenen Eindrücke überwunden zu haben. So spielte ich meiner Mutter heitere, unbeschwerte Tage vor, die ich bei ihr in der Bircher-Benner Klinik verbringen durfte. Sie war stolz auf mich, auch wenn sie Bedenken hatte, was meinen Werdegang anbelangte. »Das kann's doch auf Dauer kaum sein?«, mahnte sie. Ich beschwichtigte sie, so gut es mein Gewissen zuließ, wusste ich doch selber nicht, was aus mir werden könnte.

Dann kam aus heiterem Himmel ein Anruf des Herrn Karl Ernst Krafft aus dem GLOBUS. Beatrice besaß nicht die Geistesgegenwart, den Schalter für den Mithör-Lautsprecher umzulegen, so bekam ich alles mit. Ich sah den Personalberater und Charaktertypologist des Kaufhauses GLOBUS mit dem Telefonhörer in der Hand vor seinem Schreitisch auf und ab tigern, das zum Apparat führende Kabel bis ans Limit fordernd.

»Ich kann Ihnen versichern, werte Madame Beatrice«, bellte er in den Hörer, »auf dem Gebiet der Kosmobiologie gelte ich als unbestrittene Koryphäe. Eine jegliche Geistesgröße sollte sich geehrt fühlen, wenn ich sie für würdig erachte, meinen hochfliegenden Gedanken zu folgen. Was erlaubt sich dieser Graf von Keyserling!? Will mich belehren! Verschanzt sich hinter dem altbackenen, wackeligen Konstrukt seiner *Schule der Weisheit!* Törichter Narr!«

Die Atempause, die sich der Erregte gönnte, reichte der armen Beatrice nicht, um Trost zu spenden oder gar Bedenken zu äußern.

»Aber immer noch besser, zumindest nobler als dieser Herr Philosoph CeGe Jung!! Der hält es nicht für nötig, stellen Sie sich das bitte einmal vor, Werteste, nicht für nötig, den Empfang meiner Schreiben auch nur zu bestätigen, was das Mindeste wäre, geschweige denn, überhaupt zu antworten!« Karl Ernst Kraffts *suada* duldete keine Unterbrechungen. »Gewiss ist diese Tätigkeit hier mein Broterwerb. Doch mit der Zeit bin ich zum Dukatenesel des Hauses geworden, man beutet mich schamlos aus. Es wird Zeit, höchste Zeit, den Knüppel aus dem Sack zu holen, den Delinquenten die Instrumente zu zeigen! Ich bin jetzt mit der Chefetage verabredet, dem obersten Direktor des GLOBUS ...«

Endlich kam Beatrice zu Wort, sie versicherte dem Aufgebrachten ihre guten Wünsche.

»Danke, meine Liebe, kann ich brauchen, sollt aber nicht! Wäre ja noch schöner!«

Damit war das Gespräch zu Ende, offenbar hatte Krafft den Hörer auf die Gabel geschmettert.

In mir erwachte das Verlangen, mit dem Kosmobiologen zu sprechen. Ich brauchte jemanden, dem ich die Geschichte mit dem furchtbaren *Oung Mong* anvertrauen konnte. Dr. Benner hatte mir für die Zeit meines Besuchs großzügig die Wagenschlüssel seines Rolls überlassen. Ich griff sie mir und stürmte hinaus.

Minuten später entstieg ich bereits dem Direktionslift im GLOBUS und stand vor dem Fräulein Mayer, *Ruedli Mayer*.

Die erkannte mich sofort. »Der Herr Wittacher!«, quiekte sie mit ihrem Rosa-Schweinchen-Organ, das nur das Fräulein selbst für liebenswürdig hielt.

»Ich möchte zum Herrn Personalberater, dem hochverehrten Typologisten Karl Ernst Krafft!«, gab ich leichthin mein Begehr zur Kenntnis, um der leidigen Fragerei nach einem vereinbarten Termin zu entgehen.

»Da kannst gleich hierbleiben: Der Herr Direktor«, sie wies mit ihrem feisten Kinn auf die getäfelte Flügeltür, »erwartet ihn jeden Moment. Der große Meister hat um Audienz ersucht –«

In diesem Augenblick stob schon Karl Ernst Krafft heran, das Fräulein Mayer sprang auf, nicht um ihm den Weg zu versperren, aber doch wenigstens an die Tür zu klopfen.

»Der Herr Krafft!«, rief sie schrill, da war der schon an ihr vorbeigestürmt.

Mich hatte der Maestro zwar blitzschnell erkannt, doch mehr als ein hastig hingeworfenes »Warten Sie hier auf mich!« hatte er für den einst Favorisierten nicht übrig.

Das Ruedli zog kichernd die Tür hinter ihm zu, damit kein Wort nach draußen drang. »Das Problem vom Herrn Krafft ist«, grunzte sie vertraulich zu mir hinüber, »dass er seine Heißluft-Tätigkeit in unserem Hause zu einem enormen Machtballon aufgebläht hat, andererseits sie als ›Broterwerb eines Abhängigen‹ nur unzureichend honoriert sieht.«

»Für einen Mann des Wortes fährt er doch nicht schlecht im Dienste des GLOBUS?«, wandte ich ein, verblüfft ob der bildlichen Ausdruckskraft des Ruedli. »Andere Menschen mit geistigen Fähigkeiten müssen sich heutzutage mit niedriger bewerteten Arbeiten durchs Leben schlagen!« Ich ließ offen, ob ich mich da einbezog.

»Alle Abteilungen im Haus«, quiekte das Schweinchen schon wieder los, »fürchten seinen durchdringenden Blick! *Der Magier!* – Von seinem Taxieren hängen Einstellung, Aufstieg, Gehaltserhöhung oder Rausschmiss ab!«

Ebendieses Thema musste drinnen angeschnitten worden sein. Die eine Stimme wurde heftiger, drang durch die massive Flügeltür. »Ich weiß um meine Bedeutung!«, war Krafft jetzt deutlich zu vernehmen. »Deswegen erwarte ich ja den Sitz im Direktorium!«

Was der Direktor vorzubringen hatte, verschluckte die Wand. Kraffts Stimme wurde schriller. »Unverschämtheit! Sie wagen mir, miiir …« Stühle wurden gerückt. »Sie miiir?! Wiederholen Sie diese Frechheit noch einmal, wenn Sie sich trauen, Sie Wicht!«

Drinnen wurde es bedrohlich still.

»Ich glaub«, flüsterte das alarmierte Ruedli, »ich ruf die Nothilfe.«

»Das wäre sicher übertrieben«, mahnte ich.

Da kreischte Krafft hysterisch: »Nehmen Sie das zurück!!« Seine Stimme überschlug sich. »Oder Sie kommen hier lebend nicht mehr raus!«

Pflichtbewusst drückte das Fräulein Mayer die Not-Taste. »Ein Tobender! – Ja, ja, absolut lebensgefährlich!«

Wie um die Bedrohung zu unterstreichen, wurde die Tür von innen aufgerissen – ein dumpfer Riesenknall, lautes Bersten, Geschepper.

»O Gott!«, hauchte das vor Erregung jetzt hochrot glühende Ruedli in die Sprechmuschel. »Die Große Ming-Vase!«

»Ich bring jeden um!«, fauchte der schmächtige Krafft, ein schweres Möbel wurde umgestürzt. »Ich werde diesen GLOBUS der Niedertracht vernichten!«

»Fräulein Mayer, ich geh jetzt lieber!«, rief ich dem Schweinchen zu. Ausgerechnet jetzt fiel mir ein: *Ruedli* kam von *Rudolphine*. Ich sprang zum Lift. Als ich unten ankam, zwängten sich gerade vier Weißkittel mit einer Trage durch den Personaleingang. Mit Schaudern nahm ich die breiten Anschnallgurte an der Liege wahr. Der arme Krafft! Ich sah ihn vor mir, wie er verzweifelt um sich schlug. Nichts, wie weg hier!

~

TAUSEND UND EINE TULPE FÜR WILHELMINA

Impressionen vom Jahresball der Niederlande, dem alljährlich am 31. August stattfindenden Koninginnedag. *Aufgezeichnet von unserer Korrespondentin* GRETE VON URBANITZKI.

Ein Tulpenmeer, ein Binnenmeer von holländischen Zwiebelblütern im Herbst, mitten im Herzen von Berlin.

Unsere glücklichen Nachbarn jenseits der Ems, zwischen Borkum und Kleve, feierten den Tag der Königin *wie immer, das hat schon Tradition, im Hotel Esplanade.*

Wiewohl ihrem friesischen Volkstum ergeben und nordseesüchtig wie wir, klapperten nicht nur die Holzklompen und rollte der Gouda; es kreiste auch feingebrannter, eisgekühlter Genever,

es wurden erlesene Lumpias, Bitterballen, Kibbeling und Barmihappjes gereicht. Ein Hauch von Westindischer Exotik wehte durch die festlichen Räume.
Ganz im Sinne der Freundschaft zwischen unseren Völkern begleitete mich bei meiner Aufwartung eine renommierte Feder aus gemeinsamer k.u.k.-Vergangenheit, der Ungar Louis de Wohl.
Das niederländische Königshaus wurde diesmal durch den Prinzen Henrik vertreten, Ehemann der Königin Wilhelmina.
Ihm stellte ich den jungen Schriftsteller vor. Leutselig rief der Prinz sogleich nach einer seiner Hofdamen, der Baronin Keun van Hoogerwoerd. Sie erschien zusammen mit ihrem Sohn, einem bei Hofe recht angesehenen Astrologen. Die beiden jungen Männer fanden sofort Interesse aneinander. Mit dem gütigen Segen Seiner Königlichen Hoheit *willigte der Baron Keun van Hoogerwoerd ein, dem Wissbegierigen Louis de Wohl die Grundlagen moderner Astrologie, Horoskope und Voraussagen zu vermitteln. Sie wurden Lehrer und Schüler.*
So erwächst auf dem fruchtbaren, aufgeschlossenen Boden Berlins eine weitere Pflanze deutscher Geisteskultur, vielleicht dereinst würdig eines großen Kepler, eines weisen Kopernikus.
En Proost op de Gezondheid van de Koningin!

Den Zeitungsartikel hatte Grete von Urbanitzki ihrer Freundin Beatrice per Post zugesandt, mit dem Kommentar: »Mein Näschen sagt mir, dass wir von beiden noch hören werden.«

TAGEBUCH
Am Tag vor meiner vorgesehenen Abreise aus Zürich sagte sich plötzlich der Herr Krafft an. Er war anscheinend wieder aus der Geschlossenen Anstalt entlassen worden. Am Telefon hatte seine treu-geduldige Freundin Beatrice dem Kosmobiologen, Charaktertypologen und Personalberater als Erstes empfohlen, sich beim Direktor des GLOBUS für seinen Ausraster zu entschuldigen.

Ich nahm die letzte Chance wahr, über all das zu reden, was mir unverdaut im Magen lag, auch wenn ich Karl Ernst Krafft für einen ziemlichen Wirrkopf hielt. Ich verabredete mich mit ihm am Bahnhofsbüfett und verabschiedete mich von meiner Mutter. Es kam mir schäbig vor, ihr die letzte Stunde meines Aufenthaltes zu verweigern zugunsten eines spinnerten Huhns wie Karl Ernst Krafft, aber die verständnisvolle Beatrice zeigte sich – wie immer – einsichtig und trug's mit tapferem Bedauern.

Der gehetzte Sprachgeist traf mit reichlich Verspätung ein, wenige Minuten vor Abfahrt meines Zuges. Wir tranken unseren Kaffee im Stehen, und ich schilderte ihm das mir in der Abstellkammer zu Ohren Gekommene, die Schilderung jener Entscheidungsschlacht zwischen dem Bösen, *Oung Mong,* und den Kräften des Lichts in den Tiefen des Himalajas.

»Nichts als *fiction*«, belehrte er mich, »ein Hörspiel. Sicher aus der Feder einer den *Polaires* nahestehenden Person!«

»Und wer sind denn nun diese *Polaires?*«, rief ich erregt und griff nach meinem Koffer. Ich durfte den Zug nicht versäumen. Karl Ernst Krafft versuchte, mit mir Schritt zu halten, während ich zum Perron stürmte. »Franzosen, die an den Unsinn glauben«, japste der Kosmobiologe. »Reine Hirngespinste!«

»Doch woher beziehen sie solch gewaltigen Einfluss?« Ich hatte meinen Waggon erreicht. »Wieso schenkt man ihnen Gehör?!«

Krafft reichte mir mein Gepäck hinauf. Ich stand schon in der offenen Wagentür, als er mir hastig zuflüsterte: »Du darfst nicht vergessen: Sie sind allesamt Freimaurer und somit im Gefüge der Macht zwischen Sorbonne und Elysée bestens verzahnt!«

Der Abfahrtspfiff ertönte, ich dachte an das Murmeltier. Karl Ernst winkte, ich rollte von dannen …

»Es ist dankend anzuerkennen«, brachte der Reichsführer seinen Trinkspruch zu Ende, »dass die deutsche Rüstungs- und Schwerindustrie endlich eingesehen hat, wem sie in diesem Kampf auf Leben und Tod unseres Deutschen Volkes ...« – Himmlers Stimme vibrierte vor innerer Erregung – »... unseres Deutschen Volkes, ihre Unterstützung angedeihen lässt, lassen muss!« Fast wäre ihm ›Mit Rat und Tat‹ rausgerutscht.

›Hühnerkacke!‹, fuhr es der aufmerksam zuhörenden Grete von Ubarnitzki durch den Kopf. Geld sollten sie rausrücken, bare Münze! Zuschlagen konnte die Schutzstaffel des Herrn Himmler allemal besser als jeder Werkschutz – und belehren musste einen fanatischen Nazi wie den Reichsführer erst recht keiner! Die berüchtigte Wiener Journalistin glaubte zu ahnen, wie der ehemalige Gymnasiallehrer tickte, pickte ... Sie selbst, die am Scheitelpunkt der gegenüberliegenden Seite der kreisrunden Riesentafel thronte, hatte dieses Abendmahl im kleinen Kreis in der Industriellenvilla organisiert.

»Ruhm und Ehre den *Vereinigten Schlarb-Titan-Werken* und ihrer großzügigen Vorsitzenden Frau Gertraud Schlarb!«

Gläser klirrten, ordentliches Beifallsklatschen.

»Sant'Industria Metallica voller Gnaden!«, spöttelte Grete von Urbanitzki leise in Richtung ihrer Nachbarin Hiltgund Schlarb-Boeringer. »King Artus opfert auf dem Altar seiner Gönnerin und Protektorin!«

Die neben ihr sitzende rundliche Hiltgund war nicht nur die Schwester der spendablen Wohltäterin, sondern diente hauptamtlich der SS-eigenen Forschungsabteilung *Ahnenerbe* als Schriftführerin. Grete von Urbanitzki wusste nicht genau, wo die Dicke politisch eigentlich stand. Die spitze Zunge der Genossin mit dem Goldenen Parteiabzeichen wirkte auf sie beruhigend.

Von ihr ließ sich Grete die anwesenden Gäste erläutern. Sich unerfahren zu geben brachte stets neue Erkenntnis.

»Zum Ersten ist da unser *Reichsheini,* der von niemanden zu unterschätzende Heinrich Himmler.« In Hiltgundes Stimme schwang

Respekt gegenüber dem Reichsführer, der sich mittlerweile in einer abgehackten Lobesrede auf die Zahl Zwölf erging.

»Die mystische Magie des hellenistisch nordischen Zodiaks!« Himmler war auf seiner Lieblingsschiene angelangt. »Die Triangel der Vier Elemente der griechischen Philosophen, deckungsgleich im kosmischen Kreis mit dem eisernen Vierkant des arischen Charakters!«

›*Davidstern gegen Druidenhammer*‹, dachte sich süffisant die Urbanitzki, behielt dies aber für sich.

»Sieg Heil!«

Grete stellte fest, dass die Dodeka-Mystik auch in der herrschenden Tischordnung ihren Niederschlag gefunden hatte. »Die ominöse Tafelrunde des legendären Artus und seiner ihm ergebenen Gralsritterschaft«, lockte sie Hiltgund, »sein stolzer *Schwarzer Orden*?«

Mit Erfolg, denn sofort zischte die Provozierte: »... den er sich im Kreis seiner erwählten Elite durchaus auch in strahlendes Weiß gewandet vorzustellen vermag.«

Die Wiener Journalistin wies fragend auf die beiden höchst unterschiedlichen Männer zu Seiten Himmlers.

»Links, das ist sein Vertrauter und Stabschef Karl Wolff, unser Wölfchen ...«

»Und die befremdliche Gestalt auf der anderen Flanke?«

Die Schlarb grinste. »Das ist mein werter Chef Oberst Wiligut, genannt Weisthor, nach dem Gott des Donners. Erfinder und Verfechter des Ahnenerbe.«

»Hat der nicht den Totenkopfring der SS entworfen?«

Hiltgund gluckste. »Es gibt wohl kein Koppelschloss, keinen Ehrendolch samt Gehänge, das unser lieber, spinnerter Weisthor nicht mit seinen Runen bestreut hat!«

Die Journalistin wusste natürlich genau, wo der Hühnerzüchter Himmler seinen Weisthor aufgegabelt hatte: in einer Salzburger Pflegeanstalt für Geisteskranke und Irre. Das behielt sie lieber für sich, zumal das Gespräch rund um den Reichsführer jetzt bereits wieder um die weltweite Verschwörung der Freimaurer und Juden kreiste.

Bei der Erwähnung Letzterer äußerten Gastgeberin wie Tischgesellschaft lebhafte Zustimmung.

»Diese tödliche Gefahr hat unser Führer Adolf Hitler erkannt und in *Mein Kampf* niedergeschrieben, getrieben von der Sorge um unser Deutsches Vaterland!«, schnaubte Himmler. »Heil Hitler!«

Eigentlich müsste der Reichsführer Gefühlsregungen überzeugender vorzubringen wissen als mittels dieses armseligen Hühnerstall-Geschniefes, besann sich die Wienerin. Zumindest sollte seine Rede packender wirken als – zum Beispiel – das hohle Gepolter des Proleten Ernst Röhm, des Stabschef der Braunhemden! Treffende Beschreibung für die Ausdrucksweise Heinrich Himmlers müsste lauten: *Drachengleich schnaubt RFSS glühende Lohe!*

»Heil Hitler!«

Der Blick der Urbanitzki glitt unauffällig zur Seite, wo die wichtigsten Leute des Stabes saßen. »Jener blonde Todesengel mit den eiskalten Augen«, flüsterte sie ohne den Blick abzuwenden, »das muss wohl Heydrich sein?«

»Augen wie tückische Gletscherspalten«, murmelte die dicke Hiltgund erschauernd. »Ein falscher Tritt, die Falltür öffnet sich lautlos, und du stürzt in die Tiefe!«

Das reichte der Journalistin fürs Erste, sie wechselte das Thema. »Es gibt Kreise in Frankreich, die sogenannten *Polaires*, die sympathisieren durchaus mit der neuen Bewegung eures Adolf Hitler. Das sollte der Reichsführer wissen.« Sie lehnte sich zufrieden zurück. Natürlich hatte sie Reinhard Tristan Heydrich sofort identifiziert. Seit der präzisen Schilderung durch ihre Freundin Antoinette de Rives hatte Grete ein Auge auf die Schritte des neuen Sicherheitsbeauftragten Himmlers. Ebenso war ihr bewusst, dass der junge Chef der Dienste genauestens darüber informiert war. Beider Blicke trafen sich kurz – und der eine hielt dem anderen stand.

Unbeteiligte wie Frau Dr. Schlarb-Boeringer hätten den Augenkontakt für puren Zufall gehalten. Munter plapperte die dicke Hiltgund weiter darauflos: »Für unseren Tatterich«, sie zeigte ungeniert auf den alten Oberst Weisthor, »bräuchten wir – lieber heute als morgen – eine fürsorgliche, umsichtige und vertrauenswürdige Betreuerin ...« Hoffnungsvoll blickte die Dicke auf ihre Nachbarin. »Auf meinen zarten Schultern lastet schon die gesamte nordische Herkunft unserer arischen Herrenmenschen«, seufzte sie Mitgefühl heischend, »da kann ich mich nicht auch noch um die Gebresten des tütteligen Herrn Oberst kümmern!«

Die Urbanitzki musste nicht lang überlegen. »Ich hätte da vielleicht jemanden ...?« Die einzigartige Chance, ins Innere des eigentlichen Führungszirkels vorzudringen, hatte sie sofort erkannt. »In Paris habe ich eine bezaubernde Person kennengelernt – die meint zwar, Schauspielerin werden zu müssen, wäre aber gewiss nicht ungeeignet.«

Doch Frau Dr. Schlarb-Boeringer war mit den Gedanken längst ganz woanders. Sie lenkte den Blick der Wienerin auf den in sich versunkenen Himmler. »Reichsführer hält Zwiesprache mit dem Deutschen Kaiser Heinrich, als dessen Inkarnation er sich seit Neuestem fühlt.«

»Hübsche Vorstellung!« Grete von Urbanitzki lächelte gequält. Reinhard Tristan Heydrich hielt seinen länglichen Pferdeschädel leicht geneigt. Sie wusste, ihm entging nichts vom Geschehen an der reichgedeckten Tafel. Heydrich war darum bemüht, Furcht auszustrahlen. Er wollte sich mit der Aura eines Monsters umgeben, dem nichts, keine menschliche Regung verborgen blieb. Das verbreitete Angst und Schrecken, exakt die tiefschwarze Wolke, in der er geortet sein wollte.

~

Von der gischtumsprühten Klamm der wilden Ariège aus steigen zwei Männer mühsam die Klippen hinauf, um zum Eingang der Grotte zu gelangen, die bei der Bevölkerung den Namen *Die Ketzer-Kathedrale von Lombrives* trug. Antonin Gadal, einheimischer Heimatforscher und der weitaus Ältere der beiden, hatte den Vorschlag zur Erkundung gemacht, und Otto Rahn hatte ihm begeistert zugestimmt. Der Deutsche, in Knickerbockern und ein Grubenlicht an der Stirn, nahm die Spitzhacke als Gehhilfe. Es war ein beschwerliches Klettern über herabgestürzte Felsbrocken. Die verhießene Zauberwelt leuchtender Stalaktiten, von hereinfallenden Lichtstrahlen überirdisch verklärt, wollte sich den beseelt Vorwärtsdrängenden immer noch nicht offenbaren.

»Und dennoch folge ich meiner ursprünglichen Intuition«, keuchte Rahn, sich auf die Spitzhacke stützend. »Der Intuition, die meine Suche nach dem Gral, den Spuren der Katharer, von jeher leitete.« Er musste eine Verschnaufpause einlegen. »Ich bin mir sicher, dass die manichäische Sekte sich im Besitz des geheimen, geheimnisvollen Wissens befand ...«

»Befunden haben musste«, pflichtete ihm der alte Gadal bei, dem die Begehung der Tropfsteinhöhle weit weniger Anstrengung zu bereiten schien. »Der Gral!«, seufzte er. »Wie viel an Schweiß mag dieser magische Begriff den Menschen hier abverlangt –« Er besann sich, er wollte den jungen Forscher nicht entmutigen. »Doch weitaus größer muss die jauchzende Freude ...«, er schnaufte erregt, »... die den Eingeweihten das Mysterium zu geben wusste.« Er ließ sich auf einem der großen Steine nieder, die den Wissbegierigen immer wieder den Weg versperrten.

»Der Gral als Geschenk an die Menschheit!« Sichtlich berührt von dem Gedanken, blieb Otto Rahn stehen. Dann sah er die Taube, die Schriftzeichen, hoch oben in die Felswand geritzt. Er vermochte sie nicht zu entziffern, doch die Blöße wollte er sich gegenüber dem überlegenen Gadal nicht auch noch geben. »Also hat unser Wolfram von Eschenbach doch recht!?«

»Gewiss doch!«, knurrte der Alte. »Auch wenn er das meiste von Guiot de Provins abgekupfert hat.« Der junge Deutsche wollte protestieren, doch dem kam sein Lehrmeister zuvor. »Das konnte, das durfte und sollte er auch! Es herrschte unter den Minnesängern des Okzidents eine stillschweigende, oft auch stolz herausposaunte Übereinkunft, dass – im Dienst der Minne – dem Liebenden alles gestattet sei –«

»Fast alles!«, konnte Otto Rahn noch einwerfen.

»Die gemeinsame Sprache ermöglichte es, die *lingua franca*!«

»Eine Sprache des Widerstands!« Rahn war froh, etwas beisteuern zu können. »Sie galt im langen, breiten Gürtel, der sich von der Iberischen Halbinsel über Provence und Lombardei bis in die ferne Walachei hinzog, so weit sich einst das Imperium erstreckte ...«

»Sie wurde verstanden, diente zur Verständigung aller, von den morisken Idiomen des El-Andaluz bis ins Mittelhochdeutsche hinein, von dem *Rumantsch* oder *Ladin* der Alpentäler bis hin zum Sprachgewirr am Hofe von Byzanthium!« Gadal schaute zurück auf den Höhleneingang, das Licht färbte sich bereits violett. »Für heute müssen wir es hierbei belassen«, entschied der Erfahrene trocken. »Wenn die Dunkelheit einsetzt, wird die Höhle zur tödlichen Falle.«

Rahn war zwar enttäuscht, aber dankbar erinnerte er sich: »Das wurde damals auch manchem, blutrünstig den Flüchtigen nachsetzendem Inquisitor zum Verhängnis!« Ob diese *Spulgas*, die von den Katharern geschickt mit Verteidigungsringen versehenen Fluchtverstecke, ihm ihr Geheimnis jemals preisgeben würden?

Im Studierzimmer in der Hotelpension Le Marronniers hockte Otto Rahn spätabends an seinem Arbeitstisch und schrieb Blatt für Blatt an dem großen Roman, dessen Bilder ihm immer deutlicher vorschwebten: *Der Kreuzzug gegen den Gral.* Unbedingt musste er die dem alten Antonin Gadal entlockten Informationen, all die hochinteressanten sprachlich-kulturelle Querverbindungen in sein Œuvre einbringen. Umfassend sollte es sein, sowohl in ethnologischer wie auch in religionsphilosophischer Hinsicht. Verborgenes, Verschüttetes, längst Vergessenes sollte wieder ans Tageslicht, vor die Augen einer riesigen Leserschaft – Das Buch musste ein Erfolg werden, sein Erfolg!

Draußen in der Küche rumorte Addy, das Schweizer Fräulein, das ihm die Freunde aus Paris zur Hilfe im Haushalt geschickt hatten. Eine patente Person, sie musste das Organisieren irgendwo gelernt haben. Eigentlich war die *Mademoiselle de Genève* perfekt und dabei immer freundlich, gut gelaunt. Nur über seine Arbeit mochte er nicht mit ihr sprechen. Addy war so völlig verschieden von ihrer

Zwillingsschwester Charlot, die er bei Paul Ladame kennengelernt hatte. Die hätte ihn, seine Schwierigkeiten gewiss sofort verstanden.

»Missis Baker ist heute abgereist!«, rief die Stimme aus der Küche.

Otto Rahn nahm es mit Fassung, fast mit einer gewissen Erleichterung. »Hat sie wenigstens etwas Geld dagelassen?«

»Nitschewo!«, kam die belustigte Antwort. »Ich musste ihr sogar Max herbeirufen, damit der sie zur Bahnstation von Carcassonne bringt.«

»Is schon recht!« Otto Rahn war verärgert. Der Besuch der schwarzen Tänzerin hatte die letzten Ersparnisse in der Kasse der kleinen Pension aufgezehrt, die Dame hatte halt Ansprüche. Hätt' ich auch, wenn ich Josephine Baker wär', dachte Rahn, die weltberühmte Schwarze Venus, die temperamentvolle Jazzsängerin und Nackttänzerin, unterhalb des Nabels mit nichts bedeckt als mit einem knappen Reif von wippenden Bananen! Er selbst hatte in Paris nach einer Vorstellung leichthin die Einladung ausgesprochen: *If you like the real pittoresk and peaceful countryside* ... Nun war sie wieder fort – *tant-pis*!

»In der Blechbüchse auf dem Sims müssen noch zweihundert, dreihundert Francs sein«, rief er seiner Haushälterin durch die geschlossene Tür zu. »Mit denen geh morgen auf den Wochenmarkt, das ist günstiger!«

Prompt erscholl auch schon die Antwort. »Exakt 120 und ein paar Zerquetschte.« Und nach einer Pause: »Den elektrischen Strom müssen wir auch noch – dringend!« Die Gute hatte ja recht. Die ganze Idee mit den eigenen vier Wänden war Quatsch, ruinöser Quatsch!!

Es klopfte an der Tür: Addy stolzierte herein mit einer Schale voller rotbackiger Äpfel und einem Teller, unter einem Handtuch verborgen, gefüllt mit frischgerösteten, noch heißen Maronen.

»Alles eigene Ernte!«, verkündete sie stolz.

Rahn hauchte: »Danke, mein gutes Kind!« Für heute stellte das liebevoll Dargebotene sein Abendessen dar.

Koordinaten der Bewegung

1932/1933

Das Pariser *Printemps*, das war die feine französische Lebensart, ausgebreitet, gestapelt und an Mannequins dargeboten über üppige, duftende und verlockend offene Etagen. Moderne Rolltreppen ließen Charlot hinauf- und hinabgleiten, von einem Himmel in den nächsten. Auch wenn ihr Taschengeld kaum Raum ließ für große Sprünge. Charlot liebte es, durch die Zauberwelt des *Printemps* zu schweben. Diesmal machte sie eine besondere Entdeckung: Vor sich sah sie den Herrn Krafft. Er hastete durch die einladenden Verkaufspassagen, achtete nicht im Geringsten auf die feilgebotenen Reichtümer, unverkäuflichen Kunstwerke und verborgenen Schätze. Sein Auge blieb auf den umherschwirrenden, meist jedoch gelangweilt herumstehenden Verkäuferinnen haften. Gab es einen anderen Herrn Krafft, einen, der heimlich Jagd auf junge Dinger machte? Der Gedanke amüsierte Charlot.

»Hallo, Monsieur!«, sprach sie ihn von hinten an. »Welche Art stummer Forschung treiben Sie denn hier?!«

Der Ertappte fuhr herum und erkannte Charlot. »Nun«, gestand er verlegen, »Typologie! Das Gleiche wie in Zürich beim GLOBUS!«

Charlot bestand darauf, ihn mit zu ihren Freunden zu nehmen. »Die müssen Sie unbedingt kennenlernen!« Und weil er noch zögerte, setzte sie kokett, aber resolut hinzu: »Die Herren, denen ich zur Zeit diene, werden ein offenes Ohr haben, für Ihre hochfliegenden Ideen!«

So kam es, dass Karl Ernst Krafft kurz darauf in den riskanten Genuss einer Bekanntschaft mit renommierten *Polaires* wie Paul Alexis Ladame, Maurice Magre und Gérard de Sède geriet. Auch den umtriebigen Gaston de Mengel sollte er kennenlernen.

Wenig später erfolgte die Einladung an Karl Ernst Krafft zu einem Gastvortrag. Charlotte hatte dabei einzig an Max gedacht und die Möglichkeit, ihn endlich wiederzusehen, doch dazu kam es nicht. Karl Ernst Krafft erreichte die ehrenvolle und gutdotierte Anfrage der Loge auf Umwegen über Madame Marguerite Panchaud in Genf und die Klinik des Dr. Bircher-Benner in Zürich. Ort des Vortrags sollte das ehrwürdige Observatorium von Nizza sein, mit seiner *Coupole Bischoffsheim* immerhin die älteste Sternwarte Europas. Der Kosmobiologe konnte es kaum erwarten. Bald schon warf er sich in den Zug und reiste incognito mit der Bahn in Richtung Nizza. Es gab genügend Freunde und Anhänger an der Wegstrecke, um die Zeit bis zum zugesagten Auftritt nutzbringend zu gestalten.

Karl Ernst Krafft – Lichtjahre von der kalten Vorstellung entfernt, dass er hier nur als Aushängeschild benutzt wurde – war gewillt, sämtliche Register zu ziehen, die ihm zur Verfügung standen:

»... an die Stelle der intellektuell zu Recht unbefriedigenden Natur der astrologischen Tradition tritt ein von mir in Jahren intensivster Forschung erarbeitetes, funktionierendes astro-metaphysisches System, das ich *Typokosmie* nennen will. Das Wesen der Typokosmie ist selbst von Eingeweihten schwerlich genau zu erfassen, doch in ihrem kristallklaren Realitätsbezug stellt sie allein das Alphabet aller Weltphänomene, sie ist die natürliche Ordnung der uns geläufigen Archetypen ...«

Der Vortragende stand weit über den Häuptern des Auditoriums am Fuße des riesigen Refraktors mit all den imponierenden Bedienungs- und Steuerrädern im Lichtkegel eines hoch oben in der Kuppel angebrachten Scheinwerfers. Der grelle Strahl ließ die diffuse Umgebung in den Hintergrund treten, nur die schmale Figur des Karl Ernst Krafft schwebte faustisch – oder eher wie Mephistopheles – über den andächtig befremdet Lauschenden.

»Die Typokosmie ist wissenschaftlich fundierter, als Sie glauben, Mesdames, Messieurs, die Geschichte der Zivilisationen, die Psychologie des Unbewussten, die Harmonien, die allgemeine und spezielle Symbolik sowie viele Tatsachen, die schon die *Kosmobiologie* begründeten – all das sind die Fundamente, auf denen mein Gebäude steht, für das ich täglich neue Bestätigung finde.« Er holte noch einmal tief Atem. »So gelang es mir, eine grundlegende Rekonstruktion der antiken Theo- und Kosmogonie zu erreichen, die vollkommen mit dem typokosmischen Zodiak und der natürlichen Ordnung der Archetypen harmonisiert!«

Der Lichtkegel zu seinem Haupte erlosch. Für einen Augenblick stand Karl Ernst Krafft in völligem Dunkel, bis die Augen aller den Weg hinauf, durch die Öffnung der Kuppel, in den nächtlichen Sternenhimmel fanden. Beifall brandete leise auf, wurde dann lebhafter, als das Hauptlicht des Kuppelsaales sich einschaltete. Der Redner trat hinunter unter das ihn umringende Publikum. Krafft entdeckte Charlotte Rueggli-Panchaud an der Seite des ihm von Paris her bekannten Paul Alexis Ladame. Er ließ sich beglückwünschen, doch schon drängten seine Gastgeber zur Weiterfahrt. Der Vortragsreisende fügte sich. Man muss sich rarmachen. Seine Präsenz sollte allen als kostbar in Erinnerung bleiben.

Die *Coupole Bischoffsheim* leerte sich zusehends. Der Großteil des Publikums, das aus der nahen Stadt und den mondänen Badeorten an der Küste heraufgekommen war, zerstreute sich. Zurück blieb nur der harte Kern der *Polaires*. Charlot war mit ihnen aus Paris angereist, als »Reisebegleiterin« von Paul Ladame und seinen Freunden Maurice Magre und Gaston de Mengel. Sie hatten zusammengelegt und die junge Schweizerin engagiert. Viel Arbeit hatte sie mit dem

Trio nicht. Jetzt waren die beiden anderen auch verschwunden, wie vom Erdboden verschluckt, und sie stand allein mit Paul Ladame in der halb dunklen Kuppelhalle. Die Saalbediensteten verschlossen das Eingangsportal und entfernten sich, bis auf einige wenige offensichtlich Vertrauenspersonen.

Dafür traten jetzt Gestalten in langen weißen Umhängen in den inneren Kreis rund um das Piedestal des Refraktors. Sie trugen hohe, spitze Kopfbedeckungen, die nur dunkle Öffnungen für Augen und Mund frei ließen. Wie beim Ku-Klux-Clan, schoss es Charlot durch den Kopf, fast ein wenig lächerlich. Doch die Gestalten wirkten todernst. Steif bewegten sie sich auf die ansteigenden Bankreihen des Auditoriums zu, rückten dort eng zusammen. Es mochten dreißig, vierzig Personen sein. Charlot hatte einen guten Überblick, denn sie hockte oben am Rand. Dafür sollte sie kaum etwas von dem verstehen, was zu ihren Füßen gesprochen wurde. Das war wohl so gewollt.

»Kenn ich die?«, wandte sie sich flüsternd an Paul Ladame, der vor ihr saß. Er hatte als Einziger auf die Maskerade verzichtet. Offensichtlich konnte er sich das leisten.

»Du sollst sie nicht kennen, Charlot«, belehrte er sie sanft. »Und was du zu hören bekommst, gilt schon jetzt als nicht gesagt!«

Wie vorher fiel nur ein einziger scharfer Lichtkegel in das Zentrum des frei gelassenen Kreises. Charlot glaubte einen sechszackigen Stern mit einer darin verschlungenen Schlange zu erkennen, umgeben von ihr unbekannten Schriftzeichen. Das grelle Licht blendete – und rundherum war alles im Dunkeln.

»*Le Grand Maître Inconnu!*«, verkündete plötzlich eine sonore Stimme, aber nichts geschah. Eine Hand warf irgendwelche Kügelchen in das Sterngeflecht. Es flammte zischend auf, ein weißes Rauchwölkchen erhob sich und verschwand zwischen den unbeweglich Sitzenden.

Das Gespräch, eine lebhafte, aber leise geführte Diskussion, hatte eingesetzt, zu Charlot drangen nur Fetzen hinauf: Es ging um die zur Macht strebenden neuen Kräfte in Deutschland – besonders deren okkulte Herrschaftsplanungen: Das SS-Ahnenerbe, was immer das auch bedeuten mochte, kann sich zur Gefahr für Europa ... ist bereits eine ernst zu nehmende Bedrohung für Frankreich ... nicht nur für Juden, sondern auch für Menschen unseres Bundes... absehbar, dass sich Hitlers Arier-Rasse auch die Artverwandten aus dem Reich der Franken einverleiben ...

»Sie palavern wie immer.« Ladame drehte sich grienend nach seiner Schutzbefohlenen um. »Wenigstens denken sie nicht über eine völlig idiotische Kollaboration nach, etwa mit deutschen Geisterheilern oder Handauflegern ...«

»Ich kenne keine!«, gab Charlot offen zu. »Aber jetzt höre ich, dass man einen Keil zwischen Adolf Hitler und dem ihm treu ergebenen Heinrich Himmler und seiner SS treiben sollte ...«

»Und wer wäre diese Wunderwaffe der Zersetzung, Zerstörung jeglicher Loyalität?«, spottete Ladame behutsam.

»Jetzt fiel der Name Otto Rahn! Ich habs ganz deutlich gehört, Und einer hat gesagt, der ist doch *pédé* –?!«

Da war Paul Alexis Ladame schon aufgesprungen und in den Kreis der gesichtslosen Kuttenträger getreten. »Der Höhlenforscher aus dem Languedoc?«, fragte er zur Sicherheit noch mal nach. »Kommt nicht infrage!«

»Der ist doch 'ne ganz gewöhnliche Schwuchtel«, kam es aus dem Rund, »das gefällt den braunen Ärschen!«

Paul Alexis Ladame musste an sich halten, um gegen den Denunzianten nicht handgreiflich vorzugehen. »Hier handelt es sich gewiss nicht um das ganz gewöhnliche Proletenpack – wie man es auch bei uns findet –, sondern um die schwarze Elite. Und die duldet gewiss nicht den leisesten Verdacht auf gleichgeschlechtliche Neigungen.«

»War ja nur 'ne Idee!«, murrte der Nachbar des Gemaßregelten.

Die sonore Stimme, die eingangs die Anwesenheit des *Großen Unbekannten* annonciert hatte, meldete sich zu Wort: »Über den Einsatz einer geeigneten Person befindet nicht die Versammlung!« Das war auch eine unmissverständliche Zurechtweisung des Paul Alexis Ladame. Kurz darauf verkündete der *Grand Maître* das Ende der Sitzung.

Charlot verspürte Unbehagen, wie hier mit ihr indirekt vertrauten Menschen umgesprungen wurde. Besonders ärgerlich, wenn die gar nicht die Chance hatten, sich zu wehren. Alles, was sie über den Charakter Otto Rahns wusste, stand in den Briefen ihrer Schwester Addy, und die war des Lobes voll, nahm den schüchternen Deutschen liebevoll in Schutz. Charlots Unbehagen steigerte sich zur Empörung. Diese *Polaires* mit ihren aufgesetzten Masken waren eine herzlose, frivole Bande, das hatte sich hier gezeigt. Einen Menschen wie eine Krocketkugel ins Feld zu schlagen, einfach so!? Geht's gut – *tant mieux!* Geht's schief: Pech gehabt! So wie die ehrbaren Herren den ehrgeizigen Karl Ernst Krafft als Feigenblatt für ihre geheime Zusammenkunft benutzt hatten, gedachten sie jetzt, Otto Rahn einzusetzen und gegebenenfalls zu opfern.

Vielleicht war es an der Zeit, Paris zu verlassen, kam der verärgerten Charlot in den Sinn. Sie hatte durch Grete von Urbanitzki kürzlich deren Freundin Antoinette de Rives kennengelernt, eine Verfasserin von Bühnenstücken, auch ihren Inszenierungen eilte ein guter Ruf voraus.

Beide Damen hatten ihr von Berlin geschwärmt, gerade was Theater und Film anbetraf. Vielleicht sollte sie einfach den Sprung ins kalte Wasser wagen?

~

Still döste die Hotelpension Les Marronniers in der Mittagshitze unter den abgeernteten Kastanienbäumen. Kein Hauch eines Lüftleins störte die Ruhe, auch kein Gast. Addy hatte recht behalten: Sie waren pleite. Er, Otto Rahn musste sich der Schmach unterziehen, den Gang zum Konkursrichter auf sich nehmen. Und das ganze Debakel ausgerechnet jetzt, wo er auf die finale Phase seines *Kreuzzug gegen den Gral* zusteuerte. Es war ein Kreuzzug uneinsichtiger Lieferanten, störrischer Beamter, gegen ihn, Otto Rahn!

»Monsieur Rahn, Monsieur Rahn!« Addy machte sich von der Straße her bemerkbar. »Max ist schon da!«

»Ich dachte, der ist noch im Urlaub?«

Er wusste genau, dass der Chauffeur der Gräfin bereits seit geraumer Zeit vor dem Anwesen wartete, aber Addy nutzte jede Gelegenheit, mit dem Angestellten zu plaudern. Sie kannten sich wohl irgendwie aus der Schweiz – Ist ja auch kein großes Land!

Der deutsche Wissenschaftler und renommierte Speläologe, als solcher wollte er von den Menschen wahrgenommen werden, schob seinen Schlapphut in die Stirn und schritt, den Mantel über dem Arm, hinaus zu dem wartenden Rolls-Royce. Max riss, wie von ihm erwartet, die Tür zum Fond auf, und Otto Rahn ließ sich in die Sitzpolster fallen. So sollten diese bourgeoisen Spießer hier ihn sehen, den berühmten, den kostbaren Mann, dem eine Josephine Baker selbst in dieser gottverlassenen Einöde ihre Aufwartung machte! Das ganze Tal bis hinauf nach Foix – wo das Amtsgericht seinen Sitz hatte, samt Gerichtsvollzieher und Konkursverwalter –, sie alle hatten sich das Maul zerrissen. Ganz langsam sollte Max Wittacher ihn jetzt durch den Ort fahren, er wollte es noch einmal so richtig genießen.

Stattdessen reichte ihm Max eine Zeitung nach hinten. »*La Dépeche* von heute!«, grinste er unverschämt.

Addy stand noch am Schlag und zitierte die Überschrift: *Monsieur Rahn? Ein deutscher Spion oder ein geheimer* Polaire? – überflüssigerweise auch noch mit lauter Stimme.

Angeblich sucht der selbsternannte Gralsforscher nach dem Schatz der Großen Esclarmunde, las der Betroffene entsetzt. *Verschwinden so wertvolle Stücke unseres* patrimoine national *unwiederbringlich in dubiosen Kanälen, gar in den Rüstkammern der Nazis? Die Gendarmerie sollte einschreiten, bevor es zu spät ist.*

Otto Rahn war der Appetit auf die Erkundung weiterer Grotten und Kalkhöhlen vergangen. Er schickte den Chauffeur weg und schloss sich in seiner Studierklause ein. Schreiben gelang ihm jetzt auch nicht, er paffte fahrig eine Zigarette nach der anderen. Irgendjemand musste ihn denunziert haben, aber warum?

Als ob er das Schlamassel geahnt hätte, traf am nächsten Nachmittag Paul Alexis Ladame ein, der treue Freund, wie ein *deus ex machina.*

Als er hörte, dass Otto wegen Pachtrückständen vor den Kadi gezerrt werden sollte, bot er sogleich im Namen nicht näher spezifizierter Freunde ein Darlehen an mit der fadenscheinigen Begründung, den *Polaires* täte es aufrichtig leid, was Monsieur Rahn widerfahren sei. Sie würden ihm auch helfen, in Deutschland wieder Fuß zu fassen, wenn er – verständlicherweise – das Languedoc zu verlassen wünsche. Sie könnten in Berlin ihre Beziehungen spielen lassen, ihn mit den richtigen Leuten zusammenbringen. Otto Rahn unterschrieb die bereits aufgesetzte Kreditvereinbarung, ohne sie durchzulesen. Er war verwirrt. Sollte er wirklich die Zelte hier einfach abbrechen?

Addy begriff von all dem, was sich vor ihren Augen abspielte, überhaupt nichts. Immerhin gab ihr Paul Ladame Geld, damit sie – seit langem mal wieder – ausreichend Lebensmittel kaufen konnte. Denn auch der Krämer rückte seit Tagen nichts mehr auf Kredit heraus.

Schon am nächsten Tag, kaum dass Freund Ladame wieder abgereist war, entfloh Otto Rahn in Panik dem Tal der Ariège. Ohne sich von Addy zu verabschieden, ließ er sich von Max zur Gare de Narbonne bringen, wo er den von Port Bou kommenden durchgehenden Express nach Zürich bestieg.

»Könnten Sie mir schnell mal fünfhundert leihen?«

Der Chauffeur kannte das schon, auch, dass Rahn die Rückzahlung gerne vergaß. Er steckte sich deswegen stets nur hundert, höchstens 150 Francs ein. Die gab er ihm dann. Max Wittacher hatte ihm schon während der letzten Fahrt im Rolls-Royce die Einwilligung abgerungen, dass er die sitzengebliebene Addy bis auf Weiteres bei Antoinette de Rives und der Gräfin auf Château Poujol-Murat unterbringen durfte.

TAGEBUCH
»Max, Sie haben Monsieur Rahn bei seiner überstürzten Abreise Geld gegeben?« Antoinette de Rives verhehlte einen Vorwurf nicht, und ich muckte auch sofort auf.

»Ich musste ihm sogar noch das Zugbillet *vorstrecken*!«

»Wohin ist unser Solitär denn entschwunden?« Sie gab sich jetzt wesentlich verbindlicher.

»Ich nehme an, nach Deutschland. Bis Freiburg im Breisgau hab ich jedenfalls die Fahrkarte gelöst.«

Meine Sorge um den wahrscheinlich unwiederbringlichen Kredit focht meine Herrin nicht an. »Fatal!« Sie ließ ihrem Ärger freien Lauf. »Wenn ein weltfremder, mönchischer Einsiedler unpräpariert in die Hände *Oung Mongs* gerät«, grollte Madame de Rives zu meinem Erstaunen. »Die Erfahrung der Grotten des Ariège verleiht noch lange nicht die Kraft der Weisheit Shambalas!« Sie bemerkte, dass ich Mühe hatte, ihrem seltsamen Diskurs zu folgen. »Wir müssen den Törichten zurückholen!«, wechselte sie das Thema und fiel sofort wieder in ihre gewohnte Rolle. »Bei Ihnen, Max, wird er sich wahrscheinlich melden – spätestens, wenn ihm das Reisegeld ausgeht. Lassen Sie sich auf alles ein, aber schaffen Sie ihn wieder her!«

Das war quasi ein Befehl, ich nickte gehorsam.

In mir stieg wie das Quecksilber im Fieberthermometer ein Erinnern hoch – an die dunkle Kammer des Dr. Bircher-Benner, an die heimlich gelauschte Radiosendung. »Wieso, Madame, verwenden Sie diese mysteriösen Begriffe?« Meine Herrin lächelte, machte sie sich über mich lustig? »Ich hab da vor etlicher Zeit im Radio …«

»Aah«, sagte sie. »Sie haben also meine Sendung gehört?«

Ich stand auf der Leitung. »Das war doch niemals Ihre Stimme!«

»Sicher nicht. Ich ziehe es vor, Schauspieler die Rollen in meinen Hörspielen und Inszenierungen vortragen zu lassen, eine simple Frage der Professionalität.«

»Aha«, sagte ich, der ich alles erst langsam verdauen musste. »Und wie endete …?«

»Ausgang offen!«, beschied sie mich kühl.

»Warten auf …?«, fragte ich, mich recht abgeklärt gebend und erlaubte mir einen belustigten Ton.

»Das zwanghaft Böse«, belehrte sie mich todernst, »kann und will nicht warten. Die im dünnen Mäntelchen der Freiheit des Geistes warten vielleicht zu lange.«

»Aber ist denn das alles –?« *Wahr* wollte ich noch hinzufügen, aber Madame schnitt mir das Wort ab.

»Diese Sendung wurde damals von Radio Beromünster nur in der deutschsprachigen Schweiz ausgestrahlt. Es haben sie wohl nicht sehr viele gehört.«

Damit war für sie das Thema erledigt, und ich musste sehen, wie ich damit klarkam. Das Gespräch fand in ihrem Salon statt. Die ganze Zeit über saß sie, elegant hingestreckt auf ihrer bevorzugten Liege, einer Art Chaiselongue mit hochgestelltem Kopfteil. Während ihr schmaler Torso grazil auf ihrem angewinkelten Arm ruhte, ließ sie mich nicht aus den gründunklen Augen.

Jetzt richtete sich Madame auf und schlug in einer fließenden Bewegung den seidenen Morgenmantel auseinander. Zum Vorschein kam das Tutu einer Balletttänzerin, gerade das äußerste Ende der Oberschenkel verbergend, während sie gleichmütig den Mantel von den Schultern gleiten ließ. Ich hatte mir birnenförmige Brüste vorgestellt, vielleicht sogar leicht schlaffe. Doch entgegen wölbten sich mir makellose Halbschalen, straffe Rundungen mit Brustwarzen wie vollerblühte, seltsam nussfarbene Rosen. Puoh!

Zeit zum Verschnaufen gewährte mir die Herrin nicht. »Ich bin völlig verspannt«, ließ sie mich wissen, aufreizend kühl, während ich immer noch fasziniert auf ihre Brustwarzen starrte. »Wenn Sie schon des Reichsführers Sonnenstrahl Reini …«

Ich begriff. »Legen Sie sich bitte auf den Bauch!« Meine heisere Order kam hastig, denn ich spürte es heftig schwellen in meiner Hose. Fahrig fingerte ich an der Verriegelung der Kopfstütze, um ihr die verlangte flache Position zu ermöglichen, während sich ihr Blick auf meinen sich ausbeulenden Schritt heftete, jedenfalls glaubte ich ihn zu verspüren.

Endlich lag Antoinette so, wie ich sie mir zumuten wollte, und ich griff ihr behutsam zwischen die Schulterblätter. Eine Haut wie Sahneschnee, Sonnenbräune hatte sie wohl nie erfahren. Um der Peinlichkeit meines immer noch erigierten Schwanzes Herr zu werden, verstärkte ich den Druck auf ihre Wirbelsäule, den zarten Halsansatz. Es bewirkte genau das Gegenteil.

Addy rettete mich gewissermaßen. »Da wäre noch die Zwillingsschwester von Charlot«, begann ich unvermittelt. »Die Arme hockt jetzt –«

»Charlotte?«, stöhnte Madame. »Sie können das schöne Wesen nicht vergessen?!«

Madame schien befriedigt, als ich trocken »Stimmt« zur Antwort gab.

Antoinette de Rives war eine hoch aufgeschossene Frau, kein Gramm Fett zu viel. Wie hell ihre Hüften, ihr erstaunlich weicher Rücken waren, erschloss sich mir, als ich wagte, meinen Blick über ihr Gesäß hinaus auf die langen Beine zu richten, die als Einziges an ihr noch bekleidet waren. Sie steckten in auberginefarbigen, modischen Strümpfen, festgehalten nur durch Strapse, die vorwitzig aus dem Tutu herausschauten. Verflixte Geilheit!

Madame erlöste mich auf ihre Weise, durch betont sachlichen Ton. »Also diese Adelheid soll ja eine tüchtige Kraft sein. Bringen Sie die Person aufs Schloss. Sie kann vorläufig der Gräfin Fernande zur Hand gehen. Später sehen wir weiter.«

»Danke, Madame!«

»Nichts zu danken, Max. Schaffen Sie mir Otto, den deutschen Naseweis zurück ins Ariège!« Ihre Stimme klang besorgt. Dann überließ sie sich meinen Händen.

Otto Rahn hat sich bald wieder gefangen, sein Freiburger Verleger hat ihm am Telephon einen Vorschuss zugesagt.

»Sie müssten allerdings persönlich vorbeischauen, lieber Otto Rahn!«

Als der erwartungsvolle Autor seinen alteingesessenen Verlag in Freiburg betrat, saß dort ein anderer Pförtner hinter dem Empfangstresen, ein SA-Mann mit der Visage eines schlechtgelaunten Fleischerhundes.

»Guten Tag«, sagte Otto Rahn artig.

»Das heißt jetzt *Heil Hitler*!«

»Ah ja?«, gab sich der Autor unbeeindruckt. »Ich möchte zu Herrn Vogelsang.«

»Nix *Ah ja!*« Der Hund bellte jetzt lauter. »A! Ha! Wie unser Führer Adolf Hitler. Der Jud hockt in seinem Zimmer – noch!«

»Heil unserem Führer!«, schnarrte Rahn so überzeugend wie ihm gegeben und stapfte die Treppe hinauf. Das Vorzimmer des Verlegers war verwaist, die Tür zum Allerheiligsten stand offen. Drinnen sah es aus, als sei eine Stampede von Ochsen durch die Räume gefegt, überall lagen Papiere auf dem Boden verstreut, Manuskripte ebenso wie Verträge. Die Schreibtischplatte wirkte noch gewaltiger, da sie völlige Leere zeigte. Dahinter saß Herr Vogelsang und schaute Rahn durch seine randlose Brille an.

»Frau Liebfeig«, er wies bekümmert auf den unbesetzten Stuhl seiner Sekretärin, »musste ich entlassen. Mich selbst gleichermaßen«, setzte er mit bitterer Ironie hinzu. »Ich darf nur noch abwickeln.«

Rahn sah hinter Herrn Vogelsang die sperrangelweit aufgerissene Eisentür des Tresors, darin gähnende Leere. Er bekam einen Schreck.

Der Verleger lächelte milde und erhob sich. Jetzt wird er mich zum Trost umarmen, dachte Rahn, doch Herr Vogelsang klopfte auf den Lederbezug der Sitzfläche seines Sessels. Nach etlichen Versuchen sprang das Polster hoch und gab einen Hohlraum frei, angefüllt mit säuberlich beschrifteten Umschlägen. Er fischte einen heraus, auf dem »Für Otto Rahn« stand.

»Mehr war leider nicht machbar«, erklärte er sanft. »Die nächste

Rate wird Ihnen mein Nachfolger überreichen, zusammen mit den Korrekturfahnen.« Er räusperte sich. »Es war keine leichte, aber eine gute Zusammenarbeit mit Ihnen, Otto.« Herr Vogelsang zeigte Rührung, fing sich aber rasch. »Hinterlassen Sie bitte im Keller, beim Expedienten Herrn Beat Wittacher, die Adresse, wohin Ihnen zugestellt werden soll.«

»Danke, Herr Vogelsang«, erwiderte Rahn mit gequälter Stimme. »Ich hoffe Sie gesund wiederzusehen.«

»Ich gehe in die Schweiz, Herr Guhl, ein alter Freund, hat mir ein Auskommen in seinem Verlag Orell Füssli zugesagt.

»Das ist gut«, entrang sich Rahn als Aufmunterung, bevor er sich in den Keller begab. Dass er dort auf den Vater seines Chauffeurs treffen würde, war ihm erst bei Nennung des Names Wittacher wieder eingefallen. Er verspürte aber keine Lust zu einem Gespräch. Deswegen beschloss er, Adressen wie »Bircher-Benner-Klinik« oder »Gräfin Poujol-Murat«, die er ursprünglich angeben wollte, lieber nicht fallenzulassen. Addy fiel ihm ein, zu der hatte er volles Vertrauen, aber nun keine Anschrift mehr. Verdammt, hatte er niemanden, auf den er sich verlassen konnte? Bei Paul Ladame und dessen Clique stand er sowieso schon in der Kreide. Letzten Endes war es auch völlig egal, wer das Geld in die Finger bekam, die Gläubiger würden sowieso ihre Hand ausstrecken. Vielleicht würde der neue Verleger, wenn auch Nazi, die beste Lösung sein.

Wenig später saß Otto Rahn im Zug, der ihn zurück nach Genf bringen würde, wohin er telefonisch den Chauffeur Max Wittacher bestellt hat. Er sollte ihn nach Foix zum Konkurstermin kutschieren. Als armer Schlucker wollte er Uzat-Les-Bains, dort wo sich Les Marronniers in die Felsschlucht duckte, gewiss nicht wiedersehen.

In Lausanne betrat ein freundlicher, wohlgenährter Herr sein Abteil, fragte unnötigerweise nach einem freien Platz. Außer Rahn saß dort niemand. Rundliches, braungebranntes Gesicht, randlose Brille, der Anzug sprach für einen exzellenten Herrenschneider, gutes englisches Tuch. Die beiden Männer kamen schnell ins Gespräch. Raul

Ferraud, leitender Direktor beim Völkerbund in Genf, hatte am Vorabend in Lausanne einen Vortrag des bekannten Kosmobiologen Karl Ernst Krafft besucht.

»Von dem hab ich bereits einiges gehört, wenn ich ihm auch nie persönlich begegnet bin«, bereitete Otto Rahn den Boden für eine Vertiefung der lockeren Unterhaltung. »Ich glaube, wir haben eine Menge gemeinsamer Freunde, um nicht zu sagen Anhänger!« Dann stellte er sich vor, erzählte von dem Buch, das gerade in Satz gegangen sei, von den großen Erwartungen, die sein Verleger in das baldige Erscheinen des Werkes setzte. Ehe sich's die beiden Männer versahen, hatten sie bereits mehr als bloßen Gefallen aneinander gefunden.

Der Zug fuhr in die Gare de Genève ein. Rahn lag daran, dass Raul Ferraud das stattliche Gefährt zu Gesicht bekam, mit dem Max ihn jetzt hoffentlich – in perfekter Livree und ohne Vertraulichkeiten – vor dem Stationsgebäude erwartete. Raul war das Fahrzeug egal, er wollte seine interessante Reisebekanntschaft nicht einfach wieder gehen lassen. So stieg er ohne Umschweife mit in den Rolls, neben Rahn auf die Hinterbank. Otto wollte noch mehr Eindruck schinden, er wies Max barsch an. »Zum Beau-Rivage!«

Raul lächelte nachsichtig. »Das kann ich mir als Angestellter im Dienst des Völkerbunds nicht leisten. Ich zeig Ihnen gerne mein Apartment, ebenfalls mit Blick auf den See!«

Otto war's recht. Wie zwei Schulbuben auf Kriegspfad stürmten sie, statt den Fahrstuhl zu benutzen, das Treppenhaus hinauf und verschnauften erst, als Raul betulich das Sicherheitsschloss zu seinem Junggesellenreich öffnete.

Unten am Quai wartete geduldig der Chauffeur Max Wittacher, an einen der Masten gelehnt, die der Illuminierung der Uferpromende dienten, den Rolls stets im Blick. Er schwitzte, traute sich aber nicht, die engtaillierte Jacke auszuziehen. Sich plastisch vorzustellen, was die beiden Männer da oben hinter heruntergelassenen Jalousien treiben könnten, hatte er schnell wieder fallengelassen. Wahrscheinlich lagen sie nackt auf einer überdimensionierten Bettstatt, befummelten sich – weiter mochte er nicht darüber nachdenken. Während seiner Gymnasialzeit war ihm nur bruchstückhaft zu Ohren gekommen, was »Homos« alles miteinander anzustellen in der Lage waren, ihm waren derlei Erfahrungen erspart geblieben, Gott sei Dank! Er warf einen Blick in die *Weltwoche*, die er am Kiosk erstanden hatte, und las die Schlagzeile:

> ADOLF HITLER ZUM REICHSKANZLER ERNANNT
> *Unsere Korrespondentin Grete von Urbanitzki berichtet aus der Hauptstadt des Deutschen Reiches*
> *Durch die Zustimmung der national-konservativen Politiker Hugenberg und von Papen gedrängt, sah sich der greise Reichspräsident Paul von Hindenburg genötigt, den Anführer der als stärkste Kraft aus den Reichstagswahlen hervorgegangenen National-Sozialistischen Deutschen Arbeiter-Partei (NSDAP) Adolf Hitler zum Kanzler des Reiches zu ernennen. In den Abendstunden des 30. Januar 1933 wurde der neue Kanzler vereidigt.*
> *Mit einem gewaltigen Fackelzug durch Berlin, ausgehend vom Brandenburger Tor, feierten die an die Macht gelangten Nationalsozialisten die Ernennung. Bis tief in die Nacht hinein marschierten die Braunhemden, unter Absingen der altbekannten Kampflieder der Sturm-Abteilungen, durch die Straßen der Hauptstadt.*
> *Sieg der SA?*

Max Wittacher fühlte sich seltsamerweise von diesem Ereignis überhaupt nicht betroffen. Nun ja, ihm kam der geifernde Pöbel wieder in den Sinn, der die Schaukästen des Films *Im Westen nichts Neues* eingeschlagen hatte. Und er erinnerte sich an die Hasstiraden des ehemaligen Marineoffziers Reinhard Tristan Heydrich. Doch was kümmerte das ihn hier in der Schweiz, im fernen Ariège? Mit einem seligen Lächeln, wie es der Chauffeur bei seinem Fahrgast in letzter

Zeit selten bemerkt hatte, trat Otto Rahn aus der Glastür des Apartmenthauses.

»Max«, rief er jovial. »Ich habe einen Freund! Einen wertvollen Menschen fürs Leben!« Er ließ sich auf den Beifahrersitz fallen. »Jetzt kann ich mit neuem Selbstbewusstsein dem Untersuchungsrichter in Foix gegenübertreten.« Er seufzte vor Glück.

17.10.21

Der Chinesische Turm

1933

Das berufliche Fortkommen Adelheid Panchauds hatte sich Grete von Urbanitzki zu ihrer Aufgabe gemacht. In diesem Winter trat Addy ihre Stelle als Haushälterin bei den Heydrichs an. Lange hatte Grete von Urbanitzki mit dem Mädchen beratschlagt, welche »Ausbildung«, welcher Lebenslauf sich für die wahrscheinlich misstrauische Lina von Osten am unverfänglichsten darbot. Dass Addy einem unverheirateten Höhlenforscher in der Einsamkeit der Pyrenäen den Haushalt geführt hatte, erschien der Urbanitzki nicht wirklich eine Empfehlung; aber dass sie ihrer Tante Marguerite Panchaud zu Diensten war und sich dort exzellente Fähigkeiten erworben hatte, damit konnte man überzeugen.

Adelheid Panchaud war über Lindau in die bayerische Landeshauptstadt gereist, Grete von Urbanitzki hatte Lina Heydrich telegraphisch von ihrem Kommen benachrichtigt. Ihre neue Dienstherrin holt das Mädchen am Bahnhof mit ihrem kleinen Hanomag ab – im Volksmund als »Kommissbrot« verspottet. Sie fuhren nach Nymphenburg, wo die Heydrichs ihr vorläufiges Heim bezogen hatten in einer bescheidenen, nahezu im Verborgenen liegenden Villa am Rande des Schlossparks.

Addy hatte ein flaues Gefühl im Bauch, wenn sie daran dachte, Reinhard Tristan Heydrich gegenübertreten zu müssen, dem sie seit der Geschichte im Weinkeller von Canaris nicht wieder begegnet war. Aber der Hausherr war aushäusig. Addy hatte noch nicht einmal ihren

Koffer ausgepackt, geschweige denn ihre Kammer bezogen, da schrillte das Telephon: Aufgeregt verlangte Heydrich, seine Frau solle ihm seine Dienstwaffe bringen: »Auf der Stelle! Größte Dringlichkeit!«

Addy begriff, dass Lina nicht die geringste Lust verspürte, wieder in die Stadt zu eilen.

»Ich hab 'nen Führerschein!«, tat sie kund. »Wenn Sie mir den Wagen anvertrauen, kann ich das Verlangte erledigen!«

Die überrumpelte Ehefrau gab ihr die Adresse und vergaß sogar zu fragen, ob die neue Dienstkraft überhaupt den Weg zum *Braunen Haus* kannte.

Addy stopfte die Pistole ins Handschuhfach des Hanomag und brauste los, fragte sich durch nach dem Braunen Haus, das zentral am Königsplatz lag. Sie ließ sich auch nicht von den uniformierten Wachleuten aufhalten, stürmte die Treppen hoch – und plötzlich stand sie vor »Reini« Heydrich. Addy zog die Waffe aus ihrer Handtasche und richtete sie – gelernt ist gelernt – auf den SS-Mann. Der grinste, und das tat Addy nun auch. Er nahm ihr die Pistole aus der Hand und rief durch die offene Tür seines Dienstzimmers: »Herr Reichsführer, ich bin jetzt bereit!«

»Bestens, Heydrich«, schnarrte der Unsichtbare. »Dann woll'n wir mal!«

Da sich niemand um sie kümmerte, trat Addy den Rückzug an. Abends beim Servieren bekam sie bruchstückweise mit, dass Heinrich Himmler und sein ihm untergebener Sicherheitschef Heydrich mit der blanken Waffe in der Hand das Münchner Polizeipräsidium gestürmt hatten.

Viel Widerstand wurde ihnen nicht entgegengesetzt. Auf der Treppe stellte sich ein mutiger Kriminalbeamter dem hinauftigernden Heydrich entgegen. »Mein Name ist Müller!«

Heydrich starrte ihn fassungslos an, dann bellte er: »Ich übernehme!« Mit Blick auf den ungläubigen Beamten setzte er noch rasch hinzu: »Auch Sie, Herr Müller!«

So brachte Reinhard Tristan Heydrich im Handstreich das gesamte Präsidium unter seine Kontrolle.

Auch was Addys früheren Arbeitgeber betraf, war Grete von Urbanitzki nicht untätig geblieben. Die Wienerin hatte ihren Landsmann, den alten Oberst Wiligut Weisthor, dazu gebracht, dass der Reichsführer-SS Heinrich Himmler den Schriftsteller Otto Rahn mit allen, wenn auch improvisierten Ehren empfing. Damit nichts schiefging, hatte sie den Gralsforscher von Max mit dem gräflichen Rolls in seinem Schwarzwälder Domizil abholen lassen und ihn direkt nach München, zum Seehaus am Chinesischen Turm im Englischen Garten chauffieren lassen.

Heinrich Himmler hatte seinen Stab vollzählig antreten lassen. Da er um das nicht eben überschwängliche Interesse seiner Leute an der Thematik *Katharismus und der Gral* wusste – nicht einmal mit dem Zauberwort »Parzival« konnte man sie locken! –, hatte Karl Wolff, der Chef des Stabes, als Thema *König Artus und die Tafelrunde* annonciert.

Heydrich hatte ein Leseexemplar des Buches von Otto Rahn bei dem jüdischen Verlag in Freiburg geordert und wusste, was auf ihn zukam. Vorsorglich hatte er seine Frau Lina in Nymphenburg gelassen, allein schon um sich anschließende Dispute zu ersparen. Stattdessen hatte er seinen besten Freund Walter Schellenberg, den Chef der Nachrichtendienste Ausland, mitgenommen. Umso verblüffter war Heydrich, als er bei seinem Eintreffen im Seehaus auf Addy stieß – im trauten Verein mit dieser Grete von Urbanitzki und Frau Dr. Hiltgund Schlarb-Boeringer.

Sein Haus war also durch das Dienstmädchen vertreten. Er bemühte sich, seinen Ärger für sich zu behalten, aber es wurmte ihn sichtlich, was auch Max nicht entging, der gehalten war, draußen beim Wagen zu warten. Die Wiener Vermittlerin wünschte für ihren Protegé Otto Rahn keine sichtbaren Vertraulichkeiten mit dem Personal, ganz gleich woher sich Chauffeur und Gralsforscher kannten.

Das Gleiche hätte natürlich auch für Addy gegolten, die mitnichten von der Urbanitzki auf die Gästeliste gesetzt worden war, sondern völlig eigenmächtig hier ihren Auftritt zelebrierte. Mit töricht strahlender Selbstverständlichkeit fiel sie dem verdutzten Max um den Hals – zum deutlichen Naserümpfen der Urbanitzki, der es in letzter Sekunde gelang, Otto Rahn vor einem ähnlichen Schicksal zu bewahren.

Wie Heydrich das Ganze sah, war dem eisigen Mienenspiel des Sicherheitschefs zu entnehmen. Nur für die Länge eines Wimpernschlags zeigte er dem Chauffeur eine höhnische Verachtung. Danach sah er durch Max Wittacher, den rettenden Heiler vom Hexenschuss unterm Reetdach von Canaris, einfach hindurch.

War die Geringschätzung nicht verdient? Der nassforsche Reini von damals hatte eine beachtlich steile Karriere hingelegt, während der Chauffeur Max noch immer genau in der gleichen Dienstkleidung steckte. Verstohlen beobachtete der Livrierte, wie der SS-Offizier Reinhard Tristan Heydrich mit seinem getreuen Gefolgsmann Schellenberg Blicke wechselte, als hinter Rahn Raul Ferraud im Pelzmantel aus dem geschlossenen Konvertible kletterte.

Es war kühl in diesen letzten Februartagen des Jahres 1933. Reste von Schnee lagen festgetrampelt rund um die Ausflugsstätte, der See war nicht zugefroren, die Ruderboote schaukelten am Steg.

Mit steif-feierlicher Würde empfing der alte Oberst Karl Maria Wiligut den Gast an der Flügeltür zum Versammlungslokal. In seinem altmodischen Habitus erschien Himmlers Weisthor als nostalgische Reminiszenz an k.u.k.-Zeiten. Das mochte auch dem verzopften Ambiente geschuldet sein, dieser Pagode aus dem letzten Jahrhundert. Und irgendwie passte Otto Rahn da auch hinein – weit besser als in das neue Deutschland, das er soeben betrat. Alle, die sich noch draußen die Füße vertreten hatten, begaben sich nun ebenfalls ins Innere. Als Letzte verließen Heydrich und Schellenberg ihren Beobachtungsposten auf der untersten Plattform des hölzernen Pagodenturms. Heydrich würdigte Max auch diesmal keines Blickes.

»Die Zwillingsschwester ...«, griente Schellenberg zu seinem Spezi hinüber, »wird dir noch besser –«

»Mach dir mal keinen ans Koppelschloss!«, schnitt ihm Heydrich das Wort ab. »Ich bin längst nicht mehr spitz auf das schnuckelige ...«

Zwei SS-Wachen zogen vor der sich schließenden Flügeltür auf.

Wenig später trat Schellenberg wieder vor die Tür und schlenderte ein paar Schritte, offensichtlich gelangweilt vom Vortrag Rahns. Sein Blick glitt hinüber zur Zufahrtsstraße, die sich durch den Englischen Garten zum See schlängelte: Eine unauffällige graue Limousine näherte sich, blinkte kurz, kurvte auf den Parkplatz und hielt knirschend im Schneekies. Wie ein Wiesel war Schellenberg an der Wagentür und half der verdutzt dreinschauenden Charlot mit kessem Hütchen aus dem Fond.

»Mister Schellenberg, *I presume*«, modulierte sie kokett *British Oxford*, »sehr lieb von Ihnen, dass Sie mir diese reizenden Herren an den Perron gesandt haben.«

Einer der Angesprochenen, älteres Semester, trug der energisch in Richtung Seehaus Stöckelnden eiligst das Köfferchen hinterher, während sich Charlot bei Schellenberg einhakte. »Meine verwirrten Mitreisenden martern ihr Hirn wahrscheinlich immer noch, dank der dunklen Frage, mit welch gefährlicher Person – Spionin? Feindliche Agentin? – sie das Abteil teilten.«

»Dass Sie gleich von der Gestapo in Empfang genommen werden!«, lachte Walter Schellenberg. »Meine Mitarbeiter gelangen so selten an charmante Außendienst-Einsätze, dass sie dann vor Eifer ein wenig übers Ziel hinausschießen.«

Der Chef der Nachrichtendienste Ausland führte seine Beute durch die Flügeltür, die beiden Wachsoldaten schlugen die Hacken zusammen. Die graue Limousine mit SD-Kennzeichen rollte langsam vom Parkplatz.

Aus dem Innern des Seehauses ertönte immer häufiger dezenter Applaus, wenn auch kein aufbrausender Jubel. Er entsprach der lauwarmen Anerkennung durch die gehobene, selbstredend kulturbeflissene Münchener Gesellschaft.

Dann perlten die ersten Zuhörer hinaus in die Winterkühle. Zigarettenqualm stieg auf, vermischte sich mit dem Atemnebel. Das Personal des Ausflugslokals in einer Art Tracht, Lederwämser und Andeutungen von Dirndl, servierte Hausmarke auf silbernen Tabletts,

Photographen bauten ihre Stative auf. Am Einlass brandete Beifall auf, der Vortragsredner Otto Rahn trat an der Seite Himmlers und, leicht versetzt dahinter, Grete von Urbanitzkis ins Freie. Alle drei rissen den Arm hoch zum Hitlergruß. Quecksilber verpuffte im Blitzlichtgewitter. Das Bild erstarrte zu einzelnen Momentaufnahmen: die mürrische, wie von Mehltau belegte Miene des Reichsführers. Das erregte, überforderte Gesicht des Gralsforschers. Die sich entspannt gebende, ihren Triumph mühsam verbergende Wiener Journalistin.

Die Szene entspannte sich. Leute mit bereitgehaltenen Exemplaren des frisch erschienenen *Kreuzzug gegen den Gral* umdrängten den Autor, um eine Widmung zu ergattern. Max, der Chauffeur, hatte bereits die Tür zum Fond des blitzblank gewienerten Rolls aufgerissen, als plötzlich eine seltsame Unruhe über die Szene fiel, als hätte jemand unsichtbare Eiskristalle vom Turm geschüttet.

»Der Reichstag brennt!«

Kaum war der Ruf erstmals so laut geworden, dass keiner ihn überhören konnte, wich die Erstarrung, als hätte ein Wanderer seinen spitzen Stock mitten in den Nadelhaufen einer Kolonie von Waldameisen gestoßen.

»Die Roten und diese Juden!«, schallte es aus der Menge. »Hundsfott-Sozis! Liberales Gesindel!« Man bewarf sich mit allerlei bayerischen Kraftausdrücken. Heinrich Himmler wirkte inmitten der Empörung der bürgerlichen Gesellschaft wie ein Schulmeister, dem die Disziplin seiner Klasse zu entgleiten drohte. Heydrich und Schellenberg und die Genfer Zwillinge hatten sich abgesetzt. Vergnügt standen die vier oben auf der obersten Plattform der hölzernen Pagode und blickten auf die Menge hinab.

Himmler winkte seinen Stabschef Karl Wolff zu sich. Der begab sich schnurstracks zu Rahn, den die dicke Schlarb und Grete von Urbanitzki mit Beschlag belegt hatten. Der alte Weisthor stand tattrig neben sich und der Gruppe.

»Der Reichsführer steht bereit für ein Gespräch mit Ihnen, Volksgenosse Rahn!« Ungerührt schnarrte Karl Wolff seine Aufforderung, lediglich die begriffsstutzige Schlarb muckte auf.

»Wie: Jetzt? Etwa hier?!«

»Und unter vier Augen!«, sattelte das Wölfchen genüsslich drauf. »Er denkt an eine kleine Bootsfahrt.«

Die Urbanitzki reagierte auf der Stelle. Sie griff einem der auf dem Parkplatz herumstehenden Schupos an die Brusttasche, worin sich an einer Kordel die übliche Trillerpfeife befand. Hilfesuchend schaute der Ordnungshüter zum hochdekorierten Oberst Weisthor.

Der zuckte nur die Schultern. »Nau mochn's da Gnädigen holt de Freid! Blosn bittschä zwamol schön und fest ins Pfeiferl!«

Der tat's. Oben auf dem Turm blickten die beiden SS-Offiziere und die Zwillinge neugierig über die Brüstung.

»Wacheln gfälligst der Adi zua, Her Max!«, zog die Dame den Chauffeur herrisch in das Geschehen, nun ebenfalls in heimischen Dialekt verfallend: »Sie soi gfälligst gleih obakumma auf da Stö – oba schnö!«

Max fuhrwerkte gehorsam mit den Armen in der Luft herum. Die beiden Mädchen lachten. Rufen wollte er nicht. Geistesgegenwärtig ging er zum Rolls und betätigte die Hupe. Nicht umsonst hatte Adelheid Panchaud auf der Kolo eine militärische Ausbildung absolviert, denn sie hatte ihm, damals im Artiège, den erlernten Funkcode beigebracht.

›Addy sofort zum RFSS!‹, morste der Chauffeur.

Das kam an, auch wenn es so aussah, als hätte der Marine-Nachrichtenoffizier a. D. Reinhard Tristan Heydrich noch schneller verstanden, denn er salutierte prompt in Richtung Reichführer.

Sein erhobener Arm fand keinen Gegengruß. Himmler begab sich bereits mit Rahn und Wolff zum Steg. Die Urbanitzki nahm die hastig herabgehüpfte, aufgeregte Addy in Empfang. Aller Augen richteten sich jetzt auf das kesse Mädchen, das blitzschnell seine Kostümjacke abwarf. Schlagartig wurde es still in der Winterkälte, das spürte nun auch Addy deutlich. Genüsslich öffnete sie die obersten Knöpfe ihrer Seidenbluse, zog sie sich mit rascher Bewegung über den Kopf: Darunter kam ein ärmelloses Sporttrikot zum Vorschein, keusch weißgerippt, mit dem Schulwappen der Kolo quer über der

Brust. Die Bräunung ihrer kräftigen Arme kam geradezu provozierend zur Geltung, als Addy zum Bootssteg schritt und sich selbstbewusst vor Himmler und Rahn aufbaute. Sie reckte den Arm zum Hitlergruß, dann sprang sie als Erste in das auserwählte Boot und griff nach den Riemen.

»Können wir das der jungen Dame zumuten?«, wandte sich Himmler an seinen Stabschef, der auf den Planken kniete, um den Kahn in günstiger Position zum Einsteigen zu halten.

»Können wir, Herr Reichsführer!«, blaffte statt seiner der herbeigesprungene Heydrich, knapp wie ein Peitschenschlag.

»Aber eigentlich wäre das Pullen von Herrn Reichsführer und seines hohen Gastes meine Aufgabe ...«

»Schließlich reine Männersache!«, pflichtete Schellenberg seinem Freund Heydrich bei.

Himmler, bereits mit einem Bein im Boot, wandte sich zum knienden Stabschef: »Wenn ich *vier Augen* sage, meint das zugleich *vier Ohren* ...« Es war einer der seltenen Momente, in dem ein spitzbübisches Grinsen über des Reichsführers graue Miene glitt. »Die meines obersten Abhörchefs gehören ganz gewiss nicht dazu!«

Himmler zog das andere Bein nach und reichte Rahn die Hand, um ihm beim Einstiegen behilflich zu sein. Stabschef Wolff ließ das Boot fahren, das jetzt von Addy, allein im Heckteil, mit kräftigen Schlägen zur Mitte des Sees getrieben wurde. Die beiden Männer saßen, ihr den Rücken zuwendend, auf der Mittelbank. Am Ufersaum setzten sich mehrere Herren in Zivil in Trab, bemüht, mit dem Kahn auf gleicher Höhe zu bleiben.

Die Urbanitzki stand mit Charlot unweit des Steges und genoss, dass ihr Plan, Otto Rahn dem Reichsführer SS anzudienen, aufzugehen schien. Ihre Blicke folgten, wie die der meisten am Ufer, dem kleinen Boot in der Mitte des Sees.

Die Schlarb trat zu ihnen. »Das ist also die famose junge Dame aus Paris ...« Ihre Schweinsäuglein glitten wohlgefällig über Charlot, »... die Sie mir freundlicherweise für die Betreuung unseres guten Weisthors versprochen hatten?«

Reaktionsschnell zog die Wiener Journalistin das Heft des Handelns an sich. »Die in Aussicht gestellte Pflegekraft, Liebste, ist noch verhindert. Freunde in Paris kümmern sich!«

»Ich habe in Berlin, im Hotel Kaiserhof für Sie reserviert, Charlot!«, überraschte sie das Mädchen, das seinen Koffer noch bei sich führte. »Herr Schellenberg ...«, ging sie den Hinzugetretenen auffordernd an, »ist sicher so freundlich, für einen Wagen zum Bahnhof Sorge zu tragen und mir die Kosten für ein Zugbillet vorzustrecken!«

»Aber gern, Verehrteste!«, griff der SS-Mann den Ball auf und übernahm die überrumpelte Charlot.

TAGEBUCH

Ich stand wieder mit leeren Händen da. Kein einziges privates Wort hatte ich mit der Angebeteten wechseln können. Wie ein dummer Brummer auf dem Fänger klebte ich an meinem Rolls-Royce, als Chauffeur ausgewiesen durch die grausliche Tellermütze mit lackiertem Schirm! Warten, bis unser aller Otto von der Bootstour zurück war, um ihn dann, gemäß Anweisung meiner Herrschaft, dorthin zu verfrachten, wohin es dem Ränkespiel der Dame opportun deuchte. Der aufmunternde Blick, den mir Charlot bei ihrem überhasteten Abgang geschenkt hatte, blieb mir als tröstliches Souvenir. Wir alle waren nur Bälle auf diesem Billardtisch, nicht Queue, geschweige denn Spieler!

Oben im Turm, auf halber Höhe, vom Gebälk nahezu verborgen, die schwarze Figur Heydrichs, der sich dorthin zurückgezogen hatte. Er stand reglos und blickte auf uns herab. Ihm entging nichts.

Die Schwingen des Reichspostadlers

1933–1935

Abs: Adelheid Panchaud
z. Zt. Hotel Vier Jahreszeiten
München

An Frl.
Charlotte Rueggli-Panchaud
z. Zt. Hotel Kaiserhof
Berlin

den 1. März 1933

Als hätte ich es geahnt: Nachdem Max von ihr fortgeschickt wurde, um unverzüglich den lieben Otto Rahn heimzuschaffen in sein Domizil am Feldberg, als hätte das nicht noch eine Stunde warten können, bat ich Frau von Urbanitzki dringlich, mich zurück an meine Arbeitsstelle zu begleiten. Ich hoffte, ihr Erscheinen würde Lina Heydrichs Ärger über mein unentschuldigtes Verschwinden besänftigen. Frau von Urbanitzki ließ ein Taxi kommen. Doch kaum hatten wir das Gartentor der Villa in der Zuccalistraße erreicht, stob Lina wie eine Furie heran.
»Sie können das Gör gleich wieder mitnehmen, Frau von Urbanitzki!«, fegte sie die wesentlich Ältere an. »Ich bin nicht gewillt, derartige Disziplinlosigkeiten von hergelaufenen Ausländerinnen hinzunehmen: Nicht genehmigtes Sichentfernen vom Dienst!

Glatt strafbarer Tatbestand! Die Panchaud kann froh sein, dass ich ihr Vergehen nicht meinem Herrn Gatten zur Meldung bringe!»

»Das werde ich selbst besorgen!« Frau von Urbanitzki verzog keine Miene. »Inzwischen bedanke ich mich, speziell in meiner Eigenschaft als Österreicherin, für den liebenswürdigen Empfang.« Sie machte auf der Stelle kehrt. Dabei nahm sie mich unmissverständlich an die Hand, drehte sich mit dem schönsten falschen Lächeln, das Du Dir vorstellen kannst, noch einmal zu der Entgeisterten um. »Servus, babá!« Als würde sie sich leichthin von der besten Wiener Freundin verabschieden.

P.S. *den 2. März 1933*

Ich wohne jetzt bei ihr im noblen Hotel Vier Jahreszeiten in der Maximilianstraße, sogenanntes Chauffeur-Zimmer, oben unterm Dach, Blick in den Innenhof. In der Lobby trafen wir, auf dem Weg ins feine Restaurant Walterspiel, *den Schweizer Völkerbundkommissar Carl Jacob Burckhardt, der im Auftrag des Internationalen Roten Kreuzes in Deutschland weilt. Er lud uns zum Essen ein. Es gäbe Gerüchte, dass die Nazis begonnen hätten, politische Gegner und andere unliebsame Personen in improvisierten Lagern zusammenzupferchen. In Dachau, also ganz in der Nähe von München, soll bereits eine solche Einrichtung bestehen ... Dies, und vor allem ob die Zustände dort menschenwürdig seien, habe er zu überprüfen. Ich zeigte wohl Betroffenheit, worauf der furchtbar nette Mann mich fragte, ob ich nicht als seine Assistentin in den Dienst des* Croix Rouge *treten wolle? Als Schweizerin sei ich bestens dafür geeignet. Ehe ich irgendwas Törichtes entgegnen konnte, zog Frau von Urbanitzki wie eine Oberlehrerin die Situation an sich: Ich würde in Berlin erwartet, um meine Ausbildung als Kinderärztin an der Charité zu beginnen. Herr Burckhardt ließ es sich nicht verdrießen. Das sei doch ganz fabelhaft, und die vorgeschlagene Tätigkeit käme meiner medizinischen Karriere sicherlich recht vorteilhaft zustatten. Es endete damit, dass Frau von Urbanitzki mich auf mein Zimmer schickte, wie ein dummes Schulmädchen! Da ist noch nicht das letzte Wort gesprochen, mein liebes Schwesterherz.*

Charlot Rueggli-Panchaud
Hotel Kaiserhof
Berlin

Frau
Grete von Urbanitzki
Hotel Vier Jahreszeiten
München *den 17. März 1933*

Ich weiß gar nicht, wie ich Ihnen danken soll. »Empfangsdame« ist hier ein weiter Begriff. Ich bin ob meiner Fremdsprachenkenntnisse der Telephonzentrale zugeteilt worden. Gestern Abend spät hieß es: »Steno auf Suite Eins A!« Das sind die von der Parteispitze auf Dauer gebuchten Luxusappartements. Ich rannte hoch, der gesamte Flur wimmelte von Braunhemden. Vor der Doppeltür von Eins A gleich vier Schwerbewaffnete, Maschinenpistolen im Anschlag, Stahlhelm straff unterm Kinn festgezurrt. Ein hoher Bonze mit aufgerollten Hemdsärmeln schob mich durch die Tür, und ich stand plötzlich vor Adolf Hitler.
Ich war nicht einmal sonderlich verlegen, vergaß aber völlig, meinen Arm zum obligaten Heilsgruß zu heben. Gott sei Dank schenkte der Herr Führer meinem Fauxpas keinerlei Beachtung. Er unterbrach nicht einmal seinen Redefluss, einen ungebärdigen Strom von Totschlag und totaler Vernichtung! Die Blondbezopfte, deren Stelle ich einnahm, schob mir – jede Unterbrechung ängstlich vermeidend – ihren Block hin und schlich sich davon. Hastig übernahm ich.

Der Führer sprach rasend schnell, aber sehr deutlich prononcierend. Vielleicht verkrampfte ich, bald wurden mir die Finger wirklich klamm. Er bemerkte es, schob mir eine offene Konfektdose zu, dehnte sogar sein Staccato, um mir den raschen Griff zur süßen Stärkung zu ermöglichen. Ich wollte mich nicht lumpen lassen. Mit vollen Backen ließ ich den Stift über das Papier sausen. Der Führer schenkte mir ein Lächeln, nur kurz. Danach kam es zu keinem weiteren Blickkontakt. Block für Block füllte ich mit den abgehackten Kürzeln des Systems Stolze-Schrey, bis er abrupt ein »Danke!« knarzte und den Raum verließ.

P.S. *den 19. März 1933*

Otto Rahn ist in Berlin eingetroffen und im Kaiserhof abgestiegen. Ganz bescheiden, denn ich traf ihn im obersten Flur, wo die billigeren Zimmer liegen, deren Fenster nach hinten rausgehen. Er war in Begleitung des Herrn, der ihn schon nach München begleitet hatte. Die Begegnung war ihm sichtlich peinlich, zumal mich mein bordeauxfarbenes Kostüm als Hotelangestellte auswies. Laut Gästebuch handelt es sich bei seinem Begleiter um einen M. Raul Ferraud, Völkerbund, Genève.
Ich sah die beiden im Speisesaal wieder. Ihre bemüht unbefangene Heiterkeit erhielt jedoch einen Dämpfer. Schlagartig wurde es still im Saal, alles Gelächter erstarb wie gestreift von einem plötzlichen Eishauch: SD-Chef Reinhard Heydrich schritt schweigend durch die Reihen, gefolgt von Walter Schellenberg.

P.S.P.S.: Finde es übrigens völlig richtig, dass Sie meiner unbedachten Schwester Addy derartige »Studien-Ergänzung« im Dienste des Roten Kreuzes verwehren. Ich kann mir nicht vorstellen, dass besagte Herren der SS davon sonderlich erbaut wären.

Abs:
Max Wittacher
z. Zt. Centre for Scientific
Natural Medicine
Zürich

Madame
Grete von Urbanitzki
Hotel Kaiserhof
Berlin *den 20. März 1933*

Meine Mutter war überglücklich, ihren inzwischen fast erwachsenen Sohn wieder in die Arme zu schließen. Die Klinik des Dr. Bircher-Benner wirkte diesmal auf mich wie Der Zauberberg. *Als ich Beatrice meinen Eindruck mitteilte, geriet ihre Reaktion bitter.*
»Thomas Mann wird jedenfalls nicht in das Großdeutsche Reich zurückkehren, sondern wohl hier im Exil bleiben!«
Auch Karl Ernst Krafft machte meiner Mutter alsbald seine Aufwartung, als er von meinem Besuch vernommen hatte. Er beschwerte sich wortreich über C.G. Jung: »Gleichgültigkeit bis hin zur Grobheit, noch nicht einmal eine Empfangsbestätigung für drei oder vier Briefe mit Anlagen von interessantem, höchst wertvollem Inhalt!«
Offensichtlich ignoriert der berühmte Autor der Psychologie des Unbewussten *den eifrigen Erfinder der Typokosmie. Von mir wollte er wissen, ob ich ihm raten könne, ins neue Deutschland umzusiedeln. Konnte und wollte ich nicht!*
Dafür gab Krafft uns, Dr. Bircher-Benner war inzwischen auch dazu gestoßen, den jüngsten Streich des Standartenführers Reinhard Tristan Heydrich zum Besten: »Der deutschen Delegation, die zur Internationalen Abrüstungskonferenz nach Genf geschickt wurde, war Heydrich als »Sicherheitsexperte« zugeteilt worden. Das Tagungshotel hatte alle möglichen Flaggen der

Teilnehmerstaaten aufziehen lassen, aber die deutsche fehlte! Heydrich beschwerte sich bei der Direktion, die verwies ihn an den Chef der Delegation, die vom Auswärtigen Amt gestellt wurde. Dort ließ man ihn abblitzen. Heydrich besorgte sich über Schweizer Nazifreunde eine riesige Hakenkreuzfahne und hisste sie in einer Nacht-und-Nebel-Aktion auf dem Dachfirst des Nobelhotels. Skandal! Aufruhr! Der deutsche Gesandte schickte den Täter kurzerhand nach Hause, heim ins Reich.

P.S. *Ussat-Les-Bains, den 4. April 1933*

Irgendjemand muss mich verpetzt haben. Es flatterte der Gestellungsbefehl für mich, Max Wittacher, wohnhaft ebenda, ins Klinikum auf dem Züriberg. Mir war klar, dass ich irgendwann den eidgenössischen Rekrutendienst würde ableisten müssen. Aber bitte nicht jetzt! Erst mal musste ich den Rolls-Royce der gräflichen Garage zurückerstatten. Madame Antoinette de Rives hatte ein Einsehen. Sie wollte sowieso mal wieder nach Zürich kommen. Ich könnte dann als ihr Chauffeur die Grenze der Schweiz in Richtung Frankreich überqueren ... Die beste Chance, mein Loch als Murmeltier des Ariège wiederzugewinnen, um in der gebotenen Umsicht zu überlegen, welchen Gefahren ich meinen Pelz zukünftig aussetzen soll – und welchen lieber nicht.

P.S.P.S.: Ich habe total vergessen, Ihnen, Gnädigste, zu bestätigen, dass vor drei Wochen Otto Rahn von mir wohlbehalten wieder im Schwarzwald abgesetzt wurde.

Abs.
Charlot Panchaud
Hotel Kaiserhof
Berlin

Monsieur
Max Wittacher
c/o Schloss Poujol-Murat
Ussat-Les-Bains
Ariège / France *den 6. Juli 1934*

Bedenklich lange nichts von Max Le Marmotte gehört! Nicht einschlafen vor dem Loch!!! Das musste sich Otto Rahn in etwa auch gesagt haben, nur, dass er seit dem an der Führungsspitze der SA exerzierten Homosexuellen-Massaker von Bad Wiessee vor panischer Angst kaum noch Schlaf findet. Kettenrauchend geisterte er durch die oberen Flure. Dann forderte er seinen Freund Raul Ferraud auf, sich von ihm zu trennen. Schließlich zog er aus dem Hotel aus, angeblich ist er nun auf »Reisen zu Forschungszwecken«.
Überraschend ist Addy hier eingetroffen. Die dumme Kuh, ich kann es nicht anders ausdrücken, hatte sich hinter dem Rücken der etwas weiter vorausschauenden Grete doch dem Schweizer Rotkreuz-Kontrolleur angeschlossen und mit ihm das Lager Dachau besichtigt! Um ein Haar hätte man Addy gleich dabehalten, weil ihre Papiere nicht in Ordnung seien! Reinhard Tristan Heydrich soll sich sehr verärgert gezeigt haben. Walter Schellenberg musste sie raushauen. Mit ihm hängt sie jetzt in Berlin herum. Er hat ihr auch ein möbliertes Zimmer in einer Art Pension in der Giesebrechtstraße besorgt, bei einer gewissen Katharina Zammit. Alles kein rechter Umgang für meine kleine Schwester! Ich habe ihr geraten, schleunigst wieder in die Schweiz zurückzugehen, doch auf dem Ohr ist sie taub, schon aus Trotz. Bockig und grässlich eigensinnig!

Mir hat die fürsorgliche Grete angeboten, als Reise-Sekretärin für unseren Karl Ernst Krafft zu arbeiten. Ich denk nicht daran! Auch wenn ich es oft leid bin, hier als »Empfangsdame« tätig zu sein. Eine alleinstehende junge Frau, praktischerweise wohnhaft im gleichen Hotel, bringt viele Männer, leider auch Offiziere, auf falsche Gedanken. Vielleicht ziehe ich doch zu Addy, dann kann ich auch besser auf sie aufpassen …
Dir, mein schreibfaules Murmeltier, kann ich nur raten, stell Dich dem eidgenössischen Rekrutendienst, dann hast Du's hinter Dir!

Max Wittacher
Schloss Poujol-Murat
Ussat-Les-Bains, Ariège /
France

An die Zwillinge
Adelheid Panchaud und Charlotte Rueggli
Pension Giesebrechtstr. 11
Berlin *den 10. September 1935*

Bis in die letzten Tage dieses Sommers hinein hatte ich immer geträumt, ihr beide würdet plötzlich vor dem Schlosstor stehen, mit fabulösen Sonnenhüten und schweren Rucksäcken, um zusammen mit mir das wilde Ariège zu erkunden, wie einst Otto Rahn. Addy wird sich noch erinnern an das Hotel Les Marronniers, das langsam verfällt … Doch nun ist Herbst und ich will mich aufmachen, mein nichtsnutziges Dasein insofern zu ordnen, dass ich mich meinen Pflichten als Schweizer Bürger stellen werde. Madame de Rives, meine Gönnerin, hat Herrn Raul Ferraud gebeten, mich an der Genfer Grenze in Empfang zu nehmen und mich ohne Komplikationen der Schweizer Wehr als dienstwilliger Rekrut zu übergeben. Möglich, dass Gefängnis droht. Es kann sein, dass ihr also einige Zeit nichts von mir hören werdet. Euer Murmeltier wird es durchstehen müssen! Hoffe sehr, dass auch ihr in der Zwischenzeit nichts fatal Unsinniges anstellt, denn ich will euch gern frech und munter wiedersehen ...

II Das Fell

Olympia

1936

Hakenkreuzfahnen knatterten im Sommerwind. Unter den Linden war was los! Offene Autos, die Köpfe der Herrenfahrer unter flotten Panamas. Junge Mädchen in luftigen Kleidern und wehenden Seidenschals flanierten kichernd die vollbesetzten Cafés entlang. Droschken rollten im Schritttempo hart an der Bordkante, auf Suche nach Kundschaft ...

Paul Alexis Ladame, im hellen Staubmantel, den Borsalino tief in die Stirn gezogen, eilte zielstrebig quer über den Fahrdamm. Auf dem Trottoir drehte sich ein schmächtiger SS-Mann, die Uniform saß ihm nicht, nach dem eiligen Herrn um. Der erkannte ihn. Ein knatternder Lieferwagen konnte dem Tölpel gerade noch ausweichen, der mitten im Verkehr seinen Schlapphut vom Kopf riss und freudig schwenkte. Der SS-Mann vernahm verblüfft die vertraute Stimme: »Otto, *mon Dieu!* – Otto, was machst du da?!« Das Erstaunen galt nicht dem alten Freund, sondern dessen schwarzer Uniform.

»Das trägt heute ein Mann, der mit der Zeit geht!«, tönte die leicht verlegene, eher bekümmerte Antwort des Gralsforschers, kaum dass Ladame den Sprung aufs rettende Trottoir geschafft hatte. Sie umarmten sich.

»Übertreibst du da nicht ...?«

Rahn schaute absichernd in die Runde, bevor er Ladame mit sich zog. »Dienstkleidung«, entschuldigte er sich. »Bin für den Reichsführer persönlich tätig, als Ermittler ...« Er verfiel in verschwörerischen Flüsterton. »Ich fahnde nach seinen reinrassigen Vorfahren ...«

Ladame hielt inne, er grinste ungläubig. »Erzähl mir bitte nicht, dass dieser Obernazi seinen eigenen Ahnen misstraut?!«

Rahn zuckte zusammen. »Vor drei Jahren noch hätte sich niemand solche Gedanken gemacht ...« Er wirkte nachdenklich. »Jetzt verdächtigt jeder jeden!« Dann straffte sich seine Miene. »Der Reichsführer-SS Heinrich Himmler wünscht gewappnet zu sein!«

Paul Ladame runzelte die Stirn. »Find nur nichts Falsches, mein lieber Otto!«

Der liebe Otto zog ihn weiter mit sich.

»Himmler, Hiemalher«, sinnierte der Schlapphut, »nachgrad gibt's den Vorfahr Rebbe Schmul Himalayer, stand vielleicht einer Synagoge vor – und du Dackel Otto, tüchtiger Spürhund, verschwindest für immer in der Röhre!«

»Ach, was! Da ist nix!«, hatte der SS-Mann gerade seinem Weggefährten versichert, »kein einziger dunkler Fleck!« Sein anschließendes Verhalten strahlte aber alles andere als Sicherheit aus. Er packte unversehens Ladame am Revers und ging hinter ihm in Deckung. Paul Alexis' erstaunter Blick erfasste gerade noch die beiden jungen Damen, die sich fröhlich auf einer der Café-Terrassen von einem dicklichen Herrn verabschiedeten, eine vorbeirollende Droschke anhielten und entschwanden. Ausgerechnet zwei Wesen weiblichen Geschlechts sollten Otto Rahn zu dieser übertriebenen Vorsichtsmaßnahme verleitet haben?, wunderte sich Ladame, aber da hatte der beleibte Sugardaddy den abgetauchten Otto hinter seinem Schutzschild schon entdeckt.

»Ach du grüne Neune!«, stöhnte der in Uniform Ertappte. »Professor Alfred Schmid! Das muss ich mir nicht auch noch ...«

»Stell dich nicht so an!«, unterbrach ihn Paul Alexis Ladame und erwiderte die einladende Geste des Professors mit freundlichem Nicken. Dann schob er Otto Rahn vor sich her über den Asphalt des Fahrdamms, ohne verhindern zu können, dass der noch schnell seinem Unmut Luft machte: »Fette Boa Constrictor!«, zischte er gehässig Ladame über die Schulter zu. »Der Hauptstadt widerlichster Knutscher!«

»*Tant mieux!*«, grinste der Pariser. Er schüttelte die Hand des Dicken als Erster. Rahn salutierte mit unübersehbarem Hitlergruß und nahm steif an dem runden Blechtisch Platz.

Der Herr Professor orderte Getränke. »Schade«, wandte er sich dann an SS-Mann Rahn, »dass Sie die beiden Panchaud-Zwillinge verpasst haben: Addy hängt immer noch sehr an Ihnen und der wundersamen Zeit im Languedoc.«

»Tja!«, murmelte Rahn abweisend. Herr Alfred Schmid hielt sich, auf Französisch umschaltend, an Paul Alexis Ladame. »Gibt es einen Wunsch«, flötete er einladend, schon um Rahn eins auszuwischen, »den ich einem Vertreter der *Grande Nation* erfüllen könnte?!«

Paul Alexis Ladame besann sich nicht lange. »Ich würde für mein Leben gern mit dem Herrn Reichsführer, Monsieur Heinrich Himmler, in Kontakt treten!«, eröffnete er frei heraus. Was hatte er schon zu verlieren? Die Gestapo würde ihn schon nicht gleich hoppsnehmen. Der Herr Professor mochte eine Würgeschlange sein, aber er konnte ihn weiterbringen bei seiner Mission – im Gegensatz zu Otto Rahn. Der gab im Vergleich dazu höchstens ein weißes Kaninchen ab. »Meinen Sie, Professor, dass Himmler zum Astrologie-Kongress erscheint?«

»Keine Ahnung«, murmelte Otto Rahn, der gar nicht gefragt war.

»Eher nicht«, tat der Professor kund. »Das kann er sich nicht leisten.«

Paul Ladame lachte. »Dann kommt der Berg halt zum Propheten!« Er behielt sein Gegenüber listig im Blick. »Mein Vorschlag: Der Herr Reichsführer lädt den Kongress zu sich, zumindest einige ausgewählte Teilnehmer. Das könntest du doch anregen, Otto!?« Mit diesem Schlenker bezog er den Freund wieder mit ein in die Runde.

»Weiß nicht ...«, stotterte der Überrumpelte, »ob ich der Richtige ... Besser wäre doch Grete von Urbanitzki?!«

»Fabelhafte Idee!«, befand Alfred Schmid und ließ dabei offen, was er von dem Ganzen hielt. »Ich werd mal sehn, wie ich Ihren Griff nach den Sternen«, das war jetzt an Ladame gerichtet, »unterstützen kann: Der Reichsführer hat ein *faible* für klug Vorausschauende!«

Otto Rahn schnellte hoch, salutierte linkisch und legte seinem Freund die Hand auf die Schulter zum Zeichen, dass der sich verabschieden möge.

Paul Alexis schenkte dem Professor ein letztes Lächeln. »Ich sehe mein Anliegen in guten Händen!« Damit war der Auftrag seines Großmeisters, die *Polaires* mit der Spitze der SS ins Gespräch zu bringen, zwar noch nicht erfüllt; aber es war ein erster Schritt.

~

Auf einem Hügel, inmitten dunkler Fichten, erhob sich die Burg. Sie verströmte nicht den morbiden Charme wilhelminischer Ankersteinbaukästen, sondern dräute schwarzbemoost ins Land wie eine stillgelegte Heil- und Pflegeanstalt. Dem fabrikneuen Polizeibus, der eigens vom Gau bereitgestellt worden war, entstiegen die Teilnehmer des Kongresses, die sich an einer Besichtigung der ungewöhnlichen Burganlage interessiert gezeigt hatten. Ursprünglich hatte dem Büro von Frau Dr. Schlarb-Boeringer eine gezielte Auslese vorgeschwebt, aber der Andrang hielt sich in Grenzen. So hatte das Ahnenerbe wohl oder übel alle mitnehmen müssen, die in den Bus stiegen.

Einer der ersten, der auch gleich auf Grete von Urbanitzki zusteuerte, mit Schlapphut und wehendem Staubmantel, war Paul Alexis Ladame. Die Wiener Journalistin stand auf dem Parkplatz vor der Wewelsburg zusammen mit Hiltgund Schlarb und gab ihren Kommentar zu den aussteigenden Astrologen, die von der Chefin auf der Liste abgehakt wurden.

Paul Alexis Ladame wollte sich nicht gleich störend bemerkbar machen, also hielt er sich mit der angedachten stürmischen Begrüßung zurück.

»Baron Keun van Hoogerwoerd, Niederlande, innigste Verbindung zum Königshaus. – Louis de Wohl, Name falsch, Kerl falsch, ungarischer Exilant in London, übrigens ein Schüler des Barons ...«

Ladames Blicke wanderten von dem schmächtigen Keun mit Beziehungen zur Krone zu dem etwas aufgedunsenen Wahlbriten, von dem tatsächlich wenig Sympathisches ausging.

»Dane Rudhyar, USA, eine Koryphäe der Sterndeutung«, annoncierte die Wienerin schon den Nächsten aus der polyglotten Gesellschaft, die dem Bus entstieg, »hinter ihm sein nicht minder illustrer Kollege J. W. Tucker, Großbritannien, Spezialität Horoskope bedeutender Persönlichkeiten ...«

Ladame räusperte sich, vergebens.

»Und da kommt ja auch unser Otto Rahn ...« Die Schlarb schaute auf. Ihr Blick fiel auf Ladame, dem der in Uniform erschienene Gralsforscher verstohlen zugewinkt hatte.

»Wo bleibt eigentlich der explizite und essentielle Beitrag der Eidgenossen in Sachen Sprachgeist und Kosmogonie, vertreten durch Herrn Karl Ernst Krafft?«

»Fährt nicht mit dem Omnibus für jedermann!«, hämte die Schlarb.

»Krafft durch Dünkel!« Grete bewies schlagfertigen Witz.

Paul Alexis nahm sich ein Beispiel an ihrer Chuzpe und schob sich ins Bild, direkt vor die Schlarb. Grete von Urbanitzki sah sich gefordert. »Ah, lieber Ladame!«, flötete die Wienerin. »Gleich nach dem offiziellen Abschluss des Empfanges wird ...«, sie haschte nach einem einvernehmlichen Nicken der Schlarb, »... wird unser Oberst, also Brigadeführer Wiligut Weisthor, Sie dem Herrn Reichsführer vorstellen.«

In diesem Moment kurvte der gräfliche Poujol-Murat'sche Rolls auf den Parkplatz. Ihm entstieg linkisch, sich hastig nach allen Seiten verneigend, der überfällige Karl Ernst Krafft. Schleunigst gesellte er sich zu der Gruppe, die jetzt auf das Burgtor zuströmte. Mittlerweile war der livrierte Max aus dem Wagen gesprungen und half Madame de Rives aus dem Fond, was der zerstreute Krafft versäumt hatte. Antoinette de Rives machte ein paar Schritte auf das Empfangskomitee zu, neigte andeutungsweise ihr Haupt vor den Damen und tat kund, dass sie erst noch das Burggemäuer und das Land von oben besichtigen wolle.

»Ich liebe den Blick herab von den Zinnen!«, gab sie freimütig zum Besten, »Mesdames, wir sehen uns später!« Knapper Wink an Max, ihr zu folgen, und Madame verschwand über eine Seitentreppe in der Mauer.

»Typisch Schlossherrin!«, mokierte sich die Schlarb.

»Nur keinen Standesneid!«, wies Grete die Chefin zurecht.

Die wandte sich plötzlich an Ladame. »Um was geht es Ihnen eigentlich, dass Sie unbedingt den Herrn Reichsführer –?«

Der unerwartet Angesprochene zierte sich nicht lange. »Ich möchte ihm die Ideen unserer Bruderschaft vorstellen, die –«

»Also dieser *Polaires*?!«, unterbrach ihn die Schlarb, aber Paul Alexis ließ sich nicht aus dem Konzept bringen.

»Erreichen möchte ich, dass der Reichsführer unseren Großmeister empfängt –«

»Name?!«, schnappte die Chefsekretärin des Ahnenerbe unbeeindruckt.

Grete von Urbanitzki intervenierte. »Der tut doch nichts zur Sache« schirmte sie Paul Alexis Ladame ab, »*Le Grand Supérieur Inconnu!*«

TAGEBUCH

»Die Landschaft ist ebenso sinister wie dieser gesamte Bau!«, mäkelte Antoinette de Rives. Sie stand an der Brüstung des hoch aufragenden, runden Söllers der Wewelsburg und wandte den prüfenden Blick ihrem Chauffeur zu. Ich hockte missmutig zu ihren Füßen. Sie trat vor mich und ließ ihr Reisecape fallen. Dass ich mich prompt nach dem Kleidungsstück bückte, nutzte Antoinette, um den Träger ihres knöchellangen Musselingewandes zu lösen. Es flatterte direkt vor meinem Kopf. Und als ich mich aufrichtete, bekam ich die Hitze zu spüren, die vom nackten Fleisch der Schenkel Antoinettes ausging. Am fahlen Licht der Sonne konnte es kaum liegen, eher am schummrigen Dunkel, in dem die schlanken Beine unter der schwarzen *Jarretelle* verschwanden. Ich fühlte mich in die Enge getrieben. Halbherzig wehrte ich mich gegen diese Ausweitung meiner Dienstleistungen und wusste doch, dass es sinnlos war. Antoinette genoss es, die Situation durch offen zur Schau gestellte Schamlosigkeit zu verschärfen. Sie kniete sich, mir den sehnigen Rücken zuwendend, auf ihr am Boden liegendes Cape. Die Arme feierlich vorgestreckt, glitt sie in Zeitlupe – was auf ihre Willenskraft, aber auch auf ihren durchtrainierten Körper hinwies – in die Position einer ägyptischen Sphinx. Je mehr sich ihr Hinterteil aus der strammen Hülle schob, mir unerbittlich, fordernd, lockend entgegengestreckt, desto mehr schmolz mein anfänglicher Widerstand wie Wachs – nein, falsch, verhärtete er sich wie in kaltes Wasser gegossenes, glühendes Blei! Mein männlicher Stolz schwoll mir in der Hose, presste jedwelche Peinlichkeit zur Seite. Als hätte sie eine Pupille im Arsch, kam der erlösende, knappe Befehl: *»Your pants off!«* Und dann, nach versierter Pause: *»And take me right now!«* Ich hatte meinen Gürtel längst gelockert. Die Hose flutschte mir bis auf die Knöchel herab, ich riss den pochenden Steifen aus den Boxershorts und führte ihn fahrig tastend seinem dunklen Ziel entgegen. Blindlings stieß ich zu …

Wir vögelten unter freiem Himmel auf dem Altan der Wewelsburg, hoch über den Gewölben der heiligen Säulenhalle, die der Reichsführer Heinrich Himmler seiner SS als Hort, als geistigen Schwerpunkt des Schwarzen Ordens auserkoren hatte. Wir rammelten, ich voll berstender Geilheit, Madame mit revanchistischer Genugtuung über den Köpfen der Führungsspitzen der Staatssicherheit, der Gestapo und der Schutzstaffel des Reichsführers, seines Stabes und der als Gäste angekarrten Kongressteilnehmer. Ich machte meiner Herrin keine Schande, was ihr Verlangen nach lustvoll gefühlter Demütigung der SS-Spitze anbetraf – hatte mich doch Addy mit Fleiß im *faire l'amour* unterwiesen; und ihr folgend hatten die Mädchen des abgelegenen Pyrenäendorfes darin gewetteifert, mit den Polstern der Hinterbank des Rolls Bekanntschaft zu machen.

Nach einer Weile zügelte Madame die ungestüme Kavalkade

ihres Bereiters, vom gestreckten Galopp in scharfen Trab. Es bestand kaum ein Zweifel daran, dass weder mein Schwanz noch ihr Hintern der eigentliche Beweggrund der keuchenden Darbietung waren, sondern einzig die Verhöhnung des ihr verhassten Naziregimes. Eine Demonstration eigener Ohnmacht und Wut, vielleicht sinnlos, weil's keiner sah, in stiller Genugtuung genossen von Madame de Rives. Ganz in diesem Sinne gestattete sie mir noch eine letzte *ejaculatio*, verzichtete damit auf einen Orgasmus, der sich nicht hatte einstellen wollen: Man kann seinem Hirn etliches vorgaukeln, nicht aber der eigenen Klitoris.

»Das reicht!«, beschied die Sphinx ihrem Bock, sich langsam aufrichtend. Ich sah die Angelegenheit genauso wie Madame. Lehrreich war es auf jeden Fall, und die Befriedigung, die sich jetzt bei mir einstellte, verriet doch einiges über die genossene Lust.

»Max Wittacher«, sprach meine Herrin, während ich ihr wieder in ihr Musselingewand half. »Ich entlasse Sie aus meinen Diens-ten – oder, wenn sich das für Sie zu hart anhört, ich schicke Sie in Urlaub.«

Ich sah ihre Augen liebevoll, nahezu zärtlich auf mich gerichtet. Es überkam mich der Wunsch, sie zu küssen, doch sie hielt mich auf Abstand. »Genau genommen verändert sich nur Ihre Tätigkeit und der Ort, an dem Sie diese zukünftig ausüben werden.«

Für einen Augenblick fühlte ich mich wie erfroren, von Blitzeis überzogen. Ich vergaß sogar, die Knöpfe meiner Hose zu schließen. Doch dann dachte ich: Wenigstens redet sie mit mir. Für Überraschungen war die Dame immer gut. Ich ersparte mir ein Nicken.

»Ich will, dass Sie Ihr eigentliches Talent, die Gabe Ihrer magischen Hände nicht verplempern, sondern vervollkommnen.« Wenigstens hörte ich ihr jetzt aufmerksam zu. »Ich werde Ihnen ein profundes Studium der Physiotherapie ermöglichen, beim besten Medicus und Chiropraktiker unserer Tage, das ist der finnische Arzt Dr. Felix Kersten.«

»Das ist doch der Wunderheiler!? Der geheimnisumwitterte Finne betreut doch den Himmler!«

»Genau! Mit ihm werde ich alles Weitere ausmachen.« Antoinette de Rives hatte ihr Reisecape wieder übergeworfen und schritt energisch in Richtung Treppenabgang. Ich wollte ihr folgen, aber sie verwies es mir. »Max«, ermahnte sie mich gütlich, »unsere Wege trennen sich hier: Sie warten bitte beim Wagen.«

Ich zog, wenig einsichtig, die Schultern hoch. Das ließ Antoinette de Rives innehalten. »Max!« Ihre Augen ruhten nun streng auf mir. »Max, ich weiß, dass Sie gelegentlich Ihre Empfindungen, Ihre Erfahrungen als Tagebuch festhalten …«

Mir blieb nur, geständig zu nicken.

»Ich wünsche nicht …«, fuhr sie fort, »dass das soeben zwischen uns Geschehene …« – ich senkte wahrscheinlich errötend den Kopf –, »etwas sehr Schönes, das Schönste, das uns Menschen als Zeichen der Hinwendung gegeben ist …«, sagte sie mit rauchiger Stimme, in der viel Trauer mitschwang. Ihre hohe Gestalt straffte sich. »Ich wünsche nicht, dass dieses nun mal Geschehene Eingang in ein gewöhnliches Diarium hält.

»Kein Wort!«, schwor ich.

Sie nahm mich wieder fest in ihren Blick, diesmal glaubte ich ein Lächeln über ihr Gesicht huschen zu sehen.

»O doch!«, überraschte sie mich. »Aber in einer über das Durchschnittliche, Banale hinausgehenden, gehobenen Form!«

Ich musste Madame de Rives ziemlich verwirrt angestarrt haben.

»Form bedarf – außer Struktur – einer Hülle«, wies sie mich an. »Geheime Gedanken unter verhüllendem Mantel!«

Ich erlaubte mir, einverständig zu nicken. Dessen ungeachtet, fuhr sie fort: »Ein dieses Namens würdiges *journal secret* wird unter einer Codebezeichnung geführt –«

»Gern!«, stammelte ich erfreut. »Wie soll es –«

»Dein Erstaunen«, unterbrach sie mich, »gibt mir den Namen: STUPOR MUNDI, *das Staunen der Welt*, aber auch das erstaunende Verharren vor den Wundern dieser Welt!« Sie hielt inne, damit ich mitkommen konnte. »*Stupor Mundi* nannte man den genialen Enkel Barbarossas, den jungen Stauferkaiser Friedrich II.«

»Auch *puer Apuliae* genannt«, wusste ich endlich etwas beizusteuern.

Madame Antoinette lächelte nachsichtig. »*Stupor* allein wird schon genügen, Max«, befand die Dame abschließend. »Erweisen Sie sich als des Wortes würdiger Diener!«

Ich wagte keinen Widerspruch. Dabei hatte ich gehofft, wenigstens einen Blick auf den Reichsführer und seine illustren Gäste werfen zu dürfen, den berühmten Saal mit seinen zwölf ominösen Säulen zu Gesicht zu bekommen. *Pakt* nannten die Hausherren von der Stiftung Ahnenerbe die ihrem Arier-Kult geweihte hohe Halle …

~

Antoinette de Rives versuchte, jegliches Aufsehen zu vermeiden. Sie verdrückte sich hinter einer Säule in der letzten Reihe der aufgestellten Stühle. Heinrich Himmler thronte erhöht auf einem Podium, flankiert von Brigadeführer Wiligut Weisthor und dem Chef seines Stabes, Gruppenführer Wolff.

Der Reichsführer kam gerade zum Ende seiner Begrüßungsansprache, eine ausführliche Demonstration seiner Kenntnisse der Materie, mit der sich seine Gäste befassten.

»… dafür sprechen der Trigon-Aspekt, der mehr aussagt, als die Elevation eines einzelnen Planeten, meine Damen und Herren. Ich selbst folge – nach bedeutungsschweren Erfahrungen, die ich im Laufe meines Lebens machen musste, machen durfte – heute, das wird Sie, Meister des Faches *astrologia occulta,* nicht wundern, bei allen wesentlichen Entscheidungen, die ich zu treffen habe, den mir vertrauten Mond-Aspekten, jener dankbar erfahrenen Gunst *constellationis lunae*!«

Auf dem Podium trommelten Weisthors beringte Finger zaghaft Beifall. Himmler nahm einen Schluck Mineralwasser zu sich, das gab ihm den erforderlichen Auftrieb fürs Finale. »Das will und kann jedoch nicht heißen, werte Gäste, dass im Deutschen Reich das scharfe Verbot astrologischer Betätigung gelockert wird. Im Gegenteil:

Karl-Maria Wiligut! 2

Wir wollen und werden nicht dulden, dass außer der damit befassten, auserwählten Staatselite, sich irgendjemand nach eigenem Gutdünken mit Astrologie beschäftigt.«

Er räusperte sich missgelaunt, da er die abweisende Haltung seiner Zuhörer spürte, ließ sich's jedoch nicht verdrießen. »Das Wissen, die Lehre der Astrologie ist Herrschaftswissen. Es muss im nationalsozialistischen Staat ein *Privilegium singulorum* bleiben. Es ist nicht geeignet für die Masse des Volkes!«

Der Reichsführer verspürte keine Lust mehr fortzufahren. Er beließ es bei dem abrupten Ende.

Die Gäste waren einigermaßen perplex über die dargebotene Berg- und Talfahrt, die der Reichsführer mit ihren Hoffnungen, ihren heimlichen Wünschen und Empfindungen veranstaltet hatte. Höflicher Applaus setzte nur zögernd ein. Himmler wechselte wenige Worte mit seinem Stabschef, der zum sofortigen Aufbruch drängte.

Heinrich Himmler erhob sich mit einem Ruck wie ein Pfeil, der von der Bogensehne schnellt, und stürmte, gefolgt von Gruppenführer Wolff, aus dem Weiheraum, als wolle er unter allen Umständen vermeiden, noch eine Minute länger mit der zweifelhaften Gesellschaft zusammen gesehen zu werden.

Ladame hatte gerade mühsam Blickkontakt mit Weisthor, dem Vermittler, hergestellt, da saß dieser schon allein auf dem verwaisten Podium. Antoinette de Rives erging es nicht anders. Sie sah den bereits fest ins Auge gefassten Dr. Felix Kersten nur noch von hinten, wie er seinem Schutzbefohlenen hinterhereilte.

Die aufgewühlten Wogen des überhasteten Abgangs zu glätten fiel Grete von Urbanitzki zu. Allen voran galt es den enttäuschten Ladame zu trösten. Sie übergab ihn an Weisthor und wandte sich ihrer Sarkasmus versprühenden Freundin Antoinette zu.

»Der Schwarze Orden als berufener Hüter der Lehre von den fernen Sternen!«, höhnte die Rives.

»So wie sich unser Marschall der Lüfte um die Sterne auf seinen fetten Brüsten sorgt, kümmert sich unser Reichsheini um die astralen Aspekte seines Horoskops!«, gab die Wienerin gehässig flüsternd zurück. Wegen solcher Witzeleien konnte man schnell im KZ landen, Wiener Schmäh hin oder her. Rasch schaute sie sich um: Keiner außer Antoinette hatte es gehört.

Als Generalsekretärin der gastgebenden Stiftung versuchte Frau Dr. Hiltgund Schlarb-Boeringer die Veranstaltung wenigstens für ihr eigenes Ego zu retten, indem sie den Versuch unternahm, Sprachgeist Karl Ernst Krafft mit dem Gralsadepten Otto Rahn bekannt zu machen. Die beiden Herren deuteten durch leichtes Neigen des Kopfes an, dass man vom andern Notiz genommen hatte. Dabei beließen sie es. Sie waren sich einig darin, dass es besser sei, Distanz zu wahren, und verließen getrennt den Versammlungsort.

Chauffeur Max Wittacher lehnte vor sich hin dösend am Ersatzreifen des gräflichen Rolls-Royce. Wer wohl jetzt seinen Platz einnehmen würde?, fragte er sich. Da tauchte auch schon Himmler, gefolgt von Gruppenführer Wolff und dem ihm in Aussicht gestellten Lehrmeister Dr. Kersten, unter dem Spitzbogen des imposanten Burgtors auf. Sofort sprangen rings herum blubbernd die Motoren an. Als Erstes preschte ein Achtzylinder Mercedes vor, der *SS-1*. Zwei Begleitfahrzeuge setzten sich blitzschnell davor beziehungsweise dahinter, und schon stob die Kolonne Kies aufspritzend vom Parkplatz der Wewelsburg hinweg …

~

Das Olympiastadion war bis auf den letzten Platz besetzt. Einzelne kackbraune Flecken, wie Kuhfladen über eine blühende Almwiese verteilt, vermochten das farbenfrohe, sommerluftige Bild der Fähnchen schwenkenden Zuschauer auf den gewaltig ausladenden Tribünen nicht zu beeinträchtigen.

Leni Riefenstahl, die Regisseurin der Filmaufnahmen des Spektakels, stand eingekeilt zwischen den klobigen Blechkästen mit ihren riesigen Glupschaugen, Sklavin und genervte Herrin zugleich. Die zierliche Blondine musste jede Bewegung, jedes plötzliche Ereignis im weiten Stadionoval im Blickfeld ihrer schwenkbaren Kameras behalten und sofort darauf reagieren.

Vor der Ehrenloge des Führers drängten sich die Bonzen, stiernackige SA-Führer, ergraute Sportfunktionäre im schneeweißen oder marineblauen Blazer, mit Orden behangene Generäle der Wehrmacht und als stumme Wächter steif im Hintergrund die Mitglieder des Schwarzen Ordens vom Totenkopf.

Sportler schoben sich in langer Reihe zur traditionellen Ehrung in Richtung Führer. Adolf Hitler empfing, das gehörte sich, die Sieger der klassischen Läufe über hundert und zweihundert Meter. Beide Male hatten die deutschen Athleten das Nachsehen gehabt, haushoch gewonnen hatte Jesse Owens, USA – ein Neger! Der Führer drehte sich weg, verweigerte den Handschlag.

»Schnitt! Schnitt!«, fauchte Leni Riefenstahl ihren Chefkameramann an. »Wechseln Sie auf der Stelle die Kassette!« Dem leuchtete zwar der Beweggrund überhaupt nicht ein, leitete aber die Order pflichtschuldigst an den Materialassistenten weiter.

»Sie haften dafür, dass die Belichtete mir persönlich ausgehändigt wird!«, so die Order der Regisseurin an ihren Chefkameramann.

Der riss den Arm hoch zum Hitlergruß. Keiner lachte ...

Grete von Urbanitzki saß unweit des Zentrums nationalsozialistischer Prachtentfaltung und olympischen Lorbeers neben Dr. Hiltgund Schlarb-Boeringer, die diese begehrten Plätze ihrer Position bei Ahnenerbe verdankte. Wohlig sonnte sich die Dicke in solcher Nähe zu *Ganz-Oben*! Ihre flinken Schweinsäuglein achteten darauf, dass jeder von Wichtigkeit es gefälligst zur Kenntnis nahm.

»Da sitzt der Dr. Kersten!«, vermeldete sie stolz der Wienerin, doch die ging nicht darauf ein.

»Ist euer Herr Oberst denn nun bereit, jenen ominösen Großmeister mit dem Reichsführer ins Gespräch –?«

Genüsslich wimmelt die Schlarb sie ab. »Den Brigadeführer Wiligut Weisthor bekümmert sein gesundheitlicher Zustand: Jene Nichte, die für seine Pflege vorgesehen war, ist plötzlich unauffindbar!«

Was als spitze Nadel gedacht war, krümmte sich unter den Fingern der Wienerin zum Häkchen.

»Kennt er sie?!«

»Ich glaube, er hat sie nie gesehen –«

»Wie heißt sie denn?«

»Gabriele Dechend ...«

Die erfahrende Journalistin dachte für ihre Verhältnisse ziemlich lange nach. »Und wenn ich Ihnen, werte Freundin, eine Gabriele Dechend auf dem Silbertablett präsentiere?«

Die Reaktion der Schlarb ließ nicht lange auf sich warten. »Dann reiß ich selbst die Türen auf, im RSHA, im Allerheiligsten!« Sie geriet richtig in Fahrt. »Einen roten Teppich roll ich aus für Ihren geheimnisvollen *Grand Inconnu*! Wer steckt denn nun dahinter?«

Die Urbanitzki wich gewitzt aus. »Ich dachte an Adelheid Panchaud in der Rolle der Gabriele Dechend. Sie hat Erfahrung, als Praktikantin in der Charité, auch dank ihrer Ausbildung als Kinderärztin ...«

»Einverstanden! Muss aber unter uns bleiben!«

»Ich würde Schellenberg einweihen«, gab die Wienerin zu bedenken, »ehe unser Oberverdachtsschöpfer Unrat wittert.«

»Dann können Sie's dem Reini auch gleich selbst anvertrauen! Die beiden haben angeblich keine Geheimnisse voreinander!«

»Also«, resümierte die Urbanitzki. »Was das Treffen von Gaston de Mengel mit Reichsführer Himmler betrifft, kann ich auf Sie zählen?!«

»Können Sie!«

Die Macht der unsichtbaren Brüder

1937

Untersturmführer Otto Rahn schritt durch die langen, von Leuchtstoffröhren grell ausgeleuchteten Korridore der Prinz-Albrecht-Straße. Er war nicht als offizieller Gast ins Reichssicherheitshauptamt geladen, sondern einbestellt vom Chef des Stabes Reichsführer-SS, Gruppenführer Karl Wolff. So hatte er den Nebeneingang zu benutzen. Dort wurde er von zwei Wachsoldaten in Empfang genommen und durch die endlos verwinkelten Bürotrakte geführt.

Im Vorzimmer saß ein Mädchen auf der Bank. Addy! Rahn erkannte sie sofort, trotz der unkleidsamen BDM-Jacke. Er wollte sie begrüßen, aber sie sprang auf, schaute ihn kalt an, meldete: »Gabriele Dechend zu Diensten!«, und setzte sich wieder. Rahn wusste nicht, was er davon halten sollte, die Wachsoldaten schoben ihn weiter zu einer Tür, die auf Knopfdruck sich ruckartig öffnete.

»Untersturmführer Rahn zur Stelle!«

Der Schriftsteller und Höhlenforscher verharrte in strammer Haltung am Eingang des hellen Raumes mit Aussicht auf irgendeinen Park und hohe Tannen. Wolff stand am Fenster und schaute hinaus.

In respektvollem Abstand zu der schweren Schreibtischplatte kauerte der alte Oberst Karl Maria Wiligut in einem unbequemen Ledersessel, Himmlers Weisthor. Augenscheinlich fühlte er sich ebenso unwohl wie der herbeizitierte Untersturmführer.

»Der Reichsführer«, raunzte der Stabschef, ohne sich umzudrehen, »vermisst Bericht über den weiteren Verbleib des Grals.« Er räusperte sich, als er sich langsam umwandte. »Wurde er nun gefunden? Und wenn ja, wo wird er verborgen gehalten?«

Otto Rahn fand endlich seine Sprache wieder. »Der Gral? Der Gral ist kein Ding, das sich offen –«

»Wir sind in der Lage, sofort einen Trupp hinzuschicken, zwecks Bergung.« Gruppenführer Wolff konnte offensichtlich wenig mit der Sache anfangen. Otto Rahn erkannte die Vergeblichkeit, ihm seine Sichtweise auf das Mysterium zu vermitteln.

»Alles, was es dazu zu sagen gibt, habe ich in meinem neuen Buch niedergelegt.«

»Ah!«, meldete sich Weisthor zu Wort. »*Lucifers Hofgesind*? Da könnten wir sofort eine Besprechung im *Völkischen Beobachter* veranlassen, ganzseitig!«

Wolff zog das Verfahren wieder an sich. »Ich werde Reichsführer Bericht erstatten. Sie können gehen!«

Untersturmführer Rahn knallte die Hacken zusammen und zog sich zurück.

»Ich denke, er hat ihn nie gefunden«, murmelte Weisthor.

»Behalten Sie Ihre Meinung gefälligst für sich, Brigadeführer!« Wolff drückte auf einen Knopf unter der Schreibtischplatte, und »Gabriele Dechend« erschien, flankiert von den zwei Wachsoldaten, um den gebrechlichen Oberst bei seinem Abgang zu stützen.

STUPOR

April 1937

Das *Studio* des Dr. Felix Kersten befindet sich in einem aufwendig, mit viel Glas und heller Birke erweiterten Gartenhaus einer Gründerzeitvilla am Rande des Tiergartens. Vom *Romanischen Café* aus gut *per pedes* zu erreichen und auch bequem vom Hotel Kaiserhof oder der Prinz-Albrecht-Straße anzufahren. Das ist wichtig, denn dort sitzen die meisten der vom Doktor Betreuten.

Ich hatte lange nach der Adresse suchen müssen, bis ein unscheinbares Schild auf »Dr. Felix Kersten – Manuelle Therapie« hinwies.

Nun bin ich schon vier Monate sein Adlatus und habe das Gefühl, ich werde es nie und nimmer auch nur annähernd zu der Meisterschaft bringen, mit der mein Meister das wabbelige oder zu flechtiger Rinde verhärtete Gewebe derart traktiert, dass seine Patienten vor Pein lauthals jammern, um dann vor Wonne zu glucksen und dankbar zu quieken. Ich habe während der Behandlung nichts weiter zu tun, als halb neben, halb hinter ihm zu stehen und ihm die Fläschchen mit den Tinkturen und die Tiegel mit den Ölen und Salben anzureichen, möglichst so, dass ich nicht allzu störend ins Blickfeld der Kundschaft gerate. Bei vielen ist meine wie auch jede sonstige Anwesenheit unerwünscht. Es scheint mir in Wahrheit eine Frage der Eitelkeit, ob jemand es genießt, vor Zeugen zu leiden, oder ob er seine Erniedrigung vor fremden Augen lieber verbirgt.

Der fleischige Mops, der jetzt auf seiner Wampe liegend unter den Händen des Meisters wohlig stöhnte, als dieser mit den Knöcheln seiner geballten Faust genüsslich die Wirbelsäule vom Genick bis zur Arschfalte hinabrodelte, hatte nichts gegen meine Präsenz. Sein langgezogenes »Aaaah! Aahh!« klang wie eine Einladung an mich, an seiner Lust teilzuhaben. Dem schob der Meister sofort einen Riegel vor: Mit harten Fingerkuppen stieß er im Staccato dem Dicken zwischen die Rippen, dass der japsend nicht einmal mehr zum Schreien kam.

»Das ist *gun*, die äußerst effektvolle Abart des *yizhichantui*, eine der neuesten Methoden, die mich Doktor Ko lehrte, bevor er nach China zurückkehrte«, unterwies mich mein Meister, ohne sein Trommelfeuer auf den Rücken des Opfers zu unterbrechen. »Man muss sie beherrschen und bei der Anwendung größte Vorsicht walten lassen.« Der Dicke stellte sich jetzt tot, war aber ganz angstvolles Ohr. »Es soll im Geheimen Triaden geben, die mit solchen Knocks ihre Feinde ins Jenseits befördern.«

Bevor die Drohung dem Dicken den Angstschweiß in den Nacken trieb, lachte Dr. Kersten trocken auf und strich mit flachem Handballen das malträtierte Fleisch wieder glatt, ganz zärtlich. »Das war's für heute!« Er klatschte dem Fleischberg auf den Po. »Max, reich dem Herrn Professor sein Frottee.«

Ich tat's und durfte den leicht Schwankenden hinüber in den Umkleidesalon führen. Wenn seine Blicke sich zuvor noch unmissverständlich an meinen Arsch geheftet hatten, war ihnen jetzt jegliche Erotik abhandengekommen, als er mir, vor Erschöpfung zitternd, ein reichliches Trinkgeld in die Hand zu drücken versuchte. Ich schüttelte lächelnd den Kopf und rief ihm ein Taxi.

»Das war *Le Grand Forgeron,* der Leibcouturier unseres gewichtigen Reichsfeldmarschalls«, instruierte mich danach mein Meister. »Er genießt das Privileg, den zarten Leib des Ministers und Befehlshabers der Reichsluftwaffe mit prächtigen Uniformen maßgeschneidert zu bestücken!«

Ich versuchte, mir eine Ankleideprobe mit Hermann Göring vorzustellen. Es gelang mir nicht. Aber ich nahm die Gelegenheit wahr, Dr. Kersten einen seit langem unterdrückten Wunsch vorzutragen: »Ich weiß, Meister, dass Sie, jedesmal, wenn Sie in die Prinz-Albrecht-Straße geholt werden, dort vor allem –«

»Einzig und exklusiv!«, korrigierte er mich sofort.

»Dort also«, insistierte ich, »den Reichsführer-SS, Heinrich Himmler, behandeln –«

»Ich versuche heilend auf jemanden einzuwirken, der mit seinem Körper – was red ich! Also, falls deine Frage darauf abzielt, ob ich dich mitnehmen könnte, ist die Antwort: Nein!« Er registrierte, dass ich ob der Schroffheit verstört war. »Himmler ist undenkbar, und ansonsten hab ich im Reichssicherheitshauptamt keine Pflegefälle, darauf achtet der Reichsführer mit Argusaugen – eifersüchtig wie ein kleines Mädchen.« Felix Kersten verzog die harten Züge zur Clownsgrimasse. »... und weitere wünsch ich mir auch nicht!« Er wollte nicht, dass ich darüber traurig war. »Bevor ich '34 nach Berlin kam, praktizierte ich in Holland bei Hofe und kümmerte mich um Prinz Henrik, den Gemahl der Königin. Der betrachtete mich ebenfalls, bei aller freundschaftlichen Wertschätzung, als seinen Monopolbesitz.«

»Damit sind die Niederländer recht wohlhabend geworden«, tröstete ich meinen Meister und der lachte …

Gleich am Beginn des Kurfürstendamms, in Sichtweite des Zoologischen Gartens, befand sich die ehemalige Konditorei des Kaiserhofs, inzwischen als Romanisches Café zu Weltruhm gelangt. Der angesagte Künstler- und Intellektuellentreff war dessen mondänes *Bassin für Schwimmer*, ein intimes Gewölbe, dessen Tische stets und strikt als »reserviert« galten.

Im Hintergrund dudelte leise die Melodie von *Bei mir biste scheen …*, das dazugehörige Terzett war längst nach New York emigriert. An dem einzigen belegten Tisch saß, ausnahmsweise in altmodischer ziviler Tracht, der ehemalige k.u.k.-Oberst Karl Maria Wiligut mit seinem illustren Gast aus Frankreich, Gaston de Mengel.

Der Großmeister der *Polaires* – ob er nun identisch mit dem ominösen *Grand Supérieur Inconnu* war oder nicht, konnte im Vorfeld von der damit befassten Stiftung Ahnenerbe nicht geklärt werden – gab sich als gütige Ruhe ausstrahlender Bonhomme. Weiche Züge, randlose Brille, schütteres Haar, insgesamt eine freundliche Verbindlichkeit, sinnierte die als Gabriele D. anwesende Addy, er hatte wenig von der Aura eines Außergewöhnlichen, eines quasi Außer-irdischen der *Polaires*, dessen Auftritt in Berlin so bedeutend war, dass der Reichsführer persönlich auf einem Treffen bestanden hatte.

Das hässliche Kratzgeräusch einer zu hastig von der Schellackplatte gestoßenen Nadel, die heitere kleine Melodie im Hintergrund des Bassins verstummte mit einem Klagelaut. Vor dem Café waren zwei dunkle Limousinen vorgefahren. Die Herren, die heraussprangen und mit weitausgreifenden Schritten auf den Eingang zustiefelten, stellten die Spitze der SS dar: Reichsführer Heinrich Himmler höchstselbst, sein Stabschef Karl Wolff – und unbedeutend im Gefolge des

Begleitkommandos Untersturmführer Otto Rahn, der als Dolmetscher fungieren sollte.

Die Wachmannschaften sicherten die Drehtür von außen und innen, im Romanischen Café versiegten die Gespräche. Die drei Herren marschierten stracks zum Bassin für Schwimmer, Gaston de Mengel erhob sich, ebenso Weisthor, gestützt auf Gabriele D.

»Heil Hitler! Heil Hitler!«

»Heil Hitler!«

»Ewiges Heil dem Führer der Deutschen!«, sagte der Franzose freundlich, kaum merklich die Hand hebend.

»Die Juden sind an allem schuld!«, schnarrte Heinrich Himmler. »Sind wir uns da einig!?«

So einfach ließ sich Gaston de Mengel nicht überrollen. »Es liegt auf der Hand«, antwortete er mit Bedacht. »bedrohliche dunkle Kräfte sind hier international am Werke, zumal sie sich bereits weite Teile der Freimaurerei einverleibt haben.«

»Gewiss sind auch die Brüder gewisser okkulter Logen«, räumte der Reichsführer ein, »Teil dieser weltumschlingenden Verschwörung des Bösen«.

»Treiber sind sie!«, hetzte wider Erwarten der so bieder wirkende Franzose.

»Betrachten sich die *Polaires* denn nicht ...?«

»Wir sind die Eisbären auf treibender Scholle, die sich gegen das Schmelzen der heiligen Polkappen stemmen!«, kam de Mengel seinem Inquisitor zuvor. »Rettung ...«, warf er dem beeindruckten Himmler gleich noch einen Brocken vor, »Rettung kann nur von der letzten Bastion der Freien und Wissenden, von *Agartha* kommen.« Himmler war jetzt ganz Ohr. »Einzig von dem tapferen Agartha, verschanzt in den Tiefen des Himalaja-Gebirges ...«

Heinrich Himmler ließ sich zu einer resignierenden Handbewegung verleiten. Doch dann setzte sich sein Trotz durch. »Unserem angestrebten arischen Großreich droht die würgende Gefahr, die jüdische Krake, hier und jetzt, *hic et nunc*!«

Der Abgesandte der *Polaires*, bemüht, Zuversicht auszustrahlen:

»Vereint mit der angedeuteten Magie des nordischen Lichts wird der zukunftsweisende Orden eurer SS zweifellos die ihm gebührende Herrschaft erringen, Herr Reichsführer!«

Himmler sprang plötzlich auf, ohne erkennen zu lassen, ob er von dieser Aussicht überzeugt war oder gar überwältigt. »Ich danke Ihnen, Monsieur«, haspelte er mit bebender Stimme. »Wir werden uns wiedersehen! Heil Hitler!«

»Heil Hitler!«, riefen Gruppenführer Wolff und Untersturmführer Rahn im Chor und stürmten dem Reichsführer hinterher.

Lächelnd schaute Gaston de Mengel dem Pulk nach, bis auch der letzte Mann der Leibwache Hacken knallend das Romanische Café geräumt hatte.

»Paranoia galopante!«

»Lief doch *excellent, ma chère!«*, seufzte der alte Weisthor und tätschelte die Hand seiner Gabriele Dechend. Im Hintergrund des Bassins setzte leise wieder die Klarinette ein: *Bei mir biste scheen ...*

Gerade in dem Moment, als Gruppenführer Karl Wolff, Chef des persönlichen Stabes, beim Adjutanten der Wachstube »Gesprächsbedarf RF« angemeldet hatte, öffnete sich die Tür zum Allerheiligsten. Heraus trat Dr. Kersten, Himmlers Therapeut. Wolff begriff sofort, dass sein Vorgesetzter jetzt nicht *in personam* ansprechbar war. Der Reichsführer hatte es sich zur Gewohnheit gemacht, nach der Behandlung noch einige Zeit nackt in völliger Ruhe zu verharren, bevor er sich wieder ankleidete. Wolff kehrte in sein Dienstzimmer zurück. Es schrillte auf der direkten Leitung.

Der Reichsführer war am Apparat: »Rahn schon vorgeknöpft?!«

Wolff: »Lass ich noch ein wenig schmoren!«

»Besser wäre endlich eine erhellende Auskunft –«

»Ich dachte an das Verfilmungsangebot der Ufa –« Der Stabschef wusste nur zu gut, dass das Interesse des Reichsführers weder der staatlichen Film-Gesellschaft noch der Verfilmung des Romans *Der Kreuzzug gegen den Gral* galt. Himmler ging es allein darum, in den Besitz des wundersamen Grals zu gelangen. Sich ahnungslos gebend, fuhr Wolff fort: »Ein Drehbuchauftrag sollte – *conditio sine qua non* – Historie und Jetztzeit schlüssig verquickt verlangen.«

Der Reichsführer reagierte unwirsch: »Was bringt das?«

Wolff ließ sich nicht beirren. »Man könnte Untersturmführer Rahn einen Co-Autor zuführen, der ihn gezielt nach dem Verbleib des Grals ausfragt.«

»Wie Stabschef meinen! Ich ernenne hiermit Gruppenführer Karl Wolff zum Geheimen Führungsoffizier dieses Otto Rahn!«

»Ergebenste Rückfrage: Widerstand zwecklos?«

»Völlig richtig verstanden, Wölfchen!« Auch Himmler konnte bayerisch hinterfotzig sein. »Als psychologische Beihilfe: Anweisung an Schlarb, hundert Exemplare dieses *Hofgesinds Luzifers* über Konto Ahnenerbe ordern!«

»Verbindlichen Dank, Reichsführer! Werde berichten ...«

Es klopfte. Die Vorzimmerdame, eine im Dienst ergraute Führerin der BDM-Marine, meldete den Besuch des Leiters Dienste Ausland, Walter Schellenberg. Wolff zögerte kurz. Heydrichs Mann zum Zeugen zu machen war gar nicht schlecht. Er befahl, Otto Rahn herbeizuholen.

Karl Wolff war nicht gewillt, sich mit dem bockigen Gralsforscher lange herumzuärgern. Mit einer verschwörerischen Kinnbewegung bot er Schellenberg an, Platz zu nehmen.

Einige Minuten später stand der Gralsforscher in der Tür. »Untersturmführer Rahn meldet sich zum Rapport!«

»Rühren!«, knurrte der Stabschef, ließ Rahn aber stehen, wo er stand. Ohne Umschweife knallte er dem Untergebenen die leidige Angelegenheit vor die Stiefel. »Die Offerte der Ufa setzt die Hinzuziehung eines fachkundigen Mitarbeiters für die Erstellung des Drehbuches voraus. Vorschlag!?«

Darüber hatte sich Rahn bereits Gedanken gemacht. »Ich dachte an meinen Freund Paul Ladame, mit dem hab ich –«

»Ausländer!«

Rahn war sichtlich geknickt.

Wolff hieb in die Kerbe. »Doktor Goebbels empfiehlt Karl Ernst Krafft –«

Das war zwar glatt gelogen, aber dem ungeliebten Propagandaminister durchaus zuzutrauen.

»Krafft!«, empörte sich Rahn. »Der und fachkundig!«

Walter Schellenberg griff ein. »Im Übrigen sowieso Schweizer, und außerdem hat er gestern das Reichsgebiet verlassen in Richtung Brüssel, in Begleitung von Fräulein Charlotte Rueggli-Panchaud. Ziel angeblich der Verleger Theodore Chapellier!«

Wolff reagierte verärgert: »Ich werd's mir überlegen!« Und zu Rahn gewandt: »Wir lassen von uns hören.« Rahn schlug die Hacken zusammen und stürmte aufgebracht aus dem Büro.

Schellenberg ging auf das zufriedene Grinsen des Stabchefs nicht ein. »Egal, Wölfchen, welche personelle Lösung du erzwingen wirst, ich würd mir nicht zu viel davon versprechen: Den Gral, wie ihn sich der Reichsführer vorstellt, gibt es nicht!«

Gruppenführer Wolff griente. »Das habe ich noch nie gehört, Sir Walter!«

~

Im Kranzler, der gutbürgerlichen Konditorei mit angeschlossenem Café am Ku'damm, Ecke Joachimsthaler, herrschte Hochbetrieb. Grete von Urbanitzki schob sich durch die engstehenden Marmortische auf die an einem Tisch in der Ecke wartende Generalsekretärin der Stiftung Ahnenerbe zu. Unterm Arm hatte sie einen Stapel Manuskripte. Sie kam auch gleich zur Sache. »Ich habe jetzt die Fahnen dieser *Reise zu Europas guten Geistern* gelesen, so der irreführende Untertitel ...«

»Ah ja?«, war der knappe Kommentar, den sich Frau Dr. Schlarb-Boeringer entlocken ließ, was die Urbanitzki aber nicht aufhielt.

»Abgesehen davon, dass ich die geradezu hymnische Besprechung im *Völkischen Beobachter* nicht nachvollziehen kann –«

»Ich hab uns hundert Exemplare bestellt!«

»Rausgeschmissenes Geld!« Die Wiener Journalistin hatte Mühe, ihre Schadenfreude zu verbergen. »Ich weiß wirklich nicht, was in euren Untersturmführer Rahn gefahren ist. Von irgendwelchen brauchbaren Hinweisen auf den sagenhaften Schatz der Katharer keine Spur, nicht die geringste!«

»Es soll sich um Stücke aus dem Tresor des Tempels von Jerusalem handeln.« Die Chefin der Stiftung Ahnenerbe ließ ihr Fachwissen aufblitzen. »Von den siegreichen Römern aufs Capitol verbracht, dort von den Goten erobert und nach Okzitanien verschleppt –«

»Nach deren Untergang gilt er als verschollen!« Auch die Urbanitzki hatte sich kundig gemacht. »In der Folge bemächtigt sich der Mythos des Dinges, vermischt die heidnischen Überlieferungen mit dem christlichen Kelch –«

»Das Blut Christi als Zaubertrank!«, spottete die Schlarb.

»Euren Gralsforscher Otto Rahn muss der Teufel geritten haben. Unter uns gesagt: Das gesamte *Hofgesind* erscheint mir wie eine verkappte Abrechnung mit den Größen der SS: Himmler als Großinquisitor, und Luzifer, einstmals der »Licht-Bringer« und hier der satanische Bösewicht, kommt einem wie die Inkarnation Reinhard Heydrichs vor!«

Hiltgrund Schlarbs rosiges Gesicht wurde blass, ihre Schweinsäuglein verengten sich. »Sehen Sie das so?!«, fragte sie scharf.

Die Urbanitzki erschrak. »Nicht ich ... Böswillige könnten das so sehen!« Sie versuchte sich herauszuwinden, aber dazu war es zu spät.

»Ich will gern Ihre aufmerksame Beurteilung bei höherer Stelle zu Gehör bringen.« Die Augen Dr. Schlarb-Boeringers funkelten.

»Muss nicht sein ...«, murmelte die Journalistin betreten.

»Ich denke schon!« Genüsslich kostete die Chefin des Ahnenerbes ihren Triumph aus. »Und jetzt muss ich gehen!« Mit der ganzen Fülle ihrer Macht walzte sie sich durch die Stuhlreihen des Cafés. Die konsternierte Journalistin sah ihr noch hinterher, bis ihr unförmiger Corpus im Gewusel der Passanten auf dem Ku'damm untertauchte.

Es dauerte nur einige Tage, bis die Wiener Journalistin Grete von Urbanitzki eine »Einladung« vom Chef des Sicherheitsdienstes der

Deutschen Polizei, Reinhard Heydrich, persönlich erhielt. Sie wurde ihr auch nicht auf dem Dienstweg schriftlich in den Kaiserhof zugestellt, sondern von dem umgänglichen Walter Schellenberg mündlich überbracht. Eine offizielle Vorladung, ein Dokument, das eine Spur hinterlassen hätte, gab es nicht. Verweigern kam nicht infrage. Also fand sich die Journalistin mit klopfendem Herzen zum angegebenen Termin im Reichssicherheitshauptamt in der Prinz-Albrecht-Straße ein.

»Frau von Urbanitzki!?« Sie wurde an der Torwache bereits erwartet. Zwei junge SS-Männer eskortierten sie durch die Empfangshalle und über breite Treppen hinauf zu den Räumen, in denen Reinhard Heydrich residierte. Sie hätten auch den elektrischen Aufzug nehmen können, aber offensichtlich hatten sie Anweisung, den Gast mit den Insignien zur Schau gestellter Macht zu beeindrucken. Auf jedem Treppenabsatz, vor jeder Flügeltür standen bewaffnete SS-Männer mit Stahlhelm, die Maschinenpistole martialisch vor der Brust. Das wäre der einbestellten Journalistin alles entgangen in der sichtverkleideten, schnell gleitenden Kabine.

Im Vorzimmer hieß es, der Chef erwarte Frau von Urbanitzki im »Museum«. Also ging es wieder zu Fuß bergab, lange Korridore entlang. Die Treppen wurden steiler und enger, und die Zahl der schwarzen Wächter nahm zu. Sie waren in den berüchtigten Kellern der Prinz-Albrecht-Straße angekommen.

Das sogenannte Museum befand sich abseits, gleich hinter dem Fechtboden. Kaum dass die Tritte der Stiefel irgendein Geräusch hinterließen, alles schallgedämmt und indirekt beleuchtet. Hier war niemand mehr zu sehen und zu hören. Eine beunruhigende Stille.

Endlich zeigte sich das Phantom. Heydrich trat aus einer unscheinbaren Tapetentür, direkt hinter der verdutzten Grete. Ihr Gastgeber trug schneeweißen, enganliegenden Fechterdress und begrüßte sie mit beängstigender Freundlichkeit. »Meine Kapuzinergruft!«, scherzte er locker. »Sie können sich ganz wie daheim fühlen.« Die erschöpfte Wienerin empfand alles andere als traute Gefühle. »Wenn Sie mir bitte folgen wollen ...!«

Die beiden SS-Männer ihrer Eskorte blieben zurück, Heydrich übernahm die Führung. Eine schwere Stahltür, wie zu einem Banktresor, schwang lautlos auf – und sofort wieder zu, kaum dass sie den dahinter liegenden Raum betreten hatten. In Glasvitrinen waren seltsame Dinge ausgestellt. Es dauerte einen Moment, bis die Wiener Journalistin erkannte, um was es sich handelte: jüdische Kultgegenstände. Thorarollen, und jede Menge loser Mesusot, als gäb's diese kleinen Haustür-Amulette zu Haufen getürmt en gros! Desgleichen wirr zusammengewürfelt unzählige Kipas, Tallit und vor allem Tefillin, die ledernen Gebetsriemen. Dazu reiche Beute an schweren siebenarmigen Leuchtern aus purem Silber. Um derartige Mengen zusammenzuraffen, musste man schon mehr als ein paar Synagogen Berlins ausrauben.

Der Besucherin fröstelte, Heydrich strahlte wie ein Kind zur Weihnachtsbescherung. Er schritt weiter voran, die Beleuchtung geriet zunehmend düster. Einzelne Lichtflecken erhellten weitere Trophäen: Aufgeschlagene Seiten aus der Kabbala, altmodische Instrumente, darunter Astrolabien, Kompasse, Winkelmessgeräte aus gediegenem Messing, mit Ornamenten verzierte Amtsketten aus massivem Gold. Tiersymbolik, meist ägyptischer Anmutung, aber auch Hammer und Zirkel und vor allem der sechsstrahlige Stern waren in jedwelcher Ausführung im Angebot. Heydrich gab kein Wort der Erläuterung zu seiner grotesken Sammlung, und die Urbanitzki hütete sich, ihn darauf anzusprechen. Von der jüdischen Abteilung durch die Welt der Freimaurer führte sie der Weg nun in das diabolisch aufbereitete Reich der Katholischen Kirche. Nachgebaute Katakomben und Krypten quollen über vor Monstranzen und Kruzifixen, Abendmahlskelchen und Reliquienschatullen und dazwischen abgegriffene Heiligenfiguren. An den Wänden Votivtafeln, Ikonen auf Goldgrund, handgeschnitzte Krippen aus Elfenbein und kostbare Schreine, in denen zarte, mundgeblasene Ampullen mit ihrem dunkelflüssigen Inhalt dem Jüngsten Tag entgegendämmerten.

»Die Ecclesia der Geier übertrifft sie alle«, zischte der Hausherr der beklommenen Besucherin ins Ohr, »und sie erfrecht sich auch noch, offen herzuweisen, was ihre grausamen Krallen an blutigem Fang geschlagen!«

Die Gewölbedecke der Gänge, durch die sie nun schritten, wurde immer niedriger, das Licht immer spärlicher. Ultraviolette Birnen ließen phosphoreszierende Kapuzenträger aus dem Nichts aufscheinen. Glühende Pupillen starrten durch schwarze Schlitze auf Grete. Feurige Templerkreuze und eklige Drudenfüße, giftig gelbe Rosenblüten und erfrorene, blasse Lilien wechselten sich ab, schwammen geisterhaft ineinander über. Gesichter alter harter Männer mit bösen Augen sprangen Grete an, und es war nicht auszumachen, ob sie nun perfide Kabbalisten, verräterische Manichäer zeigten, verstoßene Häretiker oder erbarmungslose Inquisitoren.

Dann ging schlagartig das Licht aus, völliges Dunkel herrschte in der Tiefe des Reichssicherheitshauptamtes. Kurzschluss? Genickschuss?!, durchfuhr es die Journalistin. Sie spürte den Atem des berüchtigten SS-Gruppenführers hinter sich.

Die Sekunden tropften wie Ewigkeiten in der dumpfen Stille. Dann sprang eine Tür auf, und sie standen wieder in der kalten Helle des Fechtbodens.

»Verehrte gnä' Frau«, flötete Heydrich mit aller Liebenswürdigkeit, zu der er fähig war. »Nehmen Sie's als kleine Anregung, über den verderblichen Einfluss der alten Religionen und Geister nachzudenken, anstatt zu versuchen, als Feuilletonistin aus minderwertigem Geschreibsel die falschen Schlüsse zu ziehen.« Die hohe Stimme des schneeweiß gewandeten Fechters im Generalsrang geriet ins Tremolo. »Der Nationalsozialismus bezieht seinen neugeborenen Glauben aus der Zukunft einer Rasse der absoluten Reinheit!« Reinhard Tristan Heydrich deutete eine Verbeugung an. »Österreich kehrt sowieso heim ins Reich!«

Erbittert biss sich die Wienerin auf die Lippen.

Die beiden SS-Männer gesellten sich wieder zu Grete von Urbanitzki und geleiteten sie im Fahrstuhl nach oben, zurück ins *Pied-à-terre*.

Abs.
Max Wittacher
c/o Therapiestudio
Dr. Felix Kersten
Postamt Tiergarten/Postfach
Berlin

Madame
Antoinette de Rives
Château Poujol-Murat
Ussat-les-Bains
Ariège, France

Berlin, den 11. Juni 1937

Mit jedem Tag mehr, den ich hier arbeiten und vor allem lernen darf, wird mir bewusster, was Sie, Madame Antoinette für mich, meinen Lebensweg getan haben. Der Meister setzt jetzt bereits so viel Vertrauen in mich, dass ich ihn – außer bei seinen Obliegenheiten die NS-Spitze betreffend, sprich RF Heinrich Himmler – fast überallhin begleite. Wir fahren dann in seinem Adler Trumpf 1,7 AV, eine höchst altmodisch wirkende Kutsche, wenngleich das neueste Baujahr. Hier im Studio lässt mich Dr. Kersten – natürlich unter seinem diskreten, aber wachen Auge – auch schon mal selbst Hand anlegen. Der Meister zieht mich damit auf, seitdem ich als sein Physio-Assistent fungiere, hätten die Anfragen von jungen Damen stetig zugenommen, insbesondere von Bühne und Funk. Neulich suchte uns die Gattin von Minister Dr. Joseph Goebbels auf, frühere Ehefrau des Großindustriellen Quandt ... Sie ist immer noch eine recht attraktive Dame, die allerdings an Migräne und unter Verspannungen leidet – klagt sie jedenfalls. Eigentlich fällt das ja unter die Ärztliche Schweigepflicht, aber Ihnen muss ich es anvertrauen: Sie verlangte plötzlich, dass ich ihren Hals massiere! Sie habe von Heydrich gehört, dass ich dafür ein Händchen hätte. Mir war das Ansinnen der hohen Frau furchtbar peinlich, meinem Dr. Kersten nicht minder. Er scherzte verlegen: »Wenn das Ihr werter Herr Gatte wüsste, dass fremde Männerhände –«

Da unterbrach ihn Magda Goebbels spitz: »Gemessen an den Weiberärschen, auf die der Herr ...« In letzter Sekunde besann sie sich: »come non detto!« Sie lachte gequält.

Der Meister sagte mir dann, ich sollte den Vorfall tunlichst vergessen.

STUPOR

Juni 1937

Ich läute neben dem Messing-Türschild *Le Forgeron Couturier – Termine nur nach Vereinbarung* –

Mir, Max Wittacher, war dieses kostbare Rendezvous in der Knesebeckstraße, Ecke Savignyplatz quasi in den Schoß gefallen. Nicht, dass ich dem, außerhalb seines Ateliers, biedermännisch auftretenden Herrenschneider mit Professorentitel je den Griff in meinen Schritt gestattet hätte; aber der Gedanke an eine Verabredung hart am Rande der Rechtsordnung ließ sich nicht einfach so wegschieben. Mit gnadenloser Strenge galt im Deutschen Reich der Paragraph 175, und *Le Grand Forgeron,* bürgerlich der Schweizer Professor Dr. Alfred Schmid, war für jeden ersichtlich schwul, stockschwul! Das machte ich mir noch einmal klar, als der Türöffner summte und ich das herrschaftliche Treppenhaus des gediegenen Berliner Bürgerhauses betrat.

Das Atelier erstreckte sich über die gesamte Bel-Etage, und dar-über sollte sich der noch viel prächtigere private Wohntrakt des Uniformschneiders befinden. Er war der Mann, der als Einziger das Privileg genoss, den mächtigen Leib des Reichsmarschalls Göring in teures Tuch zu hüllen, ihn vorteilhaft auszustaffieren und pompös zu ummanteln. Auch die Schärpe und alles sonstige Gehänge unterlagen der Obhut seiner dekorierenden Hand, selbst das Platzieren der Orden und Sterne.

Das war auch der Grund, weswegen ich an ihn herangetreten war, nachdem er mir im Therapiestudio von Dr. Kersten unaufgefordert seine Visitenkarte zugeschoben hatte. Ich war es leid, vor der prominenten Kundschaft meines Meisters in einem schlecht sitzenden himmelblauen Kittel herumzulaufen, und wünschte mir eine passende Livree für einen Physio-Assistenten: Schneeweiß sollte sie sein, mit einer silbergewirkten Armbinde, die den Äskulapstab mit Kelch und Schlange zeigte. Ansonsten hatte ich keine genauere Vorstellung, was den Schnitt und die Anmutung des Kleidungsstücks betraf.

Das erledigte der Professor mit wenigen raschen Strichen. Mit Kohle skizzierte er auf Anhieb ein derart modisches Outfit, dass ich sofort in mich verliebt war. Er nahm Maß, daher der dezente Griff in meinen Schritt, und heute sollte meine erste Anprobe stattfinden.

Doch die Tür zum Atelier öffnete mir – Addy! Sie stattete gerade mit ihrem braven Galan und nützlichen Beschützer, dem einflussreichen SS-Mann Walter Schellenberg, dem »lieben Onkel Alfie« einen Besuch ab. »Überraschung!!«

Ziel der beiden war einzig und allein, den berühmt-berüchtigten *Schleichpfad der heimlichen Lüste* im zweiten Stock zu Gesicht zur bekommen. Das interessierte auch mich, und so stiegen wir – von Onkel Alfie losgeschickt, der sich angeblich die Mühsal ersparen wollte – die Wendeltreppe hinauf.

Einschmeichelnde Töne einer Panflöte empfingen den Besucher. Es erwartete uns ein mediterranes Kitschambiente mit wandfüllenden Fresken von lieblichen Buchten und tempelbestückten Hügeln samt Zypressen. Malerische Säulenstümpfe wechselten mit Balustraden aus Gips, unerwartete Ausblicke durch Rundbögen, Pergolen mit falschem Weinlaub vervollständigten den Traum. Eine kaschierte flache Badewanne, mit echtem Sand und Muscheln, gaukelte uns des Meeres Wellen vor, versteckte Duschköpfe versprühten sanfte Schauer in Lendenhöhe.

Spätestens hier war der Besucher angehalten, sich seiner Hosen zu entledigen, schon um sich nicht nass zu machen. Der praktische Walter ergriff einen der alabasternen Knaben, die den Pfad säumten, und schob ihn samt seiner dargebotenen Blöße als Schutzschild zwischen uns und Neptuns Gruß. Wir fanden uns eingekeilt zwischen Statuen göttlicher nackter Jünglinge, von Eros bis Apoll mit der Leier und Amor mit dem Pfeil. Vorsichtig wanden wir uns hindurch und standen plötzlich vor einer riesigen Bettstatt, einer Lustwiese in ockerfarbener Seide, voll verstreuter Rollen, Kissen und Puffs.

Hier erwartete uns hingestreckt der Herr des Hauses, in ein damastenes Cape gehüllt und offensichtlich nichts darunter, also praktisch nackt, das wabbelige Fleisch, wie ich es von der Kersten'schen Therapieliege her hinreichend kannte. Addy konnte ein giggelndes Kichern nicht unterdrücken. Aber der keineswegs überraschte Schellenberg nahm sich den Lebemann zur Brust, wenn auch nicht im wörtlichen Sinne, sondern mit Bedauern, oder sogar Mitleid in der Stimme.

»Mein lieber Herr Professor Schmid!« Schellenberg legte Wert darauf, sich von seinen SS-Kollegen klar abzusetzen, außerdem hatte er Humor. »Wenn nur einer dieser unbekleideten Pappkameraden da draußen Sie verpfeift und es kommt zu einer Razzia, dann sind Sie dran – auch ohne *in flagranti* erwischt zu werden! Und keiner sagt zu Ihren Gunsten aus.«

Der gute Walter rührte Addys Herz. »Bitte, Onkel Alfie!«, legte sie sich ins Zeug. »Lass dir was einfallen, bevor sie dich erwischen!«

»Ja ja«, räumte *Le Grand Forgeron* ein – eher kleinmütig als kleinlaut. »Eine Frau sollte her!« Ein scheppterndes Lachen, es hatte etwas von einem meckernden Ziegenbock »Eine, die glaubhaft die Dame des Hauses geben kann!«

»Grete! Tante Grete!«, schlug Addy vor, und jetzt lachten wir alle drei, wie befreit.

Das mit meiner Anprobe hatte sich für den heutigen Tag erledigt. Die kreative Stimmung des Professors war verflogen …

Achsen und Pole

1937/1938

Charlot Rueggli-Panchaud
Hotel Metropole
Place de Brouckère
Bruxelles, Belgium

An Herrn
Max Wittacher
c/o Dr. Felix Kersten
Studio für Manuelle Therapie
Postamt Berlin – Tiergarten / Postfach

Brüssel, den 18. September 1937

Nun sind wir, ein echt überkandideltes Reisepärchen, endlich in Brüssel eingetroffen, wo Monsieur Krafft seinem Verleger die Leviten zu lesen vorhat. Es geht um das Traité*, seinen großen Wurf! Wie stets stellte Monsieur an der Hotelrezeption als Erstes klar, dass wir auf ein Doppelzimmer keinen Wert legen, obgleich die Concierges zu verstehen gaben, dass sie in unserem Fall (unverheiratet) auch ein Auge zudrücken würden. Ich glaube, er fürchtet panisch die Eifersucht Annas, seiner* fiancée *aus Utrecht. Grund dazu besteht nicht der geringste, obgleich er mich wie ein Cavalier der Alten Schule traktiert, er trägt meinen Koffer,*

reißt Türen vor mir auf und rückt im Speisesaal meinen Stuhl zurecht, bevor ich mich setzen darf.
Vor unserer Abreise aus Zürich war ihm das Glück beschieden, nun doch von dem berühmten C.G. Jung empfangen zu werden. Ich musste die Reise nach Küssnacht gemeinsam mit ihm unternehmen, damit jemand der Welt Zeugnis ablegen könnte, dass die Begegnung zwischen dem genialen Entdecker der Kosmogonie *und dem Erfasser der* Seelenprobleme der Gegenwart, *kongenial dargestellt in* Zivilisation im Übergang, *tatsächlich stattgefunden hat. Allerdings durfte ich als Person nicht in Erscheinung treten, sondern hatte in sicherer Entfernung versteckt zu warten. Um ein Haar hätte ich den historischen Augenblick verpasst, als der große C.G. Jung den Kosmobiologen Krafft bis zur Gartenpforte begleitete und augenscheinlich herzlich verabschiedete – und vielleicht insgeheim zum Teufel wünschte.*
Auch sein Briefwechsel mit dem Grafen Keyserling, Begründer der Schule der Weisheit *in Darmstadt, verärgerte Krafft zunehmend, erboste ihn schlussendlich derart, dass er dessen Antwortschreiben stumm vor Wut zerknüllte und in den Abfalleimer warf. Ich habe es dann, einen Tag später, herausgeklaubt, geglättet und schick es jetzt Dir »Zu Deinen gerühmten magischen Händen«, damit dieses Zeugnis Europäischen Geisteslebens der Nachwelt erhalten bleibt – (s. Anlage).*

Hermann Graf Keyserling
Mathildenhöhe
Darmstadt (Hessen)
Deutsches Reich

Herrn Karl Ernst Krafft
Per Adr. Kaufhaus GLOBUS
Zürich, Confederatio Helvetica *Im Juni 1937*

Werter Herr! Ich habe den starken Eindruck, dass Sie die Dinge zwingen *wollen. Sie sollten sich mit dogmatischen Behauptungen über Dinge, die sich nicht nachweisen lassen, zurückhalten, bis Sie, unabhängig von jeglicher Tradition, wirkliche Erleuchtung erfahren, wie sie im höchsten Grade Buddha zuteil wurde.*
Ich bin davon überzeugt, dass Ihre Ansichten über den Sprachgeist pure Phantastereien sind. Und ich bezweifle, dass siebzig Prozent Ihrer typokosmischen Versprechungen irgendeinen Wert haben ... Ich beschwöre Sie, werfen Sie all Ihre Papiere innerlich in den Papierkorb, schreiben Sie dann Ihr französisches Buch und lassen sie darin all Ihre astrologischen Ideen weg. Es ist nicht im Mindesten gewiss, dass irgendeine astrologische oder theosophische Idee auch nur den geringsten Wahrheitsgehalt aufweist. Achtzig Prozent Ihres Aufsatzes, den Sie mir schickten, beruhen auf ungeklärten Begrifflichkeiten ...

Gaston de Mengel, der Abgesandte der *Polaires*, saß vor dem Büro des Stabs Reichsführer-SS. Vom Reichsführer, der ihn zu diesem neuerlichen Treffen gebeten hatte, keine Spur, nicht einmal der Stabschef Gruppenführer Karl Wolff ließ sich blicken. Lediglich Otto Rahn hielt sich im Vorzimmer als Dolmetscher bereit.

Die Türen waren ledergepolstert, so konnte Gaston de Mengel nicht hören, was wenige Zimmer weiter gesprochen wurde. Heinrich Himmler lag in seinem *Cabinet* auf der eigens angeschafften Therapieliege und wurde von Dr. Kersten durchgeknetet. Durch die einen Spalt offen stehende Verbindungstür vernahm der harrende Stabschef die gestöhnten Anweisungen:

»Sie müssen mir den heute vom Hals halten, Wölfchen, lassen Sie sich so viel wie möglich schriftlich geben ... und vermeiden Sie Zusagen unsererseits ... Stellen Sie auch bloß nichts ... in Aussicht, wir müssen erst alle ... alle Angaben gründlich prüfen! Verstanden?!«

»Jawoll, Reichsführer!«

Im Stabsbüro war inzwischen unvorhergesehen Gruppenführer Reinhard Heydrich aufgetaucht. Er knallte dem verdutzten de Mengel ein broschiertes Büchlein auf die Tischplatte. *Maurice Magre* stand darauf: *La clef des choses cachées.*

»Und worüber schreibt dieser ... Ihr Bruder im Geiste?!«

Otto Rahn war der Schreck in die Glieder gefahren, als er den Namen des Autors las: Das war doch der einfühlsame Wissenschaftler, der ihn damals in Paris auf den Montségur und die Katharer aufmerksam gemacht hatte, der ihm die mysteriöse Geschichte, die angeblich unzweifelhaften Belege über die Reise des Joseph von Arimathia offenbart hatte, die Figur der Maria von Magdala, Mutter der Kinder Jesu ... Die Spur endete für Maurice Magre im Herzen des damals noch römisch besetzten Okzitanien. Es war dieser begnadete Schriftsteller gewesen, der ihn, Otto Rahn, damals zu seinen Forschungen veranlasst hatte, und nun bellte dieser grässliche Heydrich den illustren *Polaire* an. »Soll ich Ihnen mal den Index vorlesen, an den sich dieser Verräter schändlich hält?!«

De Mengel schaute über den Tisch hinweg durch das hohe Fenster in den Park und auf die Tannen.

»*Die Weisheit der Druiden – Das Hakenkreuz* ... Was bildet sich der Kerl ein, es kann doch nicht jeder Schmierfink –« Heydrich besann sich auf die Figur, die er hier abzugeben gewillt war. Er fuhr dennoch mit erregter Stimme fort. »*Die Legende vom Graaal*«. Die Art der Aussprache ließ Otto Rahn an einen Hetzhund denken, der mit tropfenden Lefzen seine Beute ins Visier nahm.

»*Das Geheimnis des Tarot – Die Bundeslade der Juden*«, geiferte der Zögling des Großinquisitors Himmler, »*Die Mission der Zigeuner*« Heydrich ließ sich nicht stoppen, nicht einmal von sich selbst. »*Die Wunder des Buddha und des Jesus von Nazareth.*« Jeder Titel wie eine MP-Salve, wie ein Peitschenknall.

»Da fehlt nicht mehr viel zur Gesamtschau der Menschheitsgeschichte!«, warf Gaston de Mengel mit sanfter Stimme dazwischen. Rahn schickte sich an zu übersetzen, was Heydrich sofort mit brüsker Geste zurückwies.

»*Wir* fehlen, Monsieur de Mengel! Es fehlt das Wichtigste:

Der heroische Kampf des Nationalsozialismus unter unserem Führer Adolf Hitler. Der Siegeszug der arischen Rasse!«

Da stürzte Stabschef Wolff in sein Büro, alarmiert von dem Gegeifer. Mit einem Blick übersah er die Lage und knurrte trocken: »Etwas weniger Phon, meine Herren!« Das war durchaus verbindlich, enthielt sich aber jeder Schuldzuweisung. Doch Gruppenführer Heydrich verspürte keine Lust, sich mit dem ranggleichen Kollegen Wolff auseinanderzusetzen – ihm seine weitaus leidenschaftlichere Sicht der Dinge vorzutragen.

»Heil Hitler!«, grollte Heydrich im Abgehen.

»Un peu exagéré …!«, zischte der *Polaire* dem verhinderten Dolmetscher zu, nachdem Wolff eigenhändig die Tür hinter dem unleidlichen Rivalen ins Schloss gedrückt hatte. Der im Rang mit Heydrich gleich hoch gestellte Stabschef konnte sich über die Ausbrüche des Herrn Kameraden nur wundern.

Mit dem völkischen Geschwurbel, der unausgegorenen Mythensuppe, die der Thule-Kreis geschlürft hatte, um den Brei in die Hälse, die begierig aufgerissenen Münder der kaum flüggen, jungen Bewegung zu würgen – mit all dem hatte der aus gehobenem Haller Bildungsbürgertum stammende Heydrich genauso wenig am Hut wie er, Karl Wolff, der ja ebenfalls eine Familie von angesehenen Darmstädter Juristen hinter sich wusste. Ganz im Gegensatz zum Reichsführer, der seine akademische Ausbildung über Bord geworfen hatte, um sich mit Leib und Seele in die germanische Ursuppe zu stürzen, aus der die Bewegung der National-Sozialisten hervorgegangen war.

Karl Wolff war Pragmatiker, achtete peinlich darauf, dass seine Linientreue von niemandem in Zweifel gezogen wurde. Was aber trieb Reinhard Tristan Heydrich dazu, sich für abstruse, obskure Welten ins Zeug zu schmeißen?! War es Unsicherheit? Waren es Zweifel, die einen jeden befallen konnten, der die Macht als seinen obersten Götzen sah!? War es die totale Gleichgültigkeit gegenüber den Methoden, die dieser Götze als Dienst einforderte? Absolute, erbarmungslose Härte gegenüber den Opfern auf diesem schwarzen, mit Sieg-Runen und Hakenkreuzen geschmückten Altar! »Führer befiehl, wir folgen dir!« So liebte es SS-Gruppenführer Reinhard Tristan Heydrich.

Abs.
Karl Ernst Krafft
Per Adr. Kaufhaus GLOBUS
Zürich

Freifrau
Grete von Urbanitzki
Hotel Kaiserhof
Berlin

Zürich, den 6. Juni 1937

Ich bin zu Besuch bei Mme Beatrice Neuner, der leidgeprüften Mutter von dem Tunichtgut Max Wittacher. Sie arbeitet immer noch als Diätberaterin im Centre for Scientific Natural Medicine *des Dr. Maximilian Bircher-Benner, der gerade unverständlicherweise eine Berufung als Professor an das Rudolf-Heß-Krankenhaus, Berlin, abgelehnt hat.*
Eingeladen hat mich sein Sohn, Dr. Franklin Bircher-Benner, um den rumänischen Diplomaten Virgil Tilea kennenzulernen, dessen Frau sich hier einer Behandlung unterzieht. Mein erster Eindruck war: Er mochte mich nicht! So machte ich ihm das Angebot, sein Horoskop zu erstellen. Erstaunlicherweise griff er sofort zu.

Wie mich Mme Beatrice Neuner wissen ließ, war der eitle Rumäne dann recht perplex, als ich ihm Details aus seinem Vorleben offenbarte, die ich eigentlich nicht wissen konnte. Jetzt will er mich wiedersehen.

Wirklich verärgert, nein wütend, bin ich auf die angeblich wissenschaftliche Leitung des Observatoriums der Universität Zürich! Ich hatte ihnen eine sehr fundierte, mit der Sorgfalt eines Sachkundigen erstellte Studie über Die Periodizität von Sonnenflecken unter dem zwingenden Einfluss planetarer Konstellationen *eingereicht. Schon die Art, wie der Herr Direktor meine Arbeit entgegennahm, empfand ich als verletzend: Wenn man Zeit habe, würde er einen Mitarbeiter mit der Begutachtung beauftragen. Frechheit! Sie wurde nur noch übertroffen von dem Schnösel, allenfalls 3. Semester, der sie mir nach zwei Wochen mit spitzen Fingern zurückerstattete: »Viele Leute (sic!) haben sich schon vergeblich bemüht, das Rätsel dieser Periodizitäten zu lösen. Ich kann nicht erkennen, dass Sie, Herr Krafft, die Nuss geknackt haben!«*
Bande von bornierten Schweizer Dumpfschädeln!
Mit aller mir innewohnenden Energie, ja, ja, mein Uranus! – stürze ich mich auf die Fertigstellung meines Traité *mit dem – auch für Hohlköpfe unmissverständlichen Titel:* De l'Astrologie par la Cosmobiologie à la Typocosmie, *auf das mein Verleger Chapellier in Brüssel schon sehnsüchtig wartet ...*

Abs. Adelheid Panchaud
c/o Pension Zammit
Giesebrechtstr. 11
Berlin-Charlottenburg

Mlle
Charlot Rueggli-Panchaud
Hotel Metropole
Place de Brouckère
Bruxelles, Belgium — *Berlin, den 23. Juni 1937*

Mir klopft das Herz immer noch bis zum Halse. Wir waren rausgefahren zu den Müggelbergen bei Köpenick. Wir, das sind Grete von Urbanitzki, meine pflegerische Wenigkeit Gabriele Dechend, die ihren freien Tag nehmen durfte, und unser – Dein lieber Maxe, dem der Dr. Kersten sogar seine Limousine geliehen hatte, einen sehr gediegenen Adler Trumpf.
»Berge« ist vielleicht etwas übertrieben, der höchste Gipfel misst gerade mal 114,7 Meter über Meereshöhe Ostsee. Die Jugend lässt mit Stroh umwickelte brennende Räder den Hügel hinabrollen, bevorzugt durch die Rodelrinne der (im Winter, wenn es schneit!) sehr beliebten »Todesbahn«. Oft knallen sie dann hüpfend mit voller Wucht gegen die sie überspannende, niedrige Holzbrücke, was jedesmal die alles überwachenden Schupos zornig werden lässt. »Ischt S'Huregaudi!«, wie man in der Schwyz so sägget! Max muss bei dem wilden Treiben natürlich dabei sein, mittendrin!
Grete, die immer gern alles im Auge hat, entdeckt den Herrn Professor Alfred Schmid, der sich bei den jungen Burschen zu schaffen macht, die – immer zu zweit – durch die lodernden Flammen eines Holzstoßes springen. Le Grand Forgeron hat eine Leica vor der Brust baumeln und animiert die Knaben zu immer kühneren Sprüngen, überredet sie, mit nackten Oberkörpern ihren Mut, ihre männliche Kraft zu beweisen. Ich befürchte, der

leichtsinnige Couturier wird als Nächstes darauf aus sein, dass die braven Burschen sich auch noch ihrer kurzen Hosen entledigen. Also saus ich los, dem »Onkel Alfie« direkt vor die Linse. »Mach sofort ein Photo von mir!«, verlange ich Störenfried und greif mir den Nächstbesten und zerre ihn zum prasselnden Feuer. Wir springen wie die Wilden, der Photographierer kann uns nicht entkommen, denn zielsicher lande ich jedes Mal vor seiner Brust, wenn er sich von uns abwenden will. Bevor mein Partner, der nichts begriff, aber jedesmal den Versuch unternahm, mir an die Möpse zu gehen, endgültig schlappmachte, tauchten Max und Grete bei uns auf, sie nahmen Le Forgeron beiseite.

»Die Polizei hat bereits ein Auge auf die Spannerei geworfen.« Grete flüsterte zwar, aber ihre Brutalität traf den armen Onkel Aflie wie ein Faustschlag in den Magen.

»Jetzt treten Zivile mit Schlapphut zu den Uniformierten!«, hackte Max in die gleiche Kerbe.

Ich konnte keinen erblicken, der nach Gestapo aussah, aber was sagt das schon!? »Wir nehmen den Professor in unseren Wagen«, zog ich das Kommando an mich, »Max fährt. Ich übernehme die unauffällige Rückführung des Wanderer *von Onkel Alfie!«*

Le Grand Forgeron wirkte völlig verstört, er nickte nur ergeben. So machten wir es dann auch, und zwar ruck-zuck! Ich wollte schon lange mal wieder ein Lenkrad zwischen den Fingern spüren und ein Pedal unter der Sohle, und jetzt gleich den neuesten W25-Roadster! Ha!

Ich brauste mit der prächtigen Kutsche durch bis zur Giesebrechtstraße. Langsam glitt ich vom Romanischen *den Ku'damm hinab. Stolz stellte ich das kostbare Gefährt direkt vor der Pension ab, in der Hoffnung, Frau Katharina könnte mich vom Fenster aus sehen. Pustekuchen! Also stieg ich hinauf in den III. Stock.*

Doch Madame Zammit war aushäusig. Ich machte mir einen Kaffee. Dann klingelte es Sturm, polterte es an unsere Tür.

»Aufmachen! Polizei!«

Ich wollte den Kerlen keinen Grund liefern, Kleinholz aus der Etagentür zu machen. Razzia! Es waren Zivile, Schlapphüte, sie stürmten an mir vorbei, rissen alle Zimmertüren auf und brüllten: »Wo steckt dieser Professor Alfred Schmid!?«
Ich fühlte mich aufgerufen, die Herrin der Pension zu vertreten. »Hier befindet sich kein Herr dieses Namens!«, wandte ich mich tapfer an den Ältesten der Eindringlinge.
»Aber unten steht doch der auf ihn zugelassene Pkw, direkt vor dem Haus dieser ...?«
»Den fahre ich, der Professor hat mich gebeten ...«
»Dann kommen Sie mal mit, Frollein!«
In dem Moment erschien Walter.
Der Älteste erkannte ihn. »Heil Hitler, Sturmführer!«, schnarrte er. »Abtreten!«, wandte der sich an seine Schlapphüte. Und tatsächlich zogen sie ganz manierlich und leise von dannen.
Walterchen war schwer verärgert. Selten hab ich ihn so in Brass erlebt. »Es ist weiß Gott wenig sinnvoll, wenn du ins Fadenkreuz der Gestapo gerätst!« Ich machte auf zerknirscht, er lenkte ein: »Solche Spielchen können dir schnell die Finger verbrennen!«
»Du lässt es löschen, Walterchen!«, schnurrte ich und legte meine Arme um seinen Hals.
»Jetzt nicht!«, schnaubte er. »Nun schon gar nicht!« Er stürmte hinaus.

Charlotte Rueggli-Panchaud
Hotel Metropole
Place de Brouckère
Bruxelles, Belgium

Mlle
Adelheid Panchaud
c/o Pension Zammit
Giesebrechtstr. 11
Berlin-Charlottenburg

Brüssel, den 14. Juli 1937

Irgendwann im Mai hat Krafft seiner Anna mit dem vielversprechenden Nachnamen van der Koppeln *das Jawort gegeben. Nicht, wie ich erwartet hatte, hier in Belgien, sondern in Zürich. Er hielt es auch nicht für nötig, mich einzuladen, und so sitze ich jetzt allein in dem plüschigen Metropole und schau auf die Place de Brouckère hinaus. Auch wenn der Herr der Typokosmie sich nicht traut, mir die Wahrheit offen ins Gesicht zu sagen: Ich weiß, die bisherige, oft strapaziöse und überspannte Zusammenarbeit geht ihrem Ende entgegen. Vielleicht werde ich die grotesken Situationen missen, in die mich der Große Meister in seiner meist unbedachten, aufbrausenden Art gebracht hat. Noch zahlt sein nicht zu beneidender Verleger mein Hotel, ich versuche im Gegenzug, Ordnung in den Wust von sich widersprechenden Manuskripten des* Traité *zu bringen. Täglich treffen neue Seiten vom Herrn Autor per Post bei uns ein, die bisherige Zeilen, Abschnitte oder ganze Kapitel ersetzen sollen. Das frischgebackene Ehepaar Krafft, heißt es, peile ein Heim im deutschen Schwarzwald an als feste Basis und Ausgangspunkt für neue Eroberungspläne. Hier werde ich sicher nicht alt werden. Der Baron und niederländische Hofastrologe Keun van Hoogerwoerd hat mir eine Empfehlung nach London in Aussicht gestellt, eine Assistentenstelle bei seinem Schüler Louis de Wohl – soll ich den Sprung ...?*

STUPOR

September 1937

Vor uns liegt die stattliche Villa Marlier, direkt am Großen Wannsee. Gruppenführer Heydrich hatte eigens für den Erwerb der Immobilie die »Stiftung Nordhav« eingerichtet und sie dem inhaftierten Vorbesitzer für 1,95 Mio Reichsmark abgenommen, wusste Dr. Kersten zu berichten. Der Kaufpreis wurde auch nie ausbezahlt, sondern zur »*Tilgung von jüdischen Bankschulden*« requiriert. Die vorgesehene Inbetriebnahme als Gästehaus der SS zog sich aufgrund interner Querelen in die Länge, obgleich das notwendige Personal und entsprechender Wachdienst die Villa bereits in Besitz genommen hatten. Ich war mit den meisten von ihnen locker vertraut, denn ich begleite meinen Meister des Öfteren hier heraus.

Heute darf ich den vor Solidität strotzenden Adler-Trumpf chauffieren – er erinnert mich eher an eine alte Keksdose. Reichsführer Himmler hatte uns mit Sonderauftrag geschickt, damit wir den dort einquartierten Monsieur Gaston de Mengel behandeln. Eigens zu diesem Zweck habe ich mich in meine weiße Livree als Physio-Assistent geworfen. Sehr bedächtig lasse ich die schwere Limousine durch die Kurven der Auffahrt gleiten.

Was ich meinem Meister unterschlagen hatte: Hierhin, an diesen relativ verschwiegenen Ort, hatte ich – direkt nach der Sonnenwendfeier – den Professor Alfred Schmid verfrachtet, den in seinem Atelier am Savignyplatz mit Sicherheit nur Ungemach erwarten konnte. Mit Billigung des Personals brachte ich *Le Grand Forgeron* in dem Seitenflügel unter, wo sich unser ständiges Behandlungszimmer befand – wobei ich durchaus den Eindruck erweckte, dass diese Einquartierung von höherer Stelle angewiesen sei. Frei nach dem Motto: *Im Schatten der Kathedrale schlummert der Teufel wie ein Engelein.*

Erst jetzt beschlich mich, vorher erfolgreich verdrängt, das mulmige Gefühl, dass ich das mir selbst eingebrockte Problem schleunigst zu lösen hatte.

Ich ließ Dr. Kersten mit Monsieur de Mengel im Gesellschaftssalon der Villa und entfernte mich mit der Ausrede, das Behandlungszimmer vorzubereiten. Dort traf ich auf den Professor in trauter Zweisamkeit mit Grete von Urbanitzki, beide bereits ordentlich angetüdelt. Sie hatten sich wohl gegenseitig ihren Ärger und Verdruss ob der herrschenden Verhältnisse geklagt. Ich suchte nach Worten, ihnen mein Problem, akut und drängend, nahezubringen, als die Tür aufging und Walter Schellenberg hereinspazierte, in voller Uniform. Der SS-Mann schien keineswegs überrascht von dem Bild, das sich ihm bot, blieb dafür aber bewundernswert reserviert. Ein Glas mitzutrinken, wozu Grete ihn aufforderte, lehnte er kühl ab.

»Also, Professor Schmid«, wandte er sich an den Couturier, »wenn Sie keine Umstände machen, kann ich auf den Einsatz des Wachkommandos verzichten«.

Le Grand Forgeron schüttelte angstvoll seinen Glatzkopf.

»Dann folgen Sie mir bitte!«

Der Professor war schneller an der Tür als sein Häscher. Schellenberg, der treue Knecht Ruprecht in der SS-Führungsspitze, hatte auch für Grete etwas im Sack. »Ein interessantes Schreiben Ihrer Freundin Antoinette«, erläuterte er seine Gabe, »wurde dem SD-Auslandsdienst von der rumänischen Botschaft ausgehändigt … Insofern können Sie von Glück reden!«

Das sah auch die Urbanitzki so. »Danke, Sir Walter«, hauchte sie, Beschämung vortäuschend.

Walter Schellenberg verließ mit seinem Fang unser Behandlungszimmer, und auch Grete zog sich zurück, wohl um ungestört den Brief der Antoinette de Rives zu lesen. Hastig räumte ich alle Spuren des Schlafgastes und des Trinkgelages beiseite und riss die Fenster auf, um zu lüften. Gerade noch rechtzeitig bevor mein Herr und Meister seinen prominenten Patienten durch die Tür schob. Ich hatte nicht das Gefühl, dass Monsieur de Mengel überhaupt um ein solches *traitement manuel* nachgesucht hatte. *Tant pis!*

Antoinette de Rives
Château Poujol-Murat
Ussat-Les-Bains
Ariège

Baronin
Grete von Urbanitzki
Hotel Kaiserhof
Berlin *Ariège, den 19. Sept. 1937*

Ich möchte Dir von den Erfahrungen meiner Freundin und Gönnerin berichten, der letzten Monat verstorbenen Fernande Gräfin Poujol-Murat. An sie traten vor gut anderthalb Jahren die ehrenwerten Meister Gaston de Mengel und George Monti heran, der sich seit seiner Konvertierung zum Judentum »Graf Israel Monti« nennt. Ihr Ansinnen war es, Fernande zu überreden, den Ordo Templi Orientalis zu verlassen und den Polaires *beizutreten. Die Gräfin, eine den Franziskanern nahestehende, renommierte Okkultistin, war erst kürzlich Mitglied des Neutemplerordens geworden, geleitet vom Großmeister Alaister Edward Crowley. Sie erhielt dann eine ernst zu nehmende Warnung und vollzog den Schritt nicht (ganz im Gegensatz zu mir, die sie vorsorglich als Erbin eingesetzt hatte). Mit Recht fürchtete sie die Begehrlichkeit des skrupellosen Crowley, der als Teufelsanbeter und praktizierender Satanist gilt.*
Am 21. Oktober 1936 wurde Monti, der bis zu seinem Übertritt zum Judentum als ein mit den Deutschen sympathisierender Spion des Vatikans galt, in Paris mit Gift getötet. Seine offensichtlich rituelle Hinrichtung wird von der gesamten Presse totgeschwiegen. Und jetzt taucht Gaston de Mengel in Berlin auf, der nun ebenfalls um sein Leben fürchtet, zumal er die Nachfolge Montis als Meister vom Stuhl *des Obersten Rates der Rosenkreuzer ebenso anstrebte wie die Aufnahme in die Führungsebene der Martinisten. Vergeblich! Kein Wunder, werden doch die Bruder-*

schaften insgeheim von Crowley beherrscht, allesamt. Aber was will er in Berlin? Meiner Einschätzung nach sucht er Schutz bei Himmler, dem Einzigen, dem er ein Machtwort gegen das Treiben der teuflischen B'nai B'rith zutraut. Er will den Reichsführer-SS davon überzeugen, gemeinsam mit den Polaires *gegen den im Geheimen wirkenden mächtigen Feind vorzugehen.*
Für mich steht de Mengel auf der Verliererseite. Ich kann nur Dich und jeden dringend davor warnen, sich mit ihm und seinen verzweifelten Hirngespinsten einzulassen. Diesen Brief lasse ich Dir sicherheitshalber über einen guten Freund in London zukommen ...

Die Wiener Journalistin antwortete, die Warnungen leichthin in den Wind schlagend, postwendend:

Grete Freifrau von Urbanitzki
Hotel Kaiserhof
Berlin

Antoinette Gräfin de Rives
Château Poujol-Murat
Ussat-Les-Bains
Ariège, France *Berlin, den 25. Sept. 1937*

Heute ist der Duce in München eingetroffen, fünftägiger Staatsbesuch. Ich muss mich beeilen, Verehrteste, denn heute Abend findet hier im Olympiastadion ein Großer Zapfenstreich *zu seinen Ehren statt. Benito Mussolini und unser lieber Führer Seit an Seit: Die deutsch-italienische Achse steht wie grüner Spargel. Ich bin mir noch im Unklaren, wie ich auf die Führungsspitze der SS einwirken könnte, um sie zum* verdeckten, *wünschenswert*

finalen *Vorgehen gegen Alaister E. Crowley zu animieren. Der Reichsführer fühlt sich von den Satanisten kaum bedroht, vermutlich kennt er sie nicht einmal!*
Dazu kommt, dass der nicht sonderlich mitreißende Gaston de Mengel mit keiner Silbe davon gesprochen hat, dass ihm irgendwelche Gefahr drohe.
Wenn Du da etwas in Bewegung setzen willst, müsste in Umlauf gebracht werden: Hinter Crowley verberge sich in Wahrheit der Furcht verbreitende Oung Mong. *Versteckt in Frankreich, bereite er vor, gewaltsam Hitlers Platz als* Führer *zu übernehmen, etcetera*
Dann könnte ein Kommandounternehmen der Gestapo oder eine SS-Spezialeinheit des SD-Ausland des Walter Schellenberg seine Liquidierung besorgen, wo auch immer! Das Gerücht müsste bei der Deutschen Botschaft in Paris platziert werden, vielleicht durch eine kleine Briefbombe unterstrichen?
Ich mach mir diese staatsgefährdenden Gedanken übrigens kaum für den dödeligen de Mengel, sondern aus Sorge um Dich, meine von polarer Luft gegerbte Compañera de Rives. Ich werde die Rückantwort über den gleichen Kanal absetzen, wie von Dir bereits praktiziert.

STUPOR

Oktober 1937

Der berühmte Otto Rahn hat mich um eine vertrauliche Unterredung gebeten. Wie muss es um den renommierten Katharer-Forscher stehen, dass er sich an seinen einstigen Chauffeur wendet? Ich bin vorsichtig und bestelle ihn zu *Le Forgeron Couturier* am Savignyplatz. Wieder öffnet mir Addy die Tür zum Atelier. Otto Rahn, Untersturmführer SS, hockt wie ein Häufchen Elend zwischen den kostbaren, cremefarbenen Stoffballen aus Velour, Samt und Seide. Professor Schmid packt hastig riesige Schrankkoffer,

Marke *Louis Vuitton*, fahrig stopft er sie voll mit halbfertigen Uniformjacken, Schärpen und damastenen Gilets. Addy reicht sie ihm zu. Zwischendurch wird Sekt getrunken, Magnumflaschen aus Kaffeetassen. Armer dicker Göring, denk ich, nackt und bloß?

Otto Rahn empört das, was er sehen muss. »Welchen Grund kann es …!? Was können sie dir anhaben?«

»Der Grund –?« Der Professor lacht gequält sein Ziegenbockmeckern, er schwitzt.

»Onkel Alfie kann von Glück sagen«, schaltet sich Addy ein, »dass er heute Nacht, vor 24 Uhr, die Grenze zur Schweiz überqueren darf!«

»Der Grund, liebster Otto, ist das Unglück …« Nicht einmal das Bocksgelächter will ihm noch gelingen, »das Unglück, dass ich klassische Marmorstatuen ewig knabenhafter Götter weitaus mehr goutiere, als die muskulösen …«, schnaufend geriet *Le Grand Forgeron* in Erregung, »… die muskulösen Körper der jungen Männer, die wie Atlas das Gebäude der neuen arischen Welt des Nationalsozialismus stemmen …«

Plopp!, knallt der Korken aus der nächsten Flasche Magnum. Endlich gelingt Görings Schneider das höllische Gelächter des Großen Ziegenbocks …

Otto Rahn wirkt nun völlig verstört, Addy drängt zur Eile – und ich nehme die Gelegenheit wahr, mich aus dem Staub zu machen. Wenn Otto Rahn, Untersturmführer SS, immer noch nicht geschnallt hat, was sein Problem ist, kann ich ihm auch nicht helfen. Außerdem will ich nicht schon wieder Walter Schellenberg in die Arme laufen, der sicher früher oder später Addy hier aufsammeln wird.

Abs.
Karl Ernst Krafft
Postlagernd Postamt
Urberg (Schwarzwald)
Deutsches Reich

Madame Marguerite Panchaud
Porcelaine d'artiste
Manufacture
Genève (Suisse)

Urberg, den 6. Dezember 1937

Anna und ich haben unser Knusperhäuschen gefunden, unter hohen Tannen. Sie können sich nicht vorstellen, wie glücklich wir sind, endlich in einem Land aufgeschlossener, fortschrittlicher Geister leben, reden zu dürfen und Gehör zu finden. Ein herrlicher Ausblick!
Ich habe mich sofort darangemacht, mir eine hölzerne Studierklause zu bauen, eine schlichte Hütte am höchsten Punkt des Hanges, mit weitem Blick bis hinab ins Rheintal, hinüber zu den Vogesen! Zurückgebliebene Dörfler müssen uns darob als Spione denunziert haben, denn heute Morgen fuhr ein Polizeiauto unten am Gartenzaun entlang. Hätten sie nicht ein sogenanntes Blitz-Licht *zum Einsatz gebracht, wäre mir die im Innern versteckte Kamera sogar entgangen. Auch eine Art des Willkommensgrußes durch die Honoratioren des Dorfes! Seit meiner Teilnahme am letztjährigen Astrologie-Kongress – immerhin auf Einladung von Heinrich Himmler und unter der Schirmherrschaft des Führers – sollten die hier doch wissen, wer ich bin! Ignoranz hab ich in Zürich nun sattsam erlebt!*

~

Das Romanische Café war wie leergefegt, im Bassin für Schwimmer saßen Reinhard Tristan Heydrich und Walter Schellenberg, sie tranken Grünen Tee.

»Ist ja nicht mein Bereich, Reini –«, sagte Walter, »aber des Reichsführers Steckenpferd: Sturmführer Ottilie Rahn pflegt liederlichen Umgang.« Er setzte die Tasse bedächtig ab. »Einen der Verführer hab ich ausgeräuchert.«

»Keine voreilige Freude ...« Sein Gegenüber verzog keine Miene. »Wenn der Reichspopanz erfährt, dass sein Schneider ...«

»Paradeuniformen besitzt der Reichsmarschall im Vorrat nun mehr, als der Fundus des Metropol-Theaters hergibt, genug für die nächsten Tausend Jahre!« Walter Schellenberg konnte sich derlei Bemerkungen in Gegenwart des *Hohen* C erlauben.

»Falls Seiner aufgeplusterten Herrlichkeit«, Heydrich ging auf den Lästerton ein, »nicht neue Sterne winken ...«

Schellenberg goss seinem Vorgesetzten Grünen Tee nach. »Apropos Sterne. Es gibt da eine ganze Reihe von Ausländern ...« – nun bediente er sich auch selber – »... die es mitten hinein ins bedrohliche Reich der Verfolger alles Astralen zieht, der verfemten Sterndeuter und polizeilich gesuchten Wahrsager!«

Walter Schellenberg, sich mit dem vergleichsweise niedrigen Rang eines Untersturmführers begnügend, genoss es, von Zeit zu Zeit seine Grenzen auszuloten. »Der famose Schweizer Typokosmiker Karl Ernst Krafft hat sich in unserem Schwarzwald niedergelassen. Der Astrologe Keun van Hoogerwoerd trauert seiner wundervollen Zeit in Berlin nach, als er – vermittelt durch die Urbanitzki – den betuchten Louis de Wohl als Schüler gewann ...«

»Urbanitzki!« Das *Hohe* C knurrte bedrohlich. Wieder wechselten die Züge des Chamäleons, diesmal ins Umwölkte, fast Leidende. »Deine Spökenkieker!«

»Meine!?«, protestierte der Untergebene, aber Heydrich winkte ab. Das Reptil verengte seine Augen nun zu schmalen Schlitzen. »Hauptsache, Walterchen, du hast sie alle stets im Griff. Stell dir vor: Unter magischen Sternenmänteln mischen sich Spione, Saboteure im Herzen unserer ...« Die Pupillen der Echse rollten in Richtung leichtes Delirium. »Dann ... Zugriff! Sofortiger Zugriff, blitzartig und knallhart!«

»Worauf du dich verlassen kannst, Reini!«

Schlager, Schläger, Gassenhauer

1938

In der Pension von Katharina Zammit in der Giesebrechtstraße wurde Silvester gefeiert. Adelheid Panchaud hatte sich Untersturmführer Otto Rahn eingeladen, da Max über Weihnachten Urlaub genommen und zu seiner Mutter Beatrice in die Bircher-Benner-Klinik auf dem Züriberg gefahren war – und Walter Schellenberg hatte »Dienst«, er musste mit Heydrich durch die Nachtbars der Hauptstadt ziehen.

Bis hinaus auf die Straße drang der swingende Rhythmus von Tommy Dorseys Band *Satan takes a Holiday* ...

Otto Rahn erschien schon betrunken im Salon und legte sich gleich mit dem ersten Wehrmachtsoffizier an, der ihm – in Begleitung eines anlässlich des Neujahrsfestes besonders grell aufgetakelten Mädchens – über den Weg lief, immerhin ein Major.

»Sie sollte sich schämen!«, keifte er erst noch leise gezischt in Richtung des Offiziers, der über den gesuchten Affront des alkoholisierten SS-Untersturmführers hinwegsah.

Doch damit reizte er Rahn noch mehr. »Sie tragen des Deutschen Reiches Ehrenkleid!«, fauchte er nun bissig los. »Und wissen anscheinend nicht, was Sie ihm schuldig sind!«

Der Major warf der Inhaberin einen Geldschein hin und verließ, das Mädchen mit sich ziehend, wachsbleich das Lokal. »Ihr Weibsbild ist eine Schande für unseren ...!«, schrie Rahn noch hinter ihm her, als die Tür schon ins Schloss knallte.

Ich tanze mit Dir in den Himmel hinein ... Seelenruhig hatte Kitty die Nadel auf die Platte abgesenkt, die Schmalznummer der Harvey ... *in den siebenten Himmel der Liebe.*

Katharina, *Kitty,* hatte Addy von den anderen Gästen losgeeist. Als die im Salon eintraf, hing Otto bereits schluchzend in einem der breiten Fauteuils. »Keine Frau weit und breit, der man ...«, sein Schluchzen erstarb zum Greinen eines kleinen Kindes, »... der man eine anständige Ehe andienen mag!«

Die Erde versinkt und wir zwei sind allein ... So hatte sich Addy den Abend allerdings nicht vorgestellt ... *in dem siebenten Himmel der Liebe.* So setzte sie sich zu Otto und schlang mütterlich ihre Arme um seine zitternden Schultern.

»Was wollen Sie denn, Herr Sturmführer«, ging die resolute Kitty das Häufchen Elend an, »selbst unser Herr Reichskriegsminister von Blomberg hat um die Hand einer meiner Damen angehalten, der Titten-Inga ... Und wen hat er als Trauzeugen geladen ...?« Jetzt senkte sie die Stimme. »Den Führer persönlich ...«

In diesem Moment wurde die Tür zum Salon aufgerissen. Eine SS-Streife marschierte in den Raum, stracks auf Rahn zu. »Komm mit, Kamerad!«, befahlen die Männer mit fester Freundlichkeit. Sie griffen dem Untersturmführer hilfreich unter die Arme und geleiteten ihn hinaus.

Jawohl, meine Herrn ... Ungerührt legte Kitty das Couplet von Heinz & Hans auf ... *Jawohl, meine Herrn, so haben wir es gern, und von heut an gehört uns die Welt* ...

Das düstere Gebäude beherrschte die Prinz-Albrecht-Straße. Auf jeden Abstand Haltenden wirkte es eher wie die schlechte Kopie eines vorderasiatischen Totentempels als das Palais der Gründerzeit, das die Wilhelminische Kolonialmacht dorthin geklotzt hatte. Die den klassizistischen Baustil verfremdende dunkle Fassade wies saturnalische Strenge auf, als hätte bereits der Erbauer es darauf abgesehen, jeden per Order Einbestellten oder gewaltsam Herangekarrten abzuschrecken, ihm eine letzte Warnung zukommen zu lassen: »Unseliger, der du diese Stätte betrittst – verlassen wird sie ein anderer, und sei es auch nur ein Schatten deiner selbst!«

»Ihr gebt Euch alle Mühe, Gruppenführer«, zeigte sich Walter Schellenberg voller Verständnis für die Lage im tiefsten Inneren der freudlosen »Schinderhütte«. Der leidgeprüfte Chef des Stabes Reichsführer-SS nickte dankbar. Sie saßen sich in seinem Büro im RSHA, Reichssicherheitshauptamt, gegenüber, das endlich seinen Namen offiziell tragen durfte, nachdem es die bisherige Zeit seiner verschwiegenen Existenz gelegentlich als »Reinis Such- und Haft-Anstalt« verhohnepiepelt wurde. Den Hauptstadt-Schnack hatte Grete von Urbanitzki dem umgänglichen Schellenberg gesteckt, aber der behielt ihn hier und jetzt lieber für sich.

»Untersturmführer Rahn ist in letzter Zeit häufig durch unwürdige Trunkenheit aufgefallen, in der er sich groteskerweise ...« – Stabschef Wolff füllte dem Vertrauten Heydrichs das Glas mit Steinhäger auf und wies auf die belegten Heringsbrötchen, Katerfrühstück! – »... Ausfälle wegen Ehrverletzung anderer, meist höherer Offiziere samt deren weiblicher Begleitung gestattet ...«

Walter Schellenberg griff zu. Er zupfte den sauren Hering geschickt von seinem Roggenbett und kippte dann den Korn. »Sollte man wohl, unter uns gesagt, als ein zutiefst desperates ...« – er kaute bedächtig und schluckte den Leckerbissen runter – »... Abwehrverhalten gegen die eigene Veranlagung betrachten.«

Wolff schenkte ihm nach. »Das haben Sie gesagt, Sir Walter!« Auch der Gruppenführer genehmigte sich noch einen. »Ich werde das Zugehörigkeitsgefühl unseres fremdelnden Kameraden Rahn stärken, indem ich ihn zur gemeinsamen Islandfahrt der SS-Führung lade!«

»Kraft durch Freude!«, spöttelte der Chef der Auslandsdienste mit vollen Backen. »Vielleicht bringt sie ja was, die reine Kälte des Nordens!

In seinem Dienstzimmer erwartete Walter Schellenberg wenig später Damenbesuch: Grete Freifrau von Urbanitzki!

»Was verschaffte mir die Ehre?!« Es sollte launig klingen, war auch freundlich gemeint.

»Walterchen«, sprach die Urbanitzki frei heraus, »ich mache mir zunehmend Sorgen um unsere gemeinsamen Freunde ...«

Schellenberg sah sie abwartend an, dann griff er sich eine Akte von seinem überladenen Arbeitstisch. »Also hier, unser Krafft, auf den ich, Wunsch des Reichsführers, ein besonderes Auge haben soll, scheint ganz glücklich auf seinen Schwarzwaldhöhen: Er meldet beim örtlichen Polizeikommando voller Enthusiasmus eine Reise nach Berlin an. Der Gestapo ist diese Art von Schweizer Freimut nicht ganz geheuer. So landete Kraffts Akte hier bei mir.«

»Und was ...?«

»Natürlich ist er hier jederzeit willkommen, besuchsweise!«

»Dann steht doch eigentlich einer Rückkehr von Addys Zwillingsschwester Charlot nach Berlin nichts mehr im Weg ...?!«

Sir Walter runzelte staatsmännisch die Stirn. »Im Gegensatz zur lieben Adelheid ist Charlot kein schnurrendes Kätzchen, weder naiv noch leichtgläubig. Sie hat Haare auf den Zähnen, Tigerhaare.«

»Das heißt ...?«

»Ich kann sie nicht daran hindern, hier wieder aufzutauchen, aber sowohl mein Dienst als leider auch die Gestapo, sind von Amts wegen gehalten, vom ersten Tag an ihr Tun und Lassen unter Kontrolle –«

»Sie hat doch nichts –«, leistete sich Grete ein kleines Empörtsein.

»Stop!«, unterbrach sie Sir Walter schon im Ansatz. »Als Schweizer Staatsbürgerin steht ihr frei, zu reisen, zu telefonieren, zu korrespondieren – wohin und mit wem sie will. Aber wir schauen nicht weg!«

»Nee!«, entfuhr es Grete. »Das kann man nicht sagen!«

Schellenberg quittierte es beifällig. »Ihre letzten Aktionen, ihre Kontakte machen Charlotte Rueggli-Panchaud zu einer geradezu idealen Spionin.«

»Wenn die junge Dame solche Komplimente hört, dann noch aus Ihrem Munde, dann steht sie übermorgen vor Ihrer Tür!«

»Bienvenue!«, lachte der Chef der Dienste Ausland. »Ich kann ein Faible für die Panchaud-Schwester nicht verhehlen!«

»Bleibt noch unser Sorgenkind Otto …?«

»Problem erkannt!«, schnarrte Sir Walter. »Rahns nimmt sich der Chef des Stabes Reichsführer-SS, Gruppenführer Karl Wolff, persönlich an!« Er erhob sich zum Zeichen der Verabschiedung seines Gastes. »Denken Sie, Baronin, doch bitte auch manchmal an sich, an ihre eigene Person und das Bild, das Sie uns liefern. Es sind Mosaiksteinchen, aber zusammengesetzt ergeben sie ein Bild …« Er hielt Grete von Urbanitzki zuvorkommend die Tür auf. »Es ist schon längst nicht mehr das Bild einer Freundin des Deutschen Reiches und seiner Führung …«

Die Urbanitzki lachte hellauf. »Das wird die Spitze dieses Staates noch eine geraume Weile ertragen müssen, babá, Walterchen!« Und mit diesen Worten flatterte sie von dannen …

»Walterchen, Walterchen!«, höhnte der zurückgebliebene Obersturmführer. Auf ihn verließen sich alle! Auch die bedauernswerterweise längst Verlassenen – und jene, die tunlichst gar nicht mehr hier auftauchen sollten, wie diese Charlot!

Max Wittacher
c/o Studio für Manuelle Therapie
Dr. Felix Kersten
Berlin-Tiergarten (Postfach)

Comtesse
Antoinette de Rives
Chateau Poujol-Murat
Ussat-Les-Bains
(Ariège) France

Berlin, den 16. Februar 1938

Es hat wirklich erstaunlich lange gedauert, bis Reinhard Tristan Heydrich, der resolute Chef der Sicherheitspolizei, von den Verdiensten des finnischen Wunderdoktors um das Wohlergehen des Reichsführers Notiz genommen hat. Damit war seine Begehrlichkeit geweckt. Andererseits hütete sich Heydrich, seinem Vorgesetzten und Gönner ins Gehege zu kommen.
So fiel sein Basiliskenblick auf mich, den Gehilfen des Meisters Dr. Felix Kersten. Sich in unserer Massagepraxis für Manuelle Therapie anzumelden war wohl unter seiner Würde, so bestellte er ausdrücklich den Physio-Assistenten Max Wittacher in sein Amt ein, in den Keller der berüchtigten Prinz-Albrecht-Straße. Hier hatte er sich, gleich neben seinem privaten Fechtboden, einen Kraftraum eingerichtete, so dass alles Notwendige zur Verfügung stand. Ich war nervös. Auf Empfehlung meines Meisters zur rechten Anwendung der Kunst des tuina *trainierte ich meine Fingerknöchel und Handballen durch Einschlagen auf stramm gefüllte Reissäcke, erbarmungslos bis an die Schmerzgrenze gehend.*
Heydrich empfing mich mit einem schmalen Lächeln, das wohl der Erinnerung an unseren ersten Kontakt geschuldet war, damals beim Admiral Canaris. Aber er sprach es nicht an, sondern stellte mich, noch bevor ich Hand an ihn gelegt, vor

die – für ihn bereits entschiedene – Frage, ob ich in seine Dienste treten wolle.
Ich ließ ihn erst einmal in den Genuss meines Könnens, also die von Ihnen, Madame, stets angemahnte Steigerung meiner Fähigkeiten durch Erfahrung und Fleiß gelangen. Noch unter dem Vibrato von rou, *dem kreisenden* gun *brachte ich – meine Antwort genüsslich streckend – die Argumente vor, die in eine diplomatischer Zurückweisung seines Angebotes münden sollten: Noch sei ich dieser Ehre nicht würdig. Die angestrebte, aber noch längst nicht erreichte Annäherung an die Perfektion meines Meisters sei unumgängliche Voraussetzung dafür, seiner Offerte zu entsprechen.*
Heydrich schluckte die bittere Pille, er ging – für seine Stellung, in der er nichts anderes als strammen, widerspruchslosen Gehorsam erwarten kann, ungewöhnlich – so weit, dass er sich darauf einließ, sich vorerst mit gelegentlichen Terminen zu begnügen.
Ich ließ ihn, wohlig japsend, zurück, nach einem weiteren Feuerwerk aus der chinesischen Zauberküche des Yizhi chantui.
Nachdem ich so durch Festigkeit sein Vertrauen gewonnen, zugleich sein Begehr angefacht habe, ist es nun an ihm, mich zu umwerben! Ich werde ihn erst einmal schmoren lassen. Ihnen lasse ich, verehrte Dame und Herrin, dieses Schreiben über die finnische Botschaft zukommen, die auch mein Meister der Deutschen Reichspost vorzieht – nicht ohne nachzufragen, ob Ihnen die derzeitige Anschrift von Charlot Rueggli-Panchaud bekannt ist, von der ich lange nichts mehr gehört habe.

»Schmoren lassen!«, höhnte Antoinette de Rives, als sie den Brief zur Seite legte. Der törichte Max bildete sich doch tatsächlich ein, der Mann am Grill zu sein: In Wahrheit war er nicht mehr als das sich drehende Würstchen.

Im Reichssicherheitshauptamt empfing Heinrich Himmler, im Beisein seines Stabschefs Wolff, den Leiter des Sicherheitsdienstes Ausland, Walter Schellenberg.

»Die von Reichsführer angeordnete Himalaja-Expedition hat auf dem von Dr. Ley zur Verfügung gestellten KdF-Dampfer Bremerhaven verlassen.«

»Es ist nichts durchgesickert«, bestätigte Stabschef Wolff. »Keine Zeile in deutscher oder ausländischer Presse!« Das war einigermaßen erstaunlich, bedachte sich Karl Wolff, während er noch die Erklärung abgab. Denn das zur Ertüchtigung der Werktätigen und zum Erhalt ihrer guten Laune gedachte Urlaubsprogramm des Deutschen Arbeitsdienstes – euphemistisch genannt *Kraft durch Freude* – basierte im Grunde auf der Verbreitung des griffigen Mottos: Glücklich zufriedene Plaudertaschen sollten die Erlebnisreisen noch populärer machen!

»Die Zusammensetzung der Teilnehmer, vom Delegationsleiter Brigadeführer Karl Maria Wiligut ausgewählt, entsprach exakt Ihren Vorschlägen, Reichsführer.« Der vortragende Schellenberg ließ die Auserwählten belustigt vor seinem inneren Auge Revue passieren, während er mit bewegter Stimme die Liste verlas: Samt und sonders Spinner, *Erleuchtete,* die der debile Weisthor da um sich versammelt hatte. Dem durchaus phantasiebegabten Leiter des SD-Ausland schien der ganze Aufwand von vornherein für die Katz! Nur weil Heinrich Himmler weiße Mäuse sah, die sich – ausgerechnet! – in den eisigen Klüften des Himalajas zu Tausenden tief unter dem Fels häuslich eingerichtet hatten ... Dafür also diese Pauschalreise der Rattenfänger des Herrn Reichsführers!

»Eine handverlesene Auswahl unserer besten Pendler und Geomanten«, pries Himmler das Unternehmen. »Meinen Glückwunsch an Frau Dr. Schlarb-Boeringer und das von ihr vorzüglich geleitete Ahnenerbe«. Anerkennung heischend blickte er auf seine Männer.

»Obersturmführer Schellenberg«, meldete sich Wolff rasch zu Wort, »berichtet jetzt über die Aussprache mit Herrn Gaston de Mengel, die in unserem Gästehaus am Wannsee stattfand.«

Der war darauf mitnichten vorbereitet, fand aber so schnell auch keine Ausrede. »Unser angeblicher Großmeister«, begann Schellenberg umständlich, um Zeit zu gewinnen.

»Nennen wir ihn *Grand Inconnu Supérieur!*«, schlug Wolff vor, der Reichsführer nickte gedankenverloren. Schellenberg war für jeden Aufschub dankbar.

»Also, der *Grand Inconnu* kam sogleich auf die dunklen Strahlen zu sprechen, die zur geheimen Kommandozentrale der »Schwarzen« leiten, die sich wie ein Pilzgeflecht, wie ein Krebsgeschwür von Tibet aus in die Welt erstreckt, immer weiterwuchert, wächst und wächst ...«

»Wieso erfahr ich das erst jetzt?!« Himmlers Vorwurf richtete sich an seinen Stabschef, der furchtlos reagierte.

»Weil Reichsführer das schon kannte!«

»Ah ja?«

»Und weil wir sicher sein wollten, dass unsere entsandten Wissenschaftler und Forscher unbehelligt und von niemandem identifiziert in Richtung Ziel unterwegs sind –«

»Zu unseren guten Bundesgenossen in der Tiefen des Himalaja-Gebirges«, grummelte Himmler befriedigt.

Schellenberg verdarb ihm die Laune »Denen jedoch drohe Gefahr, vertraute mir der *Grand Inconnu* dann an, unter dem dreifachen Siegel der brüderlichen Verschwiegenheit, der Ausbruch eines unmittelbar bevorstehenden Umsturzes, der gefürchteten Mordblutleuchte eines ominösen *Oung Mong!*«

»Dann war es also vom Schicksal bestimmt«, schniefte der Reichsführer grimmig, »dass wir hinter seinem Rücken die Hilfsexpedition schon losgeschickt haben!«

Stabschef Wolff lächelte. »Und was geschieht nun mit dem *Grand Inconnu Supérieur*? Brauchen wir ihn noch?«

»Wir schicken ihn hinterher, so dass er noch rechtzeitig zu unserem Expeditionskorps stoßen kann.« Himmlers dünnes Lächeln konnte eine gewisse Häme nicht verhehlen.

»Mein Dienst könnte ihn via Lufthansa nach Kalkutta schaffen, da würde er den Dampfer noch erreichen!«, bot Schellenberg an.

»Machen Sie das!«, ordnete der Stabschef an.

Obersturmführer Schellenberg riss den Arm hoch, »Heil Hitler!«, und verließ das Besprechungszimmer.

»Erinnern Sie mich daran, Walter hat sich die Beförderung zum Hauptsturmführer verdient!«

»Jawoll, Reichsführer. Wenn der Rahn nicht auspackt«, schlug Wolff vor, die Gelegenheit beim Schopfe packend, »dann sollten wir eine ähnliche Expedition ins Languedoc entsenden, aber diesmal von der Reichskammer anerkannte Speläologen, Geologen, Prähistoriker und Altertumsforscher ...«

»Sehr gut, Wolff!«, lobte ihn der Reichsführer. »Aber zuvor müssen wir dem Kameraden Rahn noch einige Angaben entlocken. Diese Höhlen dort in der Gegend, in der heiligen Gralslandschaft ... «, Himmler geriet schon bei dem Gedanken ins Schwärmen, »... sollen riesig sein, hoch wie unterirdische Kathedralen, tief und dunkel wie Kraterseen ...«

»Sicher doch!«, verschanzte sich der Stabschef. »Zuvor müssen wir erst einmal Kamerad Otto Rahn wieder auf Vordermann bringen.«

»Sie sind sein Führungsoffizier!«

STUPOR

Februar 1938

Ich habe geträumt, dass ich einen mysteriösen Anruf bekam, der mich in ein Hotel im Grunewald bestellte, dessen Existenz mir bis dato völlig unbekannt war. Wenn ich mich recht erinnere, war es etwas Ähnliches wie *Himalaja-Palace*. Jedenfalls entstand vor meinen Augen ein Schlösschen mit verspielten Türmchen und steilen Dächern, vorspringende Holzgauben, alles von Schnee bedeckt wie dicke weiße Kissen, dazu fast bis zum Boden herabhängende, spitze, lange Eiszapfen. Die Stimme des Anrufers erinnerte mich an Raul Ferraud, sie flößte mir sofort Vertrauen ein. Ich war dabei gewesen, als der Beamte des Völkerbunds in das Leben von Otto

Rahn trat. Zwischen mir und dem sanftmütigen Genfer Friedensverwalter bestand zwar keinerlei direkte Verbindung, doch die von ihm ausstrahlende Ruhe hatte auch mich tief beeindruckt.

Wie selbstverständlich kurvte ich in diesem Traum durch hohe Tannen auf die Auffahrt zu, am Steuer meines guten alten Rolls-Royce. Ich trug die Livree, die mir *Le Grand Couturier Forgeron* maßgeschneidert hatte, zu erkennen am silbernen Ärmelstreifen mit dem Aesculapstab. Als ich vor dem Eingang hielt und wartete, dass der Portier erschien, drehte ich mich fragend um zu der alten Gräfin Poujol-Murat, die im Fond hockte und mich mit tadelnder Stimme wissen ließ: »Marlene Dietrich ist verhindert, sie kann Sie unmöglich sehen!«

Das war mir peinlich. Argwohn erwachte, weil doch die Gräfin schon vor über einem Jahr verstorben war. Ich wünschte vor Scham im Erdboden zu versinken, stattdessen verschwanden das Winterschlösschen und meine *Lunenoire*. War das nicht die Villa Marlier, das Gästehaus der SS am Wannsee? Ich sah sie plötzlich vor mir, ganz ohne Schnee und romantische Eiszapfen, kalt und abweisend …

Ich war auf den harten Reiskissen eingeschlafen, an denen ich im Trommelfeuer meine Handkanten, meine Fingerkuppen stählte. An der Zettelwand im Studio des Dr. Kersten hing aufgespießt die Notiz »Max 17h15 *Hohes C*«. Die hatte ich selbst geschrieben, um ja nicht den Termin im RSHA zu versäumen …

STUPOR

Februar 1938

Antoinette de Rives hatte ihre Ankuft in Berlin angekündigt. Sie traf am Anhalter Bahnhof ein und ließ sich von mir abholen, der Meister hatte mir die Adlerlimousine zur Verfügung gestellt. Die Comtesse war verschleiert, es war nicht klar, ob aus Trauer um die verstorbene

Freundin oder weil sie nicht erkannt werden wollte. Sie sprach mit mir nicht mehr als das Notwendigste – halt das, was man mit einem Chauffeur bespricht. Sie ließ sich direkt zum Savignyplatz fahren, zur neuen Adresse von Otto Rahn, der die luxuriöse Bleibe des Professors Schmid übernommen hatte. Ein Rätsel, wie der Gralsforscher sich die leisten konnte. Irgendjemand musste für die gewiss teure Miete aufkommen, vielleicht sogar Antoinette de Rives?

Madame ließ sich die Koffer von mir herauftragen bis zur Wohnung in der zweiten Etage. Erstaunt sah ich, dass Antoinette nicht klingelte, sondern ihrer Handtasche einen Schlüsselbund entnahm und aufschloss. Es hätte nicht viel gefehlt und sie hätte mich mit einem Trinkgeld entlohnt, grußlos brüsk entschwand sie hinter der Tür.

Antoinette wirkte bedrückt, das mochte ihr befremdliches Verhalten erklären. Auf was für eine Aufgabe sie sich hier wohl eingelassen hatte?

Ich kehrte düpiert zu dem Adler zurück, den mir Dr. Kersten immer häufiger überließ. Adler!? Ein zacher Truthahn in Kastenform war das! Eigentlich hätte *Le Grand Forgeron* mir auch gut und gern seinen W25 vererben können!

STUPOR

März 1938

Die Termine bei Reinhard Tristan Heydrich häuften sich. Des Reichsführers erwählter Kronprinz, als solchen sieht sich der SS-Gruppenführer, zieht mich, seinen Leibphysio, wie er mich nennt, langsam, aber sicher in eine – von mir absolut nicht gewollte – exklusive Verfügbarkeit. Meistens schickt er seinen Fahrer nach mir, und der hat offensichtlich Anordnung, nicht ohne mich zurückzukehren. Die andere, viel unangenehmere Masche von ihm ist, mich zu seinem Vertrauten zu machen, zu seinem Mitwisser. Das verbindet wie Kleister, hat er mal freimütig rausgelassen. Ich fürchte, er hat recht.

Da ihm die paranoiden Züge seines Vorgesetzten offensichtlich abgingen, begann er damit, mir gegenüber zu lästern, dass es für einen gesunden Menschenverstand nicht nachvollziehbar sei, was den Herrn Reichsführer dazu bewege, auf die abstrusen Geflechte und Verstrickungen einzugehen, die Gaston de Mengel hemmungslos vor ihm ausbreite und verwirrend verknote … »Aber den hat Walterchen ja nun auf einen KdF-Dampfer gesetzt, und wir sind die zweifelhaften Brüder, diese *Polaires* hoffentlich bald für immer los!«

Allein schon der Gebrauch SS-interner Kose- beziehungsweise Schmähnamen machte mich zum Komplizen. Ich verschwieg ihm vorsorglich, dass mit der Comtesse de Rives erst kürzlich ein weiteres Mitglied dieses ominösen Ordens in der Hauptstadt eingetroffen war – aber wahrscheinlich wusste er es längst. Denn Otto Rahn stand inzwischen »unter Beobachtung«, wie mich Schellenberg »zur Warnung«! hatte wissen lassen.

STUPOR

März 1938

Wieder einmal versuchte Heydrich, mich in einen Disput über Himmler und die Okkulten zu verwickeln, diesmal ging der »Oberverdachtsschöpfer« einen Schritt weiter. Bröckchenweise, wie man Schwäne füttert, warf er seinen Unmut mir vor die Füße, während er sich meinen rigiden Therapiemethoden unterwarf.

»Verstehen Sie meinen Ärger, Herr Max«, so nannte er mich, »über die dumpf-stupide Art, mit der die Gestapo unseren Physikern das Leben zur Hölle macht, sie oft gedankenlos ins Lager einliefert?!«

»Sind Sie denn nicht, *Hohes C* –«, so sollte ich ihn nennen, was mir anfangs schwerfiel, »de facto oberster Kommandeur des gesamten Polizei-, Überwachungs- und Sicherheitsapparates?«

»Oberster!?«, höhnte er bitter. »Viel zu weit oben, um jede einzelne Exekutivmaßnahme im Reich kontrollieren zu können.« Sein Nacken verkrampfte sich unter meinen Händen. »Generalbefehle kann ich schlecht erteilen, ich bin schließlich nicht der Führer!«

»Entspannen Sie sich!«, mahnte ich an. »Sie bräuchten vielleicht mehr Mitarbeiter vom Schlage eines Walter Schellenberg!«

»Der macht es richtig! Vermeidet jegliche Beförderung in höhere Dienstränge, obwohl sie ihm aufgrund seiner Position zusteht. Zwangsläufig würden die Posten unter ihm mit Goldfasanen, karrieregeilen PGs aufgefüllt, sagt er sich, und er hätte statt Fachleuten nur dekorierte Armleuchter zu seiner Verfügung. Kretins, die sich für seine sensible Arbeit weder interessieren noch etwas davon verstehen!«

»Verstehe«, murmelte ich leichthin.

»Sie verstehen nichts, Herr Max, aber Sie mischen sich auch nicht ein, will ich hoffen!«, knurrte das *Hohe C*. Ich beruhigte sein aufgebrachtes Gewebe durch kleine, klopfende Schläge. »Kriegerische Auseinandersetzungen liegen in der Luft, da werden Deutschland die Physiker und Ingenieure fehlen. Auch Chemiker könnten von Nutzen sein!« Er schnaufte erregt.

»Mit großzügigen Angeboten zur Rückkehr in die Heimat bewegen?«, schlug ich naiv vor. Das *Hohe C* schüttelte sich vor Heiterkeit wie in Krämpfen.

»Nach all den Wohltaten, die wir ihnen …?«

»Auf den Händen heimtragen ins Reich?«, steigerte ich den Einsatz, bemüht, ernst zu bleiben.

»Sie sind doch Halbjude, Herr Max …?«

»Meine Mutter Beatrice Neuner lebt in der Schweiz.«

»Ich weiß«, räumte Heydrich ein. »Würde sie zurückwollen?«

»Wohl eher nicht, auch wenn sie schon weit vor der Machtergreifung Hitlers –« Ich wollte auch mal prüfen, wie weit ich gehen konnte.

»Des Führers!«, korrigierte mich der SS-Gruppenführer sogleich. »Außerdem lässt sich nichts mehr korrigieren, Julius Streicher sei Dank!«

»Minister Klumpfuß trägt gewiss auch sein Scherflein bei.« Ich wurde jetzt kühner, aber Reinhard Tristan Heydrich überraschte mich auf ungedeckter Flanke.

»In meiner eigenen Familie wurde immer wieder über mögliche jüdische Wurzeln gemunkelt ...«, flüsterte Heydrich. Das *Hohe C* lag jetzt ganz mucksmäuschenstill, als lausche es in sich hinein, um das Pochen und Rauschen des Blutes Abrahams zu vernehmen. »*Itzig Süß!*, haben sie mich bei der Marine gehänselt.«

Ich konnte ihn nicht ernst nehmen. »Nach Veit Harlans gelungener Zelluloidveredlung kein besonders empfehlenswerter Name!«, erlaubte ich mir nun sogar offenen Spott.

Reinhard Tristan Heydrich ließ ihn über sich ergehen. »Der Reichsführer hat Kenntnis von diesen Zweifeln«, gestand das *Hohe C*. »Heinrich Himmler ist stets in Versuchung, sich diese ungenaue genealogische Sachlage zu Nutze zu machen.« Heydrich klang jetzt bitter. »Angeblich um mich zu schützen, will er bereits entsprechende Vorhaltungen des Führers abgewehrt haben.«

»Erstaunlich«, gab ich zurück.

»Mitnichten! So wiegen sich beide Herren in der Vorstellung, mich fest in der Hand zu haben.«

»*Ham-se nich, ham-se nich ...*« Ich klatschte ihm auffordernd auf den Nacken, während mir der Gassenhauer in den Sinn kam. »*Ham-se nich 'nen Jud* für mich!? Das wär's für heute!«

~

Das Leben des Untersturmführers Otto Rahn war dabei, sich von Grund auf zu verändern. Überall tauchte er jetzt nur noch in Begleitung der geheimnisvollen Fremden auf: Er flanierte mit ihr Händchen haltend Unter den Linden, erschien mit ihr, sie zärtlich bei ihm eingehakt, im Romanischen Café, und zwar, das musste die Dame ohne Widerspruch dulden, im Bassin für Schwimmer. Sie küssten sich in der Bar des Kaiserhofs – auch wenn unfreiwillige Zeugen den Eindruck hatten, dass es Otto peinlich war. Sie spielten das über beide Ohren verknallte Liebespaar, was auch noch Nahrung durch die nicht verheimlichte Tatsache erhielt, dass die elegante Dame bei ihm wohnte. Und da sie kein junges Flittchen, sondern eine reife, schöne Frau war, offensichtlich um einiges älter als Otto, tuschelte man bereits in Kameradenkreisen des SS-Mannes über »Ernste Absichten«. Im Auftrag des Reichsführers ließ Stabschef Wolff seinen Schützling wissen, dass die SS im Falle der zu erwartenden Eheschließung bereitstünde, die Kosten für eine standesgemäße Hochzeit zu übernehmen.

Höchsten Auftrieb erhielt das Gerede um den Autor des vielbeachteten *Kreuzzug gegen den Gral* und seiner französischen Comtesse, als das Paar zu einem festlichen Empfang geladen wurde, den Luftfahrtsminister und Reichsmarschall Hermann Göring auf seinem prächtigen Anwesen *Karinhall* am Döblitzer See, nördlich der Hauptstadt, gab. Anlass war die Ehrung der berühmten Fliegerin Elly Beinhorn, die zusammen mit ihrem Ehemann, dem bekannten Rennfahrer Bernd Rosemeyer, erschien. Die beiden Damen freundeten sich miteinander an, zumal Antoinette de Rives sich zu den Förderern des *Aéroclub de l'Ariège* zählte, dessen Kunstflugschauen seit einigen Jahren von sich reden machten.

»Unser Flugfeld *La Lane d'Antichan*«, wusste Antoinette der interessierten Pilotin zu berichten, »liegt unweit des Schlosses bei Saint-Girons.« Spontan fügte sie hinzu: »Sie – und natürlich auch ihre Familie – wären meine herzlich willkommenen Gäste, falls es Sie mal in unser schönes Ariège verschlägt!«

Elly Beinhorn war sofort Feuer und Flamme, doch Bernd Rosemeyer zog seine junge Frau mit sich fort, kaum, dass die Damen ihre Adressen ausgetauscht hatten. Da Otto wieder begonnen hatte, mehr zu trinken, als ihm guttat, sorgte auch Madame de Rives für einen raschen Aufbruch.

Die Begegnung mit der imponierenden Fliegerin vergaß sie bald. Denn die vielversprechende *Storia d'amore* endete abrupt, nicht weil

Otto Rahn ob der Aussichten auf eine Ehe kalte Füße bekam, sondern weil Grete von Urbanitzki einschritt.

Sie erschien eines Nachts und nahm ihre Freundin Antoinette aufgeregt beiseite. »Der Auslandsdienst von Walter Schellenberg hat zwar längst herausbekommen, wer du bist, aber erst jetzt ist ihnen eingefallen, dass sie einen Brief von dir abgefangen und kopiert haben, weil sie dessen Inhalt als ziemlich belastend einstuften ...« Grete sprudelte vor Erregung wie Selters. »Ich komme gerade aus dem RSHA, wohin man mich am frühen Abend einbestellt und bis zur Stunde verhört hat: Du musst sofort verschwinden! Unten steht ein Wagen bereit, ich wollte Max nicht unnötig in die Sache hineinziehen.«

Der Wiener Journalistin schoss es glühendheiß ins Hirn, dass sie damals das Schreiben der Freundin recht spontan beantwortet hatte und sich dabei hatte hinreißen lassen, absolut Hochverräterisches von sich zu geben. Der Hinweis von Antoinette auf die prekäre Situation des Gaston de Mengel mochte da weit weniger belastend sein als ihre Denunzierung des Alaister Crowley: Der Brite, hatte sie darin geschrieben, sei in Wahrheit jener verhasste, schreckliche *Oung Mong*, die gefürchtete »Mordblutleuchte«! Doch offensichtlich hatte die Gestapo ihren Antwortbrief seinerzeit nicht abgefangen.

Auch Antoinette war keine Frau, die sich so mir nichts, dir nichts ins Bockshorn jagen ließ. »Es geht nicht um mich, Grete«, versuchte sie sich zu widersetzen, »sondern um die ernsthafte Gefährdung des törichten lieben Ottos, der die schwarzen Wolken nicht sehen will!«

»Und du kannst sie nicht wegblasen, *ma chère*. Keiner in der SS-Führungsebene nimmt ihm ab, dass er ernste Absichten hat, nicht einmal eine handfeste Liebesbeziehung!«

Antoinette gab sich geschlagen. Sie ließ sich von Grete beim hastigen Packen der Koffer helfen, Otto wurde lediglich erlaubt, beim Heruntertragen Hand anzulegen. Und weg war die »Verlobte«! Bekannte und SS-Kameraden hatten den Eindruck, dass Otto Rahn darüber nicht einmal unglücklich war.

Kann denn Liebe Sünde sein ..., röhrte Zarah Leander mit aufreizendem Grollen ... *Darf es niemand wissen, wenn man sich küsst!?* ... Die SS-Wachsoldaten schnippten den Takt mit den Fingern ... *wenn man einmal alles vergisst?!* ... Sie klatschten sich auf die Schenkel vor Wonne ... *vergisst ... vor Glück!* Für Otto Rahn war der Weg vorbei an den Wachstuben das reine Spießrutenlaufen. Der Chef des Persönlichen Stabes Reichsführer-SS, Gruppenführer Karl Wolff, hatte den Untersturmführer Rahn zu sich ins Reichssicherheitshauptamt bestellt.

Die alte Frotzelei in den unteren Etagen, den niederen Rängen des RSHA, war schnell wieder aufgeflammt. Nichts war ein so dankbares – und unverfängliches Lästerthema in den Wachstuben wie die Schwulitäten des Untersturmführers Otto Rahn, zumal der, so war zu hören, sich nach der überstürzten Abreise von Madame de Rives sogleich wieder in das verlockende Milieu geschlichen haben soll. Dass Otto Rahn dort wirklich handfeste-schwanzfeste »widernatürliche Beziehungen« eingegangen sei, so weit gingen die Lästerzungen nicht, dazu galt der Untersturmführer als viel zu verklemmt ... *Yes, Sir!*

Im Büro von Karl Wolff verlas dessen Adjutant dem einbestellten Untersturmführer die knapp gehaltene Mitteilung: »Wegen zunehmenden Verdachts, sich häufender Hinweise auf Verstöße gegen Paragraph 175 Strafgesetzbuch wird SS-Mann Otto Rahn aufgefordert – unter Ablegung aller SS-Rangabzeichen –, *freiwillig* befristeten Dienst im KZ Dachau zu tun. Bei guter Führung kann der Dienst auf vier Wochen begrenzt werden.«

Wolff schob Rahn gutgelaunt ein Schriftstück hin, das Otto Rahn unterschreiben sollte. »Vor Ihrer Abreise nach München, Kamerad«, teilte der Adjutant dem Verdutzten mit, »räumen Sie bitte die Wohnung von Professor Alfred Schmid am Savignyplatz. Die Immobilie ist samt Inventar als Reichsvermögen requiriert –«

Otto Rahn war empört. »Der Professor war doch gar kein Jude!«

»Muss auch nicht sein«, schmunzelte Karl Wolff. »In diesem Fall hat ein freier Bürger der Schweiz seine Bleibe dankbar dem Deutschen Reich vermacht, in Anerkennung der einmaligen Chance, die es ihm beruflich geboten hatte!«

Otto Rahn erblasste. Langsam begann er zu begreifen, in welche Gesellschaft er sich mit dem Anlegen der schwarzen Uniform begeben hatte.

Das Anwesen Giesebrechtstraße 11 in Berlin-Charlottenburg als herrschaftlich zu bezeichnen, wäre wohl übertrieben. Die Fassade war mangels Instandhaltung bröckelig geworden, die Adresse machte insgesamt einen ungepflegten, heruntergekommenen Eindruck. Der letzte Besitzer, ein jüdischer Pelzhändler, hatte zwar durch Umbauten im Hochparterre, dem Wegreißen störender Zwischenwände, dafür gesorgt, dass mehrere durchgehende Verkaufs- und repräsentative Vorführräume entstanden waren, aber nach seinem unfreiwilligen Auszug waren die Stuckdecken heruntergerissen worden und die Wandverkleidungen abhandengekommen. Eifrige Nachbarn hatten dahinter gehortete Schätze des Vorbesitzers vermutet; enttäuscht zerlegten sie das Furnier zu Brennholz. Die Nachfolgemieterin legte auf die »Tanzflächen« keinerlei Wert und ließ sie, bis auf einen Empfangstresen, ungenutzt. Ihr Auge richtete sich auf die zahlreichen Zimmer in den darüberliegenden Stockwerken, bis hinauf in die Mansarde.

Im Leben der Bordellbetreiberin Katharina Zammit, genannt *Kitty*, spielte das Verschwinden von Otto Rahn, dem Gralsforscher, ihr eher als lästiger, Unruhe stiftender Zeitgenosse erinnerlich, nicht die geringste Rolle – als Kunde kam der SS-Untersturmführer auf Grund seiner Veranlagung auch nicht infrage. Kitty hatte, beeinflusst von ihrer proletarischen Herkunft, eine eher linksgestrickte Einstellung, und die Bespitzelung ihrer »Pension« und ihrer Klienten ging ihr zunehmend auf den Wecker. Da Madame Kitty eine resolute Person war und der Ärger mit der Polizei immer blöder wurde, beschloss sie ratzfatz, den Laden aufzugeben. Holland, am besten Amsterdam, schien ihr der passende Ort, um einen Neustart hinzulegen. Sie weihte Adelheid Panchaud in ihr Vorhaben ein, zu der sie ein herzliches, fast mütterliches Verhältnis unterhielt. Sie bewunderte das Mädchen dafür, wie es sich in der großen Stadt, völlig auf sich gestellt, durchschlug. Addy hatte eine patente und unkomplizierte Ader, ihr konnte Kitty, wenn Not am Mann beziehungsweise an Mädchen war, auch mal einen Kunden zuschieben. Addy wiederum freute sich über die Knete und sah das Ganze eher als handwerklichen Reparaturservice, wie ihn ein Klempner oder Hauselektriker verrichtet. Addy als Assistentin mit in die Fremde zu nehmen war also für Kitty ein durchaus verlockender Gedanke. Und ihr Vorschlag fiel auf schmerzhaft beharkten Boden: Die Ausweisung von Onkel Alfie; dann der überstürzte Aufbruch einer so gefestigten, respektvollen Dame wie Antoinette de Rives; und jetzt noch das Abtauchen von Otto, ohne Angabe einer Adresse – das alles, in dieser raschen Abfolge, hatte sie in eine aufgewühlte Stimmung versetzt. Sie fühlte sich bedroht – umso mehr als der Horror für sie nicht sichtbar, nicht fasslich war. Von Walter Schellenberg durfte sie keinen Trost erwarten, zumal sich ihr Verhältnis in letzter Zeit abgekühlt hatte. Und Max, an den sie sich gerne wie früher gekuschelt hätte, ließ sich immer weniger sehen, schien sich kaum noch für sie zu interessieren. Auch für die Liebe, wenigstens auf die Schnelle, hatte er längst keine Zeit mehr, der Herr Physio-Assistent des berühmten Dr. Felix Kersten. Max pflegte mit jenen Leuten Umgang, die ihr zunehmend Angst machten, deren Machenschaften ihr wie eine schweflige dicke Wolke die Luft zum Leben abschnürten.

Addy schlug also ein. Die beiden Frauen verabschiedeten sich von der Giesebrechtstraße mit der lapidaren Ankündigung, zu einem Kurzurlaub aufbrechen zu wollen. Dummerweise gab Addy ihren Mitbewohnerinnen Holland als Reiseziel an. Als sie mit Kittys vollbeladenen Opel die Grenze bei Enschede überqueren wollten, wurden sie dort bereits erwartet. Die herbeigerufenen SD-Leute, die Schellenberg unterstanden, nahmen sie »wegen Zollvergehens« fest. Mobiliar und Haushaltsgeräte dürften nicht unangemeldet ins Ausland verbracht werden. Als Kitty aufmüpfte, erweiterten die Grenzbeamten die Anklage auf »Unerlaubte Ausfuhr von Gütern aus dem Deutschen Reich«. Addys Verlangen, mit Walter Schellenberg zu telefonieren, wurde kalt lächelnd übergangen. Der Pkw wurde konfisziert, die beiden Frauen in das unweit gelegene Konzentrationslager Esterwegen eingeliefert.

In den Klauen des Bösen

Frühjahr/Sommer 1938

Charlotte Rueggli-Panchaud
z. Zt. Hotel Hermitage
Place du Casino
Monte Carlo
Principauté de Monaco

Mlle
Adelheid Panchaud
c/o Pension Zammit
Giesebrechtstr. 11
Berlin-Charlottenburg *MC, den 7. April 1938*

Du wirst lachen, jetzt hat unser verrücktes Krafft-Suppenhuhn mich doch wieder aufgepickt, damit ich ihn auf seiner Reise nach Monaco begleite, wo er übermorgen eine Verabredung hat mit dem grand visionnaire prophétique. *Du weißt, Gabriel Trarieux d'Egmont ist berühmt für seine Vorhersage* Que sera 1938?*, die bisher ziemlich genau eingetroffen ist, wenn man sich den* Anschluss *Österreichs ans Reich ansieht. Jetzt warten alle auf die Prophezeiung* Que sera 1939?*, die dieser Tage publiziert werden soll. Ich bin gespannt, Schwesterherz, und ich hoffe, Dir geht es so blendend wie mir. Die Zuwendungen von Tante Marguerite, Kraffts ergebener Gönnerin, erlaubten dem Sprachgeistgockel,*

mir die Reise von London an die Côte d'Azur zu bezahlen und einen angenehmen Aufenthalt in diesem Schatzkästlein der Belle Époque *zu bestreiten! In Nizza zeigte mir Monsieur den Schauplatz, wo Isadora Duncan vor zehn Jahren den Tod gefunden hatte. Beim Besteigen ihres Sportwagens war ihr Seidenschal nach hinten verweht, beim rasanten Start in die Felge des Hinterrads geraten und hatte die Tänzerin ruckartig stranguliert!*
Karl Ernst Krafft berichtete mir ziemlich bestürzt von seinem letzten Besuch in Berlin, wohin ihn die Gestapo aus seinem Schwarzwaldnest eskortiert hatte. SS-Stabschef Karl Wolff und Walter Schellenberg hätten versucht, ihn zu vergattern, mit unserem Otto Rahn die Arbeit an einem Drehbuch zur Verfilmung von Kreuzzug gegen den Gral *aufzunehmen. Aber nicht etwa, dass sie an einem besonders gelungenen Skript interessiert wären – der ganze Film schert sie einen Dreck! Sie wollen Krafft als Klopfspecht einsetzen, der dem sperrigen Rahn die Gralswürmer aus der Hirnrinde zerren soll. Der Reichsführer ist wie verrückt auf dieses Manna, genannt* Der Gral*! Krafft solle sich bereithalten für einen sofortigen Beginn, sobald Untersturmführer Otto Rahn von seiner Dienstreise in die Umgebung von München heimgekehrt sei.*
Der sich rüde gerupft fühlende Kosmobiologist und Typokosmiker fragte mich, ob ich ihm nicht bei dieser unangenehmen Aufgabe assistieren wollte. Er versprach mir ein horrendes Honorar, ich sah schon unseren Erbanteil aus der Kasse von Tante Marguerites Porzellanladen davonflattern! Ich sagte nee! Ich hätte Virgil Tilea und Louis de Wohl in die Hand versprochen, bald wieder in London zurück zu sein! Indeed, I would prefer the Picadilly to the Black Forrest!

Dieser Brief ihrer Schwester erreichte Addy nicht in Berlin, er wurde ihr im Lager Esterwegen von Walter Schellenberg persönlich übergeben. Nach ihrem Eintreffen im Lager waren Addy und Kitty als »Sonder-Häftlinge« von den übrigen Insassen getrennt worden. Es wurde ihnen, auf Anordnung aus Berlin, ein Zweibettzimmer in einer der Wachbaracken zugewiesen – keine Pritschen, aber ein Waschbecken und Klo hinterm geblümten Vorhang.

Was die beiden beim Blick aus dem Fenster in der Frauenabteilung zu Gesicht bekamen, konnte sie nicht heiter stimmen. Verhärmte, ausgemergelte Gestalten, die in langen Reihen morgens zur Arbeit und abends wieder zurück in die Baracken getrieben wurden. Da spielten Addy und Kitty lieber *Halma* oder *Mensch ärgere Dich nicht.* Den Spielkarton – in dem sich auch noch *Mühle* fand, es fehlten aber zwei Steine – verdankten sie dem dicken Koch, der die Damen sogleich in sein Herz geschlossen hatte.

Schellenberg stellte Addy und Kitty die Freilassung in Aussicht, aber sie erfolgte nicht. Großzügig wurde Katharina Zammit die »Renovierung« der Pension in der Giesebrechtstraße angekündigt – als »Wiedergutmachung für erlittene Unbill«! Das Verhältnis von Addy zu Walter Schellenberg war damit auf einem Tiefstand angelangt.

~

Otto Rahn hielt das Ansinnen der Ufa-Film, aus seinem hervorragenden Roman *Der Kreuzzug gegen den Gral* ein kongeniales Drehbuch für eine Verfilmung zu erstellen, für eine Ehre; der zum Co-Autor gedungene Schweizer Karl Ernst Krafft für eine Zumutung. Eines war beiden gemeinsam: Sie konnten sich nicht ausstehen! Nach Besichtigung der Schwarzwälder Klause des Otto Rahn in Muggenbrunn durch das Ehepaar Krafft entschied Anna van der Koppeln mit mokantem Unterton und recht spitz, dass die gemeinsame Arbeit zweifellos komfortabler in Urberg vonstatten gehen würde.

So rückte bald darauf der Autor des Romans, der als Vorlage dienen sollte, auf knatternder Zündapp dort an. Frau Anna servierte Tee und ließ die beiden Männer allein. Dass sie ein Tonaufnahmegerät eingeschaltet hatte, davon wusste nicht einmal ihr Mann, vielleicht würde sie ihm später die Abschrift zeigen. Anna, als Holländerin, hegte ein gesundes Misstrauen gegenüber den Leuten, auf die sich

Karl Ernst da eingelassen hatte – außerdem konnte Anna diese *Moffen* sowieso nicht leiden.

Wie vorauszusehen, gestaltete sich die Zusammenarbeit schwierig. Rahn gab sich widerborstig. »Stört es, wenn ich rauche?!«

»So es denn sein muss!« Krafft war geladen. »Meine Frau leidet!« Er legte gleich los: »Der Anfang!«, postulierte er, »Montségur, Ende der Belagerung, Bergung des Schatzes! – *Quel trésor?!* Mit welcher Zielvorgabe?«

Rahn wehrte ab: »Davor muss unbedingt die mystische Nacht der *maximae constellationis* stehen! Die Offenbarung des Grals für die dem Tode Geweihten!«

»Gut, fangen wir in der letzten Nacht an.« Krafft gab sich nachsichtig. »Bombardement, weiße Fahne, Kapitulation ...«

»Dazwischen liegen aber gut vierzehn Tage!«, erklärte Rahn maulig.

»Einheit von Ort und Zeit! Selbe Nacht!! Und in der gleichen Nacht stirbt Parzival den Opfertod!«, widersprach Krafft.

»Der wurde doch schon über dreißig Jahre zuvor ermordet –«

»Quatsch!«, rief Krafft. »Das muss in unmittelbaren Zusammenhang stehen: Sein elender Tod setzt die Ritter frei, die den Schatz, den Gral vom Montségur bergen! Die glorreichen Ritter der Tafelrunde!«

Rahn war empört. »König Artus lebte vierhundert, fünfhundert Jahre früher und zwar irgendwo in England!«

Da platzte Krafft der Kragen: »Wollen wir einen Filmerfolg?«, krähte er giftig »Oder eine ausufernde historische Studie, von Wissenschaftlern kommentiert?«

Der Einwand saß. »Die Figuren der Ritter müssen ausgewogen daherkommen«, gab sich Rahn kleinlaut, paffte angestrengt. »Ein christlicher Ordensritter, ein muslimischer Prinz, ein katharischer Ketzer und –«

Krafft unterbrach ihn mit einem hämischen Lachen. »Und? Ein habgieriger Jude!?«, äzte er. »So bereiten wir unserem Auftraggeber höchstes Glück, und uns sichern wir den rauschenden Erfolg!«

Rahn fauchte zornig dagegen an. »Sehr hilfreich! Womöglich in herausgehobener Rolle: *der Verräter?*«

»Edler Ischariot van de Güldenlipp up Silversterz!«, prustete Krafft.

Rahn war am Ende seiner Kräfte, die fünf Wochen Dachau, »SS-Wachdienst auf Bewährung«, hatten ihre Spuren hinterlassen. »Zum Grausen witzig!«, unternahm er einen letzten Anlauf. »Von jüdischen Rittern habe ich noch nie vernommen, eher ginge es mit einem Abgesandten des Großkhans der Mongolen, die stießen damals bis an die Grenzen Europas vor ...«

»Warum nicht gleich Himmlers *Oung Mong?*« Kraffts Stimme wurde schneidend. »Das wird mir zu politisch!«

Rahn schlug mit der Faust auf den Tisch und brüllte: »Und mir wird's zu blöd!« Er sprang auf und stürmte Türen schlagend aus dem Haus.

Kurz darauf war das wütende Durchtreten des Kickstarters zu hören. Die Kupplung heulte auf. Der elende Hund von einem Zweitakter entließ eine Serie unsauberer Fürze, bevor er schlingernd den Hang hinabschoss, der Gralsforscher tief in den Sattel gekauert. Kies spritzte auf. Rahn kochte. Dafür hatte er nun fünf Wochen Dachau über sich ergehen lassen! Die Bilder, die sich in seinem von Schlaglöchern und Buckeln des Waldbodens durchgerüttelten Körper die Oberhand verschafften, waren erst recht nicht zur Besänftigung seines Gedärms geeignet: Soldatenstiefel, die kriechenden Häftlingen das Essgeschirr mit der »Suppe des Tages« aus den Händen traten. Schwarz behandschuhte Offiziere, welche die vor ihnen Knieenden am Schaft der Peitsche schnuppern ließen, bevor das scharfe Leder ihnen den Rücken in Fetzen riss. Verweigerte das Opfer die Demutshaltung, dann krachten auch noch das Gebiss und Kiefer unter dem Tritt in die Fresse!. Otto Rahn musste seine Schlingerfahrt unterbrechen. Beidbeinig Halt suchend, kotzte er von seiner Zündapp auf den Boden des Waldes.

STUPOR

August 1938

Angebissen! Ich erzählte dem *Hohen C* voller Enthusiasmus, den ich auch wirklich empfunden hatte, dass ich dabei war – wenn auch weit vom Gewusel der braunen Bonzen und des ordensgeschmückten Generalstabes entfernt –, als Reichsmarschall Göring dem zu Gast in die Hauptstadt gekommenen Ozeanflieger das Großkreuz zum Schwarzen Adler an die Brust heftete – und voller Stolz Zeuge wurde, wie er, das *Hohe C*, dem berühmten Charles Lindbergh vorgestellt wurde.

Heydrich schränkte gleich ein. »Naja! Zwei begeisterte Flieger begegneten sich auf Augenhöhe.«

»Dem Reichsmarschall schien das nicht sonderlich zu gefallen.«

»Der hält sich sowieso für den legitimen Spross des Roten Barons!«

»Und Lindbergh?«, fragte ich höflich. »War er beeindruckt vom neuen Deutschland?«

»Aua!«, stöhnte Heydrich, ich hatte einen Nerv getroffen.

»Relax!«, sagte ich. »Relax! Ganz ruhig …«

Er lag vor mir auf dem Bauch, und ich bearbeitete seine Nackenpartie. »Lindbergh? Der denkt wie wir – könnte ein Schlüssel für uns sein …«

Wir befanden uns in einem der plüschigen »Gästezimmer« der Pension Zammit in der Giesebrechtstraße, die seit dem Verschwinden der Betreiberin geschlossen war, amtlich versiegelt. Heydrich hatte mich zu meinem Befremden zu dieser Adresse bestellt. Das gesamte Anwesen glich einer Baustelle, überall hatte man bereits die Stromleitungen herausgerissen, die billigen Glasperlen-Leuchten, Muranoimitationen waren abgehängt, das noch verbliebene Mobiliar mit Laken vor Staub geschützt: »Renovierung« hieß das Zauberwort. Ich hätte liebend gerne erfahren, was aus Addy geworden war, die seitdem ebenfalls spurlos verschwunden war. Aber hier zuckten alle, Handwerker und sonstige Techniker, nur mit den Schultern, als sei es ihnen verboten, mit mir zu reden. Ich hätte natürlich das *Hohe C* fragen können, aber irgendetwas hielt mich davon ab. Es war für mich beunruhigend genug, ausgerechnet hier, an diesem leicht verruchten Ort, meinen Klienten behandeln zu sollen, zu einem Zeitpunkt, an dem um mich herum nichts als mulmige Dinge geschahen. Wollte man vielleicht auch mich entführen, verschleppen?! Aber wer? Und aus welchem Grund? Dagegen stand die merkwürdige Erfahrung, dass es mir möglich war, allein durch meine Hände, von den Ballen bis zu den Knöcheln, bis zu den Kuppen meiner Finger, jemanden wie Heydrich, den alle fürchteten, zum Reden zu veranlassen, mir Sachen anzuvertrauen, die mich gar nichts angingen ... Mit größter Behutsamkeit traktierte ich seine Schulterblätter, als könnte ein falscher Griff den seltsamen Zauber zerstören, der sich langsam aufbaute.

»Dieser Lindbergh hat doch die besten Kontakte in den USA«, Heydrich stöhnte wohlig, »beste Beziehungen, sicher auch zu der Immigrantenszene.«

»*Hohes C* meinen ...?« Ich streichelte lockernd, lockend sein Nackengewebe. »... Charles Lindbergh könnte, wenn er wollte, die deutschen Wissenschaftler beeinflussen, wieder zurück –?«

»Schön wär's. Aber dafür ist er doch wohl zu sehr US-Amerikaner, das könnte ihm als Landesverrat ausgelegt werden.«

Ich fasste mir ein Herz. »Ein unverdächtiger Neutraler? Jemand wie der Schweizer –«

»Herr Max! Bitte!! Sie denken doch nicht etwa an diesen spinnerten Krafft!?«

»Ich dachte an Raul Ferraud, den Freund unseres Otto Rahn, Direktor beim Völkerbund in Genf –«

»Genf!! Nicht noch einmal!«, ächzte Heydrich.

»Wichtig ist, dass eine integre Person Stimmung für uns macht –«

»Nett, dass mein Herr Max *uns* sagt!« Sofort verspannte er wieder seine Rückenmuskulatur. »Stimmung?! Das haben wir schon letztes Jahr versucht, mit der *Hindenburg*: Verbrannt! Und kürzlich mit Schmeling: K.o. in der ersten Runde! ... Aber Thomas Mann lebt und stänkert, der Brecht furzt wie der Teufel gegen uns, uns ins Gesicht! Und die Dietrich!! An die Wand stellen sollte man dieses Miststück!«

Ich schwieg und rührte keinen Finger mehr.

Das brachte ihn zum Einlenken. »Ich werde jetzt wieder öfters fliegen!«, begann er unvermittelt.

Ich war in gereizter Stimmung. »Heißt das, ich habe nun den Segelflugschein zu machen, um im Schlepptau des *Hohen C* ...?!«

Reinhard Tristan Heydrich lachte unter meinen Händen. »Ach, was. Aber wenn ich mir was brech, muss mein Leib-Physio, Herr Max, sofort zur Stelle sein!«

»Das *Hohe C* wünscht, dass ich umziehe, näher zur Prinz-Albrecht-Straße –?«

»Ein schnelles Auto sollte schon sein!« Es drohte, dass er sich mir wieder entzog. »Aber darüber reden wir jetzt nicht!«

Nach dem Spott schien mir nun ein Rückzieher angesagt. »Zuvor muss ich mit meinem Meister sprechen!«

~

Zwei SD-Beamte in Zivil eskortierten Max aus dem Gästezimmer in der Pension Zammet bis auf die Straße. Er sollte wohl nicht die Möglichkeit bekommen, sich im Anwesen Giesebrechtstraße Nummer 11 nach dem Stand der Umbauarbeiten umzuschauen. Walter Schellenberg betrat das Behandlungszimmer, in dem sein Chef Heydrich noch immer bäuchlings auf der Matratze lag.

»Wie war's!?«, erkundigte sich Heydrich.

»Technische Qualität vom Allerfeinsten: Man hört jedes Schamhaar knistern!« Schellenberg schob ihm den Karton mit der Tonkassette unter die Nase und beugte sich vor zum Ohr Heydrichs. »Trotzdem würde ich dieses Probeband unbedingt löschen!«

Heydrich bockte. »Ich könnte es Max vorspielen, das bindet den Frechdachs enger an mich.«

»Solange er es nicht in seine *magischen* Pfoten bekommt!«

»Für Max lege ich meine Hand ins Feuer ...«

»Aber bitte nicht für die Weibsbilder, die Max umschwärmen, im Inland wie im Ausland!«

»*Wie Motten das Licht* –«, summte das *Hohe C*, seinen Hass auf die Dietrich vergessend.

»... *und wenn sie verbrennen, was kümmert das mich!*«, brachte Schellenberg die Liedzeile weitaus melodischer zum Abschluss.

Heydrich lachte und stemmte seinen Torso hoch. »Will mein Walterchen den Oberverdachtsschöpfer rechts überholen?!«

Walter wiegte ernsthaft den Kopf. »Mir wäre so was wie mit dem Professor nicht unterlaufen. Überleg mal, wie nützlich uns *Le Grand Forgeron* noch hätte sein können.«

»Tja!« Heydrich schnäuzte sich geräuschvoll. »Ein funkelnder Knopf als Mikrophon im Frackhemd des Dicken ... Da waren wohl Übereifrige am Werk!« Er hatte keine Lust, sich zu rechtfertigen, denn er selbst hatte die Überwachung des Professors veranlasst. »Krafft, Karl Ernst«, ordnete er an, während er nach seinen Hosen angelte, »ist nach Berlin zu bitten, ich sagte ausdrücklich: *bitten*! Also mit Glacéhandschuhen!«

~

Auf dem Hellhof, dem Anwesen der Kraffts in Urberg, saß der Typokosmiker in seinem Studiernest hoch oben am Hang und hielt Ausschau nach seiner Frau Anna, die zu Freunden nahe der Schweizer Grenze gereist war, nach Säckingen. Er träumte von einem zu schreibenden illustrierten Band, der sämtliche Sprachen in ihren Verästelungen, Ursprüngen und Mutationen piktogrammartig sichtbar machen würde, ähnlich den altägyptischen Hieroglyphen, in den prächtigsten Farben. Darüber war er eingeschlummert, den Kopf auf der Tischplatte.

Krafft wachte erst wieder auf, als Anna neben ihm stand und aufgeregt plappernd von ihren Reiseerlebnissen berichtete. Wahrscheinlich tat sie das bereits seit geraumer Zeit und hatte so in seine Schau der ptolemäischen Tiergötterwelt eingegriffen, die sich zum Schluss einfach nicht mehr ordnen ließ ...

»In Säckingen fand ein Volksfest statt ...« Anna setzte sich an seine Seite, schmiegte sich an ihren Karl Ernst. »Umzüge von alemanischen Rittern, die auf ihren Schilden und Standern das Hakenkreuz und SS-Runen zeigten. Die Mädchen, mit dicken Zöpfen wie gerollter Hefeteig, trällerten, schmetterten zu den Trommeln und Fanfarenstößen aufputschende Lieder von Kampf, ewigem Feuer und Sieg!«

»Sieg Heil!«, stichelte Krafft. »Anna, du solltest dich beim *Völkischen Beobachter* als Korrespondentin bewerben! Die freuen solche Schilderung, mich nicht. Also komm bitte zur Sache, ich nehme deinen Erguss als einstimmenden Prolog!«

Anna war keineswegs beleidigt. »Plötzlich, wie ich da so sitze, spricht mich von hinten, sehr höflich, ein Herr an: dein Untersturmführer Otto Rahn!«

»Wieso *meiner*?!«

»Und der tut so, als hätte er mich noch nie gesehen, dabei war er doch schon hier –«

»Kann man wohl sagen! Zweimal! Das erste und –«

»Jedenfalls lädt er mich zu Kaffee und Zwetschgendatschi, macht mir Komplimente, dass mir Hören und Sehen verging –«

»Geschmeckt hat es dir hoffentlich dennoch!«

»Dann traktierte er mich mit Obstbranntwein, der dort ausgeschenkt wurde, und fragte mich, ob ich schon *vergeben* sei? Ich wusste gar nicht, was ich sagen sollte. Das muss er wohl als verschämtes Zieren einer Jungfer genommen haben, langsam, verdruckst wie ein verliebter Pennäler, rückte er damit heraus, ob ich mir nicht vorstellen könnte, seine Frau zu werden. Jetzt hatte es mir endgültig die Sprache verschlagen. Ich dachte, der spinnt, der ist doch ein 175-er, wie wir alle wissen. Was sollte das!? – Zu spät! Er kniete mitten in dem Gartenlokal vor mir nieder, bat mich flehentlich, ihn zu erhören. Um der Peinlichkeit ein rasches Ende zu bereiten, gab ich ihm eine erfundene Adresse, die mich als Schweizerin auswies, mit Namen »Berta Scheidegger aus Hasle-Ruegsau im Emmental«, das fiel mir grad so ein. Ich sagte, ich würde mit meinen Eltern reden – und dann floh ich, so schnell mich meine Füße trugen, fort aus Säckingen, immer in der Sorge, er könnte mir folgen – Hat der noch alle Tassen im Schrank?!?«

»Dem steht's Wasser bis zum Halse«, klärte Krafft sie auf. »Der ist in die SS eingetreten, ohne zu bedenken, welche Wertbegriffe dort ehernes Gesetz sind: Homosexualität ist im Orden ein mit der Todesstrafe zu ahnendes Kapitalverbrechen! KZ ist das Mindeste – und was das heißt, hat dieser blöde Rahn grad am eigenen Leib erfahren, diesmal nur als Wächter ...«

»Und jetzt?!«

»Jetzt schreibst du ihm einen netten Brief aus der Schweiz: Du seist zwar geschieden, hättest aber zwei kleine Kinder, und deine Eltern würden dich auf der Stelle enterben, wenn sie erführen, dass du einen deutschen SS-Mann – Das müsste reichen! Zeig dich traurig, aber tapfer!«

STUPOR

August 1938

Ich war noch einmal in die Giesebrechtstraße zurückgekehrt, obgleich mir dumpf bewusst war, dass mich dort auf der Baustelle besser keiner sehen sollte. Ich hatte wegen Addy ein flaues Gefühl und hoffte, vielleicht doch etwas über ihren Verbleib in Erfahrung zu bringen. Statt auffällig vor dem Hause herumzulungern, schritt ich stracks durch die offen stehende Hofeinfahrt und betrat unschlüssig den Hinterhof. Aus einer Ladeluke, hinter der eine Rutsche in die Tiefe des Kellers führte, sah ich ein Gesicht verschwinden. *Ein Jude!*, durchfuhr es mich. Jagen Murmeltiere Ratten? Auch ich war bereits Opfer der infernalischen Propaganda des Julius Streicher geworden, so dass meine Phantasie geradezu automatisch, gehorsam in die Richtung des *Stürmer* schwenkte: Es musste ein Jude sein, der sich da vor mir in seinem elenden Loch verkroch!

Es dauerte nicht lange, da trat ein Mann aus einer Hoftür hinter mir und grüßte mich verlegen durch Lupfen seiner Kappe: Ein schütterer, silbriger Haarkranz zierte den hohen Schädel. Er wirkte wie ein Gelehrter trotz der abgewetzten Klamotten an seinem dürren Leib. Ich stammelte naiv-blöd: »Verzeihung, mein Herr, ich glaubte, Sie wären ein Jude.« Er war nicht einmal zusammengezuckt, sondern schenkte mir ein dankbares Lächeln.

»Tut mir leid, Ihnen damit nicht dienen zu können, junger Herr. Mein Name ist Erwin Schultze. Ich bin der Hausmeister hier.«

Ich glaubte ihm kein Wort. »Dann müssen Sie ja die Mädchen hier kennen?«, begann ich, seine Freundlichkeit erwidernd. Ich wollte unbedingt vermeiden, dass er mich für einen Polizeispitzel hielt oder gar für einen von den Geheimen. »Ich suche nach einer Adelheid, Fräulein Addy ...?«

Er musterte mich, nicht einmal argwöhnisch, meine Integrität prüfend. »Ich glaube, die hamm'se geschnappt!«

Ich war einen Moment konsterniert, traute mich auch nicht zu fragen, *wer*?

»Die ersten Tage nach der Flucht von Madame Kitty kamen sie ständig und fragten mir Löcher in den Bauch, weil ich ihr beim Beladen des Opels behilflich war. Dann war schlagartig Ruhe, keiner wünschte noch irgendetwas in Erfahrung zu bringen über das Verhältnis von Frau Kitty Zammit zu dem Frollein Addy, über die Motive des plötzlichen Aufbruchs von Madame – als lägen die Gründe dafür nicht auf der Hand!«

Das war unverhohlen eine Parteinahme, ein Vertrauensbeweis für mich! Ich wollte mich dessen würdig erweisen. »Darf ich in den nächsten Tagen wieder vorbeischauen? Ich bin äußerst beunruhigt.«

»Gerne, mein Herr, ich bin glücklich, jemandem behilflich sein zu können, der nicht –« Er hob die Schultern mit weitläufig seine Umgebung umfassender Handbewegung, die von tiefer Verachtung für jene namenlose Büttel zeugte. – »Ich verstehe«, sagte ich, und schämte mich schon wieder. »Man muss sich gegenseitig helfen, wenn man nicht zu denen gezählt werden will!« Hastig verließ ich den Hinterhof des *Salon Kitty*. Fast wäre ich mit einem Trupp Bauarbeiter zusammengestoßen, die eine Wurlitzer Orgel von der Rampe eines Lkw abluden und sich dabei rückwärts bewegten.

STUPOR

August 1938

Reinhard Tristan Heydrich hatte mich, wie in letzter Zeit häufig, in den neuen Behandlungsraum bestellt, den er sich in der Prinz-Alb-recht-Straße hatte einrichten lassen, zwischen seinem geliebten Fechtboden und dem Zugang zu seiner seltsamen »Geisterbahn – Nur für Juden«.

Während ich auf ihn wartete, kam mir die Schilderung dieses Hades in den Sinn, die ich Grete von Urbanitzki bruchstückweise entlockt hatte, sie sichtbar damit quälend. Die düsteren Keller hätten sich vor ihren Augen im Licht der fluoreszierenden Lampen mit ausgemergelten KZ-Häftlingen gefüllt, erzählte sie mir, und es seien immer mehr geworden. Inmitten der dumpfe Masse habe sie das Gefühl übermannt, unweigerlich zu ersticken. Seitdem hatte ich mich stets geweigert, auch nur einen Blick hinter die Bunkertür zu tun, wie es mir das *Hohe C*, so es gut gelaunt war, gelegentlich anbot, mit einem sadistischen Lächeln auf dem Gesicht …

»Hart werden, Herr Max!«, lautete seine heitere Einladung. »Nur mit gnadenloser Härte besiegt man den inneren Schweinehund, hart gegen den Feind vorgehen – Granat-krach-hart!!«

Ich dachte an Herrn Erwin Schultze im Keller der Giesebrecht 11. Was machte der, wenn ihn Zahnschmerzen plagten? Seit Beginn dieses Jahres war den Juden jegliche ärztliche Behandlung verwehrt – nur eine von Dutzenden Verboten und Vorschriften, die unablässig auf sie einprasselten. »Den Zahn hatte man ihnen gezogen!«, höhnten die Mannschaften in der Wachstube des RSHA.

In diesem Augenblick erschien Reinhard Tristan Heydrich, verschwitzt von seinem Fechttraining, reichlich verspätet an der »Folterbank«, wie er die Therapieliege launig nannte. Er schien recht aufgeräumt und brachte als Erstes sein verlockendes Angebot aufs Neue ins Spiel, für meinen fahrbaren Untersatz Sorge tragen zu wollen. Es schien mir sinnlos, mich weiter gegen sein Werben zu sträuben. Den zwar schicken BMW 328 gelang es mir noch abzuwehren, doch beim Horch 930 V-Roadster wurde ich schwach. In zwei Wochen hätte ich ihn, versicherte er mir so beiläufig wie möglich, denn er wollte nun auch nicht als edler Gönner dastehen oder als korrumpierender Machtmensch. »Das ist dann Ihr Dienstwagen, Herr Max!«

Ich sagte nur: »Der Leibphysio bedankt sich beim *Hohen C*! Der erste Griff seiner Hände ins Lenkrad …«, lustvoll erhöhte ich das falsche Pathos, »steigert seine Abhängigkeit zur Leibeigenschaft! Herr Max hält es daher für sinnvoll, seine *magischen Hände* nicht auch noch örtlich, *sub loco,* zu unterwerfen, sondern lieber seine bescheidene Wohnung im Gartenhaus des Meisters zu behalten.«

Meine kunstvoll gedrechselten Einschränkungen lockten nur ein müdes Grinsen auf seine Züge – Oder wie soll ich das Mienenspiel der Schlange vor dem Kaninchen beschreiben?

»Ein Schritt nach dem anderen!« Aus seinem Munde war das purer Hohn.

Ich hütete mich, ihm offen ins Gesicht zu sagen, dass ich mich dort, bei Dr. Felix Kersten, sicherer fühlte. Denn die enge Bindung des Reichsführers-SS zu seinem Arzt und Leibmasseur erhob dessen Anwesen am Tiergarten zu einem Freigehege mit exterritorialem Status, das auch mich vor Übergriffen schützte. Bildete ich mir zumindest ein.

STUPOR

August 1938

Der Horch war ein für Heydrich leicht errungener Erfolg, der ihn wahrscheinlich auch nichts kostete, wenn man von dem Stander absah, der den Wagen zieren sollte: Ein weißer Wimpel mit der

Aeskulapschlange, wie er schon den Ärmel meiner Livree schmückte. Die Zulassungsnummer würde neutral gehalten sein. Ich bedankte mich auch für diese Aufmerksamkeit.

Der angedrohte, wenn auch nicht voraussehbare nächste Schritt sollte schon bald darauf erfolgen: Bei einer der nächsten Visiten im Keller des RSHA legte sich mein *Hohes C* nicht wie üblich erwartungsvoll auf die bereitstehende Liege, sondern forderte mich auf, ihm zu folgen.

»Ich will diese Achterbahn für Juden und Freimaurer nicht sehen!«, protestierte ich vorsorglich.

Heydrich schüttelte den Kopf und schob mich durch eine verborgene Schranktür, die ich zuvor nicht bemerkt hatte, in eine dunkle Zelle. Es war eine schallsichere winzige Kabine, die als einziges Inventar ein Tonbandgerät und zwei überdimensionierte Kopfhörer aufwies. Außerdem lag eine Pistole auf dem Tisch. Ich zuckte zusammen. Heydrich forderte mich auf, Platz zu nehmen und mir die ledergepolsterten Hörmuscheln überzustülpen.

Ich vernahm deutlich die mir vertraute Stimme des Otto Rahn und das unverkennbare Organ des Gruppenführers Karl Wolff, aber auch der Reichsführer-SS schien zugegen zu sein, sein Schniefen war unüberhörbar.

»… wollte Reichsführer die erfreuliche Mitteilung machen«, raspelte Otto Rahn aufgeregt, »dass ich mich verlobt habe und demnächst in den Stand der Ehe treten werde!«

»Und wie heißt die Glückliche?!« Es war Wolff, der nachhakte.

»Berta Scheidegger, eine Dame aus der deutschsprachigen Schweiz!«

»Wunderbar!«, schnaufte die Stimme Himmlers. »Ganz vorzüglich! Die Schutzstaffel wird … – Wölfchen!!«

Wolff reagierte prompt: »… wird die Hochzeit gerne ausrichten! Empfehlung an die Frau Braut, der Reichsführer würde sich sehr freuen –«

»Wenn Kamerad Rahn die Dame in Bälde vorstellen wird!« Das war wieder Himmler.

Man hörte das Klacken, mit dem der Untersturmführer die Hacken zusammenschlug. »Vielen, vielen Dank, Reichsführer, zu Befehl! – Heil Hitler!«

Heydrich, der über das andere Paar Kopfhörer ebenfalls die Szene verfolgt hatte, griente und schaltete den Ton ab. »Tja, Triumph deutscher Technik!« Er schob mich aus dem Kabuff. »Wenn nur die Veranlagungen der Menschen ähnlich sauber regulierbar wären!«

SS-Gruppenführer Heydrich ließ seinen Chef, den Reichsführer-SS, abhören, und mich hatte er zum Mitwisser gemacht! Es war nicht schwer zu begreifen, was dieser Vertrauensbeweis für mich bedeutete. Ich hatte mir eingebildet – und wahrscheinlich hatte ich aus rein physischer Sicht damit auch recht –, dass Reinhard Tristan Heydrich Wachs unter meinen Händen war. Nun erkannte ich klar, dass Maxe Wittacher, der liebe *Herr Max*, im stählernen Schraubstock des *Hohen C* steckte, der ihn nicht mehr losließ, gar nicht mehr loslassen konnte!

Wie gerne hätte ich an Charlot geschrieben und sie ins Vertrauen gezogen, aber seit Brüssel hatte ich von ihr keine Anschrift mehr. Gewiss, ich konnte über die Bircher-Benner-Klinik in Zürich, über die Adresse des rumänischen Diplomaten in London, Virgil Tilea, Charlot zu erreichen versuchen oder durch die Vermittlung ihrer Tante Marguerite Panchaud in Genf. Doch die Tatsache, dass ich immer noch nichts über den Verbleib von Addy wusste, hielt mich davon ab. Ich hatte den Brief an Charlot bereits angefangen, blieb dann aber sofort bei der fehlenden Adresse hängen. Wütend schrieb ich auf das Blatt: »Komm bloß nicht her, so sehr ich mich nach Dir sehne …«

Dein Murmeltier

Weiß trägt die Braut, Schwarz die Schutzstaffel

Herbst 1938

Der von Heydrich nach Berlin ins Reichssicherheitshauptamt zitierte Karl Ernst Krafft wurde nicht erwartet und schließlich an Himmlers Stabschef Gruppenführer Wolff verwiesen. Dem kam das Schweizer Sprachgeistgenie gerade recht. Karl Wolff hatte nicht vor, sich Heydrichs Planspiele zur Rückholung emigrierter Wissenschaftler zu eigen zu machen, einmal, weil er sie schlicht als absurd empfand, und zum anderen, weil sie die Gefahr heraufbeschworen, Hitlers Zorn zu erregen. Stattdessen fiel er über den ahnungslosen Krafft her mit dem Vorwurf, bislang nichts, aber auch rein gar nichts aus Otto Rahn herausbekommen zu haben, was das Versteck des sagenhaften Grals beträfe. Der perplexe Typokosmiker reagierte empört: Das sei nun wirklich nicht seine Aufgabe!

Wolff war verärgert. »Hat Schellenberg Ihnen das nicht klipp und klar auferlegt!?«

»Wäre der in solcher Form an mich herangetreten, stünde ich jetzt nicht hier!«

»Das sich einzubilden, Herr Krafft, zeugt von völliger Verkennung Ihrer Möglichkeiten – Abführen!«

Ehe sich's Karl Ernst Krafft versah, wurde er in den Keller des Reichssicherheitshauptamts verbracht und erst einmal weggeschlossen.

»Gruppenführer Heydrich ist auf dem üblichen Dienstweg zu benachrichtigen!«, gab Wolff den Uniformierten mit auf den Weg.

Dem Untersuchungshäftling Krafft, K. E., wurde bedeutet, dass er so lange im Keller schmachten würde, bis er sich zu der verlangten Zusammenarbeit bereiterklärte.

Vierundzwanzig Stunden später saßen sich im Gästehaus der SS, der Villa Marlier am Wannsee, Untersturmführer Otto Rahn und der aus der Haft überstellte Karl Ernst Krafft gegenüber, keineswegs aus freien Stücken. Walter Schellenberg hatte beiden in einem Vieraugengespräch unmissverständlich bedeutet, dass sie sich hier so lange gegenseitig würden ertragen müssen, bis die gewünschten Ergebnisse gezeitigt seien. Gleichwohl unterschied sich die Stimmungslage der beiden kaum von der ihrer ersten Zusammenkünfte im Hause Kraffts.

»Wo waren wir stehengeblieben?!«, begann Krafft sogleich provozierend.

»Parzival darf nicht sterben!«, giftete Rahn zurück.

Krafft rollte die Augen, das fing ja gut an. Er unterdrückte den aufsteigenden Jähzorn, im Grunde genommen konnte ihm der Ablauf der Story egal sein, schnurzpiepegal! »Wer ist dann das Opfer?«, insistierte er beherrscht. »Der Jude?«

»*Trop d'honneur!*«, schnaubte Rahn. »Seit wann dürfen Verräter sich im Tode zu Helden hochschrauben!?«

Ruhig Blut, sagte sich Karl Ernst Krafft. »Wen hätten wir denn sonst noch, den Muslim, den Ketzer –?«

»Die sollen doch als Retter auftreten! Auf den Juden könnten wir als Ersten verzichten ...?!«

»Na, also!«, gab sich Krafft zufrieden. »Was geschieht aber nun mit Parzival? Wenn er also nicht sterben darf, was dann ...?!«

»Parzival muss die Erlösung bringen. Sein Opfer muss von der Art sein, dass sein Ende in eine andere Dimension führt, er müsste verbrennen in einem grellen ewigen Licht von nie gesehener, strahlender Helligkeit, tausend kristallene Sonnen –!«

»Das ist wunderbar!«, stöhnte der Typokosmiker so überzeugend, dass Rahn fast schon bereit war, sich mit ihm zu versöhnen. Doch der hatte noch nicht geendet. »*Venerabile* Otto Rahn«, fuhr er feierlich fort. »Die Idee ist so umwerfend genial, dass wir die Nacht darüber schlafen sollten. Solche Bilder werden Sterblichen höchstens im Traum zuteil!« Der Schweizer sprang auf, umarmte den verdutzten Otto und stürmte aus dem Besprechungszimmer der Wannseevilla.

Dem hellen Schein des Vollmondes, grelles Licht eines Verhörstrahlers, konnte sich Otto Rahn in jener Nacht nicht entziehen. Der Mond blickte durch die nackten Fenster der Villa Marlier ins Gästebett, in dem sich der gepeinigte Gralsforscher unruhig wälzte. Immer wieder spielte der Gralsforscher die Szenen seines Romans durch, über die er sich beim Schreiben wenig Gedanken gemacht hatte. Er sah die Kerkerzelle unter der Zitadelle von Carcassonne, in der dessen früherer Herr, Vizegraf Perceval, seinem Schicksal entgegendämmerte. Hatte er das Gift, das ihm schließlich gereicht wurde, herbeigesehnt? Im Kampf zu sterben, mit dem Schwert in der Hand, das war der Tod, den er sich so sehnlich gewünscht hatte! Perceval hätte gern sein Leben hingegeben, wenn dadurch den tapferen Verteidigern des Montségur – Gläubige und zum Sterben bereite Katharer wie er selbst, wie auch seine Schwester, die große Esclarmunde – die Rettung ermöglicht würde, die Rettung des Höchsten und Heiligsten, des im Geheimen gehüteten *Grals*! Doch wie sollte Perceval den Seinen helfen? ... Otto Rahn fand die Antwort nicht, aber auch kein Schlaf erlöste ihn in seinem Brüten.

Verdammter Vollmond! Er sprang aus den Federn, zog sich hastig an – blöde Uniform, aber ohne sie kein Entrinnen. Er erschien der verschlafenen Nachtwache wie ein Inspekteur, der sich zackig grüßend ins Freie verabschiedete, nachdem er barsch nach einem Taxi verlangt hatte.

Das Romanische Café war bereits im Begriff zu schließen, als Otto Rahn als verspäteter Gast hereinstürmte.

Schön ist die Liebe im Hafen ..., dudelte die Wurlitzer-Orgel. Der SS-Untersturmführer bestellte Bier und einen französischen Cognac, und als ihm der edle Tropfen verweigert wurde, weil die Bar schon geschlossen sei, zischte er wütend zwei Gläser Berliner Kindl hintereinander und suchte Streit.

Schön ist die Liebe zur See ...

An der Theke hing, ziemlich besoffen, ein Oberleutnant der Marine in den Armen einer vollbusigen Dame, sein Hinterkopf lag in ihrem Dekolleté, die Schirmmütze war schief auf ihr Toupet gestülpt.

Einmal im Hafen nur schlafen ...

»Welches Bild, welch beschämender Eindruck!«, blökte der Untersturmführer den Offizier an, der nicht reagierte, dafür aber die Blondine. Sie streckte Rahn ihre obszön kreisende Zunge raus.

»Sind Sie wahnsinnig?!«, brüllte Rahn und schwappte das restliche Bier aus seinem Glas gegen die beiden. Der Oberleutnant öffnete langsam die geröteten Augen. Sein stahlblauer Blick richtete sich nicht auf den Angreifer, sondern registrierte mit kalter Genugtuung das, was sich hinter dem aufbaute. Zwei kräftige Maats mit Pranken wie Ruderblätter ergriffen Rahn unter den Achseln, schleiften ihn durch das leere Lokal, öffneten die Tür und stauchten ihn mit dem Hosenboden hart auf das Trottoir.

~

Es war selten, dass Heinrich Himmler die der SS uneingeschränkt zur Verfügung stehenden Villa am Wannsee aufsuchte. Der Grund war auch nicht das verschrobene Autorenpaar, das sein Stabschef Wolff dort einquartiert hatte, sondern der Geburtstag von Frau Dr. Hiltgund Schlarb-Boeringer, der verdienten Leiterin der Stiftung Ahnenerbe. Sie hätte sich zwar lieber ein Essen im feinen *Horcher* gewünscht, aber der Reichsführer hielt eine Feier *coram publico* nicht für opportun. Wenigstens wurde das Luxusrestaurant angewiesen, die Festtafel im Salon der Villa Marlier zu bestücken.

Es kamen auch gleich Themen zur Sprache, die mit dem offiziellen Anlass des »Liebesmahls im kleinsten Kreise« wenig zu tun hatten.

Geladen war neben dem Geburtstagskind nur die absolute Spitze des Schwarzen Ordens, also der Reichsführer-SS höchstpersönlich,

Gruppenführer Karl Wolff und Reinhard Heydrich, dem es gleich auffiel, dass Grete von Urbanitzki, die als Busenfreundin der Schlarb galt, diesmal nicht zu den Gästen gehörte.

»Seit dem Anschluss, den Sie natürlich begrüßt«, verkündete die Gefeierte schnippisch, »ist die Gute eingeschnappt!«

»Ist ja auch nicht einfach«, spottete Heydrich, »vom extravaganten Status einer k.u.k.-Freifrau in den Stand einer Bürgerin des Deutschen Reiches zu rutschen.«

»Na na!«, moserte der aufmerksame Himmler. »Eine hohe Auszeichnung, die Madame sich erst noch verdienen muss!«

Gruppenführer Wolff hatte anderes auf dem Herzen. »Noch immer sind keine Unterlagen in Sachen Eheschließung Untersturmführer Rahn eingetroffen ...«

Ehe Himmler sich äußern konnte, ging Heydrich dazwischen. »Stattdessen ...« Er bemerkte den *faux pas*, aber sein Vorgesetzter winkte gnädig, er möge fortfahren. »Stattdessen hat sich, wie mir Admiral Canaris beim morgendlichen Ausritt mitteilte, unser Ehrenpinsel, Moralapostel und Hüter des öffentlichen Anstandes wieder voll in die Nesseln gesetzt! Diesmal beleidigte er einen Offizier der Kriegsmarine!«

»Tja ...« Himmler beugte sich zu Wolff. »Da müssen wir strengere erzieherische Maßnahmen ergreifen!«

»Ganz recht, Reichsführer, daran habe ich auch schon gedacht!« Der Stabschef schickte der Schlarb einen entschuldigenden Blick. »Wenn Sie gestatten, Parteigenossin und zu ehrende Jubilarin ...« Sein Blick wanderte weiter zu Himmler. »Ich habe mir erlaubt, den Übeltäter einzubestellen, damit er von höchster Stelle die Leviten gelesen bekommt –«

»Ein anderes Wort wäre mir an dieser Stelle lieber.« Spitz mischte sich Hiltgund Schlarb ein. »Statt dieser jüdischen Verhunzung der deutschen Sprache!«

»Recht so!«, lobte sie der Reichsführer, und zu Wolff gewandt: »Lassen Sie diesen Eheverschlepper, Marineabwerter und Gralsverberger mal antanzen!«

»*Gaudeamus igitur*!«, rief Reinhard Tristan Heydrich in die Runde. »Prosit!« Alle hoben ihre Gläser.

»Heil Hitler!«, bedankte sich Hiltgund Schlarb, und alle tranken nun auch auf den Führer.

STUPOR

September 1938

»Leibphysio *C* eingetroffen!«, bellte die Wache gleich hinter den hohen Flügeltüren des Reichssicherheitshauptamts meine Ankunft routinegemäß in den Sprechapparat. Ich nahm den Personenfahrstuhl hinab in das Tiefgeschoss, beim Aufstoßen der Sicherheitsschleuse rannte ich in Hauptsturmführer Walter Schellenberg. Ich fasste mir ein Herz und beschloss, ihn nach dem Verbleib von Addy zu fragen, immerhin war sie seine Liebste gewesen. »Addy kann doch nicht vom Erdboden verschwunden sein?!«.

»Wieso denn?! Die springt doch putzmunter durch die renovierten Räume ihrer lieben alten Giesebrechtstraße!« Walter zog mich zur Seite. »Mach keinen Wind, Maxe. In wenigen Tagen wird der aufgehübschte Salon Kitty seine Pforten wieder öffnen. Dann ist auch unsere Addy wieder wie gewohnt zur Stelle!«

Damit ließ er mich stehen, und ich begab mich in das Therapiestudio, das Heydrich hinter seinem Fechtboden eingerichtet hatte.

In Berlin hatte jetzt die Ausstellung, Zurschaustellung *Entartete Kunst* ihre Pforten geöffnet. Das fiel mir ein, als ich an der Geheimtür vorbeikam, die der mit Stahlbrünne und Beinschienen bewehrte *Edle Ritter* Adolf Hitler zierte. So präsentierte sich also Geartete Kunst!

~

»Ich hab Charlot zur Eröffnung eingeladen«, gestand die verunsicherte Addy der überraschend vorbeischauenden Grete von Urbanitzki. »Hätte ich das nicht tun sollen?«

Die Wiener Journalistin begutachtete aufmerksam die frisch gestrichenen Zimmer der ehemaligen Pension Zammit in der Giesebrechtstraße. »Recht herzig schaut's aus!«, lobte sie, dann packte sie das Mädchen beim Arm und schob Addy hinaus auf den Flur. »Wer hat dich das geheißen!?«, zischte sie leise.

»Walterchen!«, kam treuherzig die Antwort. »Er war so nett, beim Ausfüllen des Telegrammformulars zu helfen, und hat es sogar für mich speditioniert, damit es noch rechtzeitig bei meinem Schwesterherz ankommt!«

»Wunderbar!«, höhnte Grete. »Und wann erwartest du Charlot?!«

»Morgen Abend, grad zur Eröffnung!«

»Ich werde sie abholen«, beschied die Wienerin die verwirrte Addy, »und darüber sagst du deinem Walterchen gefälligst kein Wort!« Ihre raue Stimme nahm an Schärfe noch zu. »So wie du überhaupt vergisst, mich heute hier getroffen zu haben!« Die Urbanitzki hatte genug gesehen und verließ den Salon Kitty über den Hinterhof.

Als Journalistin hatte sie inzwischen begriffen, was die Stunde für sie geschlagen hatte. Seit dem »Anschluss« Österreichs war ihr Status nicht mehr derselbe: Von der gelegentlich nützlichen Kollaborateurin war sie zu einer argwöhnisch im Auge zu behaltenden Person geworden. Heydrich hielt die Wienerin seit je für eine Doppelagentin. Und dass er bisher nichts gegen sie unternommen hatte, lag vor allem daran, dass sie mit der Chefin des Ahnenerbe so gut bekannt war. Dass sich der Sicherheitsdienst der Person Addys bemächtigt hatte, erzürnte die Urbanitzki. Und jetzt vielleicht auch noch Charlot in den Fängen dieser Bande?! Hier regte sich der Geist des Widerstandes in der kaiserlich königlichen Monarchistin alten Schlages!

Am nächsten Tag stand Grete von Urbanitzi püntklich auf dem Lehrter Bahnhof, auf den Zug aus Amsterdam wartend. Die Journalistin hielt sich im Hintergrund – man konnte ja nicht wissen, wer sonst noch sich hier zum Empfang eingefunden hatte. Der Zug fuhr ein, die Passagiere stiegen aus. Bald entdeckte die Journalistin Charlot unter den angekommenen Reisenden. Niemand trat auf sie zu, also rief sie Charlot beim Namen und zog sie mit sich vom Perron.

»Sag mir, Grete«, Charlot war eine furchtlose Person. »Ist etwa nicht *Alles Okay*, wie mir Addy kabelte?«

»Nichts ist okay! *All wrong*! Hier wartet höchstens die Gestapo auf dich, um dich in die Mangel zu nehmen!« Grete winkte ein Taxi herbei. Sie ließ sich und ihren Gast in die Seitenstraße fahren, von der aus man in den Hinterhof des Salon Kitty gelangen konnte. Die Journalistin kannte sich aus. Über die Personalstiege führte sie Charlot in das Zimmer von Addy, dessen Schlüssel sie sich besorgt hatte. *Hawaii* stand an der Tür, eine tropische Blütenkette umrankte malerisch den Schriftzug.

Addy war nicht da.

»Nimm ein Bad!«, riet die Urbanitzki Charlot, »Und lass niemand rein! Deine Schwester hat einen Schlüssel und ich den anderen.«

Die überrumpelte Charlot hörte noch, wie die Tür von außen verschlossen wurde, und die Schritte der Urbanitzki, die sich entfernten ...

STUPOR

September 1938

Das *Hohe C* hatte mich, seinen Leibphysio Max Wittacher, richtig offiziell eingeladen, mit ihm und Walter Schellenberg an den gewiss amüsanten Eröffnungsfestivitäten des Salon Kitty teilzunehmen. Die Haushälterin von Dr. Kersten hatte mir meine weiße Livree aufgebügelt, und ich beschloss, in meinem neuen Horch vorzufahren. Ein Cabrio wäre jetzt toll gewesen!

Schon das Gedränge der Limousinen, die meisten mit dunkel getönten Scheiben, war beeindruckend. Ein Polizist musste den Verkehr regeln, und zwei Türsteher in roten Mänteln mit goldener Bordüre kontrollieren am Eingang die namentlichen Einladungen.

Ich hatte Schwierigkeiten, in dem auf drei ineinander übergehende Empfangssalons erweiterten »Geselligkeitsbereich« meine

Gastgeber von der SS aufzuspüren. Heydrich hielt hof, umdrängt von schönen Frauen und Journalisten. Photoreportern war der Zutritt strengstens verwehrt. Kitty schwirrte herum, sich um das Wohl der Gäste kümmernd und schon leicht beschwipst. Der heimliche Hausherr war jedoch Walter Schellenberg, der, gefolgt von zwei Schlapphüten, ständig und unbeachtet unterwegs war, um die Gästezimmer noch einmal zu inspizieren, bevor Kitty die begehrten Zimmerschlüssel verteilen durfte.

Es spielte eine als Kosaken kostümierte Band verbotenen Swing und Anklänge von Jitterbug, und auf einer improvisierten Bühne schwangen leichtbekleidete Tänzerinnen das Bein, sobald zum Jubel des Publikums ein Charleston ertönte. Erstaunlich viele elegant bis frivol gedresste Damen der »Gesellschaft« in der durch die Räume schiebenden Menge!

Ich suchte nach Addy, lief aber schon wieder Walter Schellenberg in die Arme, der mich sogleich zum *Hohen C* schleppte. Nach einem von Kitty kredenzten Begrüßungssekt verkündete der schon angetrunkene Heydrich zu meiner Pein: »Der Maxe muss jetzt vögeln!«

Wenn ich vorher vielleicht noch Bock auf die sich anbietenden Mädchen gehabt hatte – mit dieser rüden Ankündigung war jedwelches Verlangen restlos verflogen!

»Erst mal will ich mir einen hinter die Binde –«, versuchte ich mich herauszuwinden, aber Kitty schenkte mir sofort nach. So gab ich mich extravagant prätentiös. »Dazu muss ich noch die passende, gertenschlanke Rothaarige entdecken, *Titien-nature*!«, stellte ich eine schwer erfüllbare Bedingung. Doch das *Hohe C* kannte keine Gnade.

»Kitty, welche Zimmer sind noch frei?!«

»Florida, Hawaii – Honolulu – und *Sansibar!«* Alle Namen wie aus der Pistole geschossen!

»Walterchen wird Herrn Max jetzt hinaufbringen und einschließen«, ordnete er an, »wir schicken ihm dann was Hübsches aufs Zimmer: die Frau seiner Träume!«

Statt Schellenberg selbst führten mich zwei Schlapphüte ab. Ich bekam gerade noch mit, wie Heydrich seinem Freund drohte: »Aber gefälligst nicht die Addy!«

Schellenberg hatte mit viel Mühe und Überredungskunst Heydrich von der Schar der Verehrerinnen losgeeist, er wollte ihm unbedingt den ehemaligen Kartoffelkeller zeigen, den er zur Abhörzentrale umfunktioniert hatte. »Neueste Technik der Firma Telefunken!«, schwärmte er, bevor sich die schwere Stahltür elektrisch öffnete. An beiden Wänden des lichtlosen und jetzt auch schallgedämmten Raumes standen die langen Tische mit den Tonbandgeraten, und über jedem Platz hing ein Schild mit dem Namen des jeweiligen Zimmers: *Hawaii – Madagaskar – Shanghai – Honolulu.*

»Toll!«, knurrte Heydrich anerkennend. »Aber jetzt will ich meinen Maxe im scharfen Galopp vernehmen, wie er der Stute die Sporen –«

»Den Sporen!«, korrigierte Schellenberg grinsend. »Wie sie unter seiner harten Peitsche stöhnt! Vielleicht solltest du selber mal ...«

»Dann ist das hier aber tabu, Walterchen! Versiegelt!«

»Gut, machen wir uns auf die Suche nach einer passenden Gefährtin für Maxe auf *Honolulu*!«

Die beiden SS-Offiziere verließen feixend wie Schulbuben den stahlgesicherten Kartoffelbunker.

STUPOR

September 1938

Ich hatte mich im schummrigen Licht des *Honolulu* umgeschaut. Rote Birnen über dem breiten Brett, im Bad und über dem Bidet, sogar der Wandschrank enthielt eine cyclamangestrahlte Bar mit einem leeren Sektkühler. Ich war eingesperrt wie ein unartiges Kind, also versuchte ich, über das Fenster zu entweichen. Es war einbruchgesichert. Ein Stockwerk über mir ließ jemand die Wanne volllaufen, keine dumme Idee! Es standen sogar Badesalze bereit. Ich drehte beide Hähne auf, bis ich den Strahl auf eine mir angenehme Temperatur gebracht hatte. Derweil zog ich mich aus, hängte mein kostbares Jackett auf einen Bügel …

Heydrich und Schellenberg hatten bereits mehrfach die Geselligkeitsräume im Foyer des Salon Kitty durchpflügt und die strapazierte Madame des Etablissements genervt mit ihrem kindischen Begehr nach einer »Natur-Tizianroten«. Da die meisten Mädchen bereits im Einsatz waren, machten sie sich auf den Weg, um hinter der Bühne nach einer geeigneten Hupfdohle oder freizügigen Jitterbugtänzerin zu fahnden, die beiden Schlapphüte immer im Schlepptau. Im Dienstboten-Treppenaufgang stießen sie auf die erschrockene Grete von Urbanitzki. Die Wienerin konnte sich das enthusiastische Grinsen nicht erklären, das über Heydrichs Echsengesicht glitt, als er ihrer ansichtig wurde.

»Liebe Frau Grete, so einsam und so allein in diesem Tempel der ungezügelten Lüste?«, säuselte er gewinnend, um dann blitzschnell umzuschlagen in schneidende Schärfe. »Oder spionieren Sie auch hier?!« Ein Wink an die Schlapphüte. »Diese Dame steht unter Arrest! Schafft sie auf Zimmer *Honolulu*! Alles Weitere werden wir …«

Ich lag in der Wanne und genoss wohlig das warme Bad, als es an der Tür klopfte. Aus dem Wasser zu steigen ergab ja wohl keinen Sinn, die Tür zum Flur war ja verschlossen. Doch nachdem es nochmals zaghaft, geradezu höflich geklopft hatte, verließ ich tropfend die Wanne, wand das Badefrottée um die Hüften, suchte noch nach Latschen, als die Tür zu meinem Zimmer aufgerissen wurde und – Grete von Urbanitzki in den Raum gestoßen wurde. Sie stolperte und fiel vor meinem Bett auf die Knie, während hinter ihr bereits wieder der Schlüssel im Schloss knirschte.

»Welch Überraschung!«, rief ich heiter, ich hatte den Ernst der Lage mitnichten erfasst.

Die stämmige Mitfünfzigerin starrte mich an, erst wie einen Geist, dann legte sie beschwörend den Zeigefinger an die vollen Lippen. Ich begriff, dass ich zu schweigen hatte. Wir sahen uns an und lachten laut auf auf, sie prustete regelrecht, dabei brachte sie ihren Kopf dicht an mein Ohr.

»Man hört uns ab!«, zischelte sie mir zu.

Ich zeigte auf die offene Badezimmertür und ging vor, giggelnd und schnaubend folgte sie mir. Ich betätigte die Spülung des WCs.

»Wir müssen denen wüstes Bürschteln vorspielen«, nutzte sie das Rauschen, »sonst lassen die uns nicht mehr raus!«

»Ah!«, sagte ich, plätscherte dabei mit der flachen Hand das Badewasser. »Wir fingieren ...?!«

Sie nickte. Die WC-Spülung ging in Gluckern über.

»Du Sau!«, schnaubte ich lauthals und sprang samt dem Badetuch zurück in die Wanne, drehte beide Hähne auf, zog aber gleichzeitig den Stöpsel.

»Geiler Hengst, du!«, plärrte sie wollüstig, um dann unvermittelt loszutrompeten: *Lass mich dein Badewasser schlürfen ...*

»Ah, aaah – ooh, ooohh«, brüllte ich und schlug auf das Wasser ein ... *Einmal dich abfrottieren dürfen ...*

Dazu mein wieherndes Gelächter, Klatschen in die hohle Hand und mit dem nassen Badetuch ... *Und deine Oberweite messen, messen!,* echote die Urbanitzki. Wir grölten im dissonanten Duett. *Und alle anderen Frauen vergessen ... vergessen!* Wie musste das wohl in den Ohren unserer Lauscher klingen!?

Lass mich dein ..., quietschte Grete vor Vergnügen.

»Der Maxe ist ein Schwein, ein richtiges wildes Schwein!«, stöhnte das *Hohe* C unter der Last der klobigen Kopfhörer über den wüsten Schwall von Geräuschen, der gegen sein empfindliches Trommelfell brandete.

Einmal nur massieren, einmal nur massieren ..., prustete die Urbanitzki.

»Die feine Urbanitzki!« ... *und deine Rippen dabei spüren ...* Grete ließ einen Lippenfurz fahren.

»Die lässt so richtig die Sau raus!«

Schellenberg war weit weniger beeindruckt. »Alte k.u.k.-Vettel!« Aufgeregt lauschte der oberste Chef aller Sicherheitsdienste dem Gerammel in der Badewanne.

»Du kannst auch in die anderen Erotica-Exotica hineinhören. Ich hol derweil 'ne Flasche Schampus!« Auf leisen Sohlen verließ Schellenberg den Kartoffelbunker, als könnte ein verborgenes Ohr ihn hören.

Er hastete durch die Flure des Salon Kitty. Hinter fast allen Türen waren jetzt Gestöhne und Gekicher, dumpfe Schläge und jaulende Klagelaute peinigender Lust zu vernehmen. Er vermutete oder, besser: er hoffte, dass Addy sich in ihrem Zimmer verkrochen hatte. Stattdessen traf er sie im Flur, als sie gerade *Hawaii* aufzuschließen im Begriff war, sie war betrunken. Schellenberg half ihr, das Schlüsselloch zu treffen, und schob sie dann zärtlich in das Zimmer. Addy warf sich rücklings aufs Bett, als Schellenberg die fremden Kleider und ein paar Pumps entdeckte: Aus dem Badezimmer trat splitternackt Charlot – nur einen Frotteeturban um das frischgewaschene Haar geschlungen. Es war tizianrot!

Er sagte »Pardon!« und zeigte zum Kronleuchter aus Muranoglasperlen. »Psst!«, machte er leise und wollte sich diskret zurückziehen.

Mein kleiner grüner Kaktus ..., sprudelte es aus dem unsichtbaren Lautsprecher des *Hawaii ... steht draußen am Balkon ...* Charlot war nicht begriffsstutzig und hielt ihrer Schwester ohne Erklärung den schon zum Protest geöffneten Mund zu.

... und wenn ein Bösewicht was Ungezognes spricht, dann hol ich meinen Kaktus ...

Charlot drehte die Lautstärke von Kittys Hausanlage hoch, deren Box im Nachtkasten versteckt war.

Heute um viere klopfts an die Türe ... Sie habn doch einen Kak-tus

...

Schellenberg nickte und verließ Schritt für Schritt rückwärts gehend das *Hawaii.*

Sie habn doch einen Kaktus da draußen am Balkon? Der fiel soeben runter ...

Es donnerte gegen die Tür des *Honolulu.* »Aufhören! Schluss jetzt, verdammt noch mal!«, riefen kräftige Männerstimmen. »In zwei Minuten ist das Zimmer geräumt!«

Ich warf Grete einen dankbaren Blick zu. Auch sie war total erschöpft, aber zumindest in kompletter, wenn auch derangierter Garderobe. So verließ sie, Kusshändchen, »babá!«, als Erste unser Liebesnest.

»Da geh ich doch lieber ins Exil!« Ihre immer noch von der Anstrengung geröteten Gesichtszüge verrieten die ungeheure Anspannung, auch wenn sie diese mit heiterem, walzerbeschwingtem Timbre zu verbergen suchte. »Ich folge meinen Wiener Freunden Carl Zuckmayer, Alfred Polgar und dem lieben Ödön von Horváth.« Mit diesen Worten zog sie die Tür des *Honolulu* sachte hinter sich zu.

Ich zog mich hastig an, warf meine weiße Livree über die Schultern und betrat ebenfalls den Flur. Weit und breit keine Seele zu sehen. Ich beschloss, mich wieder nach unten in den Gesellschaftssaal zu begeben, als wäre nichts geschehen. Irgendwo würde ich ja wohl auf das *Hohe C*, den blöden Hund, und den willfährigen Schellenberg stoßen. Mal sehen, was die zu erzählen wussten ...

Schellenberg war mit seinen Gedanken noch im *Hawaii,* wo er Addy und ihre Überraschungsschwester Charlot hinter sich gelassen hatte. Verdammter Jagdhundinstinkt, der ihn das Mädchen nach Berlin hatte locken lassen. Nun durfte er sie vor der eigenen Geheimen Staatspolizei verstecken, das war – verdammt noch mal! – jetzt seine Aufgabe!

Außerdem musste er Schampus organisieren und das im Kartoffelbunker zurückgelassene *Hohe* C ruhigstellen. Rückwärts schreitend, stieß er gegen den Rollstuhl des tattrigen Weisthor, den Grete von Urbanitzki gerade aus dem Fahrstuhl schob. Auf das Tablett vor dem Bauch des Obersts hatte Kitty eine Flasche Mumm Extra Dry platziert, kleine Aufmerksamkeit des Hauses für einen alten Stammgast! Spontan ergriff Schellenberg die Chance, die sich ihm bot. Er rollte den Oberst in seinem Gefährt bis vor *Hawaii*, klopfte an die Tür – und bevor noch die Urbanitzki ihn daran hindern konnte, hatte er die Flasche Mumm Extra Dry vom Tablett gemopst und war davongestürmt ...

Veronika, der Lenz ist da ... »Hör dir das an, Walterchen!«, rief ihm Heydrich quer durch den Kartoffelbunker zu, als Schellenberg endlich dort wieder auftauchte. Das *Hohe* C stand vor Aufregung wippend, die Kopfhörer auf den Ohren, vor dem Aufnahmegerät *Hawaii*. Deutlich hörte man Addys helles Kichern und die krächzende Stimme des debilen Brigadeführers Karl Maria Wiligut.

»Du bist mir ja eine, Gabriele! Wer hätte das gedacht!« ... *Die Mädchen singen Tralala!*

Schellenberg ließ den Korken knallen und füllte die Gläser. »Tolles Fest!«, prostete er dem *Hohen* C zu, der sich immer noch über Addys Überraschungsgast erregte. Gott sei Dank hielt sich die kluge Charlot völlig zurück. »Ein Prosit auf unseren immer noch kreglen alten Weisthor!« ... *Die ganze Welt ist wie verhext!*

»Was macht der denn da?!« Das ließ Heydrich keine Ruhe.

»Was macht er da wohl?«, äffte Schellenberg den Freund nach. »Was soll er schon machen mit seiner Nichte Gabriele Dechend!?« ... *Veronika, der Spargel wächst!*

»Inzucht ist verboten!«, fauchte Heydrich empört. »Und diese Tunten von *Comedian Harmonists* sollte man auch verbieten!«

»Davon kann wohl kaum die Rede sein, lieber Reini! Und jetzt komm! Mir reicht's für heute! Veronika ...!«

Heydrich hatte wider Erwarten ein Einsehen, und sie verließen den Bunker ...

Ich fand niemanden in den Gesellschaftsräumen. Wer jetzt noch im Salon Kitty herumhing, war sternhagelvoll; die anderen vergnügten sich auf den Zimmern, zu erkennen an der geringen Anzahl noch verfügbarer Mädels. Kitty schlief mit offenem Mund, den Kopf auf dem Tresen: der Drache hütet sein Schlüsselbrett. Die Bühnenshow hatte ihr Unterhaltungsprogramm eingestellt. Addy hatte ich den ganzen Abend lang nicht zu Gesicht bekommen, hoffentlich hatte sie sich besser amüsiert als der Herr Max …

Ich trat hinaus auf die Straße, um zu meinem geparkten Horch zu gelangen. Mir kam kurz der Gedanke, im Hinterhof nach meinem »Juden« zu schauen, dem freundlichen Herrn Erwin Schultze, doch dann sah ich, wie Grete von Urbanitzki ein Taxi herbeiwinkte. Im Eilschritt überholten mich zwei SS-Offiziere, mein *Hohes C* und Walter Schellenberg, sie verharrten kurz, dann nahmen sie mich in ihre Mitte.

»Herr Maxe«, schnarrte Reinhard Tristan leutselig, »immer noch auf Abwegen? Ertappen wir Sie dabei, wie Sie das fesche Wiener Maderl abschleppen?« Er zeigte auf das Taxi, mit dem die Urbanitzki gerade das Weite suchte. »Geben Sie es zu: Sie haben die Dame zu sich in den Tiergarten bestellt!?«

Ich war mit jedem seiner Worte wütender geworden, aber ich beherrschte mich – oder war es die Müdigkeit? »Wo denken Sie hin, *Hohes C!*«, entgegnete ich matt. »Warum zweimal? Gelöhnt ist gelöhnt!«

»Wir wollen aber sichergehen, Maxe«, mischte sich jetzt Schellenberg ein, »dass Ihnen heute niemand mehr an die Wäsche will –«

»Oder mit Ihnen in die Wanne steigt!« Heydrich fand sich witzig, Schellenberg nahm seinen Diskurs unbeirrt wieder auf.

»Wir werden Sie nach Hause begleiten –«

»Das wird eng!«, protestierte ich. »Zu dritt in den Roadster gequetscht!«

»Nein, nein! Wir fahren hinterher und beschützen Sie!«

Nichts zu machen! Also rollte mein Horch mit flatterndem Physio-Stander durch die nächtlichen Straßen, gefolgt von dem Mercedes *SS-3* mit dem leibhaftigen Heydrich am Steuer, meine Eskorte! Sie brausten erst weiter, als ich die Gartenpforte zum Studio für Manuelle Therapie durchschritten hatte.

Grete von Urbanitzki wurde von Walter Schellenberg ins Reichssicherheitshauptamt einbestellt. Die Wiener Journalistin kannte dies Verfahren schon zur Genüge, und dort kannte man sie inzwischen ebenfalls. Sie musste sich nicht einmal ausweisen, sondern wurde sofort in das Dienstzimmer des Chefs der Sicherheitsdienste Ausland gebracht. Schellenberg hielt sich nicht mit langen Vorreden auf.

»Charlot muss schleunigst verschwinden!«

»Dachte ich mir schon ...«, murmelte sie erleichtert, dass es nicht ihr Kragen war, um den es ging.

»Da ihr Name bei den Grenzposten vorliegt, habe ich mir eine kleine Variante ausgedacht: Bitte kommen Sie heute Nachmittag wieder in Begleitung beider Panchaud-Schwestern, um Punkt 15 Uhr 30! Heil Hitler!«

»Heil Hitler!«, erwiderte Grete schnell, froh darüber, die Mauern der Prinz-Albrecht-Straße schnell wieder verlassen zu dürfen ...

Im Gästehaus der SS am Wannsee, der Villa Marlier, hockten derweil zwei Männer im Clubraum. Der eine in Uniform, der Untersturmführer Otto Rahn. Der andere in Zivil, Knickerbocker und Tweedjackett, Jägerhütlein auf dem Kopf, als käme er gradwegs von einer britischen Fuchshatz: das war der exzentrische Schweizer Sprachwissenschaftler Karl Ernst Krafft.

Was das Drehbuch betraf, hatten sie sich beide nichts mehr zu sagen. Auch die Nachrichten des Reichsrundfunks hörten sie nicht, stattdessen blätterten sie in den Tageszeitungen, die neben der wuchtigen Musiktruhe herumlagen. Das Möbel beherbergte außer einem Plattenspieler auch mehrere prallgefüllte Alben mit Schellackplatten, sowie – Triumph des Fortschritts – ein europaweites Auswahlprogramm an Sendern. Ein Stab wies auf die Peilung hin, und ein giftgrün aufleuchtendes »Magisches Auge« zeigte an, wie genau man den Sender erwischt hatte.

»Haben Sie's gehört, Herr Krafft?« Rahn schaute dabei nicht einmal auf. »Jetzt ist Neville Chamberlain schon zum zweiten Mal binnen zehn Tagen beim Führer in der neuen Reichskanzlei –«

»Und Herr Hitler verlangt weiterhin stur wie ein ...« Der Schweizer führte den Vergleich nicht weiter aus. »Halsstarrig besteht er auf der Abtretung des Sudetenlandes!«

Rahn schaute hoch. »Das ist ja wohl urdeutsches Gebiet, das gewisslich unter die Souveränität des Reiches gehört!«

»Ja, ja!«, mokierte sich Krafft. »So wie Elsass-Lothringen und wahrscheinlich auch die zisalpine Schweiz!«

Zwei Herren in feldgrauen Tuchmänteln sowie den obligatorischen Schlapphüten betraten den Lese- und Rundfunkraum. »Dürften wir die Herren bitten, uns zu folgen: Hauptsturmführer Schellenberg erwartet Sie im Amt!«

Weder Karl Ernst Krafft noch der SS-Mann Otto Rahn brachten gegen diese Aufforderung irgendwelche Einwände vor. Brav trotteten sie hinter den zwei Schlapphüten her, zur wartenden Gestapo-Limousine ...

Auch im Salon Kitty wurde in der Küche Radio gehört. Aus Bayern berichtete ein stolzer Sprecher, dass die Münchner Konferenz der vier großen Staatsmänner – der Führer an der Spitze, neben ihm der Duce Benito Mussolini, der britische Premier Neville Chamberlain sowie der Franzose Édouard Daladier – eine gemeinsame Absichtserklärung bekanntgegeben hätte: »Zur Vermeidung einer kriegerischen Auseinandersetzung zwischen den Mächten Europas wegen der deutschen Ansprüche auf die sogenannte Tschechoslowakei, stimmen die Alliierten, das Vereinigte Königreich von Großbritannien und die Republik Frankreich, der friedlichen Übernahme der dortigen Gebiete zum 1. Oktober zu.«

»Haben die brutalen Kerle mit ihrer erpresserischen Politik«, schimpfte Kitty, »also doch knallhart gepokert, und die feigen Welschen sind eingeknickt!«

Charlot war entsetzt über das, was sie da gehört hatte, aber sie gab sich stoisch. »England weiß, was es tut und was es lässt!«, behauptete sie stolz. Das war Pfeifen im Walde! Addy sagte gar nichts, sie verstand nichts von Politik und wollte es auch nicht.

Grete von Urbanitzki betrat die Küche. »Mädels!«, rief sie forsch. »Ihr dürft mich zu Walter Schellenberg begleiten. Er erwartet uns!«

Mit beruhigendem Augenaufschlag gab sie der alarmierten Charlot Entwarnung.

»Kann ich auch mitkommen?!«, fragte Kitty.

»Lieber nicht!«, beschied sie die Wiener Journalistin. »Geh nur zum Khan, wenn du gerufen wirst!« Sie schob die beiden Schwestern aus der Küche. »Mein Taxi wartet!«

In der Wachstube an der Prinz-Albrecht-Straße hatte Schellenberg Bescheid gegeben, er hatte sogar seinen Adjutanten geschickt, um Frau von Urbanitzki und die Schwestern Adelheid und Charlot Panchaud abzuholen. Der sorgte auch dafür, dass ein Eintrag in das Wachregister unterblieb, und führte dann die Damen direkt zum Fahrstuhl, begleitete sie zuvorkommend bis zu den Räumen, wo Walter Schellenberg sie erwartete.

»Unser verehrter Gruppenführer Heydrich ist bedauerlicherweise verhindert, Dienstreise nach München zur Vorbereitung des Jahrestages des berühmten Marsches zur Feldherrenhalle,« Schellenberg gab diese ausführliche Erklärung in Anbetracht des Umstandes, dass die drei Damen keine Deutschen waren. »Also habe ich mir erlaubt, Herrn Max Wittacher herzubitten – sowie die Herren Otto Rahn und Karl Ernst Krafft als Trauzeugen … «

»Wie bitte?!« Grete von Urbanitzki war empört. »Wer soll denn hier heiraten?«

»Und wen gefälligst?!«, sprang ihr Addy neugierig bei.

Charlots Stirn hatte sich verfinstert, sie hasste es, überrumpelt zu werden. Nur Schellenberg bewahrte Haltung.

»Max Wittacher ist bereit, die hier anwesende Charlotte Rueggli-Panchaud zu ehelichen.« Er zog zwei nagelneue Schweizer Diplomatenpässe hervor, einer bereits ausgestellt auf »Lotte Wittacher«. »Anders ist die Dame nicht zu retten.« Die überraschte Braut nahm dankbar das Angebot an, sich zu setzen. Durch die Tür zum Nebenraum betraten die »Herren Trauzeugen« das Amtszimmer und schoben den verlegenen Bräutigam vor sich her. Sie kannten ihre Pflicht.

Charlotte und ihr frisch angetrauter Ehemann waren sich nicht sicher, wie sie sich verhalten sollten: Sollten sie sich etwa küssen? Da zerrte Schellenberg die Braut schon zur Tür.

»Der Haftbefehl der Gestapo kann jeden Moment hier eintreffen!« Er schob Krafft energisch hinterher und warf seinem Adjutanten die Wagenschlüssel zu. Der fing sie in der Luft wie einen Baseball, und sein Chef schloss die Tür hinter den Abziehenden.

»Uff!«, entfuhr es dem sonst so beherrschten Walter Schellenberg.

»Wenn das nur gut geht?!«, murmelte die Urbanitzki und ließ sich auf den frei gewordenen Stuhl fallen.

»Unser Sprachgeistgenie ist glücklich darüber, der Völkerbundreferentin Lotte Wittacher in der bereitgestellten Sondermaschine bis zum Flughafen Sandweier bei Baden-Baden Gesellschaft zu leisten.« Der umsichtige Chef SD-Ausland verbarg seinen Stolz nicht: »Dort erwartet beide Frau Anna van der Koppeln, setzt Charlot in den durchgehenden Leman-Express nach Genf – und darf danach ihren Karl Ernst wieder mitnehmen, heim nach Urberg! Alles geregelt!«, schloss er, mit sich selbst nicht unzufrieden. »War nur eine Frage der Zeit, der ablaufenden Zeit!« Der immer noch verdatterte Bräutigam Max sagte kein Wort.

»Wundervoll, mein Walterchen!« Addy machte Anstalten, dem SS-Hauptsturmführer um den Hals zu fallen. Der trat einen Schritt zurück.

»Ich denke«, half ihm die Urbanitzki, »wir sollten das im Romanischen begießen!?«

»Da kann ich nicht mit!«, wandte Otto Rahn kleinlaut ein. »Hausverbot!«

»Sie bleiben hier, Untersturmführer« lautete die knappe Order Schellenbergs, und zu Addy gewandt: »Ich komme dann nach!«

STUPOR

9. November 1938

Wer an jenem Abend nicht nachkam, war der SD-Chef Ausland. Auch etliche Tage später, als sich die Runde ein weiteres Mal im Romanischen versammelt hatte, versetzte Walter Schellenberg seine Schützlinge. Stattdessen tauchte Heydrichs Adjutant *Drei-Zwo* auf, völlig außer Atem: »In Paris hat ein polnischer Rotzlöffel auf den Deutschen Legationssekretär vom Rath geschossen!«

»Das fehlte noch!«, entfuhr es der Journalistin.

Der Adjutant wandte sich an mich. »Gruppenführer Heydrich kann München nicht verlassen. Der Chef will, dass Sie zu ihm nach München kommen, ins Hotel Vier Jahreszeiten!«

Ich fügte mich. Meinen standesamtlichen Verpflichtungen war ich vorbildlich nachgekommen. Hoffentlich sah das auch das *Hohe C* so!

»Auf dem Tempelhof steht die Me 109 des Gruppenführers. Der Pilot sollte sofort losfliegen!«

Und weg war auch der Bräutigam.

Am späten Abend trafen wir in München ein. »Max Wittacher!«, meldete ich mich an der Rezeption des Vier Jahreszeiten. »Leib-Physio z. b. V. Gruppenführer Heydrich!«

»Er erwartet Sie!« Ein Page brachte mich hoch in die Bel-Etage, befremdet, dass ich ohne Gepäck eingecheckt war. Meine Armbanduhr zeigte fünf vor 23 Uhr. Wenigstens hatte ich mein weißes Jackett am Leibe!

In der Suite des *Hohen C* befanden sich außer ihm selbst noch sein Adjutant *Drei-Eins*, der an der Tür stand, und der Gestapo-Justitiar Dr. Werner Best, ein Vertrauter Heydrichs. Sie gingen noch einmal die Ereignisse des Abends durch, so erfuhr ich bröckchenweise, was sich im Bürgerbräukeller abgespielt hatte. Hitler hatte in seiner Rede das Attentat von Paris mit keinem Wort erwähnt, danach begab man sich zu Tisch.

»Um halb neun muss es gewesen sein« erinnerte sich Dr. Best, »als das Telegramm eintraf, vom Rath sei seinen Verletzungen erlegen …«

»20.35 Uhr«, korrigierte ihn Heydrich. »Ich überlegte, ob die Zeit noch reichen würde, da ich davon ausging, dass der Führer noch mal das Wort ergreifen würde …«

»Was aber nicht geschah. Er tuschelte mit Himmler, machte aber keine Anstalten, sich zum Rednerpult zu begeben.«

»Das sah der Klumpfuß als einzigartige Gelegenheit, sich bei Hitler ranzuschmeißen.«

»Keiner hinderte den großen Auftritt des Propagandaministers«, pflichtete ihm der Justitiar bei, »und so spuckte der Herr Doktor Gift und Galle. Aber so geschickt, das muss man dem Wicht lassen, dass die allesamt noch anwesenden Parteiführer, Gauleiter und Polizeichefs an seinen Lippen hingen. Und Himmler wie Hitler ließen Goebbels gewähren!«

»Scheiße!«, fauchte das *Hohe C.* Ich stand hinter ihm, bereit, meine Hände beruhigend auf Nacken und Schultern zu legen. Die Situation war mir unangenehm, am liebsten hätte ich mich hinter seinem Rücken versteckt. Mir war sehr wohl bewusst, dass ich, Max Wittacher, Zeuge einer sich anbahnenden Machtprobe werden sollte, ob mir das nun passte oder nicht! Gefährlich war es allemal …

Kurz nach Mitternacht meldeten sich die ersten Außenstellen des SD, im Reich verteilt, mit verlässlichen Gefolgsleuten Heydrichs besetzt: *Synagogen stehen überall in Flammen!* Über den Fernsprechapparat im Bad erfuhr Dr. Best, dass Goebbels, nachdem Hitler, Himmler und Heydrich die Veranstaltung verlassen hatten, die noch im Saal verbliebenen SA-Führer aufgestachelt hatte, »den Willen des Führers« durchzusetzen und dem »Befehl«

kräftig Nachdruck zu verleihen! An seiner Seite, quasi auf der Überholspur, hetzte Julius Streicher, der Gauleiter von Nürnberg und Herausgeber des *Stürmer!*

Heydrich war außer sich, zumal jetzt die Adjutanten in rascher Folge Eilmeldungen hereinreichten, die von prügelnden SA-Männern berichteten, die jüdische Familien aus ihren Wohnungen zerrten und alles kurz und klein schlugen. Die Schaufensterscheiben jüdischer Läden gingen allerorten samt und sonders zu Bruch.

Offensichtlich war das *Hohe C* war von der rasanten Durchschlagskraft der »Aktion Goebbels« völlig überrascht. Er ließ sich zu Heinrich Müller, *Gestapo-Müller*, durchstellen, seinem Mann auf diesem wichtigen Posten, und musste von ihm hören, dass die Anordnung von der Goebbels-hörigen Gau-Propaganda-Leitung ausgegangen sei! Der verdatterte Heydrich ließ sich nun mit Himmler verbinden, der sich zu Adolf Hitler in dessen Privatwohnung am Prinzregentenplatz begeben hatte. Der bestätigte seinem Untergebenen, dass der Führer sich sinngemäß derart geäußert habe: »Polizei und SD sollten sich zurückhalten, dem entflammten Zorn des deutschen Volkes nicht mit Gewalt entgegentreten!«

Reinhard Tristan Heydrich gehorchte. Aber wenig später, um 2 Uhr 20 in der Nacht, wies er per Blitzfernschreiben alle Gestapo- und SD-Stellen im Reich an, die Gewalt möglichst zu begrenzen, Auswüchse einzuschränken und sämtliche Maßnahmen dem *Zweck* anzupassen. »Keinesfalls darf deutsches Leben, Hab und Gut gefährdet werden! Zerstörung jüdischen Eigentums: Ja! Plünderungen: Nein! Wird standrechtlich geahndet!

»Das wird nicht reichen!«, grummelte der übermüdete Dr. Best.

»Maxe, tu was!«, befahl das *Hohe C*. Ich ordnete an, die Jacken abzulegen und die Beine auf das zierliche Glastischchen hochzulegen. Dann machte ich den beiden erst mal Halswickel aus gerollten, heiß-feuchten Badetüchern.

An Schlaf war immer noch nicht zu denken. Um 3 Uhr 45 diktierte Heydrich einen Zusatz zur vorangegangenen Anordnung: »Ausländische Juden dürfen nicht belästigt werden. Ansonsten

Festnahmen einleiten, insbesondere die von wohlhabenden Juden, soweit ausreichend Hafträume vorhanden. Keine Misshandlungen!«

Danach verabschiedete sich Dr. Best, Heydrich fiel in sein Bett, und ich schlief erschöpft in vollen Klamotten auf der Couch im Salon ein.

STUPOR

10. November 1938

Irgendwann am frühen Morgen wachte ich auf. Draußen war es noch dunkel, hätte es eigentlich sein sollen – Doch beim Blick aus dem hohen Fenster sah ich über den Giebeln der gegenüberliegenden Häuser einen merkwürdigen Lichtschein, unruhig flackernd, so ähnlich wie Nordlicht, aber rot und schmutzig-trüb. Rauchschwaden zogen über den fahlen Novemberhimmel. Auf der Maximilianstraße unter mir sah ich ungewöhnlich viele Leute, sie hasteten aus den kleinen Quergassen, die zur Altstadt führten, sammelten sich zu Gruppen.

Ich warf mir den Mantel über, griff nach dem Hut und verließ auf leisen Sohlen die Suite. Die Wache an der Tür schien auf ihrem Stuhl eingenickt, der SS-Rottenführer fuhr erschrocken hoch, als ich aus der Tür trat. Ich winkte großmütig ab, zum Zeichen, dass ich seinen Disziplinarverstoß zu übersehen bereit war, und wandte mich zu der ebenfalls von einem Doppelposten bewachten Treppe hinab in die Lobby. Das gebellte »Acht–uung!« des Rottenführers hatte den Posten bereits in Hab-Acht-Stellung springen lassen. Ich grüßte – anbetrachts der Nachtzeit und meines Aufzugs – lässig wie ein gedienter Jagdflieger in Zivil, durch militärisches Tippen an den Mützenrand, in meinem Fall die Krempe meines Borsalinos.

Auf der Straße angelangt, stieß ich auf den Nachtportier des Hotels, der sich gerade bei den herumschwirrenden Passanten mit Informationen versorgte. »Wo brennt's denn?«, gab ich mich leutselig. »Kanalstraße!«, wusste er mir stolz zu berichten. »Hinterm Viktualienmarkt.«

»Verbindlichsten Dank!«

Ich hatte nur eine ungefähre Ahnung, wie ich dorthin gelangen sollte, aber die Blöße eines Ortsunkundigen mochte ich mir nicht geben. Der Feuerschein hatte mir ja die ungefähre Richtung gewiesen. Ich wandte meine Schritte zum Hofbräuhaus, das kannte ich. Es war natürlich geschlossen, aber unnatürlich viele Menschen standen davor und strömten in die weiterführenden Straßen in Richtung Alter Sankt Peter. Ich ließ mich mit ihnen treiben, über den Viktualienmarkt, dessen Stände jetzt verwaist waren. Aber das weiträumige Gelände war voller Menschen, und die Erregung unter ihnen stieg. Jetzt sah ich die ersten eingeschlagenen Schaufensterscheiben, die Ladentüren waren gewaltsam aufgebrochen. Vor den kostbaren Häusern, die mit »Edle Pelze« oder »Kaufe Gold« warben, lümmelten SA-Männer. Die meisten Menschen machten einen Bogen um sie; andere, deren Neugier oder Gier größer war als das Gefühl des Eingeschüchtertseins, drängten sich in zuckenden Trauben. Wieder andere drückten sich wispernd in die Hofeinfahrten. »O je, o je!«, hörte ich es stöhnen. »Jetzt brennt auch Jakobs Zelt!«

Und da stand ich auch schon vor der brennenden Synagoge in der Kanalstraße: ein schönes, ehrwürdiges Gemäuer, von Bäumen umstanden, mit Kuppel und riesiger Rosette. Das alles stand nun in Flammen, lichterloh – als wollte das Feuer durch seine Ausdauer die Brandstifter anklagen!

Die Flammen schlugen aus jeder Fensteröffnung, das Feuer nährte sich von Gebälk und Gestühl, Funkenregen sprühten auf. Die Rosette glühte wie ein gewaltiges Brandsiegel, bereit, dem größten Rindvieh als Mal für alle Zeiten aufgedrückt, eingebrannt zu werden. Hunderte von Menschen umstanden gaffend den Altar des Opfers. Wer sich nicht sehen ließ, waren Feuerwehr und Polizei. Ich weiß nicht, wie lange ich – nicht besser als alle anderen – glotzend in dieser Menge stand und mich nicht rührte. Erst als ein Mann neben mir, Jagdhut mit Gamsbart, sagte: »Ja, ja, diese Juden! Des hamm's nun davon!«, wachte ich auf, wie aus einem Albtraum. Der Brandgeruch überwätigte mich, ich roch den Rauch und die Ausdünstungen der erregten Volksmenge. Mir wurde übel. Eilig trat ich den Rückzug an.

Bisher hatte ich keine Gelegenheit gehabt, Heydrich von meiner überraschenden Eheschließung mit Charlot Bericht zu geben. Ich unterließ es auch beim reichhaltigen Frühstück, das der Adjutant in den Salon eskortierte.

Heydrich setzte eine trockene Zwischenbilanz der Schäden der Nacht auf, für den *Völkischen Beobachter*, die sich jeder erwarteten Polemik oder einer hinreichenden Begründung der Vorfälle enthielt. Das war klar gegen Goebbels gerichtet – und war dem SS-Gruppenführer eine – wenn auch geringe – Genugtuung.

Anschließend telefonierte er mit dem Reichsführer-SS und vernahm befriedigt, dass Himmler die vom Propagandaministerium und Streichers *Stürmer* gemeinsam orchestrierte Aktion als »hohlköpfig« bezeichnete. »Eine Riesenschweinerei!«, fauchte Heydrich wütend in den Hörer.

Ich versuchte, mir einen Reim auf die Ereignisse der letzten Nacht zu machen. Heydrich missbilligte den Pogrom nicht etwa deshalb, weil er ihn als unmenschlich empfunden hätte; vielmehr sah er seine Pläne für eine systematische, geordnete Auswanderung der Juden durchkreuzt, deren er sich angenommen hatte. Jetzt versuchte er das Heft des Handelns wieder in die Hand zu bekommen: Er wolle nun, erklärte das *Hohe C* beim Frühstück, die Auswanderung der Juden entschieden vorantreiben. Es fiel an diesem Morgen auch der Name Adolf Eichmann. Der habe in Wien mit seiner *Zentralstelle für jüdische Auswanderung* nach dem Anschluss innerhalb weniger Monate 50000 Juden aus Österreich nach Palästina »exportiert«, erheblich mehr als bislang aus dem ganzen Altreich zur Emigration bewegt werden konnten.

Aber auch Goebbels war, wie ich erfuhr, nicht untätig geblieben. Er versuchte Göring auf den von ihm propagierten »Führerwillen« einzuschwören: Als für die Industrie verantwortlicher Innenminister sollte Göring dafür sorgen, dass restlos alle Juden aus der Wirtschaft entfernt werden. »Der Reichsmarschall weiß, dass er solche Maßnahmen nur zu Lasten kleiner Handwerksbetriebe durchsetzen kann«, erklärte Heydrich Dr. Best und mir. »Aber die Groß- und besonders die Rüstungsindustrie wird sich querlegen: Die wissen genau, was ihre Juden wert sind!«

Aber auf eines, wurde mir klar, konnten sich alle Rivalen einigen – gleichgültig, ob sie nun die Juden aus dem Reich befördern oder in Lager pferchen wollten, ob man sie hart arbeiten lassen oder besser gleich massakrieren wollte: Erst einmal sollten sie richtig geschröpft werden.

Zur Koordinierung der weiteren Maßnahmen hatte Göring für den übernächsten Tag eine Konferenz in seinem Reichsluftfahrtsministerium anberaumt. So flog ich mit dem *Hohen C* und Dr. Best zusammen zurück nach Berlin. Ich hatte meinen Patienten in diesen drei Tagen nicht ein einziges Mal dazu bewegen können, für meine manuelle Therapie Zeit aufzubringen.

Noch bevor wir zur Landung ansetzten, erzählte mir Heydrich beiläufig, dass Untersturmführer Otto Rahn im Rahmen der alljährlich stattfindenden »Herbstübung« zum Dienst ins KZ Buchenwald abkommandiert worden sei. Reichsführer Heinrich Himmler hätte es verhindern können, aber sein Stabschef Gruppenführer Karl Wolff legte keinen Widerspruch ein.

Im Schneesturm

Winter 1938/39

STUPOR

12. November 1938

Solange die Konferenz im Reichsluftfahrtsministerium lief, hatte ich Zeit, mich vom Dienst an meinem anstrengenden *Hohen C* zu erholen. Ich verkroch mich in meiner Bude, dem Gartenhäuschen im Park der Villa des Dr. Kersten. Ich bot ihm an, kleinere Behandlungen – Sternchen vom Funk, ambitionierten Edelkomparsinnen der Babelsberger Filmstudios – zu übernehmen. Aber mein Meister ließ mich freundlich wissen, dass er inzwischen seinen Praxisbetrieb weitestgehend eingeschränkt habe und er sich voll und ganz auf seinen schwierigen Kunden Heinrich Himmler konzentriere. Selbiges würde er mir auch anraten: Exklusivität sähen die hohen Herren gerne. Ich begab mich also wieder in mein Studio im Keller des RSHA. Verschwitzt vom Waffengang mit seinem ungarischen Fechtlehrer, betrat das *Hohe C* den Raum mit der Therapieliege, an der ich ihn erwartete.

»Endlich ist der Kerl da, wo er hingehört, die schwule Sau!« Er meinte Otto Rahn.

Diese Pöbelei rief in mir Widerstand heraus. »Einer, der unter seiner Andersartigkeit leidet, ist höchstens ein armer Hund!«

Heydrich musterte mich kühl. »Mit solchen Worten könnte man auch die Juden verteidigen, Herr Maxe!«

Mit meiner Hilfe schälte er sich aus seinem Fechterdress und warf sich bäuchlings auf die Liege. Ich begann meine Arbeit.

»Eine Milliarde Goldmark«, stöhnte er wohlig unter meinen Griffen, »haben wir ihnen aufgebrummt ...«

Um sie dann doch nicht in Frieden ziehen zu lassen!, dachte ich mir und verstärkte den Druck meiner Handballen, wechselte zu den harten Knöcheln. Doch sein Jaulen zeigte mir an, dass er die verschärfte Gangart noch mehr genoss.

»Goebbels war auf umfassende Diskriminierung aus, er setzte als »Verbote für Juden« durch: Betreten von Theatern und Konzerthallen, Besuch von Kinos, Zirkus und die Benutzung von Bade-anstalten ...«

»Ich rieche«, unterbrach ich ihn spöttisch, »ihr wollt sie stinken machen, schon von Weitem weht es her: da kommt ein Jude!«

Heydrich gluckste höhnisch. »Deswegen will Göring sie auch nicht mehr in den Deutschen Wald lassen!«

»Klar, das könnte dem Großen Waidmann das edle Rotwild vergraulen! Doch in welchem Dickicht sollen sich die Juden dann noch verkriechen?«

»Sollen sie nicht!«, ereiferte sich das *Hohe C.* »Auf freien Flächen will ich sie, in Gattern, die sie nicht überspringen können, zusammengepfercht!«

»Und was dann!?« Ich knetete sein Fleisch. Jeder andere hätte geschrien, Heydrich lachte.

»Dann beginnt der Export! Mir schwebt eine Zentralstelle für jüdische Auswanderung vor, so wie in Wien. Da bin ich mir mit Seiner Exzellenz, Hermann dem Dicken, einig. Züge werden rollen, Frachter teilen des Meeres Wogen –«

»Kann denn die Reichsbahn so viele Abteile –«

»Wer redet von Abteilen, Herr Maxe, Viehwagen!«

Ich wusste nicht, was ich seinen Knochen, Muskeln und Sehnen noch antun sollte, um ihm Schmerz, wenigstens Unbehagen zuzufügen.

Da trat sein Adjutant *Drei-Zwo* in die Tür zum Studio. »Der Leiter der Gestapo, SS-Brigadeführer Heinrich Müller, wie befohlen zum Rapport!«

»Soll reinkommen!«

Ich zog mich zurück, wartete am Schreibtisch neben dem Telephon und lauschte.

»Gruppenführer hatte mich gebeten, die Ereignisse, Anordnungen für übergeordnete Dienststelle C zusammenzufassen: Ich will das Führerwort voransetzen, das mir aus der letzten Rede im Gedächtnis geblieben ist. *Die pazifistische Platte ist abgelaufen!* Für mich umfasst das vor allem die notwendigen Schritte gegen die Tschechen: also völlig Abtretung des Sudetenlandes sowie Unterwerfung der obstinaten Regierung in Prag unter die Oberhoheit des Deutschen Reiches, Errichtung eines Reichsprotektorats!«

Der bayerische Beamte, der unter Heydrich eine steile Karriere gemacht hatte, gab sich hörbar Mühe, nicht in sein alpenländisches Idiom zu verfallen. »Nachdem Paris eingeknickt ist und Herrn von Ribbentrop offiziell versichert hat, dass zwischen Frankreich und uns keine offenen Grenzfragen bestünden, bleibt nur noch die leidige Polen-Frage. Irgendwann ist des Führers Geduld am Ende, dann wird das Zugeständnis des Danziger Korridors für unseren freien und ungehinderten Zugang nach Ostpreußen nicht mehr ausreichen!«

Heinrich Müller holte Luft. »Diesem Anziehen der Kandarre im Äußeren entspricht auch die verschärfte Gangart gegenüber den Juden: Noch im November, nach dem feigen, verbrecherischen, unverschämten Pariser Anschlag, reagierte unsere Justiz, entsprach dem Willen des Volkes: Als Erstes wurde den Juden jegliche Teilnahme an öffentlichen kulturellen Veranstaltungen untersagt. Wenige Tage später erfolgte das – längst überfällige – Verbot, unsere Schulen zu besuchen, ein Ausschluss vom Studium an deutschen Universitäten wird sich in Kürze anschließen! Ein genereller Judenbann ist in Vorbereitung! Er wird sämtliche Führungsebenen der deutschen Industrie und Wirtschaft ein für alle Mal von

Juden säubern. Auch auf die unteren Entscheidungsebenen wird gnadenlos durchgegriffen!«

»Das reicht!«, knurrte Heydrich. Aus seiner Tonlage war nicht herauszuhören, ob er die getroffenen Maßnahmen billigte – oder ob er sie für wenig sinnvoll oder gar schädlich hielt. »Ich danke Ihnen, Kamerad! Das war ein klares Bild! Gut strukturiert!« Mit dieser freundlichen Belohnung ward der Mann seines Vertrauens entlassen.

STUPOR

30. November 1938

Ich wartete, bis der gefürchtete Gestapo-Chef in der Maske eines bayerischen Biedermanns – er grüßte mich jovial im Herausgehen –, das Vorzimmer durchquert hatte und wollte gerade zurück in mein Studio, als Schellenberg sich an mir vorbeidrängte. Er brachte dem *Hohen C* keine gute Nachrichten: »Das Außenministerium hat sich strikt gegen die Auswanderung ausgesprochen, es will keinen jüdischen Staat in Palästina!«

Heydrich, der sich den Rapport Müllers ausgestreckt auf der Liege angehört hatte, schnellte hoch. »Da sieht man es wieder: ein Lakai der britischen Krone ist dieser feine Herr von Ribbentrop!«

Ich war mir unsicher, ob das *Hohe C* meine Dienste jetzt überhaupt noch wünschte. Walter Schellenberg enthob mich der Ungewissheit. »*A propos British*«, grinste er mir aufmunternd zu, »unser Herr Maxe ist mit einer potentiellen Agentin des Empire die Ehe eingegangen: Charlotte Rueggli-Panchaud!«

»Geheiratet?! Großartig, Maxe!« Heydrich sprang auf und wollte mich auf der Stelle in die Arme schließen. Ich trat einen Schritt zurück, mir stand der Sinn nicht nach Umarmungen.

»Meine aufrichtigen Glückwünsche!« Er schüttelte meine Hand wie ein spießiger Schwiegervater. »Hochzeitsgeschenk?! Klar! Ein junges Ehepaar braucht seine eigenen vier Wände!« Heydrich tat so, als müsste er noch überlegen. »Atelier und Wohnetage Savignyplatz müssten nur total renoviert werden. Eigentlich wollte ich das Schmuckstück ja Walterchen überlassen, aber mein Leibphysio ist –«

»Sag bitte nicht, Reini, *Deinem Herzen näher!* – Das hat unser Maxe nicht verdient!« Schellenberg konnte sich solche Anzüglichkeiten leisten.

Heydrich parierte in eleganter Fechtermanier: »*Les mauvaises herbes des services étrangés*«, summte er heiter gestimmt, »*elles poussent dans les jardins mal fréquentés* – Das wär's für heute, Herr Max!« Er klopfte mir ein paarmal gönnerhaft auf die Schulter, sichtlich zufrieden mit sich.

Ich wurde entlassen, nachdem ich noch zwei Sätze des Dankes für das großzügige Geschenk gestammelt hatte.

~

Kaum waren die beiden Herren Führungskräfte der SS allein, prustete Heydrich los. »Bestens, Walterchen!« Er schlug ihm kräftig auf die Schulter. »Diese Charlot nun fest in Berlin verankert, unser Maxe als solide Ehekette!«

»Addy als mögliche Geisel, falls das mobile Weibsstück Charlot ins Trudeln kommen sollte, sich loszureißen droht –«

Heydrich gefiel die Vorstellung. »Und auch Frau von Urbanitzki, unsere ambitionierte ›Journalistin‹, wird ein nützliches Werkzeug in unseren Händen sein, ob sie nun Gefallen daran findet oder nicht: Sie zappelt bereits am Haken!«

»A propos Savignyplatz«, fügte Schellenberg noch an. »Ich werde die Räume vor Übergabe der gleichen Behandlung unterziehen wie die Giesebrechtstraße!«

Das *Hohe* C grinste. »Eines Tages, Walterchen, verfängst du dich noch selber in den Netzen, die du überall auslegst!«

»Unkraut vergeht nicht ... *Les mauvaises herbes* ...«

STUPOR

1. Januar 1939

Was gibt es Schöneres als eine Silvesterparty zur Einweihung der eigenen vier Wände! Mit Addys tatkräftiger Hilfe und begleitet von den guten Ratschlägen der Tante Grete, hatte ich das ehemalige Domizil des Professors – und kurzzeitige Herberge unseres unglücklichen Gralsforschers – nach eigenem Gutdünken herrichten können. Walter Schellenberg war so lieb und hilfsbereit, dass er uns einen Bautrupp von Elektrikern, Installateuren, Stuckateuren und Parketttischlern zu Hilfe sandte. Fleißig und zuvorkommend begannen sie ihre Arbeit, bevor ich Besitz von meinem *Studio* und dem darüber liegenden Wohntrakt am Savignyplatz ergreifen konnte. Die nackten Götterknaben ließ ich aus dem Schlafzimmer runterschaffen in das ehemalige Atelier, dazu auch alles an Palmkübeln, Säulenstümpfen und sonstigen mediterranen Requisiten, die geeignet schienen, meine Klienten glücklich zu stimmen. Freilich verfuhr ich mit dem Einsatz dieser Versatzstücke aus Gips ein wenig sparsamer als mein schneidernder Vorgänger, den Eindruck schwüler Pracht wollte ich unbedingt vermeiden.

»Nüchterne Kühle, eine Ästhetik klarer, moderner Geister sollte dort herrschen, wo deine magischen Hände Körper und Seele in Einklang bringen …« So hatte sich jedenfalls die gute Grete von Urbanitzki ausgedrückt, die das Arrangement und damit auch das Aussortieren alles Überflüssigen, Überladenen, übernommen hatte.

Die Wohnetage staffierte ich mit dem modernsten Bauhaus-Mobiliar aus, das wir bei Trödlern und auf Flohmärkten auftreiben konnten. Die Gestalter aus Dessau waren mittlerweile offiziell verpönt und als »undeutsch« geächtet – und deren Schöpfungen somit günstig zu erstehen.

Walter Schellenberg riet mir, spaßhaft womöglich, Reinhard Tristan Heydrich nicht in meine »entartete« Wohnlandschaft zu führen, er könnte sonst bereuen, mir ausgerechnet dieses Hochzeitsgeschenk gemacht zu haben. Die Gefahr bestand kaum, denn

Grete hatte die hinaufführende Wendeltreppe so geschickt verkleiden lassen, dass sie als solche nicht mehr zu erkennen war.

An der Straße hatte ich auf jegliches Schild verzichtet, das auf meine Tätigkeit hinwies, schon um mir Laufkundschaft zu ersparen. Die Wohnung war eigentlich viel zu groß für mich allein. Aber Addy aus dem Salon Kitty herauszulocken? Davor stand Walter Schellenberg – und hinter ihm sicher mein *Hohes C*! Und der Wiener Journalistin diese Art von Kohabitation anzubieten, dazu war ich zu feige. Dabei wäre Grete von Urbanitzki vielleicht gerade jetzt auf einen solchen Ort der Zuflucht angewiesen. Ich redete mir ein, dass jemand wie sie im Kaiserhof bestens aufgehoben sei, wie eine zufriedene Spinne im selbstgesponnenen Netz. Leisten konnte sie sich das teure Hotel anscheinend.

Die Wienerin beschämte mich: Als der Abend herannahte, fuhr ein Lieferwagen des Hotels vor. Zwei Mann, ein Koch und ein älterer Ober, trugen im Korb ein komplettes Silvestermenü herauf. Nachdem sie es angerichtet hatten, entschwand der Koch – und der ergraute Herr Ober entpuppte sich als versierter Sommelier, was er bereits in der Auswahl der Weine bewies, die er hervorzauberte. Ich hatte mich schon beim Koch nicht lumpen lassen und drückte jetzt auch dem alten Herrn eine reichlich bemessene Entlohnung diskret in die Hand, – auch hier einem Wink der umsichtigen Grete folgend.

Als ich das werte Fräulein jagen sah … Ohne nachzudenken, hatte ich eine meiner Schellackplatten aufgelegt. Es klingelte.

Addy hatte sich für das kleine Fest besonders hübsch gemacht. Sie erschien am Arm von Walter Schellenberg, und als besondere Aufmerksamkeit für mich – angeblich um die Freundin in dieser Nacht nicht allein zu lassen – brachte sie eines der Mädchen mit, Susu, ein verträumtes, dunkelhaariges Geschöpf mit großen Augen und einer fein gekrümmten Adlernase. Jüdisches Blut, schoss es mir sofort durch den Kopf, doch sie entpuppte sich als Badenserin. Dafür sprach zumindest ihr Dialekt und sie wollte auch lieber Susanna genannt werden.

Auf meinem Plattenteller jagte immer noch das Fräulein Gerda ... *mit blondgefärbtem Haar, in ihrem Jaguar* ... was mir ein wenig peinlich war, denn Susu lächelte so seltsam. Behutsam nahm ich mich ihrer an.

Was ich meinen Gästen nicht gesagt hatte, war, dass ich Schellenberg gebeten hatte, dem kürzlich angeblich wieder aufgetauchten Otto Rahn eine Nachricht zukommen zu lasen, dass er bei unserer Feier im kleinsten Kreise ein willkommener Gast sei. Durch ein verschwörerisches Nicken gab mir Schellenberg zu verstehen, dass er die Einladung übermittelt hatte. Somit waren wir zu sechst, und exakt diese Zahl von Gedecken hatte das Hotel Kaiserhof auch geliefert. Noch bevor der Überraschungsgast eingetroffen war, bat ich als stolzer Hausherr zu Tisch ...

Bei einem Tangotanz in Travemünde ..., machte endlich die blonde Addy mit dem Fräulein Gerda Schluss. Die Nadel krisch auf der misshandelten Rille.

Als Otto Rahn erschien, waren wir noch nicht beim Hauptgang angelangt. Er drückte mir einen Riesenstrauß weißer Chrysanthemen samt Zellophanpapier in die Hand und ließ sich röchelnd auf den freien Stuhl fallen – sturzbesoffen! Keiner fand ein Wort zu seiner Begrüßung, nur ich brachte stammelnd heraus: »Das ist aber ganz reizend von Ihnen, verehrter Herr Rahn!«

Dann unterbrach Addy das schon peinliche Schweigen, es sollte aufheiternd wirken. »Welche Laus ist Ihnen, lieber Otto, denn über die Leber gelaufen?« Es klang vorwurfsvoll, und Schellenberg hieb lachend in die Kerbe.

»Eine?! Viele kleine Tropfen reinsten Läusebluts!«

»Heil Hitler, Obersturmbannführer Schellenberg!«, krächzte der Angegriffene.

»Reißen Sie sich zusammen, Untersturmführer Rahn!« Schellenberg war sichtlich verärgert.

Doch Otto keilte sofort zurück: »Obersturmführer, wenn ich bitten darf!«

»Kinder, seid's friedlich!«, bot sich Grete mütterlich als Vermittlerin an.

»Und Walterchens Beförderung erfolgt erst im neuen Jahr!«, versuchte auch Addy ihren Beitrag zur Entspannung zu leisten. Walter Schellenberg tätschelte ihr anerkennend die Hand.

Rahn drohte wortlos vom Stuhl zu rutschen. Ich schob ihn zurück auf die Sitzfläche. »Jetzt essen Sie erst mal ordentlich, es ist reichlich von allem da!«

Die Urbanitzki brachte die Weinflasche in Sicherheit.

»Ich kann nicht!«, plärrte Rahn weinerlich: »Ich habe Dinge gesehen –«, fügte er flüsternd hinzu, »mit denen werd ich nicht fertig!«

»Die Herbstübung der Schutzstaffel in Buchenwald«, wandte sich Walter Schellenberg mit ebenso gedämpfter Stimme an Grete von Urbanitzki, »ist keine lustige Schnitzeljagd für junge Pimpfe!«

Rahn erstarrte. »Gehenkt haben sie die Menschen«, murmelte er nahezu tonlos. »Geschlagen, getreten, zu Tode geprügelt – und dann am Galgen aufgehängt!«

»Kamerad Rahn ist verwirrt«, wiegelte Schellenberg ab. »Natürlich gab es bei den vorangegangen Pogromen –«

»Das, was ihre Kameraden mit *Reichskristallnacht* euphemistisch umschreiben«, fuhr ihm die Wienerin kalt in die Parade.

»Der Volkszorn war hochgekocht –« Der SS-Mann ließ sich nicht beirren.

»*Der Stürmer* hatte ihn angeheizt, Goebbels hatte Öl ins Feuer gegossen!«

»Es brannten ein paar Synagogen, einige Schaufensterscheiben gingen zu Bruch –«

»Die Leute wurden barbarisch aus ihren Wohnungen gezerrt, dem Mob ausgeliefert!«

»Wir, die SS, haben sie vorsorglich in Schutzhaft genommen, in die Sicherheit unserer Lager gebracht –«

»Davon ist ja unser Freund Otto so beeindruckt!«, höhnte Grete von Urbanitzki. »Es ist ihm derart auf den Magen geschlagen, dass er gar nichts mehr essen mag!«

»Der Dienst im Lager ist nichts für Weicheier!«, knurrte Walter Schellenberg vergrätzt. Er wollte diese Unterhaltung nicht fortsetzen. »Komm, Addy! Wir gehen!«

»Ich muss zum Chef!«, verlangte plötzlich Otto Rahn. »Der Chef weiß das nicht!«

Es kümmert ihn auch nicht die Bohne!, war Schellenberg schon im Begriff zu antworten, aber mit Rücksicht auf Addy lenkte er ein. »Vielleicht wollten die Kameraden den Reichsführer nicht damit behelligen?!«

Rahn ergriff den Anker nicht. »Ich hab ihm geschrieben!«

»Gut so, Otto!«, richtete Addy den von ihr immer noch verehrten Forscher auf, es tat auch seine Wirkung. Dankbar strahlte er sie an. »Gewiss wird mich der Reichsführer jetzt einbestellen, damit ich ihm von diesem unwürdigen, schändlichen Treiben Bericht erstatte!«

»Tun Sie das bitte, Kamerad!«, schloss Schellenberg den Vorfall ab. Er blickte auf seine Armbanduhr und wandte sich an den alten Sommelier. »Es ist gleich zwölf: Öffnen Sie bitte die Flasche.«

Der hielt den Champagner schon im Kübel unter weißer Serviette bereit. In der Ferne erklangen die ersten Schläge zur Mitternachtsstunde.

Plopp! – Der Champagner schäumte in den Kelchen, wir umarmten uns alle. Ich küsste Susanna, die die vorangegangene Szene mit großen verschreckten Augen mit angesehen hatte – verstört wie ich. Von mir aus konnten alle anderen jetzt Leine ziehen. Rahn war mit dem Kopf auf der Tischplatte eingeschlafen. »Der stört nicht weiter!«

Grete verstand den Wink. Sie bestellte ein Taxi und bot dem grauhaarigen Sommelier die Mitfahrt zurück in den Kaiserhof an. Schellenberg verabschiedete sich zusammen mit Addy. Susanna hatte nichts anderes erwartet …

»Aber wieso denn das, Wölfchen?!« Reichsführer Heinrich Himmler schob indigniert den Brief zurück, den ihm sein Stabschef soeben in seinem Büro vorgelegt hatte.

»Kamerad Otto Rahn bittet mit sofortiger Wirkung um seine Entlassung aus der Schutzstaffel!«, kommentierte Gruppenführer Wolff.

»Hatten Sie ihn denn nicht nochmals verwarnt?« Himmler war erregt, und vor allem zutiefst enttäuscht. »Warum in aller Welt musste der Kerl denn diese ... zweifelhaften Typen ansprechen, die ihn auch noch bei der Gestapo verpfiffen haben?!«

»Ich weiß es nicht, Reichsführer!! Ich stecke nicht in der Haut von Kamerad Otto Rahn! Vielleicht ging der Denunzierung ein Erpressungsversuch voraus?«

»Gestapo-Müller hat die beiden verdammten Stricher einzeln verhört. Sie beschwören, Rahn habe ihnen unsittliche Angebote gemacht!«

»Leider hat der gute Müller sie dann beide ›auf der Flucht‹ erschießen lassen! Somit können sie ihre Aussage nicht mehr widerrufen.«

»Dabei hatte ihm doch Gruppenführer Eicke in seiner Eigenschaft als Oberaufseher, als Herrscher über alle Lager auf deutschem Boden, ein vorzügliches Führungszeugnis ausgestellt, seine Tüchtigkeit, seinen Einsatzwillen gebührend gelobt –?«

»Einwandfreie Führung, stramme Haltung!«, echote Karl Wolff. »Wir hatten ihn sogar in Anerkennung seiner Verdienste zum Obersturmführer befördert!«

»Und jetzt das?!«, seufzte Heinrich Himmler. Er griff nach seinem Füllfederhalter und setzte betulich seine Paraphe in das untere Eck des Schreibens: »Bewilligt H.H. RF SS«

»Wölfchen«, sagte der Reichsführer leise, »Sie waren sein Führungsoffizier. Es ist nun an Ihnen, dem Kameraden klarzumachen, was wir von ihm erwarten ...«

»Jawoll, Reichsführer!« Die Rolle des Todesengels lag dem Chef des Stabes ganz und gar nicht. »Obersturmführer Rahn bleibt nur die Wahl, selbst Hand an sich zu legen, oder ...«

»So ist es.«

Otto Rahn begriff sehr wohl, was ihm bevorstand. Er saß bei seiner Freundin Addy in deren Kämmerchen im Salon Kitty und wurde seiner Tränen nicht Herr. Sie streichelte ihn, presste sein Haupt fest an sich, als könne sie ihm Halt geben. Doch auch ihr rannen die Tränen übers Gesicht. »Femegericht?!«, schluchzte sie. »Gibt's denn so was?«

»Du wirst erschossen, kein Pardon!«

»Und was willst du jetzt machen?«

»Eine letzte Reise«, murmelte Otto Rahn. »Mich bei meinen Freunden verabschieden ... Und dann such ich mir ein stilles Plätzchen, irgendwo im Hochgebirge, solange noch Schnee liegt. Ich kenn da eine Alm bei Kufstein ...«

»Ach, Otto!« Beide ließen sie ihren Tränen freien Lauf.

Addy war die Erste, die ihre Tränen abwischte. Otto Rahn weinte leise. »Bis dahin«, schlug sie vor, »wohnst du bei mir. Ich kann auf der Couch schlafen –« Sie überlegte. »Und wenn ein Freier kommt, gehst du raus, rauchst eine Zigarette ...«

Otto war alles recht, und solange er bei ihr war, dachte Addy, konnte ihm auch nichts zustoßen.

Der verstoßene Obersturmführer verbrachte nur eine Nacht im Salon Kitty. Addy stand schweigend daneben, während Otto das schäbige Köfferchen mit seinen Siebensachen packte. Sie begleitete ihn auch zum Anhalter Bahnhof und stand neben ihm, als er das Billet löste.

»Freiburg im Breisgau, Zweiter, einfach!«

»Ach!«, kam ihr ein Gedanke. »Wenn du schon so nah am Schwarzwald sein wirst, könntest du doch auch in Urberg vorbeischauen und dich mit Karl Ernst Krafft aussöhnen ...?« Wer weiß, dachte Addy, der Sprachforscher könnte Otto Rahn vielleicht auf irgendeine Weise zu Hilfe kommen.

Er schaute sie erstaunt an. »Meinen Frieden machen mit diesem –?«

»Es würde dich erleichtern, Otto.«

»Wenn du meinst.«

Der Zug fuhr ein. Sie umarmten sich wortlos, und Addy verließ den Bahnsteig, ohne sich noch einmal umzudrehen.

Addy Panchaud verlor keine Zeit. Von der nächsten öffentlichen Fernsprechkabine rief sie ihre alte Freundin und Gönnerin Grete von Urbanitzki im Kaiserhof an und setzte sie von der Abreise Otto Rahns und seinen vagen Plänen in Kenntnis. Kufstein als wahrscheinliches Reiseendziel erwähnte sie nicht. Der Wienerin kam der Gedanke, sich an die *Polaires* zu wenden, namentlich an Paul Alexis Ladame. Nur unterhielt sie zu der Bruderschaft seit längerem kaum noch Kontakt. Unter der alten Telefonnummer in Paris meldete sich niemand. Ihr fiel Gaston de Mengel ein. Sie rief das Büro der Stiftung Ahnenerbe an und ließ sich, nach einiger Überwindung, zu Frau Dr. Hiltgund Schlarb-Boeringer durchstellen. Die hörte sich gereizt das so dringlich vorgebrachte Anliegen ihrer alten Widersacherin an. Otto Rahn erwähnte die Wiener Journalistin dabei mit keinem Wort. Die Schlarb wunderte sich nur, dass es Grete anscheinend völlig gleichgültig war, wen der dubiosen Brüder aus Paris sie an die Strippe bekam. Zuckersüß versicherte Hiltgund der Urbanitzki, alles in ihrer Macht Stehende zu unternehmen – während sie die bereits angefertigte Notiz in den Papierkorb beförderte.

Otto Rahn starrte auf die vorübereilende Landschaft: alles weiß, weiß und der Himmel grau. Er saß in dem D-Zug, der ihn seinem Tode näher bringen sollte. Er könnte in Leipzig aussteigen, dachte er, und Albert von Haller vom Schwarzhäupter-Verlag aufsuchen, der sein Buch *Lucifers Hofgesind* herausgebracht hatte. Die Zusammenarbeit hatte er als angenehm empfunden, die Resonanz jedoch, die das Buch auf dem deutschen Markt, und vor allem bei seinen Vorgesetzten fand, weckte keine guten Erinnerungen bei ihm. Das musste er sich jetzt nicht auch noch antun. Er wandte den Blick wieder aus dem von Schmutz und Nässe überzogenen Abteilfenster. Wenigstens war er hier der einzige Fahrgast, fremde Menschen hätte er jetzt nicht ertragen. Draußen wirbelte der ratternde Wagenkonvoi Schnee auf, mit dem Ruß der Lokomotive vermischt. Ein schönes, klares Weiß hätte er sich gewünscht. Ob der Tod wohl auch ganz in Weiß kommen würde? Ein Weiß, das ihn sanft umarmte oder in das er eintauchen, sich fallenlassen konnte wie in weiche Wolken. Er stieg nicht aus in Leipzig.

In der Zwischenzeit hatte die besorgte Addy ihre Scheu überwunden und die Kraffts in Urberg angerufen. Anna van der Koppeln war am Apparat.

»Hat sich der Herr Rahn schon bei Ihnen gemeldet?!«, lautete Addys bange Frage.

Anna musste verneinen. »Ist er denn auf dem Weg zu uns?«, lautete die ungläubige Gegenfrage.

»Eigentlich will er ja nach Kufsein, auf irgendeine Alm in den Bergen. Aber er hat eine Fahrkarte nach Freiburg gelöst, da dachte ich mir ...«

»Was, um Himmels willen, will er denn mitten im Winter auf einer Alm ...?«

»Das ist ja das Problem!« Addy teilte dem hinzugetretenen Herrn Krafft ihre Befürchtungen mit. Der Graphologe suchte sie zu beruhigen, er würde sich gleich melden, wenn der Verzweifelte in Urberg auftauchen sollte.

Karl Ernst Krafft war alarmiert, doch er traute sich nichts zu unternehmen. Er war sich sicher, dass sein Telephon abgehört wurde. »Mit diesem Rahn gibt's nichts als Ärger!«, maulte er seine Frau an, doch die verwies ihm derartiges Duckmäusertum.

»Wir müssen helfen!«

»Was mich so wütend macht –« Nun brach der Zorn aus ihm heraus. »Dem Kerl hat die SS ihre Zuneigung vorn und hinten hineingeschoben ... Dabei hat es dieser Schwächling, diese charakterlose Memme, überhaupt nicht verdient!«, brachte der Kosmogologe seinen Groll auf den Punkt. »Unsereins, einem verdienten Kämpfer für den Geist, für eine allumfassende Wissenschaft, zeigen die Burschen glatt die kalte Schulter!«

»Dafür kannst du den armen Kerl doch nicht verantwortlich machen!«, ermahnte ihn Anna van der Koppeln besänftigend. »Gerade jetzt solltest du dich von der Seite zeigen, die deiner Geistesgröße angemessen ist: Großherzigkeit!«

»Dazu müsste dieser verschrobene Gralshüter sich erst mal blicken lassen!«

Otto Rahn, dessen Janker nebst Knickerbocker und entsprechendem Filzhütchen eher an einen bergwandernden Touristen erinnerten als an einen verstoßenen SS-Mann, war inzwischen in Freiburg eingetroffen. Als Erstes begab er sich zum Abendessen in den Zäringer Hof. Er wusste, dass er dort seinen ehemaligen Verleger Otto Vogelsang treffen würde – so dieser die Wirren der letzten Jahre überlebt hatte. Tatsächlich saß der alte Herr wie immer an seinem angestammten Tisch. Die Begrüßung fiel reserviert aus. Vogelsang hatte nicht vergessen, dass sein Erfolgsautor sich dem Schwarzen Orden an den Hals geschmissen hatte. Und Rahn hatte keine Lust, dem enteigneten Verleger zu offenbaren, dass er mittlerweile zu den Gepiesackten und Leidtragenden des Naziregimes zählte.

Einige Gläser Kaiserstühler verscheuchten das anfängliche Misstrauen des Herrn Vogelsang. Nostalgisch gedachten sie ihrer ruhmreichen Vergangenheit. *Der Kreuzzug gegen den Gral* war Otto Rahns wirklich großer Erfolg gewesen, genau genommen sein einziger! Sie umarmten sich zum Abschied ...

Die Begegnung hatte dem Entdecker, dem Forscher und Verfechter des verschütteten Mythos von Parzival und dem Gral, dem Leidensweg der Katharer und dem Triumph des Montségur, wieder so viel an Lebensenergie zurückgegeben, dass er sich am nächsten Morgen ein Taxi nach Urberg leistete. Rahn war bass erstaunt, dass die Kraffts ihn schon erwarteten. Und noch mehr verblüffte es ihn – ja, es traf ihn wie ein dumpfer Schlag aus längst vergangenen Tagen, dass er in der Gattin seines streitsüchtigen Co-Autors jene Dame aus der Schweiz wiedererkennen musste, der er damals einen Antrag gemacht hatte. Es war ein Schritt der puren Verzweiflung gewesen! Nicht, weil Anna keine begehrenswerte, zumindest bedenkenswerte Lebenspartnerin gewesen wäre, sondern weil er, Otto Rahn, kaum über seinen Schatten hätte springen können! Seine so streng geahndete »andersartige, sprich gleichgeschlechtliche Neigung« ließ sich nicht einfach so beiseitelegen. Herr Krafft wie auch seine Frau hatten sich anscheinend darauf geeinigt, die alte Geschichte nicht wieder aufzuwärmen, sie übergingen sie diskret.

Was Otto Rahn nicht wusste, war, dass sich das Ehepaar darauf verständigt hatte, von der benachbarten Schweiz aus, hinter seinem Rücken, Verbindung mit Dr. Bircher-Benner in Zürich oder Madame Marguerite Panchaud aufzunehmen. Krafft plädierte für einen Hilferuf an Antoinette de Rives im Südwesten Frankreichs, aber er wusste nicht, wie er ihre Telephonnummer herausfinden sollte ...

Es war Anna van der Koppeln, die Otto Rahn damit überrumpelte, mit ihnen zusammen noch einmal Säckingen seligen Gedenkens zu besuchen. Während Karl Ernst den Flüchtigen diesseits des Rheins beschäftigte, sollte sich Anna über die Brücke stehlen, um von der abhörfreien Schweiz aus die nötigen Telephonate zu tätigen. Otto Rahn ließ sich gerne zu diesem Ausflug überreden, die Weiterreise zu jenem unbekannten finalen Zielort konnte ruhig noch etwas aufgeschoben werden ...

Der Plan klappte hervorragend, nach wenigen Anrufen hatte Anna Madame de Rives an der Strippe. Als sie nach nicht einmal anderthalb Stunden erneut die Grenze passierte, wollten die deutschen Grenzposten wissen, was sie bitteschön in dieser kurzen Zeit bei den Eidgenossen gesucht hatte? Für einen Liebhaber wäre das doch etwas knapp bemessen: »So schnell schießen die Schweizer nicht!«

Anna war darauf vorbereitet. Reichlich mitgebrachte Nougat-Schokolade-Röllchen bewiesen den Grenzern ihre unbezähmbare Naschlust.

Antoinette de Rives reagierte prompt. Sie erwies sich als die nunmehr notwendige Strategin. Als Erstes ließ sie sich von Anna van der Koppeln genau den Reiseweg beschreiben, den Otto Rahn vom Schwarzwald aus nehmen wollte, und bat sie, diesen wenn möglich zu beeinflussen. Wichtig wäre, dass Otto Rahn über Schweizer Boden, also südlich des Bodensees, sich in Richtung Innsbruck-Kufstein bewegen würde, am besten über Vorarlberg mit dem Express. So würden der SD Heydrichs, der deutsche Sicherheitsdienst, wohl die Spur des Reisenden verlieren – und könnten nicht eingreifen oder stören.

»Am besten wäre es, Sie, Anna würden den ›Freund‹ in Basel persönlich in den Zug setzen.«

»Ich glaube nicht, meine Liebste«, widersprach Anna fest, »dass es Otto Rahn gestattet sein wird, noch irgendeine Reichsgrenze zu überschreiten, geschweige denn, sich ins neutrale Ausland abzusetzen.«

Antoinette disponierte erstaunlich schnell um. »Dann schicken Sie ihn über das Allgäu, aber nur bis Innsbruck! Sonst wird es schwierig, ihn noch aufzufangen.«

»Ich werd's versuchen und gebe Ihnen Bescheid, wenn Reiseroute und Zeiten feststehen.«

»Darauf verlasse ich mich, danke meine Liebe!«

Antoinette de Rives ließ sogleich ihren Chauffeur kommen, den jungen Bernardac. Er solle sich zwei Burschen, möglichst Bergkameraden, aussuchen, *»des vrais montagnards!«* Christian Bernardac zeigte, dass er verstanden hatte. »Ihr nehmt den Rolls und fahrt wie die Teufel durch bis nach Innsbruck. Landkarten sind im Handschuhfach! Dort wartet ihr vor dem Bahnhof, bis euch meine Freundin Grete anspricht – oder ich selber vor Ort bin!«

»Gnä' Frau!«, wagte der in seiner sportlichen Ehre geforderte Fahrer einzuwenden. »Wie wollen Sie vor uns da sein?! Schneller als *Lunenoire* vermögen Sie unmöglich zu fliegen!«

»Lass das meine Sorge sein!«

Schlagartig war Antoinette de Rives die abenteuerlich kühne Idee gekommen: Elly Beinhorn! Ihr Ehemann, der Rennfahrer Bernd Rosemeyer, war beim Versuch eines Hochgeschwindigkeits-Rekords im letzten Jahr tödlich verunglückt. Sie hatte die Einladung des *Aéroclub de l'Ariège* angenommen und an den Kunstflugtagen von Saint-Girons teilgenommen. Elly trainierte danach täglich auf dem anspruchsvollen, weil ziemlich primitiven Flugfeld auf der *Lane d'Antichan* und benutzte das Château Poujol-Murat als bequemes Standquartier. Für den nächsten Tag hatte die Beinhorn ihren Rückflug nach Deutschland angekündigt. Warum sollte sie die Freundin nicht fragen, ob es für den Zweisitzer ein Problem wäre, sie mitzunehmen und in Innsbruck abzusetzen!?

Otto Rahn saß in einem Bummelzug der Reichsbahn in Richtung Bodensee. Die Kraffts hatten ihn als die beste Verbindung ausgesucht, und schließlich hatte er es ja auch nicht eilig. Oder doch? Er hatte sich, unbemerkt von seinen Gastgebern, zum Postamt geschlichen und ein Telegramm an Raul abgesandt, mit der dringenden Aufforderung nach Bregenz zu kommen, ins Hotel *Bodensee,* das er von einer Lesereise her kannte. Ein plüschiger alter Kasten aus dem letzten Jahrhundert.

KANN NICHT IN DIE SCHWEIZ EINREISEN STOP WERDE DORT AUF DICH WARTEN BIS DU KOMMST STOP ES GEHT UM LEBEN ODER TOD DEIN OTTO.

Er hoffte, es klang nicht zu dramatisch, aber seine Verzweiflung sollte der Freund schon spüren. Vor dem Fenster seines Abteils zog unten der Rhein vorbei, eigentlich eine schöne Strecke, wenn man in den Urlaub unterwegs war.

Addy saß auch in einem Zug, aber III. Klasse, und ständig musste sie umsteigen! In Gera, in Regensburg ... Sie hatte diese Nebenstrecke gewählt, weil sie sich keinen D-Zug leisten konnte. Aber um den lieben Otto zu retten, hätte sie alles auf sich genommen, auch »Sonder-

Einsätze« im Salon Kitty! Mehr als die vage Angabe des finalen Reiseziels – »eine Alm in der Nähe« – hatte sie Otto nicht entlocken können. Vielleicht wusste der Arme es selber nicht genau …? Es war ihr auch nicht klar, wie sie sich verhalten sollte, wenn er plötzlich vor ihr stehen würde? Wahrscheinlich wäre es doch vernünftiger gewesen, sie hätte Tante Grete von ihrer Reise in den Süden in Kenntnis gesetzt …

Otto hatte Friedrichshafen erreicht. Er erkundigte sich nach einer Zugverbindung bis Bregenz, das auf der Strecke lag durch das Hochtal, am Arlberg vorbei nach Innsbruck.

In Sankt Anton weilte sein Verleger Albert von Haller zur Zeit im Skiurlaub. Das hatte ihm die Sekretärin des Schwarzhäupter-Verlags verraten, als er sich doch noch dazu durchgerungen hatte, dort auf der Durchfahrt, von einem Münzfernsprecher im Bahnhof Jena anzurufen.

In Bregenz angekommen, nahm er bangen Herzens ein Taxi und ließ sich zum Hotel Bodensee fahren. War Raul schon dort? Wie lange hatten sie sich nicht mehr gesehen! Vielleicht war dessen Liebe längst erloschen? Sollte er dem Freund überhaupt gestehen, in welche Lage er sich geritten hatte, wie ernst die Situation war?

Eine Nachricht würde er sicher vorfinden, dafür war der liebe Raul Ferraud zu korrekt – Schweizer Charakter! –, als dass er ein so dringliches Telegramm unbeantwortet ließe.

Raul erwartete ihn. Er stand in der Halle des Hotels und lächelte ihn an. Sie gingen sofort aufs Zimmer …

STUPOR

Januar 1939

Ich wurde von der Wiener Journalistin mitnichten eingeweiht, um was es ging, als wir Hals über Kopf in meinem Horch losbrausten. Grete Urbanitzki tat so, als hätte sie nicht die geringste Ahnung, warum Addy plötzlich und heimlich Berlin verlassen hatte, um sich nach Kufstein zu begeben. Schließlich, während der Fahrt, rückte sie damit heraus, dass sie beide, Addy wie auch sie selbst, die Sorge umtrieb, der verschrobene Höhlenforscher Otto Rahn könne sich etwas antun.

»Wenn jemand wie Otto seinem Leben ein Ende setzen will«, überlegte ich laut, »wird er sich wohl in die heiligen Grotten zurückziehen, wo er den Gral oder wenigstens dessen reinigende Strahlen in der Nähe weiß, um sich spürt …«

Grete kämpfte mit sich. »Ich würde diesem hehren Traum gern zustimmen, aber als politisch denkendes Wesen weiß ich um seine reale Undurchführbarkeit: Der SD lässt Otto Rahn nicht in seine Gralswelt zurückkehren, denn die liegt, nach Ottos eigenen Angaben, verborgen irgendwo im Südwesten Frankreichs! Er kann sich höchstens einen Ersatz suchen, zum Beispiel in den Alpen …«

Ich begriff. »Es ist also Otto Rahn, und nicht Addy, den wir in Kufstein suchen!?«

Grete von Urbanitzki nickte bekümmert. »Wenn wir Glück haben, erwischen wir beide.«

Ich trat das Gaspedal durch und ließ den Horch auf der Autobahn von München gen Süden röhren.

Wir erreichten in Kufstein den Bahnhof und begaben uns sofort zum Schalter, um zu erfahren, wann der nächste Zug aus Innsbruck eintraf. Von dort aus würde Otto ja anreisen müssen, wenn er zuvor noch im südlichen Schwarzwald Station gemacht hatte. Gerade sei der letzte Zug durchgekommen, bedauerte der Bahnbeamte, auf den nächsten müssten wir anderthalb Stunden warten …

Im Wartesaal II. Klasse saß Addy vor ihrem obligatorischen Kakao. Sie wirkte abgekämpft und traurig. »Ich halte seit heute Morgen um sechs hier Stellung: In der Zeit ist er nicht gekommen!«

Grete legte den Arm um das Mädchen. »Addy«, sagte sie sanft. »Du kannst hier nicht nützen. In Berlin hingegen könnte man dir dein nicht gemeldetes Entfernen übel ankreiden: Max wird dich mit zurücknehmen.«

Ich wurde gar nicht gefragt, aber mir war diese schnelle Lösung recht. Und Addy war viel zu kaputt, um sich gegen das Diktat aufzulehnen. Wir ließen Grete von Urbanitzki allein auf dem winterlichen Perron von Kufstein zurück. Mir war schleierhaft, was sie ausrichten konnte, wenn Otto wirklich noch käme.

Otto Rahn hatte Raul Ferraud gebeten, ihn nicht zum Bahnhof zu begleiten. Das freundliche Bregenzer Hotel hatte ihm eine Zugverbindung direkt über Feldkirch nach Innsbruck herausgesucht. Dass er seine Reise in Sankt Anton noch ein weiteres Mal unterbrechen würde, ging niemanden etwas an. An der Bahnhofstrafik kaufte er sich eine Flasche starken Branntwein. Französischen Cognac, den er auf seinem letzten Gang bei sich haben wollte, führte der Saftladen nicht! Er bestieg den Zug. Schlückchenweise kippte er mit brennender Kehle den Fusel herunter.

Als er in Sankt Anton aus dem Zug torkelte, hätte er fast seinen Koffer vergessen. Er winkte einem Taxi, zwei, drei Taxis, ehe sich ein Fahrer des Betrunkenen erbarmte. In der kleinen Pension, deren Adresse er vom Verlag erhalten hatte, war die alte Besitzerin sogleich gluckenhaft bemüht, dem Gast des Herrn von Haller mit Rührei und starkem Kaffee über die Zeit des Wartens hinwegzuhelfen. Otto Rahn schlief in dem Fauteuil ein ...

Als er wieder die Augen aufbekam, stand sein immer noch rüstiger Verleger in voller Skimontur vor ihm und lachte. »Otto Rahn!«, rief Albert von Haller. »Welche Ehre!«

Der Autor von *Lucifers Hofgesind* schaute völlig entgeistert. »Herr von Haller«, sagte er dann todernst, »hier können wir nicht reden ...«

Abs. A. v. Haller
Zu Gast
Pension Arlberg
Sankt Anton a. A.

An
Grete Freifrau v. Urbanitzki
Hotel Kaiserhof
Berlin *Sankt Anton, den 13. Januar 1939*

Ich wüsste nicht, an wen ich sonst schreiben sollte, um diesen persönlichen Bericht zu geben von einer Begegnung, die mich einigermaßen ratlos zurückgelassen hat. Der seinerzeit von mir betreute Autor Otto Rahn erschien hier in meinem Feriendomizil in einem beklagenswerten Zustand. Sein Hang, sich zu Männern hingezogen zu fühlen, der mit dem Strafgesetz kaum vereinbar ist, war mir im Lauf unserer Zusammenarbeit nicht verborgen geblieben. Selbstverschuldet war die Lage, in die er sich brachte, als er sich in die elitäre Schutzstaffel des Führers aufnehmen ließ, deren rigorose Haltung solchem Verhalten gegenüber ihm bekannt sein musste.
Unabhängig davon, wie weit die Anschuldigen gegen Otto Rahn sich als stichhaltig erweisen sollten, geht es in diesem Falle im Grunde weniger um die Person Otto Rahn, sondern um einen nicht offen ausgetragenen Machtkampf an der Führungsspitze des Reiches, um den zweiten und damit den Platz in unmittelbarer Nähe zum Führer, um die Teilhabe an dessen Befehlsgewalt.
Ich habe diese Zusammenhänge Otto Rahn zu erklären versucht, hatte aber nicht den Eindruck, dass er mir folgen konnte oder wollte. Reichsleiter Martin Bormann hat in letzter Zeit in diesem intriganten und unbarmherzigen Kampf bedeutend an Terrain gewonnen, er blockiert jedmögliche Konkurrenz und isoliert den Führer in zunehmendem Maß. Rahn hatte es beim Reichsführer-SS, Heinrich Himmler, zu einer (mir nicht erklärlichen)

Vertrauensstellung gebracht, war zu einer Art Protegé Himmlers geworden. Er soll angeblich sogar von diesem beauftragt worden sein, verdeckt *persönliche Anliegen des Reichsführers zu erledigen. Wenn derartige Gerüchte über eine Favoritenrolle Rahns oder zu großer persönlicher Nähe zu Himmler den Apparat Bormanns erreichten, wäre dies gleichbedeutend mit einer Klinge, dem Reichsleiter in die Hand gedrückt. Konnte Bormann einen Vertrauten Himmlers als Homosexuellen präsentieren, hätte dessen Stellung bei Hitler wohl einen dauerhaften Schaden erlitten, eine Schwächung in jedem Fall! Mag sein, dass ihm auch die Erinnerung an die Röhm-Affaire wieder hochkam.*

Himmler und sein persönlicher Stab mussten handeln, bestimmt und hart, jeglichen Zweifel ausmerzend. Ein Bauernopfer! Dass dem unglücklichen Otto Rahn noch die Wahl zwischen einem selbst herbeigeführten, »ehrenvollen« Ende oder dem unausweichlichen Verrecken in einem Konzentrationslager gelassen wurde, zeugt von der Wertschätzung des »Kameraden« Rahn in der Führungsriege der SS.

Einen andersgearteten Rat konnte ich dem von mir sehr geschätzten Autor nicht mit auf den Weg geben als den, den er bereits in Auge gefasst zu haben schien. Denn was ihn in einem Lager erwartete, hatte er erst kürzlich in Buchenwald erlebt. Dass ich Ihnen, einer bekannten Journalistin, meine Einschätzung der Lage der Dinge so offen schildere, bringt mich alten Mann vielleicht in eine ähnlich prekäre Situation, denn ich bin mir sicher, dass der gesamte Vorgang und das Ende Otto Rahns vertuscht werden, der Mantel des Staatsgeheimnisses darüber gebreitet werden soll. Mir liegt jedoch daran – das schulde ich dem, der mir die Herausgabe seines Buches anvertraute, für den ich Verantwortung übernommen habe –, dass die Wahrheit in dem Erinnern an den Autor des Kreuzzug gegen den Gral *nicht unter die Räder der Geschichte gerät.*

Ich sehe Otto als einen Nachtfalter, der Licht und Wärme suchte, der feurigen Quelle zu nahe kam und verbrannte.

Lunenoire erblickte zum ersten Mal das sie wenig beeindruckende Bahnhofsgebäude von Innsbruck. Der gräfliche Rolls-Royce, gesteuert vom jungen Christian Bernadac, an Bord die zwei Bergkameraden aus dem Ariège, seine *Montagnards,* hatte in rastloser Tag- und Nachtfahrt die Hauptstadt Tirols erreicht. Der strapazierte Chauffeur stieg aus und sah sich triumphierend um. Keine Madame von Urbanitzki weit und breit, geschweige denn seine gestrenge Herrin Antoinette de Rives. Sie vertraten sich die Beine.

Ein Taxi glitt neben den Rolls. Ihm entstieg in einwandfreier Schale und von keinerlei Reisestrapazen gezeichnet, Antoinette de Rives, als wäre dies das Natürlichste auf der Welt. Sie nahm mit befriedigtem Kopfnicken die Anwesenheit ihres Rolls samt Chauffeur nebst *Montagnards* zur Kenntnis, nahm wortlos den Beifahrersitz ein und befahl: »Nach Kufstein!«

Grete von Urbanitzki war derweil im schäbigen Restaurant des früheren Grenzbahnhofs von Kufstein am Tisch eingenickt. Sie fuhr erst hoch, als draußen auf dem Bahnsteig die Türen schlugen, ein greller Pfiff ertönte und der Zug aus Innsbruck nach Rosenheim sich wieder in Bewegung setzte. Sie stürzte hinaus auf den Bahnhofsvorplatz, sah von Weitem noch Otto Rahn, wie der auf der gegenüberliegenden Seite einen Postbus bestieg. Bevor sich die Wiener Journalistin entscheiden konnte, was jetzt zu unternehmen sei, war der schon losgefahren.

Aus diesem Schlamassel erlöste die arme Grete die spektakuläre Ankunft des Rolls-Royce. Auf dem Beifahrersitz thronte mit unbewegter Miene ihre Freundin Antoinette, auf dem Rücksitz lümmelten zwei Bergbauernburschen. Die Abfahrt des Postbusses war ihnen nicht entgangen. Madame de Rives schickte ihren livrierten Chauffeur aus, sich zu erkundigen, wohin der Postdienst ging: »Sölln!«, wurde ihm genannt.

»Also folgen wir dem Bus, aber in gehörigem Abstand«, entschied Antoinette de Rives. »Es ist nicht nötig, dass Otto Rahn uns vorzeitig entdeckt. Aus dem Bus entführen können wir ihn sowieso nicht!«

Grete von Urbanitzki wurde auf der Rückbank zwischen den beiden *Montagnards* platziert. Dann nahmen sie behutsam die Verfolgung auf.

Im Salon Kitty standen sich im *Hawaii,* dem Zimmer Addys, die beiden hohen SS-Offiziere Heydrich und Schellenberg gegenüber. Das Zimmer machte den Eindruck, als hätte die Bewohnerin es in größter Eile verlassen. Kitty hatte es abgeschlossen, weil sie davon ausging, dass Addy binnen kurzem wieder aufkreuzen würde. Heydrich war fuchsteufelswild, vor allem darüber, dass ihm die Flucht Addys nicht gemeldet worden war.

»Walterchen«, drohte er, »du warst für die Göre verantwortlich!«

»Sicherlich«, entgegnete der schnippisch, »aber ich hab auch noch die Leitung der Auslandsdienste an der Backe! Immerhin – auch wenn es nun kein Ausland mehr darstellt – weiß ich, dass Adelheid Panchaud den ehemaligen Grenzübergang bei Kufstein passierte –«

»Was will sie denn ausgerechnet da?«

»Das weiß ich noch nicht. Aber dem verehrten Gruppenführer ist vielleicht entgangen, dass auch sein Leibphysio Maxe die Hauptstadt verlassen hat.«

Er verschwieg seinem Vorgesetzten, dass man Max Wittacher in seinem Horch in Begleitung der Urbanitzki auf der Autobahn in Richtung Innsbruck gesehen hatte. Das unausweichliche Donnerwetter Heydrichs wollte er nicht nur der Wiener Journalistin, sondern der gesamten Bagage ersparen, die sich offensichtlich irgendwo in der Tiroler Bergwelt zu einer Art Exequien für Otto Rahn zu versammeln im Begriff war. Heydrichs Laune war nicht die beste, als er Addys Bettpfosten mit Stiefeltritten traktierte. »Warte, mein Herz ... Dich werd ich's lehren, mich ...« Der Rest des Satzes wurde vom Zuschmettern der Zimmertür verschluckt ...

Es war Abend geworden, als der Postbus das verschneite Bergdorf

Sölln erreichte. Rahn stieg aus und fragte nach dem Weg zum Bauernhof des Peter Maierling.

Der Rolls war ihm bis zum Endhalt unauffällig gefolgt. Jetzt begann die Stunde der *Montagnards*, die als verirrte alpine Bergwanderer sich an Otto Rahns Spuren heften und wenn möglich im selben Hof um Nachtlager bitten sollten.

Was dem verzweifelten Gralsforscher ebenso entging, war der weißlackierte Rettungswagen mit den Insignien des Internationalen Roten Kreuzes. Er war seit Innsbruck dem Rolls in weitem Abstand gefolgt wie ein Polarfuchs, der, einmal Witterung aufgenommen, nicht mehr ablässt von seiner Beute.

Grete sah aus dem vereisten Fenster der Pension, wo sie, Antoinette und deren Chauffeur ihr Nachtquartier aufgeschlagen hatten. Die uniformierten Fahrer betraten weisungsgemäß die Herberge, vor der der Rolls parkte. Grete nickte grimmig zufrieden.

Otto Rahn erhob sich um 4.30 Uhr, entnahm seinem Köfferchen den Rucksack, der außer den Pillen nur noch die für ihn so wesentliche Flasche Cognac enthielt, zog sich leise die warmen Socken an und streifte den mitgebrachten dicken Pullover über die mitgeschleppte SS-Uniform. Er wirkte etwas unförmig unter dem Mantel, der die Ausstaffierung kaschieren sollte. Dann begann er behutsam den Abstieg über die knarzende Holztreppe. Zu seinem Erschrecken hockten in der noch erleuchteten Stube vier Männer und spielten Karten. Zwei Uniformierte, zwei offensichtlich Bauernburschen. Sie beachteten ihn nicht im Geringsten, als er den Hof mitten in der Nacht verließ, hinaus in die Kälte. Er dreht sich nicht um, als er zu dem Gehölz emporstapfte, das er sich als geeignetes Ziel für den letzten Schlaf auserkoren hatte. Sonst hätte er gesehen, dass hinter ihm das warme Licht in der guten Stube verlosch. Gleich darauf stiegen die beiden Uniformierten in ihren Rotkreuztransporter, während die zwei Bauernburschen sich im Dunkeln an Rahns Fersen hefteten.

Die Figur des einsamen Wanderers hob sich gegen die weiße Schneedecke deutlich sichtbar ab. Die *Montagnards* glitten lautlos wie Luchse auf weichen Pfoten über die vereiste Fläche, jedes Knirschen des Schnees vermeidend. Sie waren angewiesen, in keinem Fall den unsicher bergwärts Stapfenden zu erschrecken oder ihn an der Ausführung seines Vorhabens zu hindern.

STUPOR

Januar 1939

Mein Meister, Dr. Felix Kersten, rief mich zu sich. Meine Selbständigkeit hatte er mir nie verübelt, und so hatte er sich auch über meine Abwesenheit keine Gedanken gemacht. Wortlos überreichte er mir einen dicken Briefumschlag, beschriftet:

»An Dr. Felix Kersten c/o Studio für Manuelle Therapie // Berlin-Tiergarten.«

Er hatte den Umschlag geöffnet, in dem sich ein weiteres verschlossenes Couvert befand und ein Rezeptformular der Züricher Bircher-Benner-Klink, auf das Dr. Franklin B-B. handschriftlich gekritzelt hatte:

»Beiliegendes Schreiben des Internationalen Roten Kreuzes konnte über den Botschafts-Kurierdienst der Schweiz nicht zugestellt werden. Da ich davon ausgehe, dass Herr M. Wittacher noch mit Ihnen in Verbindung steht, bitte ich Sie freundlichst, das Schreiben an diesen weiterzuleiten.

Mit kollegialer Hochachtung, gez. Dr. Franklin Bircher-Benner.

P.S.: Wir haben uns 1931 auf einem Kongress für Gesundes Leben und Naturkost in Helsinki kennengelernt.«

Neugierig schlitzte ich das Couvert auf, alles andere wäre mir meinem Meister gegenüber als ein Akt mangelnden Vertrauens erschienen.

Es handelte sich um einen Einsatzbericht des Roten Kreuzes, maschinengeschrieben auf einem Briefbogen der in Genf ansässigen Organisation. Was mich sofort stutzig machte, war die Anrede und dann auch der merkwürdige Inhalt:

Hochverehrter Herr Professor Alfred Schmid, der von Ihnen veranlasste Sondereinsatz auf Nicht-Confoederiertem Boden (vormalige Republik Österreich) wurde in den frühen Morgenstunden des 14. Januar ausgeführt. Er verlief wie folgt:

Das eingesetzte RK-Personal fand den Vermissten (in Folge V. genannt) unter Hinzuziehung lokaler Hilfskräfte. Da V. bereits das Bewusstsein verloren hatte, blieb eine Hilfskraft bei dem V. und begann, Erste-Hilfe-Maßnahmen einzuleiten, um eine fortschreitende Unterkühlung des Körpers zu verhindern, zusätzlich Herzmassage. Die andere HK rief den RK-Rettungswagen herbei (wg. noch herrschender Dunkelheit reduzierter Einsatz von Lichtzeichen in Form von Leuchtspurmunition, um kein Aufsehen zu erregen).

Der ausgebildete RK-Helfer löste dann beim V. durch pharyngalen Reiz einen Würgereflex aus, so dass V. seinen Mageninhalt erbrach. Er erhielt sofort kreislaufstabilisierende Mittel, wurde mittels einer Trage zum talwärts eingetroffenen RK-Fahrzeug getragen. Dort wurden V. (der sein volles Bewusstsein noch nicht wiedererlangt hatte) Emetika gereicht. Über Landeck wurde beim Grenzposten Martina wieder Schweizer Territorium (Unterengadin) erreicht.

V. wurde mit schwachen Lebenszeichen in das nächste RK-Kontrakt-Hospiz eingeliefert, wo ihn der verantwortliche Oberarzt zur Sicherheit in ein künstliches Koma versetzte. Über seinen weiteren Verbleib wird nach weiteren Untersuchungen zu befinden sein. Sein Zustand ist kritisch.

Da V. zu keinem Zeitpunkt der durchgeführten Maßnahmen ansprechbar war, haben hinzugezogene Gendarmeriebeamte seinen Rucksack inspiziert. So erhielten wir Hinweise auf eingenommene Medikamente sowie einen Notizzettel mit der in Folge angeschrieben Adresse in Berlin. Ausweispapiere fanden sich bei V. keine, so dass wir seinen Namen nicht kennen. Wir werden Sie, nach entsprechender Rückäußerung, gern über das weitere Befinden des

V. auf dem Laufenden halten. Mit dem Ausdruck verbindlicher Hochachtung

gez. Dr. Urban / gez. Dr. Reviglia

Ich hatte nicht umhin gekonnt, meinen Meister mitlesen zu lassen. Während mir sofort klar war, um wen es sich bei dem mysteriösen V. handelte und wer sich hinter den unterfertigten *doctores* verbarg, erschien dem guten Dr. Kersten der gesamte Vorgang mit Recht dubios.

»Ich stand und stehe dir, lieber Max, stets mit Rat und Tat zur Seite«, hielt er mir vor, mit gerunzelter Stirn, doch in aller Ruhe, »aber hier will mir scheinen, dass dich gewisse Kräfte in eine gefährliche Sache hineinzuziehen versuchen. Mächte, von denen du dich besser fernhalten solltest!«

Ich gab mich zerknirscht, nahm aber den Brief an mich. Womöglich hätte er ihn sonst noch seinem Klienten Heinrich Himmler anvertraut. Ich beschloss, den Brief zu vernichten oder ihn wenigstens sicher zu verwahren. Auch Addy würde ich nichts davon erzählen, so begierig sie auf den Ausgang der Geschichte brannte. Allein die Andeutung, ihr lieber Otto sei noch am Leben, wäre schon zu gefährlich! So musste sie sich halt gedulden, bis Grete von Urbanitzki wieder in Berlin auftauchte.

Schellenberg hatte ich auf Befragen die Rolle der Journalistin in günstigen Farben geschildert: Sie hätte mich gebeten, mit ihr zusammen die flüchtige Addy wieder einzufangen. Das sei uns auch gelungen. Schellenberg hatte sich um das plötzliche Verschwinden des Mädchens große Sorge gemacht.

~

Normalerweise, wenn Heydrich den Salon Kitty betrat, erging Anweisung an den Kartoffelbunker, sämtliche Abhöranlagen abzuschalten. Diesmal schnauzte er Kitty beim Hereinkommen an, die vor dem Schlüsselbrett hockte und ihm dienstbeflissen den Schlüssel von

Hawaii reichte: »Ich bin nicht da!« Und als er ihre irritierte Miene bemerkte, raunzte er noch: »Du hast mich nicht gesehen! Alles bleibt, wie es ist!« Damit konnte sie zwar auch nichts anfangen, aber Heydrich war schon die Treppen hinaufgestürmt.

Addy saß auf ihrer Bettkante, noch in Negligé und Morgenrock. Sie dachte in diesem Moment weder an den armen Otto, der verschwunden war, noch an Max, der sich schon lange nicht mehr hatte blicken lassen. Walter Schellenberg wäre ihr jetzt recht gewesen, auch wenn der immer gleich zur Sache kam. Aber er war freundlich und nicht sonderlich anstrengend. Wenigstens wäre es ein Grund, sich nicht erst mühsam anzukleiden. Die ganze Anstrengung – wofür?!

Da wurde die Tür aufgerissen: Vor ihr stand – mit einem wölfischen Grinsen, die Eckzähne standen wie Hauer hervor – der SS-Gruppenführer Heydrich! Er kam anscheinend direkt vom morgendlichen Ausritt, denn er ließ seine Reitpeitsche in den behandschuhten Händen wippen.

»Wo warst du?!«, knallte der erste Peitschenhieb. Addy schwieg trotzig, während sie sich erhob und den Morgenmantel zum Zeichen ihrer Unterwerfung von den Schultern gleiten ließ. Heydrich schenkte dem keine Beachtung. Er griff an ihr vorbei nach ihrer Handtasche und stülpte den Inhalt auf dem Bett aus. Mit der Peitsche stocherte er durch ihre Siebensachen, als wären sie Müll. Dann schnappte er sich ihr Portemonnaie, verächtlich zupften die saffianumhüllten Fingerspitzen das Bahnbillet III. Klasse hervor: Kufstein (Tirol) einfach. Er hielt es ihr unter die Nase, und als Addy in ihrer Aufmüpfigkeit verharrte, stieß er ihr wütend die Lederfaust vor die Brust, dass es sie herumwarf und sie mit dem Gesicht in die Kissen fiel. Mit einem Ruck riss er sich die Breeches von der Hüfte, schob sie samt den Boxershorts wie eine Wurst bis über die Knie, zerrte Addys Hintern grob in die Höhe seiner Lenden. Er ließ die Peitsche kreuzweis auf Addys Arsch knallen, das Mädchen schrie auf, die roten Striemen machten ihn zusätzlich geil. Seine Uniformmütze hatte er aufbehalten, wie er sich auch nicht seiner Reitstiefel entledigt hatte.

Er sah sich im Spiegel: »*Hohes* C sodomisiert freche Elevin!« Addy gab keinen Mucks von sich, weder stöhnte sie noch heulte sie, auch wenn ihr danach zumute war. Sie biss die Zähne zusammen und dachte an die Wehrübungen auf der Kolo seligen Gedenkens. Da hatte der Kerl sie ja auch schon gefickt, ohne es recht zu können. Walterchen war da besser, das sollte sie Reini mal unter die Nase reiben, aber das würde wohl noch mehr Prügel bedeuten. Gleich musste er fertig sein, um dann ruckzuck abzuschlaffen ... Links – zwo – drei – vier, links – links ..., zählte sie grimmig.

SS-Gruppenführer Heydrich brachte seine derangierte Uniform vor dem großen Spiegel im Empfangssalon in Ordnung. Jeder sollte sehen, was für ein toller Hecht er war. Ihm entging nichts! Kein Karpfen, noch so tief in den Schlamm gewühlt. Ihm entkam keine Forelle, so keck sie sich auch durchzuschlängeln versuchte. Merk dir das, Addy!

Über die Schulter blickend, versicherte er sich bei Kitty, ob seinem Befehl Folge geleistet sei?

»Sie waren doch gar nicht da!«, reagierte die schlagfertig. Heydrich reckte zufrieden sein Kinn dem Spiegelbild entgegen. Walterchen sollte seine Freude haben, wenn er routinemäßig *Hawaii* abhörte.

»Heil Hitler, Frau Kitty!«

»Heil Hitler, Gruppenführer!«

III Der Hintern

Prophetie und Vorrr…sehung

1939

STUPOR

30. Januar 1939

Mich juckte es, nach lieblos langer Zeit, mal wieder Addy zu sehen. Vielleicht war ihr ja auch gerade danach. Ich fuhr meinen Wagen in die offen stehende Hinterhof-Einfahrt des Salon Kitty, von wo aus ich unbemerkt ins Treppenhaus gelangen konnte. Als ich am Kellerloch des »Hausmeisters«, des Herrn Erwin Schultze, vorbeikam, war es mir, als hätte ich aus der Tiefe der Warenrutsche die Stimme Adolf Hitlers gehört. Und wirklich: der da sprach, war der Führer. Ich klopfte, Hitlers Stimme erstarb.

Der ertappte Erwin Schultze steckte verschreckt seinen Kopf aus dem Türspalt. »Ach, Sie sind's, Herr Max!«, flüsterte er, sichtbar erleichtert.

»Sie hörten gerade unerlaubterweise den Führer?!«

Er nickte schuldbewusst.

»Wenn ich mithören kann, dürfen Sie das auch!«, lud ich ihn ein, und ohne weiter zu fragen, stiefelte ich hinter ihm die steile Treppe hinab. Unterm Spülstein, durch einen Vorhang verborgen, stand ein Volksempfänger. Erwin Schultze steckte den herausgerissenen Stecker zitternd zurück in die Dose. »Er hält seit Stunden eine Rede vor dem Reichstag –«

Und jetzt dröhnte es auch wieder aus dem Radio:

»Ich bin in meinem Leben sehr oft Prophet gewesen und wurde meistens ausgelacht. In der Zeit meines Kampfes um die Macht war es in erster Linie das jüdische Volk, das nur mit Gelächter meine Prophezeiungen hinnahm, ich würde einmal in Deutschland die Führung des Staates und damit des ganzen Volkes übernehmen und dann unter vielen anderen auch das jüdische Problem zur Lösung bringen. Ich glaube, dass dieses damalige schallende Gelächter dem Judentum in Deutschland unterdes wohl schon in der Kehle erstickt ist. Ich will heute wieder Prophet sein: Wenn es dem internationalen Finanzjudentum in- und außerhalb Europas gelingen sollte, die Völker noch einmal in einen Weltkrieg zu stürzen, dann würde das Ergebnis nicht die Bolschewisierung der Erde und damit der Sieg des Judentums sein, sondern die Vernichtung der jüdischen Rasse in Europa.«

Ich wollte mir den drohenden, scheppernd-keuchenden Sermon nicht bis zum Ende antun. Dieser Hitler hatte mir die Lust verdorben, Addy musste auf ein andermal warten. Dass ich Herrn Schultze mit der Last dieser Hetzrede aus dem Reichstag allein ließ, tat mir leid. Andererseits, was sollte ich ihm raten? Verschwinden, solange es noch irgendwie möglich war? »Der Flaschenhals wird immer enger«, hatte das *Hohe C* orakelt.

STUPOR

Februar 1939

»Ein Gutes hat die Goebbelsche Krawallnacht nun doch gezeitigt«, griente mein *Hohes C*, während er sich frei machte für die Behandlung seines verspannten Torsos. »Hermann der Dicke will's jetzt sowohl ihm als auch den Bedenkenträgern vom Äußeren zeigen: Der Reichsmarschall in seiner Machtherrlichkeit hat die Gründung einer *Zentralstelle für jüdische Auswanderung* verfügt …« Mit einem Tigersprung warf er sich bäuchlings auf die Therapieliege, »Und wen hat er zum Leiter erkoren?«

»Sie, *Hohes C!*«, gab ich zur Antwort.

»Jawoll, meine Herrn –«, surrte er bestens gelaunt. Zarah Leander war der Frauentyp, auf den er abfuhr.

Ich war erleichtert darüber, dass er von mir keine Rechenschaft über meinen Ausflug in die Alpen erwartete, obwohl ich doch in Begleitung der immer weniger gut gelittenen Grete von Urbanitzki unterwegs war. Zum Dank dafür ließ ich seinen Nacken heute weniger leiden, vermittelte seiner Muskulatur durch langgedehntes Streichen wohltuende Gefühle.

Noch während ich ihn massierte, rief er mit der unter dem Kopfteil angebrachten Klingel einen seiner Adjutanten herbei, der ihm aus bereits angefertigten Notizen vorlesen musste.

»... Notwendigkeit und Beschleunigung den damit befassten Staatsbehörden erhellend zur Kenntnis bringen, klarstellen, dass Durchführung und Vollzug der angeordneten Maßnahmen erklärtes verantwortliches Ziel der Zentralstelle ist!«

»Jawoll, meine Herrn!«, kommentierte ich.

Das beflügelte mein *Hohes C.* »Weiter!«, keuchte er dem vortragenden *Drei-Zwo* zu.

»Devisenschwierigkeiten werden durch einen Fond behoben, gespeist von Zwangsabgaben reicher Juden. Nächster Punkt ...?«, schnarrte der Adjutant fragend. »Hauptzielrichtung, in die der Auswandererstrom zu lenken ist, bleibt vorerst Palästina. Die von Reichsminister Göring verlangte »geeignete jüdische Selbsthilfeorganisation« soll die Auswanderer auf ihre zukünftigen Probleme wie Siedlung, Ackerbau vorbereiten, jüdische Schulen errichten ...«

»Schneller!«, befahl das *Hohe C* stöhnend.

»... und auch fürsorgerisch tätig sein. Der Zentralstelle untersteht direkt die zu schaffende *Reichsvereinigung der Juden in Deutschland* mit Zwangsmitgliedschaft, deren einzige und hehre Aufgabe es sein wird, die gewährte Auswanderung zu fördern, das heißt reibungslos voranzutreiben und umzusetzen!«

»Danke!« Der Adjutant trat geschmeidig leise wieder ab.

»Na, Maxe?«, wandte sich Heydrich leutselig an seinen Leibphysio. Mich stach der Hafer. »Einen barmherzigeren Wohltäter«, kommentierte ich sarkastisch, »können sich die Juden kaum gewünscht haben!« Ich dachte an Hausmeister Schultze im Keller des Salon Kitty.

Heydrich stemmte sich hoch und sah mir in die Augen. Sein Blick war kälter als Eis. »Als *salvator judaeorum* werde ich ganz gewiss nicht in die Geschichte eingehen, Max. Aber die zügige Durchsetzung meiner Idee könnte uns eine Menge Ärger ersparen. Es bleibt nicht mehr viel Zeit, *winds of war* beginnen zu wehen. Blasen sie stärker, lässt sich kein Segel mehr setzen, das nach Palästina geleitet ...«

In Heydrichs Stimme lag, für mich erstaunlich, ein Anflug von Wehmut. Plötzlich sprang er auf. Ich wich seinem Arm aus, den er in Fechtermanier in Richtung meiner Brust vorschnellen ließ. »Raus mit dir, Max!«

STUPOR

Februar 1939

Der überraschende Schulterschluss mit dem Reichsluftfahrtsmarschall verschafft meinem *Hohen C* die Möglichkeit, sich an einem richtigen Jagdflugzeug ausbilden zu lassen. Er brennt darauf, zu einem echten Kriegseinsatz zu gelangen. Die Chancen dafür stehen nicht schlecht. Letzte Woche hat das Deutsche Reich zum wiederholten Mal seinen Anspruch auf Danzig erhoben verbunden mit der Forderung nach einem freien Korridor nach Ostpreußen.

»Wieder lehnten die törichten Polen unser billiges Verlangen rundweg ab!«, erklärte Heydrich. »Sie verlassen sich auf die Garantien, die ihnen Franzosen und Engländer ausgestellt haben! Als wenn die für Warschau die heißen *frittes* aus unserer Bratpfanne kratzen würden!« Heydrich hatte mich aufgefordert, ihn zum Fliegerhorst Werneuchen zu begleiten. Kaum dort angekommen, ließ er mir eine komplette Fliegermontur verpassen und scheuchte mich zu seiner startbereiten Me Bf 109 D.

Ich hatte es befürchtet! Insgeheim war ich wohl erpicht darauf, in einer Messerschmidt durch die Lüfte zu stürmen, ein erfahrener Pilot wäre mir allerdings lieber gewesen! Ich ließ mir nichts anmerken.

Wir flogen leider nicht über Berlin, sondern in Richtung Stettin und dann bei Gdingen auf die Ostsee hinaus. Aus der Luft, aus ziemlicher Höhe, zeigte mir das *Hohe C* Ostpreußen, Königsberg und Tilsit, bis hinauf nach Memel, bevor es zurückging aufs Meer.

»Das alles wird bald jeder Deutsche wieder zu Fuß oder in der Kutsche erreichen können«, versicherte mir Reinhard Tristan Heydrich, »ohne feindlichen Boden berühren zu müssen!«

So stand es also! Mir wird mulmig, wenn ich bedenke, dass von polnischem Boden kein einziger Abfangjäger aufgestiegen war, während wir ihren Luftraum mehrfach arrogant verletzten.

Karl Ernst Krafft
Haus Hellhof
Urberg b. St. Blasien
Schwarzwald

Mme
Marguerite Panchaud
Porcelaine d'artiste
Manufacture
Genève (Suisse)

Urberg, den 14. Februar 1939

In jüngster Zeit werde ich mit Anfragen nach Horoskopen überhäuft, wobei fast immer die bange Frage nach der Wahrscheinlichkeit eines Krieges durchscheint. Das beeinträchtigt die abschlie-

ßenden Arbeiten an meinem Traité, *dessen Drucklegung mir mein sichtlich überforderter Brüsseler Verleger für diesen Sommer zugesagt hat. Bleibt zu hoffen, edle Gönnerin, dass ich nicht in allerhöchster Not auf Ihr großherziges Angebot zurückgreifen muss, mich im Fall der Fälle nicht im Stich zu lassen. Allein schon das lebhafte Interesse, dass mir sowohl Gabriel Trarieux d'Egmont aus Monte Carlo als auch der Graf Keyserling an dem Erscheinen dieses so wichtigen Buches bezeugen, beweist, dass ich recht habe, es um einige bedeutende Passagen zu erweitern. Die Sonne in Konjunktion zu meinem Aszendenten bestärkt mich dabei.*

Charlot Rueggli-Panchaud
Hotel Metropole
Place de Brouckère
Bruxelles, Belgium

Adelheid Panchaud
c/o Katharina Zammit
Giesebrechtstr. 11
Berlin-Charlottenburg

Bruxelles, den 26. Februar 1939

Um zu vermeiden, dass Du Dich zu sehr wunderst über Dein irrlichterndes Schwesterherz: Chapellier hat mich gebeten, er weiß schon warum, in diesem speziellen Fall das Lektorat zu übernehmen: Verleger wie Drucker werden täglich mit einer Flut von neuen Manuskriptseiten überschwemmt, mit Auslassungszeichen, Umstellungen, Fußnoten und Paraphen, kabbalistischen Symbolen, Kringeln und Kreuzchen, Ergänzungen und Streichungen! Dabei sind die von der letzten Sendung noch nicht einmal eingearbeitet. Kaum ist mühsam eine Seite gesetzt, kommt sie mit tödlicher Sicherheit völlig umgekrempelt zurück, samt nicht enden wollenden Randbemerkungen. Schon jetzt wünschen sich Heraus-

geber, Drucker und Autor gegenseitig zum Teufel, und ich bekloppte Eselin, gescheite Ziege und dumme Kuh von Lektorin mittendrin! Von Otto Rahn übrigens hab ich gar nichts mehr gehört, kein Sterbenswort ...

»Wenn du mit deinem gottverdammten Traktat endlich zu Potte gekommen bist«, maulte Anna van der Koppeln angesichts ihres in einem Wust von Papier versinkenden Ehemanns, »dann könntest du doch das Drehbuch für den Ufa-Film endlich so schreiben, wie es dir vorschwebt.«

Karl Ernst Krafft schaute entgeistert auf. »Das wäre die realistische Darstellung von ›Krieg‹, eine endlose Folge von Angriffen, Eroberung, Gemetzel und Verwüstung«, beschied er sein Weib. »Fanatisch und verbohrt vorangetrieben von Verantwortungslosen. Darauf hab ich nicht die geringste Lust, zumal auch das furchtbare Leiden dargestellt werden müsste –«

»Du brauchst frische Luft, vielleicht ein Ausflug nach Waldshut?«

Der Kosmobiologe und Sprachgeist-Forscher griff nach seinem Hut und war schneller vor dem Haus als seine holländische Frau. »Schau nur!« Er zeigte auf die anscheinend harmlosen Spaziergänger unterhalb des Hellhofs. »Jetzt bewaffnen sich unsere lieben deutschen Nachbarn schon mit Ferngläsern, um verdächtige Bewegungen oben an unserer Hütte zu registrieren!« Krafft schüttelte lachend den Kopf.

»Du als Spion?!«, spottete Anna. »Ein Schafsbock im Wolfspelz, aber mit Visionen!« Sie klemmte sich hinter das Steuer des BMW.

Sie fuhren auf eines der Ausflugslokale an den Rheinterrassen zu. Viele Leute säumten die Promenade, Kolonnen von Soldaten zogen, Spielmannszug mit Regimentsfahne und Schellenbaum vorneweg, in strammer Marschordnung durch die Straße. Die Gaffer rissen die Arme hoch zum Hitlergruß, einige klatschten. Die Kraffts sahen keine Veranlassung zu dieser Art deutscher Ehrbezeugung. Ihre mangelnde Begeisterung fiel auf, schon drängten sich zwei halbwüchsige Hitlerjungen zu ihnen durch.

»Volksgenossen grüßen die Fahne unserer tapferen Wehrmacht!«, bellte der längere, ein Zugführer mit Segelflugabzeichen.

»Mein Mann hat geträumt!«, beschwichtigte Anna den vorwurfsvollen Mahner. »Heil Hitler!«

»Heil Hitler«, entrang sich jetzt auch der Schweizer Sprachgeist-Forscher, seine Frau zog ihn weg von der Straße, außer Hörweite. Sie wusste, Karl Ernst kochte innerlich. »Alle beschämenden Zugeständnisse in Sachen der grässlichen Sudetendeutschen haben nichts gefruchtet: Gestern sind Hitlers Truppen in der Tschechoslowakei einmarschiert!«, stieß er wütend hervor.

»Ins Reichsprotektorat Böhmen und Mähren!«, korrigierte ihn Anna van der Koppeln säuerlich lächelnd.

~

Das spurlose Verschwinden von Otto Rahn war von der deutschen Presse mit eisernem Schweigen bedacht worden. Doch die von den *Polaires* gestreuten Gerüchte, dass die SS den bekannten Gralsforscher »wg. Esoterienverrats« durch ein Femegericht heimlich liquidiert habe, verbreiteten sich immer weiter. Sie zwangen den Stab des Reichsführers-SS schließlich – mehrere Monate waren inzwischen verstrichen – zum Schritt an die Öffentlichkeit.

Im *Völkischen Beobachter* erschien am 18. Mai 1939 eine offizielle Todesanzeige:

Bei einem Schneesturm in den Bergen
kam im März dieses Jahres
SS-Obersturmführer Otto Rahn
auf tragische Weise ums Leben.
Wir betrauern in dem toten Kameraden
einen aufrechten SS-Mann und den Schöpfer
ausgezeichneter geschichtlich-wissenschaftlicher Werke.
Der Chef d. Pers. Stabes RF SS
Karl Wolff, SS-Gruppenführer

Jemand hatte sie ausgeschnitten und sie anonym an Madame de Rives nach Frankreich geschickt. Darunter war gekritzelt: *Nous sommes au courant de mieux!* Antoinettes Verdacht fiel auf Freundin Grete.

STUPOR

August 1939

Ich hatte mir angewöhnt, bei Besuchen im Salon Kitty meinen Wagen im Hinterhof Giesebrechtstraße 11 zu parken und bei dieser Gelegenheit nach dem Hausmeister, Herrn Schultze, zu schauen. Diesmal winkte er schon, kaum dass ich meinem Horch entstieg.

»Ich hab da was für Sie, Herr Max!«, rief er aufgekratzt und schwenkte ein schmales Büchlein. »Grad neu erschienen: Ernst Jüngers *Auf den Marmorklippen*! Das müssen Sie lesen!« Ich steckte es ein und wandte mich zum Gehen, doch Erwin Schultze hielt mich zurück. »Ich würde gerne wissen, Herr Max, was Sie von dieser Novelle halten. Es ist mir wichtig!«

»Wird gemacht!« Ich strebte eilig dem Hintereingang zu, denn ich hatte eine Verabredung mit der Urbanitzki. Natürlich hatte ich das Buch von Ernst Jünger längst gelesen – ja, verschlungen. Ganz Berlin sprach von nichts anderem. »Ich komme wieder auf Sie zu!«, rief ich dem Hausmeister noch hinterher. Da war Herr Erwin Schultze schon wieder in seinem Kellerloch verschwunden.

Die Wiener Journalistin wartete wie stets im *Hawaii* auf mich, Addys Klause unterm Dach des Salon Kitty. Das hatten wir uns zur Gewohnheit gemacht, das Einverständnis der Inhaberin hatten wir – und auch die Schlüssel.

Angewiesen von Grete von Urbanitzki, hatte Addy ihr Praktikum in der Charité wieder aufgenommen. »Wenigstens die Schwesternausbildung soll sie zum Abschluss bringen«, hielt mir die Journalistin vor, als hätte ich Mademoiselle Panchaud davon abgehalten. »Dann hat sie dieses Examen in der Tasche, wenn sie sich endlich ernsthaft fürs Studium zur Kinderärztin entschließt!«

Die Urbanitzki wechselte das Thema. Sie war sichtlich gealtert und wirkte zermürbt. »Gestapo-Müller ist beauftragt, nunmehr energisch dafür zu sorgen, dass der von Heydrich gewünschte Exodus der Juden aus dem gesamten Reichsgebiet in die Gänge kommt.«

Ich hatte den Eindruck, dass sie sich hierher, ins *Hawaii* oder in das Puff überhaupt, flüchtete, um nicht rund um die Uhr im Kaiserhof greifbar zu sein.

»Erst einmal werden sie abkassiert«, fuhr die Journalistin fort, ihre Erregung unterdrückend. »Immer höhere ›Tribute‹ sind zu entrichten.«

»Ich weiß«, unterbrach ich. »Zunehmende Verarmung, weitere Beschneidung ihrer Bewegungsfreiheit und Verdrängung aus der Wirtschaft sollen ihre Bereitschaft, ihren ›Auswanderungswillen‹ fördern, darauf zielt jedenfalls Heydrich!«

»Ohne Rücksicht auf Familienbande haben die Juden Berlins täglich eine Liste von siebzig auswanderungsbereiten Zehner-Blocks vorzulegen!«

»Dieses Jahr wird sich das Exportergebnis aufs Vorjahr gesehen verdoppeln, auf 78 000!« Ich kannte die Zahlen, das *Hohe C* ließ sie sich jedesmal von seinem Adjutanten vortragen, bevor er sich zur Behandlung auf die Therapieliege streckte. »Zusätzlich schafft Eichmann 30 000 aus dem Protektorat ›nach draußen!‹«

»Und wohin?!« Sie sah mich mit strengen Augen an.

»Ich nehme an, über die Alpen, nach Genua oder nach Venedig … Der Stahlpakt erlaubt jetzt die Verschiffung!«

»Bis die Tommies die Schotten dichtmachen!« Grete von Urbanitzki machte sich wenig Hoffnung.

~

Heydrich und Walter Schellenberg hatten sich im Salon Kitty verabredet, um sich zu vergewissern, dass die Abhörabläufe im Kartoffelkeller einwandfrei funktionierten. Jetzt am Vormittag arbeitete im Keller nur die halbe Mannschaft, ein Mann für je zwei Lustkammern.

Schellenberg hatte die Prozedur insofern rationalisiert, dass jeweils ein rotes Lämpchen aufleuchtete, wenn Kitty den Zimmerschlüssel vom Haken nahm. Von einem persönlichen Besuch Addys sahen die beiden ab, eine stillschweigende Rücksichtnahme auf die Gefühle oder den männlichen Stolz des anderen. Auch über die ›Strafaktion‹ des *Hohen* C an dem Mädchen hatten sie nie ein Wort verloren.

STUPOR

Auf dem Rückweg traf ich im Hof erneut auf Hausmeister Schultze, voller Eifer meinen Horch waschend. Statt des obligaten *Das war aber nicht nötig* wedelte ich mit dem Büchlein. »Ich habs schon gelesen!«, sagte ich und drückte es ihm wieder in die Hand.

»Das ging aber schnell!« sagte er in einer Mischung aus Lob und Tadel.

»Stellen Sie mich auf die Probe, Herr Schultze!«, forderte ich ihn grinsend auf. Er wischte sich die Hände ab, bevor er mit dem Polieren meiner Schweinwerfer begann.

»Erklären Sie mir erst mal, wo die Geschichte eigentlich spielt, bevor Sie auf die Figuren kommen!« Lächelnd blickte er auf mich wie ein Professor auf seinen Lieblingstudiosus. Vielleicht war er das mal gewesen, in seinem früheren Leben?

Ich nahm die mir zugewiesene Rolle an. »Die Marina ist eine europäische Ideallandschaft, ein bisschen bizarre Provence, mit vorgelagerter Küste der Cinque Terre. Im Hintergrund erheben sich die Klippen von Dover, und oben auf der Hochebene eine Mischung von Lüneburger Heide und Torfmoor. Daran schließt sich der finstere Wald der Karpaten, dunkel, schwarz und –«

»Danke, Herr Max«, unterbrach er mich, »das war eine großartige Präsentation! Kommen wir zu den beiden Protagonisten, den Hauptpersonen, auch wenn sie nicht Träger der Handlung sind –«

Ich ging darauf ein: »Für mich zwei ehemalige Offziere, Kavallerie, in Ehren verabschiedet – zwei Mönchsritter, die ihren Ruhestand der Pflege des Schönen zu widmen gewillt sind. Private Studien von Fauna, Flora und seltenen Mineralien machen den wesentlichen Teil ihres Universums aus, aktive Pensionäre sozusagen!«

»Könnten sie Juden sein?!«, unterbrach mich Professor Erwin Schultze überraschend.

Ich schaute ihn zweifelnd an. »Ein doppelter Nathan der Weise?! Wohl eher nicht! Eher von preußischem Junkeradel.«

»Leider wahrscheinlich«, murmelte er nachdenklich.

»Dafür spricht auch ihr Verhalten, ihre Einstellung zu der eigenen Umgebung. Sie wissen, dass der Oberförster in den dunklen Wäldern jenseits des Hochmoores Übles treibt, dass seine Schreckensherrschaft wächst und wächst, doch sie können sich nicht zum Widerstand aufraffen. Erst als das *Gelichter*, die blutigen Schergen der Macht, auch ihre Mönchsklause bedrohen, die Brandstifter und Mordgesellen des Alten vom Walde immer näher heranbranden, Tod und Verwüstung mit sich schleppen wie die Pest, da erheben sich die beiden Edelgreise, greifen zu ihren längst untauglich gewordenen Waffen … Aber es ist zu spät. Sie werden herausgespült aus ihren Marmorklippen, von einer schmutzigen Flutwelle erfasst, hinunter an die rettende Küste geworfen. Sie bergen knapp nicht mehr als ihr nacktes Leben –«

Erwin Schultze schwieg lange. »So sehe ich das auch«, sagte er dann und stopfte das Wischtuch in den Eimer. »Ich bin Ihnen dankbar, Herr Max, dass ich Sie kennenlernen durfte.« Er reichte mir verlegen die Hand. »Für den Fall, dass wir uns nicht wiedersehen sollten!«

Ich stieg betroffen in meinen Horch und fuhr grußlos vom Hinterhof der Giesebrechtstraße.

Charlotte Rueggli-Panchaud
Kasteel Ter Noot
Ridderzaal (Provinz Utrecht)
Holland

Adelheid Panchaud
c/o Katharina Zammit
Giesebrechtstr. 11
Berlin-Charlottenburg *Anfang August 1939*

Ein prächtiges Kasteel, *ein Labyrinth von Grachten, Brücken und trutzigen Türmen! Ich kann mich leider hier schlecht einmieten, obgleich mir die Rolle einer Schlossherrin sicher gut stehen würde! Diese doch recht verpflichtende Aufgabe wird, und das seit Generationen, von der gleichen noblen Familie wahrgenommen. Die betagte Baronin lebt hier allein mit ihrem Sohn, dem bekannten, beim niederländischen Königshaus akkreditierten* Hofastrologen, *Keun van Hoogerwoerd.*
Ein liebenswerter, aufmerksamer und überkorrekter Herr, aber als Mann bestimmt die Langeweile in Person. Auch wenn die alte Baronin mich gern als Schwiegertochter sähe, wäre mir dieser Preis für den Aufstieg in den Landesadel dann doch zu hoch!
So lebe ich als liebevoll umhegter und betütelter Gast inmitten von Tulpenfeldern. Keun zeigt unverständlich starkes Interesse an der Arbeit *unseres Karl Ernst Krafft, war überglücklich, dass ich ihm aus Brüssel einige überholte, mehrfach überarbeitete Korrekturfahnen mitbrachte, wegen der darauf angebrachten handschriftlichen Aperçus des großen Meisters!*
Der Herr Baron bietet mir an, mich seinem Schüler in London zu empfehlen, dem Herrn Louis de Wohl. Den hatte ich zwar schon kennengelernt durch Virgil Tilea von der rumänischen Botschaft, aber das verschwieg ich.
Die bisherigen Treffen mit de Wohl waren wenig vergnüglich. Er ist genau dieser leicht verfettet wirkende, etwas aufgeschwemmte

Typus, der sein wenig gewinnendes Äußeres durch auftrumpfende Wichtigkeit seiner Person wettzumachen sucht. Dabei ist einzig seine skrupellose Schlitzohrigkeit bemerkenswert. Im Übrigen sind alle hier nervös. Ob es zum Krieg kommt? Wir liegen in unmittelbarer Nähe zur Grenze, das waffenstarrende Deutschland befindet sich nur zwei, drei Panzerstunden von uns entfernt. Lern fleißig weiter als Karbolmäuschen in der Charité, am besten auch den Umgang mit Mullbinden und Infusionskanülen statt Babywindeln und Milchfläschchen. Für die nächste, allernächste Zukunft! Wenn ich meinem Gastgeber und seinen Horoskopen Vertrauen schenken kann, scheint mir Dein gutbeschäftigtes Auskommen als Lazarettschwester immer wahrscheinlicher! Leider! Ich drücke Dir die Daumen, umarme Dich, mein liebstes Schwesterherz ...

STUPOR

26. August bis 1. September 1939

»Warten Sie hier!«, beschied mich die Torwache schon an der Zufahrt zur Prinz-Albrecht-Straße. »Gruppenführer nimmt Sie mit raus nach Wannsee.« Etwas Neid schwang in der Stimme des SS-Unterscharführers, kein Wunder in diesen heißen Augusttagen. »Sie können Ihren Wagen dort drüben abstellen. Was ist das, ein Horch?«

Ich nickte nur, denn schon sah ich das *Hohe C* in seinem *SS-3* heranpreschen. Heydrich selbst öffnete die Fondtür und ließ mich hereinschlüpfen.

Ich hatte erwartet, er würde etwas Erhellendes zu dem vor drei Tagen, für mich und meinesgleichen völlig überraschenden Abschluss eines Nichtangriffsvertrages sagen, der angeblich in Moskau zwischen Ribbentrop und Molotow ausgehandelt wurde, der sogenannte Hitler-Stalin-Pakt. Aber das *Hohe C* schwieg während der gesamten Fahrt zur Villa Marlier, dem Gästehaus der Schutzstaffel.

Ich dachte, jetzt würde er sich als Erstes einer physiotherapeutischen Expressbehandlung unterziehen, wie er sich das in letzter Zeit leider angewöhnt hatte – »Schnell, schnell – Keine Zeit verlieren!« –, stattdessen stürmte er in den für ihn reservierten Empfangssalon, wo ihn schon Obersturmbannführer Walter Schellenberg erwartete. Ich stand blöd herum, während der Chef SD-Ausland Rapport leistete.

»Wir haben herausgefunden«, berichtete Schellenberg, fast im beiläufigen Plauderton, »dass innerhalb der *Haganah* eine Geheimorganisation, sie nennt sich *Mossad*, damit beauftragt wurde, gegen den sich versteifenden Widerstand der britischen Mandatsherren so viele Juden wie möglich nach Palästina einzuschmuggeln, aus aller Welt.«

»Gut so!«, schnarrte Heydrich. »Sind die Herren schon eingetroffen?!«

»Ich habe die beiden Bevollmächtigten im streng bewachten Seitenflügel untergebracht –«

»Sie sollen sich als Gäste fühlen!«, monierte das *Hohe C*, »als willkommene Kollaborateure, als Partner!«

»Gewiss doch!«, wies Walter den unterschwelligen Vorwurf zurück. »Die Herren Pino Ginsburg und Moshe Auerbach sind ausgesprochen glücklich, Leibwächter vor der Tür zu wissen! Ihre ›Transportunternehmen‹ werden von der Gegenseite als feindlicher Akt gegen das Vereinigte Königreich betrachtet. Und der Britische Geheimdienst, Abteilung MI 5, schreckt vor ›Kurzem Prozess‹ bekanntlich nicht zurück!«

»So arbeiten wir mit diesen Juden Hand in Hand!«, spöttelte der SS-Gruppenführer. »Wenn das der Führer wüsste!«

»Sie würden die gute Zusammenarbeit gern auch auf die jüdische Bevölkerung Polens ausdehnen –«

»Wie?!«, rief Heydrich. »Wissen die Kerle etwa um das Zusatzprotokoll?!«

»Offensichtlich, auch wenn der Begriff nicht *expressis verbis* fiel. Als Geheimdienstler gelten die Mossad-Leute als einsame Spitze, weltweit. Warum also nicht auch in Moskau!?«

Das *Hohe C* war aufgeschreckt. »Wir müssen … der SD-Ausland muss herauskriegen, wie weit ihre Kenntnis über alle Konsequenzen für Polen reicht, ob nur für den uns, also dem Großreich, zugeschlagenen Teil der Gebiete –?«

»Das würde Eichmann schon reichen!«, bremste Schellenberg. »Allein der Bahntransport in die Verladehäfen, selbst wenn wir, zu Hamburg und Emden, nun auch noch über sämtliche Fähren auf der Ostsee verfügen können: ein Mammutunternehmen!«

»Sobald das Exportgut an Bord ist, müssen die von der Mossad Organisation und Verantwortung übernehmen!«

»Genau das wollen Ginsburg und Auerbach mit uns jetzt bereden!«, resümierte Schellenberg.

»Statten wir den Herren also den gewünschten Besuch ab!«

Mich ließen sie einfach stehen.

Mein erster Gedanke war, dass ich das Gehörte so schnell wie möglich an Tante Grete weitergeben sollte. Das klang, als sei die Einverleibung Polens durch das Reich beschlossene Sache, im Einvernehmen mit der Sowjetunion! Das hieß Krieg, auch wenn weder Heydrich noch Schellenberg das hässliche Wort in den Mund genommen hatten. Denn davon mussten sie doch ausgehen, dass England und Frankreich dieses Mal nicht mehr tatenlos zusehen würden. Eine Metzgerattacke auf Polen würden die Alliierten nicht mehr einfach so schlucken wie noch zuvor die Einverleibung Österreichs oder der Tschechoslowakei! Offensichtlich waren die Messer schon gewetzt! Oder sollte ich Antoinette de Rives informieren? Charlot! Wo sie gerade herumschwirrte, wusste ich nicht einmal. Die Urbanitzki war schon der richtige Briefkasten …

Eine halbe Stunde später kamen Heydrich und Schellenberg zurück. Das *Hohe C* rieb sich zwar nicht die Hände, aber seine Echsenaugen schienen mir so etwas wie Genugtuung zu verraten. Wir brausten zurück zum Reichssicherheitshauptamt. Wenigstens jetzt wird er mir, seinem Leibphysio, irgendeine Art von Erklärung geben, dachte ich. Stattdessen begann er aus heiterem Himmel, mich auszufragen, was ich von den *Marmorklippen* hielte. Er trieb mich sozusagen gleich in den Hochwald.

»Der Oberförster und sein dort an die sumpfige Oberfläche tretendes *Gelichter*«, begann Heydrich das Gespräch, »könnte das nicht auch eine Anspielung auf den Bösgewaltigen *Oung Mong* sein, den Monsieur Gaston de Mengel unserem Reichsführer so anschaulich nähergebracht hat?«

»Wollen *Hohes C* etwa von mir hören, dass auch ich in der Figur des Oberförsters unseren lieben Führer sehe?!« Ich wusste, dass ich Narrenfreiheit bei Heydrich besaß – so weit die Freiheit eines Narren eben währt …

»Angenommen, der Autor würde diese Lesart insinuieren, wer wären dann die beiden weisen Brüder von der Rautenklause?« Er sah mich lauernd an.

»Gewiss nicht Otto Rahn und Karl Ernst Krafft!«, scherzte ich plump. »Vielleicht Gruppenführer Reinhard Tristan Heydrich und Gruppenführer Karl Wolff, die der Reichsführer sich als Erben vorstellen könnte, den einen für die guten Zeiten, den anderen für die schlimmen!«

Selten, dass ich das *Hohe C* schlucken sah, er schwieg ziemlich lange. War ich zu weit gegangen? »Und wer ist dann der junge Fürst, der es wagt, bis zur Schinderhütte vorzudringen?!«

»Das sind ebenfalls Sie, *Hohes C*!«

Damit war das Gespräch beendet. Ich hatte mich gut geschlagen.

Gleich bei unserer Ankunft wurde ich ins Therapiestudio im Keller des RSHA geschickt, um dort auf meinen Gebieter zu warten. Dass mich zwei SS-Männer begleiteten, war ungewöhnlich. Sie postierten sich vor der Tür des Behandlungszimmers. Hatte ich mich zu keck ausgedrückt – oder hatte ich zu viel gehört? Nach einer Weile kam einer der Adjutanten mit dem Befehl, mich zurück zum Ausgang zu eskortieren.

»Der Bericht beim Reichsführer hat sich etwas länger hingezogen«, informierte er mich.«

Mir fiel ein Stein vom Herzen. »Kann ich jetzt gehen?« Ich brannte darauf, die Wiener Journalistin zu kontaktieren, aber nein –

»Sie sollen an der Pforte warten!«

»Wohin geht's diesmal?«, alberte ich. »Richten Sie bitte der Rechnungsstelle aus: Leibphysio Max Wittacher stellt Antrag auf transportable Leichtmetall-Liege, damit er seinen Therapieverpflichtungen unabhängig von jeder Örtlichkeit, bei Tag und bei Nacht, nachkommen kann! Zusammenklappbar!«

»Geht in Ordnung!«, schnarrte der Adjutant feixend.

Mit langen Schritten kam Heydrich herangestürmt. »Wir müssen sofort nach Rostock!«

»Wie –?!«

»Wie!«, äffte er mich Ungläubigen nach. »Mit meiner Me 109 E-7!«

»Ich hab noch nichts gegessen!«, versuchte ich mich zu wehren.

»Besser für den Magen!«, versicherte er mir, während wir in den wartenden Mercedes sprangen. »Gleich nach der Ankunft gibt's ordentlich Hanseatisches Frühstück!«

Auf dem Werksflugplatz Rostock-Marienehe präsentierte der Flugzeugbauer, Geheimrat Professor Ernst Heinkel, zusammen mit dem Tübinger Physiker Papst von Ohain, stolz das erste Turbinenflugzeug der Welt, den Kampfjäger He 178. Zum geheimgehaltenen Probeflug waren auch der Generalluftzeugmeister Ernst Udet erschienen sowie vom Göringschen Ministerium der Staatssekretär Erhard Milch. Die Namen zischte mir das *Hohe C* im Ton gemäßigter Hochachtung zu, als wir uns, die Messerschmidt abseits abgestellt, von allen Honoratioren unbeachtet, zu den Technikern gesellten. Die Demonstration seiner Flugtüchtigkeit hatte der an eine Hummel erinnernde Düsenflieger leider schon hinter sich. Wir waren zu spät gekommen.

Die Wundermaschine wies tatsächlich keinen Propeller auf, sondern vorn am Bug lediglich eine Einsaugöffnung. Die hohen Herren vom Reichsluftfahrtministerium zeigten sich trotz der soeben erbrachten Flugleistung skeptisch. Herr Milch bemängelte gar das Loch vorn in der Nase! So wenig Technikverständnis stieß selbst mir auf.

»Der Herr Reichsführer hatte also doch recht, uns hierherzuhetzen!«, schnaubte Heydrich neben mir. »Nach Erfindung der Stukas geht unseren Luftschiffern jeglicher Sinn für die Entwicklung der Moderne flöten, unserer Zukunft im Luftraum!«

»Also muss sich die Schutzstaffel auch noch um diesen Sektor kümmern!«, gab ich naseweis von mir. »SS-DeKaBe: SS-Düsenkampfbomber-Verbände!«

»Und mein Maxe Ouittaché bekommt vom Hermann den *Pour le Mérite* umgehängt!«

Da nicht offiziell begrüßt, mussten wir uns auch von niemanden verabschieden. Auf dem Rückflug rief mir der verärgerte Pilot gegen den Motorenlärm zu: »Weißt du eigentlich, Maxe, warum ich dich mitgeschleppt habe –?«

Ich schüttelte missmutig den Kopf unter meiner Fliegerhaube. »Wohl wegen des versprochenen Hanseatischen Frühstücks?!«

»Holen wir nach!«, versicherte mir mein *Hohes C*. »Nicht mehr nachholen kannst du die verpasste Weitergabe von Informationen in Sachen Polen an deine geliebte Grete von Urbanitzki!«

Sein Hohngelächter schallte über den Kopfhörer verzerrt in meinen Ohren. »Deine Wassernixe von der schönen, blauen Donau!« Es klang nicht einmal gefährlich, zumal er übergangslos mit der Frage schloss: »Willst du die Rühreier mit Krabben oder ohne?!«

Wieder in meiner luxuriösen Behausung am Savignyplatz angelangt, fand ich vor der Tür eine mit Maschinenpistolen bewehrte Wache von zwei SS-Männern, die mich mit sturem Schweigen ins Haus treten ließen. Oben in der Wohnung erwartete mich zu meiner großen Überraschung Grete von Urbanitzki. Statt einer herzlichen Begrüßung deutete sie zum Kronleuchter an der Zimmerdecke und zerrte mich ins Bad. Nachdem sie sämtliche Hähne aufgedreht hatte, wisperte sie mir ins Ohr: »Der freundliche Gestapo-Müller hat mich vor die Wahl gestellt, ob ich die Stelle einer Rundfunkkommentatorin beim Sender Gleiwitz antreten wolle oder es vorzöge, hier unter Hausarrest zu stehen.«

Ich nickte anerkennend. Sie spielten mit uns Katz und Maus. »Wir sollten einen Brief an Antoinette schreiben«, mahnte ich besorgt an. »Ich habe Wege, die Zensur der Reichspost zu umgehen – !?«

»Aber du kommst nicht bis zum Briefkasten, geschweige denn in den Tiergarten zu deinem finnischen Doktor!«

Das sah ich ein.

Wir vertrieben uns die Zeit mit Schachspielen. Grete gewann jedesmal souverän. Doch für unsere Lauscher dachten wir uns einen besonderen Spaß aus. Wir versahen sämtliche Figuren mit Namen aus der NS-Hierarchie, und auch die internationale Politik wurde miteinbezogen. Mal war meine Dame Heinrich Himmler, der Turm Karl Wolff oder Hermann Göring oder Churchill. Die britische Queen kam ebenso zum Einsatz wie Elly Beinhorn oder Hanna Reitsch als Läufer, Benito Mussolini, Generalissimo Franco, Martin Bormann, Canaris und Gestapo-Müller als Springer. Bei jeder Partie veränderten wir die Bezeichnungen, *schlugen* Stalin und Ribbentrop, Daladier und Rommel, *rochierten* mit Schellenberg und Molotow, Wiligut Weisthor, Karl Ernst Krafft und Frau Doktor Hiltgund Schlarb-Boeringer und Monsieur de Mengel, *opferten* frivol Otto Rahn, Dr. Goebbels samt Frau Magda. Nur das *Hohe C* ließen wir wohlweislich außen vor, und auch der *Geliebte Führer* kam nur als *ER* vor. Statt *gardez!*, riefen wir allerdings *Heil!*, und *Schachmatt!* hieß bei Grete jedesmal fröhlich *Sieg Heil!*

Das Essen wurde uns täglich zweimal vom Hotel Kaiserhof angeliefert, der alte Sommelier schickte jedesmal einen ausgesucht guten Rouge. Wir tranken uns, dank seiner Kenntnis, durch die besten französischen Provenienzen.

Nach drei Tagen hörten wir im Radio Hitlers schnaubendes »Seit fünff-Urrr-fünfffuntfierrzick wirrtt nunmehrrr zurrückgschossen!«

Der Krieg gegen Polen hatte begonnen.

»Churchill hat nur darauf gewartet!«, flüsterte mir die Wienerin im Bade zu.

Am Morgen darauf klingelte das Telefon. Heydrichs Adjutant forderte mich auf, ins Studio im RSHA zu kommen.

»Und die Wache vor meiner Tür!«, begehrte ich keck auf.

»Welche Wache?«

Auch Grete konnte schließlich in den Kaiserhof zurück. Sie wollte aber erst mal zu Addy in den Salon Kitty – sicherlich hatte die sich schon große Sorgen gemacht.

STUPOR

2. September 1939

Mein *Hohes C* empfing mich mit undurchschaubarer Munterkeit, der Ausbruch des Krieges stimmte ihn heiter, geradezu beschwingt.

»Was hatte das eigentlich mit *Gleiwitz* auf sich?« Diese Frage konnte ich mir nicht verkneifen.

Er sah mich belustigt an. »Der heimtückische polnische Überfall auf den Sender hätte für unseren guten Otto Rahn eine hervorragende Gelegenheit abgegeben, den ehrenvollen, heldischen Soldatentod zu sterben«, wieherte Heydrich vor Lachen. »Aber es hat ja auch so hervorragend geklappt! Trotz des lächerlichen Rückziehers von Mussolini.« Er sah, dass ich nicht auf dem Laufenden war. »Der Duce hat heute Morgen beim Erwachen festgestellt, dass seine Pantoffeln nicht ordentlich vor dem Bett standen, also seine Armee nicht so recht einsatzbereit –«

»Die Makkaroni können doch auch barfuß laufen!« Ich hatte sofort den richtigen Ton gefunden, wie ich mit Erschrecken feststellte.

Heydrich ließ die Adjutanten zur Feier des Tages eine Flasche Schampus öffnen.

»Auf einen nicht zu schnellen Sieg!«, rief ein übermutiger Klassenprimus im Rang eines Gruppenführers. »Ich will noch heute Nachmittag zu meinem ersten Feindflug starten!«

~

Behäbig, als würde er sich vor Schadenfreude boshaft kringeln, senkte sich der rotweißgestreifte Schlagbaum in sein eisernes Stützbett. Hinter ihm erhob sich, nunmehr unerreichbar, das runde Schild mit dem fetten weißen Kreuz auf rotem Grund: CONFOEDERATIO HELVETICA.

In den letzen Augusttagen hatten die Kraffts noch auf ihrem Hellhof im südlichen Schwarzwald geweilt. Trotz der ständigen Beschäftigung mit Nachfragen zur Lage, Horoskopen für die nächste Zukunft, war sich der gelehrte Herr Krafft völlig unschlüssig, ob er in dem so vielversprechenden neuen Deutschland bleiben oder sich in die verhasste, spießige Eidgenossenschaft zurückziehen sollte. Der Ribbentrop-Molotow-Vertrag gab den Ausschlag, das Horoskop war unter jedem Aspekt verheerend.

Ihr eigener Pkw beziehungsweise dessen Kennzeichen waren der Polizei bekannt. Die Kraffts entschieden sich schweren Herzens dazu, ihn zurückzulassen. Aus St. Blasien bestellten sie sich ein Taxi, das sie nach Zürich bringen sollte. Der Fahrer hatte Bedenken, ob die Grenze noch offen sei. Das fiel ihm allerdings erst ein, als sie schon die halbe Strecke bis Waldshut zurückgelegt hatten. Aus einer öffentlichen Telephonkabine rief er den deutschen Grenzposten an und kam mit der beruhigenden Nachricht zurück: »Noch ist der Übergang offen, aber er kann jede Minute dichtmachen!«

So erreichten sie Waldshut. Der Schlagbaum zur Rheinbrücke war verschlossen! Etliche Wagen standen ratlos vor dem Zoll.

Sie stiegen aus, und ein rundlicher Herr mit dicker Hornbrille trat auf sie zu. »Ich habs auch nicht mehr geschafft!«, schnaufte er. »Dummerweise ist mein Taxi wieder weg!«

Die Kraffts verstanden. Sie boten ihm die Mitfahrt bis nach St. Blasien an, was er mit überschwenglichen Dankesbezeugungen sofort akzeptierte. Der Mann stellte sich mit »Professor Julius Obwasser« vor. Es war nicht klar, ob er die Grenze zur Schweiz hatte überqueren wollen, vermittelte aber diesen Eindruck, bis er fallenließ, er habe für ein Amt in Berlin gearbeitet, das jetzt dem Reichssicherheitshauptamt unterstellt worden sei.

»Was für ein Amt?«, forschte Ehefrau Anna, mühsam ihr Misstrauen verbergend.

»Propaganda, Ausland ...«, war die ausweichende Auskunft.

Anna saß neben dem seltsamen Dicken im Fond des Taxis. »Wen kennen Sie dort?«, fragte sie fast beiläufig.

»Eingestellt wurde ich von einem gewissen Herrn Malte Schollenburg oder so ähnlich, ich hab ihn nur einmal kurz zu Gesicht bekommen ...«, plauderte Obwasser jetzt darauf los.

»Walter Schellenberg?!«, klinkte sich Karl Ernst Krafft vom Beifahrersitz aus ein.

»Das könnte der Name gewesen sein. Er hatte angeblich meine Arbeit *Mysterium der Sterne* gelesen, die ich noch an der Universität Prag publiziert hatte ... Kennen Sie das Buch?!«

»Nein«, gab der gewiefte Graphologe und Charaktertypologe trocken zur Antwort. »Mir sind nur Kritzingers *Mysterien von Sonne und Mond* geläufig.«

»Ah ja – so etwas Ähnliches ...« Obwassers Redestrom versiegte. Er schloss die Augen, Erschöpfung signalisierend. Dann schlief er ein. Erst bei der Ankunft in Urberg ließ er sich wachrütteln. Die Kraffts wollten sich von ihm verabschieden, bevor der bereits bezahlte Taxifahrer seine Fahrt nach St. Blasien fortsetzte.

Obwasser schien verwirrt, er klammerte sich an sein Köfferchen. »Würde es Ihnen etwas ausmachen, mir für eine Nacht Gastfreundschaft zu gewähren? Ich hätte schon unterwegs aussteigen sollen ...«

»Aber gerne!«, sagte Frau Anna tapfer. Sie betraten gemeinsam den sorgsam vor der Abfahrt doppelt und dreifach verriegelten Hellhof. Sie zeigte ihm das Gästezimmer, fragte, ob er mit ihnen zu

Abend essen wolle – allerdings, den Umständen geschuldet, lediglich kalter Imbiss. Obwasser bedankte sich nochmals mit größter Verbindlichkeit, ging aber sofort zu Bett.

»Woher weiß der, wer du bist?!«, entfuhr es Anna leise, kaum, dass sie sich allein gegenübersaßen. »Das mit Propaganda-Ausland, Schellenberg, Kritzinger-Plagiat, das kam doch nicht von ungefähr?!«

»Von unserer Ankunft hat ihn der Taxifahrer informiert, er muss uns also von Amts wegen erwartet haben ...«, fasste Krafft seine Vermutungen zusammen. »Wahrscheinlich heißt er gar nicht Obwasser, und der Professor ist auch falsch.«

»Das Buch hat er auch nicht geschrieben?«

»Möglich, aber dass er es ins Spiel gebracht hat, beweist, dass er auf mich angesetzt ist!«

Beim Frühstück erwartete sie ein völlig ausgewechselter Professor Obwasser. Das Köfferchen hatte zumindest ein frisches Hemd enthalten, und die dicke Hornbrille war einer modischen Randlosen gewichen. Auch machte er keinen Hehl mehr aus seinem Auftrag, Kontakt mit dem Schweizer herzustellen.

»Das Amt würde es gerne sehen, wenn Sie für uns tätig sein könnten?«

Krafft war auch nicht erstaunt, aber unwillig. »Ich bin mit Arbeit an Voraussagen eingedeckt wie einst Nostradamus!«

»Großartig!«, rief Obwasser und stopfte sich die letzte Scheibe Schwarzwälder Schinken zwischen die breiten Lippen. »Was anderes wollen wir ja auch nicht. Wir bezahlen Sie regelmäßig und Ihrem hohen Rang als Koryphäe angemessen!«

Er griff gleich in seine Brusttasche, zum Vorschein kam ein ansehnliches Bündel größerer Scheine, von einer Silberklammer zusammengehalten. Der Professor zählte fünf Hunderter ab und schob sie Krafft hin. »Nehmen Sie's bitte als kleine Anzahlung!«

Anna steckte sie ein. Der Haushalt konnte es brauchen, denn in Wahrheit waren seit Ausbruch des Krieges die Anfragen rapide zurückgegangen.

»Darf ich mal bitte Ihr Telephon benutzen?!«, fragte der falsche Fünfziger artig, griff aber bereits nach dem Apparat. Die siebenstellige Rufnummer kannte er auswendig, wie Anna konstatierte, im Übrigen redete er wie ein Teppichhändler, wahrscheinlich waren Täbris und Mossul, Kandahar und Samarkand alles nur Codeworte.

Befriedigt legte Julius Obwasser auf. »Geht in Ordnung, Ware wird geliefert, handgeknüpft!« Anschließend verließ er das Haus durch die Terrassentür, um sich draußen eine Pfeife zu stopfen. Sehr rücksichtsvoll.

~

In der Villa Marlier, dem Gästehaus des SD, hatten sich die beiden Mossad-Abgesandten Ginsburg und Auerbach mit dem sie beschützenden SS-Personal angefreundet. Sie brachten ihnen bei, wie Combat-Schießen mit sechsschüssigem Revolver funktionierte. Die Waffen hatten sie erstaunlicherweise im Gepäck und reichlich Munition ebenso. Die jungen Sturmmänner, ein Rottenführer, ein Unterscharführer, waren begeistert: Wie im Wilden Westen! So stieß auch die Frage nach dem Besuch eines waschechten Saloons gleich auf Gegenliebe: Auf zur berühmten Kitty in die Giesebrechtstraße!

Dort wollte man, es war 2 Uhr nachts, gerade schließen.

»Wir bringen zwei Beschnittene!«, grölte der Rottenführer, der auch im Saufen voranmarschierte. »Kitty, wir erwarten *Speschel-Sörwiss!*«

Die wenigen Mädchen, die noch herumhingen, verdrückten sich bei dieser Ankündigung möglichst unauffällig. Die letzte Erinnerung der Älteren reichte noch bis zum Begleitkommando des Königs von Afghanistan. Dessen Leibwächter trugen allesamt einen zweiten Scimitar in den Pluderhosen.

Als Kitty sich umschaute, stand sie allein hinter ihrem Tresen. Sie griff zum Hörer und wählte das *Hawaii* an. Addy hatte schon geschlafen. »Zwei, ja zwei. Du hast richtig gehört –«

Während sie noch geduldig Addys Unmut abwartete, betrat Grete von Urbanitzki das Etablissement, sichtlich beschwipst. »Addy?!«, fragte die Journalistin und nahm Kitty sogleich den Hörer aus der Hand. »Ich komm jetzt rauf, mein Kleines!«, säuselte sie. »Natürlich helf ich dir. Mach schon mal die Flasche auf!« Sie nickte der Patronin zu und stolperte die Treppe hinauf.

Kitty wandte sich an Ginsburg und Auerbach. »Ein paar Minuten nur, meine *Speschel Forssess*«, sie imitierte den Rottenführer, der den Vorgang mit blöden Augen nur zur Hälfte mitbekommen hatte, »machen sich gerade frisch!« Der schlug die Hacken zusammen.

»Hasen und Häger für alle!«, befahl sie ihrer alten Serviererin.

In diesem Moment kam Max in seiner weißen Livree durch die Tür.

»Der Herr *Leibfüsiohh*«, krähte der Rottenführer, »trinkt mit uns, Kameraden!«

Kitty schickte mit einem gekonnten Kinnschwenk die beiden Herren von der Mossad nach oben. *»Hawaii!«*

~

Auf dem Hellhof der Kraffts war Julius Obwasser inzwischen Stammgast. Nicht, dass er weiterhin das Gästezimmer belegte, er schlief wohl irgendwo Nähe Titisee, vielleicht hatte er dort sogar ein Haus. Aber er tauchte mindestens einmal die Woche auf, »um nach dem Rechten zu schauen« – was Anna jedesmal dazu nutzte, die Haushaltskasse aufzufüllen. Der »Professor« kam jetzt auch mit eigenem Wagen, einem sportlichen BMW 328, in dem er mit Pfeife und Pilotenbrille nicht mal schlechte Figur machte.

»Natürlich überlassen wir die Wahl des jeweiligen Themas Ihnen, Verehrtester, die Artikel können ruhig eine Mixtur aus ökonomischen Kommentaren und Spekulationen beinhalten, wie Ihre beliebten *Wirtschaftsberichte*, mit gelegentlichen Bezügen zu planetaren Zyklen, siehe ihre hervorragende Abhandlung für das Observatorium der Universität Zürich, oder auch zu anderen astralen *Phänomena*.« Krafft war immer wieder irritiert von der umfassenden Kenntnis und Bildung dieses Julius Obwasser. »Uns interessiert auch alles, was Sie über die NS-Spitzen zu sagen haben, alles selbstredend höchst vertraulich.«

Krafft glaubte ihm kein Wort, aber er war fasziniert. Das Amt, dem der Professor zu Diensten war, wusste offensichtlich, wen es beschäftigte. »Da hätte ich was für Sie« sagte er beiläufig, denn es war ein heißes Eisen. Er schob Obwasser ein Blatt hin, das nur wenige Zeilen enthielt:

In der Domizilen zwischen dem 7. und dem 10. November tritt das Leben Adolf Hitlers in eine akute Gefahren-Konstellation ein. Es besteht die Möglichkeit eines Attentats, oder dessen Versuch, und zwar wahrscheinlich durch Explosivstoffe.

Obwasser schaute sein Gegenüber durchdringend an. Krafft hielt stand. »Erlauben Sie mir, dass ich dieses Schriftstück an mich nehme und mit höchster Verschwiegenheit behandle, Geheimhaltungsstufe Eins.« Er ließ in seinem bohrenden Blick nicht nach. »Sie wissen doch, Krafft, dass jedwede astrologischen Spekulationen oder sonstige Vorhersagen über die Person des Führers strafgerichtlich verfolgt werden. Da kennt auch die Gestapo keinen Spaß – und das möchte ich Ihnen wirklich ersparen!«

Krafft nickte ergeben, doch dann bockte er. »Ich habe nur notiert, was ich sehe!«

»Deswegen lass ich es verschwinden, bevor jemand davon hört!« Er steckte das Blatt ein und verabschiedete sich bei Frau Anna. »Passen Sie auf ihren lieben Herrn Gatten auf!«

Karl Ernst Krafft
Graphologe & Kosmobiologe
Haus Hellhof
Urberg (b. St. Blasien)
Schwarzwald

Madame
Marguerite Panchaud
Porcelaine d'artiste
Manufacture
Genève, Suisse

Hellhof, den 10. November 1939

Ich denke nicht daran, in die Schweiz zurückzukehren, wo ich zweifellos sofort ins Gefängnis geworfen würde. Die kleinkarierten eidgenössischen Behörden müssen in mir einen Agenten der Fünften Kolonne *sehen, weil ich erklärtermaßen mein Wissen und meine Fähigkeiten in den Dienst des völlig zu Unrecht geschmähten und verleumdeten Dritten Reiches gestellt habe. Ich kann nur alle, vor allem die Schweizer Presse, dringlich warnen, den Bogen nicht zu überspannen, nicht den Einflüsterungen und Machenschaften der internationalen Freimaurerei und des weltumspannenden, höchst verderblichen Judentums zu erliegen. Eine Invasion der lächerlichen Alpenfestung Schwyz wäre für Rommels Panzerbrigaden ein Klacks, weniger als Fliegenschiss! Lesen Sie doch, liebe und hochgeschätzte Frau Panchaud* Die Protokolle der Weisen von Sion*! Da werden Sie schon sehen, dass ich recht habe …*

PS: Eben entnehme ich dem Badischen Anzeiger*, dass am 9. November auf Hitler ein – Gott sei Dank missglückter – Anschlag verübt wurde! Hab ich's nicht gesagt!?! Ich lege Ihnen den Ausriss der Notiz bei:*

… Am Abend zuvor hatten der Führer und viele der alten Garde die traditionelle Gedenkveranstaltung im Münchner Bürgerbräukeller besucht, zu Ehren des Putschversuchs von 1923, des Marsches zur Feldherrnhalle und seiner Märtyrer. Adolf Hitler und die meisten der hohen Parteifunktionäre verließen die Feier unerwartet früh, um mit dem Sonderzug nach Berlin zurückzukehren. Kurz nach ihrem Aufbruch explodierte die Bombe, die in der Säule direkt hinter dem Rednerpult versteckt war: 7 Tote, 63 Verletzte …

Leider hat mein Vertrauensmann das Blatt mit meiner präzisen, schriftlich niedergelegten Prophezeiung – »zu meiner Sicherheit!« – einbehalten. Ich werde jetzt sofort ein Telegramm an Rudolf Heß schicken, in die Reichskanzlei, denn das Leben des Führers ist auch in den nächsten Tagen noch gefährdet!
Ich nehme an, meine Warnung wird in dessen Büro einschlagen wie eine Granate!

~

»Eine Granate! Das kann mal wohl sagen!«, scherzte Walter Schellenberg. In der Hand hielt er das Telegramm, das der Kosmobiologe Karl Ernst Krafft an den Stellvertreter des Führers gesandt hatte. »Obwasser musste das ominöse Schriftstück mit der Vorhersage sofort abliefern, es wurde in einem Stahlkoffer per Sondermaschine nach Berlin geflogen und erreichte so in der Nacht – ohne Umweg über den abergläubischen Heß – direkt den perplexen Führer, der es morgens beim Müsli-Frühstück Goebbels zeigte.«

»Kennst du es?«, fragte Heydrich nicht sonderlich interessiert. Sie saßen beide im Kartoffelkeller des Salon Kitty, aber in den Zimmern war nicht viel los.

»Julius hat mir eine Kopie angefertigt. Ich habe diesen Karl Ernst Krafft auf die Gehaltsliste setzen lassen, das kann nie schaden, irgendwann mal …« Heydrich schien davon nicht überzeugt. »Ich glaube, Walterchen, Goebbels wird ihn sich greifen …«

»Wir müssen schneller sein!« Er wusste, sein Angebot wirkte mutlos, und schwenkte um: »Was machen wir jetzt mit diesen Mossad?

Ginsburg behauptet übrigens, Staatssekretär Erhard Milch würde erpresst wegen der Gerüchte um seine nichtarischen Vorfahren.«

»Seit Beginn des Polenfeldzugs führen die uns an der Nase herum.« Das *Hohe* C war verschnupft. »Deine Addy ist diesem Krafft ziemlich ähnlich: Die weiß auch nie, wann's genug ist –«

Schellenberg ließ das Tonband von *Hawaii* zurückspulen, drückte dann auf *Hören*: Eine Frauenstimme ließ ihrer lustvollen Erregung freien Lauf. Schellenberg grinst spitzbübisch.

»Erkennst du dieses Quieken, Reini?!« Heydrich hörte nur mit halbem Ohr hin. »Das ist deine Grete von Urbanitzki, die gerade von Auerbach geschächtet wird!«

»Jag sie aus der Stadt!«, knurrte Heydrich.

»Wen? Die beschnittenen Rammler – oder die alte Sau?«

»Unser Herr Reichsführer hat doch recht. Man soll sich mit Juden auf nichts einlassen, eine deutsche Frau schon gar nicht!«

»Österreicherin aus polnischem Adel!«, hielt Schellenberg dagegen.

Heydrich sann kurz nach. »Früher hätte man diese Wiener Schlampe öffentlich ausgepeitscht! Lass dir was einfallen, Walterchen!«

Schellenberg war froh, dass es ihm gelungen war, Addy aus der Schusslinie zu nehmen. Um die Urbanitzki allerdings stand es schlecht ...

Im Schwarzwälder Hellhof griff sich die energische Hausherrin Anna van der Koppeln den dort schon wieder herumgeisternden Julius Obwasser. Karl Ernst Krafft war zum wiederholten Mal zum Postamt von St. Blasien unterwegs in der ungeduldigen Erwartung eines Telegramms aus der Reichskanzlei, das ihn nach Berlin rufen könnte.

»Worum, lieber Professor«, fragte sie offen heraus, »geht es eigentlich in Ihrem Buch *Mysterium der Sterne?*«

»Um die Prophezeiungen von Nostradamus«, ging Obwasser fahrig auf das Bohren der Ehefrau ein. »Ich habe mich bemüht, die wichtigsten Auslegungen der Neuzeit zu bündeln, so *Les Oracles* von Anatole Le Pelletier und die *Prophéties* von Abbé Charles Nicoullaud, wenn Sie sich auskennen!?«

»Sie werden es mir bestimmt erklären!«

Obwasser seufzte tief. Das hatte man davon, wenn man sich als Autor einer Materie ausgab, die das Amt als gelungene Legende ansah, ohne den Wissensstand des verpflichteten Agenten abzufragen. *Grâce à Dieu* hatte er einiges nachgeholt, als er das Werk des Doktor Kritzinger abkupfern musste, *Die Mysterien von Sonne und Mond,* und dabei feststellte, dass da auch nicht alles auf des Doktors eigenem Mistbeet gewachsen war. »Also«, sagte Obwasser, sich in sein Schicksal ergebend, »nehmen wir den uns Kennern aktuell anmutenden Quatrain III, 57

Sept fois changer verrez gent Britannique
Taintz en sang en deux cens nonante an:
Franche non point par appuy Germanique
Aries doubte son pole Basternan.«

»Man wird sehen«, begann Anna zu übersetzen. »wie sich das Volk der Briten siebenmal ändert in 290 Jahren, in denen es sich mit Blut besuldelt hat.«

»Bravo!«, entrang sich der Professor. »Doch jetzt wird's schwieriger: Keine Unterstützung durch Frankreich? Wohl aber durch Deutschland? Geht wohl kaum: *appuy* muss hier eher als *Anlehnung, Druck,* gelesen werden. Und dann die letzte Zeile: Der Widder zweifelt an seinem Bastarner Schutzland.«

»Wer sind die Bastarner? Und um was für Änderungen geht es?«, hakte die wissbegierige Anna nach.

»Niemand kann die Quatrains des Nostradamus auslegen, ohne zuvor den präzisen Zeitraum, das genaue Jahr zu fixieren, auf den sich die Sprüche beziehen.« Julius Obwasser geriet jetzt richtig in Fahrt. »Also: Wenn innerhalb von 290 Jahren das britische Herrscherhaus siebenmal wechselt, ist zu klären, von wann an gerechnet wird: Le Pelletier nahm 1500 als Ausgangsjahr, Beginn der Tudor-

Dynastie, und kommt somit 1790 zwar auf die Französische Revolution, aber zu keinem für England einschneidenden Ereignis. Immerhin fällt in diese Epoche die gewaltsame Teilung Polens, was ihn dazu brachte, das Volk der *Bastarner* zu identifizieren, ein Stamm, der sein Gebiet einst östlich der Weichsel, also im heutigen Polen hatte.«

»Was hat das mit dem Machtruck seitens der Deutschen zu tun?«

»Darauf bringt uns Nicoullaud: Er ging vom Jahr 1649 aus, der Hinrichtung König Karls I., und kam so auf die Jahreszahl 1939!«

»Genial!«, musste Anna zugeben. »*Wenn das der Führer wüsste,* wie mein Mann zu sagen pflegt!«

»Solch Wissen um die *Prophéties* von Nostradamus sollten Sie besser für sich behalten. Gibt höchstens Ärger!«

Julius Obwasser verabschiedete sich. Anna behielt das erlangte Wissen für sich. Sie öffnete die Schranktür des Küchenbüfetts und schaltete das Aufnahmegerät ab. Dann versteckte sie die Spule mit dem Tonband zuunterst in einer Keksdose. Karl Ernst, Ihr Mann, lebte gefährlich, da konnte man ruhig ein wenig Vorsorge für brenzliche Situationen treffen.

STUPOR

Dezember 1939

Bei mir privat, in meiner Behausung im 2. Stock am Savignyplatz, klingelte es Sturm, mitten in der Nacht. Ich schlurfte zur Tür: Grete von Urbanitzki. Sie drängte mich gewohnheitsgemäß ins Bad und ließ die Wasserspülung rauschen.

»Ich muss Ihnen was beichten, Max«, schnaubte sie mir mit gedämpfter Stimme ins Ohr. »Ich hab im Salon unserer lieben Addy beispringen wollen: Es wurde ein wilder Vierer«, schnaufte die Mittfünfzigerin. »Diese Killer aus Jerusalem! Ich hab mich hinreißen lassen!«

Die Urbanitzki erzählte mir, was vorgefallen war.

»Sie hören alles mit, was sich auf den Zimmern abspielt«, gab ich zu bedenken. »*Blutschande*, werden sie sagen. Schändlicher Verrat an der *reinen Rasse.*«

»Heydrich lässt mich erst mal zappeln, dann wird er mich eiskalt der Gestapo ausliefern!«, sorgte sich die Journalistin. »Auf so eine Gelegenheit hat der doch nur gewartet!«

Ich dachte nach, versuchte die Fäden zu ordnen, die sich in letzter Zeit in meiner Hand gesammelt hatten. »Apropos Rassenschande. Sie haben doch sicher gehört von den Gerüchten um den Herrn Staatssekretär im Reichsluftfahrtministerium Erhard Milch, seine Mutter sei mit einem konvertierten Juden verheiratet gewesen.

Die Urbanitzki sah mich fragend an.

»Ihre Familie, Grete, stammt doch ursprünglich aus Krakau …?«

Sie nickte und hob gleichzeitig fragend die Schultern. »Gibt's da unter Ihren nächsten Vorfahren keinen als *l'homme à femmes* ausgewiesenen Casanova?«

Grete hatte noch nicht begriffen, worauf ich hinauswollte, aber sie wälzte ihre Sippschaft durch die Mangel der Moral. »Ja! Mein Onkel Johannes Leopold war so einer …«

»Stop!«, sagte ich. »Könnte der nicht eine seiner Basen –?«

»Der machte vor nichts halt –«

»Bedauerlich nur, dass die Cousine, der er Gewalt antat, und die sich sehr darüber erregte, frischbestellte Äbtissin eines Klosters war, Stolz der gesamten Sippe derer von Urbanitzki!«

»Worauf zielt die Pistole!?«

»Wart nur ab: Der alte Hausarzt, ein Jude namens Dr. Milch, testierte der ehrbaren *Mater superior* eine akute Lungenentzündung und verschrieb ihr mindestens ein Jahr Davos *strictissimum.* Als Begleiterin fügte er seine Schwester bei, eine ältliche Jungfer, die keinen Mann gefunden hatte. Nach Ablauf der vorgegebenen Zeit, so haben Sie, Grete, mit journalistischem Spürsinn in der Familienchronik entdeckt, kehrte die Äbtissin genesen in ihren Konvent zurück. Das – laut Geburtsurkunde – eines gesunden Knaben entbundene Fräulein Milch heiratete einen willigen Vetter, denn ihre Aussteuer bewegte sich in einer Größenordnung, die in der Familiengeschichte der jüdischen Milchs zuvor nicht nachzuweisen war. Wir schreiben das Jahr des Herrn 1891 und die von der guten Schweizer Höhenluft zusammengebrachten jüdischen Eheleute tauften den Knaben dankbar auf den Namen Erhard!«

»Tolle Gurke!«, schnaubte die Wienerin fast erbost. »Ein falscher Bastard!«

Aber ich kam jetzt zum entscheidenden Punkt. »Goldene Gurke in den Händen Heydrichs!«, wies ich ihr das weitere Prozedere an. »Dieses pikante Ergebnis Ihrer Recherchen spielen Sie Walter Schellenberg in die Hände. Der Herr Staatssekretär im Reichsluftfahrtministerium bekommt seinen ersehnten Ariernachweis – und wird es sicher an Gunstbeweisen nicht fehlen lassen für seine endlich wiedergefundene Tante Grete! Und Sie werden sehen, wie auch das *Hohe C* Sie plötzlich wieder liebhat. Und jetzt an die Arbeit!«

~

»Joseph! Joseph!« Magda Goebbels lag neben ihrem Gatten, dem im ganzen Reich gefürchteten Propagandaminister, im gemeinsamen Ehebett. Der einzige Moment, wo sie sich sicher sein konnte, dass der Kerl nicht irgendwelchen Weibern vom Film nachstellte: wenn er neben ihr schlief. Sie hingegen hatte noch ein wenig gelesen, in einem Buch, das ein gewisser Julius Obwasser verfasst hatte – spannend, nein: unerhört!! »Joseph, wach sofort auf!« Sie rüttelte ihren Mann wach. »Hier, in diesem *Mysterium der Sterne* steht schwarz auf weiß, dass vor gut vierhundert Jahren ein französischer Wissenschaftler und Mathematiker namens Nostradamus –«

»Ja, was denn?!« Joseph Goebbels war unwirsch ob der Störung, aber sein Weib ließ nicht locker. »... ein gewisser Nostradamus prophezeit hat für dieses Jahr, genau 1939, dass England in Schwierigkeiten gerät, weil Deutschland gegen Polen vorgeht ...«

»Wunderbar, ist doch wunderbar!«, schnaufte Dr. Goebbels und drehte sich auf die andere Seite. »Mach bitte das Licht aus!«

Am Morgen weckte er seine Frau. »Hast du gehört, was eben als Depesche aus dem RSHA eintraf: Der Milch ist gar kein Jude! Sondern ein Bastard eines polnischen Grafen mit einer Äbtissin edlen Geblüts!«

»So'n Glück muss man haben!«

»Und was war das heute Nacht mit diesem Spökenkieker aus Frankreich? Wie hieß der Autor noch mal?«

»Nostradamus.«

»Nein, der es dir geschrieben hat?«

»Grundwasser oder so! Es geht um Polen!«

»Kommt mir bekannt vor! In den letzten Wochen sind mehrere Berichte im Ministerium eingetroffen, die auf diesen seltsamen *Noster Domus* hinweisen.

STUPOR

Dezember 1939

Reichssicherheitshauptamt. Ich werde Zeuge, dass meine Idee mit der *Urbanitzki & Milch*-Konjunktion offenbar funktioniert hat. Blöd nur, dass ich meinen Stolz auf meine »Entdeckung« mit niemanden teilen durfte!

»Damit hab ich dem Göring seinen Staatssekretär Milch gerettet«. schnaubte Heydrich am Telephon. »Und bin der Urbanitzki verpflichtet, jedenfalls besitzt sie jetzt diplomatischen Status als Familienangehörige, à la *Madame Le Consul!*«

Er lauschte in den Hörer, seine Miene verfinstert sich. »Was hat der Fette gepupst: *Wer Jude ist, bestimme ich!?* – Ha, könnte von mir sein! Reiner Gedankenklau! Geschieht mir recht, Wohltäter erfahren keinen Dank!«

Ungeduldig hörte sich das *Hohe C* an, was Schellenberg noch zu sagen wusste. »Ginsberg und Auerbach nach Genua abgereist!? Sie sollen zusehen, was mit Mussolinis lahmer Hilfe von dort aus noch zu bewerkstelligen ist. Jeder Jude weniger im Reich ist mir recht und dem Staatssäckel billig! – Ja, ja, der Kunstgrabscher von Karinhall kommt schon nicht zu kurz! Ich muss Schluss machen: Max ist da! Und du, du stößt gefälligst deiner Addy Bescheid – Was?! – Na, was schon!? – Heil Hitler!«

Nostradamus im Blitzkrieg

1940

Der Reichsminister für Propaganda, Dr. Joseph Goebbels, glich seine Kleinwüchsigkeit und sein körperliches Gebrechen, seinen Klumpfuß durch pompöse Umgebung aus. So empfing er Gäste gern in seinem »Arbeitszimmer«, der weiträumigen Empfangshalle eines Medici-Kardinals nachempfunden. Nur dass an den Wänden überlebensgroße Photographien hingen, die den machtbesessenen Propagandaminister zusammen mit Größen von Funk und Film zeigten, mit Heinz Rühmann und Willy Forst, Hans Albers und Heinrich George. Und natürlich Frauen. Der hereingeführte Gast wagte gar nicht, seine Augen auf den frivolen Schönen der Leinwand, auf den betörenden Diven der großen Bühne Deutschlands ruhen zu lassen. Man munkelte ja so einiges über das außereheliche Liebesleben des Hausherrn.

»Ich gehöre zu den großen Bewunderern Ihres genialen Buches *Das Mysterium der Sterne*«, begann Dr. Goebbels ölig. »Schon wegen der Deutungen, die Sie aus Tausenden von Versen des Nostradamus herausgefiltert haben, werter Professor Obwasser.«

Der nicht ganz freiwillig vor dem Schreibtisch des mächtigen Propagandaministers erschienene Julius Obwasser rutschte unruhig auf seinem Stuhl und machte zur Sicherheit eine wegwerfende Geste. Das Loblied des Joseph Goebbels konnte eine Falle sein, Gefahr barg das vorgebrachte Interesse dieses spitzfindigen Eiferers allemal. »Der Begriff *psychologische Kriegsführung* sollte Ihnen ja wohl kaum fremd sein?«

Der Kelch mit dem Giftgemisch stand plötzlich auf der Tischplatte. Julius Obwasser begann sich zu winden. »Meine Beschäftigung mit dem französischen Seher wurde nicht aus Ehrgeiz geboren, eher aus Zufall – als kleines intellektuelles *passe-temps.*«

»Das muss nicht so bleiben, mein lieber Professor«, schmierte Goebbels Honig. »Könnten Sie sich nicht vorstellen, für mich weitere gelungene Prophezeiungen wie die Polen-Chose an Land zu ziehen?«

Obwasser reagierte maßvoll. »Diese Arbeit bedingt einen beträchtlichen Zeitaufwand …« Er wägte seine Worte sorgfältig ab. »Als leitender Angestellter eines wissenschaftlichen Forschungsinstituts des Heereswaffenamtes ist es für mich völlig aussichtslos, dafür Freistellung zu beantragen!«

Dr. Goebbels verbarg seine Enttäuschung nicht. »Könnten Sie mir denn jemanden empfehlen, der auf dem Gebiet über Erfahrung verfügt?«

Obwasser tat so, als würde er angestrengt nachdenken, dann gab er zögerlich – Vorsicht war immer geboten – den Namen Karl Ernst Krafft preis.

Der fiel bei Dr. Goebbels dank Ehefrau Magda auf gut geharkten Boden. »Das ist doch der Schweizer, dem wir die Vorhersage des Bombenattentats im Münchner Bürgerbräu verdanken?«, fragte er mit lauernder Stimme, dabei hatte er den Typologen und Sprachforscher längst auf seiner Liste. Seines Wissens müsste der angeforderte Karl Ernst Krafft sogar schon unterwegs sein, die lokale Gestapo war angewiesen worden, ihn nach Berlin zu eskortieren.

»Ich denke, der könnte das übernehmen«, sagte Obwasser jetzt mit einer gewissen Festigkeit, er musste die Schlinge um den eigenen Hals loswerden. Außerdem schätzte er Krafft so ein, dass der auf eine solche Berufung nach Berlin, an höchster Stelle, nur wartete. Wie weit Kraffts Fachkenntnis in Sachen Nostradamus tatsächlich ging, wusste er allerdings nicht. Das war das Risiko, das er nun mal eingehen musste. Obwasser dachte an die Lehrstunde, die er der Ehefrau erteilt hatte. Irgendwas davon würde die energische Anna ihrem Mann sicher mit auf den Weg geben. Und war Krafft nicht ein Meister darin, geringes oder überhaupt nicht vorhandenes, in seiner blühenden Phantasie herumgeisterndes Wissen als überzeugende These zu verkaufen? »Ja, Herr Minister« bekräftigte Obwasser sein Urteil. »Krafft ist der richtige Mann für Sie!«

STUPOR

Februar 1940

Ich war dabei, als Walter Schellenberg seinem Freund und Vorgesetzten Reinhard Tristan Heydrich über den Stand der Dinge Rapport erstattete. Endlich hatte ich das *Hohe C* wieder einmal auf meiner Liege im Therapiestudio unten im Keller des RSHA, und ich war nicht gewillt, ihn aus den Händen zu lassen. Längst war meine Anwesenheit kein Hinderungsgrund mehr, wenn es um höchst vertrauliche, ja oft streng geheime Berichte ging.

»Den Herrn Krafft haben Müllers Leute erst mal bei uns abgeliefert. Der Reichsführer wollte den Mann persönlich kennenlernen, der über derartig hellseherische Fähigkeiten verfügt. Auch wenn er persönlich nicht davon abzubringen ist, das Attentat auf den Führer sei Otto Strassers Werk!«

»Rache für die hinterhältige Liquidierung seines Bruders Gregor Strasser im Rahmen des Röhm-Putsches? Und weil der jetzt in Herrliberg bei Zürich Unterschlupf gefunden hat, glaubt der Herr Reichsführer an eine Schweizer Verschwörung!?«

»Naja«, griente Schellenberg, »irgendwie muss er ja über seinen Gram hinwegkommen, dass seinem Saalschutz die peinliche Bastelei nicht aufgefallen ist!«

»Und was hat Krafft damit zu tun?!«, drängte das *Hohe C* auf Raffung.

»Der will unbedingt in des Reichsführers Dienste treten, was dem auch gefallen würde, aber Wolff mauert, wie Beton!«

»Wenn aus diesem Sprachgeist weiter nichts herauszuquetschen ist und sich auch keine Querverbindungen nachweisen lassen, kannst du ihn ebensogut ›Mit besten Empfehlungen der Auslandsabteilung‹ seitens des Amtes beim Doktor abliefern, dann hast du einen Stein im Brett des Propagandaministers!«

»Ich würd's eher ein Danaergeschenk nennen!« Schellenberg schien nicht erpicht auf ein gutes Einvernehmen mit dem Herrn Klumpfuß.

»Also, ich will den spinnerten Kerl nicht zwischen den Beinen herumwuseln haben!« Heydrich blieb hart. »Mir reichen die Erfahrungen mit Kamerad Otto Rahn!«

~

Vor Dr. Joseph Goebbels in seinem herrschaftlichen Arbeitszimmer hockte Karl Ernst Krafft, spannungsgeladen und gekrümmt wie ein Bogen, jederzeit bereit, den Pfeil von der Sehne schnellen zu lassen. Er war auf Widerstand eingestellt.

SS-Obersturmbannführer Walter Schellenberg hatte es sich nicht nehmen lassen, Karl Ernst Krafft persönlich dem verhassten Propagandaminister zu überstellen. Er wollte sich gleich wieder verabschieden, aber Goebbels bat ihn, zu bleiben und – wenn auch ungesehen – Zeuge des Gesprächs zu sein. Heydrichs bester Mann tat dies von einem Nebenraum aus.

Goebbels entschärfte die Situation mit geradezu überströmender Freundlichkeit. »Sie wussten ja, dass es jedem Bürger untersagt ist, Vorhersagen in Bezug auf den Führer ...«

»Ich bin Schweizer und habe weder eine Prognose abgegeben noch irgendeine dubiose Prophezeiung!«, unterbrach ihn Krafft. »Die Konstellation hatte ich mir notiert«, verteidigte er empört sein Vorgehen. »Ein Mann, der sich in mein Vertrauen schlich, hat mir die Notiz entwendet, unautorisiert weitergeleitet und damit publik gemacht!«

Herr Dr. Goebbels war Aufsässigkeit nicht gewohnt. Aber schließlich wollte er den Sprachforscher für eine höchst delikate Zuarbeit gewinnen, und das konnte nur funktionieren, wenn Krafft sich im Propagandaapparat gut aufgehoben fühlte, sehr gut!

»Nostradamus ...« Der Minister sprach den Namen bedeutungsvoll. »Sie gelten doch als Koryphäe ...?!« Er ließ ohne weitere Vorankündigung ein Tonband ablaufen:

Un Empereur naistra pres d'Italie
Qui à l'Empire sera vendu bien cher:
Diront avec quels gens il se ralie,
Qu'on trouvera moins prince que boucher.

»Quatrain C wie Caesar, Römisch Eins, Sechzig!« Krafft hatte die Strophe sofort erkannt. Seit seine Anna ihm von dem seltsamen Gespräch mit Julius Obwasser berichtet hatte, hatte Krafft seine Nostradamus-Kenntnisse erheblich aufgefrischt, das zahlte sich jetzt aus.

»*Ein Kaiser wird in der Nähe Italiens geboren* ... Wie würden Sie diese Wahrsagerei für dieses Jahrhundert deuten?«

»Gar nicht!«, entgegnete Krafft pampig. »Schon der Ansatz ist falsch!«

Goebbels entrang sich ein Lächeln. »Professor Obwasser, den Sie ja gut kennen, sieht einen klaren Hinweis auf Adolf Hitler ...?«

»Und von mir erwarten Seine Exzellenz jetzt, dass ich die weitere Übersetzung in Worte fasse, die da lauten würde:

... der dem Reich teuer zu stehen kommen wird ...
Man sagt ihm, dem Herrscher, nach,
dass unter den Leuten, mit denen er sich umgibt,
weniger Fürsten zu finden sind als Schlächter!«

Goebbels Stirn hatte sich verfinstert, aber er beherrschte sich und schwieg. Krafft wusste, dass er sich jetzt um Kopf und Kragen reden konnte. »Erstens ist die Auslegung töricht, es handelt sich natürlich um Napoleon Bonaparte und das italienische Korsika – und zweitens stammt sie mitnichten von Professor Julius Obwasser, sondern von dem niederländischen Astrologen Keun Baron van Hoogerwoerd, der sie Obwasser – ich weiß nicht, mit welchen Hintergedanken – zur Veröffentlichung überlassen hat!«

»Bravo, Herr Krafft!«, rief der Minister, und die Anspannung fiel von beiden ab. »Sie sind mein Mann!«

Zu diesem Zeitpunkt hatte sich SS-Obersturmbannführer Schellenberg aus dem Nebenraum bereits verabschiedet, er hatte genug gehört. Er wunderte sich lediglich darüber, dass einem im Arbeitszimmer des Propagandaministers zwar alles auf Knopfdruck zu Ohren kam, aber es nichts zu sehen gab – keine dunkle Scheibe! Offensichtlich gab es Tätigkeiten, bei denen der notorische Schürzenjäger Dr. Joseph Goebbels nicht von anderen beobachtet werden wollte.

STUPOR

Mai 1940

Das *Hohe C* nahm mich mit raus aus der Stadt nach Werneuchen, dem Feldflugplatz, auf dem er seine Me 109 stationiert hatte. Seit dem – nur mühsam durch die Stabsführung vertuschten – Crash in Stavanger vor ein paar Tagen, bei dem er sich mit seiner Maschine überschlagen hatte – Totalschaden! – und von der Feuerwehr aus dem Wrack befreit werden musste, ließ er jetzt seinen Technikwart, darauf hatte Himmler bestanden, Probeflüge für die anstehenden Einsätze durchführen.

»Als Nächstes ist Holland dran!«, erklärte mir mein fliegendes *Hohes C* voller Jagdeifer. »Das ist der Luftraum, über dem sich die Tommies sammeln, bevor sie ins Reich einzudringen wagen!«

»Ja, ich weiß, über der Zuider See, Gustav-Richard-Sieben!«

»Ich habe angeordnet, dass meine Messerschmidt groß und deutlich die Siegrunen der SS zeigt, damit die gleich wissen, mit wem sie es zu tun haben!«

»Obersturmbannführer Schellenberg«, gab ich zu bedenken, »würde es Leichtsinn nennen!«

Wir hatten Werneuchen erreicht, die Me 109 war nicht da, mit dem Technikwart ausgeflogen.

»Auf Befehl Gruppenführer …«, meldete verunsichert der Flughafenkommandant. Wir drehten um. Ich war froh. In dieser Laune hockte ich ungern hinter dem *Hohen C* als Piloten.

Heydrich setzte mich am Savignyplatz ab. Ich ließ es geschehen, obgleich mein Horch noch auf dem Parkplatz des RSHA stand …

STUPOR

Juni 1940

Da Grete von Urbanitzki als lorbeerumkränzte Siegesgöttin wieder in ihren angestammten Tempel, den Kaiserhof, zurückgekehrt war, verabredete ich mich dort mit ihr zum *Five o'clock*. In der Halle erlebten wir den großen Auftritt des gefeierten Karl Ernst Krafft. Der Schweizer hielt regelrecht hof. Seit der – unter der Hand bekanntgewordenen – Vorhersage des Führer-Attentats, drängte sich nicht nur die Berliner Gesellschaft um den berühmten Wissenschaftler, sondern auch etliche aus der braunen Riege von NS-Spitzenfunktionären. Alle verlangten nach wenigstens einer Andeutung für die Zukunft – denn es war ja verboten, Horoskope zu erfragen, jede Beschäftigung mit Astrologie war tabu. Genau das machte den enormen Reiz aus. Krafft, der Sprachgeist sonnte sich in den Strahlen konfuser Hinweise und verwirrender Fingerzeige, grad weil sie so gefährlich waren wie jene, die bei Professor Hahns Atomkernspaltungen entstanden, weil man sie nicht sah …

Antoinette hatte sich mit ihrem altmodischen Rolls-Royce und ihrem Chauffeur Bernardac nach Kasteel Ter Noot in Holland aufgemacht, dem Sitz der alten Baronin von Hoogerwoerd. Dort hatte sie eine konspirative Verabredung mit einem britischen Offizier, der hier als malaysischer Gewürzhändler holländischer Herkunft auftrat.

»Im Oberkommando der Wehrmacht gärt es«, ließ Antoinette de Rives den britischen Captain wissen. »Je höher die Dienstgrade der

Adjutanten im Generalstab *tant élevé le mécontentement* der jungen Offiziere aus guter Familie!«

George Best kam aus einfachen Verhältnissen, er teilte den Optimismus von Madame de Rives nicht. Im April hatten deutsche Truppen Dänemark und Norwegen überfallen, seit dem 10. Mai rollte die Offensive im Westen. Die Niederlande, Belgien und Luxemburg waren eingenommen – und nun auch den Norden und Westen Frankreichs. Ob der militärischen Erfolge jubelten die Deutschen mehr denn je ihrem Führer zu.

»Hitler abzuknallen wie einen tollwütigen Hund ist eine gängige Losung zwischen Gleichgesinnten in den Offizierskasinos, aber ...« Antoinette de Rives verbarg ihre Enttäuschung nicht. »Ich sehe keinen Offizier, der die Initiative ergreifen würde.«

»Attentatswillig, aber nicht bereit?« Der Captain hatte begriffen. »Würden Sie, Madame, denn die Waffe ...?«

»Dazu müsste *Monsieur le Furerr* sich erst mal ins Ariège bemühen ...« Sie lächelte spöttisch. »Oder wenigstens dieser Himmler!!«

Bissig knurrte der Captain: »Für den würde es auch ein Wolfseisen tun!« Sie bestieg ihren Wagen, Chauffeur Bernardac drängte. George Best beugte sich zum Wagenfenster herab. »Der Sicherheitsdienst Heydrichs ist auf dem Laufenden«, flüsterte er. »Der Führer ist also gewarnt!«

Antoinette warf ihm ein dankbares Lächeln zu und wand die Scheibe hoch. Dieser Captain George Best war ein typischer *British sportsman*, wie einem Herrenjournal entstiegen. Antoinette de Rives konnte ihn sich gut auf einer Fuchsjagd vorstellen, auch als Skipper auf einer Hochseejacht – sogar mit muskulösem nackten Oberkörper in ihrem Schlafzimmer auf Schloss Poujol-Murat, wenn er sich seiner Boxershorts entledigte.

Ihrem Wunsch, ihr ein Funkgerät mit Sender zu beschaffen, hatte der Captain nicht entsprechen wollen. Die Gefahr, dass sie angesichts des raschen Fortschritts der deutschen Besetzung Frankreichs in eine deutsche Kontrolle geriete, sei viel zu groß. Er wollte aber veranlassen, dass der lokale Marquis des Languedoc, der gerade erst im Begriff sei, sich zu organisieren, mit ihr Kontakt aufnahm. Best hatte dann ihr Autoradio etwas manipuliert, so dass sie die Nachrichtensender beidseits der Fronten hören konnte.

So kam Antoinette de Rives auf der Rückreise in den Südwesten Frankreichs an die mit klassischer Musik eingeleitete Meldung:

Unmittelbar nach der kampflosen Einnahme von Paris am 28. Juni 1940 flog Adolf Hitler überraschend in die französische Hauptstadt. Um 5 Uhr morgens landete seine Maschine in Le Bourget. Er stieg in seinen gepanzerten Mercedes und fegte bereits mit kleinster Begleitkolonne durch das noch schlafende Paris, als die Fernschreiber die Nachricht an die deutsche Heeresleitung tickerten. Der Führer umkreiste den Arc de Triomphe, brauste die Champs Elysées hinunter, warf einen Blick in die Oper, den Innenhof des Louvre und umreiste den Eiffelturm. Sein Ziel war der Invalidendom, wo er in der Gruft des *Grand Empereur* für die Wochenschau posierte – und schon raste der Konvoi von dannen. Nach nicht einmal drei Stunden hockte der Führer wieder im Flugzeug …

Für Karl Ernst Krafft öffneten sich in Berlin alle Türen. An diesem Abend war er in das Atelier des Bildhauers Arnold Breker eingeladen. Beim Verlassen des Hotels Kaiserhof stieß er auf eine junge Frau, die ihr Gesicht mit einem Kopftuch zu verhüllen suchte und offensichtlich nicht erkannt werden wollte – jedenfalls nicht von ihm. Bei einem solchen Egomanen, wie es der Zürcher Sprachgeist im Exil war, traf sie damit auf keinerlei Verständnis. Er sprang ihr nach und stellte die störrische Fremde.

»Mademoiselle Panchaud! Hier in Berlin –?!« Krafft war völlig entgeistert.

Charlot legte den Finger an die Lippen, und der Sprachgeist dämpfte die Stimme. »Seit jener Blitztrauung mit Herrn Max«, flüsterte er heiser, »haben wir uns nicht mehr gesehen – oder war es in Brüssel bei Theo Chapellier?« Ausnahmsweise dachte er mal nicht gleich an sich. »Was hat Sie geritten, ausgerechnet hier nochmals –?« Besorgt blickte der Schweizer um sich. »Ich glaube, die suchen nach Ihnen, Madame Ouittacher!«

Charlotte sah ihn mit ihren Sternenaugen an. »Ich hatte so'ne Sehnsucht nach Berlin!«, seufzte sie kaum vernehmbar.

»Versteh ich nicht«, murmelte Krafft aus tiefster Überzeugung. »Aber zu Fuß kommen Sie nicht weit.« Er winkte ein Taxi herbei. »Kommen Sie, steigen Sie ein. Ich muss auf einen Empfang! Danach bring ich Sie an jeden Ort, den Ihr Herz begehrt.« Ehe Charlot noch widersprechen konnte, zog er sie zu sich in den Wagen.

Und schon schwappte über Charlot das überdrehte, sich mit allen Mitteln betäubende, aufputschende Leben der Hauptstadt-Society zusammen. Man tanzte auf dem Vulkan! Das Atelier des von der Partei hofierten Großsteinmetzen war bis zum Bersten gefüllt mit schrill aufgetakelten Sternchen der Unterhaltungsindustrie. Dazu gesellten sich hohe Funktionäre der Macht wie der berüchtigte Gauleiter Hans Frank, Generalgouverneur für Polen, der Gründer und Leiter der *Deutschen Arbeitsfront,* Dr. Robert Ley, samt ihren kackbraun uniformierten Gefolgsleuten, die meisten von ihnen schon betrunken. Man hatte die überlebengroßen Skulpturen des Meisters hinausgeschafft ins Freigelände hinter dem imposanten Atelierbau mit seinen bis unters Dach reichenden Fenstern. Charlot konnte die gereckten, muskulösen Gliedmaßen in der Dunkelheit schemenhaft erkennen. Sie kauerte an der Bar, umgeben von Zigarre rauchenden, stiernackigen Fettbäuchen, die von ihren Frauen mühsam davon abgehalten wurden, sich an die alleinsitzende ›schöne Fremde‹ heranzuwanzen. Karl Ernst Krafft war ihr sofort entrissen worden. Alle stürzten sich auf ihn, *den Wahrsager des Anschlags vom Bürgerbräukeller.* Der Hausherr stellte ihn gleich seinem anderen Stargast vor, der Pianistiin Elli Ney. Was die wohl hierherverschlagen hatte?, fragte sich Charlot noch, als die zierliche Künstlerin mit der imposanten Löwenmähne sich zum bereitstehenden Bechstein-Flügel drängen ließ – und es für einen gedehnten Augenblick still wurde im Partyschuppen. Charlot hockte auf glühenden Kohlen, sie spürte Hunderte von Augen auf sich gerichtet. Oder kitzelte sie die Provokation, so ganz allein auf ihrem Barhocker?

Ein Kellner, den sie nicht kannte, zischte ihr zu, sofort, unter Benutzung des Hinterausgangs, zu verschwinden! Sie schlüpfte aus dem Atelier, als die ersten perlenden Anschläge der großen Elli Ney aufrauschten, und fand sich im Skulpturenpark des Bildhauers wieder. Plötzlich gingen Dutzende Scheinwerfer an, um die gigantomanischen Marmor- und Bronzedarstellungen von Muskelkraft und strotzender Gesundheit für das Publikum ins rechte Licht zu setzen. Charlot hörte Polizeisirenen. Regungslos verharrte sie, versteckte sich zwischen den schwarzen Schatten der kolossalen Gliedmaßen, bis nach quälend langen Minuten sich die Sirenen wieder entfernten ...

STUPOR

Juli 1940

Es war mitten in der Nacht, als ich in meinem leichten Schlummer – der Tiefschlaf setzt erst in den Morgenstunden ein – ein Klopfen an meiner Wohnungstür vernahm. Hatte ich mich vielleicht getäuscht, geträumt? Ich wankte durch den Flur vor zur Etagentür. Wieder klopfte es. Ich krächzte: »Wer?«

Die Antwort kam nicht zaghaft, aber geflüstert: »Ich bin's.«

Ich riss die Tür auf: Charlot! – Ich war so verdattert, dass ich vergaß, sie in den Arm zu nehmen. Sie schritt auch schon mir voran, direkt in mein nur schwach erleuchtetes Schlafzimmer. Ich kroch wieder unter mein Federbett und sah ihr interessiert zu, wie sie sich mit größter Selbstverständlichkeit ihrer Garderobe entledigte, wobei sie ihren Slip wohl als Erstes abgestreift hatte: Denn als sie ihr Kleid über den Kopf, über die dunklen Korkenzieherlocken zog, war Charlot darunter nackt.

Das erste Mal, dass ich sie so sehen durfte. Beeindruckend fand ich die englischen Leggings, die ohne Halter fest an den Oberschenkeln hielten – und zwischen diesen Beinen eine wunderschöne, gekräuselte Muschi. Sie stiegen zu mir ins Bett, die Korkenzieherlocken, die in feines, bordeaufarbenes Nylon gehüllten langen Beine, das verlockende Triangel zwischen beiden – und Charlot. Sie hatte kleine, feste, spitze Brüste, und ihre bernsteinfarbenen Augen strahlten mich an. Meine Hände glitten um ihre Hüften. Sie presste sich an mich, zog mich über sich wie ein Federbett, ganz selbstverständlich, sanft und wissend. Wir versanken ineinander ohne Gier, ohne Hast. Wir gehörten zusammen, und während sie die Bestätigung dessen langsam, die steigende Lust auskostend, in sich aufsaugte, gab ich ihrem Drängen willig nach, und sie ließ mich kommen.

Danach verspürte ich ihre Lippen zum ersten Mal. Das Versprechen des hastigen Kusses bei unserer Trauung im Reichssicherheitshauptamt wurde endlich eingelöst, und wir fühlten uns wohl dabei, sauwohl!

»Max«, sprach die Kapriziöse am nächsten Morgen, es war bereits später Vormittag. »Max, mein altes Murmeltier«, ihre gutturale Stimme versetzte mich noch immer in Erregung. »Wie komm ich bitte hier wieder raus?«

Ich räkelte mich wohlig, spürte ihre schlanken Schenkel an meinem Knie. »Gegenfrage, Charlot: Wieso hast du dich überhaupt hergetraut?«

Sie sah mich lange an. »Sehnsucht … Sehnsucht nach Berlin …«

»Du wolltest Addy sehen?«

»Dich auch!« Sie seufzte.

»Das hast du geschafft«, musste ich eingestehen. »Das mit deiner Schwester hingegen wird nicht gehen – Es wird auch so schon schwierig genug werden.«

»Ich verlass mich ganz auf dich.«

»Musst du auch.« Mein wahnwitziger Plan, eben noch ein bescheuerter Geistesblitz, nahm Gestalt an. »Du verlässt das Haus und spazierst in Richtung U-Bahn. Ich komm mit dem Horch, ganz langsam: Du steigst zu –«

»Wie eine Schnepfe?!«

»Meinetwegen wie ein entflogener Wellensittich!«

Charlot erhob sich … *Mon Dieu!* Ich liebe sie! …

So war uns auch auf dem Flugfeld von Werneuchen das Glück der Liebenden hold: Der Technikwart der Me 109, mit dem SS an ihrem Schwanz, war sofort bereit, zu einem weiteren Erkundungsflug gen Holland loszufliegen. Ich sagte: »So in die Nähe von Utrecht?«

»Delft!«, gab der fabelhafte Wart prompt zur Antwort. »Von dort soll ich sowieso Kacheln für Frau Lina mitbringen.«

Ich stopfte ihm diskret einen zusammengefalteten Hunderter in die Brusttasche seines ölverschmierten Overalls.

»Jönnen se sich och mal wat Jutes!«

Ich sah zu, wie die Bf He 109 D zum Start rollte, abhob, gemächlich stieg und stieg, bis sie mit Charlot in die Sommerwölkchen entschwand …

Das Schlösschen Ter Noot, seit Generationen Stammsitz der Barone Hoogerwoerd, versteckt sich, nicht weit von Den Haag, in jenem Teil der Niederlande, der mehr dem Kanal zugewandt ist als der Nordsee. Entsprechend kokettiert die von Wassergräben umzäunte Anlage auch eher mit dem Charme, dem *understatement* adliger englischer Landsitze als mit der repräsentativen Nähe der Familie zum Königshaus. Auf dem breiten Burggraben, der sich um die gesamte, imposante Anlage zog, zog ein Boot seine Runden. Am Ruder saß Captain George Best, ihm gegenüber sein Gastgeber, der Baron Keun van Hoogerwoerd, und die aus Berlin eingetroffene, von beiden verehrte und hofierte Charlot. Es herrschte eine unaufgeregte, sommerliche Stimmung, bis Charlot aus heiterem Himmel sagte: »Mein lieber Keun, ich muss dich warnen: Dieser Sprachgeist Karl Ernst Krafft hat dich ohne Not, aus purer Eitelkeit, bei Goebbels angeschwärzt, du hättest einen Nostradamus-Quatrain Hitler feindlich ausgelegt –«

»Welchen denn?!«

»*Caesar Unum soixante!*«

Keun dachte kurz nach. »Wenn der sich den Schuh anzieht! – Dass der Kerl, ich meine natürlich Hitler, Deutschland teuer zu stehen kommen wird und dass er sich mit Schlächtern umgibt statt mit Offizieren von Adel oder zumindest adliger Gesinnung: das wird man ja wohl noch sagen dürfen!«

»Solange es keiner wie Joseph Goebbels zu hören bekommt!« George Best konnte dem Empörten diesen Vorwurf nicht ersparen.

»Ich habs aber nie publiziert!«, verteidigte sich Keun. »Halt! Da war mal so ein obskurer Professor Oberwasser – Julius Obwasser, der sich dafür interessierte, für ein Traktat zum Thema *Weissagung aus den Sternen* oder so ähnlich ...«

»Und woher hast du die Information?«, fragte der plötzlich misstrauische Captain jetzt Charlot.

»Beziehungen bis in die höchste Spitze!«, scherzte die Verdächtigte, doch George wurde ernst.

»Du musst hier weg!«, beschwor er Charlot. »Und du, Keun, am besten gleich mit!«

»Quatsch!«, schalt der Baron. »Reine Panikmache!«

»Unterschätzt bitte die Gestapo nicht! Die haben jetzt hier in Holland freie Hand! Ihr könnt in London bei Freunden –«

»Ich kenn dort einen Louis de Wohl, ehemaliger Schüler von mir ...« Keun war jetzt doch nachdenklich geworden.

Charlot wusste nicht, was sie von all dem halten sollte, mit der Gestapo war jedenfalls nicht zu spaßen. »Von mir aus«, sagte sie leise. London würde ohne den geringsten Zweifel Spannenderes zu bieten haben als Kasteel Ter Noot und seine Tulpenfelder. »Also entziehen wir uns den Häschern!«

Wenige Tage später trafen Charlot, die Schweizer Staatsbürgerin Lotte Wittacher, sowie der Herr Keun Baron van Hoogerwoerd, laut Pass aus dem Königreich der Niederlande, in London ein. George Best, der mit beiden Kontakt hielt, hatte Neuigkeiten parat: In Berlin sei der Klatsch im Umlauf, Karl Ernst Krafft habe mal wieder ein

Attentat auf Hitler am Grabe Napoleons vorausgesehen. Keun erzählte davon beim Lunch in der rumänischen Botschaft dem Attaché Virgil Tilea und dem zu Ehren seines vormaligen Lehrers Keun geladenen Louis de Wohl. Tilea folgerte aus diesem, wahrscheinlich von Krafft selbst gestreuten Gerücht, dass der Schweizer, den er in der Zürcher Klinik von Dr. Bircher-Benner kennengelernt hatte, inzwischen womöglich als *astrologus in secretim* für Adolf Hitler arbeitete.

Louis de Wohl, der schon vor längerem als Flüchtling in London untergekommen war und sich um eine Beschäftigung beim Secret Service bemühte, griff dies bereitwillig auf. Nur Charlot wollte es nicht glauben. Sie erzählte ihren Begleitern von den konfusen »Arbeitsmethoden« Kraffts. Für sie war er nicht mehr als ein harmloser Aufschneider, der Grashüpfer verschwinden ließ, um dann einen Phönix aus dem Zylinder zu zaubern.

STUPOR

August 1940

Ich walkte den auf dem Bauch vor mir liegenden Heydrich durch, legte besondere Fühligkeit meiner Fingerkuppen auf seine Rückenpartie vom 11., 12. Wirbel abwärts, wo er seit den letzten, wie immer exzessiven Exerzitien auf seinem Fechtboden Beschwerden verspürte. Der Gruppenführer lud gern Sportkameraden, durchaus auch niederen Dienstgrades, zu sich auf seine Anlage. Sie fochten dann regelrecht kleine Turniere aus, bei denen sich das *Hohe C* gern als gefeierter Sieger sah. Ich durfte bei dererlei Anlässen nicht zugegen sein, weil er fürchtete, mich dann mit den Kollegen teilen zu müssen.

Der Adjutant klopfte an die Studiotür. »Stabschef Err-Eff wünscht Sie zu sprechen –«

»Ich ruf ihn zurück!«, stöhnte Heydrich abwehrend.

»Gruppenführer Wolff steht neben mir ...!«

Mein Patient unterdrückte einen Kraftausdruck. »Max, reich mir den Frotteemantel! Bitte!«

Während ich nach dem flauschigen Umhang griff, stemmte Heydrich sich hoch und wälzte sich von der Liege. Ich half ihm in die Ärmel. »Ich bin bereit«, rief er vernehmlich und Gruppenführer Wolff trat ein, leicht irritiert ob meiner Präsenz.

Der Stabschef kam dennoch gleich zur Sache: »Der Reichsführer wünscht, dass der SD wieder Kontakt zu den *Polaires* aufnimmt, nachdem wir jetzt in Paris durch eine eigene Residenz vertreten sind: Also Verbindungen zu diesem Monsieur de Mengel und seinen Freunden …«

Das *Hohe C* gab sich Mühe, verbindlich zu erscheinen. »Das fällt in den Bereich Ausland, Zuständigkeit: Obersturmbannführer Schellenberg!«

»Ich dachte«, sagte Wolff, »du hast zu dem Obersturmbannführer einen weniger offiziösen Draht …« Er druckste etwas herum. »In meinen Augen handelt es sich ja mehr um eine private Angelegenheit des Reichsführers, Interessen, die vielleicht besser ohne Aktenvermerk verfolgt werden sollten –«

»Schellenberg ist meines Wissens gerade in Paris. Ruf ihn doch einfach an oder flieg hin, mach dir ein paar schöne Stunden in den Follies Bergères. Ich komm auch gerne mit.«

»Reini, du weißt doch, dass wir beide nie zusammen reisen dürfen. Anweisung RF, schon gar nicht im selben Flugzeug!«

»Also …?«

»Einer von uns beiden muss vor Ort Verantwortung übernehmen: Nach Sachlage am besten du, unser *Hohes C!*«

Heydrich dachte kurz nach und blickte dann zu mir. »Gut, ich fliege.«

»Morgen früh geht eine –«

»Kümmer dich nicht um meine Modalitäten, Wölfchen, ich nehme –«

»Du nimmst bitte die Ju 52, die um 10 Uhr 30 Tempelhof verlässt! Ausdrücklicher Wunsch RF, Sorge um deine Knochen!«

»Aha!«, knurrte Heydrich.

»Ha-Ha!«, schnarrte grienend Gruppenführer Wolff. »Heil unserem Großen Führer! Uh-Ge-Vau! Und gut Ficken!« Er knallte übertrieben die Hacken zusammen und verließ das Studio.

»Max!«, rief Heydrich. »Freu dich: Wir gondeln nach Paris, mit der alten Tante Ju, und lassen die Puppen tanzen!«

Ich hatte mir ausgemalt, wie sich das anfühlte, wenn der kleine Maxe plötzlich unter dem Eiffelturm stand und in die gigantische Stahlkonstruktion hinaufstarrte. Stattdessen wurde unser Truppen- und Bonzentransporter – Ich durfte mit dem *Hohen C* in der I. Klasse fliegen – auf der Piste von Orly entladen, und ein gepanzerter Maybach, den uns Schellenberg geschickt hatte, fuhr uns auf dem direkten Weg ins *Hotel Raphael*, wo der SD-Ausland seine Dienststelle einquartiert hatte.

Walter Schellenberg erwartete uns in der Halle und ließ einen Champagner kredenzen. »Das als prickelndes Equivalent für die abgesagte Teilnahme des Führers an unserer rasselnden Siegesparade!«

»Das Oberkommando ließ nichts unversucht, ihn doch noch zu überzeugen –«, erklärte Heydrich voller Häme, »doch wir machten ihm klar, dass sein beeindruckender Blitzbesuch viel mehr Beachtung und Ruhm gezeitigt hat, als er jetzt noch auf einer Ehrentribüne einheimsen könnte.«

»Abgesehen davon«, bestätigte ihm sein Untergebener, »dass inzwischen jede Menge mit Fallschirmen abgesprungene Heckenschützen des britischen Secret Service in Stellung gegangen sind, die jetzt in die Röhre schauen«

Ich dachte, ich weiß auch nicht warum, an Charlot, die – wie ich sie einschätzte – wohl mit dererlei Kreisen längst Verbindung aufgenommen hatte. Der Blick, den mir das *Hohe C* zuwarf, ließ mich befürchten, Reinhard Heydrich könnte meine Gedanken erraten haben.

»Der Führer weiß, was er tut«, sagte ich schnell, und wir fuhren im gläsernen Lift nach oben …

Die Suite, die Walter Schellenberg bewohnte, war fürstlich. Ein eigener Butler servierte uns den Aperitif, bevor wir uns hinunterbegeben wollten in den Speisesaal.

»Der Mann, den ich beauftragte, über die geläufigen Adressen Rue du Temple und Rue des Manteaux Blancs Kontakt herzustellen, kam unverrichteter Dinge zurück. Unter beiden Anschriften war keine der uns namentlich bekannten Herrschaften registriert, noch hat irgendjemand dort jemals von den *Polaires* gehört …«

»Wem hast du denn diese delikate Mission anvertraut?«, forschte das *Hohe C* misstrauisch.

»Julius Obwasser«, gab sich Schellenberg kleinlaut. »Der Professor bot sich an –«

»Da kann ja nichts schiefgehen!«, höhnte Heydrich.

»Ist leider schon!«, musste der Verspottete zugeben. »Am selben Abend wurde ein handgeschriebener Brief unter meiner Zimmertür durchgeschoben, feinsten Büttenpapier. Hier, lies selber, ich habe eine Übersetzung anfertigen lassen:

> Werter Herr, Wir kennen Sie als ranghohen Ordensmann des Meisters Heinrich Himmler, mit dem sich unser Gesandter und Bevollmächtigter in Berlin traf.
> Es wurden Vereinbarungen geschlossen: Der nun erfolgte Überfall auf Frankreich war nicht abgesprochen! In dem Einmarsch deutscher Truppen und Mannen Ihres Ordens sehen wir einen feindseligen Akt, dessen Folgen Sie erfahren werden.
> *Wir kennen Sie!*
> *gez. Le Grand Supérieur Inconnu*

»Das haben wir nun von der geneigten Hinwendung unseres Reichführers zu diesen gefährlichen Spinnern!« Heydrich schien verärgert. Dann besann er sich. »Walterchen, du ziehst noch heute um ins *Hotel Majestic*, das uns Gestapo-Müller requiriert hat!«

Nachdem Heydrich das höchst unbefriedigende Ergebnis seiner Parisreise nach Berlin durchgegeben hatte, beorderte uns der *Stab Reichsführer-SS* auf der Stelle zurück nach Berlin.

Ich nutzte die Gelegenheit, im *Salon du Thé* eine Postkarte mit der Ansicht des beeindruckenden Hotel Raphael an die Adresse meiner Herrin Antoinette de Rives auf Chateau Poujol-Murat zu senden – konnte ich doch ziemlich sicher sein, dass hier, an diesem illustren Ort, die deutsche Postzensur noch nicht griff. Davon abgesehen hatte ich ja auch nichts der Geheimhaltung Unterliegendes mitzuteilen, außer dass ich den Eiffelturm nicht zu Gesicht bekommen hatte und ich bei nächster sich bietender Gelegenheit, *Chère et vénerable Madame la Baronesse,* versuchen würde, mich nicht erst bei der Abreise zu melden.

Auf dem überstürzten Rückflug hatten das *Hohe C* und ich die Ju 52 dann ganz für uns allein …

Die Propagandamaschine des Dr. Joseph Goebbels ließ nach dem militärischen Erfolgen im Westen den Begriff »Blitz-Sieg« verbreiten. Und der Führer sah die Möglichkeit, den sich bisher aus den europäischen Allianzen heraushaltenden Generalissimo Franco doch noch zu überreden, an der Seite des Deutschen Reichs in den Krieg einzugreifen. Für den 22. Oktober wurde ein Treffen der beiden Herrscher verabredet – in dem französischen Grenzort Hendaye, am Golf von Biscaya gelegen, angrenzend zum spanischen Baskenland.

Adolf Hitler erschien mit einem gewaltigen Tross an Gerarchen und hohen Militärs, darunter auch Reichsführer-SS Heinrich Himmler. Die spanische Seite hatte sich entsprechend vorbereitet, und die Sicherheitsmaßnahmen zum Schutz der beiden Staatsoberhäupter waren lückenlos: Keine noch so giftige Nadel konnte in den dichten Cordon zwischen den beiden gleiten, geschweige denn ein Attentäter. Das bot Himmler die Gelegenheit, sich einen langgehegten Wunsch zu erfüllen. Er setzte sich mit einem kleinen Begleitkommando von der pompösen Heerschau und dem Diplomatengewusel ab und ließ sich über die spanische Grenze ins alte Königreich Navarra chauffieren.

Ziel seiner Fahrt war ein uraltes Kloster inmitten kahler Felskegel in den Bergen Aragons: Montserrat. Von regionalen Forschern und mehr noch von iberischen national gesinnten Historikern wurde immer wieder das hartnäckige Gerücht genährt, hier sei der Heilige Gral gehütet worden: Montserrat, nicht der Montségur sei die wahre Gralsburg, der *Munsalvaetsch* der Minnedichter!

Der dem Thema geradezu süchtig verfallene Reichsführer hatte diese Möglichkeit auch mit Otto Rahn erörtert. Der freilich hatte sich leidenschaftlich für die französische Seite der Pyrenäen ins Zeug gelegt – dafür spräche schon die Verbindung zum *Trencavel* von Carcassonne, dem legendären *Parzival*.

Heinrich Himmler vermisste den unglücklichen Forscher – gerade jetzt. Niemandem außer Otto Rahn war es so überzeugend gelungen, darzulegen, dass die häretischen Katharer, diese von der katholischen Kirche gehetzten, liquidierten und verbrannten Ketzer, den Schlüssel darstellten in diesem hehren Gewoge von Geist und Glauben.

Vielleicht, dachte der Reichsführer, hätte er dem genialen Seher dessen Unzulänglichkeit gegenüber den staatlich verordneten Konventionen doch durchgehen lassen sollen, ihn in einem Kloster isolieren? Hatte er, Heinrich Himmler, sich nicht genau wie einer jener hassenswerten Inquisitoren verhalten, die seine eigenen ketzerischen Vorfahren quälten und bedrohten? Auf diese Spur von Häretikern in der Sippe der Himmlers, darauf hatte ihn doch erst Otto Rahn gebracht, damals, als er den frisch in die SS eingetretenen Untersturmführer Rahn insgeheim nach etwaigen jüdischen Spuren forschen ließ. Und wie hatte er, der Reichsführer, es dem armen Kerl gedankt!?

Jetzt fehlte ihm der empfindsame, vor Phantasien sprudelnde Freigeist! Statt seiner trat ihm steif und förmlich der verknöcherte Abt des Klosters Montserrat entgegen, der ihn gleich zur Begrüßung wissen ließ, dass an der Einzigartigkeit dieses besonderen Ortes, was den Gral anbetraf, nicht die geringsten Zweifel bestünden. So fest wie der Katholizismus in der spanischen Seele verankert sei, könne jener Gral im Übrigen nichts anderes als das Heilige Blut Jesu Christi empfangen haben! Für den sich selbst verdächtigenden Himmler, einer Familie von Ketzern, Hexen, vielleicht sogar ungarischen Blutes entsprungen zu sein, war dies eine herbe Zurechtweisung, eine Geste des Ausgestoßen-Werdens, ein Schicksal, das seine Familie, die Himmlers, wahrscheinlich seit Jahrhunderten hatten erdulden müssen. Der Himmel, den sie im Namen trugen, blieb ihnen verwehrt!

Heinrich Himmler war bereit, sich an jedes Tau zu klammern, das ihn aus dieser Ungerechtigkeit herauszog. Er hing noch seinen Gedanken nach, während er von dem unwilligen Abt durch die in den Fels getriebenen Seitenkapellen geführt wurde. Da sah er den alten Holzkasten.

»Was –?« Mit wenig Zuversicht deutete er auf den Schrein.

»Irgendein altes Trinkgefäß«, grummelte der Verknöcherte giftig. »Schenkung einer längst ausgestorbenen Familie, wertloses Gerümpel, zu dessen Bewahrung wir leider …«

»Darf ich es bitte sehen«, fragte der Reichsführer. »Bitte!« Es hörte sich nach einem armen Kind an, das um ein Stück Lakritze bettelte: »Bitte – Bitte!«

»Zeig's ihm!«, wies der genervt die Augen verdrehende Abt einen der sie begleitenden Mönche an. Der Mann stakste durch das aufgetürmte Gerümpel und rüttelte am Kasten, bis sich der Deckel öffnen ließ:

Ein verstaubter Kelch, ein Tiffany-Imitat, kam zum Vorschein. Durch ein Oberlicht, das bisher von niemandem beachtet wurde, fiel jetzt ein Lichtstrahl auf das Gefäß. Seine geschliffenen, farbigen Glasteile glitzerten nicht, sie glühten auf, vor allem das satte Rubinrot, das dem amethystenen, mit Lapislazuli versetzten Stiel des Kelches entströmte, empor in die flammende Blüte, die sich mit Blut füllte. Das alles freilich sah nur der verzückt innehaltende Reichsführer, der drauf und dran war, auf die Knie zu fallen.

»Das reicht!«, befahl der Abt herrisch, und der gehorsame Mönch klappte den Deckel wieder zu.

Ja! Das war der Gral! Ein Stöhnen entrang sich der Brust Heinrich Himmlers. Die haben den Gral, und sie wissen es nicht!, dachte er, ohne es auszusprechen.

»Könnt' ich nicht –?«, stammelte der Reichsführer. »Das Deutsche Reich würde –«

»Nein!«, gab sich der Abt resolut, und es war zu hören, welche Genugtuung es ihm bereitete …

Mühsam seine Enttäuschung verbergend, bat Himmler den Abt um Genehmigung, ein wenig draußen in der schroffen Felslandschaft wandern zu dürfen. Der ließ seinen seltsamen Besucher ziehen. So spazierte der Reichsführer-SS mutterseelenallein durch die Wildnis, haderte mit den unbarmherzigen Nornen seiner germanischen Götterwelt. Für die Dauer eines tiefen Atemzuges hatte er gehofft, hier die ihn krönende Entdeckung machen zu können – eine Entdeckung, die seinen Namen für immer mit dem Gral zusammenbringen sollte: Das Wort vom »Heiligen Blut« hätte dann für die Schutzstaffel, für seine heißgeliebte SS, einen ganz neuen Sinn bekommen, einen überirdischen Sinn: seine SS in die Dimension der Göttlichkeit erhoben! – Doch nun war er allein, allein in dieser Bergwelt, über ihm sich dunkel zusammenballende Gewitterwolken.

Leise Flüche ausstoßend, hüpften die Mannen seiner Leibwache in gebührendem Abstand von Felsen zu Felsen, ständig bemüht, den Reichsführer-SS nicht aus den Augen zu verlieren, aber auch nicht störend in sein Blickfeld zu geraten – und vor allem, rechtzeitig vor dem heraufziehenden Regensturm Zuflucht unter den Felsen zu finden.

Wie die Sterne stehen – und fallen

Frühjahr/Sommer 1941

STUPOR

Januar 1941

»Mir ist es schnurz, was du von mir weißt, Max …«

SS-Gruppenführer Reinhard Tristan Heydrich hatte mich inmitten des kargen Vorraums gestoppt, der im Keller des Reichssicherheitshauptamts als Fernsprechkabine diente, zwischen seinem privaten Fechtboden und meinem Reich der Physiotherapie. Er tippte mir wie beim Kung-Fu mit gestreckten Fingern spielerisch gegen das Brustbein.

»… solange du nichts über mich zu wissen glaubst!« Er sah mich mit seinen lauernden Lurchaugen an. Eine Drohung? Max, dem Murmeltier, fröstelte unter dem dicken Fell. Oder versuchte das *Hohe C* einmal mehr, seinen Leibphysio einzuschüchtern?

Wir standen vor dem lebensgroßen Führerbild, das den Heroen in stilisierter Rüstung zeigte, hoch zu Ross, die Standarte mit dem Hakenkreuz fest vor sich gegen den Sattel gestemmt. Es verbarg die unscheinbare Tapetentür, die den Weg in Heydrichs düstere Geisterbahn versperrte. *Der Bannerträger* hieß das Bild, eine Kopie der Kitschpostkarte des Tirolers Hubert Lanzinger. Als Heydrich sie jetzt mit einem Schlag gegen Hitlers eisenbewehrte Faust aufstieß, ertönte der Einzugsmarsch aus Wagners *Tannhäuser* …

Freudig begrüßen wir die eeedle Halle… – Er ließ mir den Vortritt, ohne Rücksicht auf meine wiederholt geäußerte Abneigung gegen die dahinterliegende Gruft – *Wo laange noch der Ruf erschallle …*

Mit schneidig-langen Schritten stürmte das *Hohe C* mir voran durch die Gewölbe, durchmaß die Rüstkammern der Freimaurer, die Katakomben der Kirche, bis er zu den Mauern des Tempels der Juden vorgedrungen war.

»Max, weißt du, welcher Tag heute ist?!«

»Meines Wissens der zehnte Jänner!«

»Der Tag«, bürstete er mich hohnlachend ab, »an dem Stalin so blöd ist, mit uns noch ein Abkommen zu treffen über freien Warenaustausch!« Heydrich konnte sich gar nicht mehr einkriegen vor Häme. »Der Trottel stimmt sogar noch der Umsiedlung aller Deutschen aus dem Baltikum zu, die heimkehren zur Stärkung des Reiches!«

»Was ist daran so verkehrt?!« Mir ging die Infamie nicht auf.

»Ich werd's dem Bolschewistengesindel in die Röllchen schreiben!« Wie Rumpelstilzchen hüpfte er zwischen den zusammengeraubten, am Boden verstreuten Gerätschaften umher. Zu meinem Entsetzen zerrte er eins der winzigen Thoraröllchen aus dem Tefillin. »Mach mal 'nen Buckel, Sir Max!«, befahl er mir, und schon spürte ich durch meine Livree, wie er das Pergament auf meinem Rücken bekrickelte … Mich schauderte.

Heydrich stopfte das Pergament zusammengeknautscht zurück ins lederne Tefillin. »In tausend Jahren werden sich die Ausgräber wundern«, spöttelte er, »und sich keinen Vers auf diese bescheuerten Juden und den Genossen Stalin mehr machen können, ha-ha, weil wir sie alle liquidiert haben!«

Der Gedanke schien ihm riesigen Spaß zu bereiten. »Ich zeig dir das alles, weil ich mich auf dich verlasse, mein Mäxchen! Du wirst schweigen wie ein Grab, weil du sonst wie vom Blitz getroffen tot zu Boden sinkst! Denk an den geheimen Fluch der Bundeslade!«

»Yes, Sir«, sagte ich, die rauchige Stimme der Zarah Leander imitierend.

»*No Sir, so bin ich und so bleib ich!*«, fiel er amüsiert in das Couplet ein. »*Doch auch ein schlechter Ruf verpflichtet, Yes Sir!*«

»No, Sir!«, hielt ich dagegen, und er lachte sein Reptilienlachen.

STUPOR

März 1941

Erst klingelte das Telephon: »Sind Sie abkömmlich?«, fragte eine Frauenstimme, ich bejahte ohne Zögern. »Sie werden abgeholt!« Die Dame hatte aufgelegt. Wenige Minuten später klingelte es dann bei mir an der Tür: Heydrichs Adjutant *Drei-Zwo!*

»Gruppenführer bittet Sie, mir zu folgen.«

»In meinem eigenen Wagen!?«, hakte ich ein.

»Ja, bitte sehr!« Er schien geheimnistuerisch aufgeregt, ging es vielleicht um meinen Geburtstag? Ich hatte es glatt vergessen, ich wurde heute 29. »Gruppenführer erwartet Sie in der Horch-General-Vertretung am Ku'damm!«

Da es sich offenbar um meinen geliebten Horch 930V drehte, beschlich mich sogleich ein mulmiges Gefühl: Wollte er mir meinen Augapfel wieder nehmen, und ich durfte ihn selbst zur Schlachtbank chauffieren?

Im noblen Auto-Salon erwarteten mich gleich drei leitende Herren feierlich. Sie wiesen stumm, aber doch mit erkennbarem Stolz auf einen langgestreckten Traum: das neue 853 Cabriolet! Ich wagte keinen Schritt in Richtung auf die sinnenbetörende Schönheit des rassigen Achtzylinders. Ich starrte nur auf die schlanke Haube.

»Steig ein!«, hörte ich Heydrichs spöttische Stimme aus dem Wageninnern. »Unser Maxe traut sich nicht!«

Einer der feinen Herren von Horch hielt mir einladend den breiten Schlag des Zweisitzers auf. Zitternd wie ein Pennäler bei seinem ersten Rendezvous glitt ich auf den Fahrersitz, und meine Hände umklammerten das Lenkrad. Puoh!!

»Na?! Wie gefällt meinem Leibphysio seine neue Braut?!«

Ich brachte immer noch kein Wort hervor. Ein weiterer Assistent reichte mir die dicke broschierte Betriebsanleitung durchs Fenster.

»Danke!«, sagte ich pikiert und sprang aus dem Bett der Schönen. Auch das *Hohe C* stieg aus dem Wagen. »Das habe ich nicht verdient!«, sagte ich so fest wie möglich. »Und danken werde ich es Ihnen womöglich auch nie –«

»Können – wir – alles –«, unterbrach er mich abgehackt, »alles nicht wissen!« Er wandte sich von mir ab, Emotionen zeigen wollte er nicht. »Schicken Sie die Rechnung«, ordnete er an, »und montieren Sie den Stander wie gehabt.« Das galt meinem Äskulap samt Schlange! »Und liefern Sie dann heute noch aus!«

Ich deutete eine leichte Verbeugung an. »Wenn es Ihnen recht ist, Gruppenführer, würd ich die Übergabe hier gern abwarten!«

Das *Hohe C*, gefolgt vom Adjutanten, stob aus dem Verkaufsraum.

Ich blätterte in der mit reichlich Photos und Tabellen versehenen Betriebsanleitung, sie war voll von technischen Angaben, die – ohne Erläuterung – selbst für Interessierte schwer verständlich waren. Ins Handschuhfach damit! Als Erstes musste der kostbare 853 getauft werden, ein exklusiver Name sollte es sein, der seiner Göttlichkeit entsprach:

Horch, horch? – Audi! – Hören? – Das Ohr des Dionysos!! – Diony!? Das klang –! Das war es! So würde ich sie heißen!

Zur Einweihung lud ich Addy und Grete von Urbanitzki ein.

Wir fuhren raus in den winterlichen Spreewald, landeten – vielbestaunt wie von einem anderen Stern kommend – in einem Landgasthof. Champagner hatten die sicher nicht, aber von Silvester waren noch zwei Flaschen Mumm Extra Trocken übrig. Im Radio hörten wir von den Heldentaten der *Gneisenau* und der *Scharnhorst*, die im Atlantik die Tommies verschreckten.

»Darauf trinken wir!«, rief Grete, und das fanden auch die Wirtsleute gut so.

»Was gibt's Neues von Karl Ernst Krafft?«, fragte ich Addy.

Die zuckte die Schultern. »Der ist für Goebbels tätig«, raunte mir die Wiener Journalistin leise zu. Man musste jetzt ja vorsichtig sein: *Feind hört mit!*

STUPOR

April 1941

Bei nächster Gelegenheit, Heydrich war auf Dienstreise, schlich ich mich allein in sein Gruselkabinett, das plötzlich für mich jeden Schrecken verloren hatte, im Gegenteil. Die Beleuchtungseffekte, die Arrangements wirkten jetzt wie Kasperletheater, ich kam mir vor wie in der selbstgebastelten Höhle eines nie erwachsen gewordenen, verzogenen und konsequenterweise missratenen Kindes. Auf einem der Tische lagen verstreute Blätter, Notizen, datiert aus dem vergangenen Jahr:

> 12. Nov. 1940. Bolschewik Molotow kommt nach Berlin // Der Führer versucht ihm Bündnis einzureden zwecks gemeinsamer Niederwerfung des perfiden Albion // Der Volkskommissar für Nichtsozialistische Staaten lehnt ab // Arschloch!
> 18. Dez 1940. Der Führer gibt vor ausgewählten Spitzen des OKW und der Reichsführung SS streng geheime Weisung // Name der Operation *Fall Barbarossa* // Klartext: Vorbereitung Deutscher Angriff auf Sowjet-Union // Vorgesehenes Datum: Mai 1941

Ich schluckte. Mein Tagebuch STUPOR hatte ich nicht zur Hand, so übertrug ich die beiden Funde in die Betriebsanleitung des Horch, wobei ich das verräterische Codewort *Barbarossa* zur doppelten Sicherheit durch *Opapa* ersetzte. Mir war bewusst: Solche Nachrichten der höchsten Geheimhaltungsstufe sind glühende Kohlen, brandgefährlich, wenn man damit erwischt wird. Ich verteilte sie Wort für Wort über die einzelnen Seiten und positionierte sie nach einer mir geläufigen Großmeister-Partie. So wirkten sie wie flüchtige Anmerkungen von Kfz-Mechanikern. Die dicke, reich bebilderte Kladde hob ich im Handschuhfach meines neuen 853 auf, dort würde sie keinem verdächtig ins Auge fallen.

Es muss gegen Ende April gewesen sein, dass ein Herr an den Tisch von Grete von Urbanitzki trat und höflich bat, mit ihr einige Worte wechseln zu dürfen. Er stellte sich mit Kolbe vor, was nichts besagen musste: Er sei ein enger Mitarbeiter von Reichsminister Rudolf Heß und solle nur klären, »ob Gnä' Frau bereit sei, sich irgendwo mit dem Stellvertreter des Führers zu treffen?«

»Irgendwo?!« Die Wiener Journalistin war so einiges gewohnt. »Ich komme gern in die Reichskanzlei!«

Herr Kolbe wiegte den runden Schädel. »Es ist vertraulich«, murmelte er dann. »Ein Wagen wird Sie abholen.«

»Rufen Sie mich halt an« sagte sie, »wann es dem Herrn Minister recht ist!«

Einen Tag später saß Grete von Urbanitzki im Bassin für Schwimmer des Romanischen dem Rudolf Heß gegenüber. Sie waren nahezu ungestört, der weitaus größte Teil der Gäste hatte den warmen Frühlingstag dazu genutzt, sich draußen im Garten einen Platz zu suchen.

»Ich will Sie nicht auf die Folter spannen«, begann Heß, er wirkte unsicher. »Ich suche einen vertrauenswürdigen Astrologen. Sie wissen, dass sich keiner mehr zu diesem Beruf bekennt –«

»So ist es!« Vorsichtig tastete sich die Urbanitzki heran. »Und von mir erwarten Sie dennoch –«

»Ich bin mir sogar sicher«, sagte Heß offen heraus, »dass Sie mir jemanden empfehlen können!«

»Es ist gefährlich, Namen zu nennen«, baute sie vor. »Vor allem für den Benannten!«

Heß schaute sie an. »Ich gehe ein weitaus größeres Risiko ein als Sie. Ich habe mir erlaubt, meine Frage schriftlich zu formulieren.

Nehmen Sie es als Vertrauensbeweis, Frau von Urbanitzki.« Er zog ein Kuvert aus der Innentasche und hielt es ihr auffordernd hin.

»Ich will sehen, was ich tun kann.« Die Neugier der Journalistin wog stärker als alle Bedenken. »Geht's nicht, geb ich es Ihnen zurück, so wie es ist: verschlossen und ungelesen.« Sie steckte den Umschlag in ihre Handtasche und verließ das Café.

Kaum eine Stunde später traf sich Grete von Urbanitzki in der Bar des Kaiserhofs mit Karl Ernst Krafft. Gemeinsam öffneten sie das Kuvert. Das Billet wies keinen Namen, keinen Absender auf, nur die für ein Horoskop notwendigen Daten und die Frage: »Günstiges Datum für längere Reise?«

»Lassen Sie mich bitte einen Augenblick allein!«, bat Krafft. »Ich treff Sie dann in der Lobby.«

»Ich erwarte Sie, Monsieur ...«

Grete trank Tee und blätterte im *Völkischen Beobachter*:

> Die Weisung des bayerischen Kultusministers, die Kruzifixe von den Wänden der Klassenzimmer in den Schulen zu entfernen, stößt bei der Landbevölkerung ... zügiger Rückzug der britischen Armee ... Deutsche Wehrmacht besetzt Athen ...

Ohne dass die Journalistin den Schweizer bemerkt hatte, stand Karl Ernst Krafft plötzlich neben ihrem Sessel. »Die Reise geht hoch übers Wasser, viel Wasser, weit weg, ins Ausland.«

»Das ist mir zu heiß!« Grete sah von ihrem Blatt auf. »Sagen Sie mir wenigstens das Datum!«, zischte sie leise. »Ich werd Ihren Namen nicht ins Spiel bringen.«

»Der 10. Mai«, flüsterte Krafft. »Ich habs auf dem Billet vermerkt.« Er reichte ihr den Umschlag zurück. »Honorar will ich keins!«

»Ich lad Sie und die werte Frau Gemahlin zum Essen ein, wenn's recht ist ...«

Am nächsten Tag nahm Herr Kolbe im Speisesaal des Kaiserhofs Platz am Tisch der Urbanitzki, nach einverständigem Kopfnicken der Wienerin. Sie löffelte in Ruhe ihr Dessert zu Ende. »Sie können den Umschlag morgen um 11 Uhr in der Giesebrechtstraße Nr. 11 abholen. Fragen Sie nach Fräulein Gabriele Dechend.«

»Und bezahl auch gleich?«

»Wie vereinbart.« Grate von Urbanitzki wischte sich den Mund ab ...

So kassierte die ahnungslose Addy – sie war es gewohnt, auf den Namen Gabriele Dechend zu reagieren, obgleich der alte Oberst Wiligut Weisthor, längst ihrer Pflege entzogen, in einem Heim seinem Ende entgegendämmerte – unerwartet 300 Reichsmark. Merkwürdig, dachte sie, an diesen Herrn Kolbe als Freier konnte sie sich gar nicht nicht erinnern: Kann ja mal vorkommen, so'n Glück!

~

Die noch verschlafene Wache des Feldflughafens Werneuchen, in der Nähe zur Reichshauptstadt gelegen, dachte sich nichts dabei, als am Samstag, den 10. Mai 1941, um 5 Uhr morgens die Limousine des Reichsministers Rudolf Heß die Schranke durchfuhr. Es war nicht unüblich, dass Hohe Herren der Regierung die frühen Stunden des Tages dazu nutzten, die Bedingungen zum Erhalt ihres Pilotenscheins zu erfüllen. Selbst als der Reichsminister seine zweimotorige Messerschmitt 110 randvoll tanken ließ, schöpfte keiner auch nur den leisesten Argwohn.

Sein Chauffeur wartete noch ab, bis sich die Maschine um 5 Uhr 45 in die Lüfte erhoben hatte, und fuhr dann – auch das fiel immer noch keinem auf – die Limousine zurück nach Berlin.

Währenddessen hatte Rudolf Heß mit seiner Me 110 schon unbemerkt das Reichsgebiet verlassen, die Ostsee und Dänemark überflogen und Kurs auf Schottland genommen. Sein Ziel, dessen Koordinaten er nur recht ungenau kannte – er konnte es auf seiner Landkarte nicht finden –, war der Familiensitz des Herzogs von Hamilton, den er bei den Olympischen Spielen in Berlin kennengelernt hatte. Von dem erwartete Heß, dass er ihn *stante pede* mit König Georg VI. und – wenn's denn sein musste – auch mit Winston Churchill zusammenbrachte. Sein spiritistischer Freundeskreis – man ging gemeinsam okkulten Neigungen nach – hatte ihn darin bestärkt: Er, als des Führers verantwortungsvoller Vertreter, war vor der Geschichte verpflichtet, die Feindseligkeiten mit dem englischen Volk unverzüglich zu beenden!

Als sich Heß seinem Ziel nah genug vermeinte, ging er auf einem Acker nieder: Bruchlandung! Zwei Bauern bargen ihn aus dem Wrack. Den Erstaunten stellte sich der Bruchpilot als Stellvertreter Adof Hitlers vor. Er verlangte, auf der Stelle mit dem Buckingham Palace verbunden zu werden. Sie übergaben ihm dem örtlichen Polizeiposten.

STUPOR

Juni 1941

Ich begab mich in diesen Tagen mit lockerer Regelmäßigkeit, wenn auch zu völlig unterschiedlichen Tageszeiten, in mein Therapiestudio im Reichssicherheitshauptamt. Offiziell wartete ich dort auf meinen Patron, das *Hohe C*, und derweil konnte ich mich in seinem Kellerreich ein wenig umsehen. Die Gefahr, dass er mich dort irgendwann zufällig erwischte, war nicht von der Hand zu weisen, aber gerade das machte den Reiz dieses Spiels aus.

Diesmal war es ein längeres Fernschreiben, auf das ich stieß. Es war ihm wohl – dem Inhalt nach zu urteilen – unter der Hand zugespielt worden, Heydrich hatte seine Spione überall. Den perforierten Telexstreifen hatte das *Hohe C* um einen siebenarmigen Leuchter gewunden, so dass ich, der nach Papierfetzen Ausschau hielt, ihn anfangs übersah. Rasch schleppte ich meine Beute in das Vorzimmer meines Studios, in dem neben angezapften Telephonen auch ein Trumm von Fernschreiber in der Ecke stand. Ich ließ das gelochte Band durchlaufen, und die Maschine hämmerte mir den Text auf Papier:

> Der Führer tobt! Eine Wahnsinnstat! Heß ist nichts als ein erbärmlicher Deserteur! Wenn ich den Kerl erwische, büßt er als gemeiner Landesverräter für sein Verbrechen. // Reichsleiter Bormanns Version: Heß ist verrückt, der Geisteskranke wurde von verantwortungslosen Astrologen für ihre üblen Machenschaften benutzt, missbraucht! // Hitler schäumt: Es ist an der Zeit, mit diesem Sterndeuterunfug, mit dem gesamten astrologischen Klüngel radikal aufzuräumen!

Ich zerschnitt das Blatt sauber in kleine Quadrate, die ich schachbrettartig ins Betriebshandbuch an den Seitenrand der Illustrationen *Für ungetrübte Freude am Modell 853* klebte.

In der letzten Nacht erfolgte der erste Luftangriff auf Berlin. Nach den Erfahrungen aus dem letzten Krieg befürchtete man den Einsatz von Gasgranaten. Es wurden aber nur zwei Brandbomben aus einem französischen Flugzeug über Siemensstadt abgeworfen. Da hat wohl einer das Maul zu voll genommen, sich noch mehr aufgeplustert, als er es eh schon ist! Dennoch: Für mich heißt der Dicke, unser *Reichsjägermeister,* ab jetzt nur noch *Herr Meier!*

Gestapo-Müller ließ sich Zeit bis zum 9. Juni, bis er die Verhaftungswelle *Aktion Heß* anlaufen ließ. Die Adjutanten und Mitarbeiter des entflogenen Reichsministers waren die Ersten, die er einkassierte. Die Gestapo ließ sie stellvertretend für den »Hoch- und Landesverräter« die geballte Macht ihres Apparates spüren. Der durch die Mangel gedrehte Herr Kolbe knickte sofort ein und gab an, ein verschlossenes Couvert für seinen Chef im Salon Kitty von einer gewissen Gabriele Dechend in Empfang genommen zu haben. Die sogleich entsandten Beamten vermochten dort keine Person dieses

Namens festzustellen, also schleppten sie die Inhaberin Katharina Zammit zum Alexanderplatz.

Der Gestapo-Chef knöpfte sich die bekannte Puffmutter persönlich vor, sagte ihr auf den höchst locker auf ihren Schultern sitzenden Kopf zu, dass sie versuche, das Fräulein Adelheid Panchaud zu decken. Das genügte, um Kitty weichzuklopfen. Nun wurde Addy vor den gefürchteten Müller gebracht. Sie besaß die Kaltschnäuzigkeit, zu behaupten, der Briefumschlag sei am fraglichen Tag plötzlich in ihrem Schlüsselfach gelegen, beschriftet einzig mit der Angabe: »Wird abgeholt!« Am selben Tag sei ein ihr unbekannter Herr – sie hatte ihn erst für einen Freier gehalten – bei ihr erschienen und habe die Herausgabe des Briefes verlangt, in einer Art und Weise, die es nicht ratsam erscheinen ließ, irgendwelche Fragen zu stellen. Sie habe sich regelrecht eingeschüchtert gefühlt. Addy unterstrich ihr furchtsames Gemüt, indem sie wie auf Kommando zu flennen begann. Und Kitty versicherte schnell, dass es durchaus so gewesen sein könnte, auch wenn sie den Abholer nicht gesehen hätte.

Gestapo-Müllers Zorn lenkte sich nun auf den Urheber der Schweinerei. Er brüllte den Herrn Kolbe an, musste aber schnell erkennen, dass der nur das erledigt hatte, was ihm der »Hundsfott« Heß geheißen hatte. »Kruzifixnochma!« Mit einem höchst bedrohlichen Knurren befahl er, die beiden Damen an ihre Arbeitsstätte zurückzukarren. Den Kolbe nahm er derweil in Sippenhaft, für »Heß, die Sau!«.

Gut tausend Kilometer südwestlich, in Urbach im Schwarzwald, hatte sich der »Professor« Julius Obwasser bei Frau Anna van der Koppeln eingenistet. Teils fühlte er sich zu der energischen Person hingezogen, teils ging es ihm um einen einigermaßen sicheren Unterschlupf. Unablässig beobachtete er die Straße vor dem Haus. Als er den Wagen der Gestapo-Dienststelle St. Blasien vorfahren sah, griff er zum Fernsprecher: Die Leitung war schon tot. Gottergeben trat er vor das Gartentor und ließ sich festnehmen.

Frau Anna hatte alles beobachtet, ihr gepackter Koffer stand schon seit Tagen bereit. Sie warf den Mantel über, verschloss den Hellhof wie für eine längere Reise, holte den Opel Admiral aus der Scheune und fuhr ebenfalls los – nach Berlin, wo sie ihren Mann noch freien Fußes anzutreffen hoffte. Große Hoffnungen machte sie sich nicht.

STUPOR

Juni 1941

Ich suchte jetzt wieder häufiger Addy im Salon Kitty auf. Nicht nur weil ich wusste, dass mich die Zwillingsschwester meiner geliebten Charlot ohne viel zu fragen in ihren Arm nahm, zwischen ihre Schenkel ließ, wenn mir danach war; sondern auch, weil ich dort oft auf Grete von Urbanitzki stieß, die immer noch mit den unterschiedlichsten Leuten Kontakt hielt, selbst mit dem verwirrteren Karl Ernst Krafft. Er leide unter der Fron des Reichspropagandaministeriums, verfluche die von ihm ins Spiel gebrachten Quatrains und quäle sich dabei, ihre Prophezeiungen, wie verlangt, aufzulösen, teilte die Journalistin mir vertraulich mit.

So war auch ich halbwegs auf dem Laufenden über das Leben, das sich außerhalb des Kokons abspielte, den das *Hohe C* um mich gesponnen, über mich gestülpt hatte.

Selten jedoch vergaß ich bei meinen Besuchen in der Giesebrechtstraße nach Herrn Erwin Schultze, dem Hausmeister, zu schauen. Ich wunderte mich zusehends über die Gleichmut, mit der er seinem absehbaren Schicksal entgegensah. Ich fand ihn jedesmal erstaunlich gut über alle Schikanen informiert, die gegen die Juden ersonnen wurden. So viele neue Verordnungen waren es gar nicht mehr: In den sechs Jahren seit der Machtergreifung hatten die Behörden fast alle Bereiche des Lebens abgedeckt.

»Sterben muss ich sowieso«, ließ er mich beruhigend wissen, »ob nun friedlich im Bett oder im KZ per Genickschuss, ich werd's…« – überleben, lag ihm auf der Zunge, doch er sagte »durchstehen«.

Ich konnte nur den Kopf schütteln über den unbeirrbaren Stoiker.

Der für mich immer undurchschaubare *go-between* zwischen der Welt des Salon Kitty und der Unterwelt des Reichssicherheitshauptamts war Walter Schellenberg. Er hatte nach wie vor die Oberaufsicht über die Giesebrechtstraße 11, ging dort aus und ein. Meistens verschwand er gleich im Keller, wo sich wahrscheinlich die zentrale Abhöranlage für die einzelnen Zimmer befand. Sein Verhältnis zu Addy hatte sich seit ihrer »Mossad-Nummer« erheblich abgekühlt, er schlief kaum noch mit ihr, wie sie mir klagte. Aber wenn's drauf ankäme, zeige er sich als verlässlicher Freund.

Sein Vertrauensverhältnis zu Reinhard Tristan Heydrich schien ungebrochen, eine felsenfeste Freundschaft, auf die sie bauen konnten, wenngleich Schellenbergs Karriere längst unabhängig von seinem Gönner verlief. Ihm und seinem Apparat, dem exzellent durchorganisierten SD-Ausland, verdankte das *Hohe C* auch den ständigen Einblick in die Reichskanzlei, in die Machenschaften des Herrn Bormann, die Stimmungslage im Propagandaministerium des Dr. Joseph Goebbels und die Befindlichkeiten im OKW, dem Oberkommando der Wehrmacht.

Mit allen diesen Machtgruppen stand Heydrich auf Kriegsfuß – nicht so Schellenberg! Obgleich seine Affinität zum obersten Chef der Sicherheit und damit de facto Herrscher über alle Arten von Polizeidiensten als offenes Geheimnis galt, war »das Walterchen« auch bei den vermeintlichen Feinden wohlgelitten. Der einzige Draht, den Heydrich direkt hielt, also ohne Umwege oder einen Mittelsmann, war der zu seinem Herrn Reichsführer Heinrich Himmler. Und nach allem, was ich bisher über dieses ungleiche, für Außenstehende schwer verständliche Verhältnis mitbekommen hatte, war dies ein unverbrüchliches Band der Treue, eine Treue wie die eines Hundes zu seinem Herrn, wobei Reinhard Tristan hier ganz eindeutig den Part des Tieres angenommen hatte. Einigermaßen groteske Vorstellung, wenn ich sie in Kombination mit der landläufigen Formulierung vor mir sehe: »Das *Hohe C*, des Menschen bester Freund!«

STUPOR

Juni 1941

Sobald ich beim Betreten des Salons feststelle, dass Grete von Urbanitzki bei Addy zu Besuch ist, zahle ich Kitty diskret im Voraus für die Stunden mit Addy. So konnte ich mir sicher sein, dass keine störenden »Dienstleistungen« in der fraglichen Zeit an das Mädchen und *Hawaii*, ihr Zimmer, herangetragen wurden.

Wir trinken dann dort meistens köstlichen Tee, den die Wienerin im Kaiserhof organisiert.

»Ich war bei Kraffts Eröffnungsvortrag im Lesesaal des Romanischen Café zugegen«, berichtete die Journalistin im Plauderton. »*Die Prophezeiungen des Nostradamus*. Nach und nach wurden seine Ausführungen immer fesselnder, aber für den Vortragenden auch immer gefährlicher! Anschließend bat unser verrückter Schweizer seine Gäste zur offenen Diskussion. Ich trat unauffällig an ihn heran und fragte ihn flüsternd, ob ihm klar sei, welches Risiko er hier eingehe –?«

»Er hat doch erst letztes Jahr ...«, erinnerte sich die aufmerksam lauschende Addy, »eine Verpflichtung unterzeichnen müssen, weder über Nostradamus noch Astrologie in der Öffentlichkeit ...«

»Doch Krafft saß auf hohem Ross«, brachte die Urbanitzki ihr Bulletin zum Abschluss. »Der Vortrag sei bei der Polizei angemeldet, und die wüssten genau, welches Thema er wie behandle!«

»Mir ist zu Ohren gekommen«, mischte ich mich ein, »dass er erst kürzlich auf einem von Goebbels organisierten Symposium im Propagandaministerium mit großem Aplomb sich zur Mitteilung verstieg: ›Möglicherweise stünden großangelegte militärische Operationen im Osten bevor.‹ Das jedenfalls ergebe sich zweifelsfrei aus seiner astrologischen Erfahrung!«

»Es sickerte schnell durch.« Die Journalistin wusste um den Vorfall. »Die Gestapo erhielt unmittelbar Kenntnis, das roch stark nach Hochverrat! Stank wie faule Eier! Das düpierte Doktorchen hatte alle Mühe, das Geschwätz seines Forschers herunterzuspielen!«

Ich dachte, was reden die da? Der Krieg gegen die Sowjetunion ist doch längst beschlossene Sache!

Kaum vierundzwanzig Stunden nachdem Karl Ernst Krafft seine »Prophezeiung« eines Krieges im Osten herausposaunt hatte, nahm sich der Propagandaminister seinen Nostradamus-Experten zur Brust. Hatte dieser Krafft den bevorstehenden Feldzug tatsächlich in den Sternen gesehen?

»Wie deuten Sie folgende Verse?«, fragte Goebbels streng:

Translatera en la grand Germanie,
Brabant e Flandres, Gand, Bruges e Boulogne,
La trève feinte, le grand duc d'Arménie
Assaillira Vienne e la Cologne.

»Römisch Fünf, *Quatre-Vingt-Quatorze!*«, tat der Angesprochene vorweg kund: »*Der Waffenstillstand war reine Finte: So wird der Große Führer aus dem Lande des Arminius überraschend besetzen Wien, die Ostmark, und Köln, das Rheinland!*«

»Bravo!«, klatschte Dr. Goebbels und Krafft gab nun Vollgas.

»*Ins Großgermanische Reich wird er führen: Brabant und Flandern, Gent und Brügge und Boulogne.*« Der Sprachgeist zögerte. »Es könnte natürlich auch *Pologne* gemeint sein?«

»Das werden wir sehen!«, sagte der Minister. »Halten Sie es offen ...«

»Boulogne-sur-Mer«, erlaubte sich Krafft nachzuschieben, »hätte den Vorteil der Geburtsstadt des Gottfried von Bouillon –«

»Und der Kanalküste!«, zeigte sich der Doktor kundig. »A propos: Hätten Sie nicht auch noch etwas für unsere englischen Freunde?«

Krafft besann sich nicht lange. »Wie wär's mit Römisch Zwo, *barre cent?*

Dedans les isles si horrible tumulte,
Bien on n'orra qu'une bellique brigue

Tant grand sera des predateurs l'insulte
Qu'on se viendra ranger à la grand ligue.

»Die Inseln« – der Doktor sonnte sich in seiner Sachtkenntis – »klar, das ist Großbritannien, dort wird es zu schrecklichen Tumulten kommen, zum totalen Krieg!«

»Richtig!«, lobte Krafft seinen Auftraggeber. »Das schreiende Unrecht, das diese Räuber, diese englischen Briganten, begehen, wird in ganz Europa eine große Allianz schmieden, um sie auszumerzen!«

Goebbels ließ sich nicht gern belehren. »Seit der Schmach von Dünkirchen unternehmen die Burschen verzweifelte Anstrengungen, unsere bevorstehende Invasion noch zu verhindern. Chaos herrscht, für ihre innere Sicherheit ebenso gefährlich wie unser siegreicher Angriff zu Wasser und zur Luft!«

»Genau!« Krafft hatte immer noch nicht begriffen, wann sein Urteil gefragt war und wann nicht.

Goebbels runzelte die Stirn. »Sie halten sich zu unserer Verfügung!« Damit war der Schweizer vorerst auf kleinste Flamme heruntergedreht.

Am 10. Juni 1941 traf Anna van der Koppeln nach einer – wegen der zunehmenden Luftangriffe – äußerst mühseligen Fahrt durch halb Deutschland in Berlin ein. Sie fand ihren Mann in für sie unbegreiflicher Zuversicht, voller hochfliegender Pläne: Schon am nächsten Tag wollte er einen weiteren öffentlichen Vortrag über seine neuesten Erkenntnisse in Sachen Nostradamus halten! Da ihm das Romanische Café keinen weiteren Termin einräumen mochte, hatte er Katharina Zammit bequatscht, ihm den Empfangssalon für seine geladenen Gäste zu überlassen, er rechne mit vierzig bis sechzig interessierten Personen. Da er leider zur Zeit etwas knapp bei Kasse sei, bitte er um eine kleine Provision vom Getränkeverzehr.

Hochgemut verteilte der Vortragskünstler eigenhändig am Abend Informationsbroschüren auf den bereitgestellten Stühlen im Salon. Auch das Rednerpult stand schon bereit, mit Immergrün geschmückt.

Er küsste die verdutzte Kitty auf beide Wangen. »Bis morgen! Es wird ein rauschender Erfolg!«, verkündete er, dann riss er sich los.

In den frühen Morgenstunden des 11. Juni erschienen zwei Gestapo-Beamte in seiner Wohnung und forderten Karl Ernst Krafft höflich auf, ihnen »zur Erledigung einiger Formalitäten« in das Hauptquartier am Alexanderplatz zu folgen. Der besorgten Anna versicherten sie: »Kein Anlass zur Sorge, heute Abend ist er wieder da!«

»Bitte nicht zu spät!«, bat sie noch. »Er hat ...«

»Wir wissen Bescheid!«, lautete die keineswegs bedrohliche Antwort.

Danach war der Schweizer Karl Ernst Krafft wie vom Erdboden verschluckt. Weder Grete von Urbanitzki noch Kitty Zammit, geschweige denn seine eigene Frau konnten etwas über seinen Verbleib in Erfahrung bringen. Einzig in der Giesebrechtstraße hing ein schlichter Pappkarton mit gedruckten Lettern: »Veranstaltung abgesagt!« Das Schild hatten Männer in Zivil dort angebracht.

Julius Obwasser wiederum war seit seiner Verhaftung im Schwarzwald quer durch das Reich von Verhör zu Verhör, von Gefängnis zu Gefängnis verbracht worden. Quälend zogen sich die Vernehmungen hin. Immer wieder drehte sich alles um die Frage nach seinem Verhältnis zu dem Forscher Karl Ernst Krafft. War er in die Machenschaften, die Pläne und Ziele des Schweizers eingeweiht? Jedes Abstreiten wurde ihm als Leugnen zur Last gelegt:

»Sie verbergen etwas! Besser, Sie gestehen!«

In Kassel wurde dem Geräderten mit dramatischer Geste ein Roter Schutzhaft-Befehl vorgezeigt, der von Heydrich persönlich unterfertigt war.

»Sie kommen jetzt nach Berlin ...« – kurzer Hoffnungsstrahl beim Delinquenten – »... ins Konzentrationslager Oranienburg!«

STUPOR

Juni 1941

Das Verschwinden des Zürcher Sprachgeists Karl Ernst Krafft erstaunte mich nicht im Geringsten: Er hatte die Schraube schlichtweg überdreht!

Mir war nicht klargeworden, was er bezweckte, ich glaube, das war niemandem gelungen, der je mit ihm zu tun hatte. Als Physiotherapeut, der mit der Befindlichkeit fremder Körper zu tun hat, traute ich mir selbstredend eine Analyse seiner Seelenlage zu: Der Sprachgeist sah sich selbst vermutlich als eine Art Alraune, empfand sich als elitären Narziss. Und die Typokosmie, Kosmobiologie und Graphotypologie waren nichts weiter als die ihm zustehenden, kostbaren Blütenblätter seines Geisteskelchs.

Jetzt fing ich auch schon an herumzuspinnen wie der ehemalige Personalberater des Kaufhauses GLOBUS!

Dabei hatten wir, wie ich mir eingestehen musste, ärgerlicherweise eines gemeinsam: das Fehlen eines Sinnes für das rechte Maß! Bei ihm schien es mir angeboren, bei Max Wittacher hätte ich – mildernde Umstände! – auf gelegentlichen Defekte, auf Aussetzer erkannt.

STUPOR

Juli 1941

Am 22. Juni setzte sich – wie mir seit langem angekündigt – die deutsche Kriegsmaschinerie gen Osten in Bewegung. Es hatte nichts Aufregendes, eher ein dumpfes Gefühl von Leere, Sinnlosigkeit, Ohnmacht. Im Gleichklang mit dem Kettenrasseln der Panzer setzte auch die Goebbelsche Pauke ein: Siegesmeldungen, Schlag auf Schlag! Stadt um Stadt wurde niedergerungen, Armeen nahmen ganze Flussbögen in ihre eisernen Klammern!

Ich weiß nicht, warum – ich dachte an den Zug der Burgunder, ihren fatalen Marsch zu Etzels Burg. Auch da war die Überquerung der Donau das einschneidende Ereignis. Erst als nach der Eroberung von Minsk, die Beresina und Napoleon ins furchtbare Spiel kamen, wurde mir schwummrig! Bleischwer und erdrückend lasteten die historische Ereignisse und Legenden. Könnte man ihnen nicht einen anderen Verlauf geben, musste denn alles schicksalergeben auf eine zwangsläufige Wiederholung des Unglücks hinauslaufen? Könnten sie nicht Hoffnung und Zuversicht verbreiten? Die Nibelungen obsiegen und unterwerfen das Hunnenreich, der treudeutsche Hildebrand erschlägt nicht die grausame Kriemhild, sondern zeugt mit ihr noch viele ... *Ha! Hoho und Heia!* Wie trefflich würde das dem Reichsheini munden! Napoleon marschiert gar nicht in die Brandfalle von Moskau, sondern errichtet in Petersburg den ewigen Sitz einer baltischen Dynastie, Groß-Kurmark, mit dem preußischen Marschall Blücher-Vorwärts als Stammvater, verehelicht mit einer Enkelin der Großen Katharina! Dann sähe die Geschichte doch ganz anders aus. Wir hätten uns die grässliche Oktoberrevolution erspart und mit Sicherheit jetzt auch dieses blödsinnige Unternehmen, eingeleitet mit dem Codewort *Barbarossa*. Hätte unser weiser Führer sich doch – statt des Kyfhäusers – den Enkel zum Vorbild genommen, der Muslime als Leibwächter beschäftigte und Juden den Aufbau einer medizinischen Versorgung und die Erteilung von Doktorgraden anvertraute!

STUPOR

Juli 1941

Die unscheinbare Tür zum Totenreich war angelehnt, das fiel mir sofort auf, denn ich achtete stets sorgsam darauf, sie wieder zu verschließen. In die Keller der Prinz-Albrecht-Straße war ich nur hinabgestiegen, weil es hier im hochsommerlichen Berlin noch einigermaßen erträglich war in diesen letzten Julitagen.

Es brannte überall Licht, das fiel mir auf, als ich zügig die den Freimaurern zugedachten Kammern durchmaß. Hier herrschte noch eine gewisse Ordnung, die von Respekt gegenüber der Welt des Okkulten, der Spiritisten und ihren magischen Riten zeugte. Das änderte sich schlagartig, sobald man – mit eigenartigem Widerwillen – einige Stufen tiefer über die Unzahl von Gerätschaften stolperte, die scheint's wahllos, aber brutal aus jüdischen Gebetshäusern herausgezerrt, lastwagenweise in diese kargen Grüfte gekarrt, lieblos verstreut sich zu Haufen türmten. Mein Blick fiel auf den siebenarmigen Leuchter: Ich war mir sicher, dass ich den Lochstreifen mit Hitlers Wutausbruch sorgfältig so wieder um die Silberarme geschlungen hatte, wie ich meinte das perforierte Band vorgefunden zu haben – Es war weg! Hatte Heydrich meinen Zugriff entdeckt!? Ließ er mich etwa zappeln wie einen aufgespießten Frosch?! Hatte er sich für einen anderen Ort der Aufbewahrung entschieden? Was war dieses Reich der Toten für Reinhard Tristan Heydrich, der sich selbst gern als »Mülleimer des Reiches« bezeichnete? Ein aufreizendes Gedächtniskabuff, eine Art Waldkapelle, in der der SS-Gruppenführer seine schreckliche Seele marterte, um Zuspruch rang, wenn er sie nicht mit verzweifeltem Schrei dem Teufel vorwarf? Die Vorstellung berührte mich, der ich weder an Gott noch an Satan glauben mochte. Vielleicht an das Böse schlechthin, denn es manifestierte sich ja täglich, ja, und an Engel natürlich, die nie herabstiegen, außer in meinen Träumen. Wovon träumte Heydrich!?

Ganz in der düsteren Ferne, am hinteren Ende der Katakomben, vermeinte ich menschliche Stimmen gehört zu haben – Engel? Ich tastete mich behutsam vor im fahlen Licht, bog um eine Ecke … Durch einen Lüftungsschacht fiel Grau ein. Ein Verhörscheinwerfer flammte auf, erfasste aber nicht mich, den erschrockenen Eindringling, sondern einen wurmstichigen Barockbeichtstuhl. Der Vorhang war offen, Walter Schellenberg saß darin, in voller Montur eines SS-Sturmbannführers, nicht einmal die Schirmmütze hatte er abgelegt. Er starrte mich an, als wäre ich ein Geist, unerwartet aus einem der umstehenden Marmorsarkophage entstiegen.

Und da war auch das *Hohe C!* Heydrich kniete, mir den Rücken zuwendend, in weißen Boxershorts und Pololeibchen, auf dem Steinboden, wie ein Verurteilter, bereit den tödlichen Streich zu empfangen. Seine Rechte umklammerte den Hals einer Geige, er drehte nicht einmal seinen barhäuptigen Echsenschädel nach mir um.

Mir kamen sofort die Szene im Haus Canaris in Erinnerung, als ich ihn zum ersten Mal erlebte, in einem ähnlichen erbarmungswürdigen Zustand. Seitdem hatte ich ihn nie wieder zusammen mit seinem Instrument zu Gesicht bekommen. Heydrich sprach, entgegen dem Bild, das er bot, mit leiser trockener Stimme, völlig emotionslos.

»Ich habe versagt, als es mir nicht gelang, die Juden aus dem Reichsgebiet, das wir beanspruchen, rechtzeitig zu evakuieren! Es ist nur gerecht, dass jetzt die Last ihrer Vernichtung auf meinen Schultern liegt!«

»Wer hat dich damit beauftragt?« Schellenberg fungierte als leidenschaftsloser Inquisitor. »Erzähl mir nicht, Hermann Göring –!?«

Das *Hohe C* lachte bitter. »Der Reichsluftmarschall ist höchstens ein die Backen aufblasender Posaunist seines Herrn, kein Ton kommt heraus. Ich aber spüre den Odem des Führers: Ich habe seinen Willen zu erfüllen! Nur ich kann es!«

»Reini!«, mahnte ihn sein Freund. »Wir wissen, dass nur du die notwendigen Fähigkeiten besitzt, nur du die Härte aufbringst, deren es bedarf –«

Das *Hohe C* erhob sich abrupt. Es drehte sich langsam zu mir um. »Ich muss diesen Weg gehen!«, sprach er in einem verqueren Tonfall, als sei ihm gerade eine Saite gesprungen. »Befehl des Führers! Raum für jedermann ist nicht vorgesehen! Wie wir Soldaten schaffen und Waffen produzieren, brauchen wir nun auch Fabriken des Todes!«

Er sah mich durchdringend an, mir lief es kalt den Rücken herunter, eiskalt! Dankbar nahm ich wahr, dass Schellenberg neben ihn trat und die Aufmerksamkeit des Warans von mir abzog.

Jetzt erst sah ich die Christusstatue, die, vom Kreuz abgenommen, in der Ecke stand. Ihr hatte er die perforierte Telexschlange in die Dornenkrone gewoben, der Lochstreifen gemahnte an einen Turban.

In den Verließen des Gestapo-Gebäudes am Alexanderplatz ließen die Bewacher ihren Gefangenen Julius Obwasser weitere Wochen schmoren, stets mit wechselnden Aussichten. »Wir werden Sie jetzt Krafft gegenüberstellen!«, bekam er einmal zu hören, und ein anderes Mal: »Das Belastungsmaterial gegen Sie ist erdrückend.«

Schließlich wurde er in eine Baracke geführt, wo ihm gleich vier SS-Offiziere gegenübersaßen. Die gaben sich stinkfreundlich, luden ihn zur Mitarbeit ein. »Diese merkwürdigen Sprachgeisttheorien, dieses Jonglieren mit Vokalen und Konsonanten, wie sie akademisch gebildeten Philologen nicht im Traum einfallen würden, könnten die nicht zu ganz anderen Zwecken dienen ...?!«

Julius Obwasser begriff: Seine Vernehmer hielten Kraffts etymologischen Spekulationen für ein getarntes Chiffriersystem, den Schweizer für einen Spion! Den Gefallen wollte er den Herren nun doch nicht erweisen. »Vergessen Sie's. Der tickt einfach so!«

»Einfach so kompliziert?!«, fragte der erste Offizier ungläubig.

»Von hinten durch die Brust ins Auge?!«, rief der zweite.

»Sie wollen uns doch für dumm verkaufen?!«, erklärte der dritte.

»Unglaubhaft!«, sprach der vierte Offizier das Schlusswort.

Der Professor wurde zurück in seine Zelle verbracht.

Auch Karl Ernst Krafft war inzwischen unter unwürdigen Bedingungen von einer Haftanstalt in die nächste verschoben worden. Die misstrauischen Staatsorgane – vom Propagandaministerium des Dr. Goebbels bis zu den üblen Verließen am Alexanderplatz, Herrschaftsbereich von Gestapo-Müller – , waren unschlüssig, ob sie den

Schweizer als Spion anklagen sollten – oder ob er nicht nützlicher als Fälscher für sie tätig sein könnte.

Karl Ernst Krafft war immer noch zuversichtlich, dass seine Kontakte zu wichtigen Parteibonzen ihm aus der Klemme helfen würden. Seiner Frau Anna, die ihn einmal pro Woche im Gefängnis besuchen durfte, diktierte er einen Brief an Hans Frank, den Generalgouverneur von Polen. Ein Mitarbeiter aus dessen Stab bestellte die mutige Frau ein, aber nur, um ihr mitzuteilen, dass man nichts für ihren Mann tun könne. Als nächsten wandte sich Anna an Robert Ley, den Chef der Deutschen Arbeitsfront. Dort wurde sie an die Schweizer Botschaft verwiesen, die sie mit der Zusicherung vertröstete, man werde sich mit dem Auswärtigen Amt in Verbindung setzen. Schließlich landete sie wieder beim Reichssicherheitshauptamt, dem auch die Gestapo und ihre Gefängnisse am Alex unterstanden.

Dort traf der Schweizer beim Duschen auf den Mitgefangenen Julius Obwasser. Der war – mittlerweile waren vier Monate seit seiner Verhaftung vergangen – nach einigen Wochen im KZ Oranienburg ins Polizeigefängnis am Alexanderplatz überstellt worden. Ihre Zellen lagen auf demselben Korridor. Es gab dort keine Kabinen, sondern nur eine Kachelwand für sechs Brauseköpfe, so dass der Aufseher, die MP im Anschlag, sämtliche Nackten gleichzeitig im Auge hatte. Geistesgegenwärtig ließ Krafft das Stück Kernseife aus seinen Fingern glitschen. Beim Bücken flüsterte er Obwasser zu, er hoffe auf einen neuen Termin seiner Frau bei einer im Reichssicherheitshauptamt angesiedelten Dienststelle, die sich angeblich mit sämtlichen, in der Folge des »Heß-Verrats« aufgestöberten Weissagern beschäftigte.

Der Vernehmungsbeamte wurde sofort unwirsch, als er den Namen »Krafft, Karl Ernst« hörte, insbesondere, als Anna van der Koppeln gleich streitbar die Bezeichnung »Astrologe« zurückwies: Ihr Mann sei anerkannter Kosmobiologe und Sprachforscher!

»Papperlapapp!«, unterbrach er sie rüde. »Wie kann sich einer über Jahre hinweg mit diesen Dingen befassen, ohne damit einen ganz bestimmten Zweck zu verfolgen!?«

»Mein Mann arbeitet auf wissenschaftlicher Grundlage«, hielt sie tapfer dagegen. »Seine Vorträge –«

»Das ist es ja!«, brüllte der Mann sie an. »Und zum anderen kann sich ein gesund denkender Volksgenosse, wie ich es bin, nicht erklären, wie jemand die sichere Schweiz verlässt, um sich in Deutschland mit nachgewiesen bescheidenem Lebensstandard zu begnügen, ohne Genehmigung, seinen angeblich wissenschaftlichen Beruf auszuüben.« Er fixierte Anna mit höhnischem Grinsen. »Es sei denn ... er handelt auf Weisung ausländischer Mächte!?«

STUPOR

August 1941

Addy hatte seit einiger Zeit damit begonnen, sich mit dem im Salon Kitty heimlich gehorteten Cognac anzufreunden. Deutsche Offiziere auf Heimaturlaub schafften ihn aus Frankreich heran. Kitty brauchte jemanden, dem sie – von Zeit zu Zeit, dann immer häufiger – ihr Herz ausschütten konnte. So süffelten die beiden Frauen wie die Kolkraben und glaubten nur selbst, man würde es ihnen nicht anmerken. Dabei torkelten sie durch den Salon und mussten sich aneinander festhalten.

Ich hatte mir vom *Hohen C* ein paar Urlaubstage genehmigen lassen, die ich an der Ostsee verbringen wollte, bevor der Sommer vorbei war. Angesichts des Zustandes von Addy fiel meine Wahl auf Susu als Reisebegleiterin. Das hübsche blasse Mädchen verkümmerte regelrecht im Dienst der Katharina Zammit und ihres Pensionsbetriebes. Etwas Sonne und frische Meeresluft würden ihr guttun. Kitty hatte ein Einsehen, sie verschwieg meine Ferienpläne sogar vor Addy. Wahrscheinlich wollte sie ihre Saufkumpanin nicht verlieren.

Wir fuhren in meinem offenen 853, der jetzt endlich mal so zur Geltung kam, wie meine vollgekrakelte Reklamebroschüre des Hauses Horch es mir immer vorgegaukelt hatte. Susu hatte sich landfein gemacht, sie zierte den Beifahrersitz mit ihrem feschen grasgrünen Hütchen. Und mit jedem Kilometer, den wir die Reichshauptstadt hinter uns ließen, blühte sie mehr auf wie der Mohn am Wegesrand. Ich war nicht in der Lage, es auszuhalten, bis wir das Meer erreichen sollten. Schon beim ersten Glitzern eines Sees bog ich ab in die sonnendurchfluteten Kiefernwälder. Auf einem weichen Bett von Nadeln und märkischem Sand fielen wir übereinander her, nicht einmal Zeit, die Decke auszubreiten, ließ ich ihr. Ich stürmte blindlings heftig unter ihren weiten Rock, und Susu nahm mich zärtlich wissend in sich auf.

Wie gern wäre ich noch länger in diesem duftenden Bett gelegen, doch Susu bewies Sinn für Zeit und Strecke: Wir wollten noch bei Tageslicht nach freien Zimmern Ausschau halten. Am besten in der Nähe einer Scheune, denn den protzigen Wagen, der in Berlin was hermachte, wollte ich anderswo gern verstecken, um keinen Neid oder dummes Gerede heraufzubeschwören. Außerdem wollten wir wandern – »Und rasten!«, ergänzte Susu und küsste mich sanft.

Erneut wurde Anna van der Koppeln zur Einvernehmung in die Prinz-Albrecht-Straße bestellt. Gebenüber saß ihr der gleiche Kerl wie schon das letzte Mal, doch diesmal gab er sich »menschlich«.

»Ich gebe zu«, räumte er entgegenkommend ein, »den guten Absichten Ihres Mannes bislang skeptisch gegenübergestanden zu haben. Doch auch ein Beamter kann sich irren.«

Anna fiel ein Stein vom Herzen, bedeutete das die Freilassung von Karl Ernst?

»Allerdings erwartet das Amt, dass Herr Krafft sich fortan mit Meinungsäußerungen zurückhält. Also keine Vorträge oder Veröffentlichungen, kein Wort, keine Zeile! Ebenso ist es ihm untersagt, Beziehungen zu jedwelchen Personen aufzunehmen, die sich außerhalb seines üblichen Umfeldes befinden, oder mit dem Ausland zu korrespondieren!«

Frau Anna nickte dankbar alle Bedingungen ab.

Aber freigelassen wurde Karl Ernst Krafft nicht. Zusammen mit Julius Obwasser wurde er in die ehemalige Zigaretten-Manufaktur Muratti in die Kommandantenstraße verbracht. Hier hatte eine Unterabteilung des Propagandaministeriums ihre Tätigkeit aufgenommen. Bald erfuhren die beiden auch, welche Arbeit von ihnen erwartet wurde: Kartonweise wurde vom Ministerium, Abteilung für psychologische Kriegsführung, zusammengeschlepptes, erschnüffeltes, erpresstes oder unterschlagenes Material auf den Tisch vor ihnen gekippt: Daten aller Art, Handschriftproben, Photographien und jede Menge Zettelkram, Eisenbahnbillets, Abrechnungen, Kinokarten, Anzeigen und Glückwünsche. Dazu jede Menge Zeitungsausschnitte. Aus diesem Wust sollten sie die Horoskope, Charakteranalysen, Stärken und Schwächen wichtiger Politiker, Regierungsmitglieder, Diplomaten und Hoher Militärs erstellen – gleichgültig ob Freund oder Feind. Die Aufgabenliste werde ihnen jeden Tag in der Früh vorgelesen, teilte ihnen ein Mann in Zivil mit, und dann vor ihren Augen verbrannt. Für ihre zermürbten Hirne reinste Fron! Aber immer noch besser, dachten sie sich, als in einem Zellenloch zu hocken und nicht zu wissen, was mit einem am nächsten Morgen geschah. Nachts wurden die beiden in getrennten Kammern eingeschlossen, und bei Fliegeralarm durften sie sogar den Luftschutzbunker aufsuchen, was im Gefängnis am Alex keineswegs üblich war.

Dr. Goebbels hatte an der Idee gezielter Flugblatt-Propaganda mit gefälschten Nostradamus-Quatrains Gefallen gefunden: Die Vorgaben lieferte das Ministerium, Krafft sollte dann die Verse »erfinden« und »Professor« Obwasser die Machwerke gebrauchsfertig aufarbeiten, »zurechtbiegen«.

Aber die Schwierigkeiten blieben nicht aus. Der störrische Charakter des Schweizers war ungebrochen. Nur widerwillig ließ sich der ebenso ehrgeizige wie realitätsferne Forscher in die psychologische Kriegsführung einspannen. Der Drang, die vorgelegten Themen nach eigener Einschätzung zu gewichten oder zu verändern, war kaum zu unterdrücken. Julius Obwasser mühte sich redlich, es nicht zum Eklat kommen zu lassen, indem er dem Kollegen viele Anfragen einfach unterschlug und sie nach eigenem Wissen und schlechten Gewissens selbst bearbeitete.

Ihrer beider Glück war es, dass die Aufsicht führenden Beamten keine Ahnung von der Materie hatten. Womöglich hielten sie die verzweifelt grotesken, abenteuerlichen Ergüsse ihrer Häftlinge sogar für echte Geniestreiche.

Lügen haben lange Beine

Herbst 1941

Das Gebiet um Schloss Malchow und dem gleichnamigen kleinen See in unmittelbarer Nähe war unauffällig weiträumig kontrolliert. Es wimmelte im hohen Ufergesträuch, unter den spärlichen Bäumen von Leuten, die wie Vogeljäger oder Angler gekleidet waren, nur dass sie sich weniger um die sie umgebende Fauna und deren Getier kümmerten, sondern einzig und allein ihr sicherndes Augenmerk auf die zwei Männer gerichtet hatten, die in voller Uniform den Uferweg entlangspazierten.

SS-Reichsführer Heinrich Himmler und sein Stabschef Gruppenführer Karl Wolff nutzten den Besuch zu einem vertraulichen Gespräch.

»Ich mache mir Sorgen«, sagte Wolff, ohne seinen Vorgesetzten direkt anzusprechen, »über diese ärgerlichen Flugblätter, die da vermehrt – neben den Bomben – von den Tommies bei Angriffen auf uns abgeworfen werden.«

»Die Bevölkerung durchschaut diese Art von Verleumdungspropaganda«, versuchte Himmler den Besorgten zu beruhigen. »Außerdem ist es strengstens verboten, solche Druckerzeugnisse – Wer mit denen erwischt wird –!«

»Das ist es ja!«, unterbrach ihn Wolff. »Die drohende Todesstrafe erzeugt ja gerade die Bestätigung, es ginge um die hochbrisante Wahrheit!«

»Lächerlich!«, schnaubte der Reichsführer. »Eine Schlagzeile wie

Der 30. Juni ist nahe! als Reminiszenz an den Röhmputsch! Als würde sich heute noch irgendein Volksgenosse an das Datum erinnern!!«

»Dazu erläutert der feindliche Text ausführlich, der Verrat der SA könne sich wiederholten, diesmal mit uns, mit einer abtrünnigen SS in Aufruhr!«

Wolff steigert sich da rein, sinnierte der schweigende Himmler ärgerlich. Der uralte Verdacht, der den Schwarzen Orden stets umwaberte – als sei die Losung *Unsere Ehre heißt Treue* nur blutleeres Geschwätz!!

Gruppenführer Wolff schien den Einwand verspürt zu haben. »Der Verdacht, des Reichsführers Schutzstaffel, unsere SS täuscht und betrügt das grenzenlose Vertrauen des Führers!«

»Albern!«, schniefte Himmler. »Restlos albern!«

»Sicher«, sagte Wolff, »aber wie kann man es abstellen?!«

»Durch Taten«, erklärte der Reichsfüher mit Festigkeit. »Durch Taten und mit Härte!«

»Also –«, sein Stabschef war beeindruckt. »Wie gehabt?! Totschweigen?«

»Totschlagen!«, krächzte Heinrich Himmler und verfiel wieder in brütendes Schweigen.

Ein unscheinbarer Lieferwagen, der als Reklameaufdruck auf der einen Seite Spreewälder Gurken zeigte und auf der anderen mit der Lobpreisung einer Mettwurst beschriftet war, folgte ihrem Weg in großem Abstand. Er hatte offensichtlich die Gaststätte des Schlosses beliefert und wurde jetzt von der getarnten Sicherheits-Begleitmannschaft daran gehindert, die beiden Spaziergänger zu überholen. Im Schritttempo fuhr er hinter ihnen her, bis der Zufahrtsweg wieder freigegeben würde …

In seinem unterirdischen Reich, in den Kellern des Reichssicherheitshauptamts, saß Reinhard Tristan Heydrich in einem schallisolierten Kabuff mit riesigen Kopfhörern und lauschte. »Totschlagen!«, schallte es in seinen Ohren. Dann nahm er die Kopfhörer behutsam ab, wie um jedes Geräusch zu vermeiden, und wandte sich grinsend an den hinter ihm stehenden Schellenberg.

»Toll, Walterchen! Einfach fabelhaft! Richtmikrophone! Man hört sogar das Zwitschern der Vögel und das Plätschern des Sees – «

»Hab ich dir doch gesagt, Reini, das funktioniert! Über erstaunliche Distanzen sogar, solange dein Tontechniker die Zielobjekte im Blick hat!«

Heydrich, im weißen Fechterdress, erhob sich und lockerte sich mit einigen Kniebeugen. »Das bleibt erst mal unter uns! Übrigens, Walterchen, haben wir schon die Namen der Leute auf der anderen Seite, jenseits des Kanals, denen der Herr Reichsführer diese üblen Verleumdungen verdankt?«

»Ich dachte erst, es wäre unser alter Bekannter Louis de Wohl, vielleicht auch dieser niederländische Baron«, gab ihm Schellenberg zur Auskunft, »aber der führende Kopf scheint ein gewisser *Black Boomerang* zu sein, natürlich ein Codename, ich werde unseren Mann in London darauf ansetzen.«

»Deinen Doppelagenten?!«

»Vielleicht«, gab ihm sein SD-Ausland ausweichend zur Antwort. »Wir sind im Krieg, da wird sich Reichsführer-SS an Gegenpropaganda gewöhnen müssen!«

STUPOR

September 1941

Das *Hohe C* hatte, nach intensivem Fechttraining, heute die Güte, sich meiner Physiotherapie zu unterziehen. Bevor der Herr dann eiligst nach oben, in seine Dienstgemächer, entschwand, knallte er mir noch zackig die letzte OKW-Meldung auf die Liege:

»Leningrad wurde vollständig von den deutschen Armeen eingekreist, sämtliche Zufahrtswege zu Lande sind abgeschnitten.«

Wahrscheinlich, um noch schnell seinen hämischen Kommentar loszuwerden: »Kessel sind nützlich, solange das Süppchen kocht. Was aber, wenn auch der letzte Rest am Boden verdampft ist?!« Ein eiskaltes Grinsen. »Mal abwarten, wie lange sich Peters schimmernde Stadt auf den Beinen halten kann –? Bon Appetit!«

Lautlos gleitet der stählerne Wal, Einmal, zweimal, zwei mal zwei,
wie Sonnentau glitzern im Dunkel Stachelspitzen, schwebende
See-Igel.
Der mächtige Fresser blind, sie schaben zart an der rauen Haut.
Einmal, zweimal, zwei mal zwei: Tausend Sonnen bersten!
Wenn sie verlöschen, sinken des gefährlichen Räubers Eingeweide
verloren zum dunklen Grund, Einmal, zweimal, zwei mal zwei.

Charlot, die als Einzige im Team einwandfreies Schriftdeutsch beherrschte, hatte sich zum Versuch bereit erklärt, Quatrains des Nostradamus nachzuempfinden. Captain George Best, der auch für den britischen Nachrichtendienst arbeitete, hatte sie gekeilt, bei der Operation *Black Boomerang* mitzuwirken. Ihr Gesellenstück hatte sie mit der Voraussage des Schicksals von *U124* geliefert, das auf eine Mine lief. Die Vorlagen für die weitere Verunsicherung deutscher U-Boote lieferte ihr der Baron Keun van Hoogerwoerd, etwa in der Art:

> Am 17. April nicht auslaufen, wenn Mond nicht sichtbar // Am 19. April nur, wenn Baudatum älter als 10 Monate // Am 22. April keinesfalls aus Heimathäfen Emden oder Rendsburg // Am 25. April nur, wenn Kapitän nicht im Zeichen der Fische oder des Skorpions geboren //

Daraus konnte sie sich dann basteln, was sie wollte. Wichtig war es, die Kennung des bereits gesunkenen U-Boots in den kruden Versen unterzubringen. Denn die Flugblätter wurden zurückdatiert, so dass zum Zeitpunkt ihres Abwurfs oder der Verteilung der inzwischen eingetretene Verlust wie ein böses Omen wirken musste – oder noch übler: wie schwarze Magie der Sterne!

Den roten Hai schreckt kein Schuppenpanzer
Sein Auge Acht hoch auf Stange Sieben weit
Über des Meeres schäumend Gekräusel spitzt
Doch rot Acht ist sein Bauch Sieben,
als des treibenden Krebses Schere schlitzt
Ach tu mein Roter, wärst tu doch Brest Sieben geblieben.

Da keiner zu kontrollieren vermochte, was sie da zusammendichtete, und Keun ein Auge zudrückte, machte Charlot munter weiter im ernsten Geschäft. Ändern konnte sie sowieso nichts, schließlich handelte es sich ja um Nachrufe. Sie nahm es als Ansporn, womöglich war unter den *Blauen Jungs* einer, den Addy noch von ihrer Kolo-Zeit her gekannt hatte ...

Neunzig Drei Jungs aus Bremervörde,
sie legten sich schlafen auf Grund
bis Neun vor Drei, bis alles vorbei,
alles dampft vorüber, aber dann rummste
es für Neunzig Drei aus Bremervörde,
war alles vorbei, sie blieben am Grund.

STUPOR

September 1941

Das Gruselkabinett des *Hohen C* hielt für seinen offiziell-heimlichen Besucher mal wieder eine Neuerung parat. Gleich nach Betreten erscholl eine Geisterstimme, ziemlich schaurig im Effekt, aber höchst aktuellen Inhalts. Sie kam von ganz hinten, aus den »christlichen Grüften«, dort, wo der Beichtstuhl stand. Ich hielt tapfer auf das Gehäuse mit dem schwarzen Vorhang zu:

»Im Führer-Hauptquartier Wolfsschanze erörtert unser Oberkommandierender Reichskanzler Adolf Hitler mit Reichsleiter Martin Bormann –«

Es ertönte Gregorianischer Chorgesang, machtvoll und getragen.

»– die Ernennung des SS-Obergruppenführers Reinhard Tristan Heydrich mit sofortiger Wirkung zum Stellvertretenden Reichsprotektor für Böhmen und Mähren.«

Während ich mich noch über die so beiläufig erwähnte Beförderung Heydrichs in den höchsten SS-Rang eines Obergruppenführers wunderte, ertönte hinter dem Vorhang des Beichtstuhls belustigtes Glucksen. Er wurde aufgerissen, heraus trat mein *Hohes C*, auf dem Armsünderbänkchen kniete Walter Schellenberg.

»Die Macht in Prag?« Ich hatte mich schnell gefasst. »Der Fenstersturz aufwärts ...« Vor meinem Auge lief der Film rückwärts. »Aber wieso Stellvertreter?«

»Formal hält das Auswärtige Amt mit von Neurath die Stellung.« Walter Schellenberg übernahm die Aufklärung des nicht informierten Neugierigen.

»Bei Hofe trachten die Satrapen das *Hohe C* loszuwerden, im Protektorat liegt vieles im Argen, also lobt man ihn weg zu den Tschechen!«

»Ich komm mit!«, rief ich spontan und meinte es auch so.

»Das will ich hoffen« Heydrich wirkte belustigt. »Was mache ich ohne meinen Leibphysio!?«

Schellenberg warf mir einen Blick zu, der sowohl Bedauern ausdrückte als auch ungeteilte Zustimmung. »Zuvor ...«, der Chef SD-Ausland gab sich bedächtig, »... sollte unser Maxe aber mal wieder seine Mutter besuchen: Wer weiß, wie lange ihn die Schweiz noch einreisen lässt.«

»Wird gemacht!«, sagte ich. Das *Hohe C* war meinem schlechten Gewissen mal wieder zuvorgekommen ...

STUPOR

September 1941

Nahezu täglich suchte ich in den nächsten Tagen die Abhörbox im düsteren Untergrund der SS-Zentrale auf, um zu kontrollieren, ob sie von Schellenbergs Leuten weiterhin genutzt wurde. Aber tagelang nur tote Hose, nicht einmal ein Knacken oder Summen zeugte davon, dass irgendwelche Mikrophone eingeschaltet waren. Dann hörte ich plötzlich ganz deutlich die Stimme des Reichsführers, so klar, ohne jedwede Störgeräusche, dass ich daraus schloss, dass er nicht in freier Natur sprach, sondern offensichtlich in einem der Räume über mir.

»Der Führer und Leute wie Bormann sehen mich bedroht«, tönte Himmler, »von ihm bedroht. Er trachte danach, heißt es, mich abzusägen.« Es klang bekümmert, aber nicht besorgt. »Ich hingegen hege zunehmend Zweifel an seiner Loyalität gegenüber dem Führer, ich werde den Eindruck nicht los, er würde gern einen Keil zwischen uns treiben –?«

»Das eine muss das andere nicht ausschließen!« Ich erkannte die Stimme seines Stabschefs, Gruppenführer Wolff. »Wahrscheinlich ist ihm klar, dass nur über Eure Leiche, Reichsführer, der Weg zum Sturz –«

»Red nicht so daher, Wölfchen!«, schnarrte Himmler. »Bislang gab's an der Haltung Reinis mir gegenüber nichts auszusetzen, ich glaub auch nicht, dass er mich beerben will …« Er hüstelte, was als verklemmter Lacher durchgehen konnte. »Ist ja auch nicht so verlockend …«

»Die Macht, Reichsführer, die Macht!«, hielt Karl Wolff dagegen. »Nach Euch kommt nur noch der Führer!«

»Ihr vergesst Göring und Bormann, Goebbels und Konsorten! Ich bin nicht einmal offizieller Nachfolger, nicht einmal Zweiter!«

»Das sind alles nur schmückende Titel, Orden, wie Göring sie sich gern umhängt! Gefährlich ist von denen nur Reichsleiter Bormann!«

Längere Pause, Schniefen.

»Warum?!« Himmler klang jetzt erregter, zumindest verärgert. »Warum zielt er nicht auf den?! Mir täte er damit sogar einen Gefallen, unter uns gesagt.«

Karl Wolff war ein deutscher Schäferhund, einmal verbissen, ließ er nicht locker. »Er zielt also doch –!? Warum streiten Reichsführer das ab, verteidigen ihn?«

Lange Pause, die Stimme Himmlers hatte sich beruhigt. »Weil ohne ihn, Wölfchen, alles keinen Sinn hat. Du bist mir ein guter Kamerad, ich verlasse mich auf dich, ohne hinzuschauen, aber bei Reini schau ich hin, er fasziniert ... Nicht nur mich übrigens, auch seine Feinde –«

»Wozu ich nicht gehöre!«, schob Wolff vorsorglich ein, um keine Zweifel aufkommen zu lassen. »Von ihm gehen Reize aus, gewiss, für mich eher Juckreize, wenn ich mich offen ausdrücken darf, wie zwischen uns Kameraden vereinbart: Obergruppenführer Reinhard Tristan Heydrich macht die Empfindungen der Welt entzündlicher, aber auch morboser!«

Der Reichsführer hatte seine Replik schnell parat. »Deswegen hab ich sie zwischen euch geteilt ...« Himmlers Lachen glich dem Meckern eines Ziegenbocks. »Dich für die guten Zeiten und ihn für die bösen!«

»Auf die kann ich verzichten«, sagte Wolff mit bemüht entschlossener Stimme. »Deswegen ist die Wahl, wer immer sie auch getroffen hat, ihn in die Wüste zu schicken, für mich richtig!«

»Nenn es Bewährung, Kamerad! Du wirst sehen, was er daraus macht: Er wird dort aufräumen, und zwar gehörig!«

»Jawoll, Reichsführer!«

Das Klacken der eisenbesetzen Hacken knallte in meinen Ohren.

»Halt! Noch ein Wort!« Ich hörte die Stiefel zurücktraben. »Wir sollten Kamerad Heydrich den Abschied versüßen: Ich dachte da an eine Art Weihefeier in unserer Wewelsburg«, schnarrte es, »der geeignete Rahmen für eine würdevolle Ernennung ins hohe Amt –«

»Sehr gute Idee, Reichsführer!«

»Die Ausrichtung der Feierlichkeiten sehe ich in keinen Händen besser aufgehoben als bei meinem bewährten Weisthor, dem Gründer unseres Ahnenerbe.«

»Ausgezeichnete Idee! «

Danach gingen die beiden Männer auseinander, und die Leitung lag wieder tot ...

Verstohlen fast betrat Grete von Urbanitzki die Schweizer Botschaft in Berlin. Sie wusste nur, dass der Abgesandte des Internationalen Roten Kreuzes aus Genf dort eingetroffen war und um dieses Treffen gebeten hatte. Es waren viele Jahre vergangen, seit Carl Jacob Burckhardt, schon damals in Mission für das *Croix Rouge Internationale,* Deutschland bereiste, um die ersten von den Nationalsozialisten eingerichteten Lager auf »menschenwürdige Bedingungen« zu prüfen. Addy hatte seinerzeit, gegen den Rat der Wiener Journalistin, dem CRI-Kontrolleur als Assistentin gedient. So erwartete Grete von Urbanitzki als Erstes die Frage nach dem Wohlergehen der Schweizerin Adelheid Panchaud.

Doch Burckhardts Interesse und das der Botschaft galt einer anderen Person: Karl Ernst Krafft. Nachdem dessen Ehefrau Anna van der Koppeln bei ihnen vorstellig geworden war, in heftiger Besorgnis um ihren Mann, hatte die Botschaft das Internationale Rote Kreuz eingeschaltet. Es war offensichtlich, dass sämtliche mit Krafft befassten Stellen mauerten, abwiegelten, auf Zeitgewinn spielten, wohl mit der Gewissheit, dass über jeden solcher Fälle irgendwann Gras wachsen würde – und wenn's zum Schluss nur eine ausgemergelte Leiche in namenloser Grube bedeckte!

Anna hatte Carl Jacob Burckhardt nicht direkt befragen können, denn ihr war, verbunden mit finsteren Drohungen gegen ihren Mann, jeglicher Kontakt mit der Botschaft mittlerweile strengstens verboten. Die Überwachung durch die Geheime Staatspolizei musste auch Grete von Urbanitzki fürchten. Zum Verbleib von Krafft konnte sie ohnehin nichts beitragen, so bat sie den frustrierten CRI-Abgesandten zu dessen Überraschung, sich doch bitte um Adelheid Panchaud zu kümmern. »Holen Sie wenigstens die hier raus! Und bittschön sofort!«

»Und was ist mit Ihnen, Verehrteste?«, gab der überrumpelte Emissär zu bedenken.

»Mich müssen die mit der Kohlenschippe totschlagen! Sonst werden die mich nicht los!«

»Also: Panchaud, Adelheid!« Carl Jacob Burckhardt war ein Mann guten Herzens, und Addys frische, offene Art hatte er stets geschätzt.

»Ich werde Mademoiselle offiziell vom *Croix Rouge* anfordern lassen!«, versprach er und schmuggelte die Urbanitzki in seinem Wagen zurück in den Kaiserhof, Hintereingang.

STUPOR

Oktober 1941

Liebevoll, stolz richtete ich *Diony*, meinen Augapfel, für die Reise in die Schweiz her. Beatrice, meine Mutter sollte unbedingt mit eigenen Augen sehen, wie weit es ihr Maxe gebracht hatte. Das Amt von Walter Schellenberg hatte es übernommen, mir beim eidgenössischen Generalkonsulat einen Original Schweizer Diplomatenpass zu besorgen, versehen mit Visa für das Deutsche Reich. Mein kleiner Lederkoffer war gepackt, den guten Anzug hatte ich in einer Wachstuchhülle verstaut und zuoberst gelegt, damit er nicht verknitterte. Nachdem ich in den Kfz-Werkstätten von Horch den 853er nochmals auf Herz, Nieren und Ölstand hatte überprüfen lassen, stattete ich dem Salon Kitty, sprich Susu, einen letzten Besuch ab. Diesmal erhob ich keine Einwände, als Herr Schultze sich sogleich daranmachte, meinen Wagen zu polieren, kaum, dass ich ihn im Hinterhof abgestellt hatte.

»Ich reise in die Schweiz!«, verkündete ich frohgemut, aber wenig rücksichtsvoll. Wie musste sich das für den in seinem Kellerloch Angeketteten anhören, der hier ausharren durfte, bis die Gestapo ihn holte! Aber mein Stoiker blickte nur versonnen. »Wir müssen uns nicht voneinander verabschieden für den Fall, dass wir uns nicht wiedersehen. Ich bin jede Nacht in der Schweiz und stopf mich mit Schoki voll!«

»Ich bring Ihnen welche mit!«, rief ich schnell und stürmte durch die Hintertür.

Auf Kittys Diskretion war Verlass, so dass ich mich zu Susu hinaufschleichen konnte, ohne Addy in die Arme zu laufen. Seit unserem Ausflug an die Ostsee hatte ich Susu sträflich vernachlässigt. So konnte ich ihrem spontanen Begehr, mich bis zur Grenze zu begleiten, kaum etwas entgegensetzen.

Ich versuchte es trotzdem. »Und wie kommst du zurück?!«

Sie zeigte mir ihr prallgefülltes Portemonnaie. »Das wird ja wohl reichen, sogar I. Klasse!« Sie warf sich in ihren viel zu warmen Wintermantel und griff sich ihre Handtasche, im Vorübergehen winkte sie Kitty fröhlich zu und rief erst von der Tür aus: »Für ein paar Tage fahr ich mit Max aufs Land!« Für Einwände war es bereits zu spät, aber Kitty wünschte uns eine gute Reise. Wir marschierten zum Hinterausgang und holten *Diony*, der Hausmeister war nicht mehr zu sehen. Also brausten wir los …

Wir übernachteten irgendwo bei Sigmaringen. Die Federbetten des Bauerngasthofes eigneten sich nicht gerade für Hochleistungen auf dem Gebiet der Liebe, die ich unbedingt erbringen wollte. So fielen wir bald erschöpft von der nachgiebigen üppigen Weiche in tiefen Schlummer.

Die Sonne stand schon hoch, als wir unter den vorwurfsvollen Blicken der Wirtin wieder in unsere Luxuskarosse sprangen. Mein Ziel war der Grenzübergang bei Schaffhausen. Ich wollte endlich mal den Rheinfall mit eigenen Ohren in die Tiefe donnern hören, und außerdem konnte ich dort Susu in einen Zug setzen, der sie zurück nach Berlin beförderte.

Als wir uns dem Naturwunder näherten, rief Susu begeistert:

»Fahr doch auf die Anhöhe da oben, da können wir ihn sehen – und sind dennoch ungestört.« Das klang verlockend.

Wir befanden uns in einem Gehölz nur wenige Schritte oberhalb der Straße, die zur Aussichtsplattform führte. Susu breitete mein kariertes Reiseplaid sorgfältig auf dem zertrampelten Boden aus.

»Geh du nur staunen«, forderte sie mich spitzbübisch auf. »So ganz aus der Nähe! Mir reicht der Blick von hier aus – und danach bringst du mich zum Bahnhof.«

Ihre umsichtige Planung überzeugte mich, und so machte ich mich an den Abstieg. Die stürzenden Wasser hielten, was die Postkarten versprachen – und mich entzückte die Aussicht auf Susu, hingestreckt auf dem Schottenmuster.

Als ich schnaufend wieder oben bei *Diony* ankam, war weit und breit von Susu keine Spur. Auch ihre Handtasche war weg. Am Rückspiegel hing die letzte Tankquittung, darauf mit Lippenstift ein kaum leserliches »Danke Max + Tschüss!«

War ich zu lange fortgeblieben, dass sie sich allein auf den Weg zur Bahnstation gemacht hatte? Vielleicht hatte sie ja jemand mitgenommen. Ich war verärgert, so sehr, dass ich bockig beschloss, nicht nach ihr zu suchen, sondern stracks auf die Grenze lossteuerte. Die deutschen Zöllner salutierten, als ich meinen Pass hinreichte und winkten mich durch. Die Eidgenossen verschwanden mit dem Dokument im Innern ihrer Baracke und kamen bald eilfertig zurück, um es mir wieder auszuhändigen.

Ein jüngerer Beamte fragte routinemäßig: »Haben Sie etwas zu verzollen?!«

Sein älterer Kollege rügte ihn mit Hochziehen der Augenbraue, der Schlagbaum ging hoch, ich war in der Schweiz …

Ich fuhr im Schritttempo durch den Ort, verlangsamte, weil ich mir an einem Kiosk den ersten Riegel Schweizer Nougat-Schoki gönnen wollte. Die versprochene Schokolade für meinen Herrn Schultze würde ich auf der Rückfahrt kaufen, aber ich dachte schon jetzt an diese geringste aller Gefälligkeiten. Als ich den Motor abstellte, hörte ich es hinter mir ans Blech klopfen. Seltsamerweise war ich nicht erschrocken, sondern hatte sofort begriffen: Susu! Ich hatte sie eiskalt im Kofferraum über die Grenze geschmuggelt! Nein! Nicht ich hatte den Mumm bewiesen, sondern das zierliche Geschöpf aus dem Salon Kitty. Ich steuerte einen abgelegenen Pfad an, um sie aus ihrem engen Verlies zu befreien. Natürlich hatte sie auf meinem guten Anzug gelegen, doch das verzieh ich ihr, als ich das Nass in ihren Wimpern sah. Ich umarmte sie, küsste sie – bevor ich fragte: »Und was nun?«

Ich dachte an meine Mutter Beatrice, der hätte es sicher nichts ausgemacht, wenn ich mit einem Mädchen gekommen wäre, auch unangekündigt. Beatrice hatte ein großes Herz.

Aber Susu kam mir zuvor. »Du setzt mich beim nächsten Haus Gottes ab!«

Das hatte ich von einer aus dem Salon Kitty nicht erwartet. Ich sagte mit belegter Stimme: »Gib mir Bescheid, wenn du was Passendes siehst …«

Wir durchquerten etliche Ortschaften mit vielen kleinen, schmucken Kirchen und schlanken Glockentürmen. Susu schien durch sie hindurchzuschauen. Endlich spitzte sie den Finger.

»Halt bitte an!«

Ich schaute auf das gedrungene, leicht verwitterte Gebäude am Rand der Straße. »Das ist doch eine Synagoge!«, wollte ich sie aufklären, aber Susu strahlte mich an.

»Eben!«, sagte sie mit ihrem trockenen Humor. »Nebbich, lieber Max, das *Gelobte Land!*«

Sie küsste mich ein letztes Mal, stieg aus und schritt auf das Haus zu. Ich gab Gas, sah ihre zierliche Gestalt im Rückspiegel, hupte noch mal kurz–lang, kurz–kurz und entschwand um die nächste Kurve. *Shalom, Susu!*

STUPOR

Oktober 1941

Der alte Dr. Oscar Bircher-Benner, der Gründer des Medizinischen Zentrums in Zürich war vor zwei Jahren gestorben, sein Sohn Dr. Franklin Bircher hatte als Chefarzt die Leitung der Klinik auf dem Züriberg übernommen. Meine Mutter Beatrice führte auch unter ihm die Rohkost- und Diätabteilung des Instituts.

Ich fühlte mich nicht ganz wohl, als ich mit meinem sichtbar teuren Horch 853 den Berg hochkurvte, hatte ich mich doch in den vergangenen Jahren schimpflich wenig um die wunderbare Person gekümmert, der ich, Max Wittacher, letztlich alles verdanke, auch meine Karriere in dem von ihr mit Argwohn beäugten Deutschen Reich.

Umso größer war meine Erleichterung, als – kaum, dass ich *Diony* knirschend in der kiesbestreuten Einfahrt zum Halt gebracht hatte – die Glastür aufschwang und mir Beatrice in ihrem apfelgrünen Arbeitskittel in die Arme stürzte. Ihr Haar unter der Haube war ergraut, sie sagte nur: »Max, mein Maxe!«, und hielt mich fest umklammert. Von *Diony* nahm sie grad so viel zur Kenntnis wie von einem mich absetzenden Taxi. Dass mein mitgeschleppter Anzug wieder aufgebügelt werden musste, nahm sie in ihrer liebevollen Wiedersehensfreude beglückt auf sich.

Heimlich besuchte ich den alten Geräteraum im Souterrain, in dem ich vor Jahren durch den Äther zum ersten Mal von *Oung Mong* und seiner Mordblutleuchte gehört hatte, von dem *Weißen Königreich Agharti* in den Tiefen des Himalajas. Die geheimnisvollen Apparaturen waren allesamt verschwunden. Ich dachte an Madame Antoinette de Rives, die sich als Autorin des Hörspiels vom »Endkampf« entpuppt und mich auch ansonsten in Künste eingewiesen hatte, für die ich ihr zeitlebens dankbar bin – sein sollte!

Ich nahm die Gelegenheit fehlender Postzensur wahr, um ihr nach so langer Zeit mal wieder zu schreiben.

Max Wittacher
z. Zt. Klinisches Zentrum
Bircher-Benner
Zürich (CH)

Comtesse
Antoinette des Rives
Château Poujol-Murat
Ussat-Les-Bains
Ariège / France

Zürich, den 14. Okt. 1941

Sprachgeist Karl Ernst Krafft schlägt sich mit undurchsichtigen Gutachten beim Propagandaministerium durch – hört man. Zu sehen ist der Herr nicht mehr. Ganz Berlin ist abgetaucht, oben Verdunklung, unten sind Luftschutzbunker die einzige Erinnerung an das Funkeln und Tosen der Jazzkeller. Dazwischen florierender Schwarzmarkt, verbotenes Abhören von Feindsendern und die allgegenwärtige Gestapo. Die Nachrichten von der Ostfront machen auch kaum noch Freude, der russische Winter rückt näher, Sondereinheiten der SS versuchen durch brutalité en masse *das Unheil aufzuhalten, es ist zum Verzweifeln. Der einst gefeierte und hochdekorierte Fliegerheld Udet hat sich vom Regime losgesagt: Selbstmord gegen Staatsbegräbnis!*
Himmlers Kronprinz Reinhard Tristan Heydrich, dessen Physis ich nach wie vor einigermaßen in gesunder Balance zu halten suche – mit seiner Psyche wäre es ein hoffnungsloses Unterfangen! –, ist zum Reichsprotektor von Böhmen und Mähren berufen worden und geht Ende des Jahres nach Prag. Und ich wohl mit ihm. Himmler-Fahrtskommando? – oder Aufbruch zu neuen Ufern?! Jedenfalls hat der Reichsführer anlässlich der Amtseinführung seines vergötterten, schwierig zu bändigenden, missratenen, genialen Ziehsohns eine Weihefeier auf der Wewelsburg angeordnet, Sie mögen sich, ma chère Dame et vénérable grande

Maîtresse, *an den düsteren Ort erinnern und die Lust, die es uns bereitete, dem Schwarzen Orden auf der Nase herumzutanzen! Diesmal schwebt Heinrich Himmler eine Festaufführung von Eschenbachs* Parzival *vor, wobei er betreffs der musikalischen Untermalung noch zwischen Wagner und Carl Orff schwankt. Zarah Leander würde er gern als Kundrye, die Zauberin, sehen. Alle anderen Rollen, wie Parzifal selbst oder Amfortas, Herzeloyde oder Esclarmunde, müssten noch besetzt werden, wie es sich dann so ergibt. Toll wäre es, wenn Sie, Madame, die Inszenierung übernehmen würden, aber das ist wohl nur ein verträumtes Hirngespinst von Ihrem Ihnen stets Ergebenen ...*

P.S.: Die Veranstaltung ist für die Winter-Sonnenwende *geplant, also kurz vor Weihnachten dieses Jahres. In die Organisation wird der damit befasste, greise Oberst Wiligut Weisthor hoffentlich unsere Freundin Grete von Urbanitzki einbeziehen – und nicht Frau Dr. Hiltgund Schlarb-Boeringer vom Ahnenerbe.*

Ich war froh, dass mich meine Mutter nicht auf Karl Ernst Krafft ansprach. Abgesehen davon, dass ich auch nichts Genaues wusste und Übles nur ahnte, wollte ich ihr ungern Einblick geben, unter welchen Bedingungen die meisten der mir Nahestehenden wie verschrecktes Federvieh im Deutschen Reich gehalten wurden – immer im Zwang, Eier legen zu müssen, die Schlachtbank stets vor Augen. Und ich als Paradiesvogel ungerupft mittendrin! So ließ ich Beatrice in dem Glauben, Monsieur Sprachgeist und sein Ehegespons genössen immer noch ihre ländliche Idylle in Urbach, wohin die beiden meine Mutter ausdrücklich eingeladen hatten. Ich wollte sie schonen und schämte mich dabei.

Ich packte also Beatrice in ein wärmendes Kashmereplaid und entführte sie zu einer Fahrt in die Berge, ins bereits verschneite Engadin. Bei strahlender Sonne kurvte ich den Julier hoch. Beatrice genoss es, sie lobte *Diony*, und ich war stolz.

Wir bezogen im *Waldhaus* unsere nebeneinander gelegenen, hellen Zimmer, frühstückten auf eigener Terrasse, ließen uns dick vermummt mit dem Pferdeschlitten ins Fex-Tal kutschieren und erholten uns vor dem Abendessen in der finnischen Sauna, für die sich die Naturheilkundlerin und Rohkostberaterin besonders begeisterte. Sie konnte gar nicht genug von der glühend wabernden Luft kriegen, mit Inbrunst schöpfte sie mit der Holzkelle nach Fichtennadeln duftendes Nass auf die heißen Steine. Ich bewunderte ihre fabelhafte Konstitution, besonders wenn sie sich mit ihrer, bei all den liebenswerten Fältchen im Gesicht, immer noch erstaunlich straffen Haut zwischendurch in den tiefen Schnee vor der Holzhütte warf, sich prustend wie ein kleines Mädchen darin wälzte!

Abends, nach dem Dinner bei Kerzenlicht, saßen wir noch stundenlang vor dem Kamin in der Arvenstube, spielten wie in alten Tagen Halma und tranken grünen Tee, ihr zuliebe!

Die – auch für mich, besonders aber für Beatrice – beglückenden Tage zogen vorbei, ich setzte sie im Bahnhof von Sankt Moritz in den plüschigen Salonwagen der Rhätischen, der sie bequem bis nach Chur bringen würde. Und von dort weiter mit der SBB nach Zürich. Beide bemühten wir uns um Haltung – bis zum Winken aus dem offenen Fenster des abfahrenden Zuges, da sah ich die Träne in ihren dunklen Wimpern. Liebend gern hätt ich ihr die noch weggeküsst. Zu spät!

Diony schob mich sicher durchs Unterengadin, ich passierte Schuls-Tarasp, sah sie unter mir, unter dicken Schneehauben, die luxuriösen Hospize von Vulpera, dachte kurz an die Insassen, ob sie sich wohl wie tiefgefroren fühlen mussten? Wärme empfingen sie sicher nur wenig, aber sie lebten, wie ich an dem blauen Rauch feststellen konnte, der sich aus den verschneiten Kaminen emporkringelte gegen den Azur und die leuchtend weißen Spitzen.

Der Grenzposten in Martina winkte mich anstandslos durch, sowohl auf Schweizer wie auf reichsdeutscher Seite. Ich beschloss die Pferdestärken des Horch voll auszureizen und in einem Zug durchzubrettern bis nach Berlin ...

STUPOR

Oktober 1941

Bei meiner Rückkehr in die Reichshauptstadt hatte ich alle Hände voll damit zu tun, die Zettelkästen im Keller des Reichssicherheitshauptamts zu sichten. Nur weniges schien es mir wert, besser nicht in *Stupor*, sondern in meine *Betriebsanleitung* aufgenommen zu werden, darunter die folgende Notiz:

> 28. Sept. Reichsführer hat sich hinreißen lassen, die Erfolge meiner Sondereinsatzkommandos an Ort und Stelle persönlich zu überprüfen // In Babi Jar bei Kiew wünscht Reichsführer Massenerschießungen zu besichtigen // Zahl der Exekutierten insgesamt 33 000 // Schon nach den ersten Salven muss Reichsführer sich übergeben und kotzt in die ausgehobene Grube auf die übereinandergestürzten Leichen // Härte befehlen und hart sein sind zwei Paar Schaftstiefel! Mein Herr und Meister kann kein Blut sehen, geschweige denn darin waten! // Für solche Schweinereien hat Reichsführer seinen »Reichs-Mülleimer«. *Yes, Sir!*

~

Louis de Wohl ließ sich die Uniform eines Captains der britischen Army schneidern, in der er durch London spazierte, ohne dass sich jemand bei der SOE, der Nachrichtendienstlichen Sonderheit, erinnern konnte, dass ihm dazu Erlaubnis erteilt wurde.

Charlot traf ihn auf der Straße und salutierte militärisch. Sie war als Charlotte Rueggli-Panchaud inzwischen zum Leutnant des Internationalen Hilfscorps befördert worden, ihren Pass mit dem Namen Lotte Wittacher hatte sie in London beiseitegelegt. Aber von Nutzen war er ihr, als sie unter diesem Namen zusammen mit Captain George Best den Auftrag übernahm, im besetzten Paris die untergetauchten *Polaires* zusammenzutrommeln.

Bald trafen auf der stillgelegten Sternwarte von Nizza, unter der *Coupole Bischoffsheim,* unverdächtige Besucher ein, darunter auch die Herren Maurice Magre und Paul Alexis Ladame. Alle Rangunterschiede innerhalb der Freimaurerloge waren für die Dauer der Sitzung aufgehoben, Gaston de Mengel war seit dem Verschwinden von Otto Rahn wie vom Erdboden verschluckt. Es kursierten in der Brüderschaft Gerüchte, er sei von Heinrich Himmler liquidiert worden. Andere wussten zu berichten, er sei in Kalkutta gesehen worden, wieder andere, er sei im Himalaja in die Hände von *Oung Mong* gefallen. Aber auch Alister Crowley wurde verdächtigt, den unliebsamen Rivalen beseitigt zu haben. Ob der an seine Stelle getretene, unbekannte Großmeister oder *Grand Supérieur Inconnu* anwesend war, offenbarte sich Charlot nicht. Den Vorsitz der Konferenz übernahm Antoinette de Rives, auf deren Initiative hin es zu dieser Zusammenkunft gekommen war. Die Herren betraten den Kuppelsaal wie gewöhnliche Touristen, Antoinette de Rives fungierte offiziell als Fremdenführerin. Da sich ansonsten zu dieser Stunde niemand hierher verirrt hatte, konnten sie offen sprechen.

Als Erstes teilte Antoinette den Versammelten mit, dass Himmlers Kronprinz Reinhard Tristan Heydrich zum Reichsprotektor für das tschechische Böhmen und Mähren berufen worden sei. Zudem bestünde der Wunsch des Reichsführers-SS, den zu dieser hohen Aufgabe Berufenen mit einer würdigen Weihefeier auf der SS-Ordensfeste, der Wewelsburg, zu verabschieden. Dieses auf die Winter-Sonnenwende festgesetzte Ereignis böte die unwiederbringliche Chance, der Schreckensherrschaft Adolf Hitlers einen entscheidenden Schlag zu versetzen und endlich den tödlich-giftigen Keil zwischen den Führer und seine ihm bislang noch treu ergebene SS zu treiben.

»Alles hängt an der Person Heinrich Himmlers! Ist er desavouiert, also so gut wie tot, zerfällt die straffe Struktur der Schutzstaffel zu Staub. Der Deutsche Generalstab wartet nur auf diesen Moment, um Hitler zu stürzen. Wer auch immer zum Nachfolger des Führers ernannt wird: Keiner von ihnen hat auch nur im Entferntesten den

Schneid und die Autorität, das auseinanderbrechende, einstürzende Regime zusammenzuhalten. Wir müssen Himmler bei dieser einzigartigen Gelegenheit fertigmachen, verkrüppeln wie eine Vogelspinne, der man den Giftzahn entfernt hat! Ihn zum lächerlichen Popanz erniedrigen!«

Der Applaus nach der flammenden Rede war verhalten. Was sie denn dazu beitragen könnten, verlangten die Angereisten zu wissen. Sie seien für Operationen im feindlichen Ausland, noch dazu auf dem Boden der Siegermacht, mitnichten gerüstet. Die alten Herren schienen verzagt.

»Ihr sollt nur wissen, was ich mit einigen wenigen vorhabe«, erklärte Antoinette de Rives, »und im Übrigen schweigen wie das Grab!«

»Wir könnten Geldmittel bereitstellen«, bot Paul Ladame an, und seine *Confrères* nickten einverständig.

»Das Konto bei der Bank in Genf ist bekannt«, bestätigte die resolute Antoinette. »Charlot wird je nach Bedarf in meinem Auftrag über die Verwendung verfügen. Alle weiteren Aufgaben, die sicher anfallen werden, lasse ich diejenigen wissen, die es betrifft.« Madame de Rives schaute jedem der angereisten *Polaires* fest in die Augen. »Wir müssen jetzt schnell planen, es bleiben nur noch wenige Wochen Zeit.«

Damit war die Sitzung aufgehoben.

»Als Basis und Kontakt«, verkündete Charlot noch den Abziehenden, »dient Kasteel Ter Noot in Holland, Parole der Operation ist *Parzival!*«

Madame bestellte ihren Chauffeur, Christian Bernadac, und verließ zusammen mit Charlot und Captain George Best die Sternwarte, als eine Ambulanz des Internationalen Roten Kreuzes, CRI, eintraf. Ihr entstieg, etwas verhuscht, verschwitzt und sichtlich erregt, Grete von Urbanitzki. Die beiden Damen zogen sich in den Fond des gräflichen Rolls-Royce zurück. Der Chauffeur musste seinen Platz verlassen, nicht einmal Charlot wurde hinzugebeten. Was die beiden Frauen besprachen, blieb unter ihnen.

Schließlich stieg die Wiener Journalistin aus und bat den Pförtner der *Coupole*, ihr ein Taxi zu rufen. Sie blieb allein zurück, die Ambulanz folgte dem vorausfahrenden Rolls der Madame de Rives.

»Ich hoffe, die vereisten Polkappen ...« – Madame de Rives lächelte hintergründig der neben ihr sitzenden Charlot zu – »schmelzen jetzt ihr geheimes Wissen ab wie Gletscher ihr Schmelzwasser in der Sonne des Hochgebirges!« Danach hüllte sich Antoinette de Rives in vielsagendes Schweigen. Dafür riss die aufgekratzte Charlot den Diskurs an sich, als sie Georges begriffsstutzige Miene bemerkte. »Nichts hilft in einer solchen brenzlichen Situation mehr als Halbwissen, sich überschlagende Fehlinformationen beim Gegner.«

Dem perplexen Captain fiel fast die Kinnlade runter, das waren genau die Lektionen, die er ihr für die ersten Schritte ihrer Karriere im Geheimdienst eingetrichtert hatte, jetzt haute sie damit auf die Pauke. Er musste lachen. »Jeder falsche Alarm in verzweifelter Lage ist hilfreich«, versuchte er sie in ihrem Elan zu bremsen, »denn, was ihr da vorhabt ...«

Charlot fuhr ihm kess über den Mund: »... ist der pure Wahnsinn!« Sie lachte.

Der verratene Kelch

Herbst 1941

Der Reichsführer SS rückte mit großem Gefolge an. Die gewichsten Langschäfter rückten tackend vorwärts wie der Sekundenzeiger des imaginären Uhrwerks Reichssicherheitshauptamt. Dass Heinrich Himmler, flankiert vom treuen Karl Wolff, dem Chef seines Stabes, sich persönlich in die Unterwelt seines eigenen Hauses begab, in den Vorhof der Hölle, wie Walter Schellenberg das mit dem Fechtboden beginnende Reich Heydrichs gern verspottete, konnte nur eines bedeuten: RF würde eine Aussprache mit seinem Kronprinzen diesmal erzwingen, ob nun gedrängt oder aus eigenem Unbehagen.

»Verschwinde!«, zischte Heydrich seinen Leibphysio an. Und da der keinen anderen Fluchtweg mehr sah, verdrückte er sich durch den Führer, die geheime Tapetentür, in die Geisterbahn des Obergruppenführers Reinhard Tristan Heydrich.

Das Letzte, was Max von ihm sah, war, wie er seine schwarze Fechtmaske abnahm und sich mit seinem Handtuch den kalten Schweiß aus der Stirn wischte.

STUPOR

November 1941

Das Erste, was mir aus den Kopfhörern im Kabuff entgegenschniefte, war die Anweisung Himmlers an alle, also auch an Wolff: »Ich wünsche mich unter vier Augen mit meinem Obergruppenführer zu besprechen!«

Es folgte das Geräusch des geordneten Abmarsches der schwarzen Stiefel. Ich wusste, dass am Rande der *Planche* eine Garnitur Korbmöbel bereitstand und ging davon aus, dass dort auch die Mikrophone versteckt waren, die mir das Mithören ermöglichten.

»Was wollen wir und was wollen wir gemeinsam?«

Ich stellte mir vor, der Gefragte stand noch, mit seiner *masque d'escrime* unterm Arm, während der Reichsführer schon Platz genommen hatte.

»Das ist die Frage«, antwortete Heydrich nachdenklich. »Unbestritten ist als höchstes Ziel das siegreiche Fortbestehen des Reiches –«

»Die SS hat sich den Sieg auf die Fahnen geschrieben: Den Erhalt des Reiches, den Schutz der Person des Führers. Stehen Sie dazu, Obergruppenführer?!«

»Ich will versuchen, meinem Herrn Reichsführer eine Vorstellung zu unterbreiten …« – Heydrich gab sich ungewöhnlich verhalten – »… die sich weitaus enger an die Ideale des Herrn Reichsführers eigenen geistigen Weltbildes hält, als die gegenwärtige Situation des Reiches und seiner Führer –«

»*Des* Führers!«

»Das Reich …« – Heydrich behielt seine Stimme im Zaum – »… das Reich muss als Vorstellung über allem stehen, mein Reichsführer, oder wollen Sie …« – das *Hohe C* sprach jetzt sehr leise, fast flüsternd – »sich von dem gigantischen Plan lossagen? Kein Trugbild, kein Traum! Sondern ein im ständigen Kampf zu erringendes Ziel!«

»Nordisch, arisch …« Heinrich Himmlers Tonlage verklärte sich, geriet ins Schwärmerische. »Vom Atlantik bis zum Ural! Vom Nordkap bis –«

»Zum Schwarzmeer und dem Rif!« Ohne die Stimmung zu zerstören, griff Heydrich sie blitzschnell auf. »Und das unter der einzig denkbaren Führung: Der Herrschaft des diesem hehren Ziel geweihten, verschworenen Ordens der SS!«

»Ohne den Führer?« Das klang schon wesentlich kleinlauter.

»Gegenfrage an Herrn Reichsführer: *Mit* dem Führer?«

Mir gruselte. Wohin sollte dieses Gespräch führen? »Bedarf es eines Konzepts, das der Obersten Heeresleitung auf Kommandoebene täglich reinredet, das einem prunksüchtigen Mollusken die Luftwaffe überlässt, während nicht einmal unsere Panzer noch über genügend Sprit verfügen? Das sich von einem Giftzwerg in Sportpalästen feiern, während draußen tapfere Soldaten sinnlos verheizt –?«

Es trat eine beklemmende Pause ein. Ich hielt den Atem an.

»Ich habe diese Worte nicht gehört, Obergruppenführer!« Der Widerpart an der Spitze des Ordens wusste gleichermaßen eine scharfe Klinge zu führen. »Aber die Antwort ist: Die SS wird ihren Weg weitergehen …«

»Ich bin Teil dieser SS, gehorsamer und erfüllender Teil, auch wenn dieser mit dem Einbruch des russischen Winters immer härter und beschwerlicher wird.« Mit souveräner Selbstverständlichkeit ging Himmler darüber hinweg.

»Je tiefer wir in dieses unmenschliche Land hineinstoßen«, ergänzte der strategisch denkende Fechter. »Sollte man vielleicht doch besser eine Verschnauf –?«

Sein Vorgesetzter erstarrte zur eisigen Felsklippe. »Durchhalten!« Jede Skepsis erfror in dieser Losung, und doch klirrte die beschwörende Stimme des Reichsführers jetzt brüchig. »Unser Eid, Reini?!« Es klang in meinen Ohren etwas kläglich, wie das Mauzen eines Kätzchens.

Obergruppenführer Heydrich enthob seinen Mentor des Zweifels: »*Unsere Ehre heißt Treue!* Mein Herr Reichsführer!«

»Ich danke dir, Kamerad!«

Das Aufatmen vermeinte ich bis in mein Kabuff zu verspüren. Schabendes Rücken des Korbmöbels, Schritte, Kommandos, sich entfernende Geräusche von Stiefeln.

STUPOR

November 1941

Nach jenem Gespräch, das mir unerlaubterweise zu Ohren gekommen war, sah ich das *Hohe C* etliche Tage nicht, ich begann mir schon Sorgen zu machen, ob er den Treuebogen nicht doch überspannt hatte. Doch dann – erneut hatte ich die Kopfhörer aufgesetzt, ich konnte es nicht lassen – vernahm ich die mir vertraute Stimme, locker plaudernd, als wenn nichts Besonderes geschehen sei. Diesen Ton schlug er nur im Privatgespräch mit Walterchen Schellenberg an.

»Das Trumm holen die Tschechen nur zu besonderen Anlässen aus seiner ihm eigens geweihten Kapelle im Dom zu Prag ... Was soll ich dir sagen, schön ist sie nicht, dafür ganz schön schwer – Diese allerheiligste Wenzelskrone ist mit einem Stachel bestückt, angeblich aus der Dornenkrone Christi, und versehen mit einem furchtbaren Fluch: Wer sie sich unberechtigt aufsetzt, wird binnen Jahresfrist eines gewaltsamen Todes sterben, und bald darauf desgleichen sein ältester Sohn! – Du kennst mich doch, Walterchen! Der Herausforderung konnte ich nicht widerstehen. Den Tschechen verschlug's vor Entsetzen die Sprache, klar, hatte ihnen einer doch vorgeführt, dass ihre Regeln nicht länger galten. Jetzt geb ich den Takt vor, und sie werden springen!«

STUPOR

November 1941

Das nächste Gespräch, das ich abhörte, fand zwischen dem *Hohen C* und Gruppenführer Wolff statt. »Patient N° 2058: Karl Maria Wiligut«, hielt die auf liebenswürdig getrimmte Stimme Heydrichs in dessen Büro seinem Gegenüber vor. »Lieber Kamerad Wolff: Sie haben einen Brigadeführer der SS, unseren guten alten Herrn

Oberst, des Reichsführers hochverehrten Talisman namens Weisthor, in eine Heil- und Pflegeanstalt einweisen lassen!«

»Wohin, wenn nicht in ein gemütliches Heim«, nölte der angegriffene Gruppenführer Wolff, »sollte ich mit dem Irren sonst wohl hin?« Sich des Ernstes seiner Lage nicht bewusst, fügte er noch auftrumpfend hinzu: »Es war schließlich eine Wiener Verrücktenanstalt, in der er saß, bevor unser Reichsführer ihn–«

»Ihn immerhin mit der Durchführung der SS-Weihefeier beauftragt hat –«

»Das kann der doch auch von Bethel aus!« Der Stabschef warb sichtlich um die Komplizenschaft seines Rivalen.

»Und wie wollt Ihr das dem Reichsführer beibringen?«

»*Wenn* er davon erfährt, Kamerad! Eine Hand … ?«

»So leicht«, die Stimme des *Hohen C* wurde jetzt schneidend, »kommt Ihr mir nicht davon!«

»Was wollt Ihr, Heydrich?!«

»Dass Ihr Euch ab sofort aus dem Vorgang heraushaltet und das weitere Procedere völlig Walter Schellenberg überlasst!«

»Von Herzen gern!« Gruppenführer Karl Wolff wirkte erleichtert. »Nur dass mir anschließend keine Klagen kommen! Heil Hitler!«

Die kurvige Straße, die aus der Postkarten-*Sonnenbräune-Pulverschnee-und-der-Himmel-blau-so-blau*-Idylle des Oberengadins hinwegführt ins Österreichische – also von den Seen, wie von Segantini ins Hochtal getupft, über die malerischen Raclette-Flecken Madulain und Zuoz, Brail und Zernez, deren Namen auf der Zunge zergehen –, verschwindet, versinkt danach im tiefsten Unterengadin. Tief ist hier der Schnee, deprimierend kalt ist es unter den meterhohen Hauben auf den Dächern, kein Sonnenstrahl verliert sich zwischen die grauen Schluchten der bruchsteinernen Klötze. Hier, vor dem Sanatorium-Tarasp-Vulpera, fuhr der Rolls-Royce der Baronin Antoinette de Rives vor, gefolgt von einem Ambulanzfahrzeug des *Croix Rouge Internationale*. Mit der Baronin trafen auch Charlot und der Captain George Best ein, beide als CRI- Pflegepersonal uniformiert. Antoinette de Rives hatte ihren Auftritt sorgfältig geplant: Vor mehr als zwei Jahren hatte sie selbst als »Doctoressa Dr. med. Reviglia« den Pflegefall Otto Rahn hier in der geschlossenen Abteilung eingeliefert, zusammen mit einer »Frau Dr. Urban«. Nun wurde der für den Transport bereits sedierte Patient ihr anstandslos übergeben und, auf einer Trage festgeschnallt, in den Ambulanzwagen geschoben. Charlot und George stiegen zu und der Konvoi verließ das dunkle Tal.

Ziel des Rotkreuztransports war Kasteel Ter Noot in der Nähe von Den Haag. Auf der einsam gelegenen Wasserburg war medizinisch alles vorbereitet, den geistig Verwirrten gut zu versorgen. George Best hatte einen Zugang zu dem Dementen gefunden, indem er ihm während der Fahrt durch Frankreich immer wieder bestätigt hatte, »Parzival« zu sein.

»Nein, nicht ich, Ihr, Otto! – Seht Euch in mir als den strahlend jungen Helden!«

Zur Verstärkung der Konfusion waren Tuchhändler und Kostümschneider aus Amsterdam angereist, mit ihnen der halbe Fundus des niederländischen Wagnervereins aus der historischen *Stadsschouwburg*. Sie maßen nicht nur Otto Rahn die prächtigsten Gewänder an, sondern gestalteten auch seine karge Trage, dass sie wie ein kostbares königliches Lager wirkte.

Der Plan sah vor, hier auf Ter Noot die gesamte Inszenierung der Feier so vorzubereiten, dass sie dann, in letzter Minute mitsamt dem Hauptdarsteller nur noch in die Gewölbe der Wewelsburg zu versetzen war. Der Patient jedenfalls freute sich wie ein Kind und ließ sich alles gefallen!

Beruhigt über den Verlauf der Vorbereitungen, setzte Antoinette de Rives ihre Fahrt in *Lunenoire* fort. Ihr Ziel war die Heil- und Pflegeanstalt Bethel bei Bielefeld. Sie führte Charlot als ihre Assistentin mit sich. Ganz wohl war Antoinette bei deren Einreise in das Deutsche Reich nicht, aber Charlot hatte darauf bestanden, und Walter

Schellenberg hatte versprochen, alles Notwendige für die Einreise zu regeln. Captain George Best hatte Madame sicherheitshalber bei Otto Rahn in Holland zurückgelassen, er war auch sicher nicht der rechte Mann für Charlot! Abgesehen von der Tatsache, dass sie wusste, dass die junge Frau auf dem Papier mit ihrem ehemaligen Chauffeur Max verheiratet war.

In der Nervenheilanstalt Bethel ließ sich ein beglückter Weisthor durch die Korridore mit den vergitterten Fenstern schieben. Draußen war bereits Winter, aber den gedienten k.u.k.-Obristen erwärmte der Anblick von Charlot. Der alte Herr wurde den Eindruck nicht los, dass er die aufregend junge Dame schon mal irgendwo anders, ganz anders kennengelernt hatte.

»Vielleicht ...« – *meine Schwester* wäre Charlot fast entschlüpft, dann fiel ihr ein, dass Addy als Gabriele Dechend bei dem Brigadeführer Karl Maria Wiligut eingeführt war – also sagte sie schnell: »Meine Cousine?« Er setzte strahlend seinen Flirt fort.

Die junge Dame sah ja auch fabelhaft aus, wie sie jetzt im eleganten Kostüm der berühmten Theaterregisseurin Antoinette de Rives zur Hand ging. Aus seinem Rollstuhl konnte Oberst Weisthor die Verrenkungen der Insassinnen von Bethel verfolgen, die unter der Anleitung von Antoinette mit den Proben zu *Parzival* begonnen hatten: Ein Reigen von Frauen jeden Alters wogte mit merkwürdiger Grazie über das Linolparkett des leergeräumten Speisesaals, die Musik dazu kam vom Harmonium der Heimleitung. Eine ältliche Pflegerin intonierte mit Inbrunst den Einmarsch der Troubadoure aus Wagners *Tannhäuser*, wieder und wieder! Da kein Chor dazu singen musste, spielte der Text auch keine Rolle.

»Mimik, fließende Bewegung ist alles, worauf es ankommt!«, ließ Antoinette ihre Hilfschoreographin Charlot wissen. »Wichtig ist es, den Raum, die Bühne zu füllen, damit unsere Protagonisten nicht zu früh in den Brennpunkt des Geschehens gerückt werden.«

Charlot nickte, sie war voller Eifer bei der Sache, auch wenn das Bild der sich wiegenden, schiebenden, schubsenden Weiber in ihren weiten Röcken sie eher an den *Ritt der Walküren* erinnerte – egal, war ja auch von Wagner! Außerdem ging es ja alles in allem um Wolfram von Eschenbach!

STUPOR

5. Dezember 1941

Das *Hohe C* hatte mich telefonisch in den Salon Kitty bestellt. Ich weiß, dass es dort eine Abhöranlage gibt, die lückenlos alle Zimmer belauscht, ging aber nicht davon aus, dass er sie mir zeigen wollte. Er war dort mit seinem Freund und Vertrauten Walter Schellenberg verabredet, der viel im Land und in den besetzen Gebieten unterwegs war und nicht so häufig nach Berlin kam. Wozu ich dabei sein sollte, wenn die sich treffen, war mir schleierhaft.

»Ich übernehme den organisatorischen Ablauf«, sagte Schellenberg, nachdem er mich beiläufig begrüßt hatte. Erfreut über die ihm zugedachte Aufgabe erschien er mir nicht. »Aber für die künstlerische Komponente will ich Grete von Urbanitzki neben mir im Boot haben –«

»Nimm sie dir doch!«

»Sie ist verschwunden!« Beide Herren schauten mich an, als hätte ich etwas damit zu tun. »Sie ist von einer Reise in die Schweiz nicht zurückgekehrt.«

Frau Kitty trat an unseren Tisch, um die Bestellung aufzunehmen. »Addy macht sich Sorgen wegen des Fernbleibens ihrer Freundin Grete«, begann sie das Gespräch.

»Wir uns auch!«, antwortete Heydrich.

Kitty hielt sich bereit, die Bestellung entgegenzunehmen. Sollte ich dazu bewegt werden, von mir aus etwas in der Sache zu unternehmen, das auf die Spur der gesuchten Wiener Journalistin führte? Ich dachte gar nicht daran!

»Sag der Addy«, wandte sich Schellenberg an die Pensionsinhaberin, »dass wir uns kümmern werden!«

Für Heydrich klang das nicht drohend genug, um jene Angst zu erzeugen, die Bewegung im Verborgenen auslöst. »Wenn die Gestapo sie erwischt, kommt Frau von Urbanitzki ins KZ ›wegen Unerlaubtem Verlassens des Reichsgebiets‹!«

Kitty war zusammengezuckt. Sie hatte das schon einmal erlebt, überlebt. »Ich werd's der Addy ausrichten!«

»Kann ich schnell erledigen«, bot ich an und erhob mich.

»Nein!«, befahl Heydrich ungewohnt scharf. »Du bleibst hier!«

Kitty entschwand.

Mir war klar, was jetzt passieren würde: hektische Telephonate von *Hawaii* aus in die Schweiz, bis irgendjemand, Marguerite Panchaud in Genf oder Carl Jacob Burckhard, oder meine Mutter Beatrice in Zürich, der nervösen Addy irgendwas Beruhigendes stecken würde – und die flüchtige Journalistin lokalisiert war.

~

Im Souterrain des Medizinischen Zentrum Bircher-Benner saßen zwei Frauen erregt vor einem veralteten Apparat, den sie aus einem verstaubten Pappkarton gezerrt hatten, ein vorsintflutliches Feldradio, wie Forscher es in der Wüste oder Soldaten im Eismeer benutzten. Durch heftiges Drehen an der Kurbel, angezeigt durch zwei Klöppel wurde es aufgeladen, ging auf Empfang:

Das Dröhnen und Jaulen von Flugzeugmotoren, Knattern der MG-Garben, Krachen und Bersten von Bomben, das Ballern der Flak.

Die beiden Damen hatten jede einen der überdimensionalen Kopfhörer ans Ohr gepresst, deutlich drang die Stimme des Nachrichtensprechers durch den Äther:

Japans Luftwaffe greift – ohne jede Vorwarnung – den US-Militärstützpunkt Pearl Harbour auf Hawaii an // Mehrere Schlachtschiffe werden versenkt // Die todesverachtende Methode unserer Achsenpartner: Die mit Bomben gefüllten Jagdeinsitzer samt dem Piloten direkt bis ins Ziel zu fliegen // *Kamikaze* nennen sich diese begeisterten Todesflieger!

Die beiden Frauen waren Beatrice Neuner, Ernährungsberaterin für Rohkost und Naturheilverfahren am Klinkum auf dem Züriberg, und Grete von Urbanitzki, Journalistin aus Wien, geflüchtet aus dem Berlin der Nationalsozialisten und hier abgetaucht.

»Das ist der Anfang vom Ende«, murmelte die Urbanitzki. »Damit werden die USA in diesen Krieg geprügelt, der auch so schon verloren ist.«

»Dank den Söhnen der aufgehenden Sonne, unser Schicksal entscheidendes Nippon!«, flüsterte Beatrice, weit davon entfernt, die Tragweite des überfallartigen Anschlages erfasst zu haben.

»Ich brauch frische Luft!«, stöhnte Grete. »Ich geh mal ein paar Schritte im Park!«

Die Journalistin schlurfte durch die im Winter von Torfmullbinden geschützten Rosenbüsche, als sie auf einen jungen Mann stieß, der so tat, als hätte er keineswegs auf sie gewartet. Grete wurde von Argwohn ergriffen und strebte aus dem in Zellophan gehüllten Rosengesträuch in Richtung Auffahrt. Der Mann folgte ihr.

»Ich versuche, Gnädigste, nur um Feuer zu bitten?! Mein Name ist Best, Captain George Best.«

Grete wollte nicht unhöflich sein. Ein harmloser Brite! Als notorische Zigarilloraucherin führte sie Zündhölzer mit sich.

»Ein ärgerlicher Wind!«, brachte der Captain als Entschuldigung vor, als er es zuließ, dass sie das Zündholz entflammte, während er seine klobige Korkpfeife zum Mund führte. Grete beugte ihr Gesicht vor, der Öffnung des Pfeifenkopfs entwich eine kleine weiße Wolke, dahinter verschwamm das Gesicht des Captains. Ihr wurde schwarz vor den Augen. Grete von Urbanitzki kippte vornüber in die Arme von Captain Best. Zwei Herren sprangen hinzu und schleiften die Wehrlose eingehakt zu dem wartenden Wagen gleich am Tor zum Park.

Bis an die Zähne bewaffnete Wachen standen vor der Tür zum Vorzimmer des Chef des Persönlichen Stabes Reichsführer-SS. Gemeldet wurden dem Adjutanten die Ankunft von Obersturmbannführer Walter Schellenberg und Frau Grete von Urbanitzki, akkreditierte Journalistin.

SS-Gruppenführer Karl Wolff ließ sich von Schellenberg vortragen: »Die heimgeholte« – *zu ihrer Sicherheit heimgeschaffte* verkniff er sich – »Grete von Urbanitzki ist zur grundsätzlichen Zusammenarbeit bereit, allerdings unter folgendem Vorbehalt –«

Hier setzte bereits Gretes »Weanerisches« Organ ein. »Die Inszenierung eines Kunstwerkes, wie es das vorgeschlagene und auch uneingeschränkt Bewunderung verdienende Weihespiel *Parzival* darstellt, bedarf nicht nur meiner organisatorischen Fähigkeiten, es verlangt künstlerisches Potential von internationalem Rang«. Grete schob gekonnt eine Pause ein. »Während meine Freunde hier«, die Wienerin lächelte Schellenberg, ihrem »Entführer« zu, »mich verdächtigten, reichsflüchtig zu sein, habe ich alte, bewährte Kontakte wiederaufleben lassen: Es ist mir gelungen, die renommierte Theater- und Hörspiel-Schöpferin Antoinette de Rives für unser ambitioniertes Projekt zu gewinnen. Ihr Mitwirken ist auch der Wunsch des hochverehrten Karl Maria Wiligut, des verdienten Gründers der Stiftung Ahnenerbe!«

Das Malmen der Zähne des Gruppenführers Karl Wolff war für den mit Pokerface zuhörenden Walter Schellenberg gut vernehmlich, auch als sich der maltraitierte Gruppenführer zu einem eigentlich verpönten *Oooh-kay!* durchrang ...

Sechs Minuten später im Allerheiligsten, dem Arbeitszimmer des Reichsführers, empfing Himmler seinen Stabschef, der versuchte, gute Miene zum bösen Spiel zu machen.

»Unser lieber Weisthor verlangt als Regisseuse diese Madame de Rives. Ihr habt die Dame bereits im Rahmen der Olympiade kennengelernt, damals beim Empfang auf der Wewelsburg –«

»Soll ich mich erinnern, Wölfchen?!«

»Nein! Doch, wäre besser: Ja!«

»Ich will sie sehen!«

»Wird gemacht, Reichsführer!«

Karl Wolff sicherte sich ab. Er war vorsichtiger als »Oberverdachtsschöpfer« Heydrich, der letztlich doch immer alles darauf ankommen ließ.

Die Mercedes-Limousine war zwar geräumig; doch den hinteren Teil nahm ein Funker ein, dessen schweres Gerät den ganzen Raum über der Mittelkonsole beanspruchte, so dass Grete von Urbanitzki und Adelheid Panchaud sich rechts und links der schwarzen Kiste quetschen mussten. Auf dem Beifahrersitz saß Walter Schellenberg. Sie fuhren von Berlin ohne Halt durch nach Bethel. Die Wiener Journalistin hatte die Mitnahme von Addy durchgesetzt, weil die als Gabriele Dechend mit dem tattrigen Weisthor vertraut war, mit ihm umgehen konnte. Schellenbergs Auftrag war es, Antoinette de Rives zu bewegen, sich dem Reichsführer als »künstlerische Spielleiterin« für die geplante Parzival-Weihefeier vorzustellen.

»Natürlich zu einem rein freundschaftlichen Gedankenaustausch«, ermahnte Grete, die hinter dem Obersturmbannführer platziert, diesen noch einmal. »Nicht, dass Madame de Rives sich etwa examiniert vorkommt!«

»Klar!«, beschwichtigte Schellenberg. »Beim geringsten Zweifeln an ihrer Fähigkeit könnte Madame sonst beleidigt–«

»Dem Herrn Himmler den Krempel vor die Füße schmeißen!«

»Sollte unbedingt vermieden werden, ich werde ja dabei sein.«

»Und«, packte die Wienerin sarkastisch noch eins obendrauf, »muten Sie Madame bitte nicht eine Fahrt in dieser rollenden Funkleitzentrale zu …« – das, *so wie mir* unterdrückte sie – »… sondern ordern Sie gefälligst einen Flieger, das geht auch schneller! Madame hat es nicht gern, wegen Nichtigkeiten aus ihrer Arbeit herausgerissen zu werden!«

»Nichtigkeiten ...«, murmelte der Obersturmbannführer und verdrehte die Augen zum Wagenhimmel.

Es knackte und rauschte im Funkgerät, ein Nachrichtensprecher gab bekannt:

> In einer außerordentlichen Rede vor dem Reichstag hat der Führer den Vereinigten Staaten von Amerika den Krieg erklärt ...

Unwillkürlich vergewisserte sich Schellenberg des Datums: Heute war der 11. Dezember. »Fröhliche Weihnachten!«, rutschte es ihm heraus. Er starrte die Urbanitzki ungläubig an. Die Wienerin hatte sich blitzschnell bekreuzigt.

~

In der Nervenheilanstalt Bethel waren die Proben mit dem Ballett, zusammengestellt aus den begabtesten der weiblichen Insassen, im vollen Gange, als der Mercedes aus Berlin eintraf. Die Heimleiterin führte die Besucher auf eine Empore, von wo aus sie das merkwürdige Treiben im Saal beobachten konnten. Charlot scheuchte die Frauen, in Kreisen zum wallenden Reigen angeordnet, die Pflegerin am Harmonium ließ immer wieder die Melodie *Freudig begrüßen wir die edle Halle* ertönen ... *wo lange noch der Ruf erschalle* ...

Die Regisseurin saß oben auf einer Trittleiter. Mit ihren Händen formte sie den Bühnenraum und beäugte kritisch das von Charlot angebotene *Bewegte Bild*. In der Ecke hockte der alte Oberst Weisthor in seinem Rollstuhl und patschte gegen den Takt in die Hände. Dann erblickten seine umherirrenden Augen die Gäste auf der Tribüne, und er kreischte weinerlich wie ein Kind: »Oh, Gabriele! Sie sind gekommen, mich zu holen!!«

Antoinette de Rives brach die Proben ab ...

Am nächsten Morgen, gleich nach dem Frühstück, fuhr Schellenberg mit Madame de Rives zum Flughafen Lippstadt, wo eine vom Reichssicherheitshauptamt entsandte Maschine bereitstand.

Beim Aufklopfen des Frühstückseis, er köpfte es mit dem Messer, hatte Walterchen noch recht freundlich Charlot zugezischt: »Hüpf nicht zu lange auf dem Moorboden des Reiches, sonst sinkst du ein und die bösen Geister der Tiefe ...«

Charlot erschrak, ließ sich aber nichts anmerken. Ihr war es vor allem darum gegangen, ihre Schwester Addy nach langer Zeit wiederzusehen. Sie wollte nicht zugeben, dass sie enttäuscht war. Nicht darüber, dass Addy die meiste Zeit seit ihrer Ankunft mit dem alten Weisthor verbracht hatte, der sich gar nicht einkriegen konnte vor Wonne, seine Gabriele endlich wieder um sich zu haben. Charlot fand Addy verändert vor. Vielleicht war es auch der intensive Umgang mit diesen befremdlichen Geschöpfen in weiblichen Körpern, dem sich die Schwester in den letzten zehn Tagen ausgeliefert hatte? Womöglich nimmt man andere, selbst nahestehende Menschen in solchen Situationen ganz anders wahr: Für sie wirkte Addy ausgelaugt, deprimiert.

»Schwesterherz, mein Liebes«, tastete sich Charlot an ihren so völlig anders gearteten Zwilling heran, »siehst du für dich eigentlich eine Zukunft in diesem Land?«

Addy schaute sie erstaunt an, während sie sorgfältig ihr Ei mit dem zierlichen Bakkelitlöffelchen auskratzte. »Ich fühl mich wohl im Salon«, sagte sie bedächtig, »hab mein Walterchen – und vielleicht lässt mich Madame de Rives ja tatsächlich die Rolle des Parzival –?« Der skeptisch irritierte Blick Charlots verunsicherte sie. »Meinst du nicht, ich bin der richtige Typ ...« Sie lachte. »*Parzival, der tumbe Tor!?*«

Charlot beschloss, nicht darauf einzugehen. »Der Beruf einer Schauspielerin –«, begann sie, doch Addy winkte ab.

»Ist doch nur Spaß!«

Charlot war enttäuscht, sogar verärgert. »Das Leben ist kein Spass«, monierte sie. »Ich mach mir Sorgen um dich, um euch alle hier, vom Murmeltier Max angefangen, bis zu Tante Grete, die ein gefährliches Spiel –«

»Da fang lieber bei dir selbst an!«

Charlot fühlte sich verkannt. »Wenn ich was riskier, liebe Addy, dann weiß ich wenigstens wofür!«

»Und ich doofe Nuss, ich leb einfach so in den Tag hinein, mach aus Blödheit die Beine breit!«

Charlot begriff, dass sie ihre Schwester verletzt hatte. Sie nahm sie in den Arm, presste sie fest an sich. »Ich weiß«, flüsterte sie eindringlich, »wie stark die Liebe ist, die du zu geben weißt, mein Schwesterherz, das hast du uns allen voraus, mein törichter Parzival!«

Das versöhnte Addy, sie grinste. »So blöd bin ich nun auch nicht!« Sie küsste Charlot liebevoll auf den Mund. »Du bist klug«, versuchte sie ihrer Zwillingsschwester Mut zu machen. »Du wirst deinen Weg schon gehen.« Sie sann ihren Worten nach. »Hauptsache, du vergisst mich nicht.«

»Nie!«, seufzte Charlot und entließ sie aus der Umarmung.

»Also: Auf zum *Walle-Walle!*«, scherzte Addy, und gemeinsam begaben sich die Schwestern zum Übungssaal.

Nach dem Mittagsmahl kündete Grete von Urbanitzki den Abtransport des Obersten Karl Maria Wiligut, genannt Weisthor, an. Die Ambulanz des CRI war bereits eingetroffen.

»Das einzige Problem wird jetzt sein, den Alten zu bewegen, in den Wagen zu steigen ohne seine Gabriele Dechend, für die ich keine auf diesen Namen lautenden Papiere vorweisen kann –«

»Ich könnte Addy meinen Pass leihen, so unähnlich sehen wir uns nicht –«

»Charlot!« Die Wienerin holte aus zum Protest. »Ich hab genau gehört, wie Schellenberg dich gewarnt hat, hier noch länger –«

»Ist ja nur für kurze Zeit«, wiegelte Charlot lächelnd ab. »Wer vermutet mich schon hier unter all den tanzbesessenen Grazien?!«

»Wie soll ich's dir danken, Charlot«, schleimte die Journalistin. »Du bist wahrhaft für die Sache eine enorme Hilfe!«

»Dann bin ich ja schon bestens belohnt!«, spöttelte Charlot.

Der Abschied zwischen den Schwestern verlief hastig. »Vergiss nicht«, raunte Charlot ihrem Zwilling ins Ohr. »Du bist jetzt Lotte Wittacher.«

»Keine Sorge, Schwesterherz«, grinste Addy zurück, »so blond bin ich nun auch nicht. Ich nehm dir die treulose Tomate schon nicht weg!« Von seiner Gabriele Dechend an die Hand genommen, bestieg Wiligut Weisthor ohne Anstände den Ambulanzwagen, ließ sich auch bereitwillig festschnallen. Grete von Urbanitzki stieg zu und sie fuhren los.

»Solange Madame de Rives beim Reichsführer Heinrich Himmler in Berlin weilt, leite ich hier die Proben«, teilte Charlot der Heimleitung mit. Dort war man tief beeindruckt von der überraschenden Aufmerksamkeit, die man ihrer Anstalt zukommen ließ.

Die Insassen der Frauenabteilung der Nervenheilanstalt Bethel liebten Charlot, weil die sie tanzen ließ zu entrückenden Klängen und in wehenden Gewändern. Sie vergaßen darüber den tristen Alltag und übten ihre Schritte und Figuren mit Inbrunst und unheimlicher Energie. Und wenn ihre Meisterin eine Verschnaufpause ansagte, schallte ihr ein Chor von wild protestierenden Ooohs! der Enttäuschung entgegen.

In der Berliner Prinz-Albrecht-Straße, dem Sitz des berüchtigten Reichssicherheitshauptamtes, hatte der Chef Persönlicher Stab RF SS, Gruppenführer Karl Wolff, dafür gesorgt, dass der Empfang der »berühmten französischen Regisseurin« – ganz im Gegensatz zu den sonst üblichen und gefürchteten Einbestellungen – von Beginn an überaus gastfreundlich, ja glanzvoll verlief. Schon am Flughafen erwarteten die Besucherin Pressephotographen und die akkreditierten Journalisten. Die Bilder sollten die »blendenden Beziehungen zur großen Kultur des Nachbarlandes« dokumentieren.

Der SS-Gruppenführer hatte seine eigene Mercedes-Limousine geschickt, die *SS-2*. Er selbst kam, um Madame de Rives auf der Freitreppe im Namen des Reichsführers zu begrüßen, geleitete sie an martialisch blinkenden SS-Sturmmänner-Spalieren vorbei, über alle

Treppenläufe zum »Kleinen Empfangssaal«, wo Heinrich Himmler sie schon erwartete.

»Heil Hitler!«

Antoinette antwortete mit einem strahlenden Lächeln einer *Grande Dame*, und nach dem Austauschen der üblichen Begrüßungsfloskeln nahm man Platz in der sogenannten Polsterecke.

Der Photographenrummel, die Blitzlichter, die Madame de Rives bis zur Treppe des RSHA bedrängten, hatten auch das ältliche Mädchen im Vorzimmer des Reichsführers aus seinem eintönigen Alltagstrott hochgeschreckt. Es hockte dort seit Monaten auf der Diktierstange, seit es die sportbegeisterte BDM-Führerin aus Cuxhaven in die Reichshauptstadt verschlagen hatte. Der Grund: Liebeskummer um einen verheirateten Ingenieur an der dortigen U-Boot-Werft. So hatte der britische Marine-Spionagedienst leichtes Spiel, als er die Enttäuschte keilte. Er führte sie auf seiner Liste, als sie ausgerechnet im RSHA unterkam. Man wollte sie nicht an die Sowjets verlieren, etwa an die Rote Kapelle. Ihr Deckname war »Perlhuhn«, eine typische Schläferin. Und dieser grauen Henne war es jetzt ein Bedürfnis, endlich auch mal etwas zu liefern. Sie schaltete unauffällig das Diktiergerät Himmlers ein, so was konnte ja auch als Versehen durchgehen.

Schnell kam das Gespräch auf die Pyrenäen, die Forschungen des »verehrten, leider viel zu früh von uns gegangenen, genial-inspirierten Kameraden Otto Rahn«. Antoinette ließ durchblicken, dass sie dessen Arbeit stets mit Interesse verfolgt und durch zur Verfügungstellung von Schloss und Rolls-Royce gefördert hatte – den Chauffeur Max Wittacher ließ sie unerwähnt. Man kam auf esoterische Dinge zu sprechen, und als endlich das Stichwort *der Gral* fiel, ließ der Reichsführer alle bisherige schüchterne Zurückhaltung fahren, riss das Gespräch an sich und berichtete, vor Eifer sprudelnd, von seinem Besuch auf Montserrat, jener merkwürdigen Begegnung mit dem mysteriösen Kelch, dessen Existenz das Kloster vergeblich vor ihm zu verbergen gesucht hatte. Er sei der festen Meinung, es könne gar nicht anders sein: »das lang vermisste heilige Gefäß!«

Antoinette schaltete schnell: In ihrer Familie mit Wurzeln in Aragon, wie der katalanische Name Poujol schon besage, habe sich über Generationen hinweg die katalanische Geschichte erhalten, der Gral sei in der Nacht vor der Kapitulation des Montségur von zwei todesmutigen Rittern in Sicherheit gebracht worden, über die Gebirgskette der Pyrenäen hinweg, in das befreundete Königreich. Da Wolfram von Eschenbachs Munsalvaetsch sowohl *Montségur* als auch *Montserrat* bedeuten könne, spreche vieles dafür, dass er seitdem dort im Geheimen verborgen gehalten würde – Himmler strahlte – und dass ihm die göttliche Gnade widerfahren sei, den heiligen Kelch mit eigenen Augen erblickt zu haben. Ein Fingerzeig des Himmels, ein Wunder ohnegleichen!

Den Gral auf der Wewelsburg, im Rahmen der Weihefeier, der Welt präsentieren zu dürfen, schwärmte der Reichsführer verklärten Auges, das sei *ein Ziel, aufs Innigste zu wünschen!*

Lange schwiegen die beiden, eine Mischung aus Verzückung und Andacht. Wo er das Versteck nun kenne, tastete sich Himmler vorsichtig an die Hoffnungsträgerin heran, müsste es doch irgendwie möglich sein, sich in seinen Besitz zu setzen? –

Antoinette ließ ihn zappeln: Es müsste machbar sein ... mit Kühnheit und List ... mit viel Bedacht ... sie wolle, sie könne ihm nichts versprechen, doch sie sähe eine kleine Chance ...

»Darf ich hoffen, Gnädigste?«

Antoinette schenkte Himmler einen langen Blick, das wortlose Versprechen einer Tempelpriesterin, bevor sie sich zu einer Antwort herbeiließ: »Sie sollten beten, Reichsführer, zu seiner Himmelsmacht!«

Sie erhob sich. Der Reichsführer bemühte sich, ihr galant die Hand zu küssen, geleitete seinen Besuch bis zur Tür, wo er an Wolff übergab. »Gibt es irgendetwas, Gnädigste, womit ich Ihnen behilflich sein könnte?«

Antoinette schaute ihn gedankenverloren an. »Ein *Laissez-Passer*, uneingeschränkt für mich«, ließ sie den Mächtigen leichthin wissen. »Für mich – und die noch zu benennende Person meiner Assistentin.«

»Wer auch immer es sein soll!«, näselte der Reichsführer. »Das Papier wird Ihnen sofort ausgestellt mit meiner persönlichen Unterschrift!« Er überging die hochgezogenen Augenbrauen seines Stabschefs und setzte in seiner Vorfreude noch obendrauf: »Jeder Wunsch: Ein Wink genügt!«

»Perlhuhn« deponierte nach Dienstschluss im üblichen Verfahren die kleine Spule mit dem agfa-Tonband im dafür vorgesehenen »Briefkasten«. So geriet der Inhalt des Gesprächs auf kürzestem Weg ans Londoner Marineministerium und von dort relativ rasch an den Sachbearbeiter für Nichtseespezifische Fragen, Captain George Best.

Auf Kasteel Ter Noot war der inzwischen immer muntere Weisthor angelangt, transportiert in der Rotkreuzambulanz, begleitet von seiner Gabriele und der Urbanitzki. Ihm gefiel das prächtige Anwesen, umgeben vom breiten Burggraben mit all den Erkern und Türmchen, der grauen Winterstimmung zum Trotz ausnehmend gut. Dem Alten stand eine ganze Suite zur Verfügung, ein Luxus, den er in Bethel arg vermisst hatte. Dass es dennoch ein Gefängnis war, wurde ihm nicht bewusst. Verwundert ließ er auch über sich ergehen, dass schon am Nachmittag seiner Ankunft ein Spezialistenteam von seinem Gesicht eine Gipsmaske abnahm. Zur Erklärung offenbarte ihm Grete von Urbanitzki, dass seine zahlreichen Verehrerinnen aus dem Ahnenerbe den Wunsch geäußert hätten, die markanten Züge des Großen Weisthor in einer Bronzebüste verewigt zu sehen. Der tüttelige Herr Oberst fand es völlig angemessen, als Bronzeschädel aufs Piedestal zu gelangen, vielleicht in der Ehrenhalle des Reichssicherheitshauptamts.

Bald darauf befand sich die Rotkreuzambulanz wieder auf der Rückfahrt mit dem von seinem Landurlaub in Kasteel Ter Noot heimkehrenden Karl Maria Wiligut Weisthor. Kurz vor Erreichen der Grenze hatte Addy, die sporadisch in der Charité ausgebildete Hilfskrankenschwester, den Wagen in einem Waldstück halten lassen und dem fest angeschnallten Otto Rahn auf seiner Transportliege nacheinander zwei Beruhigungsspritzen gesetzt. Dann zog sie die hauchdünne

Gummimaske hervor, die in Ter Noot nach dem Gipsabdruck des markanten Antlitzes des Oberst Weisthor gefertigt war.

Widerstandslos ließ der schwer atmende Rahn alles mit sich geschehen, das Überziehen der feinen Latexfolie, die nur die Augen samt den buschigen Brauen freiließ, die Nasenlöcher und die Lippenpartie. Dann machte sich die zugestiegene Make-up-Künstlerin ans Werk, verklebte und überschminkte die Übergänge zur Haut, tarnte sie zusätzlich mit Haarbüscheln und verpasste dem Patienten akkurat den charakteristischen Schnauzbart. Nach weniger als zehn Minuten war sich jeder Betrachter sicher, den alten Oberst Weisthor vor sich zu haben. Die Gesichtsspezialistin stieg wieder aus, und die Ambulanz setzte ihre Fahrt zur Grenze fort.

Die Papiere waren in Ordnung, die deutschen Beamten registrierten in ihrem Journal die »Heimkehr des erkrankten SS-Brigadeführers Karl Maria Wiligut von einem genehmigten Therapie-Aufenthalt in den Niederlanden«. Unterfertigt waren sämtliche Bewilligungen von ihrem obersten Chef SD-Ausland, Walter Schellenberg. Sie schlugen die Hacken zusammen: »Gute Fahrt! Heil Hitler!«

In den Abendstunden traf die Ambulanz mit der kostbaren Fracht wieder in Bethel ein. Auch Antoinette de Rives war inzwischen wieder aus Berlin zurückgekehrt und sichtlich angetan von dem, was Charlot da auf wiegende, hüpfende und drehende Beine gestellt hatte.

Aufgrund ihrer weitreichenden Vollmachten – sie trugen die persönliche Unterschrift des Reichsführers SS Heinrich Himmler – hatte Madame de Rives bei der Anstaltsleitung durchgesetzt, dass der »Herr Oberst Weisthor« ab sofort ein eigenes, vom übrigen Betrieb abgetrenntes Zimmer bekam. Desgleichen wurde auch Gabriele Dechend wieder für seine Pflege zugeteilt.

Captain George Bests geschultes Ohr erkannte schnell die sich hier anbahnende Chance. Diese Madame de Rives würde – wie auch immer – einen »kostbaren alten Kelch« in die Hände des Reichsführers der SS gelangen lassen. Zur Zeit befand sich besagtes Gefäß anscheinend in einem katalonischen Kloster namens Montserrat. Best setzte seinen in Barcelona residierenden Agenten in Marsch, er solle beim dortigen Abt vorsprechen, als Journalist und möglichst unauffällig ein Photo von dem Pokal besorgen – sofort! Stufe *Urgent One*. Per Bildfunk an Rotterdam weiterleiten.

Ein prächtiger Vollmond erleuchtete die Nacht über Montserrat. Nur die Spalten zwischen den runden Felstürmen oberhalb des Klosters lagen im Dunkel. Die menschlichen Gestalten, die sich vom Rand der Klippen an einem Seil langsam in die Tiefe gleiten ließen, waren aus der Ferne mit bloßem Auge kaum wahrzunehmen. Als ihre Körper einer nach dem anderen weich auf dem Dach der Seitenkapelle aufsetzten, fiel Licht auf ihre rußgeschwärzten Gesichter: Es waren Christian Bernardac, der Chauffeur der Madame de Rives, und seine Freunde, die *Montagnards*. Katzengleich verschwanden sie unterhalb des Giebelsims im kunstvollen Rahmenwerk der darunter eingelassenen Rosette. Leise knirschte es hinter der steinernen Fassung. Blei verschluckte das Knacken der handgegossenen Gläser, kein verräterisches Klirren oder gar Scheppern war zu vernehmen.

Minuten später waren die Katzengestalten wieder vom Dach verschwunden, wie von einer vorüberziehenden Wolke verschluckt. Gleichmütig schaute der Mond durch die von Steinmetzhand geschaffenen Streben hinunter auf das Gerümpel in dem sakralen Raum. Was kümmert's ihn, wem sein Licht da unten leuchtet. Diebeshände gelten ihm nicht minder als die gefalteten Hände betender Brüder, eifrige Überzeugungstäter grad so viel wie eifernde Inquisitoren.

Als der Agent *Paco El Picador* in Montserrat eintraf, konnte er gerade noch eine der Kopien ergattern, die der erboste Abt von einer vergilbten Darstellung des *Caliz del sangre* hatte eiligst anfertigen lassen und an die ihn bestürmende Presse verteilte. *El Picador* stufte die Dringlichkeit aus eigenem Ermessen hoch auf *Triple Urgent* und brachte das unscheinbare Photo von dem wuchtigen Humpen ohne Verzug auf den gewünschten Weg.

Mit ungewohnt stürmischen Schritten steuerte Stabschef Wolff auf die Tür des Arbeitszimmers des Reichsführers-SS Heinrich Himmler zu, der diensthabende Adjutant hatte kaum noch Gelegenheit, den Gruppenführer anzukündigen.

»Unser Nachrichtendienst Ausland hat soeben eine Meldung aus Spanien aufgefangen«, rief er seinem Vorgesetzten zu. »Dass der berühmte *Caliz del sangre,* der *Kelch des Heiligen Gral* aus dem Kloster Montserrat entwendet wurde. Nähere Umstände noch unbekannt. Die *Guardia Civil* ermittel ...«

»Großartig, mein Wölfchen!«, frohlockte Himmler, er war von seinem Arbeitstisch aufgesprungen. »Diese Madame de Rives ist tatsächlich *una Gran' maga!* Eine gottverdammte, begnadete Zauberin!«

Sein Stabschef blickte skeptisch. »Warten wir's ab, ob der Gral tatsächlich auf unserer Wewelsburg –?« Bis zur großen Weihefeier waren es noch vier Tage.

»Ich will ihn umarmen!«, schniefte der Reichsführer empathisch. »In meine Arme schließen!«

Captain George Best verließ den im Rotterdamer Fischhafen ankernden Trawler bemüht lockeren Schritts, im schlingernden Seemannsgang, den obligatorischen Seesack lässig über der Schulter. Der dickbauchige Kahn diente als Hochsee-Fischfabrik, das machte anlegende Kutter unverfänglich. Tief unten im Kiel, unter den stinkenden, glitschigen Eingeweiden, befand sich eine Präzisionswerkstatt zur Herstellung von Haftminen und hochempfindlichen Sprengkörpern im Miniaturformat auf allerneustem Stand der Royal Navy-Sabotagetechnik.

Mit dem Paket im Sack steuerte er das Hafenpostamt an, wo er einen der Postbeamten als seinen Kontaktmann zum niederländischen Widerstand sitzen hatte.

George Best grinste zufrieden: Sein Kelch *Made in Britain* konnte glatt als das spanische Trinkgefäß durchgehen, als dieser *Caliz del sangre!* Die Jungs auf dem Rollmopspacker hatten gute Arbeit geleistet. Jetzt noch ein bißchen Poesie, dachte er vergnügt und setzte den Text auf. Er hatte Charlot oft genug über die Schulter geschaut, wenn sie ihre Quatrains für *Black Boomerang* verfasste. Es kam ihm vor wie ein verstohlener Gruß an Mademoiselle Rueggli-Panchaud.

Noch am selben Tag, exakt um 17.36 Uhr, läutete das Telephon auf dem Schreibtisch im Dienstzimmer des *Hohen* C.

»Obergruppenführer Heydrich!«

»Bestätigung erhalten!« Am anderen Ende der Leitung sprach Schellenberg, unaufgeregt. »Hafenpostamt Rotterdam meldet, dass soeben Holzkiste im fraglichen Format als Wertpaket aufgegeben wurde, an mich persönlich, per Adresse Wewelsburg.«

»Bestens, Walterchen«, sagte Heydrich angespannt. »Dann kann ja gar nichts mehr schiefgehen?«

»Sollte eigentlich nicht!«, grummelte Schellenberg.

»Wir können also davon ausgehen –«, beschwor ihn Heydrich, immer noch leicht nervös, »dass dieser vermaledeite Kelch jetzt sicher und unangetastet unterwegs ist?!«

»Darauf sollten wir einen lassen!«

Fast zur gleichen Minute traf im Büro Himmlers ein Telegramm ein.
»Für den Reichsführer persönlich!«, meldete der Adjutant.
»Woher?«

»Hafenpostamt Rotterdam!«.

»Vorlesen!«, befahl Himmler unwirsch. Das »Perlhuhn« las eingeschüchtert mit stockender Stimme.

Aus der Pyrenäen Klüfte //
Des Adlers Fänge bargen das Heiligtum //
Schwingen tragens durch die Lüfte //
Es dem Großmächtigen würdig kund zu tun. //

Für Heinrich Himmler klangen die Verse, als hätte ihm eine Fee den Hosenstall geöffnet!

Kaum war der heimgekehrte Patient »Weisthor«, gut gesichert in seiner Kammer in Bethel, in den Nachtschlaf gesunken, trafen sich die beiden Schwestern Addy und Charlot an seinem Bett. Sie umarmten sich lange und heftig.

»Ich hatte gehofft«, sagte Charlot mit leiser Stimme, »du würdest die Chance wahrnehmen, die dich zumindest schon mal auf die andere Seite der verdammten Reichsgrenze gebracht hat?!«

»Und mein liebes Schwesterherz hier ohne Pass in der Patsche sitzen lassen!?«

»Du weißt doch, ich schlag mich immer durch! Aber um dich mach ich mir grässliche Sorgen, Addy!«

»Schubbeldidu! Für mich sorgt im Zweifelsfall schon das liebe Walterchen – A propos: Ich hab die Rolle des tumben Helden Parzival Nacht für Nacht studiert, ich könnte das!«

Charlot bemühte sich, keinen Zweifel in ihrem Blick aufscheinen zu lassen. Es war jetzt auch nicht wichtig, dass sie selbst mit diesem Part geliebäugelt hatte, immerhin war sie die studierte Schauspielerin. »Wenn's dir Freude macht, Liebes – und Otto Rahn nicht partout auf der Rolle besteht«, spaßte sie gequält, aber Addy in ihrem kindlichen Eifer bekam davon nichts mit.

»Meinst du, Charlot, du könntest bei Madame de Rives ein gutes Wort für mich –?!«

Bevor die Schwester sich zu einem Nicken durchringen konnte, trat Antoinette dazwischen, die, um den schlafenden Patienten nicht zu wecken, auf Zehenspitzen den Raum betreten hatte.

»Den Part des Parzival sehe ich als den eines stummen Statisten, so wie ihn auch Herr Wolfram angelegt hat – Deswegen steht die Frage und ihre Entscheidung gar nicht an.«

Sie streichelte der geknickten Addy über den Kopf, dann wandte sie sich an Charlot: »Für dich dachte ich eher an Kundrye, die Zauberin auf dem Esel: Du hättest den Mut zu dieser abstrusen Hässlichkeit!«

»Danke verbindlichst!«, sagte Charlot mit einem eleganten Knicks.

»Schade!«, maulte Addy. »Dann tanz ich eben mit den Weibern!«

»Morgen ist Generalprobe mit Otto. Und jetzt: Gute Nacht!«

»Heil Hitler!«, entfuhr es Addy, weil sie es sich so angewöhnt hatte. Das löste ein befreiendes Lachen aus ...

In derselben Nacht hoben auf Kasteel Ter Noot, in einem unterirdischen Gewölbe, mehrere bebrillte Herren vorsichtig einen sorgsam umwickelten Kelch aus einer stoßfesten Munitionskiste. Es waren Wissenschaftler, Pharmakologen von der nahen Universität Leiden, aber auch Feinmechaniker, Diamantschleifer aus Amsterdam. Die hier versammelten Spezialisten waren von den Herren Paul Ladame und Maurice Magre ausgewählt, einzeln und unauffällig auf die einsam gelegene Wasserburg geschafft worden, denn die deutsche Abwehr würde sofort aufmerksam, wenn sich mehrere Leute zusammenrotteten. Die beiden *Polaires* hatten vom *Grand Supérieur Inconnu* ganz klare Order erhalten, deren Ausführung sie auch zu überwachen hatten.

»Spätes 18. Jahrhundert!«, monierte ein Glatzkopf mit Nickelbrille. »Eher frühes 19.!«

Keiner widersprach. »Es ist auch nicht nötig, Glassplitter abzuschlagen, um scharfe Kanten zu gewinnen«, grummelte einer der Techniker, der mit vors Auge geklemmten Okular die Fassungen der Schmucksteine inspizierte. »Es genügt, zwischen Blei und Preziosen kleine Nadeln zu treiben, die man auf den ersten Blick übersieht ...«

»Eine innige Umarmung, und schon hat sich der Liebhaber gestochen, geritzt.«

»Das Gift auf ihren Spitzen wirkt sofort«, bekräftigte der bärtige Pharmakologe, »hinterlässt keine Spuren.«

»Führt blitzartig zu Atemlähmung, Herzstillstand!«

»Wunderbar«, seufzte der zartbesaitete Maurice Magre. Für einen Moment kamen ihm Bedenken, aber es gab nun kein Zurück mehr. »Präpariert den Kelch, er muss sofort weiterreisen!« Paul Alexis hatte seine Entscheidung getroffen. »Über die Grenze ins Großdeutsche Reich, wo er sehnlichst erwartet wird.«

Die Herren machten sich an die Futzelarbeit, während die Ankunft der Grete von Urbanitzki gemeldet wurde.

Paul Alexis ließ sie – ohne den Umweg über die Giftküche im Keller – gleich nach oben in die Gemächer der alten Baronin van Hoogerwoerd bitten.

Maurice Magre begleitete die Wiener Kurierin. Ihm war die gewissenhafte Vorbereitung dort unten zum eiskalten Meuchelmord auf den Magen geschlagen. Dankbar nahm er den Tee an, den die Baronin anbot.

Grete von Urbanitzki schien ahnungslos von dem, was da vorbereitet wurde. »Es geht uns darum, diesen Heinrich Himmler derart zu desavouieren, dass er bei Herrn Hitler völlig untendurch ist –«

»Vielleicht sogar veranlasst«, fing Maurice Magre den Ball auf, »seine bisherige blinde Loyalität gegenüber dem Führer zu überdenken?«

»Sich Lossagen von Hitler?« Grete hatte da ihre Zweifel, aber dem *Polaire* gefiel die Idee.

»Das wäre eine ganz neue SS. Was würde das für die Zukunft bedeuten?«

»Was für eine Zukunft!?«, höhnte die Urbanitzki. »Ungehemmtes Grauen im Schlachthaus Europa.«

»Naja«, drosselte Maurice Magre, »Churchill wird sich mit keinem dieser Mörder an einen Tisch setzen, es sei denn, es wäre die Anklagebank.« Der *Polaire* bedachte gerade, dass der britsche Secret Service, Abteilung MI 5, ebenfalls in seinen Methoden vor nichts zurückschreckte, wenn es um das Liquidieren von Gegnern ging. Aber davon brauchte die Überbringerin der tödlichen Gabe nichts zu wissen.

Der *Polaire* dachte an George Best. Der würde auf Nummer Sicher gehen! In der Tat hatte der Captain seinen Willen beim *Grand Supérieur Inconnu* durchgesetzt, und während Grete hier ihren Tee schlürfte, wurde ihr phantasievolles Netz, das sie mit ihrer Freundin Antoinette gestrickt hatte, bereits mit Gift bestäubt.

Dass sich der Captain auf eine derart komplizierte Inszenierung nicht allein verlassen wollte, konnte auch der *Polaire* nicht ahnen. Doppelt gemoppelt hält besser!

STUPOR

20. Dezember 1941

Ausnahmsweise hockte ich nicht im Kabuff unter der ledernen Haube der Kopfhörer, sondern befand mich in meinem Therapiestudio in den Kellern der Prinz-Albrecht-Straße, als das *Hohe C* eintrat und sich wortlos bäuchlings auf die Massageliege warf.

»Heute ist der zwanzigste *dies mensis decembris*«, stöhnte er erwartungsvoll. »Beginn der Saturnalien, übermorgen Abend ist es so weit: *solstitium hibernorum*, Tiefstand und Wende der Wintersonne«. Er lieferte die Übersetzung gleich mit, als könnte ich kein Latein.

»Ja«, sagte ich bedächtig, weil ich nicht wusste, worauf er hinauswollte. »Ich bin bereit!«

Reinhard Tristan Heydrich lachte unter meinem zupackenden Griff. »Darauf kommt es nicht an.« Seine bebende Rückenmuskulatur beruhigte sich. Doch plötzlich kringelte sich mein Patient vor diabolischem Gelächter, es warf ihn auf der Liege auf und nieder.

Ich war alamiert. Welche Schweinerei keimte jetzt wohl in seinem Hirn?

»Der Reichssäuberungsmeister auf dem Weg nach Prag!«, spottete er höhnisch. »Vom Müllmann des Reiches«, japste er, »zum *grand désinfecteur!*«

»Und du kommst mit!« Er stemmte seinen Torso hoch und sah mir fest in die Augen. »Wer weiß, was uns blüht?! Jedenfalls bist du mittendrin, genau wie ich! Keiner schaut hier unbeteiligt in die Arena. Wir alle hier sind Gladiator oder Wagenlenker, Löwe oder Gekreuzigter, Caesar oder Plebs! *Vamos a matar, compañeros!*«

Das Phantom der Wewelsburg

Dezember 1941

Es war noch dunkel, als der Rolls-Royce der berühmten Regisseurin an der Burgwache vorfuhr. Antoinette de Rives war registriert, so dass man sie anstandslos passieren ließ. Unverzüglich begab sie sich in das Souterrain der Burganlage, wo sich der Gewölbesaal, der Saal der Gruppenführer befand.

Zwölf Säulen umstanden wuchtig das Allerheiligste der SS, doch es herrschte Chaos. Zimmerleute hämmerten noch an den beidseitig errichteten Tribünen, während Dekorateure bereits den samtenen Velours ausrollten und die Wände mit übergroßen Hakenkreuzfahnen bedeckten und Beleuchtungsmeister die ersten Bühnenscheinwerfer installierten. Antoinette de Rives inspizierte die Arbeiten ohne die geringste Nervosität, korrigierte lediglich die Lichtkegel, die das Podest im Vordergrund der Bühne in gleißende Helle tauchten. Dahinter stiegen die Aufbauten treppenförmig, in breiten Stufen, immer steiler an, bis sie im Sockel für zwei gewaltige Sig-Runen mündeten, die in mattem Silber, nur indirekt angestrahlt, die Szenerie beherrschten. Die Regisseurin hockte sich in die oberste der Stuhlreihen auf der Tribüne der Ehrengäste und ließ das Ganze auf sich wirken ...

Alles hielt sich in dem ihr vom Gesamtverantwortlichen vorgegebenen Rahmen, jetzt ging es nur noch darum, ihn zu füllen. *Nur noch!* ...

Obersturmbannführer Walter Schellenberg traf kurz nach ihr ein. Das Erste, wonach er sich bei der strammstehenden Torwache erkundigte, war, ob für ihn ein Paket, eine Kiste angekommen sei? Wurde verneint, also erging Anordnung: »Bei Eintreffen an mich persönlich ausliefern! Und ab sofort erhöhte Wachsamkeit!« Dann verteilte er die mit ihm eingetroffenen SS-Truppen rund um die Burg wie einen Sicherheitsgürtel. Ein im Burghof angepflockter Esel wurde ihm als verdächtiges Objekt gemeldet. Gehörte anscheinend zur Inszenierung, also befahl er, das klapperdürre, störrische Tier zu Madame de Rives ins Innere zu befördern.

Die aus Bethel angefahrene Ambulanz mit »Oberst Weisthor« als Patienten und einer gewissen Gabriele Dechend, laut Ausweis »Begleitende Pflegekraft«, sorgte dafür, dass Schellenberg nochmals zurück zur Torwache beordert wurde. Mit verstohlenem Zwinkern begrüßte er Addy und gab dann Anweisung, den – offensichtlich im Dämmerzustand befindlichen – »Oberst Weisthor« vorerst in der Sakristei zu lagern. Dieser Raum, normalerweise Aufbewahrungsort für Fahnen und sonstige Insignien der Hausherren, befand sich am äußersten Ende des Gruppenführer-Saales, hinter den hochaufragenden Sig-Runen. Hierhin hatte man auch den Esel verfrachtet.

»Fehlen nur noch ein paar Hirten«, scherzte Addy zur Begrüßung der Madame de Rives, die auch hier nach dem Rechten sah, »und die Weihnachtskrippe ist komplett!«

»Weisthor« öffnete die Augen, als der Esel ihm mit rauer Zunge über die von der Maske frei gelassene Nasenspitze fuhr. Er war auf seiner Trage sorgsam und prächtig als *Amfortas, der waidwunde König* hergerichtet. Auch Addy trug schon ihr Bühnengewand als *Parzival, der tumbe Tor*. Da wurde die Regisseurin auch schon zurück zur Bühne gerufen: Der Bus aus Bethel mit den bereits kostümierten Tänzerinnen war eingetroffen. Unter sie hatte sich Charlot gemischt. Sie war niemandem aufgefallen zwischen all den wallenden Tüllgewändern. Antoinette schickte sie diskret nach hinten in die Sakristei, wo ihre kostbare, maßgeschneiderte Garderobe als *Königin Repanse de Schoye* für sie bereitlag – und eine Charlots Aussehen völlig verändernde Perücke.

Zu einer taktischen Absprache zwischen den beiden Schwestern reichte die Zeit nicht. Iirgendjemand musste sich um die Tänzerinnen kümmern, und Charlot sollte sich besser nicht sehen lassen. So warf sich Addy kurzerhand das von ihrer Schwester abgeworfene Gewand über, stürmte hinaus auf die Bühne und sorgte – zu Madame de Rives' Entspannung – in letzter Minute dafür, dass der unruhig gackernde, auseinanderstrebende Schwarm im Hintergrund einigermaßen gesittet Aufstellung nahm ...

Vor der Burg fuhren jetzt nacheinander Mannschaftswagen der SS vor, deren Trupps von Schellenbergs SD-Leuten in die vorgesehenen Stellungen rund um die Anlage eingewiesen wurden, während ein ausgewählter Ehrensturm beidseitig des Burgtores zum Spalier antrat. Erst als alles stand, rollten die schweren Limousinen des SS-Führungsstabes vor, als letzte die *SS-1* des Reichsführers Heinrich Himmler, begleitet von seinem Stabschef Gruppenführer Karl Wolff. Sie schritten den angetretenen Ehrensturm ab und verweilten dann noch im Burghof, um sich begrüßen zu lassen und zu salutieren.

Geladen war auch der oberste Chef des militärischen Nachrichtendienstes der Wehrmacht, Admiral Wilhelm Canaris. Darauf hatte der – noch erwartete – Weihe-Ehrengast Reinhard Tristan Heydrich ausdrücklich bestanden. Antoinette de Rives eilte herbei, um dem höchsten Gastgeber ihre Aufwartung zu machen. Der Reichsführer benutzte die Gelegenheit, um der Regisseurin launig zu bestätigen, dass ihrem Wunsch entsprochen und ein spezielles Fahrzeug nach Kasteel Ter Noot entsandt wurde, um dort die »Gralsbotin« abzuholen.

»Zur Sicherung des Geleits der kostbaren Fracht«, versicherte ihr der aufgekratzte Heinrich Himmler, »hat mein Stabschef, Gruppenführer Wolff, gern sein persönliches Dienstmobil, den *SS-2*, zur Verfügung gestellt!«

Die säuerliche Miene Wolffs verriet, dass sich seine Begeisterung in Grenzen hielt. *»Merci infiniment, mon Général!«*, hauchte Antoinette und eilte zurück an ihre Wirkungsstätte im Saal der Gruppenführer. Grete war also mit dem Kelch unterwegs, das war gut zu wissen! Vorher würde das Weihespektakel sowieso nicht beginnen können, der Schwarze Peter lag jetzt bei den Hausherren und Gastgebern ...

Die Gestaltung des musikalischen Teils ihrer *Mise-en-scène* hatte sie sich ausdrücklich selbst vorbehalten und sich dabei der Zuarbeit von Tontechnikern des Gausenders Weser-Ems versichert. Auf die Verwendung des ihr angebotenen Musikzuges hatte sie dankend verzichtet, lediglich gegen die Stellung einer Fanfarenschar hatte sie sich nicht wehren können. Die hatte sie aber so eingebaut, dass ihre schrillen Töne das Konzept nicht stören konnten. Antoinette verließ sich auf Plattenaufnahmen und vor allem auf den Einsatz des Chores der Weiber von Bethel, denen sie jeden Ton und alle Tempi genauestens eingebleut hatte. Es sollte eine Überraschung werden ...

STUPOR

22. Dezember 1941

Mein Auftritt begann mit dem Eintreffen des zukünftigen Reichsprotektors für Böhmen und Mähren, SS-Obergruppenführer Reinhard Tristan Heydrich. Ich hatte das *Hohe C* diskret begleiten dürfen, das heißt, ich musste in Abstand mit meinem Horch hinter ihm herfahren. Ich hielt mich auch im Folgenden abseits, aber natürlich in Sichtweite. Walter Schellenberg war zur hastigen Begrüßung seines Freundes herbeigesprungen. Aller Augen richteten sich vorwurfsvoll auf Gruppenführer Karl Wolff, als sei die Verspätung des *SS-2* seine Schuld. Doch endlich tauchte die sehnlichst erwartete Limousine am Ende der Zufahrtsstraße auf. Schellenberg gab das Kommando an die Fanfarenbläser, und der Troß der Ehrengäste betrat unter ihren Klängen den abgedunkelten Saal und nahm seine Plätze auf den beiden sich gegenüberliegenden Tribünen ein ...

Die angerollte »Gralsbotin Kundrye«, die bis zur völligen Unkenntlichkeit verunstaltete und deswegen in eine Wolke von schwarzen Schleiern gehüllte Grete von Urbanitzki, wurde samt umgehängter schwerer Reisetasche, in der sich die Kiste mit dem Kelch befand, durch die Kellergewölbe in die Sakristei gebracht, wo sie auf Antoinette, Addy und Charlot stieß, aber auch auf den sie erwartenden Esel – von »König Amfortas« ganz zu schweigen. Dem Unglücklichen hatte Addy eine weitere Beruhigungsspritze verpasst ... Sie hörten die Fanfarensignale bis in die Tiefe der Kammer, sie fassten sich alle noch ein letztes Mal an den Händen, umklammerten sie fest, hoben sie hoch wie zum Gebet, wie zum Schwur: Es ging los!

STUPOR

Das *Hohe C* betrat gemessenen Schritts, dicht gefolgt von Walter Schellenberg, die linke Tribüne. Heydrich schien gedankenverloren, er nahm seinen Platz in der zweiten Reihe ein, die davor war seinen Personenschützern und Leuten wie mir vorbehalten. Ich hockte mich also zu ihren Füßen ...

Die Bühne nahm das gesamte Rund des Saales der Gruppenführer ein, alles war einbezogen, eingeschlossen in diese Halbkugel: Ein mächtiger, tempelartiger Sockel im Hintergrund – was darüberstand, war verhängt. Er wurde umfasst von zwei gekenterten Schiffsleibern, das waren die beiden Tribünen, die sich wie Mondsicheln gegenüberlagen. Ihr jeweiliger Bug verlor sich, im gotischen Bogen hoch aufragend über uns im Dunkel, um ein gewaltiges Portal zu bilden.

Von unseren Sitzen aus hatten wir sowohl unser Gegenüber im Auge als auch die sich dräuend im Hintergrund erhebende Stufenpyramide. Mich gemahnte die Anlage mehr an eine Richtstätte. Zumindest Opfer waren zu erwarten, zumal im Zentrum das flache Podest blutrot ausgelegt war. Wäre ich der Bühnenbildner, ich hätte hier eine gigantische Pfeilspitze oder, besser noch, das flammende Blatt der Heiligen Lanze gesehen.

Der Reichsführer SS Heinrich Himmler, flankiert von seinem Stabschef Karl Wolff, hatte die gegenüberliegende, rechte Tribünen-Sichel eingenommen, umgeben von ranghohen Führern seines Ordens. Ohne die geringste Ausnahme herrschte hier allein das Schwarz der Schutzstaffel. Für unvermeidliche Gäste aus Wehrmacht oder Partei waren Plätze rings um Heydrich vorgesehen. Zu dessen Linken saß Wilhelm Canaris, der Admiral. Frauen waren nicht geladen.

Unmerklich wurden die Lichter im Kuppelsaal heruntergedimmt, bis der gesamte Raum im völligen Dunkel lag. Mehr gespannte als weihevolle Stille: Düster-dumpf grummelten Violincelli ... Schlagartig übernahm eine riesige, flammendrote Sonnenscheibe die Herrschaft des Raumes über der Kuppe der Stufenpyramide. Erst mit dem Einsetzen der Bratschen erkannte ich *Verklärte Nacht*, Schönbergs Streichsextett, inspiriert durch das gleichnamige Gedicht von Richard Dehmel. Von beiden Seiten schoben sich wie Wolkenfetzen die wehenden Tücher der Tänzerinnen vor den Unterrand der farblich sich zum Violetten hin verändernden Scheibe. Sie begann langsam zu sinken, wurde hinter den Schleiern aufgerollt, ein Vorgang, den hochgereckte, wogende, wabernde, flatternde Gaze geschickt verhüllte.

Der Wiener Arnold Schönberg! Welch ungeheure Provokation! Dieses Einbringen »Entarteter Kunst« in eine Weihefeier der SS! Dazu war Schönberg auch noch Jude!

Das unerbittliche Sichsenken der flammenden Scheibe, begleitet von einem Farbenspiel, das von knalligem Orange über irisierendes Zyklam in sattes Bordeaux wechselte, wurde durch die vorüberziehenden Wolkenbänder zu einem faszinierenden Schauspiel per se. Ich hatte mir die Umsetzung des Gedichts von Richard Dehmel natürlich immer »mit Mond« vorgestellt, so wie ihn Beardsley in *Salome* verwendet, aber Antoinette ging auch hier konträre Wege!

Doch mit dem Verschwinden des letzten befremdlich leuchtenden Lichtstreifens tönten sich jetzt noch einmal die Wolkenberge rot, bevor das Dunkel der Nacht Besitz von der Bühne ergriff. Silhouetten stiegen schweren Schrittes die Stufen der Pyramide hinab. Dramatisch klagend mischten sich die Violinen ein. Die schwarzen Schatten trugen eine Trage, den waidwund auf seinem Leidenslager ruhenden König Amfortas. Die Tonart wechselte von *c-* nach *d-moll*, nicht weniger aufwühlend, aufpeitschend, das nachfolgende eingestreute Pizzicato, eher ein Spaccato! Kaum erreichte der Trauerzug das Podest in der Mitte des Runds, erfasste von oben ein Lichtkegel sanft die ruhende Gestalt und blieb über der Szene stehen, der Liegestatt des Amfortas. Die Träger waren diskret zurück ins Dunkle getreten, sie ließen ihn allein …

Mit dem Übergang zu *E-Dur* beruhigte sich die mir nicht fremde, leicht dissonante musikalische Gemengenlage. Ich hatte wieder ein Ohr für den zu erwartenden Kommentar des *Hohen C* über mir, der ja mit solchen Klängen aufgewachsen war. Doch Heydrich schwieg, lauschte fast andächtig.

Das war der erste sichtbare Einsatz der Tänzerinnen: Sie lösten sich aus den wehenden Stoffbahnen des geballten Wolkenmeeres, formten sich zu Ringen und umwogten den hilflos darniederliegenden Amfortas im wiegenden Reigen.

Über mir gluckste das *Hohe C* spöttisch: »Wo habt ihr denn diese Grazien aufgetrieben?! Bund Deutscher Mädchen? Gausieger im Volkstanz-Wettbewerb des Ahnenerbe?!« Auch geflüstert tropfte der ätzende Spott bis zu mir herab: »Allemal besser als Beh-Deh-Emm!«

Schellenberg reagierte nicht etwa pikiert. »Reinrassig Bethel!«, rieb er seinem Freund Reini genüsslich unter die Nase.

Sie hielten mit ihrem Gekicher an sich, denn nun traten die wackeren Tänzerinnen zurück. Sich ins Schrille steigernde Geigen, versetzt mit dräuendem Bassröhren, bereiteten den szenischen Wechsel vor. Völlige Stille wollte nicht eintreten. Die Damen bildeten, das eine Knie zu Boden senkend, ein Spalier, das sich die breiten Treppen der Stufenpyramide hochzog, bis zu einem zuvor nicht bemerkten Spalt. Gleichzeitig wechselte der unsichtbare Tontechniker der Madame de Rives völlig überraschend zu den *Carmina* von Carl Orff, mitten rein in den Chorus! »*... fortune rota volvitur, descendo minoratus ...*«

Aus dem Schlitz trat Addy als Parzival. »*... alter in altum tollitur, nimis exaltatus ...*« Ich erkannte sie sofort, die Herren über mir desgleichen.

»Dieses Gör!«, schimpfte Heydrich leise lachend zwischen Ärger und Anerkennung. »War das deine Idee?!«

»Nee, ihre!«

»*... rex sedet in vertice – caveat ruinam!*«

Addy Parzival blieb zögerlich auf der obersten Stufe stehen. Sie schien auf das Zeichen zu ihrem Einsatz zu warten, der nicht kam. Nach einem irrenden Blick über die Szenerie trat sie verlegen zurück in den Spalt.

»Walterchen, du traust dich was!«

»Wieso ich? Madame de Rives wurde von RF höchstpersönlich –«

»*... nam sub axe legimus Hecubam reginam.*«

Als Parzival diesmal endgültig erschien, mitten hinein in das Crescendo, trug er auch den Heiligen Speer in der Hand. Entschlossen stapfte Addy die Stufen hinab, auf das Siechbett des König Amfortas zu. Doch dann verließ sie wieder der Mut. In die inzwischen eingesetzte Stille erhob der Wolkenchor seine Stimme zu einem auffordernden: *»Frag, frag, frag!«*

Scheu hockte sie sich zu des Königs Füßen, ohne jedoch Ansprach an den Leidenden zu richten.

Ein weiteres Mal ertönte der Chor: *»Frag, frag, frag!«*

Parzival senkte sein Haupt, gewillt in dieser seiner Bockigkeit zu verharren, wenn jetzt nicht mit der Ankündigung *»ave formosissima, gemma pretiosa ...«* Repanse de Schoye, die tugendsame Königin, erschienen wäre, ihre schöne Schwester Charlot mit kunstvoll hochtoupierter Haarpracht, umspielt vom Chorus *»ave decus virginum, virgo gloriosa«*.

»Max!,« höhnte über mir das *Hohe C.* »Nun fehlst nur noch du!«

Ich zog meinen Kopf ein, wie weiland Parzival *»ave mundi luminar, ave mundi rosa!«*

Der Königin feierlich vorangetragen wurde eine kleine eisenbeschlagene Truhe, vier Pagen trugen den kostbaren Schrein, stellten ihn vor Amfortas ab und zogen sich zurück.

»Blanziflor et Helena …«

»Ist der Kelch des Heils also doch rechtzeitig eingetroffen!«, stellte befriedigt Walter Schellenberg lauthals fest.

»Wer?!«, züngelte über mir ärgerlich das *Hohe C.*

»Der Gral!«, beschied ihn unerschütterlich Schellenberg. »Damit müsste auch der Moment gekommen sein, wo du vortreten solltest, um dich ehren und weihen zu lassen, Reini!«

»Geschenkt!«, zischte Heydrich, verunsichert und kaum noch hörbar. *»Venus! Venus! Venus generosa!«,* knallte der Schlussakkord in ihr Gequatsche. *»Venus, Venus generosa!«*

Im Mittelpunkt stand weiterhin die schöne tugendsame Königin Charlot, schaute fragend zu Addy Parzival, und aus den Wolken erscholl es wieder, noch drängender: *»Frag! Frag! Frag!«*

Der tumbe Tor würdigte den leidenden Amfortas immer noch keines Blickes, sondern starrte scheu auf den weiterhin geschlossenen Schrein. Der Tonfall des Chores wurde beschwörend, immer dringlicher: *»Frag! Frag! Frag!«*

Plötzlich Unruhe am Fuß meiner Tribüne, ein Scharführer von der Torwache war erschienen mit einer Kiste, einem Postpaket unter dem Arm. »Für Obersturmbannführer Schellenberg!«

Das *Hohe C* winkte unwirsch ab. »Stellen Sie es zu Max!« Und damit hatte ich die längliche Kiste, Format Champagner Methusalem, vor den Füßen. Grelle Lichtblitze zuckten. Mir wurd's allmählich zu viel an Dramatik, jetzt 'ne fesche Nummer von der Dietrich, das wär's! Das *»Frag! Frag! Frag!«* aus der Wolke wurde hysterischer, doch die Schreckensgestalt Kundrye auf ihrem Esel ließ sich alle Zeit der Welt, ihre abscheuliche Hässlichkeit wirken zu lassen.

»Frag! Frag! Frag!« Vergebens, Parzival hatte seine letzte Chance verbockt, das personifizierte Grauen hinter afrikanischer Maske

übernahm die Szene: Ohren wie eine Wildsau, Hauer eines Ebers, Augenbrauen aus Borsten – nur die Lippen deuteten darauf hin, dass dahinter eine Frau steckte.

Doch erst der Anblick der klobigen Umhängetasche aus zotteligem Ziegenfell riss den Verantwortlichen aus der Starre.

»Wieso?«, bebte über mir Walter Schellenberg voller Argwohn.

»Girat, regirat garcifer ...«

»Was ist denn da unten in der kleinen Truhe?«, schnaubte er misstrauisch. »Wenn erst jetzt das Paket ...!?«

»me rogus urit fortiter.«

Ich hatte es genau gehört, starrte auf die Kiste zu meinen Füßen: »Eine Bombe?!«

»propinat me nunc dapifer!«

»Eine von beiden ist –!« Heydrich war aufgesprungen. »Eine Höllenmaschine!« Er zerrte Schellenberg heftig am Arm. »Bring mich hier raus, Walter!«

Das war Panik und Drohung zugleich. Sie sprangen an mir vorbei. »Los, Max!«, befahl das *Hohe C.* »Nix wie weg hier!«

»miser, miser!«

Ohne einen Gruß an den versteinert dasitzenden Reichsführer – nur Karl Wolff war aufgesprungen, rührte aber keinen Finger – *»miser, miser! Modo niger«,* stürmten wir aus dem Kuppelsaal, in dem das Weihespiel keinerlei Unterbrechung erfuhr, auch wenn die Wehklage des Schwans in der Pfanne wie Hohn in unseren Ohren erschallte.

»et ustus fortiter!«

Wir drei sprinteten zum Parkplatz, Heydrich sprang in seinen bereitstehenden *SS-3*, ich rannte zu meinem Horch.

»Du erreichst mich auf der Wannsee-Konferenz!«, rief er noch Schellenberg zu. »Entschuldige mich beim Herrn Reichsführer, erfind irgendetwas!«

»Ich mach, was ich kann!«

Und schon brausten wir los: Vier Kradfahrer vorweg, dann *SS-3*, danach aufheulend *Diony*, den Leibphysio hinters Steuer geklemmt, und nochmal zwei schwere BMW-Seitenwagen mit je zwei Kettenhunden als Abschluss …

Ich drehte mich nicht um, erwartete aber jeden Augenblick, dass hinter uns die Wewelsburg krachend in die Luft flog. Tat sie aber nicht.

Mit dramatischer Schrille brach die *Verklärte Nacht* wieder über die Szenerie herein. Kundrye zügelte ihren klapprigen Esel vor Addy Parzival, maß den am Fuß des Bettes Kauernden mit einem Blick tiefster Verachtung. »Euer verbohrtes Schweigen erweist …«, fauchte sie ihn an, »… Ihr seid des Grals nicht wert!« Sie sprang ab, stürzte sich auf den Schrein mit ihren behandschuhten Händen, aus denen lange schwarze Krallen ragten, brach die Kiste gewaltsam auf …

Violinen stachen auf die Bratschen ein, die dunkleren Saiten fochten wild mit den grummelnden Celli – jetzt ließ auch der Fanfarenzug Weser-Ems jede Zurückhaltung fahren.

Ein giftig-grüner Lichtschein glomm auf, beleuchtete der Zauberin hassverzerrte Züge. »Ihr seid seiner nicht wert«, wiederholte sie krächzend, das Lichtbündel aus der Tiefe des erbrochenen Schreins verstärkte sein Strahlen, wechselte ins Smaragdene. Gleichzeitig erglühten oben auf der Stufenpyramide die beiden metallenen SS-Runen, leuchteten silbrig durch die Wolkenschleier, deren letzter jetzt vor ihnen weggezogen wurde. Aber kaum jemand schenkte ihnen Beachtung.

»Keiner hier ist würdig –«, bellte die Schweinsköpfige rau. Ihre Krallen fuhren ins Innere des Schreins, sie rissen den gleißenden Kelch heraus. Wie ein Peitschenhieb knallte die Orffsche Sopran-Stimme *»Dulcissima, ah!«* dazwischen, hob ihn hoch über ihr schlangenzüngelndes Medusenhaupt, es blitzte und funkelte *»Ahh! Totam tibi subdo me!«*, damit auch jeder SS-Sturmschädel begriff: Jetzt geht's ans Eingemachte!

»Ich werde Euch den Kelch wieder nehmen!«, schepperte Kundrye mit sich überschlagender Stimme, reckte ihn noch ein letztes Mal in die Höhe, damit ein jeder sah, wessen die Runde der Gralshüter nun verlustig ging, und wandte sich wieder ihrem Esel zu.

»Naiiin! Nein!«, gellte es da von der rechten Tribüne herab. Das erste Nein! platzte noch in die höchst angespannte Stille, dann hagelte es schon wieder Geigenstriche und Cellohörner, die *Verklärte Nacht* in heller Aufruhr! »Kommt nicht infrage! Nein!« Heinrich Himmler war aufgesprungen, ließ sich auch von Wolff nicht zurückhalten; er stürmte die Stufen herab, riss Kundrye, die sich bereits abgewendet hatte, zurück zu Lager und Schrein. Parzival, der bis hierhin alles mit eingezogenem Nacken hatte über sich ergehen lassen, sprang erschrocken auf, auch die schöne tugendsame Königin wich vorsichtshalber zurück. Nichts hätte Antoinette für verabscheuungswürdiger gehalten, als den sich anbahnenden Streit naturalistisch-malerisch zu unterlegen, stattdessen – wie die letzten fallenden Wassertropfen nach starkem Unwetter – setzte ein fast heiteres, zumindest beruhigendes Pizzicato ein, im völligen Kontrast zum heftigen Gewaltausbruch auf offener Bühne ...

Der erzürnte Reichsführer fiel Kundrye in den Arm, um ihr den Kelch zu entreißen. »Der Kelch gehört mir!«, keuchte er mit einem Flackern in den Augen. »Mein ist der Gral!«

Sein Schniefen wurde heftiger, Kundrye wehrte sich, suchte das funkelnde Kristallgefäß als Waffe dem Angreifer aufs Haupt zu schlagen. Das *D-Dur* perlte noch sanfter, das Adagio langsam zum Pianissimo gedämpft. Umso grotesker wirkte das erbarmungslose Ringen. Der Reichsführer duckte sich weg, schnellte hoch, bekam ihre Handgelenke zu fassen, ein erbittertes, stummes Ringen, bei dem beide ihre Kräfte bis zum Äußersten anspannten.

»Verdammtes Weib!«, fauchte der Reichsführer. Da er ebenfalls Handschuhe trug, aus feinstem glatten Saffianleder, entglitten ihm die gummiumhüllten Unterarme der Magierin. Sie schnellten zurück samt dem schweren Kelch. Der klatschte Kundrye mit voller Wucht mitten ins Gesicht, ihre Lippen pressten sich gegen das juwelenbestückte Kristall. Der spitze Schrei *»Dulcissime«* entfloh ins Nirgendwo, ein Zittern durchlief die Magierin, *»ah, totam tibi subdo me!«*, erlosch mit dem letzten Atemzug. Mit vor Entsetzen weit aufgerissenen Augen fiel die Zauberin auf die Knie, dann vornüber, den Kelch unter sich begrabend.

Der Reichsführer jedoch war, als er Halt und Widerstand verlor, rückwärts getorkelt, rücklings über die Podestkante gestolpert, stürzte und fand sich wieder zwischen den Beinen des siechen Königs Amfortas. Der stieß einen quiekenden Schrei aus, schlug den seine Blöße bedeckenden Königsmantel schamlos auseinander und krächzte: »Ich liebe dich, Kamerad! Oh, wie lieb ich dich hab!«

Heinrich Himmler war starr vor Grausen, er lag zwischen männlich behaarten Schenkeln mit sichtbar rosa Strapsen! Ein röchelndes Brüllen entwich seinen dünnen Lippen: *»Oung Mong!«*, kreischte er. Der Horror brachte ihn um die letzte Fassung. Da riss sich Amfortas die Latexmaske vom zerfurchten Weisthor-Antlitz – und darunter erschien die verwüstete, eingefallene Fratze des Otto Rahn.

Der grelle Schrei, den der Reichsführer jetzt ausstieß, fand nur deshalb ein jähes Ende, weil ein krachender Pistolenschuss direkt neben ihm abgefeuert wurde. Gruppenführer Wolff war seinem Reichsführer in letzter Sekunde doch noch beigesprungen und hatte den Untoten Otto Rahn mit gezieltem Kopfschuss endgültig ins Jenseits befördert. Er reichte seinem Chef ärgerlich die Hand und zog ihn hoch aus der peinsamen Lage. Himmler sah jetzt erst die zusammengekrümmte Kundrye, die immer noch den Kelch umklammert hielt. Er bückte sich, um das begehrte Gefäß endlich an sich zu bringen.

»Finger weg!«, schalt ihn sein Stabschef, als sei er ein kleines Kind, und zerrte ihn zurück. Wölfchen hatte jetzt die Faxen dicke: »Oder wollt Ihr krepieren wie diese Wiener Agentensau!?«

»Grete von Urbanitzki?«

»Sie steckt wahrscheinlich mit dieser Französin unter einer Decke, ich werde sofort –«

»Nein!«, sagte der Reichsführer. Er hatte seine Fassung erstaunlich rasch wiedergefunden. »Madame de Rives wurde von mir persönlich beauftragt, also auch keine Befragung, sondern *freies Geleit!*«

»Ihr seid sehr, sehr großmütig, das haben diese Hexen nicht –«

»Wölfchen!«, sprach der Reichsführer. »Wir haben uns derart in die Scheiße gesetzt, dass hier jetzt erst mal gelüftet werden soll, bevor sich jemand um die Klofrauen kümmert!« Er wandte sich zum Gehen. »Wo ist eigentlich Obergruppenführer Heydrich?!« schnarrte er genervt. »Der kann doch nicht einfach –!?«

Sein Stabschef zeigte sich widerborstig. »Der kann offensichtlich!«

Himmler hatte sich bereits eilenden Schritts entfernt. »Frische Luft!«

Das war ein Befehl, und da außer den beiden Leichen sich niemand mehr auf der Bühne befand, die sich verängstigt im Hintergrund zusammendrängenden »Wolken« zählten für ihn nicht, folgte Gruppenführer Karl Wolff zähneknirschend seinem Reichsführer.

Addy-Parzival und Charlot, die schöne tugendsame Königin, hatten in dem dramatischen Tohuwabohu so wenig in ihren Bühnenrollen glänzen können, dass ihr Verschwinden niemandem auffiel – niemandem, außer Walter Schellenberg!

Durch die kleine Seitentür des immer noch geschlossenen Portals der Wewelsburg entwichen hastig Addy-Parzival und Charlot, die schöne Königin. Von ihrem erhöhten Standort aus wurden sie ohnmächtig Zeuge, wie der offene Rolls-Royce der Madame de Rives den Parkplatz in angemessener Schrittgeschwindigkeit verließ und die Wache am Tor passierte.

»Die hätte uns wirklich mitnehmen können!«, schimpfte Addy, beide steckten sie noch in ihren Kostümen.

»Lass nur, Schwesterherz!«, sprach ihr Charlot Mut zu und fasste sie bei der Hand. Die als letzte eingetroffene Mercedes-Limousine *SS-2* stand immer noch inmitten des Burghofs. Der Fahrer hatte sich zur Wachmannschaft gesellt und sich im Hinterstübchen in ein intensives Skatspiel hineinziehen lassen. Die Schlüssel steckten noch, als die beiden Schwestern vorbeischlenderten.

Die gespielte Gelassenheit wich auch nicht, als Charlot die Chance erspähte. »Stell jetzt keine Fragen!«, raunte sie Addy zu und führte sie zielstrebig zur Beifahrertür der schweren Limousine, öffnete sie lässig und schubste die Schwester auf das Polster. Sie selbst umkreiste, innerlich vor Spannung bebend, die einmalige Fluchtgelegenheit. Eine letzte Kontrolle aus den Augenwinkeln: Niemand protestierte schreiend gestikulierend. Charlot ließ sich auf den Fahrersitz fallen, die dunkel getönten Scheiben surrten hoch, und sie startete den Motor.

Die Torwache sah nur das Respekt einflößende Nummernschild *SS-2*, salutierte stramm und den Blick geradeaus. Die Limousine passierte im zügigen Tempo die Wache. Keiner der beiden diensthabenden Wachmänner dachte an den im Hinterzimmer Skat klopfenden Fahrer des Stabschefs RF SS Gruppenführer Wolff.

Mit langen Schritten, gefolgt von einem Pulk von Adjutanten, Ordonnanzen und stoisch Fassung demonstrierenden Offizieren, erreichten der Reichsführer Heinrich Himmler und der Chef seines Stabes, Gruppenführer Karl Wolff, den Burghof. Hier erwartete sie schon Walter Schellenberg, eines über ihn als Verantwortlichen hereinbrechenden Donnerwetters durchaus gewärtig.

Doch Reichsführer Heinrich Himmler schniefte nicht einmal, sondern bedachte schmallippig den hackenschlagenden Obersturmbannführer mit kurzer Ansprache: »Ich danke für vorzügliche organisatorische Unterstützung, die Madame de Rives in Erfüllung ihrer schwierigen Aufgabe sicherlich von größtem Nutzen war ...« Schellenberg lächelte verlegen, *Grabrede I. Klasse.* »Vom weiteren Dienst an der Gestaltung unserer Weihefeier sind Sie hiermit entbunden. Die Abwicklung übernimmt Gruppenführer Wolff!«

Sprach's, grüßte und bestieg seinen sofort vorgefahrenen *SS-1*. Eine Kavalkade von Begleit- und Sicherungsfahrzeugen schloss sich dem davonstiebenden Mercedes an.

»Wieso ist eigentlich Kamerad Heydrich so schnell –?«, wandte sich Gruppenführer Wolff an die verdattert Umstehenden.

»Wannsee!«, antwortete Walter Schellenberg knapp und maliziös.

Erst jetzt bemerkte der stehengelassene Stabschef seinen strammstehenden Fahrer. »Melde: *SS-2* ist weg!«

»Weg?! – Was soll das heißen!«

Der Fahrer rang um Haltung. »Er passierte vor wenigen Minuten die Torwache. Ich dachte, Gruppenführer selbst –«

»Wurde der Fahrer erkannt?!«, mischte sich Schellenberg ein.

»Identifizierung wurde unterlassen, Obersturmbannführer!«

»Also gestohlen!?«

»Davon müssen Sie wohl ausgehen, Walterchen«, knurrte Gruppenführer Wolff den Obersturmbannführer Schellenberg an. Für den eigenen Fahrer hatte er keinen weiteren Blick übrig, den ließ er langsam im Erdboden versinken. »Was Reichsführer in eurer Sache entscheidet, wird er wohl mit eurem unmittelbaren Vorgesetzten, Obergruppenführer Heydrich besprechen!«

»Tja«, sagte Schellenberg, froh, so glimpflich davongekommen zu sein.

»Nix *Tja!* Das unerlaubte Entfernen von *SS-2* fiel noch in die Zeit deiner Verantwortlichkeit als Hausherr ...«, Schellenberg widersprach nicht, »... und der Verlust betrifft mich ganz persönlich.« Die Stimme des Stabschefs wurde knochenhart. »Ich erwarte, dass *SS-2* binnen drei Tagen wie geleckt vor meiner Tür in der Prinz-Albrecht-Straße steht, Obersturmbannführer Schellenberg! – Weggetreten!!«

IV Das Loch

Treibjagd

Januar/Februar 1942

Obersturmbannführer Walter Schellenberg, Leiter des SD-Ausland, atmete erleichtert auf, als er den teuren Mercedes *SS-2* des Stabschefs vor dem alten Zollhäuschen an der niederländischen Grenze geparkt sah. Er war fest davon ausgegangen, dass sich die Zwillinge nach Venlo begeben würden – dieser Grenzübergang war Addy von der gemeinsamen Flucht mit der Inhaberin des Salon Kitty vertraut. In weiser Voraussicht hatte Schellenberg den *SS-2* auch nicht zur Fahndung ausgeschrieben.

Der zuständige Sicherheitsbeamte machte seinem Chef Meldung. »Die beiden Damen fragten gleich nach Ihnen, Obersturmbannführer –«

»Wo stecken sie?!«

»Wir haben beide hier in Gewahrsam, wie angeordnet –« Der Mann war sich seiner Sache nicht ganz sicher.

»Händigen Sie dies den Damen aus.« Er übergab dem Beamten eine große Tüte mit den privaten Klamotten der Zwillinge, die sie bei ihrer überstürzten Flucht in der »Sakristei« der Wewelsburg zurückgelassen hatten.

Sein Funker meldete: »Die französische Staatsangehörige Antoinette de Rives hat soeben samt eigenem Rolls-Royce plus Fahrer die Reichskontrollstelle Aachen passiert, wies *Laissez-Passer RF* vor, wurde also nicht aufgehalten!«

»Danke!«, kassierte Schellenberg trocken die Nachricht. Ihn ärgerte, dass die in seinen Augen Hauptschuldige an dem Debakel auf der Wewelsburg sich seinem Zugriff entziehen konnte – und das ausgerechnet mithilfe Himmlers. Vielleicht, dachte er, sollte er dies aber auch als Wink nehmen, die ganze Angelegenheit auf möglichst kleiner Flamme zu halten. In Zukunft würde er aber Prioritäten setzen, und dazu gehörten weder Addy noch ihre Zwillingsschwester. Die Blamage seines Reichsführers würde er zwangsläufig überleben, die brauchten ihn – und er wusste Heydrich an seiner Seite oder zumindest dessen schützende Hand im Hintergrund.

Die beiden Mädchen strahlten, als sie Schellenberg vorgeführt wurden. Er empfing sie in seinem mit der klobigen Funkapparatur vollgestopften Dienstwagen. Auf die Verschwiegenheit seines Technikers war Verlass, also begrüßte er sie in seiner flapsigen Art. »Drunter macht ihr's wohl nicht!« Schellenberg wies mit dem Daumen auf den abgestellten Mercedes *SS-2*. »Ausgerechnet Wölfchens Augenstern!«

»Stern bleib Stern!«, überging Charlot elegant das Entwenden der Staatskarosse. »Wichtig war nur eines: Weg von diesem Vorhof der Hölle!«

»Unser Problem ist«, kam Addy auf die missliche Lage zu sprechen, »wir besitzen das *Laissez-Passer* nur für *eine* Person! Deswegen haben wir auch noch keinen Namen eingetragen.«

Sie kramte das verknitterte Papier aus der Tasche und reichte es Schellenberg.

Der warf nur einen kurzen Blick auf das Dokument. »Stimmt!«, bestätigte er trocken, was Addy Mut machte.

»Kannst du nicht, Walterchen, als Obersturmbannführer, den Wisch auf uns beide erweitern?«

Der Geforderte sah sich das vorgedruckte Formular noch einmal genau an. »Geht nicht, beim besten Willen nicht!« Er gab sich kleinlaut. »Wenn ich da handschriftlich rangehe, wird es am Ende völlig ungültig, und keine hat mehr davon Nutzen!«

»Also dann –«, entschied Charlot. »Wenn's nur für eine Person reicht, dann bitte Addy! Die muss aus Berlin weg!«

Addy sah ihre schöne Schwester erstaunt an. »Kommt gar nicht in Frage! Dich schnappt die Gestapo sofort! Mich dagegen haben die schon seit Ewigkeiten auf dem Kieker!«

»Stimmt!«, räumte Schellenberg ein. »Auf Charlot sind sie alle scharf, wie auf Mata Hari! Addy hingegen hat ihren Spielraum –«

»Und dich, Walter Schellenberg?!« Charlot wollte eine verbindliche Erklärung des SS-Obersturmbannführers.

»Klar!«, beschwichtigte der schnell, aber dann doch abwiegelnd. »Alles, was in meiner Macht steht –«

»Mir reicht das!«, verkündete Addy entschlossen, sie umarmte ihre Schwester über das Funkgerät hinweg.

»Du erreichst mich über Kasteel Ter Noot«, flüsterte Charlot ihr ins Ohr.

»Wir sehen uns wieder«, entgegnete die Schwester tapfer.

Sogar der hartgesottene Schellenberg litt bei diesem herzzerreißenden Abschied der Zwillingsschwestern. »Rufen Sie ein Taxi!«, wies er den Funker mit belegter Stimme an. »Für Frau Lotte Wittacher – oder welchen Namen soll ich in dem Passierschein eintragen?«

»So steht's nun mal in meinem Pass!« Charlot gab sich pampig, in Wahrheit war sie den Tränen nahe. »Achte bitte gut auf mein Schwesterherz, ich hab nur die eine!« Charlot stieg aus, Schellenberg begleitete sie bis zum Zollhäuschen, wo er die Beamten instruierte. Er bestimmte einen von ihnen als Fahrer für die Rückführung des Mercedes *SS-2*. »Sieh zu«, zischte er Charlot noch zu, »dass du schleunigst über den Kanal kommst!« Dann ging er langsam zu seinem eigenen Wagen zurück.

Addy bemühte sich lächelnd, ihm die Situation nicht zu erschweren. »Ich kann's gar nicht erwarten«, verkündete sie, »den guten alten Salon Kitty wiederzusehen!«

Sie fuhren sofort los. Charlot winkte ihnen lange nach ...

STUPOR

Januar 1942

Die Vorbereitungen zur sogenannten Wannsee-Konferenz in der Villa Marlier, hatten für mich zur Folge, dass ich meistens ohne meinen Patienten in meinem Studio im Keller des RSHA hockte. Das *Hohe C* hatte es so angeordnet, denn Heydrich erwartete, dass ich ihn unverzüglich in meine Hände nahm, wenn er zwischendurch blitzschnell auftauchte, um in seinem Büro nach dem Rechten zu sehen. Dieses rastlose Hin und Her machte ihn nicht gerade umgänglicher.

»Worum geht es auf dieser Konferenz eigentlich?«, wagte ich zu fragen.

»Um die Endlösung der Judenfrage!« Da ich augenscheinlich nichts mit dem Begriff anzufangen wusste, fauchte er mich an: »Das geht Sie einen feuchten Dreck an, Leibphysio! Weiterkneten!«

Er war verärgert und ich hütete mich, ihn nochmals zu reizen ... *Endlösung?* Das klang wie Erlösung, direkt fürsorglich. Aber wenn man dem süßlichen Geruch nachging – roch's schon übler, es stank! Nach Leichen, nach Krematorium! Nur gut, dass meine Mutter Beatrice fein in der sicheren Schweiz weilte.

Die Zeit, die Heydrich mir ließ, nutzte ich, um im Kabuff mit anzuhören, was oben zur Sprache kam. Mir war in diesen Momenten gar nicht bewusst, dass wenn mich einer von denen, die ich belauschte, beim Abhören erwischte, meine Stunden gezählt waren. Eine Art Jagdfieber hatte mich ergriffen, zumal, wenn ich ein Gespräch wie dieses mithörte.

Es war Himmlers näselndes Organ: »... Weiber aus Bethel entsorgt?!«

»Zu Befehl, Reichsführer!« Das war sein Stabschef Karl Wolff. »Wurden direkt vom Bus in Güterwaggon umgeladen, der an den nächsten Zug nach Auschwitz angekoppelt wird. Es hat sich ausgetanzt!«

»Damit wollen wir's dann aber auch gut sein lassen! Es war ein missglücktes Attentat, gesteuert von ausländischen Mächten!«

Gruppenführer Wolff leitete seine Widerworte mit einem entschuldigenden Räuspern ein. »Und wir haben die Regisseurin entwischen –«

»Gruppenführer!« Himmler schniefte heftig. »Ich will von der Sache nichts mehr hören! Was macht die Konferenz in unserem Gästeheim?«

»Die hat Obergruppenführer Heydrich an sich gezogen!«

»Wird schon seine Gründe haben, der liebe Reini!«

Offenbar war Walter Schellenberg zurück in Berlin. Heydrich hatte auf die telefonische Nachricht hin die Therapie auf der Stelle abgebrochen. Ich befürchtete schon, er würde ihn zu uns ins Studio zitieren, dann hätte ich von dem folgenden Gespräch wohl nichts mitgekriegt. Aber er ordnete an, dass der Leiter SD-Ausland in seinem Dienstzimmer auf ihn warten solle. Das gab mir die Chance, mitzulauschen.

Es dauerte nicht lange, da hatte ich das *Hohe C* im Kopfhörer.

»Wo haste denn so lange gesteckt?«

»Musste Wölfchens fahrbaren Untersatz retten! Die Zwillinge hatten ihn als Fluchtfahrzeug –«

»Geschnappt?!«

»Addy ist zurück im Salon Kitty –«

»Witziger wär' die andere gewesen!«

»Die hat – dank Reichsführer – ihren Arsch retten können!«

Heydrich gab sich nachdenklich. »Walterchen«, sagte er jetzt ganz ernst, »Du musst was für deinen Arsch –«

»Scheiß drauf!«, erregte sich Schellenberg, aber das *Hohe C* wurde noch ruhiger, ich kannte diese plötzliche Kälte, Blitzeis!

»Das Klopapier findest du im *Hawaii*, und wenn du dir den Hintern abgewischt hast, verdufte für einige Zeit – wie wär's mit Paris, ein bisschen *Polaires* jagen?! – Das wären Skalps, mit denen du beim Reichsführer wieder punkten könntest!« Heydrich räusperte sich mit einem höhnischen Lacher. »Das RSHA, genauer gesagt, das zuverlässige Wölfchen, fegt die Scherben auf, die letzten lästigen Zeugen des Himmler-Desasters auf der Wewelsburg.«

Fröstelnd begriff ich, dass nur eine Laune des *Hohen C* mich davor bewahrt hatte, ebenfalls in den Mülleimer gekehrt zu werden.

STUPOR

Januar 1942

Seit geraumer Zeit hatte ich den Salon Kitty nicht mehr aufgesucht. Kaum hatte ich *Diony* im Hof geparkt, tauchte wie ein Geist Erwin Schultzes kahler Schädel aus der Kohlenrutsche auf. Mit ihm hatte ich wirklich nicht mehr gerechnet. Seit meinem letzten Besuch in der Giesebrechtstraße war ich davon ausgegangen, dass ihn Müllers Gestapo-Schergen längst aus seinem Loch gezerrt hatten!

Verlegen stieg ich aus meinem Horch. Ich wusste nicht, wie ich ihm gegenübertreten sollte, da trat er schon aus der Kellertür, völlig unbefangen, fast heiter.

Hatte ich mir das alles nur eingebildet? Ich sah, dass er einen Kamelhaarmantel trug, den ich noch nie an ihm gesehen hatte. In der Hand hatte er einen kleinen, abgewetzten Koffer aus gutem Rindsleder, den er neben sich abstellte.

»Ein schöner Tag, Herr Max!« Erwin Schultze blinzelte hinauf zum diesigen Berliner Himmel, dem kargen Ausschnitt, den ihm der engbebaute Hinterhof bot. »Ich warte darauf, dass sie mich holen kommen«, informierte er mich beiläufig. Mir stach diese stoische Gelassenheit wie eine spitze Klinge zwischen die Rippen, mitten ins abgestumpfte, verödete Herz. Es schmerzte, und es weckte meinen verschütteten Widerspruchsgeist.

»Ich kann Sie, Professor, im Kofferraum versteckt, irgendwie aus der Stadt –«, stammelte ich wirr, »aufs Land, über die Grenze –« Erwin Schultze lächelte über meinen Eifer, mein unüberlegtes spontanes Anerbieten. »Ich kann Sie noch retten, bevor es –«

Ein schelmisches kleines Lachen stahl sich in seine faltigen Gesichtszüge. »Wollen Sie, Herr Max, sämtliche Juden Berlins im Kofferraum –?« Er beschämte mich so, dass ich ungewollt in sein Grinsen einfiel. »Fräulein Addy erwartet Sie schon«, drängte er mich zum Gehen.

Ich winkte ihm zu, wie er dastand und artig den Hut lüpfte, um mich zum letzten Mal zu grüßen.

Mit Kittys gütiger Erlaubnis entführte ich Addy aus der Giesebrechtstraße. Als ich mit ihr den Horch bestieg, stand die Kellertür noch offen. Von Erwin Schultze keine Spur – –

Wir fuhren hinaus in die Müggelberge. Da ich nicht daran gedacht hatte, mir einen Rodelschlitten zu besorgen, gingen wir spazieren am Ufer des Müggelsees. Die Bismarckwarte war für Besucher gesperrt, oben auf der Aussichtsplattform hatte die Flak einen Beobachtungsposten installiert. Schweigend stapften wir den Pfad entlang durch den festgetretenen Schnee. Wir waren uns fremd geworden, auch weil ich mich in letzter Zeit wenig um Addy gekümmert hatte. Selbst jetzt überließ ich ihr die Initiative.

»Karl Ernst Krafft soll es nicht gutgehen.« Das war typisch für die fürsorglichere der beiden Zwillingsschwestern: Sie kümmerte sich um die anderen. »In der zermürbenden Fron des Propagandaministeriums nimmt seine empfindliche Gesundheit Schaden?!«

Mich wurmte ihr Mitgefühl, wahrscheinlich, weil ich selbst zu so viel Empathie nicht fähig bin. »Addy!«, sagte ich streng. »Vergiss den Spinner: *Du* musst hier weg!«

»Das hat Charlot auch gesagt!«, antwortete sie mit verlegenem Lächeln, was mich noch mehr auf die Palme brachte.

»Reicht dir das Schicksal von Tante Grete nicht!«

Das trieb ihr Tränen des Trotzes in die Augen. »Grete wollte nicht mehr!«, empörte sie sich leidenschaftlich. »Sie hatte die Schnauze voll. Aber wenigstens wollte sie das Arschloch Himmler mitnehmen in ihrem bescheuerten Abgang. War doch 'ne tolle Nummer!«

»Ein elender Tod«, hielt ich halbherzig dagegen. »Hab ich mir sagen lassen.«

»Von wem?«, fauchte Addy. »Von den Typen, denen du dich verkaufst!? Ich bin nicht lebensmüde!«

»Verhältst dich aber so!« Ich war es leid. »Bitte sieh doch die Dinge wie –«

»Wie!?«, höhnte sie. »Und wohin bitte soll ich –« Addy blühte richtig auf in ihrer Wut, sie redete sich schön, begehrenswert, ging mir durch meinen Kopf, während sie sich hineinsteigerte in ihren Zorn. »Wohin bitte?! Und wie, gefälligst!«

»Nach Hause!« Was Gescheiteres fiel mir nicht ein. »In die Schweiz, ich helf dir –«

»Zurück ins piefige Genf!?« Addy verlachte mich höhnisch, mit Recht. »Porzellantassen bemalen in der *Manufacture Marguerite Panchaud?* – Nee!« Sie sah mich an, eine wutblitzende Jeanne d'Arc. »Die Wewelsburg hat mich stark gemacht, Maxe! Wären Charlot und ich noch eine Sekunde länger in Reichweite geblieben, die von der SS hätten uns umgelegt wie den armen Otto Rahn, Genickschuss! Paff! – Paff! *Coup de grace!*«

»Ebendeswegen musst du verschwinden, überleg's dir nicht zu lang, ich fahr dich, wenn's sein muss, sofort, auf der Stelle – Auch, wenn ich Kopf und Kragen –«

Der Blick, der mich traf, strafte mich Lügen. »Lieber schlaf mit mir, oller Maxe, hast dich lange genug gedrückt. Oder bin ich dir nicht mehr scharf genug!?«

Wir fuhren zurück in den Salon Kitty. Ich würde Addy auf ihr Zimmer folgen, klar!

~

Anna van der Koppeln löste den Krafftschen Haushalt im Schwarzwald auf, um in Berlin wenigstens in der Nähe ihres Mannes zu sein, in der vagen Hoffnung, doch irgendetwas für ihn tun zu können. Sie verließ Urberg, den Opel bis unters Dach mit Büchern und Schriften vollgestopft.

Im Propagandaministerium war man des Astrologen mittlerweile überdrüssig geworden. Für die seltsamen Elaborate, die ihr Häftling in der Zigaretten-Manufaktur Muratti absonderte, hatte man keinerlei Verwendung. Die Hoffnung, dass Krafft sie mit nützlichen Horoskopen aus der höchsten Ebene des Feindes versorgen würde, die der psychologischen Kriegsführung dienen könnten, hatte sich nicht erfüllt. Der Kosmobiologe war zur Herstellung solchen Materials einfach viel zu verquer und versponnen, auch fehlte ihm die nötige Arbeitsdisziplin. Julius Obwasser hingegen, der Kraffts Schicksal teilte, gab sich alle Mühe, die sich häufenden Ausfälle seines Leidensgenossen zu übertünchen, durch erhöhten Eigenausstoß wettzumachen. Immer öfter verweigerte das Schweizer Sprachgeist die verlangte Zuarbeit; und schließlich auch die Nahrungsaufnahme. Er wolle seinen Peinigern die Arbeit erleichtern, die ihn doch nur umbringen wollten, erklärte er Obwasser. In seiner Paranoia sonderte Karl Ernst Krafft dann plötzlich und unerwartet doch eine Prophezeiung ab:

Ein Bombenhagel wird niedergehn
aufs Propagandaministerium!
Des Himmels gerechtes Vergelten
für Sprachgeistes schändliches Verschmähn!

Und als ein paar Tage später tatsächlich alliierte Bomben auf Goebbels' Ministerium fielen, hatte Krafft endgültig niemanden mehr, der sich noch für ihn einsetzte. Die beiden Käfig-Astrologen wurden zur Strafe in ein heruntergekommenes Gebäude an der Köpenicker Straße gepfercht, in dem sich vormals Stallungen befanden. Zwar durfte Anna ihren Karl Ernst Krafft dort besuchen, konnte sich sogar über Nacht mit ihm einschließen lassen, aber an der Apathie ihres Ehemanns, nur gelegentlich unterbrochen von zornigen Attacken, änderte das nichts.

Am 16. Januar 1942 erreichte den Chef der Gestapo Heinrich Müller in seinem Dienstsitz am Alexanderplatz ein Anschreiben der Kriminalpolizei – Direktion Detmold:

Aufgefunden in einem aufgelassenen Steinbruch (Gemarkung Oerlinghausen) wurde ein völlig ausgebranntes Ambulanzfahrzeug, das nach erkennungsdienstlicher Untersuchung dem Fuhrpark des CRI zuzuordnen ist (Nummernschilder waren entfernt worden).
Auf dem Fahrersitz eine stark verkohlte weibliche Leiche. Spuren von Gewalteinwirkung (Schusswunden, Stichverletzungen, Knochenbrüche) konnten nicht festgestellt werden. Ermittlungen haben ergeben, dass es sich bei der Toten um die aus Wien stammende Journalistin Grete von Urbanitzki handelt, die seit den letzten Dezembertagen des vergangenen Jahres als vermisst galt.
Wie besagte Person an und in das Fahrzeug des CRI kam, entzieht sich unserer Kenntnis. Wir bauen auf Ihre Zustimmung, dass wir (binnen zehn Tagen, ab Datum Poststempel) die ausgeglühte Karosserie an eine Schrottpresse übergeben.
Mit deutschem Gruß! Heil Hitler!

(unleserliche Unterschrift)

STUPOR

20. Januar 1942

Heute fand die seit längerem angekündigte Konferenz im SS-Gästehaus am Wannsee statt. Bei meiner Ankunft am späten Morgen fiel mir auf, dass anscheinend jede Menge Vertreter, meist Staatssekretäre der einzelnen Ministerien, geladen waren, jedoch kein einziger Angehöriger des Militärs. Ich begab mich in mein Studio und hoffte auf das ansonsten stets ergiebige Telephon im Vorzimmer, doch die Leitung war tot. Um mir die Zeit mit etwas Verbotenem zu vertreiben, las ich in Stefan Zweigs *Schachnovelle*, die ich in Heydrichs Schreibtischschublade entdeckt hatte, obgleich sie in Deutschland eigentlich auf dem Index stand.

Es war schon nach Sonnenuntergang, als das *Hohe C* endlich

bei mir auftauchte in Gesellschaft von Schellenberg. Beide leicht angedüdelt, fuhrwerkten sie mit gut gefüllten Cognacschwenkern in der Luft herum, ließen es an großen Gesten nicht fehlen.

»Denen haben wir es aber gezeigt!«, krähte der Obergruppenführer Reinhardt Tristan Heydrich, zufrieden mit sich selbst, gestützt auf die Schulter seines Obersturmbannführers. Erfolgreiche Feldherren nach siegreicher Schlacht stellte ich mir anders vor, auf mich wirkten sie eher wie Corpsstudenten nach einem Puffbesuch.

»Damit ist der Massenver–« Schellenberg verschluckte sich, auch mir stockte der Atem. »Der massenhaften Entsorgung –« Schellenberg gab sich Mühe, eine gewisse empörte Würde aufrechtzuhalten, »Tür und Tor –«

»Ach, Walterchen, die stehen doch längst sperrangelweit offen!« beschwichtigte Heydrich. »Auschwitz, Majdanek …« – nach mehrfachen Anläufen gelang es ihm endlich, den Zigarrenstummel auszudrücken, den er die ganze Zeit über zwischen den Fingern hielt – »… oder Bergen-Belsen haben die ersten Probeläufe tadellos überstanden, Zyklon B hat sich bestens bewährt!«

»Aber es hapert –«, hielt Schellenberg maulend dagegen, »laut Obersturmbannführer Eichmann bei den Kapazitäten der Öfen!«

»Und am glatten, reibungslosen Antransport!«, bemängelte jetzt auch das *Hohe C*. »Es geht nicht fix genug!«

»Dann kommt jedesmal die Ausrede«, nahm Schellenberg den Faden auf, »das Heer bräuchte die Schienen für seine Bewegungstransporte – ostwärts!« Er ließ sich Zeit, weil Heydrich damit begonnen hatte, sich aus seiner Uniform zu schälen, die Hosen hatte er schon runter.

»Das wird …«, Heydrich zog sich das weiße Hemd mit einem Ruck über den Kopf, »… wird sich legen, wenn jetzt der russische Winter richtig unangenehm wird.« Er warf sich mit entblößtem Torso bäuchlings vor mir auf die Liege. »Da gibt's ganz schnell keinen siegreichen Vormarsch mehr, keinen Meter!«

Schellenberg widersprach. »Glaub bloß nicht, dass der Führer irgendwelche, selbst strategisch notwendige Absetzbewegungen dulden wird!« Ich legte meine Hände auf Heydrichs verschwitzten Nacken. Wie ein bissiger Teckel kartete Schellenberg nach: »Eichmann bekommt seine Güterzüge, wetten!?« Das gefiel dem *Hohen C.* Er gluckste. »Schon, weil unser weitsichtiger, weiser Oberstkommandierer seinen Divisionen jegliche Hoffnung wie alte Zöpfe abschneiden wird, sie könnten sich irgendwie zurück –«

»Es gibt kein Zurück!«, quoll es dumpf aus Heydrichs gequetschtem Mund, denn ich presste seinen Schädel mit beiden Händen auf die Liege, mit den Fingerkuppen seine Kopfhaut bearbeitend. »Kein Zurück!«, stöhnte er wohlig. »Schon gar nicht in der End-, End-, Endlösung!«

Schellenberg sah mich bekümmert an, ich zuckte die Schultern. Ich musste an Erwin Schultze denken. Der Obersturmbannführer verließ unauffällig das Studio, während ich mich über den verlängerten Rücken, sprich: Arsch, meines Patienten hermachte.

~

Auf dem unweit von London gelegenen Landsitz des rumänischen Botschaftsattachés gab sich die Emigrantenszene die Klinke in die Hand, der Secret Service natürlich immer dabei. Am Kamin, im großzügigen Salon stand Keun van Hoogerwoerd über eine Deutschlandkarte gebeugt, die den ganzen Tisch einnahm, übersät mit klobigen Ansteckern, kleine Totenköpfe. Die makabren Nadeln signalisierten jeweils bekanntgewordene Standorte von Straflagern im Reichsgebiet.

Virgil Tilea, der Hausherr, brachte einen neuen Gast, einen alten Bekannten: Louis de Wohl, der sich auch gleich mit Aufmerksamkeit heischendem Trompeten – »*Back from the USA!*« – einführte, doch niemand nahm von ihm weiter Notiz.

»Wusste gar nicht, dass du weg warst.« Virgil Tilea widmete sich mit ganzer Aufmerksamkeit der Landkarte und erfasste mit sicherem Blick die Lage.

»Es werden immer mehr!«

»Alle im Osten!«, spöttelte der holländische Baron. »Damit die zartbesaiteten *Moffe* keinen Schaden an ihrer reinen Seele nehmen!«

Louis de Wohl liebte es nicht, einfach übergangen zu werden. »Was hört man denn von unserem famosen Sprachgeist Karl Ernst Krafft?!«

»Gar nichts mehr!«, kam die Antwort von der Tür. Captain George Best war in den Salon getreten, eine Gelegenheit, sich zu entfernen, die Virgil Tilea schleunigst wahrnahm. Fast alle seine Gäste hatte er in sein temperamentvolles Herz geschlossen, Louis de Wohl gehörte nicht dazu. Und auch der hinzugekommene George Best hatte für den Wichtigtuer nur Spott übrig. »Der hat sich mit Fleiß sein eigenes Grab geschaufelt!«

De Wohl ließ nicht locker: »Und was habt ihr so getrieben, während ich auf geheimer Mission –«

»Och ...!« George Best fing den Ball auf. Dem Captain lag das Scheitern der Wewelsburg-Verschwörung immer noch schwer im Magen. Er wusste, dass er selbst daran gehörigen Anteil hatte. Sein Verhältnis zu Antoinette de Rives, der er ihre schöne Inszenierung versaut hatte, war empfindlich gestört; auch die *Polaires* fühlten sich von ihm aufs Kreuz gelegt. Da kam ihm dieser Louis de Wohl gerade recht: »... nur ein zu raffiniertes Attentat auf Heinrich Himmler, ging leider schief, unsere langjährige bewährte Agentin Grete von Urbanitzki zahlte mit ihrem Leben!«

~

»Schauen Sie, Beatrice, wen ich Ihnen bringe ...« Dr. Franklin Bircher-Benner schob einen älteren Herrn in das Studio seiner Diät- und Rohkostberaterin. »Einen alten Freund der Familie, den Sonderbeauftragten des Internationalen Roten Kreuzes, Carl Jacob Burckhardt.« Der stand noch unschlüssig vor dem gedeckten Teetisch, während sich der Klinikchef verabschiedete. »Ich muss euch jetzt allein lassen!«

»Danke, Doktor«, sagte die zierliche, früh ergraute Person und bot ihrem Gast einen Sessel an.

»Frau Neuner, ich falle gleich mit der Tür ins Haus –«

»Versuchen Sie doch erst mal unsere Mischung Grüner Tee mit

Ingwer«, gab sie sich unbeeindruckt, doch Carl Jacob Burckhardt ließ sich nicht aufhalten.

»Sie kannten doch die Wiener Journalistin Grete von Urbanitzki, eine gute Bekannte Ihres Sohnes Max, und vor allem eine fürsorgliche Freundin der Panchaud-Zwilling Charlotte und Adelheid …«

»O ja«, ging Beatrice Neuner lächelnd auf diese Eröffnung ein, »von dieser Dame hat mir Max oft erzählt, sie muss für die Mädchen, die er über Karl Ernst Krafft vom GLOBUS kennenlernte, eine Art Muttterersatz –«

»Sie ist tot!«, platzte es aus Carl Jacob Burckhardt heraus. »Grete von Urbanitzki wurde von den Nazis ermordet.« Er ließ seiner Zuhörerin keine Zeit, die Nachricht zu verdauen. »Diese Bande ließ es das CRI schriftlich wissen, sie verbrannte in einem unserer Ambulanzfahrzeuge, das ich der tüchtigen Person gelegentlich zur Verfügung stellte für ihre mutigen Unternehm–«

»Wie entsetzlich!« So viel Emphase hatte der alte Diplomatenfuchs gar nicht auslösen wollen.

»Ja, sicher …«, dämpfte er rasch die Reaktion, »aber mit ihrem Tod oder, besser: angesichts der Umstände ihres gewaltsamen Todes, sehe ich jetzt die Mädchen schutzlos – und stark gefährdet!«

»Und Max?« Beatrice Neuner dachte an ihren Sohn. »Der ist doch bei diesem Heydrich in sicherer –?«

Feinfühligkeit war nicht die Stärke des Herrn Burckhardt. »*Wenn* er sich da rausgehalten hat, aus dieser obskuren Weihefeier für die Spitzen der SS auf ihrer Ordensburg …«, der Rotkreuzler besann sich, »… besteht wahrscheinlich keine unmittelbare Bedrohung für ihn – ganz im Gegensatz zu den Panchaud-Zwillingen.«

»Max hat sich immer sehr um die Mädchen gekümmert.«

»Angeblich hat er Charlotte sogar geheiratet –«

»Sind Sie sicher?!«

»So berichtete es die Schweizer Botschaft, aber schon vor Jahren –«

»Und mir hat er kein Wort gesagt!« Beatrice Neuner verbarg ihre Enttäuschung nicht. Warum sollte sie dem sich so weltläufig Gebenden ihrerseits Abgebrühtheit vorspielen? »Der dumme Junge!«

»Ich kenn die näheren Umstände nicht, aber gerade diese Charlotte steht auf der Schwarzen Liste der Gestapo, das weiß ich –«

»Sie meinen, Max könnte ihretwegen in Schwierigkeiten –?«

»Das hängt allein von Reinhard Heydrich ab.« Das Internationale Rote Kreuz agierte in seiner Beurteilung ohne Rücksicht auf Gefühlsduseleien. »Und der ist weiß Gott ein ziemlich übler und höchst gefährlicher Zeitgenosse, ein Reptil: verschlagen und bissig!«

Das saß!

Beatrice Neuner suchte nach einem Halt. »Sie glauben«, begann sie zaghaft, »man müsse Max warnen?« Ihr fiel ein, was vor einigen Wochen ihr die durchreisende Baronin Antoinette de Rives sybillinisch geraten hatte, nämlich, dass Max sich in der Sicherheit seines offenbar guten Einvernehmens mit diesem Reinhard Heydrich wiegen könne, solange dem nicht andere den Teppich unter den Füßen wegzögen.

Carl Jacob Burckhardt war ein Mann starker Bilder. »Wer unter Wölfen lebt, mag mit dem Rudel heulen, sogar mit dem Rudel fressen, bis einer von den Leitwölfen angeschossen wird und dann Verrat witternd wild um sich beißt. Dann gelten angebliche Freundschaften nicht länger, dann gibt es keine Loyalität mehr!«

»Das klingt böse. Und wie ich meinen Maxe kenne, wird er's nicht wahrhaben wollen!« Beatrice steigerte sich in ihre so lang vermisste Mutterrolle hinein. »Allein könnte ich den Trotzkopf vielleicht, Aug in Aug –?«

»Das riskieren Sie aber besser nicht!« Burckhardt ruderte zurück. »Warten Sie lieber, bis Ihr Sohn Sie nächstens wieder besucht –«

»Das kann lange dauern.«

»Ich sehe …«, versuchte der plötzlich wieder Verantwortungsbewusste zu beschwichtigen, sich in einen scherzhaften Ton zu retten, »… ich sehe, von wem der Junge – mit Verlaub – den Dickschädel geerbt hat!« Er erhob sich abrupt, um seine Ermahnung zu unterstreichen. »Sie, Frau Neuner, unternehmen gefälligst nichts!«

Karl Ernst Krafft war nur noch ein Schatten seiner selbst. Zusammen mit seinem unfreiwilligen Leidensgefährten »Professor« Julius Obwasser wurde er abermals verlegt, diesmal in eine Baracke, die angeblich zum Goebbelsschen Propagandaministerium gehörte, aber der Verwaltung der Gestapo unterstand. Ein verwildertes Gelände, das sich unmittelbar an die Ruine des Verwaltungsgebäudes anschloss, das Opfer des von ihm prophezeiten Bombenangriffs geworden war.

Karl Ernst Krafft verließ kaum noch sein Bett, sondern saß den ganzen Tag über im Lotussitz auf der Matratze und machte Yogaübungen. Er sprach weder mit Obwasser noch mit seinen Wärtern. Seine Frau Anna durfte ihn jetzt lediglich einmal pro Woche besuchen – und das nur unter der strikten Auflage, keinen der ellenlangen Briefe, die der gepeinigte Sprachgeist nachts verfasste, nach draußen zu befördern, ansonsten würde sich die Situation ihres Mannes rapide verschlechtern. Eines Nachts musste es Krafft dennoch gelungen sein, sich heimlich davonzustehlen und ein »An den Herrn Propagandaminister Dr. Joseph Goebbels persönlich« gerichtetes Schreiben in einen Briefkasten zu werfen. Es wurde natürlich abgefangen. Anna van der Koppeln setzte sich verzweifelt dafür ein, den Vorfall als nicht geschehen zu betrachten, bettelte um die Beurlaubung oder wenigstens eine Krankenhausbehandlung für ihren Mann, doch der höhere Polizeioffizier, zu dem sie vordringen konnte, lehnte beides ab.

»Er stirbt!« Anna van der Koppeln war verzweifelt.

»Wahrscheinlich ...« Der Offizier wollte sich menschlich zeigen. »Und das ist auch besser so! Sollte er nämlich gesunden, bleibt uns nur die Wahl zwischen geschlossener Anstalt und Straflager.« Er seufzte Verständnis heischend. »Denn, ließen wir ihn noch mal frei, dann fänge alles wieder von vorne an.«

Bei ihrem nächsten Besuch fand sie Karl Ernst Krafft nicht mehr vor. »Verlegt nach Oranienburg«, lautete die lapidare Auskunft. Anna wurde die Ausreise in die Schweiz nahegelegt. Nach mehreren vergeblichen Anläufen sah sie ein, dass sie nichts mehr für ihren Mann tun konnte. Sie verließ das Reichsgebiet in Richtung Utrecht, ihrer Heimat..

Julius Obwasser wurde am Tag nach Kraffts Verschwinden vom gleichen höheren Polizeioffizier eine schriftliche Erklärung vorgelegt, in der er mit Unterschrift zu bestätigen hatte, nie für das Propagandaministerium tätig gewesen zu sein und erst recht keinen einzigen Tag in polizeilichem Gewahrsam verbracht zu haben. Jedes Wort, das er über sich und/oder Karl Ernst Krafft verlauten ließe, brächte ihn auf der Stelle in verschärfte Schutzhaft! Ihm sei ja wohl klar, was das bedeute ... Obwasser unterschrieb und verließ den Ort seiner Gefangenschaft als freier Mann.

STUPOR

Februar 1942

Ich erschien zum Dienstantritt, wie seit geraumer Zeit jeden Tag, in meinem Studio unten im Keller des RSHA. Praktisch erwartete das *Hohe C*, dass ich rund um die Uhr für ihn verfügbar war. Also begann ich meinen Arbeitstag erst mittags und blieb so lange, bis mein Monopol-Eigner – meist weit nach Mitternacht – mir signalisierte, dass er zumindest an diesem Tag nicht mehr auftauchen würde.

Diesmal fand ich *Führers Eisenfaust*, die Tapetentür zur Geisterbahn, weit offen. Eine derartige Einladung nahm ich gerne an, auch wenn die Jagd auf spektakuläre Entdeckungen in letzter Zeit nicht sonderlich ergiebig war. Vielleicht erwartete mich mein *Hohes C* sogar persönlich –?

Ich fand an seiner Stelle, weit hinten beim Beichtstuhl, einen in sich versunkenen Walter Schellenberg, der über mein Erscheinen auch nicht sonderlich erstaunt war.

»Du hast hier hoffentlich nichts versteckt?«, war seine erste Frage an mich. »Das *Hohe C* hat mich gebeten, schon mal klar Schiff zu machen, vor allem, was Schriftliches betrifft, bevor er seine offizielle Dienststelle nach Prag verlegt!«

Ich dachte sofort an mein vollgekritzeltes Exemplar *Freude mit der Technik des 853*. Das hielt ich allerdings in der Kopfstütze meiner Therapieliege gut getarnt verborgen, also schüttelte ich nur verneinend den Kopf.

»Es wäre blöd –«, erklärte mir Schellenberg seine Besorgnis, »wenn einer der wenigen Zivilisten, die Augenzeugen beim Reichsführer-Debakel auf der Wewelsburg waren, sich leichtsinnig eine Blöße gäbe – bei einer Razzia oder anderen Formen der Perquisition, also beim Gefilztwerden, Notizen bei sich hätte, die ihn belasten könnten.«

Mir wurde schwummrig. »Wieso?! Werde ich verdächtigt!?«, empörte ich mich. »Außerdem war ich zum Zeitpunkt des Eklats zusammen mit dem *Hohen C* bereits weg, draußen im Burghof, bereits auf dem Weg nach Berlin!«

»Aber du unterhältst vertrauten Umgang mit fast allen, eigentlich sogar mit sämtlichen inkulpierten Personen – Fälle, die jetzt, Stück für Stück, von der Gestapo abgearbeitet werden.«

»Trifft auf dich, lieber Walter, solcher Vorwurf nicht viel eher zu?!«

Der Obersturmbannführer Schellenberg lächelte überlegen. »Ich, für meine Person, bin vereidigtes, verschworenes Mitglied des Schwarzen Ordens.« Sein Lächeln erkaltete. »Außerdem habe ich mir eine Position geschaffen, auf deren Möglichkeiten grad die Spitze des Ordens, unsere Großmeister sozusagen, nicht verzichten können und wollen!«

»Aber du warst doch der offiziell Verantwortliche für diese katastrophal misslungene Weihefeier?«, gab ich zu bedenken.

»Einen solchen Ausrutscher«, grinste Schellenberg, »kann ich mir leisten! Unter uns gesagt: Meine Beziehungen ins neutrale, selbst ins feindliche Ausland sind für gewisse Herren weitaus bedeutender als eine vergleichsweise unerhebliche Kränkung, eine letztlich folgenlose Blamage. Wenn's hier jedoch schiefgeht …!«, fügte er düster an.

»Verstehe«, sagte ich, obwohl von einem Verständnis meilenweit entfernt. Vorstellen mochte ich mir eine solche Situation überhaupt nicht, so gab ich den platten Spruch »Der kluge Mann baut vor« von mir.

»Und du solltest bei den Klugen sitzen, Max, und dich nicht abdrängen lassen zu den Rechtlosen und Verfolgten.

»Das heißt?«

»Du setzt dich so schnell wie möglich ab nach Prag – und das mit leichtem, am besten mit gar keinem Gepäck!«

Völlig verunsichert verließ ich die Geisterbahn und begab mich in meinen Therapieraum. Es war Nachmittag geworden. Draußen hatte sicher schon die Dämmerung eingesetzt. Ich verschloss die Tür und öffnete den verborgenen Reißverschluss unter der Kopfstütze, zog meine bislang sicher verwahrt geglaubte Betriebsanleitung des Horch 853 heraus und überlegte, ob ich sie bei mir führen sollte, vielleicht im Sitzpolster meiner *Diony* versteckt, oder besser in meiner Wohnung am Savignyplatz – dort würde ich schon einen geeigneten, unverdächtigen Aufbewahrungsort ausfindig machen, bis des Sturmes Wellen sich wieder geglättet hätten. Doch hinter meinem Rücken hatte sich die Tür geöffnet, Walter Schellenberg stand da und wies mit Seelenruhe auf die *Freude mit der Technik des 853* in meiner Hand. »Das wolltest du mir doch noch geben, Maxe! – Nur leihweise. In Prag erhältst du es wieder.«

Ich überließ ihm das kostbare Stück. Vielleicht hatte Schellenberg ja doch recht mit seinen Befürchtungen.

»Und was wird aus Addy?!?« Meine Bedenken kamen schlagartig, wenn auch reichlich spät.

»Sie wird schweigen«, lautete die dunkle Antwort. »Notgedrungen!« Sein Grienen war verflogen. »Ich hatte ihr angeboten, sie außer Landes zu schaffen«, gestand er mir gequält. »sie riecht die Gefahr nicht, will nicht wahrhaben, dass meiner Protektion Grenzen gesetzt sind: Ich habe keinerlei Polizeigewalt, und bin auch nicht das *Hohe C!*«

»Bitte«, sagte ich leise, »zwing sie einfach, schon um Charlots willen!« Ich hatte plötzlich lähmende Angst um das unbekümmerte Mädchen, Schellenberg zuckte die Schultern.

»Sieh du zu, guter Max, dass du für deinen Teil Land gewinnst! Ich kann schlecht versuchen, Addy gegen ihren Willen –« Er umarmte mich, was zwischen uns sonst nicht die Übung war. Ich benutzte die spontane Geste, um ihn, den Obersturmbannführer, nochmals auf Addys Rettung einzuschwören.

»Bitte«, flüsterte ich, »bitte lass sie nicht in ihr Unglück rennen!«

Er schob mich aus dem Studio. Ich verließ den Keller der Prinz-Albrecht-Straße, ohne den geringsten Gedanken daran zu verschwenden, dass es vielleicht das letzte Mal sein könnte, dass ich diesen Ort betreten hatte.

Beatrice Neuner war sich unsicher, ob es richtig war, sich in das Leben ihres Sohnes Max einzumischen. Andererseits, wenn der leichtsinnige Bengel sich in gefährlichen, trügerischen Wassern bewegte, hatte sie als seine Mutter wohl immer noch Einfluss auf ihn und seine sorglose, oft fahrlässige Art mit seinem Leben umzugehen. Sie hatte nur den einen ...

Unschlüssig war sie von Zürich nach Schaffhausen gefahren, dort fühlte sie sich Maxe schon irgendwie näher. Sollte sie ihn telephonisch avisieren, dass sie auf dem Weg zu ihm war? Besser nicht, er würde ihr die Strapazen einer solchen Reise sofort ausreden. Sie könnte zu den Kraffts im Schwarzwald fahren, die Adresse hatte ihr die tüchtige Anna van der Koppeln gegeben für den Fall, dass sie in der Gegend sei. Vorher anzurufen, ob ihr Besuch gelegen komme, der Gedanke kam ihr nicht, auch nicht als sie an der Rheinbrücke ein Taxi herbeiwinkte, um sich hinüberbringen zu lassen. Offensichtlich hielten die Zöllner die Fuhre samt Fahrgast für einen Teil des kleinen Grenzverkehrs, es handelte sich ja nicht um eine der streng geregelten Ausreisen aus dem Deutschen Reich. So fand sich Beatrice Neuner zum ersten Mal nach vielen Jahren Schweizer Exils plötzlich wieder auf deutschem Boden. Ganz wohl fühlte sie sich nicht, als sie die Uniformierten an der Grenzkontrolle sah, als sie die ersten Brocken alemannischer Mundart vernahm. Sie fragte den Taxifahrer, was es kosten würde, wenn er sie bis nach Urberg bei St. Blasien brächte. Der erfreute Fuhrunternehmer machte ihr einen guten Preis, und so fuhren sie los.

Bald darauf stand die zierliche, ältere Dame, außer einer Umhängetasche ohne weiteres Gepäck, vor der Gartenpforte zum Anwesen Karl Ernst Krafft – Graphologie und Typokosmie. Das Haus dahinter konnte sie nicht sehen. Der Taxiunternehmer fragte, ob sie ihn noch bräuchte. Sie schüttelte den Kopf und zahlte den braven Mann aus, und der fuhr von dannen. Aufgewühlt drückte Beatrice Neuner die Klinke der Pforte, sie würde die liebe Anna überraschen! Erst jetzt fiel ihr ein, dass sie gar kein Gastgeschenk bei sich hatte, sie rief dem davonrollenden Taxi noch hinterher, doch offensichtlich hörte der Fahrer sie nicht mehr. Also musste sie mit leeren Händen vor die Kraffts treten. Entschlossen betrat sie den schmalen Pfad durch die Lorbeer- und Buchsbaumhecken. Da lag auch schon das geschindelte alte Bauernhaus vor ihr. Aber die Fensterläden waren verschlossen. Sie trippelte angstvoll bis zur Haustür: Verschlossen!

Sie rief: »Halloh, halloh!« Keine Antwort. »Ist da niemand –?!«

Die wettergegerbten Schindeln der Hauswand verschluckten ihr Rufen. Sie lief einmal ums Haus herum, alles war zu! Das Tor der abseitsstehenden Remise stand offen, sie schaute hinein. Sie musste – nach dem Benzingeruch – bis vor kurzem noch als Garage gedient haben, aber da war kein Wagen! Weg! Die Kraffts waren ausgeflogen.

Sie umklammerte ihre Umhängetasche und ließ sich erschöpft auf die Holzbank fallen, gleich neben der Tür. Da hatte sie, durch das Blattwerk der Hecke, die Straße im Blick. Irgendwann würden die Kraffts ja wieder nach Hause zurückkehren. Eine Tasse Tee wäre jetzt schön, dachte Beatrice, vielleicht mit etwas Tannenhonig. Sie hatte sich die ganze Fahrt durch den Südschwarzwald schon darauf gefreut.

Wie lange Beatrice da so gesessen hatte, wusste sie nicht, vielleicht war sie auch kurz eingenickt. Wach wurde sie jedenfalls durch das Klappen einer Autotür und den unangenehm spitzen Schrei einer Frau.

»Da ist sie!« Zwei uniformierte Polizisten stürmten durch den Gartenweg auf sie zu, gefolgt von einem Paar. »Sie ist immerfort um das Haus herumgeschlichen!«, zeterte die Frau. »Sicher eine Spionin!«

Die beiden Polizisten waren vor Beatrice angelangt. »Sagen Sie doch bitte ihrer Frau Gemahlin …«, wandte sich der ältere Beamte an den Mann, den ein Zwicker auf der Nase und ein Jägerhut als Einheimischen auswies, am Revers seiner Joppe prangte das Mitgliedsabzeichen der Partei, »… dass sie sich bitte aus unserer Ermittlungsarbeit heraushalten möge.« Der Ehemann knickte gleich ein, als der Jüngere, ein athletischer Typ, hinzufügte: »Wir wissen selbst, was wir zu tun haben!«

Doch die Frau bekam es in den falschen Hals. »Dann gehen wir lieber, Männe!«, rief sie mit schriller Stimme. »Wenn man uns so für unsere Wachsamkeit dankt!«

»Kein Grund –«, versuchte der Ältere noch zu vermitteln, da hatte die Megäre ihren Ehegespons schon am Ärmel weggezerrt. Sie schleifte ihn wutentbrannt geradewegs in Richtung Gartenpforte.

»Nachbarn!«, erklärte der Uniformierte den Auftritt. »Sehr aufmerksame Nachbarn! – Darf ich um Ihre Papiere bitten!?«

Während die eingeschüchterte Beatrice in ihrer Umhängetasche nach ihrem Pass kramte, begann der Jungbulle schon, sie zu befragen. »Was machen Sie hier auf diesem unbewohnten Anwesen?!«

»Ich wollte Freunde besuchen, den Sprachforscher Karl Ernst Krafft und seine Frau Anna –« Sie überließ ihren Pass dem Älteren, der ihn geübt durchblätterte.

»Wann sind Sie denn eingereist – und wo?!«, fragte er leicht erstaunt. »Hier fehlt der Stempel vom Grenzübertritt –?«

»Heute«, antwortete Beatrice, die wieder an Sicherheit gewann. »Rheinbrücke Schaffhausen!«

»Das kann jeder behaupten!«, blaffte der Jungbulle. »Vielleicht treiben Sie sich schon länger hier auf deutschem Boden herum?«

»Ich bin mit dem Taxi gekommen, ein Schweizer Taxi!«

»Quittung? Zulassungsnummer?«

»Waren Sie schon mal hier?«, löste der Ältere seinen forschen Kollegen ab, als er sah, dass Beatrice vor Schreck keine Antwort mehr herausbrachte.

»Nein«, sagte sie, »das erste Mal. Ich kenne die Kraffts aus Zürich, Herr Krafft war dort in maßgeblicher Stellung beim GLOBUS. Ich bin Mitarbeiterin in der Bircher-Benner Klinik, Leiterin der Rohkost- und Diätabteilung!«

»Das werden wir prüfen«, mischte sich der Jungbulle nochmals ein, der Ältere winkte ab.

»Kennen Sie die Hütte da oben?« Er zeigte auf die hölzerne Gartenlaube, die sich Krafft als Studierklause oberhalb des Wohnhauses am Hang errichtet hatte. »Keine Ahnung!«, antwortete Beatrice wahrheitsgemäß. »Sie wissen auch nicht, was dieser Herr Krafft hier trieb? Sie sind nicht etwa heimlich hierhergereist, um verstecktes, geheimes Nachrichtenmaterial hier abzuholen, es in die sichere Schweiz zu schmuggeln?«

»Ich wusste ja nicht einmal, dass die nicht da sind«, sagte Beatrice kleinlaut.

»Wie!!?«, bollerte der Jungbulle. »Sie behaupten, gut befreundet zu sein, und wissen nicht einmal, dass das Ehepaar Krafft vor über zwei Jahren nach Berlin übergesiedelt ist und vor Monaten Frau Anna van der Koppeln den Haushalt hier aufgelöst hat!?«

»Es sollte eine Überraschung sein«, gab Beatrice leise von sich. »Ich hab da nicht drüber nachgedacht, dummerweise!«

»Oder spielen klugerweise mal die Dumme!«

»Tut mir aufrichtig leid«, sagte Beatrice. »Ich muss jetzt zusehen, wie ich hier wieder wegkomme ...« Sie griff in Richtung ihres Reisepasses, den der Ältere sofort aus der Reichweite ihrer Hand schnellen ließ. »Der Pass ist eingezogen«, sagte er mit der Süffisanz eines Mannes am längeren Hebel. »Um die Rückfahrt müssen Sie sich auch nicht sorgen, wir bringen Sie jetzt nach Waldshut, dort sitzt unsere übergeordnete Dienststelle. Die werden über alles Weitere entscheiden –«

Beatrice war wie vom Donner gerührt. Dass sie verlangen konnte, mit Max zu telefonieren, fiel ihr erst ein, als sie schon in der Polizeilimousine saß, im Fond mit verriegelten Türen, und von den beiden schweigenden Beamten durch den Wald gefahren wurde.

»Mein Sohn Max ist nämlich der Physiotherapist von Herrn Heydrich – in Berlin«, sprach sie gegen den Stiernacken des Jungbullen an.

»Das können Sie alles den Kollegen bei der Gestapo in Waldshut erzählen!«, antwortete für ihn der Ältere, der nicht am Steuer saß.

Beatrice hatte jetzt einen trockenen Hals, doch die Sehnsucht nach etwas Tee stellte sich nicht mehr ein ... Sie musste in Waldshut unbedingt als Erstes die Aufnahme einer Verbindung zu Max verlangen, ihm gestehen, was für einen Blödsinn seine törichte Mutter angestellt hatte. Der gewitzte Junge würde dann schon alles klären ...

STUPOR

Februar 1942

Als ich nach der Begegnung mit Walter Schellenberg meine gute *Diony* volles Rohr den Ku'damm in Richtung Savignyplatz röhren ließ, beschloss ich, mich nicht ins Bockshorn jagen zu lassen. Erst mal wollte ich von Reinhard Tristan Heydrich persönlich hören, was nun Sache war, um dann in aller Ruhe meine Abreise nach Prag, also in eine völlig neue Welt, zu planen. Ich parkte den Horch 853 auf dem für mich reservierten Parkplatz, gekennzeichnet durch ein Schild »Arzt im Dienst« samt meiner Autonummer, die für kontrollierende Verkehrspolizisten zusätzlich signalisierte, dass der Fahrzeughalter im Dienst des Staates stand.

Ich schloss die Haustür auf und stieg das feudale Treppenhaus hoch in den zweiten Stock. Beim Öffnen der Wohnungstür stellte ich irritiert fest, dass der Schlüssel klemmte. Das Schloss müsste mal geölt werden, dachte ich. Als ich dann im Flur stand, glaubte ich einen fremden Geruch wahrzunehmen. Ich verscheuchte den albernen Eindruck. Doch betrat ich meinen Salon nicht mit der gewohnten Nachlässigkeit: Irgendwas stimmte nicht. Jedes Ding stand an seinem Platz, aber alles stand anders. Ich hatte die Angewohnheit, eine Art unbewusster Zeitvertreib, Gegenstände auf dem Tisch stets im rechten Winkel zueinander anzuordnen, dazu noch im Verhältnis Goldenen Schnitts. Es war eine kleine Marotte, ich konnte gar nicht andres, als alles derart zurechtzurücken. Mit einem Blick erkannte ich, dass jemand, der davon nichts ahnte, das Etui, die Zigarettenbox, das Tischfeuerzeug, die Bleistifte, den Schreibblock bewegt hatte. Meine Putzfrau konnte es nicht gewesen sein. Die hatte zwar einen Schlüssel zur Wohnung, rührte auf der Tischplatte aber nur etwas an, wenn ich dies ausdrücklich wünschte. Ich trat ans Bücherregal. Ich wusste genau, welche Romane, Novellen, Biographien und Nachschlagwerke wo und neben wem standen. Nichts stimmte mehr! Jemand hatte meine Wohnung durchsucht! Das konnte kein Einbrecher gewesen sein, sonst würden die Silberschalen, die silbernen Etuis für Visitenkarten, für Briefmarken und für Zigaretten fehlen, auf dem Schreibtisch befanden sich mehrere teure Füller, einer in Gold – alles war noch da, Also: Gestapo! Sie mussten nach etwas gesucht haben, und ich sollte es nicht merken! Ich schaute in den Plattenschrank, jetzt wurde es offensichtlich: Eine Beethoven-Sonate und ein Konzert von Bruch waren vertauscht, steckten in den falschen Hüllen, und auch noch kopfüber! Das wäre mir nie passiert!

Puohh! Ich schnappte nach Luft und ließ mich in einen der Lederfauteuils fallen. Schellenberg wusste immer etwas mehr, oder er hatte es zumindest gerochen. Sofort packen? Hatte er nicht etwas geraunt von *leichtem Gepäck, am liebsten gar nichts?*

Ich stürzte zu meinem Kleiderschrank. Das schicke weiße Jakett, das Görings Maßschneider eigens für mich entworfen und gefertigt hatte, das würde ich am besten am Leibe tragen. Ich benutzte es in letzter Zeit kaum, eigentlich nur zu offiziellen Anlässen, um Ehre fürs *Hohe C* einzulegen. Das letzte Mal auf der Wewelsburg. Ich stopfte zwei Hemden zum Wechseln, Shorts und Socken in eine

Sporttasche, die noch von den Olympischen Spielen überlebt hatte, dazu das Reisenecessaire, und das war es! Alles andere würde ich mir in Prag neu kaufen. Ich zog die Etagentür hinter mir zu, ohne einen Gedanken daran, dass ich die Wohnung nicht so bald wieder betreten würde. Außerdem: Wer unbedingt reinwollte, fand Dietrich oder Schlosser, die ihm Zugang verschafften – wie man sah! Was hatten die nur gesucht? Siedend heiß fiel mir die *Freude am 853* ein. Schellenberg hatte wirklich an alles gedacht! Ich warf die Sporttasche mit all meinem Hab und Gut auf den Rücksitz. Das Verdeck ließ ich offen, es war eine der ersten Frühlingsnächte. Auf dem Ku'damm leuchteten zwar wegen der Verdunkelung keine Laternen, doch huschte noch viel Leben auf den breiten Trottoirs. Ich brauste mit abgeblendetem Luftschutzlicht, schmalen Schlitzen wie Vipernaugen, gen Süden, um die Autobahn nach Dresden zu gewinnen. Meine Papiere waren in Ordnung, ich besaß – ausgestellt vom *Hohen C*, auch die vorgeschriebene Nachtfahrt-Genehmigung.

Adieu, Berlin!

~

Die Art, wie Addy von den Beamten behandelt wurde, wies schon darauf hin, dass es sich bei ihrer Einvernehmung um keines der üblichen Routineverhöre der Gestapo handelte. Die beiden grauen Ledermäntel waren am Abend im Salon Kitty erschienen, hatten erst nach Frau Katharina Zammit verlangt, und die Pensionsinhaberin dann gebeten, Addy zu benachrichtigen.

Jetzt saß das Mädchen in einem der Dienstzimmer am Alexanderplatz, man hatte durchaus freundlich ihre Personalien aufgenommen, ihren Schweizer Pass durchblättert und sie dann eine Zeitlang warten lassen – garen lassen, nannten die Gestapo-Beamten das. Endlich wurde sie in einen kleinen Raum geleitet, wo sie ein stämmiger Bajuware gesetzten Jahrgangs empfing.

Er stellte sich mit »Müller!« vor, was aber Addy nichts sagte. Das schien dem gemütlichen Herrn durchaus zupass zu kommen, Eingeschüchterte lassen sich meist schwieriger befragen als solche, die glauben, sich nichts vorwerfen zu müssen, und dann starr vor Schreck sind, wenn sie realisieren, vor wem – nur durch die Schreibtischplatte getrennt – sie da sitzen!

Gestapo-Müller rauchte Stumpen und bot auch Addy sofort Zigaretten an, indem er ihr die gutbestückte Tabakwaren-Kassette rüberschob. Er gab ihr sogar Feuer. »Wir haben schließlich einiges zu besprechen!«, eröffnete er das Gespräch. Vor ihm lag ein prall gefüllter Aktenordner. »Beginnen wir mit der Weihefeier auf der Wewelsburg. Sie waren doch wohl eingeweiht in den Plan der Urbanitzki!?«

Ehe Addy ihre Gedanken ordnen konnte, entfuhr ihr bereits ein naives »Was für ein Plan, bitte?!«.

Müller zog an seinem Stumpen. »Sie fliegen mit dieser Urbanitzki einfach so mir nichts, dir nichts von Berlin nach Lippstadt –?«

»Grete hatte mich gebeten, mit ihr nach Bethel zu fahren, um den alten Herrn Oberst Weisthor auf einer Reise zu begleiten. Ich war früher mal seine Pflegerin.«

»Unter dem falschen Namen Gabriele Dechend!«

»Das war nicht meine Erfindung!«, verteidigte sich Addy. »Frau Dr. Schlarb vom Ahnenerbe engagierte mich damals unter dieser Bedingung!«

»Jedenfalls waren Sie dann am Kidnapping eines SS-Brigadeführers beteiligt, das wollen Sie doch nicht bestreiten, Fräulein Panchaud!?«

»Nö ... Doch! Der Herr Oberst war ganz aus dem Häuschen vor Freude, aus der Anstalt da rauszukommen, und dass ich mich wieder um ihn kümmerte –«

»Sie begleiteten ihn in die Niederlande, in einer Ambulanz des Roten Kreuz!«

»Nicht ich! Gabriele Dechend machte das!«

»Und Sie, Adelheid Panchaud, wussten, wohin die Reise ging und zu welchem Zweck!?«

»Ich, ebenso Gabriele Dechend, kannten das Kasteel Ter Noot vorher nicht, nie davon gehört!«

»Und Sie haben dort an der »Verwandlung« des Otto Rahn, den Sie ja bestens kannten, mitgewirkt, am Gelingen dieser Metamorphose?«

Addy drückte ihre Zigarette aus, griff fahrig nach der nächsten. Herr Müller schob ihr das Tischfeuerzeug hin, um mit Genugtuung zu registrieren, wie ihre Hand leicht zitterte.

»Wieso *Otto Rahn?!* Der ist doch tot, vor drei Jahren schon, ich glaub im Schneesturm – irgendwo in den Alpen –«

Müller ließ sie zappeln. »Ich hatte nach Ihrer Beteiligung beim Austausch der Personen gefragt!«

»Ich versteh Ihre Frage nicht, Herr Kommissar –?«

»Sie wollen mir also ernsthaft weismachen, gutes Fräulein Adelheid, Sie hätten nicht bemerkt, dass es nicht mehr Oberst Weisthor war, den Sie zurückfuhren nach Bethel, sondern der angebliche tote Otto Rahn? – Und dies bei dem innigen Verhältnis, das der Oberst mit Ihnen als Gabriele Dechend pflegte? – Ist das nicht ein bisschen viel verlangt?«

Das fand Addy auch. Sie nahm einen tiefen Zug und blies ihn zur Seite, aber die Wolke waberte dennoch über den Tisch zu Herrn Müller. Der zeigte keine Reaktion. »Die von mir zu betreuende Person«, sagte Addy, »lag schon auf der Liege und schlief während der ganzen Fahrt.«

»Also der *falsche* Weisthor –«, fasste Müller nach. »Und wo ist der echte?! Wir könnten Sie des Mordes anklagen, wenn der Oberst nicht wieder auftaucht. Haben Sie, Adelheid Panchaud, den SS-Brigadeführer Karl Maria Wiligut, genannt Oberst Weisthor, heimtückisch beiseitegeschafft, weil er ihren verbrecherischen Plänen im Weg stand?«

Addy war jetzt zutiefst erschrocken, mit dieser schrecklichen Anklage hatte sie nicht gerechnet. »Ich habe niemanden ermordet!«, keuchte sie. Sie dachte an den dementen Weisthor, der seine glücklichen Tage in Ter Noot genießen konnte, während sie hier beschuldigt wurde, ihn um die Ecke gebracht zu haben. Sie musste sich mit diesem Müller anders anlegen. »Wenn Ihre Geschichte mit dem von den Toten Wiederáuferstandenen stimmt, dann müsste der Herr

Oberst ja noch auf Kasteel Ter Noot sein!? Das könnten Sie doch überprüfen –«

»Was dieses Verbrechernest anbelangt: Darum wird sich die Luftwaffe kümmern!«, schnaubte Müller verärgert. »Was treibt eine verdorbene Person wie Sie – jenseits Ihrer nicht angemeldeten Tätigkeit als Prostituierte im Salon Kitty – dazu, sich auf solche kriminellen Machenschaften einzulassen?«

Addy verstand jetzt gar nichts mehr, sie fing an zu flennen. »Ich wollte doch nur einmal den Parzival spielen!«, schluchzte sie. »Das hatte mir Frau von Urbanitzki versprochen!«

»Parzival! Der reine Tor!«, höhnte der nicht ungebildete Bayer. »Gehört dazu auch die Assistenz bei Carl Jacob Burckhardt vom *Croix Rouge Internationale?* Oder wollten Sie für andere in unseren Erziehungseinrichtungen herumschnüffeln?!«

»Es sollte meiner Vorbereitung dienen, für die Charité!« Schon wieder schossen ihr Tränen in die Augen, diesmal vor Wut.

»Dort fehlen Leute wie Sie, Adelheid Panchaud!«, hämte der Herr Müller und beschloss, die Sache zu Ende zu bringen. »Sie begleiteten auch Karl Ernst Krafft nach Brüssel«, stellte er fest. »Haben Sie dort die *Polaires* kennengelernt?«

»Nie!!«, fauchte Addy. »Wer soll das denn sein!«

Müller ließ nicht locker. »Auch nicht, als Sie mit Otto Rahn in Frankreich –?«

»Ich machte ihm den Haushalt und sonst nichts!«

»Madame Antoinette de Rives, seine Gönnerin ...«

»Die schickte nur ab und zu den Rolls-Royce für Fahrten«, unterbrach sie. Sie verschwieg dem Gestapo-Chef, dass Max der Chauffeur war.

»Nie persönlich kennengelernt?!«

»Erst später«, gab Addy zu, »als dann Otto Rahn mich sitzen ließ.«

»Also doch!«, nahm Müller befriedigt die Aussage zur Kenntnis. »So schließt sich der Kreis!« Müller erhob sich, und Addy folgte seinem Beispiel. »Wir müssen Sie heute Nacht und wahrscheinlich auch morgen hierbehalten, bis wir ihre Aussagen überprüft haben.«

Das hatte Addy nicht erwartet. »Könnte ich mit Herrn Schellenberg sprechen?!«, verlangte sie unaufgeregt. »Herrn Obersturmbannführer Walter Schellenberg!«

Gestapo-Müller schaute sie nachdenklich an, auch verweint war sie eigentlich ein ganz hübsches Mädchen. »Schellenberg!?«, murmelte er versonnen. »Keine schlechte Idee –«

Addy wurde abgeführt, diesmal waren es zwei andere Männer.

STUPOR

Februar 1942

Der Morgen dämmerte bereits. Ich hatte Dresden hinter mir gelassen, als ich mich der Reichsgrenze zum Protektorat Böhmen und Mähren näherte. Die Beamten an der alten k.u.k.-Zollstation schienen noch recht verschlafen, nichts deutete darauf hin, dass sie mich erwartet hatten. Ich reichte meinen Reisepass aus dem Wagenfenster und suchte noch im Jackett nach meinem vom *Hohen C* ausgestellten Sonder-Passierschein, als mich ein Mann in Zivil, aber mit Schlapphut, mit routinierter Stimme aufforderte: »Steigen Sie bitte aus!« Inzwischen hatte ich das Papier gefunden, doch er würdigte es keines Blickes. Ich folgte der Aufforderung, sie baten mich in das Innere des Gebäudes. Eine schmale Bank in Kniehöhe teilte den Raum, dahinter standen zwei Schreibtische.

»Ziehen Sie das Jackett aus und leeren Sie bitte Ihre Hosentaschen!«

Ich warf Taschentuch, peinlicherweise auch ein Präservativ, Geldbörse und Hausschlüssel in einen flachen Korb. Dann tastete mich einer ab, während der andere sich über mein maßgeschneidertes Oberteil hermachte. Er fand nichts außer dem Einstecktuch, warf das gute Stück seinem Kollegen zu, der es einverständig nickend auffing.

»Sehen wir uns mal den Protzwagen an!«, feixte Schlapphut. »Sie können mitkommen!«

Wir gingen durch eine Stahltür und befanden uns in einer fensterlosen Wellblechgarage. Und mitten drin litt *Diony!* Die unbarmherzige Faust einer Hebebühne hatte sich in den Unterboden meines Horch 853 gebohrt. Sie leuchteten mit einer Stablampe in jeden Winkel seiner Eingeweide, klopften mit einem Schraubschlüssel an Tank und Radgehäuse: Kein verdächtiges Geräusch, kein geheimer Hohlraum. Unsanft ließen sie die Karosse wieder auf ihre vier Pneus plumpsen.

»Bevor wir Ihnen jetzt das Innenfutter rausreißen bis auf das nackte Blech«, blaffte Schlapphut mich an, »zeigen Sie uns lieber freiwillig, wo Sie was versteckt haben: Dokumente, Photos, Broschüren – oder was weiß ich, was!«

Offensichtlich wussten sie nicht, wonach sie fahndeten. Schließlich fiel ihnen aus dem Handschuhfach ein ledergebundenes Telephonnummern-ABC in die Hände.

»Damenformat?!«, goss Schlapphut genüsslich seine Häme über mich aus.

»Praktisch!«, konterte ich gelassen.

Er blätterte es durch. »Verdächtig viele Rufnummern außerhalb unseres Deutschen Reiches!«, versuchte er mich zu provozieren, »und erstaunlich viele Weiber –?«

»Was heißt *erstaunlich?!* Wie Sie an meinem Pass gesehen haben, bin ich Schweizer Staatsbürger und falle auch nicht unter Euren Paragraphen 175!«

»Nu werden's nicht aufsässig!«, knurrte einer der Uniformierten und warf endlich einen Blick auf meinen Sonder-Passierschein. Er wurde blass.

»Egon!«, sagte er mit leiser Bestimmtheit zu Schlapphut. »Egon, wir sind fertig mit der Kontrolle!«

Schlapphut schaute unwillig. »Absolut negativ, fertig!« Er wandte sich mir zu und reichte mir Pass samt Schein zurück. »Wir müssen uns entschuldigen!«, fügte er noch unterwürfig hinzu, als wir schon durch die Stahltür zurück in das Dienstzimmer traten. Wofür, bekam ich gleich anschließend zu Gesicht, als der zurückgebliebene Kollege mir mit spitzen Fingern mein Jackett zurückerstattete: Er hatte das Futter säuberlich herausgetrennt, selbst aus den Ärmeln.

»Macht nichts, meine Herren!«, würgte ich mit falschem Lächeln hervor. »Der Schneider in Prag wird's schon richten.«

Diony wurde aus der Wellblechfolterkammer herausgeschoben, ich warf mich hinter das Steuer und betätigte den Zündschlüssel.

Die vier Herren standen stramm und entließen mich mit einem geschnarrten »Heil Hitler!«

Ich tippte wie ein Militär lässig an meine Hutkrempe und fuhr los in Richtung Prag …

Die Tulpenfelder rings um das Wasserschlösschen lagen zwar nicht mehr unter einer Schneedecke, auch wenn die Zellophanfolien, unter denen die ersten Zwiebeln zaghaft zu sprießen begannen, einen verblüffend ähnlichen Effekt erzielten. Die Kanäle, die sich rechtwinklig, wie ein Mühlebrett mehrfach gestaffelt, um die zentrale Burganlage zogen, waren hingegen noch schmutziggrau vereist.

Captain George Best war überraschend zu Besuch in Kasteel Ter Noot aufgetaucht. Wortlos entführte er Charlot aus dem geräumigen Zimmer, in dem das Bett des alten Weisthor stand, ein Himmelbett mit Baldachin. Der apathisch dahindämmernde ehemalige k.u.k.-Obrist verwechselte Charlot offensichtlich mit ihrer Schwester Addy, die er aber auch nur als Gabriele kannte. Sie hatte ihm gerade die Bettflasche bringen müssen und dafür gesorgt, dass der Wirrkopf nicht danebenpinkelte. George nahm ihm das Gefäß aus der Hand und Charlot am Arm. Er zog sie aus dem Zimmer, gegen den keuchenden Protest des Alten: »*Mi' papagallo, Gabriela!*«, schimpfte er. »*Lasciatemi il papagallo!*«

George Best und Charlot streiften Hand in Hand durch die arg verwilderten Parkstücke zwischen den das Wasserschloss schützend umzäunenden Kanälen. Eine deutsche Fokker flog langsam über das

Gelände und wendete noch in Sichtweite. Der Captain zerrte seine Begleiterin unter eine Trauerweide. »Das ist ein Aufklärer!«, schrie er aufgeregt gegen den Motorenlärm des niedrig fliegenden Geräts. »Ein Markierer!« Er wies auf die plötzlich an den Ecken von Kasteel Ter Noot aufsteigenden dicken, weißen Rauchfahnen. »Nichts wie weg!!«, brüllte George und riss die junge Frau mit sich. Im Zickzack in Richtung der nächsten Brücke. Sie rannten über den rettenden Steg. Ein Jaulen in der Luft kündigte den Sturzflug der Stukas an, aus dem Nichts des diesigen Himmels stürzte sich die Staffel auf das arglose Schlösschen. Die Wucht der Explosionen hatte die Flüchtigen zu Boden geworfen, aber sie hatten überlebt. Kasteel Ter Noot lag in Schutt und Asche. Ein rauchender Trümmerhaufen war alles, was blieb.

~

Beatrice saß jetzt schon seit geraumer Zeit in dem Besucherzimmer der Polizei-Dienststelle Waldshut. Niemand kümmerte sich um die zierlich drahtige, auffällig silberhaarige Person in ihrem Reisekostüm mit Umhängetasche. Mehr mitzunehmen war der Diätberaterin der Bircher-Benner-Klinik als überflüssig erschienen, wenigstens hatte sie ihre Zahnbürste dabei. Vielleicht würde man ihr hier einen Tee anbieten?

Dann stieß ein hünenhafter Kerl in schwarzer Uniform die Tür auf und bollerte: »Jüdin Rebecca Neuner!?« Beatrice war zusammengezuckt, sie brachte kein Wort über die Lippen. »Aus Colmar?!« Ihr gelang lediglich ein Nicken, das dem SS-Mann nicht reichte. »Es heißt: Jawoll, Herr Scharfüher!«

Beatrice war viel zu eingeschüchtert, um den Satz zu wiederholen. Sie klammerte sich jetzt ganz fest an Max. »Dort wurde mein Sohn geboren, Max, er ist bei Reinhard Heydrich, sein persönlicher Physio –!«

»Was ist denn das für eine schweinische Unterstellung!?«, polterte der Schwarze los. »Wollen Sie den Obergruppenführer verleumden, sich mit einem Mischling –!?«

Beatrice verstand gar nichts mehr, aber überfahren lassen wollte sie sich nicht, außerdem ging es um Maxens Ehre!

»Fragen Sie doch bitte in Berlin nach, in wessen Händen die physiotherapeutische Betreuung des hohen Herrn liegt. Max Wittacher!«

»Dass ich nicht lache!«, dröhnte der Hüne. »Der hat sich also den Namen des reinrassigen deutschen Erzeugers angeeignet!?«

»Wir sind seit langem geschieden, aber unser Sohn wurde auf diesen Namen getauft.«

»Und der macht was mit unserem obersten Dienstherrn?« Neugier und Unwillen hielten sich bei dem Schwarzen die Waage. »Fisimatenten oder wie?!« Der grobschlächtige Dummerjan wollte einfach nicht begreifen. »Masseur!«, klärte die entnervte Diätberaterin den Blondmann auf. »Und das schon seit Jahren! Im festen Dienstverhältnis!«

»Und das soll ich Ihnen glauben!? Juden flunkern viel zusammen, das macht sie ja so lästig!«

»Rufen Sie doch einfach die Dienststelle des Herrn Reinhard Heydrich an!«

»Das könnte Ihnen so passen!«, blaffte der Schwarze. »Wir schicken Sie jetzt nach Struthof, das ist nicht weit von hier, im Elsass, wo Sie ja herkommen. Die werden Sie dann registrieren und alles Weitere veranlassen!«

»Ich bitte Sie, ich flehe Sie an, lassen Sie mich mit meinem Sohn telephonieren, ich zahl Ihnen die Gebühren!«

»Das können Sie in Struthof immer noch!« Er zog sein grimmigstes Scharführergesicht. »Wir sind doch keine öffentliche Telephonzelle!« Bissig setzte er noch hinzu: »Deren Benutzung ist außerdem für Juden strikt verboten!«

»Was soll ich denn bitte nur machen!?« Zum ersten Mal verfiel Beatrice in einen Jammerton.

»Schnauze halten!«, war die grobe Antwort. »Morgen früh um fünf geht von Freiburg ein Sammeltransport, dem werden wir Sie zuführen!« Teilnahmslos betrachtete er die kleine Frau, die keine Anstalten machte, zu weinen. »Unterschreiben Sie hier – da, wo *Jüdin*

Rebecca Neuner steht.« Er hielt ihr auffordernd den Füller hin, sie unterschreib mit *Beatrice Neuner.* Aber er achtete nicht darauf, sondern spießte das Formular auf einen Zettelsammler.

»So, und nun ab in die Klappe!«, forderte der Blondmann sie schon fast wieder gutmütig auf. Beatrice ahnte noch nicht, dass sie in das grausam-stumpfsinnig effiziente Malwerk eines Herrn Eichmann geraten war.

~

Es musste gegen drei, vier Uhr in den frühen Morgenstunden gewesen sein, als das plötzlich eingeschaltete Deckenlicht Addy hochfahren ließ.

Zwei Männer in Ledermänteln standen in der Tür ihrer Zelle. »Obersturmbannführer Schellenberg will Sie sehen, Adelheid Pannschaud!«, kommandierte der eine mit Hut. »Wir sollen Sie hinbringen!«

Ihre Omega hatte man ihr abgenommen, dennoch realisierte Addy die ungewöhnliche Uhrzeit. »Jetzt? Mitten in der Nacht?!«

»So lautet der Befehl!« Der untersetzte Kurzgeschorene unterstrich das Begehren mit herrischer, ungeduldiger Geste. »Er erwartet Ihren Besuch!«

Addy erhob sich steifgliedrig. Es hatte einige Zeit gedauert, bis sie auf der Pritsche in unruhigen Schlaf gefallen war. Gut, dass auf Walterchen Verlass war!

Sie bestiegen den Kastenwagen durch die rückwärtige Tür, der Fahrer saß schon hinter dem Steuer. Ledermantel mit Hut setzte sich neben ihn, der kurzgeschorene Mecki nahm gegenüber Addy hinten auf der Bank Platz. Es war keiner der üblichen Gefangenentransporter mit vergitterten Fensterchen, er hatte überhaupt keine – eher eine Art Lieferwagen. Immerhin konnte Addy ungehindert zwischen Fahrerkopf und Hut durch die Windschutzscheibe vorn auf die nächtliche Straße schauen.

Sie verließen die Innenhöfe des Alex, überquerten die Spree an der Jannowitzbrücke und fuhren weiter in südlicher Richtung. Zwischen den Männern fiel kein Wort, und sie wechselten auch kein einziges mit ihrem Insassen. Als der Wagen zur Oranien kam, erwartete Addy, dass er rechts abbiegen würde, stattdessen überquerte er die breite Chaussee und hielt weiter geradeaus. So kann man's auch machen, dachte sie, bis plötzlich die U-Bahn Prinzenstraße auftauchte. Addy wurde unruhig. Als hätte Mecki ihre Frage erahnt, grunzte er »Wir sind etwas zu früh!« zur Erklärung des augenscheinlichen Umweges. Immerhin kurvte der Lieferwagen jetzt endlich in die eigentlich erwartete Richtung Prinz-Albrecht-Straße, zum Reichssicherheitshauptamt. Kurz darauf hatten sie bereits den Landwehrkanal zur Linken. Der Fahrer drosselte das Tempo und hielt oberhalb der Uferböschung.

»Zigarettenpause!«, verkündete der vorne mit Hut und stieg aus.

Auch Mecki ließ sich nicht lange bitten, er schob sich an Addy vorbei zur Hintertür und öffnete sie. »Sie werden uns ja wohl nicht abhauen!«, gab er sich kumpelhaft. Die Tür ließ er weit offen und verschwand in der Dunkelheit ...

Addy kauerte müde und fröstelnd auf der harten Bank. Sie hätte auch gern eine geraucht, aber ihre Glimmstengel hatte man ihr ebenfalls zuvor schon weggenommen. Sollte sie den Fahrer um eine Fluppe anhauen?! Sie tippte ihm vorsichtig von hinten auf die Schulter, er wendete sich nicht einmal nach ihr um. Aber er hielt plötzlich ihren Pass wedelnd in die Höhe.

»Hauen Sie doch einfach ab!!«, flüsterte er komplizenhaft, für Addy völlig unerwartet. Er drängte ihr das kostbare Papier förmlich auf. »Das ist wirklich besser für Sie –«

Addy durchfuhr plötzlich der Gedanke, dass Walterchen gar nicht auf sie wartete, das war auch nicht seine Art. Die beiden Ledermäntel hatten sie belogen. Sie stopfte sich fahrig das Dokument in den Ausschnitt, es gab also doch noch richtig nette Putzmanns! »Danke!«, hauchte sie leise, schob sich auf der Bank vor bis zur offenen Tür, behutsam setzte sie erst den einen Fuß tastend auf den Boden, zog dann geschmeidig den anderen nach, wie ein Kätzlein. Zögerlich tat sie einen Schritt vom Wagen weg, kein Geräusch –

Unter ihr, am Fuß der Böschung glitzerten die Wasser des Kanals. Da registrierte sie im Schatten des Ufergesträuchs den rot glühenden Punkt, dort stand also wenigstens einer der beiden Ledermäntel und zog an seiner Fluppe. Dann musste er sie weggeschnippt haben: Eine kleine feurige Sternschnuppe beschrieb einen hohen Bogen, das Glühwürmchen senkte sich am Scheitelpunkt, um gleich irgendwo im Gras zu verlöschen. Mit einem donnernden Krachen explodierte ihre Schädeldecke, sie hörte ihn nicht, den Schuss in ihren Hinterkopf, abgefeuert aus nächster Nähe. Womöglich erfassten ihre weit aufgerissenen Pupillen noch den grellen Blitz des Mündungsfeuers, den Weg ins Gehirn schafften weder er noch der dröhnende Kessel-Paukenschlag. Wie eine fallengelassene Puppe kippte das Mädchen vornüber ...

Wildwechsel markiert

Frühjahr 1942

STUPOR

März 1942

Ich musste mich nach Schloss *Panenské Břežany*, dem Landsitz des Herrn Reichsprotektors für Böhmen und Mähren, durchfragen. Von Walter Schellenberg hatte ich vor etlicher Zeit eher beiläufig in Erfahrung gebracht, dass dieses *Jungfern-Breschan* etwa 25 Kilometer nordöstlich von Prag in einer hügeligen Parklandschaft läge. Entsprechend begann ich mein Erkunden gleich nach Überqueren der Grenze. Der Schreck über die unvermutete Filzerei durch die Polizei saß mir noch in den Gliedern, als ich endlich den Herrensitz, ein ehemaliges Stift für adlige Damen, in der Ferne am Hang erblickte. *Diony* hatte die rüde Leibesvisite am Grenzposten unbeeindruckt überstanden und ihren erschütterten Besitzer schonend an sein Ziel geführt. Mit *Freude am 853*, meiner höchst belastenden Betriebsanleitung an Bord, wäre das allerdings total schiefgelaufen: Danke, Walterchen!

An den beiden Adjutanten im Empfangsbereich erkannte ich, dass auch das *Hohe C* erst vor kurzem eingetroffen sein musste. Die Sturmbannführer Gernot *Drei-Eins* und Giselher *Drei-Zwo*, germanische Schlackse im Doppelpack, erinnerten mich in ihrer unfreiwilligen Komik an Harold Lloyd, auch wenn ihre Rufnamen sich aus

Heydrichs Dienstwagennummer *SS-3* und ihrem Funktionsrang zusammensetzten. Sie grinsten und ließen mich anstandslos durch.

Ich verharrte vor der Doppeltür zum Großen Salon, um anzuklopfen, als von innen das metallische Organ der Gattin Lina zu hören war: »Jetzt hast du schon wieder *ihr* deinen ersten Gruß geschenkt, diesem jüdischen Weibsstück!«, keifte Lina. »Immerfort lugst du zu ihr hin, verklärt wie – wie ein Schafsbock, dem das Gekröse schwillt!«

Heydrich sparte sich die Antwort, ich erwartete eine *in flagranti* ertappte levitische Zimmerjungfer, die dem Schlossherrn schöne Augen gemacht –

Bewusst zaghaft pochte ich an die Tür und öffnete sie, kaum, dass ich das lockere »Nur hereinspaziert!« des *Hohen C* vernahm. Heydrich stand, in makaber schweigendem Salut versunken, in seinem ledernen Reisemantel vor dem lebensgroßen Klimt-Gemälde der Adele Bloch-Bauer, favorisiertes Modell des Wiener Sezessionisten und Ehefrau des enteigneten Zuckerbarons und vormaligen Besitzers von Panenské Břežany. So weit hatte ich mich sachkundig gemacht und auf meine neue Wirkungsstätte vorbereitet! Mein *Hohes C* ließ seinen zum Hitlergruß erhobenen Arm sinken, zwinkerte mir zu und wandte sich provokant der zeternden Lina zu.

»Entartete Kunst!«, schnaubte sie. »Morgen lass ich diese schamlose Person abhängen, das schwör ich dir!«

»Komm, Maxe«, sagte Heydrich belustigt. »Ich brauche dringend eine chinesische Abreibung, knallhartes *Yighi Chantui!*«

Mit ausgreifenden Schritten stürmte Heydrich mir vorweg, den Hang hinab, die sorgsam eingefassten Rosenrabatte, untermischt mit Lavendelstauden, in kühnen Sätzen überspringend. Er wirkte übermütig, irgendwie erleichtert. Zielstrebig steuerte er das sich in eine Mulde duckende Gehöft an am Fuße des Hanges.

»Dein zukünftiges Studio«, eröffnete er mir zwischen zwei Sprüngen, ich hatte Mühe mitzuhalten. »Die ehemalige Jagdhütte des Oberförsters!«

Ich hatte erwartet, dass er sich irgendwann nach meinem Befinden erkundigen würde, doch jetzt war meine Neugier geweckt. Er öffnete die überbreite Bohlentür und ließ mich eintreten: Die gesamte Eingangshalle war zum Behandlungsraum hergerichtet! Massagebank und jede Menge an Geräten zur körperlichen Ertüchtigung: Hanteln, Streckbänder, Gewichte. Zeit, Fragen zu stellen, ließ er mir nicht. Während das *Hohe C* sich aus seiner Uniform schälte, traf mich wie ein Pistolenschuss bereits die erste Frage, völlig unerwartet: »Was sagt dir Wallenstein!?«

Derart überrumpeln lassen wollt ich mich nicht! *»Von falschen Freunden droht nahes Unheil«,* zitierte ich aus dem Gedächtnis, »soll sein Hofastrologe Seni den kaiserlichen Heerführer gewarnt haben, vergeblich!«

Heydrich hatte sich inzwischen auf die Bank geworfen, ich konnte sein Gesicht nicht sehen, aber er schien belustigt. »Maxe, du vermengst des Herzogs Lage mit der des Gaius Julius Caesar!«

»Der aber meines Wissens nichts auf den Stand der Sterne gab!«, hielt ich tapfer dagegen, bereit, mich auf den Disput einzulassen. Aber bevor ich noch seinen Nacken berühren konnte, war mein sprunghafter Patient mir schon entwischt.

»Morgen früh fährst du mit mir nach Friedland! In deinem Wagen!« Ich lockerte seine Halsmuskeln. »Ich will endlich dort stehen, wo der große Feldherr stand!«

»Euer Befehl sei mir Herzenswunsch!« Spöttelnd gab ich mein Einverständnis, warum auch nicht! Die ersten stumpfen Schläge des *Chantui* setzte ich gegen seine Rippen.

Kaum hatte das *Hohe C* mich verlassen, traf ich auf dem ersten Besichtigungsgang durch meine neue Behausung auf den bisherigen Bewohner, den betagten, langgedienten Oberförster Emil Travnicek, den ich – wenn auch gegen meinen Willen, aus seiner »Jagdhütte« vertrieben hatte: eine Neunzimmervilla mit drei Bädern und einer finnischen Sauna.

»Die Dame Lina von Osten, die Gnädige Frau Heydrich«, klärte mich der Rauschebart gleich auf, »hat das Forsthaus als Ihre Bleibe durchgesetzt, Herr Max, wohl um zu vermeiden, dass der Herr Obergruppenführer Sie im Haupthaus unterbringt!«

Mir war's nur recht. Im Gegenzug überließ ich dem guten Travnicek den Dienstbotenteil meiner Villa, wohlweislich samt Küche. Ihm vertraute ich auch die Pflege meiner *Diony* an, für die der dankbare Alte einen Holzschuppen als Garage leerräumte. Als Förster hatte er kaum noch Aufgaben, zumal Frau Lina sich eine Arbeitsbrigade aus Theresienstadt abkommandieren ließ, die Haus und Hof instand zu halten hatte – und als Jäger war er noch viel weniger gefragt, da das *Hohe C* für das hehre Waidwerk nichts übrighatte. »Es sei denn, Hermann Göring käme mal wieder als Gast!«

Außerdem hatte Frau Lina seine Büchsen und Flinten sämtlichst konfiszieren lassen. »Selbst den Hirschfänger, ein teures Erbstück!«

»Sicherheit« instruierte ich ihn, »ist des Obergruppenführers Reinhard Heydrich Lebenselixier – auch wenn er seine eigene davon ausnimmt.«

Der Rauschebart nickte einverständig. »Ohne jede Leibwache geht der Herr Reichsprotektor unter die Arbeiter in den Fabriken, und die lieben ihn. Seit er das Ruder in die Hand genommen hat, geht es ihnen besser, sie kriegen ihr Fett aufs Brot, erhalten gerechten Lohn!«

»Und warum hetzen sie dann so übel gegen ihn?! *Bluthund?! – Der Henker von Prag!?*«

»Das sind andere! Ungetreue Beamte, schwarzschlachtende Metzger, Schieber, Saboteure!« Emil Travnicek geriet richtig in Rage. »Mit Recht und aller Härte lässt er die ruck-zuck an die Wand stellen, gnadenlos aufknüpfen!«

Ich wollte ihn bremsen. »Ihr redet schon wie ein deutscher SS-Mann, Travnicek!«

»Es sind auch Reichsdeutsche unter den Halunken, die da ihr schmutziges Handwerk betreiben, Kriegsgewinnler! Schmuggel und Unterschleif!« Klassenkämpferischer Zorn übermannte den Tschechen.

»Ihr solltet schleunigst in die Partei eintreten, Emil Travnicek!«, spöttelte ich, traf damit aber in eine schwärende Wunde.

»Die Sudentendeutschen woll'n mich nicht«, grollte mein Hausgenosse in seinen Rauschebart, »und für die SS bin ich zu alt!«

»Aber immerhin treu!«, tröstete ich den verhinderten Nazi, der wohl zur übelsten Sorte gehört hätte, wenn man ihn denn ließe.

~

Auf dem englischen Landsitz des rumänischen Botschaftsrats Virgil Tilea traf aus London kommend der Agent George Best zu Besuch ein, in Begleitung der Schweizerin Lotte Wittacher vom *Croix Rouge Internationale*. Während Charlot sogleich von der Hausherrin in Beschlag genommen wurde, zogen sich die beiden Männer zum Whisky ins Herrenzimmer zurück.

»Wie ich aus Berlin höre«, eröffnete Tilea das Gespräch, »nimmt der Reichsprotektor für Böhmen und Mähren weiterhin seine Rechte und Pflichten als Chef des Reichssicherheitshauptamtes umfassend wahr, pflegt aber auch – via Bormann – seinen direkten Draht zum Führer –«

»Allerdings immer häufiger an seinem alten Mentor Heinrich Himmler vorbei!« Best war auf dem Laufenden. »Selbst sein expliziter Feind Dr. Joseph Goebbels sah sich kürzlich genötigt einzuräumen, dieser Heydrich sei, – was ihm zuvor wohl entgangen sein musste, doch ein *recht kluger politischer Kopf!*«

»Ha-Ha-ha Ha!«, gackerte Virgil Tilea. »Es spricht sich rum: *Himmlers Hirn heißt Heydrich!*«

»Er will seinen üblen Ruf als ›*des Deutschen Reiches Müllkippe*‹ loswerden!«

»Vom Staatsverbrecher zum Staatsmann!«, hämte der rumänische Diplomat. »Prag bietet sich ja auch bestens an, für Zuckerbrot und Peitsche, seine neueste Methode.«

»Aber Heydrich hat Erfolg damit, die Leute haben – mitten im

Krieg – was zu fressen, ihnen fallen keine Bomben auf den Kopf, und sie sind vom Wehrdienst freigestellt.«

»Dafür schuften sie auch fleißig! Rackern sich ab! Alles für die deutsche Rüstungsindustrie, äußerst erfolgreich!« Tileas Hohn war mit Sarkasmus gemischt, unüberhörbar schwang auch bittere Enttäuschung mit. »Nahezu klaglos nehmen die Tschechen in Kauf, dass ihre Widerstandsbewegung Stück für Stück zerschlagen wird. Achtzig Sender wurden von der Gestapo bereits ausgehoben, vierhundert Männer als Kollaborateure an die Wand gestellt!«

»Tja tja«, murmelte George Best resigniert. »Erst kommt das Fressen, dann der Patriotismus.«

Zu den Damen im *Tearoom* stieß der holländische Baron Keun van Hoogerwoerd, zurück von einer heimlichen Mission in die besetzten Niederlande. Er übergab Charlot einen unscheinbaren Brief.

»Der traf für dich vor einiger Zeit in Kasteel Ter Noot ein – beziehungsweise in dessen Ruinen! Offensichtlich halten die Nazis das immer noch für deine Adresse –« Charlot überging den ungewollt mitschwingenden Vorwurf, warf einen flüchtigen Blick auf den Stempel mit dem Reichsadler, riss den Umschlag auf – ihr fiel ein Zeitungsausschnitt entgegen, mehr befand sich nicht darin:

> VERMISCHTES AUS DER HAUPTSTADT:
> Die Polizei fand angeschwemmt am Landwehrkanal den Körper einer behördenbekannten Prostituierten. Da keine Anzeichen für ein Gewaltverbrechen vorlagen, musste vom Unfalltod durch Ertrinken ausgegangen werden. Die Leiche der 29-jährigen Adelheid P. wurde zur Einäscherung freigegeben.

Es ist mir leid um dein Schwesterherz!, war handschriftlich darunter vermerkt. Addy! Charlot spürte den weichen Leib der Zwillingsschwester, der sich im Todeskampf an sie klammerte. Ehe sich der Irrsinnsschmerz wie Säure in ihr Gemüt fraß, fällte sie ihre Entscheidung.

Nach dem dritten Whisky waren die Zigarre rauchenden Herren, Botschaftsrat Virgil Tilea und Captain George Best, zum Entschluss gelangt, dass jemand wie dieser Heydrich unschädlich gemacht werden müsste. »Dieser Arbeitswütige fliegt zwei-, dreimal pro Woche samt kompletten Stab mit einer Ju 52 nach Berlin und zurück!«, informierte Best den Rumänen, »man sollte also unter den zahlreichen Exil-Tschechen in Großbritannien Freiwillige rekrutieren, an geeigneten Waffen ausbilden und per Fallschirm abspringen lassen –«

»Da werde ich dabei sein!«, rief Charlot von der Tür aus. Ihr feines, von geringelten Locken gerahmtes Gesicht war bleich wie eine venezianische Maske. »Ich will mit eigener Hand –« Ihr Entschluss stand fest.

»No question!«, blaffte der Captain. *»Never!«* Aber der Rumäne setzte sich für sie ein.

»Warum sollte sie als Frau nicht viel leichter an das Objekt herankommen!? Den richtigen Zeitpunkt, den geeigneten Tatort erkunden?!«

»Meinetwegen meld dich als Freiwillige beim Kommando der tschechischen Exil-Armee!«, knurrte George Best. »Und erklär ihnen, warum eine Schweizerin –« Er starrte verunsichert auf seine sonst so lebenslustige, gute Laune verbreitende Freundin. Aus ihrem schneeweißen Antlitz war alles gewichen, was ihm vertraut war. Charlot war eine Fremde geworden, von einer Sekunde auf die andere.

»Ich hab meine Gründe«, raunte Charlot düster. »Und niemand wird mich davon abhalten!«

»Join the party of Freedom-Fighters!« Virgil Tilea gab sich jovial. *»Have a Whisky!«*

STUPOR März 1942

Das *Hohe C* liebte es, mich hinauf ins Schloss zu rufen, einzig aus dem Grund, nicht allein den Weg hinunter zur Jagdhütte bestreiten zu müssen, dem mir eingerichteten »Studio für Leibesertüchtigung«. Es entwickelte sich jedesmal aus dem anfänglichen Traben ein regelrechtes Hindernisrennen über Stock und Stein das ihn ausnahmslos als Sieger sah – ich konnte gegen diesen Ehrgeiz, gepaart mit Fitness, einfach nicht mithalten! Ruhig atmend streckte er sich dann auf meiner Liege aus, während ich japsend erste Hand an ihn legte. »Warum meinen *Hohes C* eigentlich –«, versuchte ich zu verschnaufen, »dass die Tschechen Sie lieben?!«

Er lag auf dem Bauch, ich konnte sein Gesicht nicht sehen. »So weit will ich's bitte gar nie kommen lassen!«, kam prompt die ironische Antwort. »Dieses slawische Volk soll uns Deutsche als höherstehende Menschen respektieren und uns dienen –« Der Reichsprotektor schien zu überlegen. Selbst beim Spielen des Balls gegen eine vertraute Wand, die ich für ihn darstellte, drängte es ihn nach einer gelungenen Formulierung: »Erst wenn wir den Krieg gewonnen haben, wird man überlegen müssen, ob wir diese Rasse nicht ähnlich wie die Juden, Russen, Polen –«

Mir hatte es den Hals zusammengeschnürt. Um mich zu befreien, flüchtete ich mich in billigen Spott: »Solch Aussicht möcht die Sudetendeutschen juchzend vor Freude kreiseln machen!«

»Diesen verkrampften Volkstanz- und Trachtenverein –«, grunzte es ärgerlich, »sollte man gleich mit entsorgen!«

Ich klatschte dem Hohen C kräftig zwischen die Schulterblätter: *»Obrátit, prosim!* Umdrehen, bitte!«

Die Jagdhütte war groß genug für mich, mein Studio für Leibesertüchtigung – kurz: Leiber C –, und für den Emil Travnicek, der wie eine geduldete silberhaarige Hausratte im ehemaligen Dienstbotentrakt, quasi im Verborgenen, hauste. Ich hatte mir zur Angewohnheit gemacht, besonders nach Besuchen des *Hohen C*, sicherzustellen, dass der Tscheche uns nicht belauschte. So hatte ich den Korridor, der zu dem ihm zugewiesenen Bereich führte, mit einem den Flur versperrenden Stahlregal zweigeteilt, zusätzlich die beiden rechts und links angrenzenden Zimmer verschlossen, so dass wir auch keine gemeinsame Wand hatten. Dennoch blieb ein gewisses Misstrauen, gepaart mit einem schlechten Gewissen allein schon wegen der fatalen Sprüche, die Heydrich vom Stapel ließ wie kalte Duschen, wenn er auf meiner Massagebank lag. Mir war es jedesmal peinlich, der erwählte Zuhörer zu sein. So war ich stets erleichtert, wenn ich den Rauschebart vor seiner Wohnungstür beim Holzhacken oder Wäscheaufhängen antraf. Wahrscheinlich hätte ich aber auch klammheimliche Freude empfunden, wenn seine Lauscher mitbekommen hätten, was für eine miese Sau der Herr Reichsprotektor sein konnte. Natürlich wollte ich übervorsichtiges, in Wahrheit schlicht feiges Murmeltier, in keiner Weise involviert sein. Das war Teil der Schizophrenie: Ich war ihm zu Diensten, sonnte mich sogar in dieser Stellung, zog Vorteile aus meiner Position – andererseits verdrängte ich aufsteigende Schamgefühle ebenso wie sporadische Ängste. Es war eben und vor allem ein wahnwitziges Abenteuer, dafür schmiss Max Wittacher Etliches über Bord!

STUPOR — März 1942

Frau Lina hat mich ins Schloss bestellt. Ein versiegeltes Päckchen sei für mich per Kurier angekommen, »Nur persönlich auszuhändigen!«. Sie habe sich erlaubt, es in Empfang zu nehmen, also solle ich gefälligst den Empfang schriftlich quittieren. Ich tat es. Sie konnte mich nie recht leiden. Wahrscheinlich war sie eifersüchtig ob der vielen, und in ihren Augen höchst »intimen« Zeit, die das *Hohe C* mit mir verbrachte.

In der Jagdhütte erbrach ich das Siegel und entfernte das schützende Wachspapier: Endlich war meine *Freude an der Technik des 853* wohlbehalten in meine Hände zurückgekehrt! Doch schon beim ersten Blättern entdeckte ich einen neuen Eintrag, der nicht von mir stammte. Was mich aber vollends verwirrte, war, dass er in dem gleichen Verschlüsselungscode verfasst war, den auch ich benutzte. Gut, meiner war sicher nicht sonderlich raffiniert, ein paar leicht identifizierbare Zahlen anstelle von geläufigen Buchstaben. Schellenberg wollte mir wohl zu verstehen geben, dass er alles gelesen hatte. Die erste Nachricht war auf den Beginn des Jahres rückdatiert:

> *Hohes C* mag trotz ausdrücklichen Verbotes durch RFSS nicht von seiner heimlichen Passion lassen, als Kampfflieger am Kriegsgeschehen teilzuhaben. Ich weiß, dass er sich die Me 109 seinerzeit bei General Ernst Udet »besorgt« hatte: eingetauscht, wie auf dem Schwarzmarkt, gegen ein Polizei-Nummernschild, mit dem Udet auch nachts und sogar während feindlicher Bombenangriffe unterwegs sein konnte.
> Beim ersten Angriff auf eine Dnjestrbrücke erwischte den tollkühnen Piloten die sowjetische Flak: *Hohes C* musste zwischen den Fronten notlanden. Der Geschwaderchef schwitzte Blut und Wasser: *Der Chef des Reichssicherheitshauptamts in der Hand Stalins!* Schließlich der erlösende Anruf: »Hier ist einer von euch runtergefallen, behauptet, er sei Reinhard Heydrich!« – Danach beendete RFSS die Kriegspilotenkarriere ein für alle Mal: Das *Hohe C* erhielt das EK I sowie die silberne Frontflugspange – und damit basta!

Der nächste Eintrag lag nur wenige Wochen zurück, datiert auf Anfang März 1942:

> Bei kurzfristig einsetzender Schneeschmelze in den Kufsteiner Alpen, gab das Eis den halbverwesten Körper des seit drei Jahren vermissten Obersturmführers Otto Rahn frei. Die Leiche wurde sofort verbrannt, die Urne anonym beigesetzt. Damit ist die Akte »Otto Rahn« endgültig geschlossen und wird als Verschlusssache im Safe der Stiftung Ahnenerbe archiviert.

Ganz hinten, auf der Deckelrückseite, fand ich eine Notiz, ohne Datum, die mich wie eine Eisenfaust in die Magengrube traf. Das mir die Luft abschnürende Entsetzen, Sog der detonierten Luftmine, begrub mich unter einer Woge ohnmächtigen Zorns.

Maxe, ich konnte es Dir zuvor nicht mitteilen, da ich die furchtbare Nachricht erst jetzt vom *Hohen C* erfuhr: Unsere Addy ist nicht mehr! Sie war von der Gestapo zu einem Verhör i. S. »Weisthor / Rahn / Amfortas« in den Alex gebracht und sofort verhaftet worden. Auf dem anschließenden Transport versuchte sie sich der Haft zu entziehen. Sie wurde auf der Flucht erschossen. Scheiße!

»Scheiße!«, lässt sich leicht brüllen, Walterchen! Du hattest fest versprochen, Addy zu beschützen!

Ich wusste nicht, wie ich in meiner Wut Reinhard Tristan Heydrich, oberster Dienstherr der Gestapo, gegenübertreten sollte. Die Gelegenheit ergab sich bald. Einer der Adjutanten erschien, ich glaube es war *Drei-Eins*, um mich aufzufordern, das frisch von einer Dienstreise zurückgekehrte *Hohe C* oben im Schloss abzuholen. Ich sagte ihm, er möge dem Herrn Obergruppenführer ausrichten, er solle selber kommen. Ich sähe mich nicht in der Lage. Sturmbannführer Gernot nahm die verweigerte Subordination erstaunt, aber kommentarlos zur Kenntnis und trabte zurück.

Wenig später stürmte Heydrich in die Jagdhütte und riss mich in seine Arme. »Max, mein Maxe!«, keuchte er, ohne mich anzuschauen. »Müller hat mir den Vorfall erst gemeldet, als alles schon erledigt war!«

Ich war wie erschlagen, rang mich aus seiner Umarmung. »*Vorfall*«, höhnte ich, »*erledigt!* Korrekter Dienstweg! Warum auch so viel Aufhebens wegen einer Katze!«

Das *Hohe C* erstarrte zu Eis. »Fang dich gefälligst, Physio!«, fauchte er leise. »Es gibt tatsächlich Wichtigeres!« Bedächtig schob er seinen Leib auf die Liege. »Mein Werk am Deutschen Reich ist bedroht.« Seine Stimme verriet die Unruhe, er knurrte gereizt. »Bormann!«, grollte er, »Bormann, der sich als mein Macher sehen möchte, missgönnt mir nun den direkten Draht zum Führer, intrigiert bei Hitler gegen mich. Und das Schlimmste:

Himmler, dem ich in der Tat ursprünglich einiges zu verdanken habe: Er schweigt!«

Wie aus einem geborstenen Damm brach es aus ihm heraus. »RF schweigt!« Verbarg sich hinter der Empörung etwa Angst, hundsgemeine Furcht, die unsereins im Dunklen überkommt? Wohl eher nicht! Solche Gefühle waren Heydrich von Natur aus ebenso fremd wie Gewissen oder Scham.

»Man will mich fertigmachen, man will mich nicht noch einmal auf Probe abschieben.« Das war kein Verfolgungswahn, das klang nach Panik. So kannte ich Reinhard Tristan Heydrich bislang nicht. »Mich absägen?! Mit mir nicht! Nach meinen unstrittigen Erfolgen hier im Protektorat! Vielleicht will der Führer selbst mich jetzt kaltstellen, mich loswerden, ein für alle Mal!?« So wie der Sturzbach hervorgebrochen war, versiegte er.

»Quatsch!«, beantwortete das *Hohe C* sich seine Frage selber. »Alles Quatsch, Max! Die brauchen mich, mich, den Mülleimer des Reiches, den Pitt Bull, den scharfen Bluthund –«

Ich hatte noch Schultern und Wirbelsäule, jetzt seine Oberschenkel in der Mache. *»Obrátit prosím!«* Zur Bekräftigung schlug ich ihm mit der flachen Hand auf den Arsch. Er verharrte bewegungslos.

»Reiß dich zusammen, Max!«, flüsterte das *Hohe C*, fast unvernehmbar. »Wir müssen uns zusammenreißen!«

»Jawoll!«, entfuhr es mir, ohne es zu wollen.

Heydrich stemmte sich hoch und schlug mir auf die Schulter, als ob ich es sei, der Zuspruchs bedürfte.

STUPOR

April 1942

»Monsieur Ouittaché!«, begrüßte mich das *Hohe C* nur wenige Tage nach seinem plötzlichen Ausbruch. »Packen Sie Ihren feinen Koffer, es geht an die Seine!« Ich hatte mir angewöhnt, alles, auch die angenehmen Dinge so zu nehmen, wie sie kamen.

Wir fuhren durch die Wälder, über Nebenstraßen, zum Flughafen Prag-Ruzyne. Der Adjutant *Drei-Eins* war mir in meinem Horch als Beifahrer zugeteilt, *Drei-Zwo* begleitete das *Hohe C* im *SS-3*, am Steuer saß, wie immer, Heydrichs Fahrer Oberscharführer Johannes Klein.

Ich stellte *Diony* neben dem Dienst-Mercedes bei den Boksič-Brüdern ab, den beiden SD-Vertrauensleuten, offiziell als Pistenwarte geführt, die den seitlichen Zugang zum Rollfeld bewachten.

Die immer startbereite Ju 52, zu der uns Vaclav, einer der Brüder, in seinem mit blinkenden Lampen in allen Farben bestückten Kleinbus brachte, war bereits gut besetzt mit Angehörigen des Stabes, Sachbearbeitern, Bürokräften. Mir fiel auf, dass niedere Dienstgrade vorherrschten. Wie auch bei seinen persönlichen Adjutanten, beide lediglich im Rang von Sturmbannführern, legte Obergruppenführer Reinhard Tristan Heydrich wenig Wert auf seinem Rang angepasste Offiziersstellen in seiner unmittelbaren Umgebung – »Lametta!«, wie er sich ausdrückte –, sondern einzig auf »Effizienz und absolute Loyalität«.

Wir nahmen im vorderen Teil der Maschine Platz. Die Alte Tante Ju ließ die Motoren aufbrüllen, raste über die holprige Piste und hob ab …

»Walterchen erwartet uns im Majestic«, ließ mich das *Hohe C* wissen, »hat auch für dich dort eine Suite gebucht, damit mein Maxe räumlich nicht beengt für meines Leibes Wohlergehen sorgen kann –«

Dann schloss er die Augen zum Erholungsschlummer. Ich hatte nicht erwartet, dass er mich mitschleppte, um mir den Eiffelturm zu zeigen. Mit Schellenberg hatte ich allerdings noch ein Hühnchen zu rupfen!

Am nächsten Morgen saßen sich in meiner Suite, dem ehemaligen Billardzimmer des Nobelhotels Majestic, Reinhard Tristan Heydrich und Walter Schellenberg gegenüber. Den Raum hatte der Chef des SD-Ausland mir deswegen überlassen, weil er – seit Requirierung des Hotels für die Deutsche Standort-Kommandantur – unbenutzt geblieben und daher mit Sicherheit unverwanzt war.

Den Billardtisch konnte ich zur Not als Massageliege für Leiber C deklarieren und vielleicht auch einsetzen, doch dererlei war erst mal nicht gefragt. Wie immer störte sich keiner der beiden an meiner Anwesenheit.

»Du kommst ja gut mit deinen Tschechen klar!«, begann Schellenberg das Gespräch. Anscheinend wollte er seinen Vorgesetzten aufmuntern, dabei hatte er selbst Probleme genug. Seit der missglückten Weihefeier auf der Wewelsburg war das Ansehen des Leiters SD-Ausland arg ramponiert. Heydrich nahm die flapsige Bemerkung völlig ernst.

»Du musst wissen, Walter, im Protektorat gibt es folgende Menschen: Die einen sind gutrassig und gutgesinnt, die können wir eindeutschen. Dann haben wir die Gegenpole: schlechtrassig und schlechtgesinnt. Die muss ich hinausschaffen, im Osten ist dafür reichlich Platz! Danach bleibt nur noch die Mittelschicht, die ich streng durchprüfen muss. Sie teilt sich prinzipiell in Schlechtrassig-Gutgesinnte und Gutrassig-Schlechtgesinnte. Bei ersteren bietet sich an, sie im Reich zum Arbeiten einzusetzen. Natürlich ist dafür zu sorgen, dass sie keine Kinder mehr kriegen.

Bleiben die Gutrassig-Schlechtgesinnten, das sind die Gefährlichsten, denn die bilden schnell eine Führungsschicht! Wir könnten versuchen, sie im Reich, in rein deutscher Umgebung anzusiedeln, sie also gesinnungsmäßig umzuerziehen, *einzudeutschen*. Wenn das nicht gelingt, müssen wir sie endgültig an die Wand stellen, denn aussiedeln kann ich sie nicht, weil sie im Osten, sofort wieder die Führer jener Schicht bilden, die sich dann gegen uns richtet!«

Mir schnürte es den Atem, die Gurgel ab angesichts der Kälte, mit der Reinhard Tristan Heydrich seine Pläne vorgetragen hatte. Ich war gespannt, wie Schellenberg darauf reagieren würde. Wahrscheinlich ging diese Frage unterschwellig auch dem *Hohen C* durch die vereisten Gehirnwindungen.

»Wenn sich herumspricht, Reini«, eröffnete Schellenberg seinem Vorgesetzten trocken, »wie du im Osten eroberte Gebiete gesäubert hast ...« – der Ton des Untergebenen war widerborstig – »wirst du bei der geplanten Übernahme Frankreichs auf eine gewaltige *Resistance* stoßen!«

Das *Hohe C* begehrte sofort auf. »Erst verlangt der Reichsführer von mir, dass ich ihn von dieser ärgerlichen Last befreie, von den Zigtausenden, die man ohne Sinn und vor allem ohne Verstand vor sich her getrieben und dann schließlich abgemurkst hat –«

»Stell dein Licht nicht unter den Scheffel, Reini«, unterbrach ihn Schellenberg hart. »Du hast deine Aufgabe auf der Konferenz im Gästehaus am Wannsee selbst formuliert. Die Sonderkommandos standen unter deinem direkten Befehl –« Als Freund durfte, sollte er wohl so mit dem *Hohen C* reden: Klartext! »Die Blutspur wirst du nicht verwischen, sie haftet an dir!«

»Du hast leicht reden, Walterchen. Du musst dir die Hände nicht schmutzig –«

»Doch!« Schellenberg ließ alle Zurückhaltung fallen. »*Gröfaz* muss weg!«

»Kein Problem! Wenn der Alte Mist baut, dann – «

»Er hat genug Mist fabriziert!«

»Soll *ich* den Führer umbringen?« Ein Gedanke, der Reinhard Tristan Heydrich offenbar erschaudern ließ. Er hatte Schellenbergs sporadisch geäußerte »Ideen« bislang nicht ernst genommen. »Das kann ich nicht!«

»Wenn du's nicht machst, werden es andere tun, und dann springst du als Erster mit über die Klinge!«

»Ich werd's mir überlegen!« Beide wussten, dass der SS-Obergruppenführer Reinhard Tristan Heydrich gar nicht daran dachte, einen solchen Gedanken an sich heranzulassen.

Einer der Adjutanten erschien im Türrahmen, Schellenberg knallte die Hacken, riss den Arm hoch: »Heil Hitler!«

Das Gehörte hatte mich so aufgewühlt, dass ich es sofort zu Papier bringen wollte. Da legte sich eine Hand auf meine Schulter: Schellenberg! Unwirsch schüttelte ich sie ab: »Ich kann dir nicht verzeihen, Walter!«

Der Obersturmbannführer sah mich schweigend an. »Komm, Maxe«, sagte er nachdenklich. »Lass uns draußen ein paar Schritte gehen –«

Ich folgte ihm durch die Drehtür ins Freie. Er bot mir eine Zigarette an, gab mir sogar Feuer. Rauchend mischten wir uns unter die Flaneure auf der Rue La Pérouse.

»Ich kann es mir auch nicht verzeihen«, eröffnete er mit gedämpfter Stimme den Diskurs. »Alle laden wir Schuld, weitaus größere, grässliche Schuld auf unsere Schultern, für die es keine Sühne gibt –« Er warf seinen Glimmstengel weg, zündete sich sofort einen neuen an. Ich paffte und schwieg.

»Wenn du erst mal ganz oben angelangt bist, wie unser Reini ...«, raunte er leise, »... dann stehst du mit der Last auch noch ziemlich einsam da: In deinen Ohren gellen die Schreie der Verurteilten, in deinen Eingeweiden brodelt der Aufruhr –« Er verstummte.

»Ja, ja«, murmelte ich. Langsam ging mir die wahnwitzige Größe der Verbrechen auf im Leib eines einzigen Menschen, in gewaltsamen Bezug gezwängt mit der unausweichlichen Aufforderung zum Staatsstreich!

»Du siehst in Reinhard Tristan Heydrich also einen Massenmörder«, hielt ich stockend fest, trat meine Kippe aus, »den du – anstelle Adolf Hitlers – an die Macht bringen willst?!«

»Böte das *Hohe C* nicht die Chance auf eine ganz neue Ordnung?«

Eiskristalle brannten sich dem pfiffigen, doch letzlich arglosen Murmeltier in den gepflegten Pelz, als es jetzt gezwungen war, sich solche Ordensherrschaft unter dem neuen Großmeister vorzustellen.

»*Le Grand Supérieur Inconnu!?*«

»Etwas *Polaire* ...«, Walten Schellenberg nickte. »Ein bisschen Zukunftsrakete, untermischt mit klassischer humanistischer Bildung –«

»*The Devil Out of the Box!*«, rief ich. »Die Utopie von der *Diktatur des qualitativen und sozialen Fortschritts!*«

»Hast du einen besseren Vorschlag?!«

Darauf wusste ich nichts zu sagen, wollte es auch nicht.

~

Was das *Hohe* C für sich selbst noch nicht einmal bündig und klar durchdacht, geschweige denn geplant hatte, sahen gewisse Kreise in der besetzten französischen Hauptstadt bereits schlüssig voraus: Irgendwann in vielleicht gar nicht so ferner Zukunft würde Heydrich nach Frankreich greifen!

Die in Paris und der Ile-de-France abgetauchten *Polaires* hatten sich im Hotel Raphael zusammengefunden. Als Versammlungsort diente ihnen eine private Ausstellung, die – ausgerechnet – ein deutscher Generalsstabsoffizier dort im weiträumigen Dachboden des Hotels »Für Freunde« eingerichtet hatte.

Der auch in Frankreich ob seiner Schlüsselnovelle *Sur les Falaises de Marbre* beachtete, ja gerühmte Schriftsteller Ernst Jünger hatte unter dem Gebälk Teile seines Herbariums sowie seltene Stücke von in Steinen eingeschlossenen Insekten, Käfern und anderer Kleinst-Fauna auf gläsernen Nachttisch-Auflagen, fein ziselierten Silbertellern und von der Hoteldirektion zur Verfügung gestellten Bonbonnieren und Vitrinen ausgebreitet.

Ein idealer Rahmen für eine Zusammenkunft der *Polaires*, für Paul Alexis Ladame, Maurice Magre und die anderen Geheimbündler. Nicht gekommen war Gaston de Mengel, was die meisten nicht verwunderte, hatte er sich doch durch seine rückhaltlose Hinwendung zu Heinrich Himmler und seiner SS mittlerweile arg kompromittiert. Angekündigt hingegen hatte sich Antoinette de Rives, was viele als äußerst bedenklich, ja als höchst leichtsinnig empfanden – wenn das stimmte, was an Gerüchten über die Weihefeier auf der Wewelsburg bis nach Paris gedrungen war.

Um nicht aufzufallen, bewegten sich die *Polaires* in kleinen Grüppchen von Vitrine zu Vitrine, von einem Exponat zum nächsten, schlossen immer wieder auf, flüsterten andächtig – mit gesenkten Gesichtern oder mit den Fingern auf besondere Raritäten weisend.

»Er hat jetzt bereits sein *territoire* so weit im Griff«, übernahm Paul Alexis Ladame die Führung, »dass er sich nach einem größeren, höheren Ziel umschauen –«

»Weswegen er seit gestern«, fiel ihm einer der Brüder ins Wort, »im Majestic mit seinen lokalen Schergen konferiert.«

»Es sind beileibe nicht nur Gestapo-Büttel, die sich da um den neuen Herrscher drängen –«, zischelte der Nächste. »Wir müssen uns mit den wenigen, denen wir vertrauen können, zusammentun, um dieser drohenden Gefahr zu begegnen!«

»Ich befürchte, aus eigener Kraft ist keiner von uns in der Lage –«

»Wenn der Adler erst mal zum Sturzflug ansetzt«, teilte Maurice Magre seine Ängste mit, »dann wird hier jedes Widerstandsnest ausgeräuchert, zerhackt.«

»Wir sollten ohne falsche Scham London um Hilfe rufen«, befand Paul Alexis Ladame, »und das, solange wir noch zu hören sind!« Er sah in die Gesichter seiner Mitbrüder. »Wenn ihr, *confrères,* mich dazu ermächtigt, will ich es tun!«

Sie senkten ihre Nasen zu dem exquisit erhaltenen Hirschkäfer, den helles Bernstein umschloss. Das konnte als einverständiges Nicken gelten.

Bei aller Vorsichtsnahme: Eitel verzichtete keiner darauf, dem hochverehrten Kurator der *Exposition du Cosmos perdu,* dem *maestro venerabile* Ernst Jünger ein paar anerkennende Zeilen ins aufliegende

Gästebuch zu schreiben, mit gut leserlicher Signatur. Antoinette de Rives war nicht erschienen.

Obergruppenführer Reinhard Heydrich wurde von seinem Adjutanten *Drei-Zwo* nach draußen gerufen, der örtliche Polizeichef bat um kurze Anweisung. »Der uns schon lange Zeit suspekte Hauptmann im Stabe des Generals von Stülpnagel hat unterm Dach des Hotels Raphael –«

Das *Hohe* C winkte ab. »Der Autor von *Auf den Marmorklippen* wird in allerhöchsten Kreisen, so auch von mir, hoch geschätzt –« Reinhard Tristan Heydrich lächelte versonnen. »Wenn nichts Handfestes gegen ihn vorliegt, lassen Sie ihn gefälligst in Ruhe!«

»Jawoll, Chef!« Doch dann brach der Polizist sich noch mal Bahn. »Sollte jedoch Konspiration –?«

»Pah!«, verwies ihm Heydrich den weiteren Vortrag. »Heil Hitler!«

»Heil Hitler, Obergruppenführer!«

STUPOR April 1942

Den Arc de Triomphe, die Champs bis hinunter zur Place de la Concorde, kannte ich ja noch von früher, aus Zeiten des leichtlebigen Friedens, als ich mit dem gräflichen Rolls als grad mal Zwanzigjähriger allein durch die Stadt an die Seine kurven durfte, auch an das Marais erinnerte ich mich, die Rue du Temple, die Rue des Blancs Manteaux, als ich mir die *gaffe* leistete, ein Wiedersehen mit Charlot zu verpassen. Doch, was mich schon damals unwiderstehlich anzog, das waren die Metro-Stationen des Héctor Guimard, mit ihren verspielt lockenden, mich geradezu magisch ansaugenden Eingängen hinab in ihr geheimnisvolles unterirdisches Reich. Damals hatte ich, mit Rücksicht auf *Lunenoire*, auf den Abstieg in den quirligen Hades, den Bauch von Paris verzichtet – heute war er mir, als erkennbares Mitglied der deutschen Besatzungsmacht, *striktens* untersagt! Der Aushang im Foyer des Majestic sprach drohend von exemplarischen Strafmaßnahmen. Also besorgte ich mir eine Ansichtskarte von Paris, Tour d'Eiffel und Arc de Triomphe waren ausverkauft, ich nahm eine Moulin Rouge. Vielleicht nicht gerade passend für meine Mutter Beatrice, ich schrieb also: »Denk nicht schlecht von Deinem Maxe: Er ficht wacker gegen alle Versuchungen, wie Don Quijote gegen die Flügel der Mühle, denn Dein törichtes Murmeltier ist Dir liebend zugetan.« Ich adressierte die Karte an die Bircher-Benner-Klinik und übergab sie der Poststelle im Foyer. In letzter Sekunde fügte ich noch an: *Je t'embrasse très fort!*

STUPOR

April 1942

Zurück in Jungfern Breschan, stieß ich hinter meiner Jagdhütte auf den alten Emil Travnicek, der die altmodische Flinte, die er gerade putzte, nicht mehr rechtzeitig verschwinden lassen konnte. Als Tschechen war ihm jeglicher Waffenbesitz streng verboten. Ich überging den vorgefundenen Tatbestand, so dass er sich zu einer Erklärung veranlasst sah.

»Gestern Nacht sollen in dieser Gegend niedergehende Fallschirme über dem Wald gesichtet worden sein –«

»Ist irgendwo ein Flugzeug abgestürzt?«, gab ich mich naiv.

»Vorher war Motorengeräusch zu hören.« Der Rauschebart schaute mich listig an. »Deswegen bereite ich mich auf die Verteidigung gegen Angriffe aus der Luft vor.«

Ich musste lachen. »Wenn der Feind dieser …«, ich zeigte auf seinen Drillingsstutzen, »… dieser geballten Feuerkraft ins Auge schaut, ergibt er sich auf der Stelle!«

»Das will ich ihm auch geraten haben!« Stolz streichelte er seine Waffe, bevor er sie wieder in die abgewetzte Pferdedecke wickelte, die sie verborgen hatte.

Der Architekt Oscar Niemeyer stattete dem Protektorat einen Besuch ab, Albert Speer hatte ihn geschickt. Er sollte sich die Bauarbeiten am Observatorium auf der Hohen Tatra anschauen, die Heydrich in Gang gesetzt hatte samt Drahtseilbahn, die in die Höhe des unter Wissenschaftlern und Astronomen aufsehenerregenden Baus hinaufführte. Ich bekam den besonderen Gast gar nicht zu Gesicht, hörte nur vom zurückgebliebenen *Drei-Zwo*, dem Adjutanten Giselher, dass sein Pendant, Sturmbannführer Gernot *Drei-Eins*, den Gast am Flughafen Ruzyne in Empfang nehmen würde, um direkt mit ihm den Zielort anzusteuern. *Drei-Zwo* hatte mich eigens in meinem Studio aufgesucht, um mir mitzuteilen, dass sich Obergruppenführers Rückkehr von Dienstreise leicht verzögern würde.

Doch plötzlich stand Heydrich in der Tür. Er streifte sich die schwarzen Handschuhe ab, schnarrte seinen *Drei-Zwo* an, der sofort Haltung annahm.

»Wo steckt eigentlich *Drei-Eins!?*« Mich übersah er geflissentlich.

»Fährt den Architekten Oscar Niemeyer –«

»Auf wessen Anordnung!?«, peitschte die Gegenfrage des *Hohen C* wie der Hieb seiner Reitgerte. »Wer hat ihn dafür freigestellt, um diesen –«

Drei-Zwo knallte die Hacken zusammen. »Sturmbannführer Schellenberg verlangte, dass der Gast mit dem neuen 770K abgeholt und ohne Verzug –«

»Und woher kommt plötzlich dieser Mercedes –?«

»Wurde zeitgleich angeliefert.«

Das *Hohe C* hatte Mühe, Haltung zu bewahren. »Das ist doch das Modell, wie es unser Führer –!?«

»Identisch!«, trompetete *Drei-Zwo* stolz, »absolut identisch und auch Stahlgepanzert!«

»Was soll das!?«, bellte Heydrich. »So 'ne Staatskarosse hab ich nie geordert! Brauch ich auch nicht!«

»Vielleicht für anstehenden Führerbesuch?«, wagte *Drei-Zwo* zaghaft hervorzubringen, das brachte das *Hohe C* nun endgültig aus dem Gleichgewicht, er wurde bedrohlich leise.

»Wieso weiß ich davon nichts?«

Pause.

In diesem Moment betrat Sturmbannführer Gernot *Drei-Eins* mein Studio. Er klopfte wenigstens vorher an.

»Niemeyer wieder am Flughafen abgesetzt!«, meldete er sachlich und völlig ruhig. »War höchst beeindruckt vom Observatorium, vor allem von der neuen Gondelverbindung zwischen Tatrabahn und Steinbach-See. Auch der Stand der nahezu abgeschlossenen Bauarbeiten fand seine volle Zufriedenheit. Er wird dem Minister Albert Speer entsprechend berichten, damit dieser – wie von Leiter SD-Ausland angeregt – dem Führer eine Besichtigung empfehlen kann!« Der beflissene Adjutant war mit seinem Beitrag zum guten Gelingen sichtlich zufrieden, erwartete ein Lob seines Chefs. »*Brillantenschleppe des arischen Sonnenkönigs* nannte er bewundernd die nächtliche Milchstraße, die er durch den Refraktor in der eisigen Höhe der Hohen Tatra erstmals derart zum Greifen nah zu Gesicht bekam.«

Das *Hohe C* war fassungslos. »Und wo steht die Karre jetzt?«

»Oben, in der Schlossauffahrt!«, gab *Drei-Eins* zum Rapport. »Wollen Sie nicht –?«

»Naiin!«, jaulte Heydrich auf. »Ich hab sie nicht bestellt, schafft sie zu den Boksič-Brüdern! Weggetreten!«, herrschte er seine Adjutanten an, und *Drei-Eins* und *Drei-Zwo* schoben ab durch die Tür.

»Will das Walterchen mich ruinieren?!«, wandte Heydrich sich nun an mich. »Was sollen die in Berlin davon halten?!«

Ich zuckte noch mit den Schultern, keine Ahnung, ich war ja ebenso überrascht, überrollt worden wie er.

»Gib mir die Schlüssel vom Horch!«, befahl *Hohes C* unvermittelt. »Mir ist nach einer Spritztour.« Ich muss ein fragendes Gesicht gezogen haben. »Ich will Zwiegespräch halten mit dem Herzog von Friedland, des Kaisers Wallenstein!«

Auf dem englischen Landsitz des rumänischen Botschaftsrates Virgil Tilea informierte Captain George Best den ebenfalls anwesenden Baron Keun van Hoogerwoerd: »Meine Quelle im RSHA berichtet zuverlässig, dass die totale Vernichtung, das völlige Auslöschen jeglichen jüdischen Lebens beschlossene Geheime Reichssache geworden ist!«

Dem Schock folgte Schweigen, dann maunzte der königliche Hofastrologe: »Wir müssen die noch verbliebenen Juden warnen – sofort!«

George Best lachte bitter. »Da läuft keiner mehr frei herum, der unsere Flugblätter vom deutschen Kopfsteinpflaster aufklauben wird –«

Keun van Hoogerwoerd gab sich Mühe, nicht in Lamento zu verfallen. »Irgendetwas müssen wir doch unternehmen!?«

»Systematische Bombardierung des leer aus dem Osten zurückrollenden Transportmaterials?« Sonderlich überzeugt schien der Captain nicht von seinem Vorschlag.

Auch Keun zeigte sich skeptisch: »Es ist bewiesen, dass alle Schienen im Osten an den Rampen für die Vergasungsanlagen enden« – er wies mit dramatischer Geste auf die Deutschlandkarte mit dem Streckennetz der Deutschen Reichsbahn, übersät an ihren Rändern mit den kleinen Totenköpfen –, »dass dort Krematorien zum Himmel stinken! Und trotzdem glaube ich nicht, dass die Chefetage der Royal Airforce den Befehl geben wird, leere Güterzüge unbrauchbar zu machen – und die Schienenstränge gleich dazu. Sie könnten sie ja selber noch mal brauchen.«

Der schon in Resignation verfallene Baron raffte sich noch einmal auf. »Lieber gezielt die Entscheidungsträger ausschalten«, forderte er flammend, »Heinrich Himmler oder Reinhard Heydrich!«

Best lächelte nachsichtig. »Verwalter des Todes wachsen nach, verpilzte Beamte, sie drängen nach oben in Erfüllung ihrer Karriere – Schreibtischtäter!«, fügte er noch verächtlich an.

Virgil Tilea, der Hausherr, war zurückgekommen in Begleitung von Charlot. Der Captain fuhr fort: »Anfang Februar wurde Fritz Todt vom Himmel geholt, der Gründer der gleichnamigen *Organisation* für Zwangsarbeit, Reichsminister für Munition und Bewaffnung. Und wer trat sofort an seine Stelle? Albert Speer, Hitlers Lieblingsarchitekt!«

»Gar nichts zu unternehmen«, hielt Charlot hart dagegen, »kann ja wohl auch nicht die Lösung sein!«

»Dem Spuk ein Ende bereiten!«, schloss sich der alte Baron ihr sofort an, aber Charlot ließ sich jetzt nicht aufhalten.

»Meine Schwester und ich standen nur wenige Meter von diesem Himmler entfernt: Ich könnt mich heute ohrfeigen, dass wir die einzige Waffe, die wir in den Händen hielten, die Heilige Lanze, nicht dazu benutzt haben, sie dem Ungeheuer durch den Hals zu stoßen!«

»Du standest unter Schock«, sprang ihr George Best bei, »wegen des plötzlichen Todes der Frau von Urbanitzki!«

»Aber genau das war die Chance!« Charlot zeigte sich emotionslos. Ihre Beweggründe gingen keinen etwas an, auch George nicht! »Beim nächstes Mal werd ich sie nutzen!« Sie war nun wild entschlossen.

STUPOR Mai 1942

Am Morgen erhielt ich *Diony* zurück, völlig verdreckt, über und über mit Schlamm bespritzt. Das *Hohe C* fuhr sie mir direkt vor die Tür. Wortlos warf er mir die Schlüssel zu und wandte sich zum Gehen. Dann riss er die Wagentür noch mal auf, und meine *Betriebsanleitung Horch 853*, segelte mir vor die Füße – ebenfalls ohne jeden Kommentar. Ich forderte auch keinen ein bei der Laune!

Am Tag zuvor hatte sich Walter Schellenberg bei mir einquartiert. Er müsse in Ruhe über einiges nachdenken, erklärte er mir. Ich überließ ihm das Kaminzimmer, das von mir fast nie genutzt wurde.

Heute betrat ich es. Ich bemerkte sofort, dass Walter den Kamin in Gang gesetzt hatte, offenbar mit wenig Erfolg. Ich sah mehrere zerknüllte angekokelte Blätter, die vom Feuer verschont worden waren, bückte mich, um die Reste in Brand zu stecken. Mein Blick fiel darauf: Handschriftliche Notizen, die sich Schellenberg gemacht hatte, offensichtlich nicht zu seiner Zufriedenheit. Ich strich die Knäuel glatt:

> Auch Großwild stinkt noch als Kadaver vom Kopf her! Es bringt nichts, den Pächter eines Reviers zu erschießen, noch die Jäger, Förster und Heger eingeschlossen, sondern Du musst den Willen aufbringen und umsetzen, den Oberförster zu eliminieren, den unmenschlichen *Zwölf-Ender!* Folgende Etappen bieten sich an:
>
> 1. Verlockende Futterkrippe auswählen, für sich anbietenden Hochsitz sorgen
> 2. Für genügend Schützen Sorge tragen (Streuverlust!)
> 3. Fährte des Wildwechsels markieren und Zeitfenster festlegen
> 4. Die Nachricht von der anstehenden Pirsch durchsickern lassen! Keine nachträglichen Abweichungen
> 5. Eigenen Standort durch klare Signale für fraglichen Zeitraum unangreifbar machen! Hirschfänger bereithalten: Nähe zum Geschehen erlaubt unmittelbare waidmännische Geste wie *Frischer Bruch*, aber auch den evtl. notwendigen Fangstoß!
> 6. Nach erfolgreichem Blattschuss *sämtliche* Schützen und Knechte entsorgen

Ich las es noch mal. Dann verbrannte ich sorgfältig die höchst verräterischen Blätter, bis kein Fitzelchen mehr übrig war. Während die Papierfetzen, Stück für Stück, als Aschehäufchen zusammenfielen, erschloss sich mir, welcher Plan da aufgezeichnet war: Adolf Hitler höchstpersönlich zum Besuch des Observatoriums zu locken. Durch auffällige Fahrten mit dem Führer-Mercedes eingesickerte, mit Fallschirm abgesprungene Agenten auf die bevorstehende Fahrt aufmerksam zu machen, sie veranlassen, sich möglichst günstig für das Attentat zu positionieren. Schließlich dafür Sorge zu tragen, dass Datum, definitive Uhrzeit und Streckenverlauf ihren Weg noch rechtzeitig zu den Exekutoren finden – und dann: Abwarten! Und bereit sein!

Lange warten mussten all die, die sich Gedanken machten, begierig wartend oder angstvoll zum Himmel blickend, nicht: Ziemlich unbedarft, wenn nicht tölpelhaft, sprangen in den lauen, mondhellen Mainächten immer wieder Agenten ab. Sie kamen aus Großbritannien, hockten als Beipack in Bombern, die deutsche Städte Nacht für Nacht heimsuchten, wie Dresden, Görlitz oder Litzmannstadt, drehten dann noch eine Schleife über dem Reichsprotektorat und stießen die Freiwilligen, meist Exil-Tschechen mit *»Good Luck!«* rasch aus der Luke. Die Gestapo machte reichlich Beute und stets kurzen Prozess. Aber bei einigen hielt der heilige Wenzel seine schützende Hand über die sich deutlich gegen den Nachthimmel abzeichnenden Fallschirme. Sie kamen durch, mutige Bauern nahmen sie auf ...

STUPOR — Mai 1942

Als ob diese Welt ohne Gefahren wäre, setzte das *Hohe C* sein Treiben, Getriebensein fort. Heydrich besuchte Rüstungsfabriken und schüttelte Hände, zeigte sich dem tschechischen Volk oft überraschend, doch stets ohne Leibwächter. Meine *Diony* belegte er weiterhin mit Beschlag, ganz nach Laune. Er raste mit dem Horch 853 wie besessen hoch in den Norden Böhmens, zum ominösen Stammsitz des kaiserlichen Feldherrn. Er steigerte sich geradezu in die Rolle des Herzogs von Friedland hinein. Von den beiden Adjutanten des *Hohen C* erfuhr ich, dass er sie beauftragt hatte, alles an Akten aus den Prager Staatsarchiven zu beschaffen, dessen sie habhaft werden konnten, dazu vorhandene Biographien über diesen Fürsten der Finsternis, selbst Romane über ihn, Wallenstein, wünschte der Obergruppenführer. Diese Manie offenbarte mir zunehmend seine seelische Unsicherheit, seine wachsende Paranoia. Von einer physiotherapeutischen Sitzung zur nächsten wuchs die permanente Anspannung bis hin zu regelrechten Muskelkrämpfen.

Drei-Eins und *Drei-Zwo* oblag die Aufgabe, mich rechtzeitig ins Schloss zu zitieren, bevor das *Hohe C* dort eintraf. So wartete ich im Arbeitszimmer, als ich durch die verschlossene Tür Ohrenzeuge eines heftigen Disputs im angrenzenden Salon wurde. Offenbar war Walter Schellenberg wieder einmal in Jungfern Breschan eingetroffen, und Lina, die Schlossherrin, ging ihn scharf an.

»Walter, erzähl mir gefälligst nicht, dass du meinetwegen dich hergeschlichen hast«, schrillte ihre blecherne Stimme. »Du suchst doch Schutz bei Reinhard! Dir geht der Arsch auf Grundeis, seit deinem höchstpeinlichen Versagen rund um die Weihefeier! Das weiß ich von Marga Himmler!« Lina geiferte vor Verachtung.

Walter Schellenberg behielt die Nerven.

»Lina!«, entgegnete er ruhig, »wem nützt der Schnee von gestern!?« Er legte eine Pause ein. »Was weißt du, wer hier wessen Hilfe bedarf?! Von Madame Himmler erwartest du hoffentlich keine!«

In dem Moment hörte ich das lärmende Gekreisch der Kinder, der achtjährige Heider und seine kleine Schwester Silke, die nach der Mutter suchten, aber gegen die Tür des Arbeitszimmers rumpelten. Von Frau Lina als Lauscher entdeckt zu werden kam mir nicht gelegen. Ich flüchtete mich in den begehbaren Schrank, die sogenannte Ankleide, und zog schnell dessen Tür hinter mir zu.

Jetzt saß ich in der Falle. In der Empfangshalle schlugen die Adjutanten deutlich hörbar die Hacken zusammen. »Heil Hitler, Obergruppenführer!«, glaubte ich zu vernehmen, Sekunden später stürmte das *Hohe C* ins Arbeitszimmer, gefolgt von seinem, aus den Händen von Frau Lina befreiten Freund Walter Schellenberg.

»Was soll bitte, dieser gepanzerte Protzkompressor, Walterchen!?«

»Gastgeschenk!«, frotzelte der Leiter SD-Ausland locker. »Scherz beiseite: Ich brauch ihn!«

»Danaer-Geschenk!«, murrte Heydrich. »Bormann lauert nur darauf, mich anzuschwärzen!«

Schellenberg antwortete nicht darauf, dann vernahm ich sein mahnendes Flüstern. »Reini!« Er musste es scharf am Ohr des Freundes gezischt haben. »Reini, wenn du nicht willst, dann mach ich es …«

»Ich will damit nicht befasst sein!« Das *Hohe C* hatte jetzt ebenfalls seine Stimme gesenkt, aber sie kam schneidend. »Nimm dir weiterhin, was du brauchst, aber lass mich außen vor!«

»Kann ich über Maxe verfügen?« Ich erschrak in meinem Versteck. Reinhard Tristan Heydrich musste wohl genickt haben. »Und die Boksič-Brüder als gelegentliche Fahrer der Karre?« Als ob ich nicht in der Lage wäre, den 770K zu chauffieren! –

»Den Physio meinetwegen, wenn ich ihn nicht brauch«, knurrte das *Hohe C*, »und von den Brüdern nur einen!«

Frau Linas Serviertochter klopfte an die Tür. »Es wird zu Tisch gebeten!«

Ich wartete ab, bis in der Halle völlige Ruhe eingetreten war. Dann stahl ich mich hinaus und lief durch das Gehölz zurück, so dass mich kein zufälliger Blick aus einem der hohen Fenster treffen konnte.

STUPOR — Mai 1942

Jetzt hatte es mich erwischt: Schellenberg hatte längst wieder das Weite gesucht, das *Hohe C* war in meinem Horch unterwegs, er gab mir die Schlüssel von *Diony* einfach nicht zurück. Adjutant *Drei-Zwo* befahl mich nach oben ins Schloss: »In weißem Gala-Jackett!«

Drei-Eins fing mich schon in der Auffahrt ab. Meinen fragenden Blick bemerkend, ließ er mich lediglich wissen: »Geheimhaltungsstufe A-Eins! Anordnung vom SD.« Also der lange Arm von Walter Schellenberg. Schweigend brachte er mich in seinem Kübelwagen zum Flughafen, und zwar gleich zum Nebeneinlass. Dort erwartete mich bereits Vaclav Boksič. Er stand neben dem blankgewienerten 770 und riss feixend den Schlag auf. Zum ersten Mal sah ich den Platzwart im schwarzen Kleid der SS, Rang: Hauptscharführer.

Wir brausten los, nicht etwa in Richtung Innenstadt, sondern quer durch die Wälder, offensichtlich in Richtung mährisches Bergland.

»Fahrtziel: Hohe Tatra?«, rief ich fragend meinem Fahrer von hinten zu, wir fuhren mit offenem Verdeck. Vaclav Boksič ließ sich nur zu der Erklärung herbei: »Diese Strecke soll sich einprägen!«

»Wem?«, brüllte ich gegen den Fahrtwind. »Der Eskorte?«

»Der wohl auch«, antwortete mein Herr Fahrer hintersinnig. Offenbar war er nicht in den Plan eingeweiht …

So thronte ich in meinem offiziellen, weißen Physio-Jackett wie ein eitler Pfau hinten im Fond. Zu sehen bekam ich allerdings weder die sagenhafte Sternwarte noch die Berge. Bei einem Städtchen mit Ortsschild Landskron drehten wir wieder um. Die uns auf ihren Krädern eskortierenden Feldgendarmen hielten die Kelle hoch, und mein Fahrer protestierte auch nicht. Mich fragte sowieso keiner.

»Bis zum nächsten Mal!«, verabschiedete sich Hauptscharführer Boksič nach unserer Rückkehr zum Flugfeld. Dort gabelte mich nach einiger Zeit *Drei-Eins* wieder auf und schaffte mich zurück nach Jungfern Breschan ohne jeden weiteren Kommentar.

In mir regte sich Widerwillen, von Walter als *Dummy* benutzt zu werden. Nicht, dass ich mir einbildete, die wie Wespen vom Honig angezogenen Attentäter könnten mich mit dem Führer verwechseln. Aber der Plan barg ja durchaus Gefahr aufzufliegen. Dann hieß es, mochte meine Rolle auch noch so klein sein: Mitgefangen, mitgehangen!

Es ergab sich als günstig für mich, dass mein *Hohes C* zunehmend unter Verspannungen litt, meine Dienste immer öfter in Anspruch nahm. Ich zeigte Erschöpfung, was er von mir nicht gewohnt war. Schließlich rückte ich damit heraus, dass ich es überhaupt nicht vertrüge, als Beifahrer im Fond des Kompressor-Mercedes durch die Landschaft geschaukelt, gerüttelt zu werden: Mir würde jedesmal schlecht davon. Das tat seine Wirkung.

»Wird abgestellt, Maxe!«, tröstete mich mein Dienstherr. Er brauchte mich zu sehr, nicht nur zur Pflege seiner Physis, sondern auch als eine Art Beichtstuhl für sein aufgewühltes Inneres. »Was ist höher zu bewerten, Maxe –«, war eine der Fragen, die er mir nicht nur einmal stellte, »die Treue Wallensteins zum Kaiser – oder sein Verantwortungsbewusstsein gegenüber dem Reich?«

Ich hielt in meinem Traktieren seiner verhärteten Muskulatur nicht inne. »Oder anders gefragt: Wo hat der Herzog von Friedland in seiner Entscheidung letztlich gefehlt?«

Ich überlegte lange, es widerstrebte mir, dem *Hohen C* einen Rat zu erteilen. »Es kommt im Wesentlichen darauf an«, sagte ich bescheiden, »was er sich eher zutraut!«

Heydrich stöhnte leise. »Nicht schlecht, gar nicht so schlecht!«

Wahrscheinlich bildete ich mir die Veränderung in Reinhard Tristan Heydrichs Wesen nur ein, aber von dem Tag an, an dem er mir wortlos die Schlüssel meiner arg geschundenen *Diony* wieder hinwarf, schien eine unsichtbare Last von seinen Schultern gefallen, er wirkte für mich gelassener, sogar heiter. Er kümmerte sich mehr um seine Familie, besonders um sein dreijähriges Töchterchen Silke, sein Augenstern! Ergab er sich einer unbekannten Schicksalsgöttin, von der er nicht wusste – nicht wissen wollte, wie sie mit ihm verfahren würde? Ließ er es – seinem Naturell gemäß einfach mal darauf ankommen?

Emil Travnicek, mein Rauschebart, behauptete, dass der Besuch des Führers in einer Woche stattfinden soll. Adolf Hitler will Heydrichs Observatorium auf der Hohen Tatra besichtigen. Ich beschloss, das *Hohe C* nicht darauf anzusprechen.

~

In den frühen Morgenstunden des 25. Mai 1942 fiel ein unüblich zahlreicher Schwarm von *Goldfasanen* auf dem Rollfeld von Ruzyne ein, der Stab des Architekten und jetzigen Rüstungsministers Albert Speer. Der Reichsprotektor hatte ihm eigens seinen Dienstwagen, den *SS-3*, einen eleganten dunkelgrünen Daimler, zum Flughafen geschickt, denn er wünschte nicht, dass der 770K ein weiteres Mal zum Einsatz käme. Der süffisante Fahrbericht Oscar Niemeyers hatte in Berlin für genug Häme gesorgt. Doch genau die schwer gepanzerte Führerlimousine mit Kompressor hatte der Herr Minister erwartet. Schon bei Ankunft auf dem ländlichen Dienstsitz Heydrichs bemängelte Albert Speer vernehmlich die fehlende Panzerung an der *SS-3*. Er wandte sich an die herbeigeeilten Adjutanten: »Ist euer Obergruppenführer lebensmüde? Oder gar todessüchtig?«

»Ich hab von meinen Tschechen nichts zu befürchten!«, versicherte der jetzt hinzutretende Reinhard Tristan Heydrich lächelnd. »Sie lieben mich!«

Albert Speer starrte seinen Gastgeber ungläubig an. *»L'amour!«*, spöttelte er sarkastisch. »Welch solides Fundament! Der Führer und ich geben armiertem Stahlbeton den Vorzug, wenn's halten und tragen soll!!«

STUPOR 25. Mai 1942

Eigentlich schien das *Hohe C* den nur ein Jahr jüngeren Diplom-Ingenieur zu mögen. Sie entstammten beide einer von humanistischer Bildung und akademischen Werten geprägten Schicht, liebten beide klassische Musik und waren an Malerei und Literatur interessiert. Da die Adjutanten verschwitzt hatten, mir abzusagen, erschien ich zur vereinbarten Stunde im Schloss und traf die Herren im Kaminzimmer, wo Albert Speer dem *Hohen C* ins Gewissen redete.

»Eure Sorglosigkeit, Heydrich, erstaunt mich.« Speer machte sich, wenn schon nicht Sorgen, so doch seine Gedanken. »Zumal, wenn Ihr, wie ich höre, Ambitionen hinsichtlich Frankreich hegt. Mit der dortigen *Résistance* ist nicht so zu spaßen!«

Heydrich ließ die gutgemeinte Mahnung an sich abtropfen. »Mit den Galliern komm ich noch viel eher klar«, sinnierte er laut. »die werden mich als einen der Ihren akzeptieren!«

Albert Speer wiegte nachdenktlich sein Haupt. Er hatte einen Satz Tarotkarten entdeckt. »Wünschen Sie, dass ich Ihnen die Karten lege?« Reinhard Tristan Heydrich zögerte, es war plötzlich still geworden im Salon. »Nur, wenn Sie es wirklich wollen!!?«

Der Geforderte nickte.

Speer war ein versierter Geber, er mischte wie in Trance, blitzschnell, ließ das *Hohe C* abheben und legte aus: Auf den *Streitwagen* folgte erst *Der Gehängte*, dann jedoch *Der Turm*.

Ich beobachtete Speer, er war erschrocken, verbarg aber geschickt den letalen Aspekt der letzten Karte, zumal Heydrich – der sich offensichtlich mit den möglichen Deutungen nicht auskannte, gebannt auf den *Gehängten* starrte. Meines Wissens barg das Bild, für sich allein gewertet, die Chance zu einem völligen Neuanfang, aber vielleicht war es dazu schon zu spät. In jedem Fall, das war mir klar, bedeutete die Paarung: Durch gewaltsamen Tod – mit dem *Turm* konnte ja wohl nur Hitler gemeint sein! – kommte es zu einem völligen Neubeginn. *Oder:* Der Umbruch – also das Attentat – zieht ein verheerendes Blutbad nach sich?

Doch der Rüstungsminister erklärte den *Turm* in aller Seelenruhe mit der Notwendigkeit, sich eines gepanzerten Fahrzeugs zu bedienen.

»Der Führer ist stolz auf Euch!«, lauteten seine Worte zum Abschied. »Aber das wird er Ihnen ja selber sagen.« Speer begab sich stehenden Fußes auf seine geplante Dienstreise. Ich deutete es mir so: Er floh aus dem Dunstkreis des *Hohen C*. Schließlich hatte ihn Heydrich für den nächsten Abend zu einem festlichen Symphoniekonzert auf der Prager Burg geladen.

STUPOR 26. Mai 1942

Kurz vor Abfahrt der Wagenkolonne aus Jungfern Breschan, alle bereits im großen Wichs, traf über Fernschreiben aus Berlin die Nachricht vom Abschluss des Eden-Molotow-Pakts ein. Reinhard Tristan Heydrich blieb einen Moment eisig, starr! Er hatte zu diesem Symphoniekonzert im Prager Waldstein-Palais geladen, zu Ehren und Gedenken seines Vaters Bruno Heydrich. Aus dessen Heimatstadt Halle waren sämtliche ehemaligen Musiklehrer des Konservatoriums herangekarrt worden, deren man habhaft wurde. Das Orchester war beauftragt, im Rahmenprogramm zur dargebotenen väterlichen *séance musicale,* Kompositionen von Anton Bruckner und von Antonín Dvořák zu spielen – einem tschechischen Komponisten! Da meldete sich Schellenberg auf der direkten Fernsprechleitung: Der Führer müsse leider, aufgrund der politischen Ereignisse seinen Besuch absagen. Damit war Schellenberg fein raus!

Der Konvoi brauste los. Frau Lina strahlte an der Seite ihres Gatten. Das war auch der Grund, weswegen ich nicht mit von der Partie sein durfte. Ich stand noch mit Giselher *Drei-Zwo*, dem die Stallwache oblag, in der Schlosshalle herum, als das Telephon schon wieder summte: »Reichskanzlei! Bitte den Obergruppenführer!?«

»Grad abgefahren nach Prag!«

»Versuchen Sie ihn zu erreichen, er wird morgen Vormittag im Führerhauptquartier erwartet! Heil Hitler!«

»Wird weitergeleitet!«, schnarrte *Drei-Zwo*. »Heil Hitler!«

Tief in der Nacht suchte mich das *Hohe C* in der Jagdhütte auf, gerade von dem Festakt in Prag nach Jungfern Breschan zurückgekehrt. Ich lag schon im Bett.

»In wenigen Stunden wird sich die Welt verändern«, verkündete er mir, der ich schnell den Kittel übergeworfen hatte. »Paris! Frankreich! Vom Eiffelturm aus liegt sie uns schon zu Füßen!« Mitten in der Emphase sprang er um: »Ich habe hier von meiner obersten Dienststelle für dich einen Passierschein Erster Klasse ausfertigen lassen und selbst unterschrieben. Damit wird dir gegenüber jedwedes Kontrollbegehren untersagt, du hingegen zur Inanspruchnahme sämtlicher SD- und Polizei-Dienststellen berechtigt.« Er schaute mich lange fast wie abwesend an. »Ich will, dass du bestmöglich gewappnet bist, Maxe, für alles, was kommen mag!«

Ich wünschte ihm »*merde!*«, und zur Bekräftigung umarmte ich ihn, das erste Mal, so weit ich mich erinnern mochte, spuckte dem *Hohen C* dreimal über die Schulter, wie es alte Bühnenhasen vor dem Auftritt tun. Wir verabredeten uns zur Abfahrt um 7 Uhr 30.

Drachenblut

Mai 1942

STUPOR

27. Mai 1942

»Dann fährt eben Max!« Der Reichsprotektor war nicht gewillt, sich von dem Dünnschiss seines Fahrers Johannes Klein, den ihm Frau Lina meldete, aufhalten zu lassen. Für ihn stand heute der Besuch beim Führer an. Deswegen war ich auch schon früh am Morgen auf den Beinen, hatte die von Emil Travnicek blitzblank gewienerte *Diony* aus ihrer Holzremise geholt und war die Serpentinen durch den Park hinaufgekurvt bis vor das Schloss. Desgleichen hatte ich die blütenweiße Offizial-Livrée des Leib-Physio angelegt, selbst weiße Handschuhe, passend zum festlichen Anlass, hatte ich eingesteckt. Ich wollte meinem *Hohen C* keine Schande machen, aber das passte der Herrin des Schlosses nicht in den Kram, wo man sie schon nicht zur Verabschiedung am Flughafen gebeten hatte. Sie entschwand Türen schlagend, kreuzte kurz darauf wieder auf:

»Am Steuer des *SS-3* des Reichsprotektors sitzt Oberscharführer Klein!!«

Durch die Glastür sah ich den dunkelgrünen 320, Klein hatte ihn gerade zur letzten Kontrolle umrundet, um dann seinen Platz einzunehmen. Reinhard Tristan Heydrich pflegte sich jedesmal mit festem Ritual von Frau und Kindern zu verabschieden, so trat ich schon vor die Tür, neben meinen Horch, der in der Auffahrt stand.

Das *Hohe C* erschien, blinzelte hinauf zum Himmel, erteilte mir knapp die Anweisung: »Halt dich gefälligst im Hintergrund! – samt deiner Karre!« So war er eben.

»Zur Befehl, Obergruppenführer!«, schnarrte ich gehorsam und stieg ein.

Wir fuhren durch den Wald, vorn der offene *SS-3* mit Heydrich im Fond, dahinter ich mit *Diony*.

Bei Libeznitz stieß unser kleiner Konvoi auf die von Norden kommende Hauptstraße, die Johannes Klein jedoch lediglich bis zur Gabelung Zdiby nutzte. Dann wieder auf Forstwegen über Stock und Stein, um beim Dörfchen Rostok die Brücke über die Moldau zu nehmen. Oberscharführer Klein kannte sich aus. Wir erreichten die asphaltierte Zufahrt zum Rollfeld Ruzyne. Das war mitnichten der Weg, den er mit dem *SS-3* gewöhnlicherweise nahm. sondern ein Schleichpfad quer durchs Gelände, offensichtlich hatte *Hohes C* heute diese Variante verlangt. Mir war es recht. Über mir glitten die Baumwipfel vorbei, ich fühlte mich seltsam geborgen.

Das Vorfeld des Flughafens Prag-Ruzyne kam in Sichtweite, es schien helle Aufregung zu herrschen. *Drei-Eins* und *Drei-Zwo*, seine beiden Adjutanten, stürzten Heydrich entgegen, kaum dass der aus dem Wagen gesprungen war.

»Heil Hitler, Obergruppenführer! Der Luftraum ab Reichsgrenze war bis eben dicht! Veränderte politische Lage in Berlin!«, schnarrte Sturmbannführer Gernot.

»Eden-Molotow!« Giselher, der Jüngere, sah sich befleißigt, seinen Wissensstand zu demonstrieren. »Britisch-Russischer Beistandspakt!«

»Ach ja!?« Der vernichtende Blick aus Heydrichs Augen ließ *Drei-Zwo* erschrocken die Hacken zusammenknallen. »Was soll der 770er hier!?«, pfiff das *Hohe C* seinen Ersten an.

Gernots Blick irrte zum vor dem Flughafengebäude bereitgestellten Kompressor-Mercedes. Einer der Boksič-Brüder hatte das gepanzerte Fahrzeug bis vor die Treppenstufen der Ankunftshalle gefahren, nachdem es über Nacht sicher in seinem Hangar geblieben war.

»Obergruppenführer sollten vielleicht noch etwas warten –?«

Heydrich schüttelte unmerklich den Kopf.

»In der Reichskanzlei wurde umdisponiert!«, verschaffte sich *Drei-Zwo* Gehör bei seinem Chef. »Angeblich soll Reichsführer Heinrich Himmler im Anflug sein –?«

Kurz stöhnte das *Hohe C* auf, um dann schneidend seinen Adjutanten anzufegen. »Warum erfahr ich das erst jetzt?!«

Gernot *Drei-Eins* wollte seinem Kameraden zu Hilfe eilen, er baute sein Männchen, bereit, den Rüffel aufzufangen, doch Heydrich starrte ihn nur an. Er brauchte wahrscheinlich diese kurze Zeitspanne, um sich auf die neue Situation einzustellen. Wollte er seinem Ziehvater zu diesem Zeitpunkt überhaupt gegenübertreten? Wohl eher nicht! Urplötzlich, wie ein auf den Schwanz getretener Hund, kläffte er los: »Sperren! Luftraum über Prag sofort sperren!«

»RF befindet sich vielleicht schon im Anflug –?«

»Dann wird RF eben wieder abdrehen!«

Während beide Adjutanten zum Flughafen-Tower hasteten, um den Befehl an den Fluglotsen zu übermitteln, fand das *Hohe C* erstmals Zeit, sich mir zuzuwenden, allerdings jetzt äußerst pressiert: »Los, Max, wir fahren zurück nach Prag!« Er sprang seinem Fahrer Johannes Klein fast ins Genick, als er sich in den Fond des *SS-3* warf. Ich hatte mich gerade hinter das Lenkrad meiner *Diony* geklemmt, als vor mir Vaclav Boksič, heftig mit den Armen wedelnd, den Mercedes von Heydrich aufhielt. Er konnte sich das erlauben. Ich war so weit seitlich aufgefahren, dass ich mitbekam, was der Vertraute auf dem Herzen hatte.

»Ich flehe Sie an, beim Leben meiner Kinder, steigen Sie aus! Wechseln Sie bitte auf den 770!«

»Das steht mir nicht zu!«, knurrte Heydrich und schüttelte dem Treuen die Hand, dann tippte er Klein auf die Schulter, und der gab Gas, ich hinterdrein.

Die beiden Adjutanten waren im Flughafengebäude zurückgeblieben. Auch von den zahlreichen Motorradpolizisten, die fürs Eskortieren hohen Besuchs bereitstanden, machte *Hohes C* keinen Gebrauch. So, befreit von jedem offiziellen Ballast, brausten wir auf Prag zu …

Seit zwei Stunden warteten an der ausgekundschafteten Spitzkehre mit der sich anschließenden starken Steigung die abgesprungenen Agenten des britischen Secret Service. Zwei von ihnen waren Exil-Tschechen, die sich freiwillig zu diesem Einsatz gemeldet hatten. Mit der Frau, die ihnen als Teilnehmerin zugemutet worden war, versöhnten sie sich erst, als diese als Einzige die für ihren Auftrag so wichtige Ankunftszeit des Mercedes in Erfahrung gebracht hatte.

Sie trugen alle helle Staubmäntel, verschieden getönt, einer hatte seinen salopp über den Unterarm geschlagen. Ihre auffällige Haarpracht verbarg die Frau unter einem Kopftuch. Immer wieder gingen ihre Blicke hinauf zur Hügelkuppe, von wo aus der avisierte dunkelgrüne Mercedes in Sicht kommen musste. Dort oben war ein Vierter postiert, der mittels Handspiegel-Blinken das Herannahen des *SS-3* melden sollte. Aber der Wagen wollte und wollte sich nicht zeigen.

Sie hatten sich in der scharfen Kurve, wo er zwangsläufig abbremsen musste, auf beide Seiten der Straße verteilt, der eine mit der schussbereiten Sten-Gun unter dem Staubmantel, der andere mit zwei nur noch scharfzumachenden Bomben in der Aktentasche. Ihm durfte die Frau Gesellschaft leisten, der sie keine Waffe anvertrauen mochten.

Plötzlich tauchte von der entgegengesetzten Seite, also in Richtung Innenstadt, der dunkelgrüne Mercedes 320 auf, bremste brutal in der Kehre, um zwei Gänge herunterzuschalten. Der auf der gegenüberliegenden Straßenseite warf den Mantel weg, hob die jetzt sichtbare Sten-Gun, zog hastig den Trigger durch – Kein Schuss löste sich! Er schmetterte die nutzlose Waffe zu Boden und rannte davon.

Oberscharführer Klein, statt jetzt erst recht Vollgas zu geben, stieg mit aller Macht auf die Bremse, dass es Heydrich fast in seinen Nacken geschleudert hätte. Der Reichsprotektor riss seine Dienstpistole aus dem Halfter, feuerte stehend auf den Flüchtenden. Klein machte den zweiten Fehler, er sprang aus dem *SS-3* und nahm zu Fuß quer über die Fahrbahn die Verfolgung auf.

In der Innenkurve hatte der zweite Mann, der dort mit einer Frau am Arm stand, aus seiner Aktentasche äußerst fahrig einen bananenförmigen Gegenstand gezerrt. Mit zittrigen Fingern versuchte er die Handgranate zu schärfen, es gelang ihm nicht. Die Frau riss sie ihm aus der Hand, entfernte den Sperrstift mit den Zähnen – und schleuderte die Bombe in Richtung Fond des *SS-3*. Der hochaufgerichtete Heydrich schaute sie strafend an, als sie den Stift in seine Richtung spuckte – In dem Moment explodierte die Bombe am Hinterrad des Mercedes, Heydrich sackte zusammen.

STUPOR 27. Mai 1942

Ich erlebte das gesamte Aufeinanderfolgen der Vorgänge wie im Kino, eine höchst laienhafte Inszenierung, der ich beizuwohnen gezwungen war – wie in einem schlechten Traum, völlig erstarrt, unfähig auch nur einen Finger zu rühren. Das änderte sich schlagartig, als ich die Bombenwerferin auf meinen, ganz sanft ausgerollten, endlich zum Stillstand gekommenen Horch zukommen sah. Ich erkannte sie und wehrte mich instinktiv gegen diesen Einbruch der realen Welt in mein ausgeschaltetes Bewusstsein. Plattlings warf ich mich über den Beifahrersitz – Vogel Strauß steckt den Kopf in den Sand, um nicht gesehen zu werden! Dann fiel mir die Pistole ein, die in der Seitentasche dieser Wagentür stecken musste, Schellenberg hatte darauf bestanden, dass ich eine Waffe mit mir führen sollte. Blind fingerte ich nach ihr, ertastete sie und richtete mich, immer noch in Zeitlupe, wieder auf, mein Blick glitt furchtsam über die metallene Kante der Wagentür, das Fenster war versenkt – Ich schaute direkt in das erhitzte Gesicht von Charlot!

Meine Frau, die Bombenwerferin! Charlot machte Anstalten, sich vertrauensvoll zu mir herabzubeugen. Stumm schüttelte ich den Kopf, hoffentlich energisch genug, um mich nicht in die Sache hineinziehen zu lassen. Herzlos wich ich ihren, womöglich hilfesuchenden, schönen Augen aus, verdrehte wahrscheinlich abwehrend die meinen: Sie solle gefälligst verschwinden! Mit äußerster Kraftanstrengung ließ ich meinen Oberkörper zurückschnellen, riss die Tür neben mir auf, sprang, torkelte hinaus, die sinnlose Pistole in der Hand. Ohne Charlot einen einzigen Blick zu schenken, überließ ich sie einfach ihrem Schicksal, stürmte vor zum zerdätschten, angefetzten Heck des dunkelgrünen *SS-3* …

Vom Augenblick des Zerberstens der Bombe am Hinterrad des Mercedes waren höchstens acht, zehn, maximal zwölf Sekunden vergangen.

Ich weiß nicht mehr, wie der auf der einen Flanke heftig blutende Heydrich, seine Uniform war kaum aufgerissen, auf die Hinterbank meines Wagens verfrachtet wurde, ich raste los … Ich weiß nicht mehr, welchen Weg wir nahmen, ein tschechischer Motorradpolizist hatte sich vor *Diony* geklemmt, und ich brauste, hupend, das Fernlicht eingeschaltet, blindlings hinter ihm her. Nicht ein einziges Mal während dieses Ritts von Sturmgeistern schaute ich mich nach dem *Hohen C* um. Ich weigerte mich, ihm in die Basiliskenaugen zu schauen. Ich sah sie auf mich gerichtet, wie sie mich beschworen, ihn nicht verbluten zu lassen vorm Erreichen des Hospitals – oder wollte er das Gegenteil bewirken: mich daran hindern, ihn zu retten?! *Obergruppenführer lebend eingeliefert!* Damit wäre ich von jeder weiteren Verantwortung entbunden.

Der brave Polizist donnerte fast in die Glastür der Notaufnahme, schrie bereits das Personal zusammen. Wie in Trance sah ich, wie Heydrich auf eine Rolltrage gehoben wurde. Ich ließ *Diony* mitten in der Klinikauffahrt stehen und rannte hinterher, jetzt hatte ich plötzlich doch Angst um ihn. Erst als ich Reinhard Tristan Heydrich, unter einem weißen Laken, das sich sofort fleckig färbte, hinter der Milchglas-Schiebetür eines Operationssaales verschwinden sah, wurde mir klar, dass ich jetzt weiter nichts für ihn tun konnte. War es meine Aufgabe, seine Ehefrau Lina vom Geschehen in Kenntnis zu setzen? Sicher hatten das andere bereits getan, und ich war der Dame eh stets ein Dorn im Auge …

Langsam bewegte ich mich durch die Korridore der inzwischen wie ein Ameisenhaufen wuselnden Klinik. Meine blutverschmierte Uniformjacke hatte ich nicht ausgezogen, mir aber im Vorbeigehen einen weißen Ärztekittel gegriffen und übergestreift. Traumwandlerisch verließ ich das aufgescheuchte Hospital, um zu meinem Wagen zu gelangen. Er stand noch immer, wie ich ihn in der Auffahrt abgebremst hatte, nun allerdings eingekeilt zwischen von allen Seiten herbeipreschenden Wagen der SS, der Polizei und des Sicherheitsdienstes. Schon von Weitem sah ich die aufrechte Gestalt einer jungen Frau, meiner Frau, auf dem Beifahrersitz. Charlot, die Wahnsinnige!

Ich vermied jede auffällige Begrüßung, sondern nahm wie selbstverständlich hinter dem Steuer Platz und bahnte mir hupend meinen Weg durch die entgegenkommenden Fahrzeuge. Aus den Augenwinkeln hatte ich bereits bemerkt, dass sie jetzt wieder ihre Tracht als Schwester des Internationalen Roten Kreuzes trug, mit fraulichem Plisseerock und gestärkter Haube.

»Und der Mantel?«, knurrte ich.

»Der war derart lädiert, den hab ich zuunterst in einen in der Damentoilette herumstehenden Wäschewagen gestopft!« Ihre Antwort zeigte, dass sie sich nicht den geringsten Gedanken darüber machte, in welcher Gefahr sie schwebte. Diese Verrückte!

Um keinen Verdacht zu erregen, fuhr ich ganz ruhig, bis wir dem Gewimmel entronnen waren.

»Ist er tot?«, wandte sich Charlot in ihrer kühlen Art mir zu, ohne mich anzuschauen.

»Die Verletzung, die du ihm zugefügt hast, dürfte reichen.«

Wir schwiegen uns beide an, und ich erhöhte das Tempo.

»Ich bring dich jetzt zum Flughafen, damit du schleunigst hier rauskommst.«

»Was wird aus den anderen?«, begehrte sie auf, völlig unerwartet.

»Das schert mich einen Scheißdreck«, schrie ich die Fassung verlierend gegen den Fahrtwind. »*Du* musst hier raus, bevor sie dir auf die Spur kommen.« Ich fegte jetzt die Straße zum Flughafen entlang, direkt zum Seiteneingang der Boksič-Brüder. Vaclav kam mir entgegen. Ich beugte mich rüber und riss die Tür neben Charlot auf. »Was ist die nächste Maschine?!«

»Zürich-Genf!«, sagte der Gemütsmensch. »Sie ist als Erste zum Start freigegeben – nach Aufhebung der Sperre des Luftraums. Boreslav wird sie führen –«

Ich schob ihm die wie eine unbewegliche Puppe dasitzende Charlot in die Arme. »Du musst sie noch auf die Maschine schaffen!« Zur Bekräftigung setzte ich hinzu: »Internationales Rotes Kreuz, Genf!«

Vaclav hörte nur mit halbem Ohr zu. »Hat es ihn schlimm erwischt?«

»Ich hab ihn lebend in der Klinik abgeliefert«, sagte ich, Zuversicht in der Stimme. »Unkraut vergeht nicht!«

Vaclav setzte die benommene Charlot ins Pistenkontrollgefährt.

»Wird erledigt, Herr Max!«

Ich wartete, bis beide meinen Augen entschwunden waren …

Ich fühlte mich erleichtert.

Gemächlich nahm ich wieder Platz hinter dem Lenkrad meines Horch 853. Brave *Diony!* Ich wendete, es war wohl angebracht, zur Klinik zurückzufahren und sichtbar Mitgefühl am Schicksal des Blessierten zu zeigen, sicher hatte man mich schon vermisst.

Kaum war ich in den Schotterpfad zum Flughafengebäude eingebogen, kam mir mit Karacho und aufgeblendetem Fernlicht ein Wagen entgegen, ich erkannte ihn sofort: Walters fahrbare Fernsprechzentrale!

Er stoppte scharf neben *Diony*, so dass er uns den Weg versperrte. Obersturmbannführer Schellenberg rief mir von seinem Sitz auf der Beifahrerseite zu: »Wo willst du hin, Max?!«

»Sehen, wie's unserem *Hohen C* geht!«

»Das lässt du lieber bleiben! Man sucht nach dir!«

Ich sagte gar nichts. »Du musst sofort außer Landes!«

Langsam begriff ich, aber nur halb. »Welche Straße empfiehlt der SD-Ausland?

»Vergiss es! Nach deiner Protzkarre wird als Erstes Ausschau gehalten – Du musst sie hier stehenlassen und versuchen in ein Flugzeug –«

»Scheiße!«, entfuhr es mir. »Konntest du mir das nicht fünf Minuten früher –!«

»Sei dankbar, wenn dich überhaupt noch eines –« Wortlos wies der behandschuhte Zeigefinger vorwärts, Richtung Seiteneingang Boksič. Schellenberg wartete nicht ab, bis ich auf dem engen Pfad wieder gewendet hatte. Ich fuhr hinter ihm her.

Bei der Platzwartbehausung hüpfte Walter raus, beide Boksič-Brüder traten auf die Veranda.

»Steht die Militärmaschine für Paris noch auf dem Rollfeld?!«

»Wartet nach wie vor auf Startfreigabe vom Tower –«, schilderte Boreslav den Stand der Dinge, »und die Lotsen auf weitere Anweisung vom SD!«

»Also, los jetzt, Max!« Schellenberg hatte die Sache im Griff. »Ich geb dir vier Minuten, dann lass ich sie abfliegen!«

»Und der Wagen?!«

»Den überlässt du den Brüdern, schon aus Dank, dass sie dich – «

Ich war ausgestiegen, ein treuloser Verräter an meiner *Diony*, drückte Vaclav die Schlüssel in die Hand.

Während ich loslief, rief Schellenberg mir nach: »Ich lass dich gleich bei Ankunft in Le Bourget verhaften, von meinen Leuten! Mach also keinen Unsinn! Sie werden Bescheid wissen, was dann –«

»Danke, Walter«, murmelte ich, während ich schon rüberging zu der ausfahrbaren Gangway, die Boreslav jetzt bestieg. Vaclav öffnete das Gittertor, in der Ferne sah ich die Junkers stehen, mit laufenden Propellern. Alles verlief wie in einem lähmenden Traum, wie nach einer Betäubungsspritze, wie ich die Gangway hochkletterte, die Bordtür von innen aufgestoßen wurde –

Aufgeschreckt wurde ich durch das schneidige Bellen eines Luftwaffenmajors, Ritterkreuzträger. »Was glauben Sie wohl, wer Sie sind, Mann!?«, fegte er mich vor versammelter Mannschaft an, »dass Sie uns hier wie Sardinen in der Büchse dünsten lassen!?« Er fixierte mit zunehmendem Befremden meine ehemals weiße Jacke, die Flecken waren mittlerweile getrocknet, aber dass es Blut war, konnte jeder erkennen. »Können Sie sich ausweisen –?!«

Ich schaute ihn mit einem besonders geglückten schmerzlichen Ausdruck in die grauen Augen und reichte ihm den General-Passierschein des *Hohen C.* Er warf nur einen kurzen Blick auf das Papier, einen zweiten auf die deutlichen Blutspuren, seine gestreckte Hand flog korrekt zum Mützenschirm. »Pardon, Kamerad!«, schnarrte er, so dass es alle mitbekamen. »Pardon, Herr Leibphysio!«, verbesserte er sich, wurde gleich kumpelhaft. »Wie steht es um den Reichsprotektor?«

»Ein paar Schrammen«, flunkerte ich drauflos. »In wenigen Tagen ist er überm Berg!«

Ich konnte mir einen Platz aussuchen. Auf dem angelangt, gerade als die Ju 52 ihre Motoren aufheulen ließ, die Bremsen löste, muss ich sofort eingeschlummert sein …

Wir waren in Le Bourget ausgerollt. Bevor noch die Tür geöffnet wurde, sah ich drei Schlapphüte in graphitgrauen Ledermänteln am Fuß der herangerollten Gangway.

Zum beklommenen Erstaunen meiner Mitflieger nahmen sie mich wortlos in ihre Mitte, führten mich zu einer bereitstehenden, geschlossenen Limousine. Im zügigen Tempo verließ diese das Rollfeld. Unter östlicher Umgehung der Außenbezirke von Paris fuhren wir fast bis ins Burgundische, bis nach Fontainebleau. Hier telephonierten sie kurz, und weiter ging's bis Orléans. Gesprochen hatten sie bislang kein Wort mit dem törichten Murmeltier.

In den zwölf Jahren, die ich in nächster Nähe, geradezu intim, mit den grausamen Förstern verbracht hatte, war mir jeder Instinkt des argwöhnischen, possierlichen Pelztiers abhandengekommen. Ich hatte viel zu nah bei den ruchlosen Jägern gelebt, mein waches Auge in eitler Selbstzufriedenheit einzig auf die Schnippchen gerichtet, die ich ihrem Verein schlagen konnte, als dass ich mich dafür interessierte, was sie sonst so trieben. Ein verhätscheltes Maskottchen, das zum fragwürdigen Mitläufer gediehen war? Ahnungslosigkeit schützt nicht vor Mitschuld – zumal, wenn jetzt auch die Jagd auf mich begonnen hatte, ich zum Abschuss freigegeben war. Schleunigst musste ich meinen Spürsinn zurückgewinnen, Witterung aufnehmen, um das rettende Loch noch zu erreichen.

Ab dem ersten Bahnhof von Vichy-Frankreich, also nach dem Überschreiten der »Dema«, der Demarkationslinie zum unbesetzten Süden, war es dann nur noch ein Schlapphut. Nach zweimaligem Umsteigen in der späten Nacht erreichten wir Toulouse. Hier erwartete mich der junge Bernadac mit dem Rolls der Gräfin. Er hatte Anweisung, mich vor Tagesanbruch auf dem Schloss im Ariège abzuliefern. Ich war so hundemüde, dass ich mit ihm, meinem Nachfolger, kein Gespräch führen mochte. Ich kauerte mich auf die weichen Polster im Fond meiner alten *Lunenoire* und schlief wie ein Murmeltier …

Letzter Gruß

Sommer 1942

STUPOR 4. Juni 1942

Es war höchst merkwürdig, nach all den Jahren im turbulenten Berlin mich plötzlich im Ariège wiederzufinden, wo die Zeit stehengeblieben war. Antoinette de Rives hatte, nach dem Tode der alten Gräfin Fernande, nicht nur Schloss Poujol-Murat geerbt, sondern offensichtlich auch den Titel, denn die Leute im Tal sprachen respektvoll von *Madame La Comtesse.* Mit mir ging sie um wie mit einem vertrauten Weggefährten, auch wenn ich mich trotz meiner dreißig Lenze bei ihr immer noch als Jungspund fühlte.

Antoinette war immer noch eine erstaunlich attraktive Erscheinung, die sich ihre alterslos herbe Schönheit ebenso erhalten hatte wie ihren bemerkenswerten Wagemut, ihren Sinn fürs Bizarre.

Es waren nur wenige Tage vergangen. Ich hatte mich so weit erholt, dass ich ihr anbot, einen gemeinsamen Ausflug zu den Grotten von Ornolac zu unternehmen. Ich verspürte ein unbestimmtes Verlangen, mein Bild von Otto Rahn abzurunden, mit einer etwas genaueren Kenntnis seiner Forschungsarbeit, die ich ja nur peripher als ihm zu Diensten stehender Chauffeur begleitet hatte. Madame bereicherte meinen Vorschlag um eine prickelnde Variante. Sie reichte mir die anscheinend sorgfältig aufbewahrte Uniformjacke des SS-Obersturmführers Otto Rahn.

»Die hab ich damals an mich genommen, als Grete und ich

Otto Rahn im Sanatorium Tarasp-Vulpera einlieferten –«, gluckste sie amüsiert in Erinnerung des Dramas. »Als SS-Offizier hätte er uns wohl zusätzliche Schwierigkeiten eingebrockt!«

Ich hatte Sinn für diese etwas makabre Extravaganz und zog das Stück über – passte sogar. Noch nie hatte ich die schwarze Kluft des Ordens vom Totenkopf getragen.

»Was werden die Leute im Ort –?«

»Du schlüpfst erst hinein, wenn wir beide allein in der Wildnis – «

So ließen wir uns von dem jungen Bernadac bis zum Fuß des Massivs fahren, von wo aus wir den Anstieg zum Tor der Höhle begannen. Kaum konnten wir den Rolls nicht mehr sehen, zerrte Antoinette die Jacke aus dem mitgeführten Rucksack, und ich legte sie feierlich an. Ausgerechnet in dem Moment erschienen, fast über unseren Köpfen, mehrere Höhlenbesucher, die vom alten Gadal geführt wurden. Wir standen völlig ungedeckt inmitten der Geröllhalde, kein Strauch weit und breit, hinter dem ich mich hätte verkriechen können.

»Haltung bewahren!«, raunte Madame mir zu. »Keine Miene verziehen!«

Ich wäre vor Scham am liebsten im Boden versunken, irgendwo zwischen den Steinen, aber kein Spalt zur rettenden Wunder-Tropfsteinhöhle tat sich auf.

Die Besucher, wohl Engländer, musterten mich wie ein Wesen von einem anderen Stern, doch enthielten sie sich im Vorbeimarsch jeglicher Kommentare. Die meisten von ihnen trugen allerdings Photoapparate, ich hörte etliche Verschlüsse klicken. Ich sah nicht hin.

Auch der alte Gadal tat so, als wäre er der Gräfin niemals in seinem langen Leben begegnet, er lupfte nur stumm den Hut, mich hatte er wohl nicht wiedererkannt.

Erst als die Gruppe im beklommenen Schweigen an uns vorbeigestiegen war, drangen vereinzelt Fetzen von irritierten Wortwechseln bis zu uns: *»Nobody told us that the Nazi already had arrived!«*

– »For me he looked much more like a deserter?«– »Anyhow, obviously it seems part of our booked adventure tour!«

Nach dieser Begegnung war uns beiden die Lust an dem Kostümspektakel restlos vergangen. Ich zog die Jacke aus. Wir warteten noch eine Weile, dann stiegen wir ab zum wartenden Rolls-Royce, meiner alten *Lunenoire!*

In den Kellern des Reichssicherheitshauptamtes, in der verlassenen »Geisterbahn« hockte Walter Schellenberg allein vor der sich über das gesamte Gebäude verästelnden Abhöranlage, die er für seinen Freund Reinhard Tristan Heydrich hier installiert hatte. Er saß im Kabuff, dem Punkt, an dem alles zusammenfloss, und drehte an den Reglern. Obersturmbannführer Schellenberg kannte sich aus, zielsicher traf er den militärischen Nachrichtensender:

> … Blau Richtung Kaukasus, Vernichtung der sowjetischen Kräfte im Donbogen, Ausschaltung des gegnerischen Rüstungszentrums Stalingrad …

Heeresstrategie war nicht sein Spezialfeld, dachte sich der Chef des SD-Ausland, aber gut wär's schon zu wissen, wie der Feind reagieren wird? Doch alles, was das Heer betraf, fiel in die Zuständigkeit des Admirals Canaris. Schellenberg schaltete weiter, landete im Dienstzimmer des Reichsführers:

»... eine *Erscheinung* gezeigt, die auf den unseligen Obersturmführer Otto Rahn hinweist? Ein Untoter kehrt an die ruhmreichen Stätten seiner Vergangenheit zurück?«

»Quatsch!«, schimpfte Stabschef Karl Wolff. »Die Schnappschüsse aus dem Ariège sind unscharf, sie können auch jeden anderen ...«

Himmler schien beunruhigt. »Aber die Uniform ist ganz klar unsere, Wölfchen!«

»Das beweist noch gar nichts!« Der Stabschef lenkte ein. »Auch, wenn ich da einen Verdacht –«

»Ich will Klarheit!«, grollte der Reichsführer. »Ich will absolute Sicherheit, dass –«

»Wenn Reichsführer mich für zwei, drei Tage entbehren kann, flieg ich selber hin und klär's – ein für alle Mal!«

»Nehmen Sie Skorzeny mit!«, schnarrte Himmler. »Ich erwarte dann Vollzugsmeldung!«

Walter Schellenberg griente schadenfroh, kehrte zurück zu den Nachrichten des OKW:

> ... eben folgende Sondermeldung: Der Reichsprotektor für Böhmen und Mähren, SS-Obergruppenführer Reinhard Heydrich, ist heute Morgen neun Uhr Ortszeit im Bulovka-Spital zu Prag seinen Verletzungen erlegen, die ihm der heimtückische Mordanschlag vom 27. Mai zugefügt hatte ...

Erschüttert schaltete Schellenberg den Sender ab. Scheiße! Scheiße! Reini hatte doch die ganze Woche lang wie ein Drache gegen den Tod gekämpft!

STUPOR 29. Juni 1942

Zwei, drei Wochen mochten vergangen sein, der Sommer mit seiner Hitze kehrte in das verschlafene Ariège zurück. Es war eine trügerische Ruhe, denn hierhin, in die äußerste Ecke des unbesetzten Frankreichs, am Fuße der Pyrenäen, drangen kaum Nachrichten aus der aufgewühlten übrigen Welt. Umso erstaunter hörten wir uns die Geschichte an, die Christian Bernadac vom Montségur zu berichten wusste. Eine deutsche Fieseler Storch sei dort auf dem Camps des Crémats, zu Füßen des Pog gelandet, mit zwei hohen Naziführern.

»Die suchen wahrscheinlich immer noch nach dem Gral«, überspielte ich meinen ersten Schock.

»Oder nach dem Schatz der Katharer«, mokierte sich Antoinette, »den brauchen sie, denn im Osten schwimmen ihnen langsam die Felle davon!«

»Das hochbeinige Flugzeug mit einer Swastika am Leitwerk«, bekräftigte der junge Bernadac seine Aussage, »haben viele Leute aus dem Ort mit eigenen Augen gesehen!«

Mich provozierte die Nachricht, wenn sie denn stimmte. »Ich hätte nicht übel Lust«, verkündete ich heiter, »noch einmal als SS-Obersturmführer Otto Rahn durch die Gegend zu spazieren. Das würde die Herren aus Deutschland doch ganz gewiss –«

»Kommt überhaupt nicht infrage!«, unterband Antoinette meine Spinnerei und ich ließ die verlockende Aussicht erst einmal fallen …

Der schon ziemlich tattrige, aber im Kopf noch völlig helle, lokale Katharer-Experte Antonin Gadal hatte unerwarteten Besuch erhalten. Die beiden Männer vor ihm, wenn auch in Zivil, waren klar erkenntlich an Sprache und Gestus Deutsche, und zwar Offiziere. Gruppenführer Karl Wolff und sein Begleiter Otto Skorzeny hielten mit ihrem Anliegen nicht hinter dem Berg.

»Sie kennen doch Otto Rahn!«, belferte ungeduldig Himmlers Stabschef. »Haben Sie ihn in letzter Zeit gesehen – und wenn, dann wo!?«

Antonin Gadal war sich sicher, dass der junge Mann in Uniform, dem er – und andere – am Eingang zu den Grotten begegnet waren, auf keinen Fall Otto Rahn war, den hätte er sofort wiedererkannt. Er sagte also: »Ich sah von Weitem einen Uniformierten, schwarze Uniform, bei der Höhle von Ornolac.«

»War es dieser Otto Rahn?!«, mischte sich jetzt auch Skorzeny ein.

Aber Gruppenführer Wolff wünschte das Verhör selbst zu führen.

»Oder war es vielleicht Max Wittacher, der dem Rahn ja damals zu Diensten war –?«

»Ich weiß«, räumte Gadal eingeschüchtert ein, »aber ich kann die

Identität der Person nicht beschwören, weder als die Otto Rahns noch als die seines ehemaligen Chauffeurs!«

»Beschreiben Sie uns den Weg zu dieser Grotte!«, befahl Skorzeny barsch.

Der alte Gadal reichte ihm eine selbstgefertigte Karte, die er bei seinen Führungen an seine Klienten verteilte, auf der er den Weg zur berühmten Kathedrale von Ornolac eingezeichnet hatte.

STUPOR 1. Juli 1942

Wenn man nichts zu tun hat, fressen sich verquere Gedanken leichter fest, werden zur Obsession. Ich unterzog meine Gastgeberin Antoinette mehrmals täglich einer ausführlichen, individuell auf sie zugeschnittenen physiotherapeutischen Behandlung, aber das füllte meinen Tag nicht aus. Nicht ganz fair benutzte ich das leicht zu erzeugende körperliche Wohlbehagen der Frau Gräfin. Ich wollte sie doch noch einmal dazu bewegen, mit mir als SS-Mann Otto Rahn die Grotten von Ornolac aufzusuchen. Seit einigen Tagen wurde ich das Gefühl nicht los, irgendetwas bedrückte sie. Sie war verspannt – und ich anscheinend nicht in der Lage, die physischen Ursachen zu lokalisieren und zu beheben. Umso erstaunter war ich, als sie plötzlich meinem Quengeln nachgab.

»Bien!«, entschied sie. »Gleich nach dem *déjeuner* soll Christian uns fahren!«

Diesmal ging alles glatt, keine Menschenseele begegnete dem seltsamen Pärchen, das mitten in der Einöde einem betagten Rolls-Royce entstieg, livrierter Chauffeur: die kapriziöse *Polaire* Madame Antoinette de Rives mit crèmefarbenen Sonnenschirmchen in Begleitung eines offenkundigen Nazis, seine schwarze Uniformjacke wies die Rangabzeichen eines SS-Obersturmführers auf. Wir betraten die Höhle, folgten den versteckten Markierungen, die – für Eingeweihte erkennbar, die Gräfin gehörte dazu – der alte Gadal an den Felswänden hinterlassen hatte. Wir wanden uns durch enge Passagen, teilweise so niedrig, dass wir oft den Kopf einziehen mussten, tief ins Innere des Berges.

Und dann, völlig unerwartet, tat sich vor unseren Augen *La Cathédrale des Cathars* auf, ein riesiger unterirdischer Dom, in den von irgendwoher ein Lichtstrahl einfiel. Die zu Pfeilern und Streben gewachsenen Stalaktiten, Stalagmiten bewirkten den Zauber eines purer Phantasie entsprungenen spätgotischen Bauwerks.

Ich war so erschlagen von der Magie des Ortes, dass ich mich setzen musste. Absolute Stille beherrschte die Riesenhöhle, ich glaubte das Fallen jedes einzelnen Tropfens zu hören. Auch Antoinette schien unter der Wucht dieser geheimnisvollen Schönheit zu wanken. Ich fing sie mit meinen Armen auf, setzte sie neben mich, aber sie wandte ihr Gesicht von mir ab.

»Max«, begann sie leise, mit rauer Stimme. »Ich wusste nicht, wie ich es dir sagen sollte, ich schleppe die Last seit Tagen mit mir herum –« Sie legte ihren Arm fest um mich, ich dachte, was kommt nun?! Das verspätete Geständnis einer unterdrückten Leidenschaft? Ihre Augen wanderten hinauf zur Höhe der zerklüfteten Kathedrale, als wollten sie den Ursprung der Lichtquelle enträtseln …

»Max«, flüsterte sie. »Deine Mutter Beatrice befand sich in einem der Güterzüge, die nach Auschwitz-Birkenau fuhren – und dort endeten!«

Ich sagte nichts. Ich hatte keine Bilder, keinen Laut, alles war schwarz, ein schwarzer Krater, sich verlierend in dunkler Tiefe, kein Lüftchen, kein Hauch. Dann bäumte sich etwas auf in mir, der kleine Maxe, der renitente Junge, den nach nichts anderem verlangte, als von der Mutter in den Arm genommen zu werden.

»Bist du sicher, Antoinette?!«

Sie schaute mich lange an, ich hatte keine Tränen. »Jacob Burckhardt«, sie räusperte sich, »hat über das CRI Nachforschungen anstellen lassen, als Beatrice nach einem Wochenendausflug nicht zurückkehrte und Dr. Bircher-Benner sofort Alarm schlug –«

Antoinette hielt ihren Blick fest auf mich gerichtet. »Das Räderwerk der Vernichtungsmaschine arbeitete mit unbarmherziger deutscher Präzision, schneller als ein übernationales Büro voller Menschenfreunde! Bis die in Genf herausgebracht hatten, wie und wo sie den Nazis in die Hände gefallen war, rollte schon der Transport, in dem sie nur eine Nummer war, eine von Tausenden …«

»Warum hat sie mich nicht sofort –!?«

»Sie wird's versucht haben –«

»Heydrich, Schellenberg hätten für mich Himmel und Hölle in Bewegung – «

Das verwies mir Antoinette in aller Schärfe, ihre Stimme klang bitter. »Heydrich ist genau derjenige, der das menschenverachtende System installiert hat, bis zu seinem elenden Tod für sein Funktionieren gesorgt hat!«

»Ach, hat's ihn also doch erwischt!« Ich konnte mich jetzt auch nicht darüber freuen. Antoinette nickte nur stumm, ich stand auf. »Ich möchte hier noch etwas allein bleiben«, sagte ich fest. »Ich begleite dich bis zum Eingang.«

Wir schritten schweigend hintereinanderher. Als die Unterwelt sich durch das Große Tor wieder zum Tal hin öffnete, erwiderte ich ihre Umarmung.

»Danke«, murmelte ich. Sie schritt elastisch den Hang hinab, über die Steine des Geröllfeldes.

Lange schaute ich ihr nach, gedankenverloren. Dass Beatrice nicht mehr unter den Lebenden sein sollte, war für mich schwer vorstellbar, eigentlich gar nicht. Natürlich hätte ich sie häufiger besuchen können, ihr schreiben. Aber sie hatte mich verwöhnt, ich lebte in dem festen Wissen, dass sie für mich da war, wenn ich ihrer bedurfte. Jetzt war ich nicht zur Stelle gewesen, hatte ihren Hilfeschrei nicht gehört, als sie mit all den namenlosen anderen in die Viehwagen gepfercht – und ich hatte Heydrich umarmt.

Ohnmächtiger Ingrimm packte mich. Ich zerrte mir die schwarze Uniform vom Leib, in weitem Bogen schleuderte ich sie vom *Grand Portail d'Ornolac*, wo ich immer noch stand, hinab ins Geröllfeld, den Rucksack gleich hinterher! – Ein scharfer Warnpfiff des

Murmeltiers ertönte, ich trat einen Schritt vor, dann sah ich sie kommen: Zwei Männer in grauen Mänteln keuchten den Anstieg hoch. Ich erstarrte, jetzt nur keinen Kiesel lostreten, der mich hinabkullernd verrät. Ganz langsam zog ich mich zurück in den schwarzen Schatten des Höhlenzugangs. Ich konnte ihre Stimmen hören, wie sie näher kamen. Ich presste mich in einen Felsschlitz, der sich im Dunkel der zerklüfteten Wand verlor. Bloß jetzt keine Sackgasse!

Sie hatten die Jacke des Otto Rahn entdeckt. »Er muss hier irgendwo sein!?«

»Gewesen sein, Skorzeny!« Die Stimme kannte ich, das war Karl Wolff! Wenn Himmler eigens seinen Stabschef losgeschickte hatte, dann –

»Wir sollten die Verfolgung unverzüglich aufnehmen!« Das verrauchte Organ des Skorzeny versprach noch weniger Mitleid, knallharter Typ!

»Also, Stoßtrupp in die Unterwelt! Ihr gebt mir Feuerschutz!«

»Sachte, sachte, Kamerad!«, wiegelte Wolff ab. »Habt Ihr schon vergessen, vor was uns der alte Kauz, dieser Grotten-Uhu, ausdrücklich gewarnt hat!? Ich renn doch da nicht in den finsteren Schlund.«

»Fürchtet Ihr etwa, wie die Inquisitoren zu enden mit zerschmetterten Gliedern in ewig kalter Tiefe. Alles Ammenmärchen, Herr Gruppenführer!«

»Das Risiko lässt sich vermeiden, Kamerad«, knurrte Karl Wolff, der es sicher nicht gern hatte, wenn ein Untergebener ihm Schiss unterstellte. »Denken Sie an seine Drohung, Skorzeny, Fremde verlaufen sich todsicher in diesem Labyrinth, verschwinden für immer im Berg –«

Wieder hörte ich in der eingetretenen Stille das Pfeifen des Murmeltiers – und dann knallte der Schuss! Ein einziger nur, sein Echo wurde von den Felswänden zurückgeworfen.

»Was soll das!?«, grollte Karl Wolff. »Was hat Ihnen das possierliche Tier getan?!«

Eine rohe Lache des Söldners Skorzeny. »Wollt Ihr, Stabschef mit leeren Händen vor den Reichsführer treten?!«

Ich war mir sicher, dass die beiden immer noch unterhalb meiner Position in der Geröllhalde standen – wahrscheinlich dort, wo sie die Uniformjacke gefunden hatten. Ich wagte mich aus dem schützenden Spalt hervor. Den Rücken gegen die Höhlenwand gepresst, schob ich mich Schritt für Schritt vor, stets darauf bedacht, im Schatten der Felsen zu bleiben. Wenn ich mich auf Zehenspitzen stellte, konnte ich sie unter mir sehen: Gerade noch rechtzeitig, um Skorzeny wie einen Panther über das Geröllfeld schnellen zu sehen, die Maschinenpistole baumelte vor seiner Brust.

»Was wird das jetzt wieder!?«, polterte Karl Wolff. »Abmarsch, auf der Stelle! Das ist ein Befehl!«

Skorzeny erschien wieder, das erlegte Murmeltier an den Hinterläufen schwenkend. Ohne ein Wort des Kommentars griff er sich Otto Rahns Obersturmführer-Jacke, stopfte das tote Tier hinein, hob seine Maschinenpistole und feuerte das halbe Magazin in das schwarze Bündel. Gruppenführer Wolff stand fassungslos. Skorzeny packte die zerfetzte, blutbeschmierte Jacke, schüttelte den übel zugerichteten Kadaver heraus, er blieb zwischen den Steinen liegen. Die Jacke verstaute er im Rucksack.

»Sonderkommando Skorzeny bereit zum Abmarsch, Gruppenführer!«

Wolff schüttelte nur den Kopf. Bedächtig stieg er hinter diesem Skorzeny ab ins Tal.

~

Tief in der Nacht bargen der junge Bernadac und seine Bergfreunde, die *Montagnards*, den halb erfrorenen Max, der verängstigt in den Hängen des Ornolac herumirrte. Nur mit einem Popeline-Oberhemd bekleidet, setzte ihm die in den Bergen mit Sonnenuntergang schlagartig herabfallende Kälte schnell zu. Dennoch dauerte es eine Zeit, bis er es wagte, sich ihnen erkennen zu geben, auf die Lichtsignale reagierte, die sie in die Dunkelheit der Steinfelder schickten. Sie brachten ihn nach Schloss Poujol-Murat, wo alle schon im festen Schlummer lagen. Max fiel wie ein Stein ins Bett.

STUPOR

Juli 1942

Am Morgen schlief ich so lange, wie ich das als kleinen Ausgleich für mein gestriges Abenteuer wohl beanspruchen durfte. Der Frühstückstisch im *Salon du Petit-Déjeuner* war längst abgeräumt.

Ich fand Madame Antoinette de Rives draußen auf der Terrasse in Begleitung einer jungen Frau, meiner Charlot.

Ich war so perplex, dass ich jegliches eingespieltes Begrüßungszeremoniell vergaß, weder die Schlossherrin auf die Wangen küsste, geschweige denn Charlot in den Arm nahm. Ich setzte mich einfach dazu. Stumm servierte der alte Hausdiener auch mir meine Tasse Tee.

Bevor mein Schweigen zur Peinlichkeit ausartete – ich rührte in meinem Tee, ohne Zucker genommen zu haben –, ergriff Charlot, nicht etwa die Gräfin, das Wort. »Da wären wir also«, sprach sie mit ihrem dunklen Timbre, das mich immer noch betörte. Sie lächelte dabei still vor sich hin. »Wir, die wir überlebt haben.«

Ich fühlte mich gefordert, endlich etwas zu sagen. »Mit mehr Glück als Verstand!«

Das war natürlich furchtbar banal und wurde den beiden Frauen nicht gerecht, im Gegenteil, es minderte ihren Wagemut herab.

Antoinette de Rives übernahm es, mich zurechtzustutzen. »Die Opfer, die gebracht wurden«, sie klang empört, »sind mit solchen Platitüden nicht zu fassen –«

Charlot fuhr ihr kühn in die völlig berechtigte Parade. »Antoinette!« Sie blieb bewundernswert ruhig. »Ich sagte dir schon, dass ich diesen Tölpel liebe!« Ihr Blick blieb aber bei der Angesprochenen. »Max ist mir Murmeltier und der Parzival meiner Träume zugleich!«

So zwang sie mich, ebenfalls der Gräfin zuzulächeln, verschämt, reumütig.

Antoinette nahm mir den Teelöffel aus der Hand. »Max«, gurrte sie dunkel, »Du hast mehr Glück als Verstand!«

Mit einem Ruck erhob sie sich. »Kinder«, sagte sie, »ich lass euch jetzt allein –« Wenn ihr die Sache naheging, zeigte sie es nicht. Mit hoheitsvollem Flügelschlag eines kostbaren Falters hob sie von der Terrasse ab, schwebte hinab zu den Rosenrabatten des Parks. Für mich war es ein letzter Gruß meiner Mutter, die mir verziehen hatte.

Charlot und ich schauten uns zum ersten Mal nach langer Zeit in die Augen. Wir hatten so vieles zu klären, das zwischen uns stand – und genau genommen war es furchtbar wenig, denn eines hatten wir offensichtlich über die Zeit gerettet, immerhin 13 wilde Jahre, und das schien unsere merkwürdige Liebe zu sein.

FIN

Dank des Autors

Im Sommer 1945 kehrte die Bibliothek meiner Eltern aus dem Salzbergwerk zurück, wohin sie wegen der Bombenangriffe ausgelagert war. Mir fiel ein leinengebundenes Buch in die Hände: Otto Rahns *Der Kreuzzug gegen den Gral.* Es weckte mein Interesse für mittelalterliche Historie, für Geschichte überhaupt. Ich war damals elf und stellte mir vor, ein paar Jahre älter zu sein. Dann hätte ich den schlagartig beendeten Krieg noch voll, also als Soldat oder wenigstens als Flakhelfer, miterleben können, denn ich war ja »wehrwürdig«, im Gegensatz zu meinem Vater Max. Schließlich war ich dann doch froh, all diese Wirren unbeschadet überstanden zu haben. Doch damit war das Fundament für diesen späten Roman gelegt.

Sein Protagonist Max Wittacher ist das Sinnbild eines durch jene Epoche gleitenden jungen Mannes, aus dem sogenannten *Titanic*-Jahrgang 1912. Im Roman trifft Max auf Personen der Zeitgeschichte und wird zum Zeugen von Begebenheiten und Gesprächen. Der Autor nimmt nicht für sich in Anspruch, diese hätten wörtlich so stattgefunden, sie folgen der angestrebten Dramaturgie der Geschehnisse, Bilder und Effekte.

Dennoch bin ich meinem, in etlichen historischen Romanen erprobten Prinzip treu geblieben, auch die gewagtesten Begebenheiten so darzustellen, dass sie hätten stattfinden können.

Obwohl schon so viel darüber publiziert wurde, wissen wir immer noch viel zu wenig über diese, in unsere Leben hineinragende, nahe Vergangenheit; kaum etwas über die abstrus erscheinenden Vorstellungen, die Geheimbündelei und den giftigen Sumpf, aus dem die tödliche Idee des Holocaust emporwaberte und sich in den Todesfabriken der »Endlösung« in Stein, Knochen und Asche materialisierte.

All dies steht in Kontrast zu der oft schnoddrigen Art, mit der die Führer des »Ordens unterm Totenkopf« ihren Neigungen frönten, kleinbürgerliche Spießigkeit pflegten und mit Ehrbegriffen hantierten.

Nur einer aus der SS-Garde übt Faszination auf Max aus, das ist die schillernde Figur des Reinhard Tristan Heydrich.

Ein brutaler Sadist? In einer Verfilmung würde ich diesen Fürsten der Finsternis mit dem jungen Klaus Kinski besetzen. Heydrichs alles überwuchernde Zerrissenheit, schwankend zwischen Wahnwitz und Kadavergehorsam, verkrüppeltes Opfer seiner Herkunft aus deutschem Bildungsbürgertum, bösartiger Täter, eiskalter Killer dank des selbstgesponnenen Kokons einer blindwütigen Hitler-Gefolgschaft: »Führer befiehl ...«

Ihn, den Kronprinzen des Reichsführers SS Heinrich Himmler, begleitet der widerstrebende, zunehmend widerborstige Max bis zu dessen gewaltsamem Tod, infolge des Prager Attentats von 1942.

Der für mich so bedeutsame Roman des Otto Rahn, *Der Kreuzzug gegen den Gral,* war bereits 1933 im Freiburger Urban-Verlag erschienen. Nach dem Krieg tauchte in Frankreich ein gewisser Christian Bernadac auf, ein Journalist, der die Figur des Otto Rahn und die Umstände seines mysteriösen Todes noch einmal aufgriff, aufrührte mit dem Buch *Le Mystère Otto Rahn – du catharisme au nazisme,* Paris: Editions France-Empire 1978.

Weit post mortem veröffentlichte ein Arun-Verlag, Engerda 1995, das 1937 erstmals publizierte Opus *Lucifers Hofgesind* zusammen mit dem Versuch einer Biographie Otto Rahns, die auch Dokumente aus seiner Zeit als SS-Angehöriger (1936–1939) enthält.

Die meisten Angaben über die andere von mir in den Roman einbezogene Person, den Schweizer Karl Ernst Krafft, verdanke ich den vorzüglichen Recherchen des britischen Historikers Ellic Howe. Er verschaffte mir auch bessere Übersicht über Figuren wie den Niederländer Keun van Hoogerwoerd, den rumänischen Diplomaten Virgil Tilea und den Agenten Louis de Wohl, Kraffts Gegenspieler in London: *Urania's Children. The Strange World of the Astrologers in the Third Reich*, London: Wellingborough Publ. 1967, erw. Ausgabe 1984 (dt. Ausgabe: *Uranias Kinder. Die seltsame Welt der Astrologen und das Dritte Reich*, Weinheim: Beltz/Athenäum 1995).

Aufschlussreiche Informationen Heinrich Himmler betreffend fand ich in: Stuart Russell / Jost W. Schneider, *Himmlers Burg. Wewelsburg – Zentrum der SS*, Bochum: ZeitReisen Verlag 2010; und vor allem in: Franz Wegener, *Heinrich Himmler. Deutscher Spiritismus, französischer Okkultismus und der Reichsführer SS*, Gladbeck: CreateSpace Independent Publishing Platform 2013, eine Arbeit, die mir wesentliche Einblicke in die (den Reichsführer so faszinierende) Geheimloge der französischen *Polaires* gestattete. Himmlers »Grals-Versessenheit« wiederum ergibt sich aus Tagebuch-Notizen und Briefen.

Aus meinem Mitwirken an dem Dokumentarfilm *Das Geheimnis des Gral* (1994) von Susanne Aernecke und Michael Görden zog ich insbesondere die Erkenntnis, wie zählebig der Mythos ist und wie er noch immer wirkt, und das durchaus auch auf aufgeklärte Geister. Die Sehnsucht nach der Heilskraft des Gral, seinen heilenden Fähigkeiten, ist vermutlich so alt wie die Menschheit selbst.

Wesentlich erschien mir die Auseinandersetzung mit der Figur Heydrichs in all ihren Facetten. Die ergiebigsten entsprechenden Biographien waren für mich: Mario R. Dederichs, *Heydrich. Das Gesicht des Bösen*, München/Wien: Piper 2005; sowie Günther Deschner, *Reinhard Heydrich. Statthalter der totalen Macht*, München: Nymphenburger Edition Meyster 1986.

Viele wertvolle Anregungen und Informationen verdanke ich alten Freunden und Zeitzeugen: dem Handschriften-Sammler und Stifter Dr. Konrad Liebmann, Osnabrück; Prof. Dr. Alexander Kluge, München; und nicht zuletzt meinem geschichtsbewussten, exzeptionell in der Materie bewanderten Vater.

Doch nie hätte ich dieses Buch geschrieben, wenn nicht der Weggefährte meiner ersten Fußstapfen in die Schreibende Zunft, der heutige Verlagsberater Michael Görden, mich ausdauernd ermutigt, mir durch die Bereitstellung von Material unter die Arme gegriffen und auf dem steinigen Weg bis zum abgeschlossenen Roman mit Rat und Tat beigestanden hätte. Dafür danke ich ihm.

Ebenso wie ich das bewährte Lektorat von Rainer Wieland zu schätzen weiß, der mich schon bei meinem biographischen Mammut-Unterfangen *HAZARD & LIEBLOS. Kaleidoskop eines Lebens* (Hamburg: Hoffmann & Campe 2011) begleitete und auch diesmal wieder Straffung und Ordnung in die Schreibflut brachte.

Ich bedanke mich bei meinen Mitarbeiterinnen Sylvia Schnetzer, Anke Dowideit, Julia Hocke, die mich unermüdlich mit Auskünften aus dem Internet versorgten und oft ihre Nächte opferten, um meine »Manuskripte« in Computer-Dateien zu transkribieren.

Es gilt mein Dank Roman Hocke, meinem Agenten, samt seinem Team von der AVA-International, allen voran Claudia von Hornstein, dafür, dass sie mir seit Jahren die Freundschaft halten und den Rücken stärken.

Last not least rühme ich den Mut meines Verlegers, der sich den Ruck gab, meinen Roman *Der Chauffeur* im Europa Verlag herauszubringen. Danke, Christian Strasser!

nota male ... Nachlese

In den letzten Apriltagen des Jahres 1945, als die Rote Armee in Berlin der Reichskanzlei unaufhaltsam näherrückte, nahm sich **Adolf Hitler** in seinem darunter gelegenen »Führerbunker« das Leben (30. 4.).

Wenige Stunden später (1. 5.) töteten **Joseph Goebbels** und seine Frau **Magda** ihre sechs Kinder mit Zyankali, danach erschossen sie sich selbst.

Martin Bormann gelang die Flucht aus dem Bunker und gilt seither als vermisst.

Heinrich Himmler schlug sich durch bis nach Lüneburg, um Verhandlungen mit den Alliierten aufzunehmen. Der sofort erlassene Haftbefehl Hitlers (29. 4.) erreichte ihn nicht mehr. Himmler geriet in britische Gefangenschaft, wurde als vormaliger Reichsführer SS erkannt und biss auf die Zyankalikapsel.

Sein Stabschef **Karl Wolff** ergab sich (Mai 1945 in Bozen) den Amerikanern, mit denen er in Italien eine vorzeitige Kapitulation der Deutschen Truppen ausgehandelt hatte (Allen W. Dulles). Sie schirmten ihn im Gegenzug weitgehend vor einer Anklageerhebung ab. Wolff wurde bei den kommenden Prozessen hauptsächlich als Zeuge eingesetzt. Nicht nachgewiesen bleibt hingegen sein Anteil an dem *Stern*-Skandal um die sogenannten Hitler-Tagebücher. 1984 starb er als freier Mann in Bayern.

Der 1910 in Saarbrücken geborene **Walter Schellenberg** war der jüngste aller SS-Offiziere und der weitaus fähigste Auslands-Aufklärer des Nazi-Regimes. Folge seiner exzellenten internationalen Vernetzung war, dass er im Windschatten seines engsten Freundes **Reinhard Heydrich** durchaus regierungskritisch separatistischen Ideen anhing. Doch nachdem es ihm nicht gelang, (nach dessen Tod) die Nachfolge als Reichsprotektor in Prag anzutreten und er auch den barbarischen Racheakt, die Ausrottung des Dorfes Lidice, nicht verhindern konnte, besann er sich auf seine eigentlichen Talente als zuverlässiger Geheimdienstler. Er lieferte die Widerstandsgruppe Rote Kapelle ans Messer, hatte im Rheinland wesentlichen Anteil an der Zerschlagung der aufmüpfigen jugendlichen Bewegung der Edelweiß-Piraten und deckte die Mitwisserschaft des **Wilhelm Canaris** an der Verschwörung des Attentats vom 20. Juli 1944 auf.

Die Rache des Führers am Admiral war bestialisch. Wenige Stunden vor der Befreiung durch die Alliierten wurde er nackt im Lager Flossenbürg am Galgen aufgeknüpft (9. April 1945).

Als das Ende des Dritten Reiches absehbar war, nahm Walter Schellenberg (mit Wissen Himmlers und Wolffs) Kontakt zu dem schwedischen Grafen Bernadotte (Internationales Rotes Kreuz) auf, um Möglichkeiten für die Absetzbemühungen seiner Vorgesetzten zu sondieren. Auch am Zustandekommen der sogenannten Rattenlinie, die mit nie nachgewiesener Unterstützung des Vatikans (Pius XII.) zum Schleusen gesuchter Nazi-Verbrecher nach Südamerika eingerichtet wurde, soll er beteiligt gewesen sein. Schellenberg erhielt nur eine geringfügige Haftstrafe, wurde vorzeitig entlassen und verstarb 1952 in Turin an einem Krebsleiden.

Hermann Göring dachte gar nicht daran, sich durch Flucht dem Tribunal der Sieger zu entziehen. Auf der Anklagebank in Nürnberg traf er – neben **Albert Speer** (der sich ebenfalls frei von jeder Schuld fühlte) – auch auf den »Verräter« **Rudolf Heß**, der sich schon 1941 nach England abgesetzt hatte. Die beiden Letzteren kamen mit langjährigen Freiheitsstrafen davon. Für den ehemaligen Reichsmarschall lautete das Urteil wie für die meisten Angeklagten: »Tod durch den Strang«.

Göring entzog sich durch die bewährte Giftkapsel dem Schicksal, in einer Reihe mit den Verbrechern der SS unter den Galgen zu treten. Als Leiter der Gestapo war der Bayer **Heinrich Müller** an nahezu allen verbrecherischen Aktionen beteiligt, die vom Reichssicherheitshauptamt (RSHA) geplant, vorbereitet und durchgeführt wurden, auch das berüchtigte »Judenreferat« unterstand ihm. Er organisierte für Heydrich die »Einsatzkommandos« für den Krieg im Osten und vermeldete deren »Erfolge«. Bei Kriegsende galt »Gestapo-Müller« als während des Falls von Berlin verschollen; später wurde sein wahrscheinlicher Tod auf den 1. Mai 1945 datiert. Makabrerweise soll seine Leiche in einem Massengrab verscharrt worden sein, das auf dem ehemaligen jüdischen Friedhof in der Großen Hamburgischen Straße liegt.

Völlig anders verlief das Leben des 1908 in Wien geborenen **Otto »von« Skorzeny**. Früh trat der Abenteurer der österreichischen NSDAP bei (1932), bald nahm ihn die SS auf (1940 Leibstandarte Adolf Hitler). Er galt als Spezialist für Fallschirmjägereinsätze unter eigenem Kommando. 1943 heftete ihm Hitler für die (fälschlicherweise Skorzeny zugeschriebene) Mussolini-Befreiung vom Gran Sasso das Ritterkreuz an die Rabaukenbrust. Am 20. Juli 1944 nahm er für sich im Nachhinein das Verdienst für die Verhaftungen der Verschwörer im Bendlerblock in Anspruch. Ende 1944 stellte er einen Kampfverband auf (in amerikanischen Uniformen!), der in der geplanten Ardennen-Offensive zum Einsatz kommen sollte. Skorzeny errichtete Brückenköpfe an der Oder, ohne den Vormarsch der Roten Armee stoppen zu können. Schließlich erhielt er den Auftrag, den letzten deutschen Widerstand in der »Alpenfestung« zu organisieren. Im Mai 1945 stellte er sich den Amerikanern.

Der furchtlose, aber gewitzte Draufgänger landete vor einem deutschen Gericht, konnte aus dem Untersuchungsgefängnis entkommen, floh nach Paris und von dort weiter nach Spanien. Angeblich mit Hilfe des Netzwerkes »Odessa« tauchte er 1949 in Argentinien auf. Im besten Einvernehmen mit den Militärdiktatoren seiner Gastländer gründete er 1960 die Neonazi-Vereinigung CEDADE (Circulo Español de Amigos de Europa) und verfasste seine Memoiren. Er starb als angesehener Mann 1975 in Madrid, im gleichen Jahr wie Franco. Otto »von« Skorzeny war – stolz, wie er sich sah – der idealtypische SS-Mann: hart, zäh, unerbittlich. Bedingungslos bis zur Ruchlosigkeit seinem Eid ergeben.

Bei zwei Figuren der Zeitgeschichte habe ich mit der Freiheit, die ein Roman gestattet, verkürzend in die Lebensläufe eingegriffen:

Die bizarre Vita des k.u.k.-Obersten **Karl Maria Wiligut**, Himmlers geschätzter Berater »Weisthor«, endete weit weniger dramatisch. Im August 1939 musste sich die SS von ihm trennen, seine frühere Erkrankung (paraphrene Psychose) war wieder durchgebrochen. Er zog sich, die Nähe seiner geliebten Wewelsburg suchend, in den Harz zurück. Himmler hielt weiterhin in alter Treue zu ihm und ließ ihn noch 1940 die Grabstele für gefallene SS-Männer entwerfen. Im Januar 1946 verstarb Weisthor in Arolsen. Mit seinem Ausscheiden aus dem Orden erstarrte auch die von ihm inspirierte Weihestätte Wewelsburg zur düsteren Hülle aus totem Mauerwerk.

Die andere Persönlichkeit ist die 1891 in Linz geborene **Grete von Urbanitzky**. Sie errang bereits in jungen Jahren einen über die Grenzen Österreichs hinaus wirkenden Ruf als Schriftstellerin. Mit Themen wie die Stellung der freien Künstlerin in der Gesellschaft, weibliche Homosexualität und ihrer Kritik an der bürgerlichen Sexualmoral sorgte sie für Furore. Befreundet mit jüdischen Autoren wie Felix Salten, Nelly Sachs und Gertrud Isolani, zog es sie dennoch

1933 in das nationalsozialistisch geprägte Berlin. Auf dem PEN-Kongress zu Ragusa weigerte sie sich, die Bücherverbrennung durch die Nazis zu verurteilen. Doch schon 1934 wurden einige ihrer eigenen Werke indiziert, 1941 ihr Gesamtwerk verboten. Zunehmende Repressalien zwangen die mittlerweile als Journalistin tätige Urbanitzky nach Frankreich in die Emigration. An ihre früheren Erfolge konnte sie nicht anknüpfen, sie arbeitete nach dem Krieg als Korrespondentin bei den Vereinten Nationen in Genf, wo sie 1974 starb.

Lupus est homo homini, non homo, quom qualis sit non novit.

ROM, 10. VII 14

MIX
Papier aus verantwortungsvollen Quellen
FSC® C083411
FSC
www.fsc.org

Umschlaggestaltung: David Hauptmann,
Hauptmann & Kompanie Werbeagentur, Zürich,
unter Verwendung eines Fotos von
© Juergen Stumpe/LOOK/Getty Images
Lektorat: Rainer Wieland
Satz: BuchHaus Robert Gigler, München
Druck und Bindung: cpi Clausen & Bosse, Leck
ISBN 978-3-944305-66-0

www.europa-verlag.com